Cantik Itu Luka　Eka Kurniawan

美は傷

エカ・クルニアワン

訳　太田りべか

アジア
文芸ライブラリー
—
春秋社

美は傷

作中には現代の価値観からみて不適当または差別的と思われる表現がありますが、時代背景および原著者の意図を考慮し、原文に忠実な訳語を採用しました。

かくして甲冑がきれいに磨きあがり、鉄の帽子が面頰付きの兜になり、やせ馬に名がつき、おのれの改名もすんでみると、残るは自分が愛を捧げるべき貴婦人を探すだけであることに気づいた。およそ愛する婦人をもたない遍歴の騎士など、葉や実のない樹木か魂のない肉体に等しかったからである。

ミゲル・デ・セルバンテス・サアベドラ『ドン・キホーテ』

（牛島信明訳、岩波文庫　前篇（一）五二頁）

1

三月のある週末の夕暮れ時、デウィ・アユは死後二十一年にして墓場からよみがえった。プルメリアの木の下で昼寝をしていた羊飼いの少年は飛び起きて、悲鳴を上げるよりも先にズボンを穿いたまま失禁し、四頭の羊は、まるで目の前に虎を放たれたかのように石や木の墓標の間を縫って闇雲に駆け回った。ことの起こりは古びた墓の鳴動だった。墓標に名はなく、草が膝に届くほど生い茂っていたが、それがデウィ・アユの墓であることはだれもが知っていた。デウィ・アユは五十二歳で死んで二十一年後に生き返り、今ではもう、どう年を数えていいのか、だれにもわからなかった。

墓地の近くに住む人々が、羊飼いから話を聞いてすぐに墓場へ駆けつけた。人々は桜とトウゴマの木の繁みの陰やバナナ園に群がり、なかには腰巻の裾をまくり上げている者、子どもを抱いている者、椰子の葉脈で作った箒をつかんでいる者、それに田の泥にまみれている者までいた。だれひとりとして墓に近づく勇気はなく、毎週月曜日に市場の前で薬売りを取り囲むときのように物見高く、古びた墓の鳴動に耳をすましているだけだった。ひとりきりだったとしたら、身の毛のよだつような恐怖に押しつぶされていたに違いないが、逆にみな驚きに胸を高鳴らせていた。それればかりか、古い墓が鳴り動くだけでは物足りず、もう少しなにか不思議なことが起きはしないかと待ち構えていた。その土の中に埋められているのは戦争中に日本人のための娼婦となった女であり、聖職者たちがいつも言うことには、罪深い者たちは墓穴で拷問を受けるに決まっていたからである。墓が鳴り動くのは拷問官である天使が鞭をふるっているからに違いないものの、人々は飽きてきて、もっと別の不思議が少しでも起きないかと期待に胸を膨らませた。

不思議は、もっとも幻想的な形で現出した。古い墓が揺らぎ、亀裂が走り、土が下から噴き上げられるようにして飛び散り、小さな嵐と地震を呼んで、草と墓標が舞い上がり、土くれが雨のごとく降り注いで帳《とばり》をなした。その背後にひとりの老女が、こわばって不機嫌そうなようすで、木綿衣に包まれたままの姿で立ち上がった。まるで老女も木綿衣もたった一晩埋められていただけのようだった。みな恐慌をきたして同時に悲鳴をあげ、それが遠くの丘陵にこだまして、人々は羊の群れよりも混乱に陥って走り回った。ある女は赤ん坊を繁み に放り込み、ある父親はバナナの幹を背に負った。二人の男は溝にはまり、またある者は道端で気を失い、ある者は息もつがずに十五キロを駆け通した。

それらすべてを見届けても、デウィ・アユはただ何度か咳をしただけで、自分が墓場のただ中にいることに気づくとあっけにとられた。デウィ・アユは屍衣の上部の結び目ふたつをほどき、それから足の部分の結び目もふたつほどいて歩けるようにした。不可解にも髪は伸び続けていたらしく、白い布から外へあふれ出すと、夕べの風に煽られて地を掃き、川底の黒い苔のようにきらめいた。顔は白くまぶしいほどで、肌には皺が寄っているとはいえ、瞳は眼窩の中で生き生きと輝き、その目で繁みの陰にかたまっている人々を見つめたので、そのうちの半分は逃げ出し、半分は失神した。みんなひどいじゃないの、私を生き埋めにするなんて、とデウィ・アユはだれにともなく文句を言った。

デウィ・アユがまず思い出したのは赤ん坊のことだったが、その赤ん坊も、もちろん今ではもう赤ん坊ではなくなっていた。二十一年前にデウィ・アユが死んだのは、醜い女の赤ん坊を産み落として十二日後のことだった。あまりにも醜い赤ん坊だったので、お産を手伝った産婆はそれが赤ん坊なのか確信が持てず、赤ん坊の出てくる穴と大便の出てくる穴は二センチしか離れていないのだから、これは大便の塊ではないかと考えた。だが、赤ん坊は手足を伸ばしてにこりとしたので、とうとう産婆もこれは大便ではなくてやはり赤ん坊なのだと思い直し、ぐったりとして赤ん坊を見たがるようすもなく寝台に横たわっている母親に向かって、赤ちゃんが生まれましたよ、元気で感じのよさそうなお子さんです、と言った。

「女の子なんでしょう」とデウィ・アユが尋ねた。

「はあ」と産婆は答えた。「上の三人のお子さんとおんなじで」

「女の子が四人、みんな美人で、私が自分で売春宿でも開くべきよね」。デウィ・アユは、この上なくうんざりしたようすで言った。「言ってみてよ、この末っ子は、どれぐらいきれいなの?」

布でぐるぐる巻きにされて産婆の腕に抱かれている赤ん坊が泣き声をあげ、じたばたし始めた。女がひとり部屋から出たり入ったりしながら、血まみれになった布の類を運び出したり、胞衣を捨てたりしていたが、産婆はその間、問いに答えなかった。この黒い大便の塊にも似た赤ん坊を、きれいな赤ちゃんだとはどうしても言えなかったのである。聞こえなかったふりをして産婆は言った。「もうお歳ですから、赤ちゃんにお乳をあげられないかもしれませんね」

「そうね。上の子三人に、もう吸いつくされたわ」

「それに何百人もの男にも」

「百七十二人の男にね。一番年寄りは九十二歳で、一番若いのは十二歳、割礼をすませて一週間後だったらしいけど。どれもみんな、よく憶えているわ」

赤ん坊がまた泣き出した。産婆は、赤ちゃんのために乳母さんを見つけなければなりませんね、と言った。もし見つからなければ、牛乳か犬の乳か、ねずみの乳でもいいから手に入れなければなりません。そうね、行ってちょうだい、とデウィ・アユは言った。かわいそうな赤ちゃん、と産婆は赤ん坊の悲惨な顔をながめてこぼした。どう醜いのか言い表すことすらできず、ただ地獄の呪いを受けた怪物はこうもあろうかと思い描くだけだった。赤ん坊の全身は生きたまま焼かれたかのように真っ黒で、なにもたとえようのない姿をしている。

そう、たとえば、この赤ん坊の鼻がほんとうに鼻なのだとは言いきれない。産婆が幼いころから見慣れてきたどの鼻よりも、電源コンセントに似ている。口はブタの貯金箱の穴を思い起こさせるし、耳は鍋の取っ手のようだ。この世にこの哀れな赤ん坊より醜い生き物があるとも思えず、もしも自分が神ならば、この赤ん坊を生かしておくよりは殺してしまう方がいいと考えるかもしれない。世間は容赦なくこの子にひどい仕打ちをするに違いないのだから。

「かわいそうな赤ちゃん」。乳を分けてくれる人を探しに出かける前に、産婆はもう一度そう言った。

「そうね、かわいそうな赤ちゃん」と、寝台の上で伸びをしながらデウィ・アユも言った。「この子を殺そうと思って、できることは全部やってみたのに。手榴弾でも呑み込んで、お腹の中で爆破するべきだったわね。かわいそうな子、悪人と同じで、かわいそうな人間もなかなか死なないものなのよ」

はじめのうち産婆は赤ん坊の顔をだれからも、次々とやって来る近所の女たちからも隠そうとした。ところが産婆が赤ちゃんのためにお乳がいると言うと、人々は先を争って赤ん坊を見たがった。デウィ・アユを知っている者ならだれでも、デウィ・アユの産んだ小さな女の赤ん坊を見るのをいつも楽しみにしていたのだ。人々が押しかけてきて赤ん坊の顔を覆っている布を払いのけようとするのを、産婆はどうすることもできなかったものの、人々が赤ん坊の顔を見て、それまで経験したこともない恐怖に打ちのめされて叫び声をあげると、産婆は、だからこの地獄の顔を見せないようにしていたのに、とにやりと笑った。

人々は一瞬悲鳴をあげた後、産婆がさっさと行ってしまうまで、記憶を失って呆けたような顔で立ちつくしていた。

「殺してしまうべきなんじゃないの」と、急性記憶喪失から最初に立ち直った女が言った。

「そうしようと思ったのよ」。ちょうどそこへ姿を現わしたデウィ・アユが言った。皺の寄った部屋着をまとって、布を腰に巻いているだけだった。髪は乱れに乱れ、野牛との闘いを終えたばかりのようだった。

人々は気の毒そうにデウィ・アユを見つめた。

「きれいな子なんでしょう」とデウィ・アユが尋ねた。

「ええ、まあ」

「さかりのついた犬みたいに汚らしい男ばかりの世界に、きれいな女の赤ん坊を何人も産み落とすほど恐ろしい呪いはないわ」

だれひとりそれに答える者はなく、きれいな女の赤ん坊という、あまりにも見当違いな言葉に対する同情を顔に浮かべたまま、ただデウィ・アユを見つめるだけだった。山からやって来て、もう何年もデウィ・アユの小間使いとして働いているロシナーという名の口のきけない娘が、デウィ・アユを風呂場へと連れて行った。風呂桶にはすでに湯が張られており、その中にデウィ・アユはサルファ剤入りの香りつき石けんとともに身を沈め、ロシナーにアロエ・ヴェラの油で髪を洗わせた。産婆がお産を手伝っている間、つき添っていたのはロシナーだけだったから、あの醜い赤ん坊のことも知っているはずだというのに、この口のきけない娘だけはただひとり、何事にも動じていないようすだった。ロシナーは女主人の背中を軽石でこすり、タオルを着せかけ、デウィ・アユが出口へ向かうと、風呂場を片づけた。

陰鬱な空気を晴らそうとして、だれかがデウィ・アユに向かって言った。「いい名前をつけてあげなくちゃ」

「そうね」とデウィ・アユは言った。「名前は美しい《チャンティック》にするわ」

「ああ」。一同が短い叫び声をあげ、ぶしつけにもその名を否定しようとした。

「それとも傷《ルカ》がいいかしら?」

「お願いだから、それだけはやめて」

「じゃあ、美しい《チャンティック》にするわ」

着替えるためにデウィ・アユがさっさと部屋へ入ってしまったので、みなはなすすべもなく見つめ合うことしかできなかった。途方に暮れたようにみな、互いに顔を見合わせた。煤のように黒い顔にコンセントの鼻をつけた娘が、これからチャンティックという名で呼ばれることになるのだ。恥ずべき不祥事ではないか。

いずれにしろ、デウィ・アユが赤ん坊を殺そうとしたのはほんとうだった。自分が子を孕《はら》んだと気づいたときには歳はすでに半世紀を越えていたとはいえ、経験からして、またしても身ごもったことに疑いの余地はなかった。デウィ・アユの他の子たちのときと同じく、父親がだれなのかはわからなかったが、他の子たちのときとは違って、今度の赤ん坊に生き延びてほしいとはさらさら思わなかった。そこで、ある看護師から手に入れた鎮痛剤を五錠、ソーダ水半リットルとともに飲み下し、デウィ・アユ本人がすんでのところで死にそうになった。それでも結局赤ん坊は死ななかった。デウィ・アユは別の方法を考えついて、後にデウィ・アユの子宮からその赤ん坊を引き出す手伝いをすることになる産婆を呼んで、細い木の棒を腹の中に突っ込んで赤ん坊を殺してしまってほしいと頼んだ。二日二晩出血が続き、木の棒は細切れになって外へ出てきたが、赤ん坊の方は依然として育ち続けた。赤ん坊を抹殺するために、その他にも六つの方法を試みたが、どれも無駄に終わり、とうとうデウィ・アユもあきらめて、こうこぼした。

「これは本物の闘士だわね。母親にも勝てっこない闘いに勝ちたがっているのよ」

そこで腹が大きくなるに任せ、妊娠七ヶ月目には祝いの儀式を執り行い、赤ん坊が生まれるに任せたが、デウィ・アユはその赤ん坊を見ようとはしなかった。これまでに三人の女の子を産んだことがあったけれど、時期をずらして生まれてきた三つ子のように、判で押したごとく美しい赤ん坊で、デウィ・アユはもうその手の赤ん坊を見るのにはうんざりしていたのだ。どうせショーウインドウのマネキン人形みたいなのに決まっているんだし、と言って、末の娘を見たいとも思わず、三人の姉と違うところなどないと思い込んでいた。もちろんその思い込みはまちがっていたわけだが、この末娘がどれほど醜いか、デウィ・アユはまだ知らなかった。近所の女たちが、この赤ん坊は黒毛猿と蛙と大トカゲをでたらめに掛け合わせてできたみたいだと、ひそひそささやき合っていても、デウィ・アユは自分の赤ん坊のこととは思わなかった。ゆうべ森で山犬どもが吠え、梟《ふくろう》が飛び交っていたとみなが言ったときも、それを不吉な徴《しるし》だとは考えもしなかった。

着替えをすませるとデウィ・アユはまた横になり、とたんに、こういったことすべてのせいで、自分がどれほど疲れきっているかを思い知った。四人の赤ん坊を産み、半世紀以上も生きてきたのだ。やがて悲愴な悟りの境地に至り、赤ん坊が死にたくないのなら、死ぬのが母親であってどこがいけないの、そうすれば赤ん坊が成長して娘となるのを見ずにすむのだもの、と考えた。デウィ・アユは起き上がってふらふらと歩いて行き、扉のところに立って、赤ん坊についてまだあれこれと取り沙汰している近所の女たちを見つめた。ロシナーが風呂場から出てきて、デウィ・アユのそばに立った。主人にこれからなにかをするように言われるとわかっていたのだ。

「屍衣用の布を買ってきてちょうだい」とデウィ・アユは言った。「この呪われた世の中に、もう四人の女の子を産み落としたのよ。そろそろ私の死の輿《こし》が通ってもいいころだわ」

女たちは悲鳴をあげ、呆けたような顔でデウィ・アユを見つめた。醜い赤ん坊を産むだけでもとんでもないのに、それをさっさと置き去りにするなど、さらにもとんでもない話だ。だが女たちはそう口に出しては言わず、ただ、死ぬだなんて浅はかなこと、思ったりしてはいけないわ、と諭した。百年以上生きる人だっているのだから、あなたは死ぬにはまだ若過ぎるわよ、と女たちは言った。

「もしも私が百年も生きるとしたら」と、デウィ・アユは落ち着き澄まして言った。「そうすれば八人赤ん坊を産むことになるわね。そんなの多過ぎるわ」

ロシナーは白い清潔な木綿布を買いに行き、デウィ・アユはすぐにそれを身にまとった。まとったからといって、すぐに死ねるわけではなかったのだが。そうして産婆が村を巡って乳を分けてもらえる女を探している間(無駄だということがすぐにわかり、結局米の研ぎ汁を赤ん坊に与えることになった)、デウィ・アユは屍衣に包まれて静かに横たわり、死の天使が迎えに訪れるのを奇妙な辛抱強さでもって待った。

米の研ぎ汁を与える時期が過ぎて、熊の乳という名で店で売られている牛乳をロシナーが赤ん坊に与えるようになっても、デウィ・アユはまだ寝台に横たわったままで、だれであれチャンティックという名の赤ん坊を部屋へ連れてくることを許そうとはしなかった。けれども醜い赤ん坊と、その母親が屍衣をまとって横たわっているという噂は、恐ろしい疫病のようにまたたく間に広まり、近隣の村々だけでなく、その地域のもっとも遠い村々からも、救世主の誕生にもたとえられる母子を見ようとして人々がやって来た。山犬の吠え声はイエスが生まれたときに拝火教徒の見た星にたとえられ、屍衣に包まれた母はぐったりとしたマリアにたとえられた。とんでもないこじつけである。

小さな女の子が動物園の虎の子をなでるときのように、おそるおそる人々は醜い赤ん坊とともに巡回写真屋の前に立ったが、その前に、容赦のない大騒ぎをものともせず神秘的な穏やかさで横になったままのデウィ・アユと写真を撮るのも忘れなかった。不治の病に冒された人々が幾人かやって来て赤ん坊に触れようとしたが、ロシナーは病原菌が赤ん坊を苦しめることになるのを怖れて即座に拒絶し、その代わりに、チャンティックを入浴させるのに使った井戸水をいくつもの桶に入れて用意した。またある者たちは商売がうまくいく手がかりを求め、また別の者たちは、賭け事でちょっとばかり得をするためのつきを得ようとしてやって来た。そういったことすべてに対して、赤ん坊の子守り役である口のきけないロシナーが、すばやく策を講じて募金箱をいくつか用意したところ、どの箱も訪れた人々の入れた紙幣でたちまち一杯になった。ロシナーはデウィ・アユがほんとうに死んでしまった場合に備えて、賢明な対策をとったのだった。またとないこの機会にお金を集め、熊の乳や、これから先ふたりがこの家で暮らしていくための費用を心配せずにすむようにしたのである。チャンティックの三人の姉がここに姿を現わすことは、まるで期待できなかったからだった。

だがこの大騒ぎも、すぐにおしまいになるはめとなった。警官たちが、この騒ぎを背徳と見なした聖職者《キャイ》とともに駆けつけたのである。この聖職者《キャイ》はおまけに、デウィ・アユに向かってこんな恥知らずな行いはよしなさいと苦情を言い、さらに、例の屍衣を脱ぐよう強要した。

「娼婦に向かって着物を脱げと言うのなら」と、デウィ・アユはばかにしたような目つきで言った。「それなりのお金はお持ちなんでしょうね」

聖職者《キャイ》はすぐさまその場を去り、罪の許しを神に乞い、二度とやって来なかった。

今回も、ただロシナーだけが、デウィ・アユがどんなに気のふれたような振る舞いをしようとも動揺したりしなかったし、ただこのロシナーだけがデウィ・アユをきちんと理解しているのだということが、いよいよ明らかとなった。子宮の中の赤ん坊を殺そうとするよりもはるか前、デウィ・アユがもう子どもを産むのはうんざりだと言ったときも、デウィ・アユがそう言ったからにはすでに身ごもっていて、まもなく子が生まれるのだと、ロシナーはすぐに理解した。そしてやはりそのとおりとなった。もしもデウィ・アユが同じことを近所の女たちに言ったとしたら、犬が吠えずにいられないのにも増して噂話なしではいられない女たちは、いかにも蔑むような笑みを浮かべて下唇を突き出し、またでたらめばかり言って、と言い返したことだろう。娼婦なんておやめなさいな、そうすれば身ごもったりもしないはずよ、と女たちは言っただろう。でも、それはここだけの話だ。他の娼婦にはそう言っても、デウィ・アユには言うべきでない。デウィ・アユは、三人（いまや四人となった）の子どもを売春の呪いの産物だと考えたことはなかった。デウィ・アユに言わせれば、子どもたちに父親がいないとすれば、それはほんとうに父親がいないからであって、父親がだれかわからないからではなく、ましてや、これまで一度も自分が男とともに長老の前で結婚の誓約を交わしたことがないせいではないのだ。デウィ・アユは、むしろ自分の子どもたちを悪魔の子だと信じているようですらあった。

「だって悪魔は神様に負けず劣らずいたずら好きなんだからね」とデウィ・アユは言った。「マリアが神の子を産んで、パーンドゥのふたりの妻も神の子を産んだみたいに、私の子宮も悪魔が子を捨てる場所となって、そして私は悪魔の子を産んだのよ。もううんざりよ、ロシナー」

いつものように、ロシナーはにこりとしただけだった。ロシナーは意味をなさない声を出せるだけで話はできなかったけれど、にこりとすることはできたし、ほほ笑みを出し惜しみしたりはしなかった。デウィ・アユはロシナーをとても気に入っていて、とりわけその笑顔が好きで、あるときなどロシナーのことを象の子だと言った。毎年のように年末になると町にやって来るサーカスを見ればわかるとおり、象はどれほど腹を立てていても笑みを絶やさないのである。聾学校で教わる手話でなく、独自の手話でもって、ロシナーはデウィ・アユに、なにもうんざりすることはありません、と伝えた。まだ二十人も子を産んだわけではないし、ガーンダーリーときたらカウラヴァ族の子を百人も産んだのですから。おかげでデウィ・アユは大笑いした。デウィ・アユはロシナーの子どもっぽいユーモアが好きで、ガーンダーリーは百回お産をして百人の子を産んだわけではなくて、一塊の肉を産み落としただけで、それが後に百人の子になったのだと言い返すこともできたけれど、やはりただ笑い続けた。

そのようにして、少しも動じることなくロシナーは働き続けた。赤ん坊の世話をし、一日に二回台所にも立ち、毎朝洗濯をしたが、その間デウィ・アユはほとんど身動きもせずに横たわったまま、まさに墓穴が掘られるのを待つばかりの死体のようだった。もちろん、ずっとそうしていたわけではない。腹が減ると、起き上がって食事をした。毎日朝と夕方には浴室へも行った。だが、それを終えるとまた屍衣にくるまって、体をまっすぐに伸ばし両手を腹の上に置いて横たわり、目をつぶり、おまけに唇にはわずかに笑みを浮かべていた。近所の連中が幾人か開け放した窓からのぞこうとし、ロシナーは何度も追い払おうとしても一度もうまくいったためしはなく、そうして連中はこう尋ねるのだった。なぜいっそのこと自殺してしまわないのか、と。いつもなら辛辣な言葉を返すところだが、デウィ・アユはやはり身動きひとつしないままだった。

待ち望んだ死がついに訪れたのは、醜いチャンティックが生まれて十二日目のことだった。少なくともみながそう信じた。朝から死の徴《しるし》が表れていて（死んだのは夕方だった）、デウィ・アユはロシナーに告げた。もしも死んだら、木の墓標に自分の名は刻まないでほしい。ただ自分の作った墓碑銘を刻んでもらいたい。「私は四人の子を産み、そうして私は死んだ」と。ロシナーはとてもいい耳をしていたし、読み書きもできたので、その遺言をきっちりと書きつけたが、埋葬の儀式を執り行うことになったモスクの導師によって、その願いはただちに退けられた。そんな罰当たりなことをすれば、ますます罪を重ねるだけだと導師は言い、この女のためには木の墓標になにも記さない、と決めたのだった。

　その日の夕方、隣人のひとりが窓からのぞくと、デウィ・アユはここ数日と変わりなく実に安らかに眠っていた。だが、どこかが違った。部屋の空気に防腐剤の臭いが混じっていた。ロシナーがパン屋で買ってきたもので、人々はときにそれを混ぜて肉団子と麺入りのスープを作ったりするのだが、デウィ・アユは死体の防臭のために体に塗りつけたのだった。ロシナーは、主人が死にとり憑かれてなにをしようとなすがままにさせておいたし、もしも墓穴を掘って生き埋めにするようにと言われたとしても、言われたとおりにして、すべてを主人の愉快なおふざけの結果と受け止めたことだろうが、部屋をのぞいた愚かな近所の女の場合はそうはいかなかった。女は、これはいくらなんでもやり過ぎだと思い込んで、部屋に飛び込んだ。

「お聞きよ、あたしらの亭主みんなと寝た売女《ばいた》」。女は少しばかり恨みを込めて言った。「死にたいんなら、死ねばいいさ。でも自分の体をきれいなままにしておこうなんて考えるんじゃないよ。あたしらが妬かなくてすむのは、腐った死体だけなんだからね」。女はデウィ・アユの体を押したけれど、デウィ・アユは目を覚まさずに、ただ転がった。

　ロシナーが入ってきて、もう死んでしまったに違いないと手振りで伝えた。

「この売女《ばいた》、死んだのかい？」

　ロシナーはうなずいた。

「死んだ?」女は泣き虫女の本性を現し、まるで死んだのが自分の母であるかのように泣き出し、小さくしゃくりあげながら言った。「去年の一月八日は、うちで一番いい日だったたんだよ。うちの人が橋の下でお金を見つけて、ママ・カロンの売春宿に行って、あたしの目の前で死んでいるこの売春婦と寝たんだ。帰ってきてからもうちの人はすごく優しくて、あの日だけは、あたしらのだれかを殴ったりしなかったんだよ」

ロシナーは小ばかにしたような目つきで女を見つめ、なんて泣き虫なんだろう、だれでもあんたを殴りたくなるわ、とでも言いたげだった。ロシナーは泣き虫女を追い出して、デウィ・アユがもう死んだことをみなに知らせに行かせた。十二日前にすでに買ってあったから木綿布を買う必要もなかったし、デウィ・アユ本人がすでに入浴をすませていたので、体を洗い清める必要もなかった。そればかりか、体の防腐処理まで本人がすませていた。「できさえすれば」と、ロシナーは最寄りのモスクの導師に向かって手話で伝えた。「この人は自分で自分のためにお祈りもすませるつもりだったんです」。モスクの導師は嫌悪の表情を浮かべて口のきけない娘を見つめ、売春婦の死体のために祈りを挙げるのはごめんだし、ましてやそれを埋葬するなどお断りだと言った。「この人は死んだのですから」とロシナーは言った(やはり手話で)。「もう売春婦ではありません」

モスクの導師キヤイ・ジャーロもしまいには折れて、デウィ・アユの葬式を執り行うことになった。

それほど早く来ようとはほとんどだれも思っていなかったその死のときまで、デウィ・アユはただの一度も赤ん坊を見なかった。運のいいことだ、あんなに醜い赤ん坊が生まれたのを見たら、どんな母親でも想像できないほど悲しんだに違いないから、とみなは言い合った。あれを見たら、安らかに死ぬことなんてできなかっただろうし、あの世でもちょっとした騒ぎを起こしたかもしれない、と。ただロシナーだけが、デウィ・アユがあの赤ん坊を見ても悲しんだだろうとは思わなかった。デウィ・アユが憎んでいたのは美しい女の赤ん坊だということを知っていたのだ。末娘が三人の姉とは似ても似つかず、あれほど醜いと知ったら、デウィ・アユはとても喜んだだろう。けれどもデウィ・アユは、それを知らずじまいだった。ただロシナーはほとんどいつでも主人に忠実だったので、死に臨んだ残りの日々にも、無理に赤ん坊を母親に見せようとはしなかったのである。もしも赤ん坊がどんな姿をしているかを知ったら、ひょっとするとデウィ・アユも死の時を、少なくともあと数年は先延ばしにしたかもしれなかったが。

「ふざけるんじゃない、死は神がお決めになることだ」とキヤイ・ジャーロは言った。

「この人は十二日前から死にたがっていて、そうして死んだのです」とロシナーは、主人譲りの頑固さでもって手振りで言った。

死者の遺言により、いまやロシナーは哀れな赤ん坊の保護者となった。さらには、無駄な骨折りと思いながらもデウィ・アユの三人の娘たちに電報を打って、母親が死んだこと、ブディ・ダルマ共同墓地に葬られることを知らせる役目をも果たした。三人のうちのだれひとりとして戻らなかったが、葬式は翌日の朝に、それまでも、そしてそれから何年も先まで、この町では例のないほどの盛大さで執り行われた。特筆すべきことに、この娼婦と寝たことのある男たちのほぼ全員が、ジャスミンのつぼみに軽く口づけをして、埋葬の輿が進んで行く道中隅々にまでそれを撒き、デウィ・アユの死の輿が通るのを見送った。そしてその男たちの妻や恋人たちも、やはり沿道に並んで、男たちの尻の後ろから葬列を眺めていたが、女たちの嫉妬心はいまだにくすぶり続けていた。この薄汚れた男たちが、もしも機会さえあれば、たとえすでに一体の屍と化していようとも、先を争ってデウィ・アユと寝ようとするのは確実だと思えたからである。

ロシナーは、村の四人の男がかついでいく輿の後ろについて歩いた。その腕に抱かれてぐっすりと眠っている赤ん坊は、ロシナーのかぶっている黒いベールで隠されていた。ひとりの女、例の泣き虫の女が、花びらを一籠持ってその横を歩いていた。ロシナーはその花びらをつかみ取り、硬貨といっしょに空中に投げると、輿の下を駆けていた小さな子どもたちがたちまちそれに飛びついて奪い合い、溝にはまり込み、あるいは預言者の祈りを唱えながら進んで行く参列者に踏みつけられた。

デウィ・アユは墓地の隅にある罪人たちの墓のそばに埋められた。キヤイ・ジャーロと墓掘り人夫との間でそう決めたのだった。そこには、かつて植民地時代の極悪海賊が埋められ、気のふれた殺人鬼が埋められ、幾人かの共産主義者も埋められ、そして今、ひとりの娼婦が埋められたのである。こういった罪人たちは決して穏やかに死ぬことはできないと信じられており、罪人たちの墓はあの世での苦しみのために動き騒ぐに違いないから、安らかに死んで、蛆に食われて安らかに腐敗し、そうしてなににも邪魔されることなく天女たちと交わりたいと望んでいる、よき人々の墓からは遠ざけられるべきなのだ。

盛大な葬式が終わると同時に、人々はまたたく間にデウィ・アユのことを忘れ去った。その日以来、ロシナーとチャンティックをも含めて、だれひとりとしてデウィ・アユの墓参りをする者はいなくなった。墓は、海の嵐に荒らされ、プルメリアの葉が積もり、野生のアフリカ・チカラシバが繁るがままとなった。ただロシナーにだけは、デウィ・アユの墓掃除をしないはっきりとした理由があった。「私たちが掃除をするのは、死んだ人のお墓だけだから」とロシナーは醜い赤ん坊に向かって言った（手話を使ってそう言ったのだが、もちろん赤ん坊には理解できなかった）。

おそらくロシナーは、先の出来事を見通すという、いにしえの賢人たちから受け継がれてきた能力を、わずかに身に着けていたのかもしれない。かつて山地の砂掘り人夫をしていて、老いてからはひどいリューマチを患っている父とともにロシナーが最初にやって来たのは五年前、ロシナーがまだ十四のときだった。父娘はマ・カロンの娼館のデウィ・アユの部屋に姿を現した。はじめのうち、娼婦デウィ・アユはその少女にまるで関心を抱かなかったが、オウムのくちばしにも似た鼻に、銀の目立つ縮れ毛、赤銅色に焼けた皺だらけの皮膚をした老いた男、とりわけ少しでも強く踏み出せば骨がばらばらに飛び散ってしまうかのように、細心の注意を払って足を運ぶその歩き方に、注意を引かれた。デウィ・アユは男がだれなのかすぐにわかり、こう言った。

「おじいさん、病みつきにおなりになったのね。私たち二晩前に寝たばかりじゃありませんか」

男は憧れの人に会った少年のように、はにかんではほ笑み、それからうなずいた。「あんたの腕の中で死にたくてな」と男は言った。「あんたに払う金はないが、この口のきけない娘をやるよ。わしの娘だ」

デウィ・アユは困ったように少女を見つめた。ロシナーはあまり離れていないところに立ち、静かに感じのいい笑みをデウィ・アユに向けた。当時はひどく痩せていて、レースだらけのぶかぶかの服を身に着け、足にはなにもはかず、波打つ髪はまとめて輪ゴムで留めてあるだけだった。山地の娘によくあるように肌はきめ細かく、素朴な丸い顔立ちに、聡明そうな目、短い鼻に厚い唇をしていて、その唇でもって、いつでもだれに対しても感じのよい笑顔を作るのだった。そんな少女をどうしていいのか見当もつかず、デウィ・アユは老いた男に視線を戻した。

「私には三人も娘がいるんですよ。なのに、この子をどうしろって言うんです?」とデウィ・アユは尋ねた。

この子は読み書きもできる、話すことはできないけれど、と父親は言った。私の娘は三人とも読み書きもできるし、それに話すこともできますよ、とデウィ・アユは笑い飛ばしてしまおうとした。だが老いた男は、どうしてもデウィ・アユと寝て、その腕の中で死にたい、だからこの口のきけない少女で支払いをするのだと言い張った。この子のことは、どうしてくれてもいい。「娼婦にして、一生この子の稼ぎの上前をはねてもいい」と老いた男は言った。「この子と寝たいという男がいないのなら、切り刻んで肉を市場で売ったってかまわない」

「そんな肉を食べたがる人がいるとは思えないわね」とデウィ・アユは言った。

老いた男は決して後に退こうとはせず、そうこうしているうちに、おしっこをがまんできなくなった小さな子どものようにせがみ始めた。デウィ・アユには、この老いた男に寝台の上での美しい数時間を与えてやる気がないわけではなかったけれど、その奇妙な支払い方法に心底困惑し、老いた男と口のきけない少女を代わる代わる何度も見つめた。しまいに少女は紙と鉛筆を頼み、そこにこう書いた。

「いっしょに寝てあげてください。この人はもうすぐ死にますから」

そこでデウィ・アユはその老いた男と寝た。途方もない支払い方法に同意したからではなく、どちらかというと、その男が死にかけているという少女の言葉のせいだった。ふたりは寝台の上でもつれ合い、その間、口のきけない少女は部屋の扉の外に置かれた椅子にすわって、さっき父親が持ってきた服の入った小さな鞄を抱えて待った。蓋を開けてみれば、デウィ・アユにとってはたいして時間をかける必要もなかったし、正直なところ、股間の真ん中あたりをなにかがくすぐるのがわかっただけで、なにひとつ感じたとは言えなかった。「トンボが一匹、へその穴を引っかいたようなもの」と娼婦デウィ・アユは言った。男は、まるでオランダ軍の大隊が掃討作戦のために接近中とでもいうように、ほとんど挨拶もなしに獰猛に襲いかかり、激しく動き、リューマチのことも忘れ果てた。性急さがすぐさま成果を表したのは、男が短いうめき声とともに体を突き込んだときだった。はじめデウィ・アユは、その突きによって男が陰茎の中身を吐き出したのだと思ったが、実はそれだけではなく、この老いた男は魂までも吐き出したのだった。男はデウィ・アユの腕の中に倒れ込んで、濡れた槍を突き出したまま息絶えた。

男は、後にデウィ・アユが埋められることになる一隅に、ひっそりと埋葬された。主人の墓掃除は決してしようとしなかったロシナーも、父親の墓参りは欠かさず、毎年断食月の終わりには墓へ行って、草をむしり、おぼつかなげに祈った。デウィ・アユは口のきけない少女を連れて帰ったが、それは少女がその悲しい夜の代金だったからではなく、少女にはもう父も母もなく、他の親類縁者もいなかったからだった。少なくとも、とそのときデウィ・アユは考えた。家での話し相手にはなるし、毎日夕べに毛ジラミ取りをしたり、デウィ・アユが娼館へ行っている間に留守番をさせたりすることもできる。予想に反して、ロシナーが目にしたのは騒々しい家ではまるでなく、質素で実にひっそりとした家だった。壁はクリーム色で、もう何年も塗り直されていないらしく、ガラスは埃まみれで、カーテンは黴臭く、おまけに台所ときたら、コーヒーを一杯わかす以外にはほとんど使われたようすさえなかった。たったひとつ掃除が行き届いているのは浴室だけで、そこには日本人の風呂桶をまねた大きな浴槽が取りつけてあり、それ以外のまともな部屋は女主人の寝室だけだった。その家へやって来てから最初の何日間かで、ロシナーは連れて帰ってもらってそこに置いてもらうだけの価値があることを、身をもって示した。デウィ・アユが昼の間中眠っているうちに、ロシナーは家にペンキを塗り、床を掃除して、木挽き場からもらってきたおがくずで窓ガラスを磨き、カーテンを取り換え、それから庭の手入れを始めたおかげで、まもなく庭は花でいっぱいになった。夕方になって、ようやくデウィ・アユは目を覚ますと、台所から香辛料の香りが漂ってくるのに気づき、デウィ・アユが出かける時間になる前に、ふたりはいっしょに夕食をとった。ロシナーは家がこれほど手入れを必要としていることにもまったく動じなかったけれど、ここに住んでいるのがたったふたりだけという事実を不思議に思った。当時デウィ・アユは、この口のけない娘の手話をまだ知らなかったので、ロシナーはまた紙に書いた。

「三人お子さんがいるとおっしゃいましたね？」とロシナーは尋ねた。

「そうよ」とデウィ・アユは言った。「三人とも、男のズボンのボタンをはずすやり方を覚えたとたん、出て行ったわ」

それから何年かたってロシナーがその言葉をすぐさま思い出したのは、デウィ・アユがもう身ごもるのはごめんだと言い（もうすでに身ごもっていたのだが）、もう子どもを産むのはうんざりだと言ったときだった。ふたりは夕方になると台所の戸口に腰を下ろして、ロシナーが育て始めた鶏が地面をひっかくのを眺めながら、よくおしゃべりをした。そしてまるでシェヘラザードのように、デウィ・アユは幻想的な話をいくつも話して聞かせてくれたが、そのうちの多くは、デウィ・アユがかつて産んだ美しい娘たちにまつわる話だった。そうやってふたりは深い理解に裏打ちされた信頼関係を築いていたので、デウィ・アユが腹の中の赤ん坊をどうにかして殺そうとしたときも、ロシナーはまったくそれを止めようとはしなかった。それだけでなく、デウィ・

アユがあきらめたようすを見せるようになると、ロシナーは持ち前の聡明さを発揮して、手話で娼婦デウィ・アユにこう伝えた。

「赤ちゃんが醜い子であるように、お祈りすればいいです」

デウィ・アユはロシナーの方を振り返って答えた。「お祈りを信用しなくなってから、もう何年にもなるわ」

「だれに向かってお祈りするかによります」。ロシナーはにっこりした。「たしかに、けちな神様もいますから」

おぼつかないながらも、デウィ・アユは祈り始めた。思いつけば、いつであろうと祈った。風呂場でも、台所でも、道でも、おまけにでぶな男がデウィ・アユの体の上で泳いでいるときでさえも、思い出せばすぐに祈った。だれでもいいですから、この祈りを聞き届けてくださる方、神様でも悪魔でも、天使でも、魔人イフリートでもかまいませんから、どうかこの子を醜い子にしてください。それだけでなく、あらゆる醜いものを思い浮かべるようにした。角をはやし、猪のように牙を突き出した悪魔を思い描き、そんな赤ん坊が生まれたら、どんなに嬉しいだろうと考えた。ある日、コンセントを見て、そんな鼻をした赤ん坊を思い浮かべた。それに鍋の取っ手のような耳、貯金箱の穴のよう口、箒のような髪を思い描いた。さらに、便器にうずくまった大便がどれほど汚らしいかに思い当たり、こんな赤ん坊を産めたらと思うと、愉快さのあまり跳び上がってしまった。コモド大トカゲのような皮膚に亀のような足をしていれば、言うことなしだ。デウィ・アユは日に日に奔放さを増していく空想に身をゆだね、その間にも子宮の中の赤ん坊は育ち続けた。

そんな奇行が頂点に達したのは、妊娠して七度目の満月を迎えて安産祈願の儀式を執り行い、ロシナーの介添えで、花びらを浮かべた水で行水をしたときだった。これから生まれてくる子がどんな子であってほしいか願いをかけることのできるその時、デウィ・アユは——おそらく世界ではじめての例だといえるだろうし、そのせいもあって、死の時が訪れるまで願いが叶ったとは思いもしなかったのだが——醜い赤ん坊が生まれますようにと願ったのだった。デウィ・アユは椰子の実の殻に黒い煤で醜い赤ん坊の姿を描いたが、それはほとんど何ものにも似ても似つかぬものだった。本来ならドラウパディーか、シーターか、クンティーか、それともだれであれ、美しいワヤンの登場人物の顔を描くはずだった。どの母親も、少なくともこの町では、そういった美しい子が生まれてきてほしいと願うものだからだ。男の子がほしければ、ユディシュティラかアルジュナかビーマを描く。だが、デウィ・アユの場合は違った。猪やら黒毛猿に似ているというのなら別だが、それ以外は自分の知っている人物のだれにも、あるいはどんな物にも似ていてほしいとは思わなかった。そうしてデウィ・アユは恐ろしげな怪物の姿を描いたわけだが、死体となって埋葬されるときまで、その成果を目にすることはなかったのである。

けれども後になって、二十一年後によみがえった日に、デウィ・アユもそれを目の当たりにすることとなった。

日も暮れかけたころ、突然激しい雨が降り始め、嵐となって、まもなく季節の変わり目がやって来ることを告げていた。丘陵地帯では山犬どもが吠え、その声が響き渡って、モスクでともに夕べの祈りを捧げるようにと呼びかける声をかき消し、呼びかけの効果もあがらないようだった。宵の口に激しく雨が降っているようなときには、だれも外へは出たがらない。ましてや山犬の吠え声に加えて、屍衣をまとった亡霊が、ずぶ濡れになって、田舎道をふらふらとさまよい歩いているようなときには。

共同墓地からデウィ・アユの家までは近いとはいえない距離だったが、バイク・タクシーの運転手も、デウィ・アユを送り届けてやるよりは、バイクを溝に放り込んでさっさと逃げ出す方を選んだ。止まろうとする乗合自動車もない。おまけに道沿いの屋台も店もみな店じまいをして、どの家も戸や窓にしっかりと錠を下ろしていた。道には人影もなく、浮浪者も気のふれた者も姿を消し、さまよっているのは、二度生きることとなったこの老女だけだった。ただ蝙蝠だけが、空を吹きすぎていく嵐に揉まれて四苦八苦しながら飛んでいき、そしてときおりカーテンが開いて、怯えた人々の青ざめた顔がのぞくだけだった。

デウィ・アユは寒さに震え、腹も空かせていた。幾度か知り合いの家だと思われる扉を叩いてみたが、住人は気を失わないまでも、返事をしようとはしなかった。だから、デウィ・アユが埋葬される以前と変わらぬ我が家を遠くから見とめたときは、喜びもひとしおだった。垣根に沿ってブーゲンビリアがずらりと並び、垣根の外側は菊に飾られ、雨の帳の向こうにはポーチの電灯が暖かく灯って、いかにも平穏そうだった。デウィ・アユはロシナーに会いたくてたまらなくなり、もう夕食の支度ができていればいいけれど、と切実に思った。そう考えると、駅やバスの停留所の人々のように、いくぶんあわただしい足取りとなり、今にも屍衣の木綿布がほどけて嵐に吹き飛ばされて、素裸の体が丸見えになりそうになった。デウィ・アユはすかさず手を伸ばして布をつかみ、水浴を終えた娘たちがタオルを体に巻きつけるように、巻き直した。デウィ・アユは子ども、つまり例の四番目の子にも会いたいと思った。どんな姿であれ、見てみたいと思った。よく言われるように、たしかに長い眠りの後には、人はものの考え方が変わるものである。とりわけ二十一年もの眠りの後には。

娘はポーチに置かれた椅子にひとりきりで腰掛けていた。そこは以前、夕暮れによくロシナーといっしょに腰を下ろして毛ジラミを取ったりした場所で、電球のぼんやりとした灯りの下で、娘はだれかを待つかのようにすわっていた。はじめデウィ・アユは娘のことをロシナーだと思ったが、その前に立ったとたんに、見覚えのない娘であることに気づいた。それどころか、そのぞっとするような姿を見て、まるでひどい火傷を負ったかのように、すんでのところで悲鳴をあげそうになり、この世へ戻ってきたのではなく、地獄へ迷い込んでしまったのだという不吉な考えが頭をよぎった。だが、じゅうぶんに気はたしかだったので、その醜い怪物がほかでもないひとりの哀れな娘であることに、すぐに気づいた。それればかりか、大雨の中を屍衣をまとった老女がやって来るのを見ても逃げ出さない人間にようやく出会えて、ありがたいとさえ思った。もちろんデウィ・アユはそれが自分の子であるとはまだ知らなかったし、すでに二十一年もの時が過ぎたことも知らなかったので、ものごとをはっきりさせるために、その娘に声をかけた。

「ここ、私の家なんだけど」とデウィ・アユは言った。「あなた、名前は?」

「チャンティック」

デウィ・アユは無礼にも思わず噴き出してしまったが、すぐにすべてを了解して、笑うのを止めた。黄色いテーブル掛けの上に娘のコーヒーが載っているテーブルをはさんで、もうひとつの椅子にデウィ・アユは腰を下ろした。

「牛が、自分の子がいきなり走れるようになったのを見たときみたいだわ」。当惑しながらもデウィ・アユはそう言って、テーブルの上のコーヒーをもらってもいいかと慇懃に尋ね、それを飲んだ。「私はあなたの母親よ」。誇らしさではちきれんばかりになって、デウィ・アユは言った。この娘は、まさにデウィ・アユの望んだとおりの姿だったのである。もしも雨が降っておらず、それに腹も空いていなくて、月が明るく輝いていたら、屋根の上へ駆け上がって踊って寿ぎたいところだった。

娘は目も合わせず、一言も口にしなかった。

「夜遅くにポーチでなにをしていたの?」とデウィ・アユは尋ねた。

「王子様が来るのを待ってるの」。なおも振り返ろうとはしなかったが、とうとう娘はそう言った。「醜い顔の呪いを解いてもらうの」

娘がりりしい王子に固執するようになったのは、おそらく他人は自分のように醜くはないと気づいたときからだった。ロシナーは、娘がまだ抱っこ布で抱かれていた赤ん坊のころから近所の家々に連れて行ってみたが、だれひとり迎え入れてはくれなかった。子どもたちは悲鳴をあげて一日中泣き続け、老衰した人々はとたんに熱を出して、二日後には死んでしまうからだった。ふたりはどこへ行っても拒絶され、学校へ上がる年齢になっても、どの学校もチャンティックを受け入れようとはしなかった。あるときロシナーは、ある学校の校長に頼み込んでみたが、校長は醜い少女よりも口のきけない娘の方に関心があるらしく、無礼にも閉めきった校長室の中でロシナーを手籠めにしようとした。賢明なロシナーは、何事においても必ず道があるはずだと考えた。チャンティックを学校へ入れるために自分が処女を失わねばならないのなら、どういう方法であれ、そうしてやるつもりだった。そこでその朝、ロシナーは素裸になって校長の回転椅子にすわり、扇風機のうなりの下で、二十三分間性交をしたのだが、今回ばかりはロシナーもまちがっていた。チャンティックはやはり入学させてもらえなかったのである。もしもチャンティックが入学すれば、他の子どもたちが入学したがらなくなるに決まっていたからだった。

それでもあきらめはせず、とうとうロシナーは、家で自分がチャンティックに勉強を教えることにした。少なくとも算術と読み書きなら教えられる。ところが、まだなにも教えていないというのに、少女がトッケイヤモリのような声ですでに正しく数えられることを知って、ロシナーはあっけに取られた。さらに驚いたことに、ある日の夕方、少女が母親の残した本をどっさり持ち出してきて、大きな声でそれを読んでいるのを目にしたのである。この不思議はなんとも理解しがたいものだったが、そもそもの始まりは、字を読めるようになる何年も前に、いったいだれに教えられたものか、少女がしゃべれるようになったことだった。ロシナーはチャンティックをこっそり見張っていたが、なんの手がかりも得られなかった。チャンティックは家の垣根よりも遠くへは決して出て行かなかったし、訪ねてくる者もだれもおらず、会ったことのある人間といえばロシナーだけで、ロシナーといえば口がきけず、手話で話をするだけだったのである。ところが現実には、幼いチャンティックは、目に見えるものであろうとなかろうと、どんな物の名でも正しく言うことができたし、おまけに家でうろうろしている猫やイモリや鶏やアヒルに名前をつけてやりさえした。同じ不思議がまた起きたのである。だれひとり字を教えた者はいないのに、チャンティックは本を読めるようになったのだった。

そういった不思議な点を別にすれば、チャンティックはやはり醜い顔をした、哀れで悲劇的な少女だった。

ロシナーは、チャンティックが窓のカーテンの陰に立って、道行く人々をこっそりと眺めているのをよく目にしたし、なにかを買いに出かけなければならないときに、連れて行ってほしそうにチャンティックが自分を見つめるのも知っていた。言うまでもなく、ロシナーは連れて行ってやるのをいやだと思ったことは一度もなかったし、連れて行ってやりたいとも思っていたのだが、チャンティックの方がついて行くのを拒絶し、哀れを誘う声で言うのだった。「やめとくわ。みんな、一生食欲をなくしてしまうでしょうから」

チャンティックは夜明け前の、まだ人々が起き出していないころに外へ出かけて行く。そのころなら、急いで市場へ向かう野菜売りや、急いで畑へ向かう農夫や、あるいは急いで家へ向かう漁師が、せかせかと歩いたり自転車を飛ばしたりして通り過ぎるだけだし、明け方の薄暗がりのおかげで、そういう人々の目にチャンティックの姿は見えないのだった。それはチャンティックにとって、世界と出会い、巣へ帰る蝙蝠と出会い、ハタンキョウの梢で目を覚ました四十雀と出会い、けたたましく時をつくる鶏と出会い、さなぎから羽化して飛び立ちハイビスカスの花びらに止まる蝶と出会い、足拭きマットの上でのびをする猫と出会い、近所の台所から流れてくる匂いと出会い、遠くから聞こえてくるスイッチを入れられたばかりの機械の音と出会い、どこかから漏れ出してくるラジオの説教の声と出会い、とりわけ東の空でちかちかしている金星と出会う時間だった。そうしてチャンティックはスターフルーツの木の枝に吊り下げられたブランコに腰掛けて、金星をゆっくりと眺めるのだった。ロシナーは、その明るくちかちかと輝く小さな光が金星という名であることすら知らなかったけれど、チャンティックはよく知っていたし、運命を告げる星座についても同じくらい詳しかった。

朝日が昇ると、いじめっ子を怖れて亀が頭を引っ込めるように、チャンティックは家の中へ姿を消してしまう。それというのも、学校へ行く子どもたちがいつも決まって垣根の門の前で立ち止まり、チャンティックを見ようとして、扉や窓を興味津々で眺めるからだった。親たちは、すでにチャンティックにまつわる恐ろしい話を子どもたちに語って聞かせていた。怪物があの家に棲んでいて、ちょっとでも聞き分けのない子がいれば首を切り落としてやろう、だだをこねたりすれば生きたまま食ってしまおうと待ち構えている、というのである。そういった話のどれもが、幽霊のように子どもたちにつきまとうのにじゅうぶんなだけの力を備えていたし、同時に好奇心をかき立てるものでもあったので、子どもたちは実際にその姿を見届け、ほんとうにそんな恐ろしい化物がいるのだということを、自分たちの目で確かめたいと考えていた。それでも子どもたちがその姿を見届けることは決してなかった。というのは、たちどころにロシナーが箒を逆さまに握って現れるからで、子どもたちは逃げ出しながら、口のきけない娘に向けて、大声でからかいの言葉を投げつけるのだった。それに実のところ、垣根の門の前で立ち止まってチャンティックを一目見ようとするのは、子どもたちだけではなかった。輪タク《ベチャ》に乗って通り過ぎる母親たちもちらりと家の方へ顔を向けるし、仕事に出かける人々も、羊を追って行く牧童も、やはり同じだった。

　チャンティックは夜にも外へ出て行くが、そのころには子どもたちは家から出してもらえず、親たちは子どもの世話で忙しく、ただ漁師たちが櫂と網をかついで急ぎ足で海へと出かけて行くだけだ。一杯のコーヒーを用意して、チャンティックはポーチの椅子に腰を下ろす。夜遅くにポーチでなにをしているのかとロシナーが尋ねると、チャンティックは母親に向かって答えたのと同じ答えを返すのだった。「王子様が来るのを待ってるの。醜い顔の呪いを解いてもらうの」

「かわいそうな子」と、その夜、母親は言った。ふたりがはじめて顔を合わせた夜のことである。「ほんとうは、こんな恵みを与えられたのを喜んで、踊り回るべきなのに。さあ、お入り」

　デウィ・アユは再びロシナー流の細やかな気遣いにありついた。口のきけない娘ロシナーは、またたく間に以前と変わらず浴槽に湯を満たし、サルファ剤入り石けんと軽石も忘れず、さらに白檀の木の切れ端とキンマの葉も用意したので、食卓についたとき、デウィ・アユは生き生きとして見えた。物も食べずに過ごしてしまった年月を取り返そうとするかのように、デウィ・アユががつがつと食事をするのを、ロシナーとチャンティックは眺めた。デウィ・アユは鰹を二切れ、骨まで残さず食べ、それからスープを一椀とご飯を二皿分たいらげた。細かく刻んだ燕の巣を入れた透んだ汁も飲んだ。いっしょに食卓についているふたりよりも勢いよく食べた。食べ終わって腹をごろごろいわせ、尻の穴から抑えた屁のようなぷしゅっという音を何度も発し、ナプキンで口をぬぐいながら、デウィ・アユは尋ねた。

「私、どれくらいの間死んでいたのかしら？」

「二十一年」とチャンティックが答えた。

「そんなに長いこと、ごめんなさいね」。デウィ・アユは心から申し訳なさそうに言った。「お墓の中には目覚し時計がなかったもんだから」

「今度は忘れずに持って行って」とチャンティックは気遣いを見せて言い、さらにこうつけ加えた。「蚊帳も忘れないで」

デウィ・アユは、ソプラノの歌声のように甲高く細い声でチャンティックが言った言葉には取り合わず、また言った。「まったくびっくりするわね。二十一年後に生き返るなんて。十字架に磔にされて死んだあの長髪の男でさえ、復活するまでに三日しかかからなかったというのに」

「ほんとうにびっくりしたわ」とチャンティックが言った。「今度は来る前に電報を打って」

なにはともあれ、デウィ・アユはチャンティックのその声を無視することはできなかった。よくよく考えてみると、娘の声音の中には敵意が感じ取られるようだった。デウィ・アユは娘の方を見やったが、醜い娘は意外なことに、ほほ笑んでみせた。あるいは、ほんとうは獅子舞の獅子がにたりとしたと言った方が近く、自分の言った言葉にはなんの含みもなく、ただ今度はでたらめなまねをしないでほしいと警告しているだけなのだ、と語っているようだった。だが、たいして時間をかけるまでもなく、その醜い笑顔の裏に怒りの香りが漂っているのを感じ取ることができた。デウィ・アユは味方を求めるようにロシナーの方を見やったが、口のきけない娘はどんな底意もない笑顔を返しただけだったので、デウィ・アユはロシナーに向かって言った。

「あんたはいきなり四十歳になってしまったわけね。あと少しすれば、年取って皺だらけになるわよ」。そう言いながら、デウィ・アユはくすりと笑い、三人の食卓を活気づけようとした。

「蛙みたいに」と、ロシナーが手話で言った。

「コモド大トカゲみたいに」とデウィ・アユが言った。

ふたりはチャンティックに視線を向け、チャンティックがなにか言うのを待ったが、長く待つまでもなかった。

「あたしみたいに」とチャンティックは言った。短く、おぞましく。

数日の間、デウィ・アユはこの家にうっとうしい怪物がいることは無視することにして、死んだ人々の世界の話を聞こうとしてやって来る昔の友人たちの相手をして、忙しく過ごした。ずっと昔にいやいやながらデウィ・アユの葬式を執り行い、少女がミミズを見るときのように、嫌悪もあらわにデウィ・アユを見たあの聖職者《キャイ》でさえ、敬虔な人々が聖人たちに対してとるような慇懃な態度でやって来て、よみがえりとは奇蹟であり、聖なる人にあらずしては何人の上にも奇蹟は訪れない、と心から申し述べた。

「もちろん私は聖なる人ですよ」。デウィ・アユはほがらかに言った。「だって、二十一年間、だれひとり私に手を触れなかったんですからね」

「死ぬというのは、どういう感じのするものですかな」とキャイ・ジャーロは尋ねた。

「正直言って、気持ちのいいものだったわね。ただそれだけの理由で、死んだ人は戻って来ようとはしないんでしょうね」

「でも、あなたはよみがえられた」とキャイは言った。

「それを伝えるために戻って来たのよ」

これは金曜日の昼の説教にはもってこいの話題だと、キヤイは上機嫌で帰って行った。ずっと昔には、あの娼婦の家を訪問することは破戒であり、あそこの垣根に触れただけでも地獄の業火に焼かれるだろうと叫んだものだったが、もうデウィ・アユの家へ行くのを恥じる必要はなかった。本人が言ったように、二十一年間だれにも触れられなかったのだから、もはや娼婦ではなくなったわけであり、いまや、そしてこれから先も、だれひとりとしてあの女に触れようとする者はないに決まっていたからである。

老女が死からよみがえったことを巡る騒ぎでもっとも迷惑を被ったのは、他でもなく、自分の部屋に鍵をかけて閉じこもらなければならなくなったチャンティックだった。ありがたいことに人々の訪問は数分を超えることはなかったけれど、それというのも、みな時をおかず、閉めきった部屋の扉の向こうから漂い出す、身の毛のよだつような恐怖を感じ取るせいだった。黒くおぞましく不吉な風が、襲いかかるように、吐き気をもよおす異様な臭いをともなって、扉の隙間や鍵穴や通風孔から滑り出し、寒気が深く骨の髄に至るまで訪問客を突き刺すのである。ほとんどだれもチャンティックを見ることはなく、記憶にあるのは、母親のお産を手伝ったときや、産婆が乳母を求めて村を歩き回ったときの赤ん坊の姿だけだった。けれどもそれを思い出しただけでも、あの怪物が棲んでいるとみなが信じている部屋の扉に視線がぶつかったり、不気味な臭いが風に乗って鼻先をかすめたり、静けさが耳を騒がせたりすると、うなじの毛が逆立ち、全身が震えた。そうなると訪問客の口は適当な社交辞令を述べるだけで、驚異のデウィ・アユからなんでもいいから聞き出そうと思ってやって来たことなど忘れ果て、砂糖抜きのお茶を勧められるままになんとか半分だけ飲むと、そそくさと立ち上がり、いとまごいをして出て行き、他の人にその話をするのだった。

恐怖に満ち満ちた訪問を終えた人々は、だれかれに向かって言った。「死からよみがえったデウィ・アユにどんなに関心があっても、あの家には入らない方が身のためですよ」

「どうして?」

「身の内から湧いてくる恐怖に打ち負かされて、死んでしまうでしょうから」

もうだれも訪ねて来なくなると、ポーチにすわってりりしい王子を待ち、星々を眺めて運命を占うといういつもの習慣以外にも、チャンティックのようすがなにやらおかしいことにデウィ・アユは気づいた。夜中にチャンティックの寝室から物音がするのを聞きつけ、デウィ・アユは寝台から下りて、暗闇の中をチャンティックの部屋へ行ってみた。物音は実にはっきりしていたので、デウィ・アユはどうしていいかわからず扉の前に立ちつくし、醜い娘の口からもれる声を耳にして、いっそう困惑を深めた。扉を開けようともせずそこに立ちすくんでいると、ロシナーが懐中電灯を手にしてやって来て、女主人の顔を照らした。

「この騒々しい物音ならよく知ってるわ」と、なかばささやくような声でデウィ・アユはロシナーに言った。

「娼婦の部屋でね」

ロシナーもうなずいて同意した。

「ベッドの上で性交するときに出す声よ」とデウィ・アユはまた言った。

ロシナーもまたうなずいた。

「問題なのは、あの子がだれと性交しているのか、それともだれがあの子と性交したいと思ったのかってことよ」

ロシナーは首を振った。あの子はだれと性交しているわけでもありません。あるいはだれかと性交しているのですが、それがだれなのかはわかりません。というのは、その姿は決して見えませんから。デウィ・アユはこの口のきけない娘の冷静さに感嘆したようすで、あの狂ったような年月に、ただこの娘だけが自分を理解してくれていたことを思い出した。その夜、ふたりは台所に腰を下ろし、デウィ・アユの死後も相変わらず使われ続けてきた竈《かまど》の前で、水を火にかけ、コーヒーを淹れるための湯が沸くのを待った。そしてカカオの小枝と乾燥した椰子の枝と椰子の実の繊維とからなる乾いた薪《たきぎ》の先端をなめていく炎だけに照らされながら、ふたりは昔よくそうしたように話をした。

「あの子に教えたの?」とデウィ・アユが尋ねた。

「なにを?」と、ロシナーは声は出さずに口だけを動かして聞き返した。

「マスターベーション」

ロシナーは首を振った。チャンティックはマスターベーションをしているのではなく、だれかと性交をしているのですが、それがだれかはおわかりにならないでしょう。

「どうして?」

わたしにもわからないから、とロシナーは首を振った。

ロシナーはこれまでの不思議を全部語って聞かせた。チャンティックがまだ小さかったころ、だれも教えないのにしゃべれるようになったこと。六歳になると、読み書きまでできるようになったこと。ロシナーは結局なにひとつ教えはしなかった。チャンティックは、ロシナー本人にもできないようなことさえ、あれこれとできるようになったからである。九歳で刺繍が、十一歳では裁縫ができるようになったし、それに、あなたが食べたいものならなんでも料理できるのはいうまでもありません。

「きっとだれかが教えたのよ」。わけがわからなくなって、デウィ・アユは言った。

「でも、だれもこの家には来たことがありません」とロシナーは手話で答えた。

「どうやってここへ来たのか、それともどうやって私やあんたに知られずに来たのかは、この際どうでもいいわ。でも、それはやって来て、あらゆることをあの子に教え、おまけに性交まで教えたのよ」

「それはやって来て、ふたりは性交した」

「この家には幽霊が出るのよ」

ロシナーはこの家に幽霊が出るとは考えたこともなかったが、デウィ・アユにはそう信じるだけの理由があった。だがそれはまた別の問題で、それについてロシナーにはなにも言いたくなかった。少なくとも今夜のところは。デウィ・アユは立ち上がって、急いで寝台に戻り、火にかけた水とコーヒーの粉を入れたカップのことも忘れてしまった。

老女デウィ・アユは、それから何日かの間、醜い娘のようすをこっそりうかがい、すべての不思議に対するもっとも納得できる説明を探し求めたが、それというのも、それらすべてをやってのけたのが幽霊であるとは信じたくなかったからだった。この家に幽霊が出るのはほんとうだったのだが。

ある朝、デウィ・アユとロシナーは、ひとりの老いた男が火の入った竈の前にすわり、朝の肌寒さに震えているのを見つけた。男はゲリラ戦士のような身なりをしていて、髪はくしゃくしゃに乱れ、赤茶けて固まり、萎えた黄色の椰子の葉の鉢巻をしめていた。もう何年もの間飢えに苦しんでいるかのような顎の尖った顔のせいで、いっそうゲリラめいて見え、それに黒い着物は泥と乾いた血のしみだらけ、さらに腰には革のベルトに結びつけた小さなナイフがぶら下がっていた。戦時中のグルカ部隊のような靴をはいていたが、男の足には大き過ぎるようだった。

「どなた?」とデウィ・アユが尋ねた。

「小団長と呼んでくれ」と老いた男は言った。「寒いもので、しばらく竈に当たらせていただきたい」

ロシナーはやや理性的に成り行きを判断した。もしかすると男はほんとうに小団長なのかもしれない。昔、小団を率いていて、たぶんハリムンダ大団所属で、日本軍に対して反乱を起こし、森へと逃げ込んだのだ。何年もそこに閉じこもったきりで、日本もオランダももうとっくにいなくなり、国旗も国歌もある共和国となったことを知らなかったのだろう。ロシナーは同情を込めた目つきで朝食を与え、やや大げさな敬意をもって男をもてなした。

ところがデウィ・アユはどちらかというと疑いの目で男を見つめ、この男が、娘が毎晩待っていた王子なのだろうか、そしてこの男こそが、あの子に性交を教えたのだろうかと怪しんだ。男は七十は超えているようで、もう何年も前に不能になっているはずだ、と思い至ってデウィ・アユはその不吉な考えを払いのけた。そればかりか、男にこの家に住んではどうかとさえ勧めた。まだ空いている部屋があるのだし、男は現実世界とのつながりをすでに失ってしまっているように見えたからである。

小団長は、たしかに自分の置かれた状況に当惑していたので、その勧めに従った。それはデウィ・アユが死からよみがえってから三ヶ月後の火曜日のことで、その日、チャンティックが自室で哀れなさまで倒れているのが発見されたのだった。母親はロシナーの手を借りてチャンティックを助け起こし、寝台の上に横たわらせた。ふたりの背後にふいに小団長が姿を現して言った。

「その子の腹を見なさい。身ごもっている。もう三ヶ月近くだ」

信じられない思いでデウィ・アユはチャンティックを見つめたが、その目つきにはもはや当惑ではなく、自分の無知に対する抑えがたい怒りがにじみ出し、やがてデウィ・アユは尋ねて言った。「どうやってあんたは妊娠したの？」

「あなたが四度妊娠したのと同じように」とチャンティックは言った。「服を脱いで男と寝たのよ」

2

なにかただならぬことが起きたに違いなく、ある夜、男は無理やりデウィ・アユと結婚させられた。いびきをかいて眠っている最中に一台のコリブリが家の前に止まり、真夜中にエンジンのたてるやかましい音で、男は目を覚ました。その老いた男、マ・グディックは、まだ驚きも冷めやらぬうちに、嵐のようにまた新たなる驚きに見舞われた。ひとりの強面の男が車から降りて、腰に下げた鉈を揺らしながら扉のまん前で眠っていた老人の飼い犬を蹴飛ばすと、怒った犬はやかましく吠え立てて飛びかかろうと身構えたが、それも無駄に終わった。コリブリを運転していたらしいもうひとりの男が、犬に向かって猟銃をぶっ放したのである。犬は少しの間吠え声をあげてから息絶えたが、ほぼそれと同時に、先ほどの強面の男が、老人のささやかな小屋のアルバシア材でできた戸板を蹴飛ばし、扉は瞬時にして力なく蝶番からぶら下がった。

小屋の中は真っ暗で、棲んでいるのは人間よりも蝙蝠やヤモリの方が多かった。開け放された戸口から差す月の光でぼんやりと見える限りでは、部屋はふたつしかない。ひとつは寝室で、そこにはひとりの老人が当惑して寝床の端に腰掛けており、もうひとつは台所で、そこにある竈の口は灰でほぼ満杯だった。老人が竈と寝台と戸口へ行く道筋を残して、どこもかしこも蜘蛛の巣だらけだった。馬小屋や豚小屋のどんな悪臭よりもひどい小便の臭いに強面の男はしばし咳込んだが、竈のそばにあったくずの山の中から乾燥した椰子の葉をひとつかみ取ると、折り曲げて先端にガスライターで火をつけ、たいまつ代わりにした。たちまち小屋の中が照らし出され、そこにある物すべての影が揺れ動き、蝙蝠どもが飛び回り始めた。老人はまだ寝床の端にすわったままで、依然として困惑したまま、招かれざる客を見守っていた。

次なる驚きは、強面の男に、若い娘の手で書かれたらしい整然とした文字の並ぶ石版を見せられたことだった。老人は読み書きができず、強面の男もできなかったが、それでもなんと書いてあるのかは知っていた。

「デウィ・アユがおまえと結婚したがっている」と男は言った。

なにかの冗談に違いない。どれほど度はずれた夢想であっても、そこまで度を越したことはかつてない。この老いた男はおのれをわきまえているはずで、もう半世紀以上も生きているのだし、夫がデリの地で死んだり、ボーヴェン・ディグルへ流刑になったりして後家となった老女たちでさえ、こんな荷車引きの男と結婚するぐらいなら、後世のために功徳を積んだ方がましだと考えただろう。女ひとりを食べさせていくことができればまだいい方で、この男は女たちとどうやって寝ればいいのかもほとんど忘れかけていた。最後に売春宿へ行ったのはもう何年も前のことだったし、それに最後に自分ひとりで手を使って処理したのも、やはり何年も前のことだったのである。そこで、とまどいながらこの田舎者の男は強面の男に向かって言った。

「あの子を生娘でなくならせることさえできそうにないのに」

「おまえさんがやろうが、犬のチンポコがやろうが、そんなことはどうでもいい。あの娘はおまえと結婚したがっている」。強面の男は獰猛な口調で言った。「いやだと言えば、スタームラーの旦那がおまえさんを山犬の朝飯にするだろう」

そう言われただけで老人は身震いした。オランダ人の多くは猪狩りのために山犬を飼っていて、気に食わない地元民がいると、山犬と生きるか死ぬかの格闘をさせるという話も嘘ではなかった。それにしても、この伝言がほんとうだったとしても、デウィ・アユと結婚するというのは、かんたんにすませられる問題ではなかった。第一、老人にはなぜ自分がデウィ・アユと結婚しなければならないのか理解できなかった。もっと深刻な問題として、老人は決してだれとも結婚しないという誓いを立てていたのである。飛んで空へと消えた、マ・

イヤンというひとりの女への永遠の愛の証として。

その女のことはまた別の話であり、実らずに終わった悲恋の物語だった。ふたりは漁村に住んでいて、毎日のように顔を合わせ、同じ河口で泳ぎ、同じ魚を食べ、ふたりが肉体関係を結ぶのも時間の問題であることは明らかだった。まもなくふたりは若者と若い娘になろうとしていたからだ。同じ年ごろのどの子どもたちとも違って、マ・グディックはどこへ行くにも母親の乳を入れた竹筒を携えていた。歩けるようになって母のもとから離れて出かけるようになって以来、ずっとそうしていたのである。とうとうある日、こらえきれなくなって、マ・イヤンは、なぜまだそのお乳を飲んでいるのか、もう十九年もたって腐っているのに、と尋ねた。

「俺の親父は年取るまでお袋の乳を飲んでたんだ」

マ・イヤンは理解した。パンダンの藪陰で、マ・イヤンは服を脱ぎ、成長しかけでまだほんのちっぽけな胸の乳首を吸うようにと男に言った。乳は出てこなかったが、マ・グディックにとって、竹筒から母の乳を飲むのをやめ、この娘を死ぬほど愛してしまうには、それだけでじゅうぶんだった。それがすべての始まりだったが、しまいにはある夜、一台の馬車が迎えに来て、マ・イヤンは魔術舞踊《シントレン》の踊り子のような化粧をほどこされ、とてもきれいであると同時に痛々しい姿となった。なにを聞きつけるにも必ず遅れをとってしまうマ・グディックは、浜辺を駆け通して馬車を追い、ようやく追いすがると、馬車の横を駆けながら、御者の後ろにすわっている美しい娘に向かって大声で尋ねた。

「どこへ行くんだ?」

「オランダの旦那のところ」

「なにしに?　オランダ人の召使いになんかなることないのに」

「そうじゃないの」と娘は言った。「妾《めかけ》になるの。あなたもあたしのこと、ニャイ・イヤンって呼ぶことになるのよ」

「くそっ」とマ・グディックは言った。「なんで妾になんかなりたいんだ?」

「もしもそうしなかったら、父さんと母さんが山犬の朝ご飯にされてしまうの」

「俺がおまえのこと好きだって知ってるか?」

「知ってる」

マ・グディックは馬車の横を駆け続け、若者と娘のふたりはこの痛ましい別れにともに涙を流し、御者は困ったようにそれを見守っていた。賢明にも御者はふたりを少しでも落ち着かせようとし、気がふれたように余計なことを口走ってしまった。

「愛があれば、互いに相手を自分のものにする必要なんかない」

これはなんの慰めにもならず、かえってマ・グディックは砂の道の端に倒れ、おのれの惨めさを嘆いて声を放って泣いた。娘は御者に少しの間止まるように言い、馬車が後戻りすると、そこから降りて若者のそばに立った。老いた御者と馬と合唱している蛙と梟と蚊と蛾とを立会人として、娘は約束した。

「今から十六年たったら、オランダの旦那はあたしに飽きるでしょう。岩山のてっぺんで待っていて。もしもまだあたしを愛していたら、そして、なによりもオランダ人の残りものでもまだ欲しいと思うのなら」

それ以来ふたりは一度も顔を合わすことはなく、音信も途絶えてしまった。マ・グディックは、花開きかけたばかりの十五の恋人を欲した好色なオランダ旦那がだれなのかすら知らなかった。マ・グディックは十九で、たとえ恋人がぼろぼろになって戻って来ようとも、変わらず愛し続けると誓ったのだった。

けれども恋人を失うのは単純なことではなかった。マ・グディックは恋人を待つ日々が始まるとすぐ、狂人以上に狂い、愚か者以上に愚かで、喪に服す人々よりも悲痛な男となった。当時、マ・グディックはすでに港の荷車引き兼人足となっており、仲間たちはマ・グディックを慰めようと、他の女と結婚しろと言ったが、マ・グディックは稼いだ賃金と時間を賭け事に費やす方を好み、椰子酒に酔って家へ帰った。他の女と結婚しろと勧めるのをあきらめた仲良しの友人たちは、売春宿へマ・グディックを誘うようになった。少なくとも、女の体が悲しみの欲望を和らげてくれるだろうと思ったのである。当時、売春宿といえば突堤の端に一軒あるだけで、もともとは兵営で暮らすオランダ兵の必要を満たすために建てられたものだったが、性病が蔓延して以来、兵士たちはだれもそこへ足を向けず、専用の情婦を囲うことにして、やがて港の労働者たちがその売春宿へ通うようになった。

「結婚するのも売春宿へ行くのも、どちらも裏切りだ」と、頑固にマ・グディックは言った。ところがその一週間後、酔ってなかば意識を失っている間に仲間たちに売春宿へ引っ張って行かれ、一日分の賃金をはたいて場所代を払い、陰部の穴が鼠穴ぐらい大きな、むっちりとした女を買うと、マ・グディックはたちまち売春宿の魅惑の虜となり、前言を撤回した。「売春婦と寝るのは裏切りにはならない。愛ではなくて金を払って寝るんだから」

それ以後マ・グディックは突堤の端の売春宿の忠実なる常連となり、そこの女たちと寝ながら、自分のもとを去って行った娘の名をつぶやいた。ほとんど毎週末、マ・グディックは今でも変わらず仲良しの仲間たちとそこへ出かけた。持ち合わせがじゅうぶんにあるときはそれぞれみな別々の女と寝たが、懐具合のさびしいときは、五人いっしょにひとりの女と寝ればよかった。何年かたつうちに、その仲間たちもひとりまたひとりと結婚していった。ひどく困難な時代となった。ほとんどの仲間にとって売春宿へ出かける時間はなくなってしまったし、なによりも、彼らには金ではなくて愛でもって寝ることのできる妻たちがすでにいるのだった。売春宿へひとりで出かけて行くのはこの世でもっとも惨めなことだったので、苦難の時代だった。孤独を感じるようになると、手を使って自分で処理する練習を始め、どうしてもがまんができなくなると、真夜中にひとりでこっそり突堤の端へ忍んで行き、漁師たちが沖から戻ってくる前に家へ帰った。

やがてマ・グディックは、社会の敵とはいえないまでも、奇怪な男となった。幾度も近所の家畜小屋で騒ぎを起こしているのを目撃されたが、実は雌牛を強姦している最中だったり、あるいは鶏を腸がはみ出すまで犯したりしていたのである。ときには羊飼いの子どもを殴りつけ、羊を一頭捕まえて草原の真っただ中で犯したりもしたが、芋の葉でいっぱいの籠を手にした中年の女がそれを見て、すさまじい欲情の恐怖を目の当たりにしたせいでヒステリーを起こし、田の畦道を駆け通しに駆けた。風呂にもまったく入らないようになっていたから、だれもがマ・グディックから遠ざかった。米の飯もなにも食べたがらなくなり、口にするものといえば、自分の糞とバナナ畑で見つけた他人の糞だけだった。家族や友人たちはひどく心配して、すぐに呪医か呪術師を呼んだ。どんな病気でも治せるという評判を聞いただけで、遠くから遥々呼び寄せたのである。呪医はインド人で、白い衣をまとって顎鬚を風に揺らし、いかにも賢人らしく、呪医というよりは聖人めいて見えたが、マ・グディックを山羊小屋で診察した。一月前からマ・グディックはとうとうその小屋につながれる身となり、小屋の汚物だけを食べて生きていたのである。落ち着き払って、呪医は気を揉む人々に向かって言った。

「ただ愛だけが、狂った人を治すことができるのです」

それは非常にむずかしいことで、マ・グディックのためにマ・イヤンを取り戻してやるのと同じくらい困難だった。しまいにはみなあきらめてしまい、恋人を待つ年月の間、マ・グディックはそのままそこにつないでおかれることになった。

「あのふたりは十六年先の約束をしたんだよ」と母親はうんざりして言った。「その日が来る前に、あの子は腐っちまうよ」。この女が、マ・グディックをつないでおくことに決めたのだった。肛門から腸がはみ出て瀕死となった鶏を六羽殺してしまわねばならなくなって、腹を立てたのである。

ともあれ、マ・グディックは腐りはしなかった。それどころか、待つ日々が終わりに近づくにつれて、頬は赤味を帯びて実に健康そうに見えるようになった。学校の子どもたちは、昼に家へ帰って家畜を追う仕事を始める前に、裸足のまま山羊小屋の前に群がって、マ・グディックをからかい、マ・グディックの方は唾を使って自分の陰茎をこすって可愛がるやり方を子どもたちに教えた。そのせいで学校の教師たちは、子どもたちがマ・グディックに近づくのを禁じた。けれどもその子どもたちがマ・グディックに教わったことをさっそく試してみたのは明らかで、夜中になると、子どもたちのうちの何人かがこっそりと山羊小屋までやって来て、ふつうに小便するよりも、もっと気持ちのいい小便の仕方があることをはじめて知ったよ、と声をひそめてマ・グディックに言った。

「女の子のあそこを使ってやったら、もっと気持ちがいいんだ」

ある日の昼下がりに、九歳の子どもふたりがパンダンの藪陰で性交しているのをひとりの農夫が発見すると、村人たちは情け容赦なくマ・グディックの山羊小屋を板でふさいでしまった。マ・グディックは中に閉じ込められて、だれも話しかけてくる者はいなくなり、もちろん差し込む日の光もなくなった。

そんなこらしめも、マ・グディックの気力をくじくことはまるでできなかった。体は家畜小屋に閉じ込められ、つながれていても、口では下品な歌を歌って聖職者たちの顔を赤らめさせ、夜中になると、たくさんの人を不眠に悩ませた。そんなことが何週間も続き、その一種の仕返しのせいで、人々は苦しみつつ怖気《おぞけ》を震った。ところが、村人たちがマ・グディックの口を若い椰子の実でふさいでしまおうと決めたとき、突然不思議なことが起きた。その朝、マ・グディックはもう下品な歌は歌わず、逆に、美しい愛の歌を歌い、多くの人がそれを聞いて涙を流した。歌はあまりにも美しく、村の端から端まで、みなが仕事の手を止めて、天女が空から降りてくるのを待つかのように、うっとりと聞きほれた。みなは、なぜこの不思議が起きたのかすぐには気づかなかったが、しまいに村人のひとりがなにが起こったのかに思い当たった。その日は約束の日だったのである。その日、マ・グディックは岩山のてっぺんで恋人と会うことになっていたのだ。

マ・グディックの知り合いのほとんどが、たちまち山羊小屋のまわりに集まって、ふさいでいた板を取り外し始めた。湿気のせいで鼠穴のような鼻をつく臭いのたちこめる山羊小屋に光が差し込んだとき、人々は、マ・グディックが依然としてつながれたまま横たわって愛の歌を歌っているのを見出した。村人たちはマ・グディックの縛《いまし》めを解いて堀へと連れて行き、生まれたばかりの赤ん坊にするように、あるいは死んだばかりの老いた男にするように、みなで寄ってたかってマ・グディックを洗い清めた。体には、薔薇の油からラヴェンダーの油に至るまで、ありとあらゆる香水を塗りつけ、オランダ人の古着であるシャツとパンタロンという実に上等で暖かな着物を着せてやり、柩《ひつぎ》に納められようとしているキリスト教徒の遺体のように装わせた。支度がすべて整うと、昔の友人の何人かが心からの感慨を込めて言った。

「おまえ、ほんとうに男前だぞ。うちのかみさんがおまえに惚れちまわないかと心配になるよ」

「もっともだ」とマ・グディックは言った。「羊やワニでさえ俺に惚れちまうんだから」

あのインド人の呪医の言ったとおり、愛は病を癒すことができるのである。どんな病であっても。マ・グディックを見ても怖れる者はひとりもなく、みな過去の異常な振るまいのことも忘れてしまった。若い娘たちまでも、マ・グディックの手が無礼を働くのを怖れる必要もなくマ・グディックのすぐそばに立ち、信心深い人々も、卑猥な言葉を耳いっぱいに注ぎ込まれる心配もなく、マ・グディックに向かって慇懃に言葉をかけた。母親は唐突に病気が治ったことを祝ってささやかな宴をもうけ、円錐形に盛ったターメリック飯と、まっとうなやり方で屠られた、肛門から腸のはみ出ていない鶏の肉一山を用意し、聖職者《キャイ》もひとり呼ばれて来て、祝いの祈りをあげた。それは、まだ霧に包まれたハリムンダの片隅の漁村にとって輝かしい朝であり、それから何年も後までも忘れ去られることはなく、村人たちは一組の恋人たちの話を子孫たちに語って聞かせ、やがてそれが何世代にもわたって語り継がれて、永遠の愛の物語となった。

だが、十六年間待ち続けた日々は、悲劇をもって幕を閉じたのである。日差しが強くなり始めてまもなく、村人たちは、車や何頭もの馬を駆って走ってくる物音を聞きつけた。ひとりの妾、まごうかたなくマ・イヤンである女が、岩山目指して逃げて行くのを追っているのだった。マ・グディックは、ある荷車引きの家畜小屋で見つけたロバに飛び乗って、恋人とそれを追うオランダ人たちの後を追い、その後から村人たちが大蛇の尾のように連なって丘を駆け上った。みなはオランダ人たちがようやく足を止めた窪地のところにたどり着き、そこでマ・グディックは大声をあげて恋人を呼んだ。

マ・イヤンは岩山の頂きで実に小さく見えた。車でも馬でも、ましてやロバではとうてい行き着けない。オランダ人たちは怒りをあらわにしてマ・イヤンを見つめ、あの女を捕まえたら山犬の小屋に引きずって行ってやる、と口々に言った。マ・グディックは岩山を登り始めたが、それは困難を極め、あの女はいったいどうやって頂上まで登ったのだろうと、みながいぶかしんだ。今にも徒労に終わるかと思えた苦戦の末に、マ・グディックはようやく恋人のそばに立ち、恋しさではちきれんばかりとなった。

「まだあたしが欲しい?」とマ・イヤンが尋ねた。「あたしの体は、どこもかしこもオランダ人になめられて唾だらけになったし、あたしのあそこは、オランダ人のあれに千百九十二回も刺し貫かれたのよ」

「俺は女のあそこ二十八個を四百六十二回刺し貫いたし、自分の手でやったのは数えきれないし、おまけに獣のあそこでやったこともある。俺たち、どこが違うんだ?」

あたかも好色な神に憑かれたかのように、ふたりは駆け寄ってしっかりと抱き合い、熱帯の太陽のぬくもりの下で口づけを交わした。抑えつけられてきた先史以来の欲望を満たすために、ふたりは身に着けた着物すべてをかなぐり捨て、投げ捨てられた着物は丘を舞い降り、マホガニーの花のように風にもてあそばれてくるくると舞った。驚いた人々は、ほとんど信じがたい思いでその光景を見つめ、幾人かは悲鳴をあげ、オランダ人たちは顔を赤く染めた。臆することなく、ふたりは一枚の岩の上で、窪地を埋めた人々が映画館で映画を見るように見守る中、性交を始めたのである。信心深い女たちはベールの端で顔を覆い、男たちは思わず勃起して、互いに顔を見合わせる勇気もなく、オランダ人たちはこう言い合った。

「だから言っただろう、こいつら原住民は猿なんだ、まだ人間になっていないんだ」

ほんとうの悲劇が起きたのは、性交を終えてからマ・グディックが恋人に、いっしょに丘を下りて家へ帰り、互いに愛し合い、いっしょになって暮らそうと言ったときだった。そんなことはできっこない、とマ・イヤンは言った。窪地へ足を踏み入れたとたん、オランダ人たちがふたりを山犬の小屋へ放り込んでしまうだろうから。

「飛ぶ方がいいわ」

「そんなことできっこない」とマ・グディックは言った。「翼もないのに」

「飛べると信じれば、飛べるのよ」

その言葉を証明するために、素裸のマ・イヤンは、汗に濡れた体に受けた陽光を真珠の粒のようにきらめかせながら、窪地めがけて飛んだ。マ・イヤンの姿はおりしも下りてきた霧の中にかき消えた。人々が耳にしたのは、丘の斜面を駆け下りて恋人を探し回るマ・グディックの悲痛な叫びだけだった。みなマ・イヤンの姿を探し、オランダ人たちや山犬どもまでが探し回った。窪地の隅々までくまなく探したが、生きているのであれ死んだのであれ、マ・イヤンの姿はどこにもなく、しまいにはみな、あの女はほんとうに飛んでいったのだと信じるようになった。オランダ人たちもそう信じたし、マ・グディックもそう信じた。残されたのは岩山だけで、人々は空へ飛び去った女にちなんで、その岩山をマ・イヤンの丘と呼ぶようになった。

それ以後マ・グディックは、雨季にはマラリアの発生源となるためオランダ人にはとても住めない湿地帯へ行って、そこに一軒の小屋を建てた。昼間は荷車を引いてコーヒーやカカオの実や、ときにはコプラや芋を港へと運び、夜になると、永久不変のあなぐらに引きこもった。荷車引きの仲間と短い言葉を交わすのを除いて、まとわりつく鬼《ジン》と話しているというのでない限り、マ・グディックはひとり言を口走るだけだった。また気がふれてしまったのだとみなが考えるようになったけれど、マ・グディックはもう牛や雌鶏を犯そうとはしなかったし、糞を食うこともなかった。

最初の小屋が建てられると、その湿地帯にもたちまち人々が住みつくようになり、次々と小屋が建って新しい村ができた。オランダ人たちは、マラリアがまだ猛威をふるっている限り、そのあたりの土地の所有権についても税金についても気にかけはしなかった。そこへやって来たたったひとりのオランダ人は国勢調査担当の役人で、それはマ・グディックの家を訪れた唯一の客でもあった。マ・グディックの家をはじめて訪問した経験は、不可解なものだった。役人が目にしたのはすでに老いかけているひとりの男だったが、姿はないのに、子だくさんの一家がそこで生活しているような物音がしたのである。

「私は妻と十九人の子どもたちといっしょに暮らしています」とマ・グディックは言った。

役人はその通りに書きとめると、隣の家の調査に赴いた。村人たちは、命を賭けてもいいが、あのおんぼろの小屋に住んでいる男はたったひとりきりで暮らしている、と言った。ひとりの妻もなければ、ましてや十九人の子どももなどいるはずもない。役人は不思議に思って、またマ・グディックの家へ行った。最初のときと同じく、そこで見出したのはひとりの男と姿のない物音だった。暗い部屋から、女が子どもに子守歌を歌ってやる声が聞こえ、他にも何人かの子どもの声がどこからともなく聞こえてきた。

「私は妻と十九人の子どもたちといっしょに暮らしています」と、またマ・グディックは言った。

役人は二度とやって来なかった。一週間後に、マラリアにやられて宿屋で死んでいるのを発見されたのである。その出来事はもう何年も前のことで、その役人はマ・グディックの家を訪れた最後の、そしてたったひとりの客だったのだが、ついにその夜、飼い犬がコリブリの運転手に猟銃で撃ち殺され、強面の男がマ・グディックの家の扉を蹴飛ばしたのだった。男たちはいきなりやって来ただけでなく、さらにも驚くべき知らせを携えていた。デウィ・アユがマ・グディックと結婚したがっているというのである。なぜデウィ・アユが自分と結婚したがっているのか理解できなかったが、やがてひとつの疑いが頭をもたげた。あの娘は身ごもっているに違いない。だから無理やりマ・グディックと結婚して、オランダ人一家の恥を覆い隠そうとしているのだ。

そこで、まだ身震いの止まらないまま、マ・グディックは強面の男に尋ねた。

「妊娠しているのかね？」

「だれが？」

「デウィ・アユが」

「おまえと結婚したいと言うぐらいだから」と、強面の男は言った。「妊娠したくないに決まっている」


デウィ・アユは喜び勇んで、まもなく花婿となるはずの男を迎えたが、マ・グディックにとってそれはむしろ災厄だった。デウィ・アユはマ・グディックに風呂に入るように言い、上等な着物を与え、もうすぐ長老が来るんだから、と言った。それでもマ・グディックは喜びもせず、逆に、結婚の時が近づくにつれて、顔つきはますます暗くなっていった。

「にっこりしなさいよ、あなた」とデウィ・アユは言った。「そうしないと、山犬たちに食べられちゃうわよ」

「なんで、わしと結婚したいだなんて思ったのかね？」

「朝から同じことばかり聞いてるじゃないの」。デウィ・アユは少しばかりうんざりして言った。「他の人たちは、なんでそれぞれ結婚したがるのか理由があるとでもいうの？」

「少なくとも他の人たちは互いに愛し合っている」

「ところが、私たちは愛し合っていない」とデウィ・アユは言った。「上出来の理由じゃない？」

デウィ・アユは十六になったばかりの、まぶしいような混血娘だった。髪は黒々と輝き、青味がかった瞳をしている。チュールの花嫁衣裳をまとい、小さな冠を着けて、おとぎ話に出てくる妖精のようだ。いまやデウィ・アユはスタームラー家でただひとりの支配者だった。一家全員が、荷造りをして他の一家といっしょにばたばたと港へ向かい、オーストラリアへと逃げ出してしまったのである。日本軍がすでにシンガポールを占領し、ひょっとするともうバタヴィアにも進攻してきているかもしれないが、まだハリムンダまではやって来ていなかった。それなのに、みな恐れをなして、まだ機会の残されているうちにと逃げて行ってしまったのである。

戦争が押し寄せてきているという噂は、実はすでに何ヶ月か前、ヨーロッパで戦争が勃発したとラジオで聞いたときから広まっていた。当時デウィ・アユはすでにフランシスコ修道会師範学校に入学していた。何年も後には高等学校となり、デウィ・アユの孫に当たる美女ルンガニスが、そこの便所で一匹の犬に犯されることになった学校である。デウィ・アユは教師になりたいと思っていたが、理由はいたって単純だった。看護婦になりたくなかったからである。デウィ・アユは、幼稚園で教えているハンネッケおばさんといっしょに、後にマ・グディックを迎えに行くことになったコリブリに乗り、同じ運転手に運転させて学校へ通った。

デウィ・アユはハリムンダ最高の教師たちに恵まれ、修道女たちに音楽と歴史と言語と心理学を教わった。定期的に神学校からイエズス会の神父たちがやって来て、宗教と教会史と神学を教えた。教師たちはデウィ・アユの持って生まれた聡明さに感嘆したが、その美貌が心配の種にもなり、しまいには、将来修道女になって清貧と沈黙と純潔の誓いをたててはどうかと勧める教師まで出てきた。「そんなことできっこありませんわ」とデウィ・アユは言った。「もしも女がみんなそんな誓いをたてたら、人類は恐竜みたいに滅びてしまいますもの」。人をぎょっとさせるようなデウィ・アユの物言いは、さらにも心配の種だった。ともあれ、宗教に関してデウィ・アユが気に入った唯一のものは幻想的な物語であり、教会に関して気に入った唯一のものは、耳に心地よいアンジェラスの鐘の響きだけで、それ以外は信心深いとはとてもいえず、むしろ信仰を失いつつあるようすがそこここに見て取れた。

そのとき、つまりデウィ・アユがフランシスコ修道会師範学校の一年生だったときに、ヨーロッパで戦争が勃発したのである。シスター・マリアが教室の前に置いたラジオが興奮して伝えたところによると、ドイツ軍がオランダに侵攻し、わずか四日でオランダを占領してしまったらしい。生徒たちはあっけにとられたり、さかんに感心したりした。戦争というものはほんとうにあって、歴史の本に載っている作り話ではなかったのである。おまけにその戦争は生徒たちの祖国を襲い、そしてオランダは負けてしまったのだった。

「フランスの後は、ドイツに占領されるなんて」とデウィ・アユが言った。「ほんとうに惨めな国ね」

「デウィ・アユ、どういう意味ですか」とシスター・マリアが尋ねた。

「つまり、兵隊よりも商人が多すぎるってことです」

ふとどきな発言をしたというかどで、デウィ・アユは罰として詩篇を読まされた。それに留まらず、たくさんの同級生の中でデウィ・アユひとりだけが戦争のニュースを楽しみ、戦争はオランダ領東インドまで押し寄せてくるし、ハリムンダも例外ではないという恐ろしい予言までしたのである。そうはいってもデウィ・アユも、シスターたちが中心となって行った、ヨーロッパに住んでいる家族の無事を祈る祈禱には参加した。自分と係わりのある人間はあちらにはひとりもいないと思っていたにしても。

戦争に対する不安は家庭をも襲った。とりわけ祖父母のテッドとマリエッテ・スタームラーは、オランダに親族が大勢いたからなおさらだった。ふたりはオランダから手紙が届いているかどうかしつこく問い合わせたが、無駄に終わった。中でも、ふたりはデウィ・アユの父母であるヘンリとアネウ・スタームラーのことを心配した。ヘンリとアネウは家出をして、おそらくヨーロッパにいると考えられていた。ふたりは十六年前のある朝、挨拶もなしに、まだ乳飲み子だったデウィ・アユを残して、突然出て行ってしまったのである。ふたりのしでかしたことに家族は心底腹を立てたが、それでもやはりまだふたりのことが気がかりなのだった。

「どこにいるにしろ、幸せでいてくれるといいのだが」とテッド・スタームラーが言った。

「そしてもしもドイツ人があの人たちを殺したら、ふたりとも天国で幸せに暮らせますように」とデウィ・アユは言った。それから自分で自分の言葉に応えて言った。「アーメン」

「十六年もたてば、腹を立てていたのもおさまってしまったわ」とマリエッテは言った。「あのふたりに会えるといいね」。デウィ・アユに向かってそう言った。

「そりゃそうよ、おばあさん。あの人たちには、十六回分のクリスマス・プレゼントと十六回分の誕生日プレゼントの借りがあるんだから。それに十六回分のイースター・エッグもね」

デウィ・アユも、両親であるヘンリとアネウ・スタームラーにまつわる話は聞き知っていた。台所の使用人の何人かが、声をひそめて話してくれたからである。もしもデウィ・アユに漏らしたことをテッドかマリエッテに知られたら、きっと鞭打たれたことだろう。けれども時がたつにつれ、テッドとマリエッテにも、デウィ・アユがその話を知っていることがわかったようだった。その中には、ある朝、扉の前に置かれた籠の中でデウィ・アユが眠っているのをふたりが見つけた話も含まれていた。デウィ・アユは毛布にくるまれてすやすやと眠っており、赤ん坊の名前と、両親はすでにアウロラ号に乗ってヨーロッパへ発ってしまったという短い知らせを書きつけた一枚の紙切れが添えられていた。

幼いころからデウィ・アユは、自分には両親がいなくて祖父と祖母とおばしかいないことを、当然不思議に思っていた。けれども、父と母がある朝姿を消したことを知ったとき、腹を立てるどころか、少しばかり両親を見直したのである。

「ほんものの冒険者たちね」とデウィ・アユはテッド・スタームラーに向かって言った。

「本の読みすぎだよ、おまえ」と祖父は言った。

「あのふたりは信心深い人たちなのよ」とまたデウィ・アユは言った。「聖書には、子どもをナイル川に捨てた母親の話が出てくるもの」

「そりゃ話が違う」

「ええ、もちろん、私は扉の前に捨てられたんだから」

それはまさに恥ずべき不祥事だった。それというのも、ヘンリもアネウも、どちらもテッド・スタームラーの子だったからである。ふたりは赤ん坊のころからいっしょに暮らしていたが、互いに愛し合うようになっていようとは、だれひとり気づかなかった。ヘンリはアネウより二歳年上で、マリエッテの生みの子だったが、一方アネウはテッドとマ・イヤンという名の地元民の妾の間にできた子だった。マ・イヤンは別の家に住んでいて、ふたりの用心棒に監視されていたのだが、テッドはアネウを生まれたときから本宅に連れてきて育てることに決め、そのせいでマリエッテと大喧嘩をするはめになった。だが、たいていの男が妾を囲い、私生児をもうけていたのだから、どうしようもない。マリエッテも、しまいにはその子をいっしょに住まわせることに同意し、球撞き場で噂の種にされないように、一族の苗字もつけてやった。

ふたりはいっしょに育ったので、互いに恋に落ちるにじゅうぶんな時間があった。ヘンリは感じのよい若者で、ロシア直輸入のボルゾイ犬を使ってする猪狩りが得意で、球撞きにも長け、水泳もダンスもうまかった。アネウの方は美しい娘に成長し、ピアノを弾いたりソプラノの声で歌を歌ったりして日々を過ごした。テッドとマリエッテは、ヘンリとアネウが夜市や舞踏場へ出かけるのを許した。そろそろふたりとも遊びを覚えていいころだったし、たぶんそれぞれに合った恋人を見つけるべき時期でもあったからである。それが悲劇の始まりだった。夜中まで踊って、レストランでレモネードを飲んでパーティをした後、ふたりは家へ帰らなかったのである。ふたりが帰るべき時刻になっても戻らないので、テッドは心配して、用心棒ふたりを連れて夜市まで探しに行った。そこで目にしたものは、灯りが消えてもう動いていない回転木馬と、しっかりと錠の下ろされたお化け屋敷と、もぬけの殻となった舞踏場と、すでに閉まっている食べ物の屋台と、それから歩道ぎわの屋台で疲れ果てて眠り込んでいる何人かの番人だけだった。ふたりがそこにいそうな気配はまるでなかったので、テッドは同じ年ごろの友だちからふたりの行方を聞き出さねばならず、そのうちのひとりにこう聞かされた。

「ヘンリとアネウは入り江の方へ行きましたよ」

入り江は宿屋が数軒あるだけで、夜にはなにもないところである。テッドは宿屋を一軒一軒調べ、とうとうふたりが一室にいるのを発見した。素裸で、ひどく驚いたようすだった。テッドはふたりに対してなにも言わず、ふたりは二度と家には戻らなかった。その後ふたりがどこに住んでいたのか知る者はない。おそらく宿屋を渡り歩き、友だちからお金を借りたり恵んでもらったりするか、そうでなければ、なんでもありついた仕事をして、その日暮らしをしていたのだろう。あるいは半島の森へ行って、果物と鹿の肉で暮らしていたのかもしれない。バタヴィアへ行って、どちらかがそこで鉄道会社に勤めているという噂もあった。テッドとマリエッテはふたりの行方をまったく知らなかったが、ある朝、テッドが扉の前に置かれた籠の中に、赤ん坊を見つけたのである。

「その赤ん坊がおまえで、あのふたりはおまえにデウィ・アユという名をつけたのだ」とテッドは言った。

「それからふたりはアウロラ号の上でもっとたくさん子どもを作りました。ヨーロッパには、たくさん籠と玄関の扉がありましたように」とデウィ・アユは言った。

「それを知ったとき、おまえのばあさんは、気がふれたみたいにヒステリーを起こしてな。家を飛び出して、車も馬も追いつけないほどの勢いで駆けていって、しまいには岩山のてっぺんにいるのが見つかった。ばあさんは下りてこないで、そこから飛んでいってしまったのだ」

「マリエッテおばあさんが飛んでいったの?」とデウィ・アユは尋ねた。

「違う、マ・イヤンだ」

その妾は、デウィ・アユのもうひとりの祖母だった。祖父がいうには、裏のポーチにすわって北の方を見れば、小さな岩山がふたつ見える。西側の丘が、マ・イヤンが飛んで空へ消えた場所で、あたりの村々の住人は、その丘をその女にちなんでマ・イヤンと呼ぶようになった。うっとりするような、と同時に悲しい物語だった。

デウィ・アユは夕方になるとよくそこにひとりで腰を下ろし、その丘を眺めて、まだマ・イヤンがトンボのように空を舞っているのが見えないかと願った。やがてそこから関心を外らせる原因となったのはただ戦争だけで、デウィ・アユは丘を眺めて時を過ごすより、ラジオの前にすわって前線からの報告に耳を傾けることの方が多くなった。

まだ遠くの出来事だったとはいえ、しまいにはハリムンダにも戦争の影響が感じ取れるようになった。他の数人のオランダ人といっしょに、テッド・スタームラーはその地域では最大のカカオと椰子の農園を所有していた。戦争のせいで世界中で通商がめちゃくちゃになり、テッドたちの商売の先行きも暗くなった。農園主たちの家庭では、家計をひどく切り詰めねばならなくなった。マリエッテは、家から家へと渡り歩く物売りから、台所で要りようなものを買うことしかできなくなった。ハンネッケは映画館へ行ったりレコードを買ったりするのをやめた。ミスター・ウィリーという守衛兼乗り物の管理人として農園に勤めている混血の男も、猟銃の弾とコリブリ用のガソリンを減らさねばならなかった。そしてデウィ・アユは、学校の寮へ避難しなければならなくなった。

フランシスコ修道会の修道女たちは、そうやって戦争の時代に生徒たちを援助しようとした。費用はいっさい取らず、寮の門戸を広く開放したのである。当時はすべての学科が戦争の話で埋め尽くされ、この戦争がしまいにはこの町へ、自分たちの家の庭先までやって来るだろうと、みなが不安におののきながら話し合った。デウィ・アユはとどまるところを知らないそんなおしゃべりにがまんならなくなり、とうとう立ち上がって、よく響く声で言った。

「すわって話ばっかりしているぐらいなら、どうして私たち、銃や大砲を撃つ練習をしないんですか?」

その発言のせいで、修道女たちはまことに遺憾ながらも、デウィ・アユを家へ送り返さねばならなかった。デウィ・アユは一週間の謹慎を言い渡されたが、戦争中だという理由だけで、祖父はそれ以上の罰をデウィ・

アユに課すことはしなかった。デウィ・アユが寮へは戻らないまでも学校へ戻ったその日、真珠湾に爆弾が落とされ、歴史を教えていたシスター・マリアが顔を輝かせて言った。「アメリカが手を下す時です」

急にだれもが、戦争がまさにすぐそこまで、叢《くさむら》をはうトカゲのようにゆっくりと、それでいて確実に忍び寄ってきて、地上を血と火薬で覆いつつあることに気づいたのだった。デウィ・アユの予言がまもなく的中しそうな気配だった。もちろん近づいてきているのはドイツ軍ではなく、日本軍だった。虎が小便をして縄張りの印をつけるように、赤い日の丸がフィリピンにひるがえり、そして時をおかずシンガポールにもひるがえった。

家では、戦争の接近はさらに大きな、ほとんど解決不能な問題をもたらした。すべての成人男性の義務として、まだ老人の域には入らないテッド・スタームラーも徴兵の召集を受けたのである。これは買い物のお金を倹約することよりも、はるかに困難な成り行きだった。ハンネッケは泣きながらお守りをいくつか手渡し、デウィ・アユは適切な助言を与えた。「敵の捕虜になる方が、撃たれて死ぬよりずっとましよ」

テッドはついに出征して行ったが、どこの配属になったのかはだれも知らなかった。おそらくスマトラで、ジャワへ進攻してくる日本軍をさえぎることになったのだろう。農園の関係者が大半を占める男たちの一団といっしょに、テッドはハリムンダと家族を後にした。「死ぬに決まっているわ。あの人は猪を正確に撃ち取ることさえできたためしがないんだから」。町の広場でテッドを見送ったとき、マリエッテは泣きながらそう言った。いまやマリエッテは夫に代わって一家の主となったのだが、あまりにも悲嘆に暮れていて、娘のハンネッケと孫のデウィ・アユは、なんとか慰めようと骨を折った。ミスター・ウィリーがほとんど毎日やって来て、男手の必要な仕事を手伝った。ミスター・ウィリーはいくつかの理由があって召集されなかった。ヨーロッパと東インドの混血で、オランダ国籍保持者として登録したこともなかったし、あるとき猪に突進されて以来、少し足を引きずるようになっていたからである。

「だいじょうぶよ、おばあさん、日本人は目が小さ過ぎて、地図の上のハリムンダの名前なんか見えっこないもの」とデウィ・アユは言った。もちろん祖母の気持ちを軽くしようと思って言ってみただけだったが、マリエッテはにこりともしなかった。

町のほとんどを陰鬱さが押し包んだ。夜市はもう開かれず、球撞き場を訪れる者もいなくなった。舞踏会も催されず、農園の事務所を守っているのは、数人の女と老いた男たちだけだった。人々が顔を合わせる唯一の場所はプールだったが、みな水につかるだけで、互いに声をかけ合おうとはしなかった。ただ地元民だけが、何事も気にかけていなかった。地元民たちはそれぞれの用事を変わらぬ調子でこなしていた。荷車引きは相変わらずわいわい言いながら港へ向かった。商取り引きは依然として行われていたし、貨物船も引き続き運航されていたからである。百姓たちは今でも田を耕し、漁師たちは毎晩海へ出ていった。町の人々の陰鬱さには、もっともな理由があった。以前、ハリムンダには日本人が何人か住んでおり、百姓をしたり商売をしたり、写真屋をしていた者も、またサーカスの曲芸師をしていた者も数人いた。そのころになると日本人たちが忽然と姿を消し、これまで自分たちが敵のスパイとともに暮らしていたということに、みなが気づいたのだった。

正規軍が引きも切らずやって来るようになり、ハリムンダはオーストラリアへ避難するための最大の出口となりそうな勢いだった。なにはともあれ、ハリムンダの港はジャワ島の南海岸沿いでは唯一の大きな港だった。もともとは、大きなルンガニス川の河口の、ありふれた小さな漁港に過ぎなかった。場所が昔からの航路からはずれていたからである。人がこの港へやって来るのは物品を交換するためだけで、沿岸の人々と内陸部の人々とがそこで取り引きをしていた。漁師たちは魚と塩と小エビや小魚のペーストを売り、それを香辛料や米や野菜と交換した。

それよりもずっと昔、ハリムンダは持ち主のいない湿地帯と霧のたちこめる広大な森が広がっているだけだった。パジャジャラン王朝の最後の世代の姫がひとりそこへ逃げてきて、名をつけ、子孫が生まれて村々ができた。ところがマタラム王朝になると、そこは反抗的な王子たちのための流刑地とされた。そしてオランダ人は、主に湿地帯に蔓延するマラリアの猛威のため、それからどうにもできないほどの洪水や、未整備の悪路のために、そのあたりの土地には見向きもしなかった。十八世紀の半ばごろまでに、そこに寄港したただひとつの大きな船は、ロイヤル・ジョージ号というイギリス船だったが、交易のために来たのではなく、ただ真水を手に入れるためだった。とはいえ、それだけで東インド会社の上層部を少々不愉快にさせ、イギリス人たちが先んじてコーヒーや藍玉、さらにおそらく真珠も買い取ったのではないかと疑いを抱かせるにはじゅうぶんだった。おまけに、イギリスがハリムンダから武器を密かに運び込み、ディポヌゴロ軍に渡しているのではないかとさえ疑った。とうとうオランダ人の最初の調査隊が、ようすを確かめ、地図を作成するためにやって来た。

そこに住むことになったはじめのオランダ人は、中尉がひとり軍曹がふたりに伍長がふたりだった。一行は銃で武装した六十人の兵を連れてきて、小規模な正規の守備軍がハリムンダに駐屯基地を開いた。ディポヌゴロ戦争が終わった後のことで、強制栽培制度が導入された時代だった。それ以前は、農作物、特にオランダ人がカカオを植えるよりも前からハリムンダでは豊富に採れたコーヒーと藍玉は、ジャワ島を貫いてバタヴィアへと続く陸路を通って運ばれていた。危険は大きかった。産物が腐ってしまうかもしれず、なんといっても道中いたるところに盗賊が出た。そんな時代にハリムンダの港が開かれ、農作物を売りさばくために、船に積んで直接ヨーロッパへ送ることができるようになったのである。馬車や荷車が行き来できるように、より広い道も造られた。洪水を防ぐために運河も掘られ、港の周辺に大きな建物が建ち並ぶようになった。北海岸のどの港と比べてもたいしたものではなかったとはいえ、ハリムンダも植民地政府の目に止まるようになり、やがて港は私企業に対して開放された。

その町で最初に事業を始めた企業は、もちろん蘭印蒸気船会社で、何艘かの貿易船を運航した。いくつかの倉庫会社も設立された。とりわけ東西をつなぐ鉄道が開通してからは、企業の設立が相次いだ。けれどもハリムンダで最初の駐屯基地ができると、商取り引きがほんとうの意味での黄金期には決して到達しなかったという現実も手伝って、植民地政府は、その町をむしろ軍用地として発展させることにした。それにははるかに妥当な理由があった。そこは南海岸では唯一の大きな港で、ちょうど裏玄関のようなものであり、もしも大規模な戦争が起これば、スンダ海峡やバリ海峡を通らずに、そこから直接オーストラリアへ避難できるからだった。

オランダ人たちは要塞を築き、港と町を守るために海岸に沿岸砲を据えつけた。ずっと昔にパジャジャラン王家の末裔の姫が住んでいた半島の森にある丘の頂上には監視塔が建てられ、砲兵隊が百人連れてこられて兵舎を埋めた。砲兵隊の武器はそれから二十年後に新しいものと取り換えられ、二十四センチのアームストロング砲が二十五門据えつけられた。この防御計画が頂点を迎えたのは、二十世紀のはじめに軍関係者の住宅地や兵営が建てられたときだった。それはハリムンダにおいて、多くの物事の始まりだった。売春宿、病院、マラリア撲滅作戦、球撞き場、しまいにはオランダ人の実業家たちが町にあふれるようになり、そのうちの何人かが、それから何年も後まで続くことになるカカオ農園を拓いた。

戦争が始まってオランダがドイツ軍に占領されると、軍事設備はすべて改良され、ますますたくさんの兵士たちが町へやって来るようになった。やがて、イギリスの戦艦プリンス・オブ・ウェールズ号とリプラス号が日本軍に沈められ、マラヤが敵の手に落ちたとラジオが告げた。日本の勝利はそれだけでは終わらなかった。マラヤが陥落してまもなく、イギリス防衛軍の総司令官アーサー・パーシヴァル中将が、イギリス最強の防塞といわれていたシンガポールを明け渡す書類に署名した。すべてがますますひどくなっていくばかりで、ついにある朝、ひとりの行政官がハリムンダの住人たちの家々へやって来て、世にも恐ろしい知らせを告げた。「スラバヤが日本に爆撃された」。地元民の労働者たちは仕事を放り出し、商取り引きはすべて凍結した。「奥さん、あなたがたも避難しなければなりません」と行政官はマリエッテ・スタームラーに言ったが、ハンネッケとデウィ・アユにつき添われたマリエッテは、一言も発しなかった。

汽車や自家用の乗り物でやって来る避難者たちで、町はたちまちいっぱいになった。車は町外れに打ち捨てられて堀を埋め、持ち主たちは幾晩も列に並んで船に乗る順番を待った。およそ五十隻の軍艦が、避難者たちを乗せるために港へやって来た。すべてが混乱の渦の中にあり、オランダ領東インドの敗北は目に見えるようだった。わずか三人残されたスタームラー家の人々も、出発の日取りが決まるとすぐさま荷造りにかかったが、デウィ・アユが唐突に下した決断にみなが仰天した。「私は行かないわ」

「なにばかなことを言っているの」とハンネッケが言った。「日本人があなたを放っておくわけがないでしょう」

「ともかく、スタームラー家のひとりはここにいなけりゃならないわ」。デウィ・アユは頑強に言い張った。「そうすれば、いずれあなたたちも、だれを探せばいいかわかるでしょう」

マリエッテはデウィ・アユの頑固さに困り果てて泣きながら言った。「あいつらはおまえを捕虜にしてしまうよ」

「おばあさん、私の名前はデウィ・アユで、それが地元民の名前だってことは、だれだって知ってるわ」

スラバヤを爆撃した後、日本軍は攻撃目標をタンジュン・プリオクへ向けた。植民地政府の高官が何人かやって来て、真っ先に逃げ出して行った。結局マリエッテとハンネッケ・スタームラーは、戦地へ送られたテッドの生死もわからないまま、家で待つと言って聞かないデウィ・アユを残し、最大級の船ザーンダム号に乗り込んだ。その船は避難者たちを乗せて何度も往復していたが、結果としてそれが最後の航海となった。別の一艘の船とともに、日本軍の巡洋艦に遭遇してしまったのである。ザーンダム号は無抵抗のまま撃沈され、デウィ・アユは、ミスター・ウィリーと幾人かの使用人と用心棒とともに喪に服した。

日本軍の第四十八師団の歩兵隊が、フィリピンのバターンでの戦闘の後、クラガンに上陸した。そのうちの半分はスラバヤを経てマランへ向かい、残りの半分の坂口支隊と称する一隊がハリムンダに到着した。日本軍の戦闘機が空を飛び交い、マターフスへ石油会社の製油所や、メキソリー・オルヴァードの椰子油工場や、カカオと椰子の農場の事務所や労働者用住宅地に爆弾を落とした。坂口支隊は、まだ持ちこたえていた蘭領東印軍と町の郊外でわずか二日間戦闘を交えただけで、まもなくP・メイヤー将軍は、オランダがすでにカリジャティにおいて降伏したという知らせを受け取った。オランダ領東インド全域が陥落し、占領された。P・メイヤー将軍は、町役場の吹抜の広間において、ついにハリムンダの統治権を日本軍に譲渡した。

デウィ・アユはその一部始終を目にし、耳にもしたが、喪に服している間はだれとも口をきかなかった。それよりも家の裏のポーチに腰を下ろして、マ・イヤンという名でテッドの呼んでいた丘を眺めていることの方が多かった。ある日の夕方、ミスター・ウィリーが以前父ヘンリの飼っていた犬の子だという一匹のボルゾイ犬を連れて裏庭へ現れたのが、デウィ・アユの目に入った。服喪が始まって以来はじめて、デウィ・アユは口をきいた。

「ひとりは飛んでいって、ひとりは沈んだ」

「なんですか、お嬢さま」とミスター・ウィリーが尋ねた。

「ちょっとふたりのおばあさんのことを思い出しただけよ」とデウィ・アユは答えた。

「なにかなさったらどうです、お嬢さま。使用人たちは困っているようですよ。お嬢さまは、今ではもうこの家の主人なんですから」

デウィ・アユはうなずいた。そうしてその日の夕暮れ、デウィ・アユはミスター・ウィリーに言って屋敷の使用人全員を集めさせた。料理番も、洗濯係も、農園の使用人も、用心棒も集まった。デウィ・アユは使用人たちに向かって、いまや自分はこの家の唯一の主となったと言った。デウィ・アユの命令にはすべて従わなければならず、だれひとりとして逆らうことは許されない。デウィ・アユはだれも鞭打つつもりはないけれど、もしもテッド・スタームラーが帰ってくれれば、逆らった者は全員テッドに鞭打たれ、山犬の檻に入れられるだろう。最初の命令は、だれにとっても困難なものではなかったけれど、みなを仰天させ、当惑させた。

「今夜のうちに、だれか、湿地帯の村に住んでいるマ・グディックという名のおじいさんを誘拐してきてちょうだい」とデウィ・アユは言った。「あしたの朝、私はその人と結婚しますから」

「冗談はおやめください、お嬢さま」とミスター・ウィリーが言った。

「冗談だと思うのなら、お笑いなさいよ」

「でも、神父様はいなくなったし、教会も爆弾でやられてしまいましたよ」と、さらにミスター・ウィリーは言った。

「長老ならまだいるわ」

「お嬢さまはイスラム教徒じゃないでしょう」

「カトリック信徒でもないわ、ずっと前からね」

それが、デウィ・アユとマ・グディックとの結婚話の始まりだった。哀れなひとりの老人が美しい娘と結婚するのである。その噂はたちまち町の隅々にまで広まり、やって来始めたばかりの日本人でさえ、それを話題にした。一方、避難する機会をのがしたオランダ人たちは、使用人を通じて手紙を送ってよこし、その噂がほんとうなのか確かめようとした。中にはデウィ・アユの父母の不祥事を蒸し返す者もいた。

「もしもわしがあんたと結婚したくないと言ったら、どうするのかね？」長老が到着する少し前に、マ・グディックはとうとうそう尋ねた。

「あなたは山犬の餌になるわ」

「わしをあいつらにくれてやってくれ」

「それからマ・イヤンの丘が平らになるわね」

そちらの脅迫の方が恐ろしくて、マ・グディックはなすすべもなく、結局その朝デウィ・アユと結婚した。

時刻は九時ごろで、ちょうど日本軍が町を占領した最初の記念式典を始めようとしているときだった。屋敷の使用人と用心棒を除いて、だれひとり結婚式には招かれなかった。ミスター・ウィリーが結婚の証人となり、式の間中マ・グディックはがたがた震えてばかりいて、宣誓のときもあちこち言いまちがえた。長老がふたりの結婚を承認してからまもなく、なにが起こったのかもわからないうちに自分がすでにデウィ・アユの夫となってしまったことを思い知って、ついにマ・グディックは意識を失って倒れた。

「かわいそうな人」とデウィ・アユは言った。「ほんとうなら、私のおじいさんになるはずだったのにね。テッドがマ・イヤンを妾にしたりしなかったら」

夕方近くになって意識を取り戻してからも、マ・グディックはデウィ・アユに触れようともせず、雌の魔物を見るような目つきでデウィ・アユを見た。デウィ・アユが強引に近づこうとすると、マ・グディックは悲鳴をあげて手当たり次第に物を投げつけた。デウィ・アユがそばへ寄ろうとするのをやめると、マ・グディックは部屋の隅にうずくまってがたがた震え、揺りかごの中の赤ん坊のように泣いた。まだ花嫁衣裳を着けたまま、少し離れたところに腰を下ろして、デウィ・アユは辛抱強く待った。何度かマ・グディックに向かって、そばへ来るように言い、触ってもいいし、もう妻となったのだから性交してもいいと言ってみた。けれどもマ・グディックが悲鳴をあげ始めると、デウィ・アユも誘うのをやめ、また口を閉ざして笑顔を向け、突然気がふれてしまった老いた男をなだめようと、果てしない努力を続けた。

「どうして私を怖がるの？　ただ、あなたに触ってほしくて、それにもちろん性交もしてほしいだけよ。だって、あなたは私の夫なんですから」

マ・グディックは一言も返事をしなかった。

「考えてもみてよ。私たちは結婚したのに、私と寝たがらないなんて」と、デウィ・アユは続けた。「それじゃあ妊娠もできないし、そうしたら、あなたのあれはもう物の役にも立たないんだってみんなに言われるわよ」

「男たらしの雌の魔物め」と、しまいにマ・グディックは言った。

「色っぽい美女の」とデウィ・アユがつけ加えた。

「もう生娘でもないんだろう」

「もちろん、あなたの言ってることはまちがってるわ」と、デウィ・アユは少しむっとして言った。「私と寝てごらんなさいよ。そうすれば、あなたのまちがいだってわかるから」

「おまえは生娘じゃなくて、妊娠していて、そしてわしを贖罪の黒山羊にしようとしているんだろう」

「それもまちがってるわ」

ふたりの口論は夜中になっても、さらには夜明けまでも続き、どちらも折れようとはしなかった。とうとう真新しい日が訪れて陽光が新郎新婦の部屋へ差し込むと、疲れ果てて万策尽きたデウィ・アユは、マ・グディックが叫び声をあげて騒ぐのをものともせず、そのそばへ寄った。デウィ・アユは花嫁衣裳も冠も、着ている物を全部脱ぎ捨てて、寝台の上に放った。真っ裸になって、まだヒステリックにわめいている老人の前に立ち、その耳に向かって大きな声で言った。

「やりなさいよ、そうすれば私が処女だってわかるから」

「悪魔にかけても、そんなことはせんぞ。生娘じゃないことはわかっておるんだから」

そこでデウィ・アユは、マ・グディックの目と鼻の先で、自分の右手の中指を陰部の中へ入れ、ずっと奥まで押し込んだ。股間で指を動かすたびに、痛みで少し顔をしかめたけれど、しまいにその指を引き抜いてマ・グディックに見せた。指先には一滴の血がついていて、デウィ・アユはそれをマ・グディックの額のてっぺんから顎の先まで塗りつけ、老人は底無しの恐怖に打たれて身震いした。

「あなたの言うとおり」とデウィ・アユは言った。「私はもう処女じゃなくなったわ」

デウィ・アユは老人を置き去りにして浴室へ行き、入浴をすませると、部屋の隅でまだひとりの老人が怯えて震えていることなど眼中にもないようすで、新郎新婦の寝台で眠った。一昼夜起きていたのだから、ぐっすりと眠りこけ、使用人が何人か昼食のために起こしに来ても起きなかった。夕方に目を覚ますと、まっすぐ食堂へ行き、やはりマ・グディックには見向きもしなかった。たいへんな勢いで食事をし、使用人が何人か控えて命令を待っていたけれど、一言も口をきかなかった。部屋へ戻ったとき、はじめて老人がもとの場所にいないことに気づいた。浴室や庭や台所を探してみても見つからなかった。最後にデウィ・アユは、家の前で番をしていた用心棒のひとりに尋ねた。

「お嬢さま、あの男は悪魔でも見たみたいに、叫びながら逃げて行きましたよ」

「捕まえなかったの?」

「すごい勢いで走っていってしまったもので。十六年前のマ・イヤンみたいに」と用心棒は言った。「でもミスター・ウィリーが車で追いかけています」

「捕まったの?」

「いいえ」

デウィ・アユは厩へ駆けていき、別の用心棒ふたりといっしょに馬で後を追った。マ・イヤンが岩山のてっぺんから飛んで霧の中へ姿を消した場所へ、マ・グディックも走っていったのだとデウィ・アユは思ったが、少しはずれていた。マ・グディックはその丘へ向かったのではなく、その東側にあるもうひとつの丘へ駆けていったのだった。道端で何人かに尋ねた後、デウィ・アユたちはコリブリのタイヤの跡を見つけ、それをたどって丘のふもとへ着いた。デウィ・アユは運転席にすわっているミスター・ウィリーのそばへ近づいたが、車ではもうそれ以上は登れないようだった。

「あの丘のてっぺんで歌を歌っていますよ」とミスター・ウィリーは言った。

デウィ・アユが見上げると、ひとつの岩の上に、舞台の上の俳優のように立っているマ・グディックが見えた。かすかに歌が聞こえてきたが、それが十六年間マ・イヤンを待ち続けた最後の日にマ・グディックの歌った歌だとは、デウィ・アユは知るよしもなかった。

「恋人みたいに飛ぶに違いありません」とミスター・ウィリーが言った。「そして霧の中に消えて、空へ飛んでいくんです」

「違うわ」とデウィ・アユは言った。「岩にぶつかって、顔がひき肉みたいにぐしゃぐしゃになるのよ」

果たしてそのとおりになった。歌い終わると同時に、マ・グディックは窪地目指して宙へ身を踊らせた。ふわりと浮いたように見えた。晩年の幾年もの間、だれひとり目にしたことのなかったほど、実に幸福そうに。手を動かし、鳥の翼のようにはばたかせようとしたが、高く舞い上がることはできず、逆にますます加速しながら下降した。飛翔の結末がわかっても、マ・グディックは、やはりほほ笑みを浮かべたまま、歓喜の叫びを放った。岩に激突し、体は目も当てられないほどぐしゃぐしゃになった。まさにデウィ・アユの予言したとおりに。

人々は、死体というよりも煮込んだ肉のようになってしまった遺骸を持ち帰り、ていねいに埋葬した。デウィ・アユはマ・イヤンの丘にならって、その丘をマ・グディックと名づけ、一週間喪に服すことにした。服喪の終わりに、オランダが降伏する前の最後のバタヴィア攻防戦でテッド・スタームラーが戦死した、という知らせを受けた。遺体は戻らなかったけれど、デウィ・アユはさらに一週間喪に服すことに決めた。二度目の服喪が終わると、もう悲しみの知らせがやってこないことに驚きながら、デウィ・アユは喪服をかなぐり捨て、華やかな服に着替えた。念入りに化粧をし、あたかも何事もなかったかのように市場へ行った。ところが市場から戻ると、どんな死の知らせよりもはるかに驚くべきことが待っていた。

ミスター・ウィリーが、背広を着てネクタイをしめ、ぴかぴかに磨いた革靴をはいて、デウィ・アユのところへやってくると、大事なお話があるのですが、と言った。デウィ・アユは、ミスター・ウィリーがここの仕事を辞めてバタヴィアへ職探しに行くつもりなのだろうと思った。それとも日本軍に入隊するつもりかもしれない。どの予想もまったくはずれていた。恥ずかしそうに顔を赤らめたミスター・ウィリーは、どんな予想をも裏切って、とうとう最後に自分の口から、息を詰まらせながら手短かに切り出した。

「奥さま」とミスター・ウィリーは言った。「私と結婚してください」

3

デウィ・アユはうかつにも気づいていなかったが、日本軍はなにも知らずに戦争に勝てたわけがなく、デウィ・アユがオランダ人一家の娘であるのも当然知っていた。顔だちや肌の色からそれとわかるだけでなく、住民たちに関する書類も、いまやすべて日本軍が握っており、名前がデウィ・アユであろうとなんであろうと、デウィ・アユが地元民だという嘘を容易に信じようとはしなかった。

「まあ、そんなものでしょう」とデウィ・アユは言った。「だれだって、ムルタトゥーリが酔っ払いで、ジャワ人じゃないことを知ってるのと同じよね」

デウィ・アユは蓄音機で祖父のお気に入りだったシューベルトの『未完成交響曲』と、リムスキー・コルサコフの『シェヘラザード』を聴きながら、ひとりで思い出に耽り、同時にミスター・ウィリーの求婚にどう返事すべきか考えているところだった。いずれにしろ、マ・グディックとのめちゃくちゃになった結婚の後では、だれとも結婚する気にはなれなかった。ミスター・ウィリーがとてもいい人であることはわかっていたし、以前はミスター・ウィリーがおばのハンネッケと結婚すればいいのにとまで思っていた。あれほどいい人を失望させるのは、無理やり結婚するのと同じくらいむずかしい。

ミスター・ウィリーがこの町へやって来たのは、デウィ・アユの祖父がもうすっかり古くなったフィアットを買い換えようと思って、バタヴィアのヴェロドロームの店にコリブリを注文したときだった。聞いた話では、その会社の持ち主はブレスト・ファン・ケンペンという名の実業家だが、親切な人で、分割払いで車を売ってくれるということだった。けれども祖父がその店へ行ったのは分割払いのためではなく、ヴェロドロームなら事故保険も扱っているし、いい修理工場も紹介してくれると、友人たちが店から頼まれもしないのに宣伝したからだった。おまけに機械整備の経験豊かな整備工まで用意してくれるという。祖父は、整備工兼運転手としてミスター・ウィリーを連れて帰った。とりわけ農園の機械類を管理する技術者が必要だったからである。ミスター・ウィリーは中背の男で、年齢は三十前後、着ている服はほとんどいつでも機械油にまみれ、いつもボタンをかけずにチョッキを着ていた。近ごろでは、鼠や特に猪を撃つために猟銃を持ち歩いていることも多かった。当時デウィ・アユは十一歳の少女で、ミスター・ウィリーに求婚される五年前のことだった。

「考えてもみてよ、ミスター」とデウィ・アユは言った。「私はちょっと頭のおかしな女よ」

「おかしなところなんてありませんよ」とミスター・ウィリーは言った。

「あの人が死んだとき、ふと気づいたのよ。私があの人と結婚したのは、テッドがあの人たちの愛をめちゃくちゃにしてしまったという事実に腹を立てていたからなのよね。きっと、もう頭がおかしくなっていたに違いないわ」

「ただ道理に合わないだけです」

「そういうのを頭がおかしいって言うのよ、ミスター」

まさにそのとき救いが訪れ、デウィ・アユはミスター・ウィリーの求婚に返事をするのを免れた。まだ朝のことで、レコードは最後の曲を演奏し終えていなかった。海岸沿いに続く道を、軍用トラックの一団が走ってくるのが見えた。すでに予想していたとおり、まだ居残っているオランダ人を全員乗せて捕虜収容所に連れて行くのだろう。前日に兵士たちがオランダ人の家々にやって来て、荷造りをするよう命じたのである。一晩かけて、だれにも一言も話さず、とりわけミスター・ウィリーにはなにも言わず、デウィ・アユはすでに荷造りをすませていた。荷物は多くはなく、衣類と毛布と小さなマットレスと、一家の財産に関する書類を入れたトランクひとつだけだった。現金と宝飾品はトランクに入れなかった。取り上げられるに決まっているからである。祖母のものだった首飾りと腕輪をいくつか便所の穴に押し込み、肥溜めに入るように水で流した。いくつかは小さな封筒に分けて入れ、屋敷の使用人全員に与えて、彼らが生活していけるように、どこか他の場所で仕事を探せるようにするつもりだった。自分のためには、翡翠とトルコ石とダイヤの指輪を六つ飲み込むつもりだった。腹の中なら安全だし、収容所にいる間、大便といっしょに出てくれば、また飲み込めばいいのだ。

そろそろ出発のときが来たようだ。トラックの一台が屋敷の前で止まり、銃剣を手にした兵士がふたり、デウィ・アユがすわって待っているポーチへ続く階段を上ってきた。

「あんたたちのこと、知ってるわ」とデウィ・アユは言った。「角の店で写真屋をやってたでしょう」

「いい仕事でしたね。おかげでハリムンダ中のオランダ人の写真が手に入りましたから」と兵士のひとりが答えた。

「出かける準備をしてください、お嬢さん」ともうひとりの兵士が言った。

「奥さん」とデウィ・アユは訂正した。「未亡人なんですから」

デウィ・アユは屋敷の使用人全員に別れを告げる時間をくれるよう頼んだ。使用人たちも主人が出て行くことになるとはわかっていたようだったけれど、それでも悲しまずにはいられなかった。イナーという名の料理番が泣いているのが目に入った。イナーは並ぶ者なき台所の主であり、デウィ・アユの祖母も、一家の客をもてなす料理はすべてイナーに任せていた。おそらくもう永久に、イナーの作ったライスタフェルを味わうこともないだろう。腕のいい料理番はいつでも一家にとって貴重な財産だったが、いまやこの一家そのものが消滅してしまった。残された最後のひとりも、戦争捕虜収容所へ行こうとしている。金の首飾りを封筒から出してイナーに手渡したとき、デウィ・アユはさまざまなことを思い出した。デウィ・アユが小さかったころに料理を教えてくれたのもイナーだったたし、調味料を練り合わせたり、竈の火に風を送ったりするのもやらせてくれた。デウィ・アユは、祖母や祖父の死の知らせを受けたときよりも強い悲しみに打たれた。

料理番の隣には、イナーの息子である下男が立っていた。ムインという名だった。ムインはいつでも、だれよりもきちんとした身なりをしていて、オランダ人でさえ感心するほどだった。頭巾《ブランコン》をかぶり、仕事は屋敷の周囲の見回りだったが、もっとも忙しくなるのは食事時で、食卓を整える役目も負っていた。テッド・スタームラーはムインに蓄音機とレコードの扱い方を教え、よくムインに命じてレコードをかけ換えさせた。ムインはいつも喜んでレコードをかけたり針を動かしたりし、まるでその仕事をできる人間は他にひとりもいないかのように誇らしげだった。始終蓄音機をいじっていたおかげで、クラシック音楽をたくさん聞き覚え、どの曲も好きになった。

「全部あなたのものよ」と、レコード棚と蓄音機を指差してデウィ・アユは言った。

「めっそうもない」とムインは言った。「旦那様のものですのに」

「なに言ってるの。死人は音楽なんて聴かないわよ」

戦争が終わって共和国ができてから何年も後に、デウィ・アユは市場の前でムインを見かけた。そのころにはもうオランダ人の家族はほとんど残っておらず、たくさんの使用人を家に置けるほど余裕のある者もなかった。ムインには食卓を整えることと蓄音機をかけること以外になんの仕事もできないことは、デウィ・アユも知っていた。デウィ・アユが見かけたとき、ムインは市場の前で祖父の遺品のレコードを蓄音機でかけ、よく訓練されているらしい猿が一匹、その前で小さな荷車を引いたり傘を持ったりして、音楽に合わせて行きつ戻りつしていた。交響曲第九番ニ短調に合わせて踊る猿の曲芸を見て、人々は逆さに置かれた頭巾《ブランコン》に小銭を投げ入れた。デウィ・アユはただ遠くからそれを眺めただけで、ムインの幸運にほほ笑みを送った。

ムインのもうひとつの仕事は手紙を届けることだった。当時、まだ屋敷には電話がなく、ここでいう手紙とは二枚続きの石版のことだった。デウィ・アユは学校の友だちと噂話をしたくなると、右側の石版にそれを書きつける。ムインはその石版を持って友だちの家へ駆けて行き、友だちが左側の石版に返事を書くのを待っている間、冷たい飲み物と大好きなお菓子をごちそうになる。石版を持ち帰るだけでなく、ムインはそこの使用人たちから別の噂話も持ち帰るのだった。ムインはその仕事が大好きだったし、デウィ・アユはほとんど毎日のように石版を届けさせた。たった一度だけ、それが最後となった石版を送ったとき、デウィ・アユはムインに届けさせなかった。ミスター・ウィリーと用心棒のひとりがデウィ・アユの伝言をマ・グディックの小屋へ持って行ったときのことだった。

「あの石版もあげるわ」とデウィ・アユは言った。

それからデウィ・アユは、スピという名の洗濯係、井戸と手洗い石けんの主に向かい合った。小さかったころ、この老女がいつも子守歌を歌い、醜い黒毛猿と美しいお姫様のおとぎ話をして寝かしつけてくれた。夫は庭師として働いていて、鉈を腰に下げ、手には鎌を持っていた。思いがけず、ぎょっとするようなお土産を持ち帰ってくることがよくあった。山猫の子や、蛇の卵や、大トカゲなどだったが、ときには嬉しいお土産もあった。それは熟れかけのシルサックの実や、王のバナナ《ピサン・ラジャ》の房や、袋いっぱいのマンゴスチンだったりした。

用心棒も何人かいた。用心棒とは、山羊小屋の番人や屋敷の番人や庭番をまとめた呼称だった。使用人ひとりひとりを抱きしめ、おそらくここ何年もの間ではじめて、デウィ・アユは泣いた。使用人たちを置いていくのは、身を切られるにも等しいことだった。そして最後に、デウィ・アユはミスター・ウィリーの前に立った。「私は頭がおかしいし、頭のおかしい人だけが頭のおかしい人と結婚するものよ」とデウィ・アユはミスター・ウィリーに言った。「でも、私は頭のおかしい人とは結婚したくないの」。デウィ・アユはミスター・ウィリーに接吻し、しびれを切らして待っていたふたりの日本兵とともに出て行った。

「私の家を守ってちょうだい」。最後にデウィ・アユはみなに向かって言った。「この人たちに取り上げられたら別だけど」

デウィ・アユはさっきから家の前で待っていたトラックの荷台に乗り込んだが、そこはすでにたくさんの女たちと声をあげて泣いている子どもたちでいっぱいで、ほとんど隙間もないほどだった。デウィ・アユはまだ玄関のポーチに立っている人々に手を振った。十六年間ずっとそこで暮らしてきて、バンドンとバタヴィアへ短い休暇で出かけたのを除けば、家を離れて町境より遠くへ行ったことなどほとんどなかった。ボルゾイ犬どもが家の裏から駆け出してきて、芝を敷き詰め、家の横手にはジャスミンが這い登り、垣根のそばにはひまわりが植わっている庭で吠えているのが見えた。そこはボルゾイ犬どもの縄張りで、犬どもはそこの草の上で転がって遊ぶのが好きなのだった。トラックが動き出すと、ミスター・ウィリーがきちんと犬の面倒をみてくれるといいのだけど、とデウィ・アユは思った。トラックが動き出すと、他の女たちの体に押されて、ほとんど息もできないほどだった。デウィ・アユは使用人たちと吠えているボルゾイ犬に向かって、まだ手を振り続けていた。

「信じられないわ。自分の家を出てきたなんて」と、隣にいた女が言った。「長く続かなければいいんだけど」

「私たちの軍隊が日本人を捕まえてくれるといいわね」とデウィ・アユは言った。「そうしたら、お米や砂糖みたいに、私たちも取り換えっこしてもらえるわよ」

道沿いには延々と、右側にも左側にも地元民がしゃがみ込んで、トラックにぎゅう詰めになっている人々を、なにを考えているとも知れない目つきで見つめていた。けれどもそのうちの何人かは、知り合いのオランダ人の女を見つけて泣き出し、しゃくり上げながらハンカチを振った。デウィ・アユはもう涙をぬぐってしまい、その奇妙な光景を見て笑みを浮かべた。彼らは朴訥で善良で、ちょっぴり怠け者で、従順な人々なのだ。デウィ・アユは、よく家を脱け出してそういう人たちの小屋へ出入りしていたから、地元民たちの何人かとは知り合いだった。地元民たちはワヤンや怪物のおとぎ話をいろいろ聞かせてくれ、よく笑うので、デウィ・アユは彼らが好きだった。よく地元民の女たちをまねて身繕いをし、祖母がやっていたように腰巻をぎゅっと巻き、クバヤを着て、髷を結った。知り合いの地元民の多くは、祖父のカカオ農園で働いていた。彼らはひどく貧しく、映画も幕の裏から左右逆さまの画面を見ることしかできず、掃き掃除をする以外には球撞き場にいたためしもなかった。「ごらんなさいよ」とデウィ・アユは隣の女に言った。「あの人たちは、自分たちの土地の上でふたつのよその国が戦っているせいで、どうしていいかわからないのよ」

西側の海岸の、ルンガニス川の支流にできた三角州にある監獄へは、長い道のりだった。以前、その監獄には重罪人が入れられていた。殺人犯、強姦犯、それから植民地政府にとっての政治犯などで、その多くは共産主義者で、ボーヴェン・ディグルへ流刑にされるのを待っていたのだった。トラックの上のみなは熱帯の強い日差しに焼かれ、傘もなければ飲み物もなかった。途中でトラックが止まったが、乗っている者のためではなかった。人々には食べ物も飲み物も与えられず、トラックのラジエーター用の水を補給しただけだった。

デウィ・アユは、身をかがめて道沿いの景色を見るのにも疲れ、向き直ってトラックの囲いに背中をもたせかけたとたんに、トラックに乗っている女たちの何人かはよく知っていることに気づいた。近所の人も何人かいたし、学校の友だちもいた。そういった人たちとのつき合いは、かなり親密だったといっていい。子どもなら、ほとんど毎日のように夕方になると入り江でいっしょになって泳ぐ。若い娘なら、舞踏場や映画館や見世物小屋で顔を合わせる。大人だったら、球撞き場で出会ったはずだ。デウィ・アユはいっしょに泳いだ友だちを何人か見つけたし、同時にダンス仲間も見つけた。みな互いに笑みを交し合ったが、どこかぎこちなく、そのうちのひとりは、滑稽にもデウィ・アユにこう尋ねた。「ごきげんいかが?」

疑う余地のない確信を込めて、デウィ・アユは答えた。「よくないわね。今、収容所に向かっているところなんですもの」

それで、みなを少しだけ笑わせることができた。

滑稽な問いかけをした娘はデウィ・アユの知り合いで、名前はジェニー、幼いころにいっしょに泳いだ仲間だった。あのころは楽しかったけれど、収容所に入れられている間に泳がせてもらえるだろうか、とデウィ・

アユは思った。今では、波の静かな入り江は地元民の子どもたちでいっぱいのはずだが、埃と垢にまみれていつも裸足のその子どもたちは、オランダ人のお坊ちゃんやお嬢ちゃんたちが泳ぎに来ると、さっと場所を空けたものだった。デウィ・アユは車の中に古タイヤを積んで持っていき、よくそれを使って泳いだ。戦争騒ぎが起きるわずか数週間前にも、そうやって泳いだのだった。浜辺には若者が何人か見え、老人たちまでも、パイプをくわえてパラソルの下で砂にすわっていたが、どちらかというと水着姿で泳ぐ娘たちを眺めるためにそこにいるのだった。更衣室で男たちがなにをするかも知っていた。更衣室と呼ばれてはいるものの、実際には浜辺にある共同井戸で、男用と女用とに分かれていたが、竹で編んだ壁で隔てられているだけだった。デウィ・アユは、竹の網目の隙間からのぞいている目をよく見つけた。仕返しにデウィ・アユものぞき返して、大声で言う。「あらまあ！　あんたのって、とっても小さいのねえ！」たいていの男は恥かしさにいたたまれなくなり、あたふたと更衣室を出て行くのだった。

ときには鮫の背鰭が現れて大騒ぎになることもあった。けれども襲われた者はだれもいなかった。ハリムンダの海岸近くは浅過ぎて、獰猛な鮫は近寄れず、たいてい沖の方を泳いでいるだけだった。小さな鮫が打ち上げられたり、漁師の網にかかったりすることもあったけれど、いつでも海に放してやった。漁師たちには鮫を獲る勇気はなかったからである。祟りがある、という。泳いでいるときに気をつけなければならない生き物は、鮫だけではなかった。河口近くで泳ぐ度胸のある者はなかった。そこには鰐が棲んでいて、鰐どもはためらわずに人を食うからだった。

「鰐がいないよう祈りましょう」と、赤ん坊を膝に載せた中年の女が言った。

もっともなことだった。三角州の真ん中にある監獄へ行き着くためには、川を渡らねばならないのである。トラックでの愉快とはいえない道中が終わり、一行は川べりで止まった。海岸沿いにも監獄への道にも、そこらじゅうを日本兵がうろうろしていて、トラックから降りる女たちに向かって自分たちの言葉でなにかわめいていたが、なんと言っているのかはだれにもわからなかった。ムラユ語かオランダ語か英語ができるのは、ほんの一握りの兵士だけだった。他の連中はただ意味不明の音を発するだけで、捕虜たちを混乱させた。

女たちは渡し船に押し込められたが、沈没の危険を冒さねばならないことを考えると、これまでの道中以上に恐ろしかった。さっきの中年女の言ったとおり、鰐がいつ現れるかもしれず、鰐よりも速く泳げる者などいそうもなかった。船はひどくのろのろと、あまり流れに逆らわずに迂回しながら進んだ。黒い煤まみれの煙突はやかましい音をたて、そこから吐き出された黒い煙が尾を引いてたなびいた。白鷺が何羽か驚いて飛び立ったが、やがてまた浅瀬に降り立った。その光景も、藪の向こうに古びた建物が見えてくると、美しいとは思えなくなった。戦争捕虜のために、建物はすでに空にされているらしい。そこは血の牢獄を意味するブルーデンカンプ監獄という名で呼ばれ、犯罪者にさえ恐れられていた。いったんそこに入れられれば、幅が一キロ以上ある川を鰐の追っ手を逃れて泳ぎきることができない限り、逃げ出すのはまず無理だった。

船が接岸したとたんに、また日本兵たちが理解不能な言葉でわめき出したが、女たちは速く行動しろと責めたてられているのがわかったようで、できるだけ急いで船から飛び降りた。子どもたちが泣き出し、いくらか混乱が生じた。トランクがひとつ水に落ち込んで、持ち主がびしょ濡れになってそれを追い、マットレスが一枚泥の中に落ちた。母親のひとりは子どもとはぐれてしまい、ようやく見つけたときには、子どもは踏みつけられて怪我をしていた。みなは監獄の建物に向かって百メートルほど歩き、数人の兵士が守っている三重になった鉄の門に着いた。中に入る前に、一覧表を手にした日本兵がふたりすわっている机の前に並ばされた。日本兵の横には籠が置いてあり、あらゆる種類の金銭と宝飾品、それからとにかく貴重品ならなんでも入れるようになっていた。持ち物検査をされたわけではなかったけれど、女たちの何人かはすでに貴重品をそこへ放り込んでいた。

「検査される前に進んで入れるように」と、ひとりの兵士が達者なムラユ語で言った。

「私のうんこを検査したら」とデウィ・アユは心の中で返した。もう例の指輪は飲み込んでしまったのである。監獄は豚小屋よりも不潔だった。壁も床も汚れ、しかも数ヶ所に血しぶきの痕らしいものまであって、まるで大勢を巻き込んでのいさかいがあり、だれかがそこに頭をぶつけられたかのようだった。捕虜の数はあふれるほど多かったけれど、それでもまだ蚤《のみ》やゴキブリや、おまけに蛭《ひる》の数にも勝てなかった。天井は雨漏りがし、壁のひび割れには苔や千萱《ちがや》までが生えかけていた。幼児の腿ぐらいの大きさのどぶ鼠もいて、人間が押しかけて来たせいで動転して、足の間をジグザグに縫って駆け回り、女たちは悲鳴をあげて飛び上がった。気持ちよく暮らせる場所にするためには、それらすべてをなんとかしなければならず、女たちは先を争って場所取りをし、すぐさまトランクで仕切りを作って、しくしく泣きながら掃除を始めた。デウィ・アユは大部屋の中央に小さな場所を見つけ、すぐにマットレスを敷いてトランクを枕にし、ぐったりと横になった。面倒をみなければならない母親や子どもがいないだけ、まだましだった。それに、キニーネの錠剤と他に何種類かの薬も忘れずに持ってきていた。赤痢とマラリアが脅威になりそうだった。便所すら使える状態ではなさそうだったのである。

その夜、食事はなかった。みながそれぞれ持ってきていた軽食類は、昼に食べてしまっていた。だれかが日本兵に食事のことを尋ねると、たぶんあしたかあさってになるという返事だった。その夜は、みなひもじい思いをしなければならなかった。デウィ・アユは大部屋を出て外へ向かった。監獄の三重の門は閉ざされておらず、要塞の外へ散歩に出てもいいことになっていた。さっき到着したとき、デウィ・アユは牛が何頭か放し飼いにされているのを目にしていた。持ち主は、たぶん地元民の看守か、三角州に住んでいる農民なのだろう。大部屋を掃除したときに、デウィ・アユは蛭をどっさり集めて、ブルー・バンド印のマーガリンの空き缶に入れておいた。草を食んでいる牛の中で一番肥えたのを見つけると、その蛭を何匹か牛の皮膚に吸いつかせたが、牛はちらっと振り向いただけで、それ以上気にかけるようすも見せず、デウィ・アユは石に腰掛けて待った。

蛭どもは今、牛の血を吸っているところで、満腹になると、熟れたりんごのようにボトリと落ちることを知っていたのである。デウィ・アユは落ちた蛭を拾って缶の中へ戻した。今では蛭どもは、まるまると太って見えた。

焚き火をおこし、川から水を汲んできて、缶の中の蛭を全部ゆでた。味つけなしで、それをすぐに大部屋の棲み家へ持って帰った。「晩ご飯よ」。まわりに場所を占めて隣人となった子連れの女たち何人かに、デウィ・アユは言った。だれひとり蛭を食べようとはせず、母親のひとりは、その気味の悪い食事を見て吐き気をもよおしたようだった。「蛭を食べるんじゃなくて、牛の血を食べるのよ」とデウィ・アユは説明した。小さなナイフを使って蛭を裂き、中に入っていた牛の血の塊を取り出すと、それをナイフの先に突き刺して食べた。やはりだれも、そんな原始的な食事につき合おうとはしなかった。けれどもやがて夜になると、ひもじさをこらえきれなくなり、食べてみることにした。たしかに味はなかったけれど、そこそこ腹は満たされた。

「私たち、飢えはしないわよ」とデウィ・アユが言った。「蛭の他にも、まだトッケイヤモリもヤモリも鼠もいるもの」

「助かるわ」と、すぐさまみなが答えた。

その第一夜は、まさに恐怖と戦慄に満ちていた。熱帯地方のこととて、日はあっさりと落ちた。収容所には電気はなかったけれど、ほとんど全員がろうそくを持ってきていたので、小さな灯りが部屋中にともり、壁のいたるところで影が踊って、子どもたちを怖がらせた。みな床にマットレスを敷いて横になり、惨めな気分で、ほんとうにぐっすりと眠ることなどはできそうになかった。夜になると鼠の攻撃が始まり、蚊が耳から耳へとうなりをあげて飛び、蝙蝠が縦横に飛び交った。日本兵たちが持ち物検査にいきなりやって来たので、ますますひどいことになった。日本兵は、まだ金銭や宝飾品を隠し持っている者を探しに来たのである。そうして、なんの希望もない朝が訪れた。

ブルーデンカンプには、およそ五千人の女と子どもが詰め込まれていた。日本兵がいったいどこから捕虜たちを集めてきたのかは知らないが、ハリムンダの住人だけでないのは明らかだった。たったひとつの希望をもたらしたのはタロット占いの女で、アメリカのパイロットたちが性交しながら日本兵のバラックに爆弾を落とすだろう、と予言したのだった。デウィ・アユがいつものように早朝に起き出して、用を足すために急いで便所へ行くと、すでに長い行列ができていた。一番手っ取り早い方法は、例のブルー・バンド印のマーガリンの缶に水を汲んで、裏庭へ行くことだった。いったいだれが植えたものか、そこに生えているキャッサバの茎の間にしゃがんで、猫のように穴を掘り、それからその穴に用便をした。水を少しとっておき、残りで尻を洗うと、大便を探って六つの指輪を探した。女たちの何人かは、デウィ・アユの品のない用の足し方を見ると、じゅうぶんに距離をおいてそれにならったけれど、デウィ・アユが財宝を持っているとは知るよしもなかった。デウィ・アユは指輪を残りの水で洗うと、また飲み込んだ。戦争が終わったらどうなるかわからない。家を失うかもしれないし、農園の一部の所有権もなくなるかもしれないけれど、この指輪だけは決してなくさない、とデウィ・アユは心に誓った。その日のうちに水浴びできるかどうかもわからないまま、デウィ・アユは大部屋へ戻った。

その朝、新参者たちは広場に立ち、太陽に焼かれて、収容所の司令官を待たなければならなかった。だれもすわるのを許されなかったので、子どもたちは泣き出し、女たちは失神寸前だった。やがて司令官が側近を従えて登場した。ふさふさと髭を生やした男で、腰には日本刀をぶら下げていた。長靴が陽光を受けてぴかぴかと光った。通訳を介して、司令官は囚人たちに、頭が腰より低くなるまで深々と体を折り曲げる敬礼の仕方を教えた。敬礼！と号令がかけられると同時に、囚人たちは日本兵全員に向かって、そうやって礼をしなければならず、直れ！と号令がかけられてからはじめて、体をもとの位置へ戻していいのだと司令官は言った。「これは大日本帝国への敬礼である」と、司令官は通訳を介して説明した。それに従わない者は、相応の罰を受けることになる。鞭打ちもしくは日干しにされ、追加労働をさせられる。そういったやり方で殺される者も出るかもしれない。

部屋に戻ると、女たちの幾人かは、子どもたちがしないでもいい過ちを犯すことを怖れるあまり、すぐさまその号令の特訓を始めた。しばらくの間、敬礼と直れの号令がそこここで女たちの口から飛び出すのが聞こえ、デウィ・アユと何人かの娘たちは笑い転げた。

「あの人たち、ほんとの日本人よりもっとすごいわよね」とデウィ・アユは言った。

みなもいっしょになって笑った。

収容所にいる間、娯楽らしいものはほとんどなかった。デウィ・アユは小さな子どもたちを何人か集め、もと教師の卵としての本領を発揮した。大部屋の空いていた一隅にささやかな学校を開き、子どもたちに読み書きや、算術や、歴史や地理など、さまざまなことを教えた。さらに、夜になると、その子どもたちにおとぎ話をして聞かせた。デウィ・アユは聖書の中の物語をたくさん話して聞かせることができたし、地元民たちから聞いた『ラーマーヤナ』や『マハーバーラタ』のワヤン物語も、やはり巧みに語れた。民話もたくさん知っていたし、本もたくさん読んでいて、子どもたちはデウィ・アユが大好きになり、まるでデウィ・アユの口からは尽きることなくお話が湧き出してくるかのように思っていた。デウィ・アユは、子どもたちが母親のもとへ寝に戻るまでおとぎ話をしてやった。

日常の作業においては、囚人たちは小さな班に分かれ、それぞれ班長を選んだ。収容所を清潔にしておくようにと日本人にうるさく言われるので、交代で働いた。作業の割り振りもした。共同台所での調理、水くみ、食器洗い、庭掃除、さらには米や芋の袋や薪などをかついでトラックか室内まで運ぶ作業まで。デウィ・アユは班長に選ばれた。既婚者だったし、統率役になるにはじゅうぶん大人だったし、それに面倒をみなければならない人間もいなかったからである。大部屋の隅で小さな学校を開いた他に、デウィ・アユは何人かの友だちや知人を探した。医者をひとり見つけ、学校の隣にベッドもなく薬もじゅうぶんにないまま病院を開いた。女たちの幾人かは神父が必要だと言ったが、男は別の収容所に入れられていたので、それがむずかしいことはだれもが知っていたけれど、デウィ・アユは修道尼をひとり見つけ出し、それでじゅうぶんだと主張した。「結婚しようという人がいないうちは、神父はいらないわ」と、デウィ・アユはきっぱりと言った。「でも、お説教をしてお祈りを教えるのなら、だれだってできるわ」

けれども、すべてがそううまく運んだわけではない。幼い男の子たちは、収容所の中でだんだん粗暴になった。男の子たちはそれぞれの区画の仲間どうしでグループを作り、ときには互いにちょっかいを出し合った。子どもたちの喧嘩の方が、日本兵がガミガミ怒るよりもずっと頻繁だった。母親たちは、やむなく日本兵がするように厳しく対処しなければならず、子どもたちをぶったりしたけれど、それでも子どもたちは懲りなかった。日本人は子どもたちの喧嘩を止める気などさらさらないらしく、かえって焚きつけることも幾度となくあって、喧嘩を目新しい遊びとでも考えているようだった。

もうひとつの問題は食べ物だった。配給されるものは、ぎゅう詰めに押し込められている何千人もの囚人のためには、まるで足りなかった。囚人たちはわずかな量の食事で生きていかねばならず、いつも空腹で、朝食は塩で味つけした粥だけだった。昼食は監獄の裏に囚人たちが植えた野菜だけ、夜は食パン一枚だった。肉など出たためしがなく、囚人たちはブルーデンカンプ内の動物の多くを絶滅に追いやった。はじめは鼠が狩の獲物となり、最初はみなが食べようとしたわけではなかったけれど、そのうちに囚人全員に狙われるようになって、鼠は三角州からはほとんど消滅してしまった。鼠が消えた後、ヤモリとトッケイヤモリも消えた。それから蛙がいなくなった。ときどき子どもたちは釣りに出かけたけれど、あまり遠くへ行くことは許されていなかったので、たいてい赤ん坊の小指くらいの魚か、おたまじゃくしでがまんしなければならなかった。一番豪勢なのは、たまに届けられるバナナだったけれど、それは赤ん坊用で、皮は老人たちが取り合った。

たくさんの赤ん坊が死んでいき、それに老人が続いた。若い母親も、子どもたちも、娘たちも、病気のせいでだれがいつ突然死んでもおかしくなかった。監獄の裏庭は、たちまちのうちに共同墓地となった。

その頃、デウィ・アユはオーラ・ファン・ライクという娘と親しくしていた。オーラは母と妹といっしょだった。実のところ、デウィ・アユは前からオーラたちと知り合いだった。オーラの父親も同じカカオ農園の持ち主のひとりだったので、よく互いに家を訪問し合っていたのである。オーラはデウィ・アユよりも二歳年下だった。ある日の夕方、突然オーラが涙を流しながらやって来た。

「お母さんが死にそうなの」とオーラは訴えた。

デウィ・アユはようすを見に行った。たしかにそのとおりだった。ファン・ライク夫人は高熱に苦しみ、顔色は蒼白で、がたがた震えていた。もう望みはなかった。薬はとうになくなってしまっていたのである。だが、デウィ・アユは日本兵用の薬があることを知っていた。そこでデウィ・アユは、収容所の司令官のところへ行って薬と食べ物を頼むように、オーラに言った。オーラは日本兵に面と向かわねばならないことに怯えて、肌を粟立てた。

「行かないとお母さんが死ぬわよ」と、デウィ・アユは言った。

とうとうオーラは立って行き、その間にデウィ・アユは夫人の額を冷やし、オーラの幼い妹をなんとかなだめようとした。十分ほども待たされたあげく、オーラは戻ってきたが、薬も持たず、それどころかさっきよりも激しく泣いていた。「お母さんには死んでもらうしかないわ」。オーラはそう言ってさめざめと泣いた。「なんですって？」とデウィ・アユは尋ねた。オーラは力なく首を振り、服の袖で涙をぬぐった。「無理よ」。オーラはぽつりと言った。「あの司令官、あたしがあいつと寝れば、薬をくれるって言ったの」

「私が行ってくるわ」と、デウィ・アユは腹を立てた。そして収容所の司令官の執務室へ行き、ノックもせずに中へ入った。司令官は、机の上の冷めたコーヒーと雑音以外にはなにも聞こえないラジオを前にして、椅子に腰掛けていた。司令官は振り返り、デウィ・アユの無礼さに驚いて、その顔には心底からの怒りが浮き出した。けれども司令官が怒りを爆発させるよりも早く、デウィ・アユは机一台だけを隔てて司令官の目の前に立った。「さっきの子の代わりに来たわ、司令官。私と寝て、その代わりあの子のお母さんに、薬と医者を用意するのよ。**医者もよ！**」

「薬と医者？」ムラユ語もいくらかはわかるようだった。退屈な夕暮れに、こんな思いもかけない恵みを得て、怒りなど消し飛んでしまった。この娘は非常に美しく、まだ十七か十八で、たぶんまだ生娘で、それがただ解熱剤と医者ほしさに老けた男に体を与えようとしているのだ。司令官は実にいやらしく冷酷ににやりと笑い、自分がとんでもなく運のいい男であるような気になった。司令官が机をまわって近づいてくる間、デウィ・アユは持ち前の落ち着きでもって待った。デウィ・アユのそばに立つと、司令官はデウィ・アユの顔をひとなでした。指がヤモリのように鼻をはい、唇をはい、顎でいったん止まって、顔をぐいと押し上げた。指はさらに動き続け、日本刀の握りすぎで荒れた手が首筋をつたって鎖骨のくぼみに達し、さらに服の襟元まで下りた。

　手がいきなり中へ入ってきて、デウィ・アユは少しびくりとしたが、男の手はすでに左の胸をつかんでおり、それから先は動きがいっそう速くなった。司令官は閲兵《えっぺい》するときのような無駄のない動作でデウィ・アユの服のボタンをはずし、胸を揉んで、欲情もあらわに首筋に接吻した。司令官の動きにはある種の貪婪な性欲が表われ、あたかも手がふたつしかないことを惜しんでいるかのように、いたるところをなで回した。

「早くしてよ、司令官。でないと、あの人が死んでしまう」

　司令官もその言葉に同意したらしく、一言も発さずにすぐにデウィ・アユを引き寄せ、抱き上げて、コーヒーカップとラジオをのけた後、机の上に横たえた。たちまち娘を裸にすると、自分も裸になり、食卓の上の魚を狙う猫のように机の上に飛び乗った。そしてデウィ・アユの体の上に自分の体を投げ出した。「忘れないでよ、司令官。薬と医者よ」とデウィ・アユは念を押した。「ああ、薬と医者だな」と司令官は答えた。それから日本人は、挨拶抜きで激しく攻撃を開始し、一方、デウィ・アユは目を閉じた。なんといっても、男と寝たのはこれがはじめてだったのである。かなり体がおののいたけれど、なんとかその恐怖をやり過ごした。実際には、しっかりと目を閉じていることはできなかった。司令官が実に激しく体を揺すり、止めどなく尻を打ちつけ、さらに左右にも動かしていたからである。ただひとつデウィ・アユにできたのは、男が唇に接吻しようとするのを避けることだけだった。爆発とともに遊戯を終えると、司令官はデウィ・アユの横に転がり、年のせいで息も切れ切れになりながら、ぐったりと横たわった。

「どう、司令官？」とデウィ・アユは尋ねた。

「すごいもんだ。地震にあったみたいだ」と司令官は答えた。

「そうじゃなくて、薬と医者のことよ」

五分後に、丸眼鏡をかけた物腰の柔らかな地元民の医者が来た。デウィ・アユは医者がそういう人だったことを嬉しく思い、もう日本人にあれこれ係わらずにすむと思ってほっとした。医者をファン・ライク一家のいる部屋へ連れていくと、戸口のところにオーラがいて、真っ先にデウィ・アユに尋ねた。「やったの？」

「ええ」

「ああ、神様！」娘は声をあげ、またおいおいと泣き出した。デウィ・アユがなだめようとしている間に、医者は急いで中へ入った。「どうってことないわ」とデウィ・アユはオーラに言った。「前の穴からうんこをしただけだって思えばいいのよ」。けれども、実のところ、問題はそうかんたんには片づかなかった。オーラは動揺しきっていて口に出せなかったけれど、医者にはすぐわかった。

「この人はもう死んでいます」。医者は手短かに、そして無情に宣告した。

それ以来、デウィ・アユとオーラとその妹で九歳のゲルダは、家族のように三人いっしょに暮らすことになった。オーラとゲルダの父親は、テッドと同じく召集されて戦地へ行っていた。生きているのか、捕虜になったのか死んだのか、まだなんの知らせもなかった。収容所ではじめての復活祭とクリスマスが来て、卵も樅《もみ》の木もないまま過ぎていった。ろうそくさえも、もうなくなっていた。囚人たちはなんとか持ちこたえようと、互いに慰め合い、病気と死という、いつやって来るとも知れない脅威に立ち向かった。デウィ・アユは幼いゲルダに、たとえ他の子どもたちがいつもやっていても、だれからも何も盗んじゃだめ、と言い聞かせた。日々の食事の問題を解決するためには、頭を働かせ続けなければならなかった。蛭はすでにいなくなり、地元民の飼っていた牛も、三角州の周辺では見かけなくなっていた。

　ある日、デウィ・アユは三角州の水際に鰐の子が一匹いるのを見つけた。鰐が陸にいるときに気をつけねばならないのは尻尾だけだということを知っていたので、デウィ・アユは大きな石を持ってきて、鰐の頭に打ち下ろした。目がつぶれたけれど、死ぬところまではいかなかった。哀れな動物は身をもがき、闇雲に尾を振って、川へ向かった。舟をつなぐ杭だった先の尖った竹で、デウィ・アユは自分でも想像したこともなかったような力を発揮して、鰐のもう片方の目を突き刺し、さらに腹を突き刺して殺した。悲しげにもだえて鰐は死んだ。母鰐や仲間がやって来ないうちに、デウィ・アユは鰐の子の尻尾をつかんで収容所の中に引きずり込んだ。鰐の肉のスープでパーティとなった。たくさんの囚人たちがデウィ・アユの勇敢さを称え、肉を分けてくれたことに感謝した。

「川にはまだまだいるわよ」。平然とデウィ・アユは言った。「もし欲しければね」

　幼いころから、デウィ・アユは何をも恐れないよう教え込まれてきた。祖父は用心棒を伴って猪狩りに行くときに、何度かデウィ・アユも連れて行った。ミスター・ウィリーが猪に突進されて生涯足を引きずる怪我をおったときも、デウィ・アユはすぐそばにいたのである。どうやって猪に対すればいいかも知っていた。猪は曲がることができないから、まっすぐ逃げてはいけないのだ。用心棒たちがそう教えてくれ、その他にも、鰐と遭遇したときにどうすればいいか、もしも突然パイソンに巻きつかれたら、あるいは毒蛇に嚙まれたときはどうするか、それから山犬にはどう対すればいいか、蛭に血を吸われたらどうするかも教えてくれた。そういった動物に襲われそうになった経験はなかったけれど、用心棒たちから教わったことは、決して頭から消えはしなかった。

用心棒たちは、悪魔払いや身の安全を守るための呪文もいくつか教えてくれた。デウィ・アユはそれを使ってみたことはなかったけれど、知っているだけで心強いものだった。山地から遥々やって来るジャワ人の物売りの知り合いがひとりいて、その男は、ただオランダ人に果物を売るためだけに百キロ以上も歩いて来るのだった。道中には四日もかかる。たいてい物置に一晩泊まり、デウィ・アユの祖母が夕食と温かいコーヒーを出してやって、翌日にはまた四日かけて帰って行く。お金の他に、古着を持って帰ることもあった。その男は森でどんな獣と出くわすことも怖れなかった。デウィ・アユはその理由を知っていた。男は呪文を唱えながら歩いていたのである。

とはいえ、デウィ・アユは呪文を信じたことは一度もなかったし、祈りになんの意味があるのか、いつも疑問に思ってもいた。

「お祈りしなさい、アメリカが戦争に勝つようにって」とデウィ・アユはゲルダに言った。矛盾ではあったが、デウィ・アユは人に祈るように勧めることはよくあったけれど、自分では本気で祈ったことなどなかった。

ともあれ、アメリカの勝利とドイツの敗北の噂は、収容所の中でも口から口へと伝わった。それで少しは慰められた。たとえそれが見せかけだけの希望であっても。現実生活では、日は巡り続け、一週一週が過ぎ、一月一月が過ぎていった。とうとう二度目のクリスマスがやって来た。いつもの習慣を破って、デウィ・アユはゲルダを元気づけるために、その年はクリスマスのお祝いをした。収容所の門の前に生えていた菩提樹の枝を取ってきて、紙を切って飾りを作り、『ジングル・ベル』を歌った。デウィ・アユは自分がこんな宗教的行為をしていることにわれながら驚いたけれど、オーラとゲルダといっしょにそういった時を過ごせてとても幸せだった。収容所で過ごす時がどれほど楽しくないものであったにしても。

囚人たちは、結果がどうであれ、もしも戦争が終わったら、そして自由の身となったらどうするかについて話し合うようになった。デウィ・アユは、家に戻って、すべてを片づけて、それから前と同じように暮らすと言った。おそらくまったく前のとおりというわけにはいかないだろう。地元民たちがたぶん反乱を起こし、自分たちの共和国を打ち建てるかもしれないが、それでもデウィ・アユは家に戻って暮らすつもりだった。オーラとゲルダもいっしょに来てくれれば嬉しい。でもオーラはもう少し現実的に考えて、たぶん日本人たちが家も土地も全部取り上げて、だれかに売り飛ばしてしまっているだろうと思った。それとも地元民たちが取り上げて、自分たちのものにしてしまったかもしれない。

「買い戻せばいいのよ」とデウィ・アユは言った。デウィ・アユはオーラとゲルダのふたりにだけ秘密を打ち明けて、祖母の残してくれた財宝があるのだと言った。ただし、どこにあるかは言わなかった。「日本が爆弾を落として、タイルがちょっと残っているだけになっていたとしても、買い戻すわ」。ゲルダはそんな空想的な物語を聞くのが大好きだった。今では十一歳になっていたけれど、まだ甘えん坊で、体つきも二年前から少しも成長していないように見えた。小柄で痩せている。けれどもそれはみな同じで、デウィ・アユ自身も、体から十キロか十五キロは肉が消えてしまったに違いないと思っていた。

「スープ五十杯分にはなるわね」。そう言って、デウィ・アユはくすりと笑った。

新たなる狂騒が訪れた。収容所で二年近くが過ぎたとき、日本兵たちが特に十七歳から二十八歳までを中心に、女たち全員の登録を始めたのである。デウィ・アユはすでに十八歳で、もうすぐ十九になろうとしていた。オーラは十七歳だった。はじめのうち、女たちにはなんのためにそんな登録をするのかわからず、これまでよりも少しきつい強制労働だろうかとしか考えていなかったところ、ある朝、川の向こうに軍用トラックが何台か止まり、将校が数人、渡し船でブルーデンカンプへやって来た。将校たちはこれまでに何度か来たときには、点検をして新しい命令や規則を伝えたりしたものだったが、今回の命令は、先に登録ずみの十七歳から二十八歳までの娘たち全員を集めるというものだった。とたんに混乱が生じた。娘たちは、家族や友だちから引き離されようとしていることに、すぐにも気づいたからだった。

何人かの娘たち、たとえばオーラなどは、老けた女に見せかけようとしたけれど、もちろん無駄だった。また別の何人かはあちこち駆け回り、便所に隠れるか屋根へ上るかして身を潜めようとしたが、すぐに日本兵たちに見つかってしまった。ひとりの老女は、おそらく娘を取り上げられそうになっていたのだろうが、抗議して、娘たちを連れて行かねばならないのなら女たち全員を連れて行ってくれと頼んだ。老女は日本兵ふたりにあざだらけになるまで殴られた。

とうとう娘たちは恐怖におののきながら広場の真ん中に並んで立たされ、母親たちは遠巻きにそれを囲んで立った。ゲルダがひとりで柱に抱きつき、しゃくり上げながら泣き声をこらえているのが、そしてデウィ・アユの隣では、オーラがぼろぼろの靴から目を上げる勇気も出せないでいるのが目に入った。娘たちの幾人かが泣き、よく聞き取れない祈りのようなものをつぶやくのが聞こえた。やがて日本兵たちがやって来て、娘たちをひとりひとり検分した。娘たちの前に立ち、にやにや笑いながら、髪の先からつま先まで娘の体を眺めまわした。ときには指先で娘たちの顎を押し上げて、顔を上げさせることもあった。日本兵は鼻先で笑って、また別の娘の検分を続けた。幾人かの娘たちは、恐怖に打ちのめされて気絶寸前だった。

それから選別が行われた。何人かの娘が列からはずされ、その娘たちは寸刻も無駄にせずに、母親のもとへ駆け戻った。娘がひとり送り返されるたびに、娘たちの塊の中から飛び出した矢が母親たちの塊めがけて飛んで行くように見えた。いまや広場の中央に残されたのは半分ほどになり、その中にはデウィ・アユとオーラもいた。ふたりが送り返されることはありそうになかった。二次選考が行われたときも、ふたりとも依然として広場の中央に残されたままで、日本人たちの奇怪な遊戯に対してなすすべもなかった。娘たちはひとりひとり兵士の前へ呼び出され、兵士は小さな目を細めて、さらにも細かく娘を検分した。その選別の後に残されたのは二十人だけで、互いに手をつなぎ合って、それでも互いに顔を見合す勇気もなく、広場の真ん中に立っていた。いずれにしろ、それは選ばれた娘たちだった。若く、美しく、健康で体力もありそうだった。娘たちはすぐ荷造りをし、持ち物をすべて持って収容所事務所に集まるように言われた。娘たちを連行するトラックがすでに待っていたのである。

「ゲルダを連れて行かなくちゃ」とオーラが言った。

「だめよ」とデウィ・アユは言った。「私たちが死ぬとしても、あの子は生き残れるわ」

「その逆だったら?」

「その逆になるわけ」

ふたりは、やはり前からデウィ・アユの知り合いだった一家にゲルダを託した。けれども、そうは言っても、オーラはそうやすやすとその決断を受け入れることはできないようだった。姉妹は、大部屋の隅に長い間すわったまま抱き合っていた。デウィ・アユは自分の物を残らず荷造りし、何をオーラが持って行って、何をゲルダに残すか選り分けるのを手伝った。

「もういいじゃない。二年間退屈な生活をした後で、ちょっと遠足に行くだけのことよ」と、やがてデウィ・アユは言った。「お土産を持って帰るわ」と、今度はゲルダに言った。

「観光案内の本も忘れないでね」とゲルダが頼んだ。

「おもしろい子ね」とデウィ・アユは言った。

二十人の娘たちは門の脇に集まったが、これから楽しい遠足に出かけるかのようなようすをしているのはデウィ・アユだけだった。他の娘たちはまだ当惑し、とりわけ恐怖に震えながら立ちつくし、残していかねばならない人々の方を何度となく振り返った。娘たちは幾人かの兵士に引率され、無理やり押されながら歩き出し、将校たちはその先に立って歩いた。一行が渡し船に乗り込んだときも、門扉はまだ数人の兵に守られており、そのずっと奥では、囚人たちが集まって娘たちの出発を見つめていた。幾枚かのハンカチが振られ、家から日本兵に引き立てられたときのことが思い出されたが、今はまた別の道程が待ち受けているのだった。やがて船が動き出すと、門は後方へ遠ざかり、門内の光景も視界から消えた。そのときになって娘たちの幾人かがわっと泣き出し、渡し船のエンジンのうなりも、ましてやめそめそする娘たちにうんざりした日本兵が怒鳴りつける声も、かき消してしまった。

それから娘たちは、川の向こうで待っていたトラックに乗せられた。みな隅の方にうずくまってすわり、デウィ・アユだけがトラックの囲いにもたれて立ったまま、馴染み深いハリムンダの風景を眺めていたが、そこからあまり離れていないところでは、武器を手にした日本兵がふたり見張りをしていた。収容所で二年近くもともに暮らしてきたのだから、ほとんどどの娘たちも互いに知り合っていたけれど、なにを話す気にもなれないようで、デウィ・アユの平然とした態度に驚きを隠せないでいた。オーラにさえデウィ・アユがなにを考えているのかわからず、デウィ・アユには結局のところ心配しなければならない人がだれもいないからなのだろうと、勝手に思い込んだ。デウィ・アユはだれを残してきたわけでもないし、だれを失ったわけでもなかったのである。

「私たち、どこへ連れて行かれるの?」トラックが町の反対側の端の方へ、おそらく町を出て西へ向かおうとしていることはわかっていたけれど、デウィ・アユはふたりの番兵に聞いてみた。

兵士は娘たちと口をきいてはならないと命令されているらしく、そっけなくデウィ・アユの質問を無視し、仲間の兵士とだけ日本語で話をした。

娘たちが連れて来られたのは、一軒の大きな家だった。もとはバタヴィアのオランダ人一家の別荘だったもので、広い庭には木がたくさん植えられ、中央には菩提樹、垣根沿いには棕櫚と中国椰子の木が交互に並んでいた。トラックが敷地内へ入ったとき、二階建ての家には部屋が二十はあるだろうとデウィ・アユは思った。娘たちはトラックから降りて、思いがけない身の上の変化に驚いた。不潔で陰気な収容所から、いきなり快適で贅沢な邸宅へ来たのである。命令の行き違いか、なにかの手違いがあったに違いない。

娘たちを引率してきたふたりの兵士の他に、兵士が何人か家を守っていた。幾人かは広い庭を行ったり来たりし、幾人かはポーチに腰を下ろしてトランプで遊んでいた。家の中から、髪を結い、ゆったりとした衣を腰紐を結ばずに着た地元民の中年の女が出てきた。王族の宮廷に足を踏み入れてとまどっている田舎者のように、まだ庭に立ちつくしたままの娘たちを見て、女はにっこりと笑った。

「奥さん、この家はなんですの?」とデウィ・アユはていねいに尋ねた。

「あたしのことはママ・カロンと呼んどくれ」と女は言った。「蝙蝠《カロン》みたいに、昼間よりも夜に起きてる方が多いからね」。女はポーチから下りて娘たちのところへ歩み寄り、生気の失せた娘たちの表情を活気づかせようと、笑みを浮かべ、軽やかに笑った。「ここはバタヴィアでレモネードの工場を持ってる人の別荘だよ。名前は忘れたけどね。でも、どっちだっていいさ。今じゃもう、この家はあんたがたのものなんだから」

「どうして?」とデウィ・アユは尋ねた。

「あんたがたにもわかってるんだろう。あんたがたは、ここで病気の兵隊さんの命を助ける仕事をするのさ」

「赤十字みたいな仕事ですか?」

「頭がいいね。あんた、名前は?」

「オーラです」

「さあ、オーラ、お友だちに中へ入るように言っとくれ」

家の中は、さらにも惚れ惚れとするようなものだった。絵がたくさんあり、中でも東インド耽美派風の絵が何枚も壁にかけられていた。調度類はそろっていて、木製のとても細かい彫りが施されたものだった。デウィ・アユは、まだ壁にかかったままになっている一家の写真に目を留めた。数人がくっつき合って椅子に掛けており、三世代が集まって撮った写真のようだった。彼らは逃げ出すことができたのかもしれないし、あるいはブルーデンカンプの住人となった者もいるかもしれず、また死んでしまった者もあったかもしれない。ウィルヘルミナ女王の大きな肖像が隅に転がっていたが、おそらく日本人がはずしたのだろう。それを見て、デウィ・アユはもう自分も家を持ってはいないのだと思い知った。日本人たちがもう使ってしまっているか、それとも流れ弾に当たって消滅してしまったか。おそらくママ・カロンの手によるのだろうが、なにもかもきちんと手入れが行き届いていて、ある部屋に入ったときには、新郎新婦の寝室へ足を踏み入れたような気になった。大きな寝台に見るからに柔らかそうで分厚いマットレス、桃色の蚊帳、そして空中には薔薇の香りが漂っている。戸棚にはまだぎっしり衣裳が詰まったままになっていて、何枚かは若い娘のもので、ママ・カロンはその衣服を使ってもいいと娘たちに言った。オーラは、二年間収容所にいた後で、まるで夢を見ているみたい、と思わず感想をもらした。

「言ったでしょ、私たちは遠足に来てるのよ」とデウィ・アユは言った。

娘たちはそれぞれ部屋を割り当てられたが、贅沢さはそれだけでは終わらなかった。ママ・カロンは、ひとりの使用人に手伝わせて、ライスタフェルのフルコースを夕食に出してくれ、何ヶ月も飢えに悩まされた後での最高の食事となった。娘たちの多くがこの度を越した贅沢を楽しめなかったたったひとつの原因といえば、収容所に残してきた人々を思い出してしまうことだった。

「ゲルダも来ればよかったのに」とオーラが言った。

「もしも武器工場で強制労働をさせられるんでなければ、迎えに行けるわよ」。デウィ・アユはそう言ってオーラを慰めようとした。

「あたしたち、赤十字の奉仕活動をするって言ったわよ」

「どこが違うの。あなた、怪我にどうやって包帯を巻いたらいいか、まだ知らないでしょう。ゲルダならなおさらよ」

そのとおりだった。けれども、どちらにしても、娘たちは赤十字の奉仕活動をすることを想像して、うっとりとなった。たとえ敵側で働くことになるにしても、少なくとも、収容所にいて飢え死にするよりはずっとよかった。娘たちは応急処置の仕方についてあれこれと話し合い始めた。ある娘は、自分は青年団のメンバーで、包帯の巻き方も知っているし、おまけに腹痛や熱や食あたりなどの軽い病気なら、どういう薬草を使えばいいかも知っていると言った。

「問題は、日本兵にはお腹痛の薬は要りようじゃないってことね」とデウィ・アユは言った。「あの人たちに要りようなのは、首を切り落とせる人間なのよ」

デウィ・アユは席を立って、自分の部屋へ入った。娘たちの中でもっとも冷静な唯一の人物ということで、一番年上ではなかったけれど、みなデウィ・アユを指導者格とみなすようになっていた。デウィ・アユにならって、十九人の娘たちもデウィ・アユの部屋へ行き、寝台の上に集まって、もしも日本兵が頭に怪我をしても使いものにならなくなったら、どうやって首を切るかについて話し合った。デウィ・アユは娘たちの間の抜けたおしゃべりは気にもかけず、幼い子どもが新しいおもちゃを手にしたときのように、新しい寝台の感触を楽しんだ。マットレスを揉み、毛布をなで、ごろごろ転がり、おまけにぴょんぴょん飛び跳ねたので、寝台が揺れて他の娘たちも跳ね上がった。

「なにしてるの?」と娘のひとりが尋ねた。

「すごく揺れたときに、このベッドが壊れないかどうか確かめてるだけよ」。なおも飛び跳ねながらデウィ・アユは答えた。

「地震なんてくるわけないわよ」と別の娘が言った。

「わからないわよ」とデウィ・アユは言った。「寝てるときに落っこちなきゃならないぐらいなら、床に寝た方がましだわ」

「へんな人」と娘たちは言って、ひとりひとり、それぞれの部屋へと引き上げて行った。

みんな出て行ってしまうと、デウィ・アユはひとりごちた。「逃げ出すのは無理ね」。それから窓を閉め、寝台に上がって、毛布を引き上げ、着替えもせずに横になった。目を閉じる前に、デウィ・アユは祈った。「ばっかみたい、戦争なんてこんなもんよ」

朝になると、ママ・カロンがもう朝食のしたくをしてくれていた。焼飯と目玉焼きだ。娘たちはみな水浴をすませていたけれど、繰り返し洗濯しては干し、とりわけあまりにも繰り返し着続けていたせいで、ぼろ布といった方がいいような、もと着ていた服を着たままだった。娘たちの目には寝不足であることが見て取れ、何人かには一晩中泣き明かした痕があった。ただデウィ・アユだけが、ためらいもなく家の持ち主の戸棚から衣裳を取り出し、クリーム色の地に白い水玉模様の半袖のドレスを着て、丸いバックルのついたベルトを締めていた。顔には白粉をはたき、唇にはうっすらと口紅を塗り、体からはかすかにラヴェンダーの香りがしたが、どれも化粧台で見つけたものだった。デウィ・アユは、その日が自分の誕生日であるかのように、優美で晴れやかで、他の娘たちの間では場違いに見えた。娘たちは裏切り者を目の当たりにしたかのように、責めるような目つきでデウィ・アユを見つめていたが、朝食が終わると、部屋へ駆け戻ってすぐさま服を替え、古い服は洗濯桶に放り込み、それから互いに誉め合った。

昼近くになると、ようやく日本人たちがやって来て、屋内を軍靴の音で満たした。娘たちは自分たちがやはりまだ捕虜であることを思い出し、なぜあんなに喜んでいたのだろうといぶかしんだ。みな壁際に退き、陰鬱な娘たちに戻った。ただデウィ・アユだけは、すぐにその新来の客のひとりに声をかけた。

「ごきげんいかが?」

日本兵はちらりとデウィ・アユの方を見ただけで、返事もせずにママ・カロンのところへ行った。ふたりはしばらく話をしていたが、やがて日本兵はあらためて娘たちの数を数え、それから他の仲間といっしょに出て行った。家にはまた静けさが戻り、娘たちとママ・カロンと、それから兵士が何人か屋外を行ったり来たりしているだけになった。

「あいつ、あたしたちのことを兵隊でも数えるみたいに数えたわね」と、娘のひとりが不満そうに漏らした。

「それが司令官の仕事だからさ」とママ・カロンは言った。

その日は一日中なにもすることがなく、ただ客間かだれかの部屋に集まっているだけで、娘たちに退屈が忍び寄り始めた。戦争の始まるずっと前の、幼いころの楽しかった思い出を語り合った後は、おしゃべりの話題も尽きてしまった。もう赤十字のことを話題にする者もなかった。ほんとうに赤十字の奉仕者にされそうな気配はどこにもなかったからである。日本兵たちはそんなことは一言も言わなかったばかりか、話らしい話すらしなかった。本来なら奉仕活動の訓練が少しぐらいあってもよさそうなものなのに、なんだかこの家で、つじつまの合わない贅沢さの中で、腐っていってしまいそうだと娘たちは思った。それに考えてもみてよ、とひとりが言った。前線はずっと遠くにあって、太平洋だかインドだか知らないけれど、ハリムンダでないことはたしかじゃないの。この町には怪我をした兵隊もいないし、赤十字を必要としている人なんて、ひとりもいないわ。

「首切り役人だったら、まだ必要としているわよ」とデウィ・アユが応じた。

その言葉ももうおもしろいとは思えなかった。口にした人物が、なにをも気にかけていないようすだったから、なおさらだった。デウィ・アユはあらゆるものを心から楽しみ、出されたりんごを、バナナかパパイヤでも貪るように、ぱくぱくと食べた。

「あなたったら、食いしん坊なの、それともお腹がすいてるの?」とオーラが尋ねた。

「どちらもよ」

翌日になっても、何事も起こらず、娘たちはますますわけがわからなくなった。オーラはなんとか自分に言い聞かせようとした。たぶん自分たちは他の捕虜と交換されるのだ。そのために、いい食べ物や家や洋服を与えられて、ひどい目にあったようには見えないようにしているのだ。娘たちのうちのだれひとりとして、それを信じようとはしなかった。これからどうなるのか尋ねる機会が訪れたのは、日本人が何人か、写真屋を連れてまた家にやって来たときだった。けれども日本人の中に英語やオランダ語や、ましてやムラユ語のできる者はひとりもいなかった。日本人たちはただ手まねで、写真を撮るからカメラの前に立つようにと娘たちに指図した。いやいやながら娘たちはカメラの前に並び、無理に笑顔を作りながら、オーラの言ったとおり、写真は捕虜の状態を宣伝するためで、そのうち捕虜交換が行われればいいけれど、と考えた。

「どうしてママ・カロンに聞かないの?」とデウィ・アユが尋ねた。

そこで娘たちはママ・カロンのところへ行って、問いただした。

「私たち、赤十字の奉仕活動をするんだって言ったでしょう?」

「奉仕活動さ」とママ・カロンは言った。「たぶん赤十字じゃないだろうけど」

「じゃ、なんの?」

ママ・カロンは娘たちを見つめ、娘たちは希望をこめてママ・カロンを見つめ返した。悪びれず、ほとんど無邪気ともいえる娘たちの顔は答えを待ち続けたが、とうとうママ・カロンは小さく首を振った。ママ・カロンは行ってしまい、娘たちはすぐその後を追った。「なんとか言って」と、娘たちはせがんだ。

「あたしが知ってるのは、あんたがたは戦争捕虜だってことだよ」

「どうしてたくさん食べ物をもらえるんですか」

「死なないようにさ」。そう言ってママ・カロンは裏庭へ出て、どこへともなく姿を消した。日本兵たちが立ちふさがったので、娘たちは後を追うこともできず、ママ・カロンは行ってしまった。

家に入って、仲間のひとり、デウィ・アユが、揺り椅子に腰掛けて鼻歌を歌いながらまだりんごを食べているのを見て、娘たちはいっそう苛立ちを募らせた。デウィ・アユは娘たちの方を振り返り、娘たちの怒りをこらえた顔を見て、にやっと笑った。おかしいわよ、あんたたち、とデウィ・アユは言った。ぼろぎれで作った人形みたいよ。娘たちはデウィ・アユを取り囲んだが、デウィ・アユはすましているだけだったので、とうとう娘のひとりが言った。「なにかがへんだと思わないの?」と娘は尋ねた。「なにも気にならないの?」

「気になるのは、知らないからよ」とデウィ・アユは言った。

「あなた、あたしたちがどうなるか知ってるっていうの?」とオーラが尋ねた。

「ええ」とデウィ・アユは答えた。「娼婦になるのよ」

みな知っていたけれど、デウィ・アユだけがそれを口にする勇気があったのだった。

4

ママ・カロンの売春宿は、植民地軍の大規模な兵営が造られた時代からあった。それ以前ママ・カロンは、意地悪なおばの営む飲み屋で手伝いをしている小娘に過ぎなかった。ふたりは砂糖きびや米から作った酒を売り、植民地軍の兵士たちをいい得意客としていた。兵士たちが町へやって来たおかげで飲み屋は繁盛する一方だったけれど、娘時代のママ・カロンがなに不自由のない暮らしができたことは一度とてなかった。それどころか、早朝五時から夜の十一時まで働かされ、報酬として一日二度の食事が与えられるだけだった。けれども、そのうちに娘はわずかな空き時間を利用して、自分でお金を稼げるようになった。

飲み屋を閉めるとすぐに、兵舎へ行くのである。兵士たちがなにを必要としているかはわかっていたし、兵士たちも娘がなにを欲しがっているかを知っていた。裸になって、兵士たちの恥部の前で股を開くと、兵士たちはお金をくれた。三人か四人の兵士と順番に寝た後で、娘はお金を持って帰るのだった。そうこうするうちに、娘の稼ぎはおばの稼ぎよりもずっと多くなった。娘には商才があった。ある日、居眠りしながら働いていると小言を言われた後、娘はおばの元を出て、突堤の端に自分の飲み屋を開いた。そこで砂糖きびや米の酒、それから自分の体も売った。もう兵舎へ行くことはなく、兵士たちの方が店へやって来た。一月目の終わりには、十二歳の少女をふたり雇って、店を手伝わせ、売春もさせるようになっていた。すでに娼館の女将として歩み始めたのである。

三ヶ月後には、自分以外に六人の娼婦を雇っていた。それだけいれば、店を広げて竹を編んだ壁で囲った部屋をいくつか作るのにはじゅうぶんだった。ある日、ひとりの大佐が駐屯所の視察に訪れ、ママ・カロンの売春宿にもやって来たが、娼婦を求めて来たのではなく、その売春宿が兵士たちにふさわしい場所かどうかを見に来たのだった。

「まるで豚小屋ではないか」と大佐は言った。「敵と対決する前に、不潔な生活のせいで死んでしまうぞ」

ママ・カロンは、大佐に相応の敬意を示して、即座に答えた。「もっと上等の娼館を見つけなさる前に、みなさん肉欲のせいで死んでおしまいになりますよ」

大佐は、その売春宿が兵士たちの戦意を維持するのにじゅうぶんな役割を果たしていると信じて、好意的な報告書を提出し、大佐がやって来てから一ヶ月半後に、駐屯所はもっと本格的な娼館を建てることを決定した。竹の壁と棕櫚の葉の屋根を取り外し、要塞にも劣らぬほど頑丈な壁を造り、床もセメントで固めた。ほとんどの寝台もチーク材でできており、マットレスには選び抜かれた綿が詰まっていた。ママ・カロンは、それらすべてをただで手に入れたわけで、ほくほく顔で、やって来る兵士ひとりひとりに言った。

「自分のおうちだと思って遊んでいってくださいな」

「なに言ってんだ」とひとりの兵士が言った。「うちには母親とばあさんしかいないよ」

実際、そこはだれをもこの上なく甘やかす場所だった。娼婦たちは上流階級のオランダ婦人たちよりも華やかに着飾り、女王より美しくさえあった。

性病が蔓延し始めると、ママ・カロンと兵士たちは病院を建てるよう要求した。本来は軍の病院だったけれど、一般市民もやって来るようになった。売春宿がつぶれる危険も少しあったが、ママ・カロンはすぐにいい手をいくつか考えついた。兵士を幾人か口説いて、それぞれ自分専用の情婦を囲うように勧め、お金を払ってくれるなら、情婦にできる女を探してやると持ちかけた。ママ・カロンは村々に出入りし、山間までも出かけて行って、オランダ兵の情婦になろうという娘たちを探してきた。ママ・カロンはその娘たちを全員自分の売春宿に置いていたけれど、娘たちはそれぞれ兵士ひとりひとりの専用だった。不潔な病気を撒き散らさないという保証つきで、ママ・カロンはそのやり方でもって、たちまち裕福になった。兵士たちが、ママ・カロンの容赦のない料金に首が締まりそうになって、自分の情婦と結婚しようと決めたりすると、ママ・カロンは何倍もの賠償金を請求した。一方、前からいた娼婦たちは、だれでも買うことができた。今ではその娼婦たちに新しい顧客もついたのである。漁師と港の労働者たちだった。

植民地時代の終わりごろには、ママ・カロンはハリムンダ一裕福な女となっていたといっていい。百姓たちが賭博に負けて売りに出した土地を買い、それをまた百姓たちに貸したので、ママ・カロンの所有地は山のふもとほぼ一帯に広がった。所有地の多さでママ・カロンを上回っていたのは、農園を所有するオランダ人だけだった。

ママ・カロンはこの小さな町の女王のような存在で、地元民であれオランダ人であれ、みなが敬意を払った。どこへ行くにも馬車に乗り、いくつかの事業を手がけ、中でも一番主なものはやはり恥部を提供する女たちだった。人前ではママ・カロンはたいへん上品に装い、腰巻をきつく巻きつけてクバヤを着て、髪を結っていた。もちろん昔のようにほっそりとはしていなかった。そのころから、一般の人々も娼婦たちにならって、ママと呼ぶようになった。いったいだれが言い出したものか、いつしかママ・カロンと呼ばれるようになっていた。ママ・カロンはその名が気に入り、人々も、おまけにママ・カロン本人も、本名がなんであったか忘れていった。

「他の王国がつぶれたとき、ハリムンダには新しい王国ができた」と、ひとりのオランダ兵がママ・カロンの飲み屋で酔っ払って言った。「そいつがママ・カロン王国だ」

ママ・カロンは明らかに欲深だったけれど、娼婦たちをひどい目にあわせようとしたことは決してなかった。それどころかむしろ、娼婦たちを甘やかし、何十人もの孫の面倒をみている祖母のようだった。使用人を何人か雇って、湯を沸かさせ、性交を終えて体力を消耗した後に娼婦たちが風呂に入れるようにしていた。特定の日には娼婦たちに休暇を与え、滝まで遠足に連れて行った。もっとも腕のいい仕立屋を呼んできて、娼婦たちのために服を作らせもした。そしてなんといっても、娼婦たちの健康をなによりも重視した。

「そりゃあね」とママ・カロンは言った。「健康な体からは、一番のお楽しみが得られるからさ」

やがてオランダ兵は行ってしまい、日本兵がやって来た。ママ・カロンの売春宿は、時代が変わってもやはりそこに建っていた。ママ・カロンは日本兵たちを以前の常連客と同じようにもてなし、さらに初々しい娘たちを探してやりさえした。そんなある日、民間の権力者と町の軍部に呼び出され、ちょっとした尋問を受けたが、心配するようなことはなかった。要するに、この町の日本軍の高級将校たちが、下級兵士や、ましてや港湾労働者や漁師を相手にする娼婦とは別の、専用の娼婦を欲しがっているというのだった。まだなりたての、まさに初々しく、手入れの行き届いた娼婦たちが要りようで、ママ・カロンは早急にそういった娘たちを探さねばならない。ママ・カロン本人が言ったとおり、兵士たちは肉欲で死にかけていたのである。

「お安いご用ですよ、旦那」とママ・カロンは言った。「そういう娘たちを手に入れるのはね」

「どこで手に入れるんだ?」

「捕虜収容所で」とママ・カロンは手短かに答えた。

夕暮れとともに日本人が幾人かやって来始めると、娘たちはあわてふためいて逃げ惑った。なんとか逃げ出せる場所はないかと探したけれど、いたるところに見張りがいた。かなりの広さのある屋敷の庭は高い塀で囲まれていて、正面に門がひとつと、小さな裏門がひとつあるだけで、どちらからも逃げ出すことは不可能だった。何人かの娘たちは屋根に上ろうとさえし、そこから飛び立てるか、それとも天へ登れる綱が下りてくるとでも思っているかのようだった。

「もう全部調べたけど」とデウィ・アユは言った。「逃げられる場所はないわね」

「娼婦にされちゃうのよ！」オーラはそう叫んですわり込み、泣き出した。

「もっとひどいわよ」と、またデウィ・アユが言った。「どうやら私たち、お金は払ってもらえないみたいだもの」

ヘレナという名の娘は、姿を現した日本人将校の前に立ちふさがり、人権侵害だ、特にジュネーブ条約違反だと責め立てた。日本人はいうまでもなく、デウィ・アユまでも笑い転げずにはいられなかった。

「戦時中は条約もなにもないんですよ、お嬢さん」と将校は言った。

ヘレナというこの娘は、娼婦にされると知って、だれにもまして動揺したようだった。戦争前には修道女になりたいと思っていたというが、すべてだいなしとなってしまったのである。ヘレナはこの屋敷に祈禱書を持ってきたただひとりの娘でもあり、いまや日本人に面と向かって、その詩篇の中の一篇を大声で詠み始め、目の前の軍人たちが恐れをなして魔物のように悲鳴をあげながら逃げて行くことを願った。予想に反して、日本兵たちはヘレナに対してとても慇懃に振舞った。祈禱が終わるたびに、こう唱和したのである。

「アーメン」。その後で、当然のことながら笑った。

「アーメン」。ヘレナもそう応え、それからぐったりと椅子に倒れ込んだ。

将校は紙切れをいくつか持ってきており、それを娘たちそれぞれに一枚ずつ配った。ムラユ語でなにか書いてあったが、どれも花の名前のようだった。「それが君たちの新しい名前だ」と将校が言った。デウィ・アユは自分用の名前を見て嬉しそうだった。薔薇《マワール》だったのである。「気をつけてよね」とデウィ・アユは言った。「薔薇はいつだって傷つけるものよ」。蘭という名前もあれば、ダリアもあった。オーラのは、オーラの本名でもあるアラマンダという名だった。

娘たちはそれぞれの部屋へ入るように言われ、一方で日本人たちはポーチに置かれた机の前に並んで切符を買った。第一夜の料金はとても高かった。みな、娘たちがまだ処女だと信じており、デウィ・アユがもう処女ではないことも知らなかったのである。それぞれの自室へは行かず、娘たちはデウィ・アユの部屋に集まったが、デウィ・アユはまだ寝台の強度を調べているところで、やがてこう言った。「とうとうだれかさんが、この上で地震を起こすってわけね」

それから日本兵は娘たちをひとりずつ連れて行こうとしてもみ合いになったが、あっさりと勝った。日本兵たちは病気の猫を運ぶように娘たちを引っつかんで連れて行き、娘たちはじたばたとあがいたけれど、まったく無駄な抵抗だった。その夜、デウィ・アユは、娘たちの部屋から聞こえてくるヒステリックな悲鳴や、まだ続いているもみ合いの音を耳にした。何人かの娘は裸のまま部屋から逃げ出しさえしたが、日本兵たちにまた捕まって、寝台の上に投げ飛ばされてしまった。恐怖に満ちた性交の間、娘たちは泣き叫び、日本人の男が恥部を破壊している間、ヘレナが詩篇の何行かを叫ぶ声すら聞こえてきた。ポーチからは、それと時を同じくして、この大騒ぎを聞いて笑っている日本人たちの声が聞こえた。

ただデウィ・アユだけが、まったく騒がなかった。相手は大柄な日本の将校で、相撲取りを思わせるような固太りで、日本刀を腰に下げていた。デウィ・アユは寝台に寝そべって天井を見つめ、男を見ようともせず、ましてやにこりともしなかった。自分の部屋の中のものよりも、外から聞こえる騒ぎに気を取られているようだった。デウィ・アユは埋葬を待つばかりの死体のように横たわっていた。日本の将校が服を脱げとわめいたときでさえ、デウィ・アユは黙ったままで、息すらしていないように見えた。

日本兵は腹立ちのあまり日本刀を抜いてつきつけ、切っ先をデウィ・アユの頬にぴたりと当てて、同じ命令を繰り返した。それでもデウィ・アユは身動きもせず、日本刀の先が頬を傷つけても、なおも動かなかった。目は天井を見つめたままで、耳は部屋の外のずっと遠くにあった。日本兵は怒って刀を投げ出し、デウィ・アユの頬を二度殴ったが、頬に赤い痕ができて、体がちょっと揺れただけで、その後はまたなにも意に介さない、人をいらつかせる態度に戻った。

自らの不運を受け入れた太った日本兵は、とうとう目の前の女の服を引き裂いて、床に投げ捨て、ようやく女を裸にした。日本兵は女の両脚を押し分けて大きく開かせ、両手も開かせた。それでもじっとしたままの肉の塊を眺めた後、自分も裸になり、寝台に飛び乗って、デウィ・アユの体の上に馬乗りになり、攻撃を始めた。その冷ややかな性交の間も、デウィ・アユは日本兵がさせたかっこうのまま身動きもせず、愛の行為らしい反応はかけらも見せず、ましてや無駄な抵抗などしようともしなかった。目も閉じず、笑みも浮かべず、ただ天井を見つめていた。

デウィ・アユの冷ややかな態度は驚くべき効果をあげ、日本人がデウィ・アユと性交したのは三分間にも満たなかった。二分二十三秒、デウィ・アユは部屋の隅にある振り子時計を見て計っていたのである。日本兵は横に転がったが、すぐにぶつぶつ言いながら起き上がった。さっさと服を着ると、一言も言わずに、扉を叩きつけるように閉めて行ってしまった。そのときになってようやくデウィ・アユは身動きし、おまけに実に甘やかな笑みまで浮かべて、伸びをしながら言った。

「退屈な夜だったわね」

デウィ・アユは服を着て浴室へ行った。そこでは娘たちが水浴をしているところで、手桶何杯かの水を浴びれば、すべての汚らわしさも恥辱も、それにおそらく罪をも洗い流せるとでも思っているようだった。娘たちは互いに言葉は交わさなかった。その夜はそれで終わりではなかった。日はまだ暮れたばかりで、まだ日本兵が何人も待っていたのである。入浴の後、娘たちはまた部屋へつれ込まれ、またもみ合いがあり、泣き叫ぶ声があり、ただデウィ・アユだけが冷ややかな態度を繰り返した。

その夜、娘たちはおそらく四人か五人と性交させられた。まさに狂気の一夜だった。デウィ・アユがつらいと思ったのは、神秘的な平静さでもってほとんど体を凍結させるようにしてやり過ごした、倦むことを知らない乱暴な性交のせいではなく、友だちのヒステリックな悲鳴と泣き声のせいだった。かわいそうな人たち、とデウィ・アユはひとりごちた。拒めないものを拒むのは、なににもましてつらいことなのに。そうして新しい日が訪れた。

その朝、デウィ・アユにはいつもとは別の仕事があった。絶望にうちひしがれ、ヘレナがめちゃめちゃに髪を切ってしまったので、デウィ・アユはそれをなんとか見られるように直してやらなければならなかった。三日目の晩には、もっと恐ろしい事件が起きた。オーラが浴室で手首を切って死にかけているのが発見されたのである。デウィ・アユは、ずぶ濡れで意識を失っているオーラをすぐに寝室へ運び、ママ・カロンが医者を呼んだ。結局オーラは死なずにすんだけれど、娘たちの体験したことが、思っていたよりもずっとひどいものであったことをデウィ・アユはすぐさま悟った。オーラの容態が危機を脱すると、デウィ・アユはオーラに向かって言った。

「強姦された上に死んでしまうなんて。そんなの、ゲルダにお土産として持って帰れないわよ」

そういった暮らしがもう何日も続いても、まだ娘たちのうちの幾人かは不幸な運命を受け入れることができず、夜になるとそんな娘たちのヒステリックな悲鳴が聞こえた。ふたりの娘は、なおも天井裏やサウォの木に登って隠れようとさえした。そこでデウィ・アユは、毎晩自分がしているようにすればいいとふたりに助言した。

「死体みたいに転がってればいいのよ。あいつらがうんざりするまでね」とデウィ・アユは助言した。それでもその娘たちは、その方がずっと恐ろしいと考えた。じっと黙って、体をなでまわされ、犯されるなど、だれひとりとして想像することもできなかった。「それとも、気に入った人をひとり選んで、心をこめて相手をするのよ。そいつが病みつきになって、毎晩一晩中あなたたちと過ごすためにお金を払うように。ひとりの相手をする方が、次々と別の人の相手をするよりずっといいわよ。ついでにそいつの妾になって、連れ出してもらえるかもしれないしね」

いい考えのように思えたけれど、仲間の娘たちにとっては、あまりにも恐ろしくて想像もできなかった。

「それとも、シェヘラザードみたいにおとぎ話でもするのね」とデウィ・アユは言った。

だれひとりとして、おとぎ話が得意な娘はいなかった。

「トランプしましょうって誘うとか」

だれひとりとして、トランプができそうな者はなかった。

「それじゃあ、逆にすればいいのよ」。あきらめて、デウィ・アユは言った。「あいつらを強姦すればいいわ」

そうはいっても、昼間は本来なら何事にも煩わされずに、とても楽しく過ごせるはずだった。はじめの一週間は、娘たちは互いに顔を合わせるのを恥じて、昼間も部屋に閉じこもり、ひとりで泣き暮らした。それでも一週間が過ぎると、朝食の後、娘たちはいっしょに過ごすようになり、悲劇的な夜とは関係のないことをしゃべって、互いに慰め合おうとした。

デウィ・アユは例の地元民の中年女ママ・カロンと何度か顔を合わせているうちに、奇妙な友情で結ばれるようになった。デウィ・アユが冷静で、反抗的な態度をとらず、日本人との関係においてママ・カロンに迷惑をかけなかったからである。デウィ・アユに向かって、ママ・カロンは自分が突堤の端の売春宿の女将であることを正直に話した。今では、日本の下級兵士たちの肉欲を満たすために、無理やり連れて来られた娘たちも多かった。この屋敷の娘たちを除けば、みな地元民の娘だった。

「昼も夜もやらなくていいんだから、あんたたちはいい方だよ」とママ・カロンは言った。「下っ端の兵隊は、もっとずっとろくでなしだからね」

「下っ端の兵隊でも日本の天皇でも同じよ」とデウィ・アユは言った。「みんな同じように、雌の股間を狙ってるんだから」

ママ・カロンは半ば盲目の地元民の老女を按摩として連れて来た。毎朝決まって娘たちは按摩をしてもらい、妊娠せずにすむにはそれしか方法がないというママ・カロンの言葉を信じていた。ただデウィ・アユだけは、ときどき疲れていれば按摩をしてもらうだけで、朝食までの時間を寝て過ごすことの方が多かった。

「性交するから妊娠するのであって、按摩しなかったからじゃないわ」とデウィ・アユは気軽に言った。

デウィ・アユは危険を受け入れた。娼館で一ヶ月過ごした後、デウィ・アユは妊娠した最初の女となった。

ママ・カロンは堕胎するように勧めた。「ご家族のことを考えてもごらんよ」とママ・カロンは諭した。デウィ・アユは答えて言った。「おっしゃるとおり、ママ、私、家族のことを考えてみたけど、私のたったひとりの家族は、このお腹の中にいるのよ」。そこでデウィ・アユは腹を膨らむにまかせ、腹は日に日に大きくなった。妊娠したおかげで得をした。ママ・カロンはデウィ・アユに裏の部屋に住むように言い、日本人みなに向かって、あの娘は妊娠しているからいっしょに寝てはいけないと告げたのである。デウィ・アユと寝たがる日本人はいなくなり、おかげでデウィ・アユは他の娘たちに向かって同じようにすればいいと勧めた。

「世間で言うとおりね。子どもはみんな恵みをもたらすのよ」

けれども、だれひとりデウィ・アユと同じ危険を冒そうとはしなかった。

それどころか、それから三ヶ月、だれもが毎朝の按摩を欠かさず、おとなしく妊娠しようとはしなかった。娘たちは毎晩相変わらず恐怖に立ち向かわねばならなかったけれど、膨らんだ腹をして母親のもとへ帰るぐらいなら、むしろそちらの恐怖の方を選んだ。「ゲルダになんて言えばいいのよ?」とオーラは言った。

「こう言えばいいのよ。ゲルダ、お土産は私のお腹の中よって」

相変わらず昼間、娘たちには自由な時間がたっぷりあった。娘たちは集まっておしゃべりをした。幾人かはトランプをして遊び、他の幾人かはデウィ・アユが赤ん坊のために小さな衣服をこしらえるのを手伝った。なにはともあれ、仲間のひとりにまもなく赤ん坊が生まれるということにみな夢中になり、いつ赤ん坊がこの残酷な世の中に生まれてくるかと胸をどきどきさせながら待った。

ときには戦争の話をすることもあった。連合軍が日本軍の要地を攻撃するという噂もあり、娘たちはハリムンダもそのうちのひとつだといいのにと思うようになった。

「日本人なんて、みんな腸をはみ出させて死ねばいいのよ」とヘレナが言った。

「あんまり大声で言わないで。赤ちゃんに聞こえるから」とデウィ・アユは言った。

「どういうこと?」

「この子は日本人の子だもの」

娘たちはデウィ・アユの辛辣なユーモアに笑った。

とにかく連合軍がやって来るという希望のおかげで、娘たちは心底活気づいた。そんなとき、一羽の伝書鳩が娘たちの家に迷い込んできて、娘たちのひとりがそれを捕まえ、連合軍宛ての短い手紙を鳩に託そうということになった。**助けてください**、あるいは、**無理やり娼婦にさせられています**、あるいは、**二十人の娘が英雄の助けを待っています**。滑稽な考えだったし、その伝書鳩がどうやって連合軍を見つけられるのか見当もつかなかった。それでもある日の夕方、娘たちは鳩を放した。

伝書鳩が連合軍に出会えたらしい印はなかった。それでも、その鳩が戻って来た時には娘たちの手紙を携えていなかったので、少なくとも、どこかでだれかがその手紙を読んだのだと娘たちは信じた。そこで、喜び勇んで新しい手紙を送った。そんなことがほぼ三週間続いた。

連合軍は現れず、これまで娘たちのうちだれひとり見たことのなかった日本軍の将軍がやって来た。前触れもなく将軍がやって来たせいで、番をしていた兵士たちは庭の隅へ逃げ込み、できるだけ将軍の目に止まらないようにしようとした。ひとりかふたりの兵士が尋問され、身震いして膝をがくがくいわせた。

「ここはなんだね?」と将軍は尋ねた。

「娼館ですわ」。日本兵が答える前に、デウィ・アユがそう答えた。

将軍は大柄で、もしかすると昔の侍の血を引いているのかもしれず、宮本武蔵のように腰に日本刀を二本下げていた。濃い頬髯をたくわえ、冷徹で謹厳そうな顔つきをしていた。

「きみたちは娼婦なのかね?」と将軍は尋ねた。

デウィ・アユは首を振った。「私たちは病気の兵隊さんの面倒をみてるんですの」とデウィ・アユは言った。「そうやって私たちは娼婦にされたわけ。無理やりに、そしてお金ももらわずに」

「きみは妊娠してるのかね?」

「そのおっしゃりようでは、まるで日本人が娘を妊娠させることができるとは信じていらっしゃらないようね、将軍」

将軍はデウィ・アユの言ったことを真剣に受け止め、屋敷にいる日本人全員を怒鳴りつけ、さらに夕暮れが訪れて何人かの常連客が現れると、将軍はいっそう激しく怒りを爆発させた。将軍は将校を何人か呼び出し、一室にこもって内密の会議を開いた。明らかにだれも将軍に対してはなにも言えないようだった。

一方、屋敷の娘たちはことの成り行きを心から喜んで、飽くことなく送り続けた手紙によって輝かしい勝利がもたらされたと考えた。感謝を込めて将軍を見つめ、救い主が現れたと思った。「ほとんど信じられないくらいだわ。天使が日本人の顔をしているだなんて」とヘレナが言った。基地へ戻る前に、将軍は食堂の隅に集まっていた娘たちのところへやって来た。将軍は娘たちの前に立ち、帽子を取って腰の高さまで深々と体を曲げて礼をした。

「直れ!」とデウィ・アユが言った。

将軍は気をつけの姿勢に戻り、娘たちははじめて将軍がほほ笑むのを見た。「この狂人どもがまたきみたちの体に触れるようなことがあったら、また手紙を送ってください」と将軍は言った。

「どうして来るのがこんなに遅かったの、将軍?」とデウィ・アユが尋ねた。

「もしも早く来過ぎたら」と将軍は重々しく柔らかな声音で言った。「まだだれも住んでいない空家しか見つからなかったでしょう」

「お名前をお聞きしてもいいかしら、将軍?」とデウィ・アユは尋ねた。

「ムサシです」

「もしも私の子が男の子だったら、名前はムサシにするわ」

「女の子ですようにとお祈りするんですな」と将軍は言った。「女が男を強姦したという話は聞いたことがありませんからね」。それから将軍は外へ出て、前庭で待っていたトラックに乗り込み、手を振る娘たちに見送られて去った。将軍が立ち去ると同時に、さっきからハンカチで冷や汗をぬぐいながら棒立ちになっていた将校たちも、後を追ってあわてて出て行った。その夜は、だれひとり客が強姦しに来ない最初の夜となり、実にひっそりしていて、娘たちはすぐにささやかなパーティを開いてお祝いをした。ママ・カロンがワインを三本出してくれ、聖体拝領の時の修道士のように、ヘレナが小さなグラスにそれを注いだ。

「将軍の身の安全を祈って」とヘレナが言った。「あの人、すごくすてきだったわ」

「もしあの人に強姦されるんだったら、あたし抵抗しないわ」とオーラが言った。

「私の子が女の子だったら」とデウィ・アユは言った。「名前はアラマンダにするわ。オーラみたいに」

いきなりすべてがあっけなく終わりとなり、もう娼館もなく娼婦もなく、日が暮れると娘たちの体を買いにやって来る日本の将校たちもいなくなった。娘たちを悩ませる問題は、もうじき自分の母親と再会することであり、自分たちの体験をどう母親に話せばいいのかということだった。幾人かは鏡の前に立って、勇気をふり絞る練習をし、鏡に映る自分の影に向かって言ってみた。「ママ、わたしは娼婦になりました」。当然そんなことを言えるわけがなく、またやり直してみる。「ママ、わたしは元娼婦です」。それも適切ではないように思われ、さらに繰り返す。「ママ、わたしは無理やり娼婦にさせられたんです」

けれども現実に、それを母に向かって言うのが鏡に向かって言うよりもずっと困難であることは、娘たちにもわかっていた。ただひとつ少しほっとできるように思えたのは、日本人が娘たちをすぐさまブルーデンカンプへ送り返そうとはせず、その逆に、依然としてそこに留めておいたことだった。もちろん娼婦としてではなく、もとのとおり戦争捕虜としてだった。兵士たちはなおも娘たちを厳しく監視し、ママ・カロンも相変わらずやって来ては、娘たちがきちんとした扱いを受けているかを確かめた。

「あたしは娼婦たちを女王のように扱うのさ」と得意げにママ・カロンは言った。「たとえもう引退した娼婦であろうとね」

娘たちは日から日を、週から週を、月から月を、赤ん坊の小さな服を縫い続けるデウィ・アユのまわりに集まって気を紛らわせながら過ごした。今では、友だちに手伝ってもらって、屋敷の持ち主の戸棚で見つけた布地を使って作った服が、ほぼ籠いっぱいになっていた。少なくとも、そうすることで娘たちは戦争が終わるのを待つ間、退屈を紛らわすことができ、そうしているうちに、ママ・カロンが産婆をひとり連れて来た。

「うちの娼婦で妊娠した子はみんな、この人にお産を手伝ってもらうんだよ」とママ・カロンは言った。

「この人がお産を手伝う人みんなが娼婦っていうわけじゃなければいいけれど」とデウィ・アユは言った。

年の初めにブルーデンカンプを出て娼館へ来たその同じ年のある火曜日、デウィ・アユは女の赤ん坊を産み、約束どおりアラマンダと名づけた。とても美しい赤ん坊で、母の美貌をそっくり受け継ぎ、たったひとつ父親が日本人であることを思わせるのは、目が小さいことだけだった。「細い目をしたヨーロッパ人の女の子」とオーラが言った。「オランダ領東インドにしかいないわ」

「たったひとつ不運だったのは、あの将軍の子じゃないってことだわ」とヘレナが言った。

小さな赤ん坊はたちまち屋敷の住人たちにとって贅沢な慰めとなり、日本兵たちまで人形を買ってくれ、幸せに育つように祝いの宴を開いてくれた。「あいつら、この子を敬わなくちゃならないのよ」とオーラは言った。「なんといっても、アラマンダはあいつらの上役の子なんだから」。オーラが少しずつつらい過去を忘れて、また明るい娘に戻ってきたことをデウィ・アユは嬉しく思った。オーラも他の娘たちといっしょに小さな赤ん坊の世話に追われ、娘たちはみな、赤ん坊のおばを自任した。

ひとりの日本兵が、ある日の夜明けに、ヘレナの部屋に侵入して強姦しようとした。ヘレナは大声をあげ、みなが飛び起きて、兵士は暗闇の中へ逃げ去った。強姦しようとしたのがどの兵士だったのか、みなにはわからなかったけれど、朝になると例の将軍が姿を現した。将軍は兵士のひとりを引きずり出し、庭の真ん中にさらして、一挺の拳銃を手渡した。兵士は自分の口に銃を指し込み、脳を撃ち抜いて死んだ。それ以来、だれひとり娘たちに近づこうとする者はなくなった。

ところで、戦争はまだ終わっていなかった。ママ・カロンや、その手伝いにやって来る使用人が聞き込んできた風聞によると、日本軍は南海岸一帯に防戦用の洞穴を掘り終えたということだった。ママ・カロンが娘たちにこっそりラジオを持って来てくれ、日本に爆弾がふたつ落とされ、三つめの投下は取り止めとなったという知らせを聞いたとき、それだけで屋敷を動揺させるにはじゅうぶんだった。屋敷の日本兵たちもその知らせを知っているようだった。それからの毎日を兵士たちは呆然としたようすで木の下にすわって過ごし、そのうちにひとりまたひとりと、どこへ送られたのか姿を消した。ついに連合軍の飛行機がハリムンダの上空に現れて、まもなく戦争が終わることを知らせる小さなビラを撒いたとき、屋敷の警備をする日本兵はふたりだけになっていた。

警備兵がふたりだけになっても娘たちが逃げ出そうとしなかったのは、状況がまったくわからないからだった。さらにラジオで聞いたところでは、イギリス軍が町々を掌握したらしく、この屋敷にいる方が道をうろうろするよりもずっと安全に思えた。日本はすでに負け、娘たちは連合軍が救出に来てくれるのを待った。けれども連合軍がハリムンダにやって来るまでにはひどく長い時間がかかり、まるでそんな町が地上にあることさえ忘れ去られているかに思えた。ようやく連合軍機が再び上空に現れてビスケットとペニシリンを撒き、陸軍が到着した。やって来たのは第二陣の部隊で、蘭領東印軍を自称するオランダ軍だけで構成されており、すぐさま屋敷の前にあった日本の旗を自分たちの旗に換えた。ふたりの日本兵は無抵抗で投降した。

ところがデウィ・アユの驚いたことに、その軍の一隊にミスター・ウィリーがいたのである。

「蘭領東印軍に入隊したんです」とミスター・ウィリーは言った。

「日本軍に入隊するよりもその方がいいわ」とデウィ・アユは言った。デウィ・アユは女の赤ん坊を見せた。

「この子は日本人の生き残りになるのよ」。そう言って、デウィ・アユはくすくす笑った。

二十人の娘たちの家族がブルーデンカンプから連れて来られた。ゲルダはひどく痩せ細っていて、よそに行っていた間なにをしていたのかとゲルダに尋ねられると、オーラはただ一言「遠足よ」と答えた。けれどもゲルダは、小さなアラマンダを見てすぐに理解した。娘たちと家族は、交代でオランダ兵に守られながらその家で暮らした。デウィ・アユにとっては非常に困難な一時期だった。というのも、一度は断わられ、また断わられそうなのにもかかわらず、ミスター・ウィリーが相変わらず深い愛情を示したからであった。

不運がまたしてもデウィ・アユを救った。

ある夜、ミスター・ウィリーと他の三人の兵士が屋敷の警護に当たっていたとき、地元民のゲリラ部隊が攻撃をしかけてきたのである。ゲリラたちは日本軍から取り上げた武器と、鉈とナイフと手榴弾で武装していた。ゲリラの急襲は非常に手際よく、警護のオランダ兵を四人とも殺してしまった。ミスター・ウィリーは客間でデウィ・アユと話していたところを後ろから襲われて首をはねられ、頭がテーブルの方に吹っ飛んで、血しぶきが幼いアラマンダを濡らした。別の兵士は便所で用を足しているところを撃たれ、残るふたりは庭で殺された。

ゲリラは合わせて十人以上で、そこにいた捕虜全員を集めた。全員が女で全員がオランダ人であることを知ると、ゲリラたちはいっそう残虐になった。娘たちの何人かは台所で縛られ、何人かは寝室に引きずり込まれて犯された。娘たちの悲鳴は、日本人に娼婦にされたときよりも痛々しかった。そしてデウィ・アユまでも、ゲリラのひとりともみ合ったあげく、赤ん坊を取り上げられ、ナイフで手を傷つけられた。

援軍はずいぶん遅れて到着し、ゲリラたちはまたたく間に姿を消した。みなは四人の兵士の遺体を裏庭に埋めた。

「ゲリラの仲間になっていたら」と、デウィ・アユはミスター・ウィリーの墓に花を供えながら言った。「少なくとも私を強姦できたのにね」。そしてデウィ・アユはミスター・ウィリーを思って泣いた。

同じ出来事が何度か繰り返された。四人の警備兵は、完全武装して突然現れる十数人のゲリラにはとうていかなわなかった。ハリムンダの司令官は、人手不足でそれ以上の警備兵をよこすことができなかった。娘たちがやっと安心して暮らせるようになったのは、イギリス軍が町の治安を守るためにやって来てからだった。そのイギリス軍は、ジャワへやって来た第二十三インド人部隊の一部で、そのうちの何人かはグルカ兵だった。イギリス軍はあちこちに機関銃を据えつけ、幾人かが娘たちの家の庭に駐在所をこしらえた。地元民のゲリラがまたやって来たとき、警備兵は激しく応戦した。ゲリラは屋敷の庭に入ることができず、警備兵はゲリラのひとりを殺した。それ以来、ゲリラは屋敷を攻撃目標にしなくなった。

イギリス軍に守られながら、とても平和で楽しい日々が過ぎていった。過ぎ去ったつらい日々を忘れるために、娘たちはささやかなパーティを開いた。ときには完全武装した兵士に守られて、軍のジープで海岸まで出かけることもあった。兵士の何人かは娘たちに恋をし、娘たちも兵士たちに恋をした。自分たちの身の上になにが起きたか語るのがつらい時期もあったけれど、そういったことすべてが過ぎてしまうと、なにもかもがますますうまくいくようになった。地元民の楽団が呼ばれて、ワインとビスケットで、またささやかなパーティを開いた。

捕虜の救出は引き続き行われていた。国際赤十字の一団が派遣されて、まもなく捕虜全員がヨーロッパへ飛行機で送り返されることになった。この国は一般市民にとってまだまだ安全とはいえず、三年も収容所に入れられた後となってはなおさらだった。地元民たちはすでに独立し、武装した男たちがあちこちに立っていた。何人かは国軍の所属だと言い、他の者は民兵だと言ったが、みな町の外からゲリラ戦を経てやって来たのだった。兵士たちの大部分は、日本による占領時代に日本軍に教育を受けた者たちで、混乱を極めた戦争中にオランダ軍に養成されて蘭領東印軍に入った地元民にも敵対していた。戦争は終わっておらず、それどころかまだ始まったばかりで、地元民はこの闘いを革命戦争と呼んでいた。

この捕虜収容所の娘たちとその家族も全員、赤十字が手配した便でそろって出発することになったが、いつも突然独自の意見を打ち出すただひとりの娘だけは例外だった。いうまでもなくデウィ・アユである。「私にはヨーロッパにだれも家族がいないもの」とデウィ・アユは言った。「私にはアラマンダと、まだこのお腹の中にいる赤ん坊だけしかいないもの」

「少なくとも、あたしとゲルダがいるじゃない」とオーラが言った。

「でも、私の家はここなのよ」

デウィ・アユはママ・カロンに、ハリムンダから出て行きたくないとすでに話してあった。ずっとこの町に住むつもりだった。たとえまた娼婦にならねばならなくなったとしても。ママ・カロンはデウィ・アユに言った。「今までどおり、あの家で暮らせばいいよ。あれは今じゃあたしのものなんだし、あのオランダ人が返せと言ってくることはないに決まってるから」

そうして他のみなは行ってしまい、デウィ・アユはママ・カロンと使用人何人かといっしょにその家で暮らすことになった。きっとあのゲリラ兵のだれかの子に違いないふたりめの赤ん坊の誕生を待ちながら、デウィ・アユはオーラの置いていった『マックス・ハーフェラール』を読んだ。前に一度読んだことがあったけれど、他にすることもなかったし、どんな仕事をするのもママ・カロンに禁じられていたので、また読み返してみたのだった。アラマンダがそろそろ二歳になろうというころ、とうとうふたりめの赤ん坊が生まれ、デウィ・アユは今読んでいる小説の中の娘にちなんで、アディンダと名づけた。

ママ・カロンの家で何ヶ月か過ごした後、デウィ・アユは昔住んでいた家の便所の肥溜めの中に納まっているはずの財産のことを考え、なによりも自分の家を取り戻さねばならないと思うようになった。今住んでいる家は新たな娼館となり、戦争中に日本軍相手の娼婦にさせられていた娘たちが働くようになっていた。もう家に戻る勇気もなく、ママ・カロンについて行こうと決めた娘たちを集めて、ママ・カロン王国の姫とし、この屋敷の部屋に住まわせたのである。蘭領東印軍の兵士の幾人かが忠実な常連となった。ママ・カロンは、なおもデウィ・アユとふたりの子どもを一部屋に住まわせてくれ、身を売る必要もなく、いつまでいてもいいと言ってくれた。デウィ・アユはママ・カロンの親切をありがたく思っていたけれど、そうはいってもやはり娼館は幼い子どもの成長にとっていい場所とはいえず、なんとしてももとの家へ戻らねばならないと思い決めていた。

デウィ・アユは娼婦になる必要はなかった。戦争の間中飲み込んでいた六つの指輪があったからである。そのうちのひとつである翡翠の指輪をママ・カロンに売り、そのお金で生活していた。古物屋で売っていた中古の乳母車を買うこともできた。その乳母車を押して、はじめてデウィ・アユは、ふたりの子を連れてハリムンダの道を戻っていったのだった。妹のアディンダは日よけの下に横になり、アラマンダはセーターを着て帽子をかぶり、妹の後ろにすわっていた。デウィ・アユは髪を結って頭の上でまとめ、腰紐のついた裾の長い洋服を着て、小さなアディンダの哺乳瓶とハンカチとおしめで両側のポケットを膨らませ、落ち着き払って乳母車を押して行った。

道路はひどくひっそりとしていて、行き来する人も少なかった。聞いた噂では、成人の男の大部分は森へ入ってゲリラになったという。見かけたのは道の角で店を開いていた年老いた散髪屋だけだったが、その散髪屋も客を待つのに死ぬほど飽き飽きしているようだった。それ以外に目にしたのは、町の警備に当たっている蘭領東印軍の兵士たちだけで、古新聞を読んだりしていたが、眠たげで、やはり同じように退屈そうだった。兵士たちはトラックやジープのハンドルの前にすわっている者もあり、戦車の鼻先に腰掛けている者まで何人かいた。通り過ぎていくのが白人の女性であることに気づくと、兵士たちは慇懃に挨拶をして、オランダ人の女性がひとりで出歩くのは安全ではないからお送りしましょう、と言った。ゲリラがいつなんどき現れるかわかりませんから、と兵士たちは言った。

「ありがとう」とデウィ・アユは言った。「私は今、宝探しに行くところだから、だれとも山分けしたくないのよ」

デウィ・アユは忘れもしない方角へ、農園を所有するオランダ人たちの居住地だった地域へ向かった。海岸沿いの一帯で、表のポーチは浜辺に沿って続く小道に面し、裏のポーチは、緑の農園と田園地帯の向こうに遠く見えるふたつの石灰岩の丘に向き合っていた。デウィ・アユは海岸沿いの道をたどり、海からゲリラが現れることはないはずだと確信しつつ、落ち着いた足取りでそこまでやって来た。なにもかもが昔のままだった。垣根には今も菊が咲き乱れ、家の横手にはスターフルーツの木が、一番下の枝にブランコをぶら下げたまま立っていた。祖母がポーチの端から端まで並べた植木鉢もまだそのままだったけれど、水が足りないせいでアロエ・ヴェラは枯れ、アンスリウムは野放図に生い繁り、前面の柱にかけた蘭は垂れ下がって床にまで届いていた。草がぼうぼうと繁り、だれも手入れをしていないことは明らかだった。使用人も用心棒も家を捨て、ボルゾイ犬さえもうそこには住んでいないことを、デウィ・アユはすぐに悟った。

デウィ・アユは乳母車を押して庭へ入ると、ポーチの床がきれいになっているのを見て驚いた。だれかが掃き掃除をしたのだろうと、すぐに思い当たった。扉を開けようとすると、鍵はかかっていなかった。子どもたちがむずかり出していたけれど、なおも乳母車を押しながら家の中へ入った。客間は暗く、デウィ・アユは電灯をつけた。電気はまだ通っていて、すぐさま灯りがすべてを照らし出した。昔の物がもとのままの場所にあった。机も、椅子も、戸棚も、ただムインの持って行った蓄音機を除いて。自分の写真がまだ壁にかかっているのも見えた。フランチェスコ修道会の師範学校へ入学する直前の十五歳の娘が写っている。

「ほら、ママよ」。デウィ・アユはアラマンダに言った。「日本人に写真を撮ってもらって、それからしばらくすると日本人に強姦されたの。ひょっとするとあの日本人があなたの父親だったってこともあり得るわね」

三人はさらに家の中を巡り歩き、二階へも上がった。デウィ・アユはこの家にまつわる思い出を残らず話して聞かせ、祖父と祖母が寝ていた部屋を見せてやり、まだとても若くて互いに恋に落ちる前のヘンリとアネウ・スタームラーの写真を見せた。子どもたちにはもちろんまだわかるはずもなかったけれど、デウィ・アユは嬉々として案内役を務め、ようやく便所の肥溜めに隠した宝物のことを思い出した。ふたりの子どもを連れて便所を調べに行き、便所がまだそこにちゃんとあるのを見てほっとした。あとは肥溜めを掘り起こして宝物を見つけるだけだ。

「共和国の時代に、まだオランダ人がうろうろしてるよ」。突然だれかが背後でそう言うのが聞こえた。「ここでなにをやってなさるのかね、奥さん？」

振り返ると、そこに声の主がいた。気難しそうな地元民の老女だった。皺の寄った腰巻とクバヤを身に着け、杖をついている。口はキンマの葉の塊でいっぱいだった。女は、恨みのこもった目つきでデウィ・アユを見つめて立っていた。ためらいもせずに、犬を打ち据えるように、杖でデウィ・アユに殴りかかってきそうな勢いだった。

「私の写真がまだ壁にかかっているのが見えるでしょう」とデウィ・アユは十五歳の娘の写真を指して言った。

「私はこの家の持ち主です」

「そりゃあ、あたしがまだあんたの写真をあたしのにかけ替えてなかったからさ」

老女はすぐさまデウィ・アユを追い出そうとし、デウィ・アユは家の権利書を持っていると言い張った。返事の代わりに、老女はただけたけたと笑って、手を振ってみせただけだった。「あんたの家は没収されたのさ」と老女は言った。招かれざる客を追いやりながら老女が話したことによると、当然ながらこの家は日本人に取り上げられたのだった。そして戦争の終わりに、ゲリラの一家が日本人から取り上げた。それが老女の家族だった。夫は日本刀で切られて片腕を失い、その後五人の息子を連れて森へ入ったが、まもなくふたりの息子とともに蘭領東印軍に撃たれて死んだ。「今じゃ、あたしがこの家を相続したのさ。あんたの写真はただで持ってっていいよ」

なにを言ってもこの女に対抗することはできないと、デウィ・アユはすぐに悟った。デウィ・アユは乳母車を押して、早々に家を出たけれど、なんとしてでも家を取り戻すつもりだった。民事と軍事関係を扱う仮の町役場へ行き、蘭領東印軍の司令官に会って、家のことをどうすればいいか相談した。返答はまったくがっかりするようなものだった。当分のところ家を取り戻すのはあきらめた方がいいと言われたのである。状況から見て今は無理でしょう、と司令官は言った。まだゲリラが横行していますからね。もしもその家がゲリラの一家のものになっているのであれば、あきらめた方がいいでしょう。買い戻せるだけのお金をお持ちなら別ですが。

そうはいっても、デウィ・アユにお金はなかった。残りの五つの指輪では、家を買い戻すのに足りるはずがない。ただひとつの希望は便所の穴の中にあるが、あの宝物も、家を取り戻さなければとうてい取り出すことはできない。デウィ・アユは、まっすぐにママ・カロンのところへ行った。ママ・カロンならいつでもだれに対しても助けの手を差し延べてくれることはわかっていたので、正直に事情を話した。「ママ、お金を貸してください。家を買い戻したいんです」とデウィ・アユは言った。

いずれにしろ、ママ・カロンは自分の商売にもっとも有利となるように金銭勘定をするのが常だった。「どうやって借金を返してくれるんだい？」とママ・カロンは尋ねた。

「宝物を持っているんです」とデウィ・アユは答えた。「戦争の前に、祖母の装身具を全部、私と神様しか知らないところへ隠したんです」

「もし神様が盗んでいたら？」

「またママのところで娼婦になります。借金を返すために」

そうしてふたりは、どちらにとっても不足のない合意に達した。さらにママ・カロンは、家を買い戻すための仲介役まで買って出てくれた。デウィ・アユ本人が交渉したのでは、あのゲリラの一家の女も頑として売ろうとしないかもしれない。オランダの血が流れる身では地元民だと言ってもだれも信じてくれないし、それにママ・カロンなら、あの女のようにお金を必要としている人間から土地を買い取ることにかけては経験豊かだった。できるだけ安くで持ちかけてみるよ、とママ・カロンはデウィ・アユに約束してくれた。

その手続きに一週間近くかかった。売買手続きをすませるまでに、ママ・カロンはほとんど毎日、例の気難しい女のところへ通った。ゲリラの家族の老女は家を売ってもいいけれど、代わりの家といくらかのお金がほしいといった。ママ・カロンはその希望をかなえてやり、とうとう老女をその家から追い出して、二度とここに足を踏み入れるんじゃないよ、と脅した。ママ・カロンにつき添われ、デウィ・アユはふたりの幼子といっしょに、ママ・カロンの娼館の常連である蘭領東印軍の兵士の軍用ジープに乗って、すぐに引っ越した。自分の家に戻れてデウィ・アユがどれほど喜んだことか。これでなにもかも自分のものになったのである。

「いつ支払ってくれるんだい？」とママ・カロンが最後に尋ねた。

「一ヶ月待ってください」

「そうだね、それだけあれば掘り出せるだろう」とママ・カロンは言った。「もしもだれかがこの家に押しかけて来たりしたら、すぐにあたしのとこへおいで。あたしは、蘭領東印軍の兵隊と同じくらい、ゲリラのこともよく知ってるから。どっちもうちのお得意さんだからね」

デウィ・アユはすぐには掘り返す作業にかからなかった。年取った女で、名前はミラーといった。最初にしたのは子守りを探すことで、丘のふもとの集落からひとり見つけ出した。年取った女で、名前はミラーといった。戦争前にはオランダ人の家で使用人をしていたらしいが、デウィ・アユは自分はオランダ人ではなく、デウィ・アユという名の地元民であるときっぱり言った。ミラーを通じて、荒れ放題になっている庭の手入れをする庭師も見つけた。すべてがもとどおりになったのを見てくつろげるようになるまで、一週間かかった。庭はきれいになり、植木も生き生きとして見えるようになった。

「運がよかったわ。日本人にも連合軍にも壊されていなくて」とデウィ・アユはひとりごちた。

そのころ、オーラとゲルダからの便りが届いた。ふたりは祖父母に出会い、父親もスマトラで日本軍の捕虜となっていたが、無事だったという。オーラは今もイギリス兵のひとりとつき合っていて、もう婚約までしたそうである。今年の三月十七日に聖マリー教会で結婚式を挙げるということだった。デウィ・アユがふたりの結婚式に出ることはどう考えても不可能だったので、子どもたちの写真を何枚か送り、ふたりの結婚式の写真を受け取っただけだった。デウィ・アユはその写真を壁にかけ、オーラがいつか訪ねてきたら見えるようにしておいた。

家が大方片づくと、デウィ・アユは宝物を掘り出すことを考えるようになった。サプリという名の庭師は信用できたので、デウィ・アユはサプリを呼んで便所の穴を掘ろうと思うと話した。そうしないとミラーとサプリに賃金を払うこともできないから、とデウィ・アユは言った。その日のうちに庭師は鉄梃《かなてこ》と鍬を持ってきて、デウィ・アユも腕まくりをし、祖父のパンタロンをはいて、サプリが床を崩し、肥溜めまでの水路に沿って穴を掘るのを手伝った。ただひとつふたりの作業をてこずらせなかったのは、戦争の間中、便所が使われた形跡がないことだった。悪臭のする生温かい糞便に出食わすことはなく、あるのはミミズでいっぱいのふかふかの土だけだった。

ふたりは一日中作業を続け、その間ミラーが子どもの面倒を見た。食事のためと一息入れるためにちょっと手を止めただけで、ふたりはまたセメントを崩し、すでに土となった糞便の残りをかき回した。けれども、怒って身をくねらせるミミズ以外には、なにも見つかりそうになかった。肥溜めの中から糞便をすべて出してしまったはずだったけれど、それでもデウィ・アユが捨てた宝飾品はひとつも見つからなかった。首飾りも金の腕輪もなく、あるのはただ湿った臭いを放つ茶色の腐った土だけだった。あの宝飾品が全部糞便といっしょに腐ってしまったとは思えなかったけれど、あきらめてすぐに作業を中止し、がっかりしてこうこぼした。

「神様が盗んだのね」

革命の時代には、勇ましいスローガンが叫ばれ、また道路に面した壁のいたるところに書かれ、横断幕が張り巡らされ、さらには学校の子どもの帳面にまで書きつけられていた。それを見て、ママ・カロンは自分の娼館にも、同じように勇ましく、ママ・カロン自身の精神を表す名前をつけようと思いついた。ためしにいくつかの名前をつけてみた。たとえば「愛か死か」、それに代わって「愛して愛して」。けれども最後に娼館の名前に決定したのは「死ぬまで愛して」だった。

その名が現実となることも少なくなかった。ある蘭領東印軍の兵士は、性交の最中にゲリラ兵に首をはねられて死んだ。それからあるゲリラ兵が、性交中に蘭領東印軍の兵士に撃たれて死んだ。そしてある娼婦も、やはり性交の最中に、長く口づけをし過ぎて息ができなくなって死んだ。

その娼館で、デウィ・アユは娼婦となった。とはいえ、デウィ・アユは「死ぬまで愛して」に住みはしなかった。自分の家があったからである。ただ夕方になると出かけていき、夜が明けると家に帰るのだった。それに世話をしなければならない子どもも三人になっていた。アラマンダとアディンダと、アディンダの三年後に生まれたマヤ・デウィである。夜の間、子どもたちにはミラーがつき添っていたけれど、昼間はデウィ・アユがふつうの母親のように子どもの面倒をみた。デウィ・アユは最良の学校に子どもたちを通わせ、さらには礼拝所にまで通わせて、キヤイ・ジャーロのもとでクルアーンを学ばせた。

「この子たちを娼婦にするわけにはいかないわ」とデウィ・アユはミラーに言った。「本人がなりたいっていうなら別だけど」

デウィ・アユ本人は、自分がなりたくて娼婦になったと真っ向から認めたことは一度もなく、その逆に、歴史のせいで娼婦になったのだといつも話していた。

「歴史が人を預言者にしたり皇帝にしたりするみたいにね」。三人の子どもに向かってそう言った。

デウィ・アユは町で一番売れっ子の娼婦だった。娼館へ足を運んだことのある男のほとんどが、金には糸目をつけず、少なくとも一度はデウィ・アユと寝た。ずっとオランダ人の女と寝たいと思っていたからではなく、デウィ・アユが性愛の巧者であることをみな知っていたからである。だれひとり、他の娼婦にするように乱暴にデウィ・アユを扱ったりはしなかった。もしもそんなことをすれば、他の男たちが、まるでデウィ・アユが自分の妻であるかのように怒り狂うからだった。デウィ・アユは一晩にひとりの男の相手しかしないと厳しく制限を設けていたけれど、一晩とて客のつかない夜はなかった。デウィ・アユを特別扱いして、ママ・カロンは、デウィ・アユと寝たいと望む者にはだれであれ高額料金を請求した。そのおかげで、夜には眠らない老女ママ・カロンの収入はさらに増えた。

ママ・カロンが町の女王だとすれば、デウィ・アユは王女だった。ふたりとも外見についてはほぼ同じような趣味をしていた。ふたりとも体の手入れを怠らず、どこの良家の婦人よりもさらに上品な服装をした。ママ・カロンはソロやジョクジャカルタやプカロガンから直接取り寄せた手描きバティックの腰巻《ジャリック》を好んで身に着け、クバヤを着て髪を結っていた。娼館にいるときでもそういうかっこうをしていて、くつろぐときにだけ、ゆったりとした部屋着のようなものを着た。一方デウィ・アユは柄物のドレスが好みで、いつも決まった仕立屋に注文して、婦人雑誌のファッションページのものをそのまま写して作らせた。良家の婦人たちでさえ、体の手入れの仕方や服装について、いろいろなことをこっそりとデウィ・アユから学んでいた。

ママ・カロンとデウィ・アユは町の快楽の源泉だった。町の重要な催しにふたりが招かれないことはなかった。毎年の独立記念日でさえ、サドラー少佐と、市長と、郡知事と、それからもちろん小団長が森から出てきた後には小団長と並んですわった。良家の婦人たちでさえ、夫が夜に姿を消せば「死ぬまで愛して」にいることを知っていたので、ふたりのことが大嫌いだったけれども、ふたりに面と向かうとていねいに挨拶をした(そして裏では蔑んで下唇を突き出した)。

ところがある日、ひとりの男がみなの王女、デウィ・アユという名の娼婦をひとり占めしようとしたのである。男はデウィ・アユと結婚しようとさえした。だれひとりとして、その男のすることに楯突く勇気はなかった。噂によると、どんなやり方でもってしても、その男を打ち負かすことはできないというのだった。男の名はママン・ゲンデンといった。

ハリムンダの男たちの喜びは終わりを迎えざるを得ないようで、妻たちや恋人たちはにたりと笑った。

5

その男がハリムンダへやって来て、浜辺で数人の漁師と喧嘩をして騒ぎを起こしたその朝のことは、だれもがまだよく憶えている。それはまだデウィ・アユが生きていたころのことで、人々はそのならず者にまつわる話を、聖典の中の物語と同じくらいよく記憶していた。まだずっと若かったころ、ママン・ゲンデンは最後の世代の拳術使いであり、グデ山の達人セパックのただひとりの弟子だった。植民地時代の終わりごろ、ママン・ゲンデンは放浪の旅に出たが、敵も味方も見つからず、無駄に終わった。日本軍がやって来てから、それに続く革命戦争の間、ママン・ゲンデンは義勇軍に入って自ら大佐を称した。ところが軍が再編成されると、何千人もの男たちとともに首になり、革命闘士として自慢できる以外には、なにも手元に残らなかった。ママン・ゲンデンは少しも気落ちせず、また放浪の旅を続けた。戦争が終わるころには、悪漢盗賊という新しい肩書きを手に入れていた。

盗みの本能は金持ちに対する憎悪から来ており、その金持ちに対する憎悪は、まったく無理からぬものだった。ママン・ゲンデンはある郡知事の私生児だったのである。何世代にもわたって一族がそうしてきたように、ママン・ゲンデンの母親もその郡知事の家で台所の下女として働いていた。主人とその下女がいつから後ろ暗い関係を結ぶようになったのかはだれも知らなかったけれど、はっきりしていたのは、その郡知事がたいへんな肉欲の持ち主で、妻ひとりと大勢の妾と情人だけではまるで足りないということだった。夜になると、下女のひとりを寝室へ引きずり込んだりし、台所の下女が無理やり相手をさせられることも一度や二度ではなかった。ママン・ゲンデンの母親は、不幸を背負わされた唯一の下女だった。とうとう身ごもってしまったのである。郡知事の妻はそのことを嗅ぎつけ、下女の両親も、父方の祖母も母方の祖母も、その祖母の両親も、何年にもわたって郡知事の一家に仕えてきたにもかかわらず、家名を守るために下女を追い出した。腹の中の子の他にはなにひとつ持たず、哀れな女は森を抜け、グデ山で道に迷った。そこで年老いた拳術の達人セパックに見つけられ、手助けされて、棕櫚の木の下で、瀕死状態で子を産み落とした。

「父親にちなんでママンと名づけてください」と女は言った。「この子は、あの郡知事の私生児なのです」。女は子どもの成長を見ることもできずに死んだ。時代の移り変わりを悲しむ老拳術使いは、その赤ん坊を連れ帰った。

「おまえは最後の拳術使いとなるであろう」と老人は赤ん坊に告げた。

老人は赤ん坊の面倒をよくみて、じゅうぶんな食べ物を与え、同時にじゅうぶんな訓練も施した。子どもが歩けるようになる前から、冷たい水に浸け、白昼の太陽の下にさらして鍛え上げた。まだよちよち歩きをしていたころ、川へ放り込み、いやでも泳げるようにさせた。五歳になるころには、信じがたいことに地上最強の子どもとなっていた。ママン・ゲンデンと後に呼ばれるようになった子どもは、素手で岩を砕いて細かな砂粒にしてしまうこともできるようになっていたのである。伝統的な師匠のやり方はとらずに、達人セパックはおのれの持てるすべての智慧を残らずその子に伝えた。すべての技を伝授し、すべての護符を与え、スンダ語の古語とオランダ語とムラユ語の読み書きと、ラテン文字の書き方まで教えた。それればかりか、瞑想を教えるのと同じくらい真剣に、料理の仕方まで教えた。

ママン・ゲンデンが十二歳のとき、達人セパックが死んだ。生みの父親に対する恨みを晴らす時が到来したのである。老人を埋葬して一週間喪に服した後、ママン・ゲンデンは山を下りて放浪を始めた。日本軍がやって来て戦争が始まったのと、ほぼ同じ時期だった。家に父親はいなかった。郡知事の一家は、戦争ですでに散り散りばらばらになっていたのである。オランダの手先だと責められ、弁解できなくなると、郡知事は逃げ出してしまった。ママン・ゲンデンは恨みを晴らすまでに三年待たねばならず、その間に入隊して、母を追い出して死なせた第一の敵の行方を探した。結局、恨みを晴らすことはできなかった。見つけたときには、父親はすでに義勇軍の銃殺隊に処刑された後だった。ママン・ゲンデンは父の死体を見ただけで、埋葬する気などさらさらなかった。

日本が去って共和国ができ、革命戦争が始まると、義勇軍のゲリラ部隊のひとつに加わって、北海岸沿いの小さな町々に住んだ。昼間は漁師の家で暮らし、夜になると前線へ出て行く。いつも激しい戦闘になるとは限らなかったし、オランダの蘭領東印軍が勝つことの方が多く、ゲリラ軍は奥地へ追いやられる一方で、その時代には取り立てて言うべきほどのことも起こらなかったが、ただひとつだけ例外があった。ナシアーという名の漁師の娘との思い出である。ナシアーは小柄な娘で、頬にはえくぼができ、浅黒く艶やかな肌をしていた。ママン・ゲンデンは、その娘が夕食用に取り残しの魚を集めるために浜辺を歩いているのをよく見かけた。感じのよい娘で、なんともいえないかわいらしい笑顔でゲリラ兵たちにほほ笑みかけ、食べ物を手に入れればこっそり差し入れてくれることもあった。

名前以外には、その娘のことはほとんどなにも知らなかった。それでもその娘を見ると、実に生き生きとした気分になり、ただいっしょにいたいがために、遍歴の野望もすべて捨ててしまってもいいと思い、さらには、ともに暮らせるようになるためになら、あらゆる戦いに勝ってやると誓いまで立てた。仲間たちもその密やかな恋物語に気づくようになり、その娘にうまく告白しろとけしかけた。ママン・ゲンデンはそれまでどこの女とも話をしたこともなく、とりわけそれほど真面目な話となると皆無で、かろうじて口をきいたことのある女といえば、日本軍による占領時代の娼婦たちだけだった。突然ママン・ゲンデンは、小柄な娘ナシアーに向き合う方が、オランダの銃撃隊に向かい合うよりもずっと困難であることを悟った。それでもあるとき、絶好の機会が訪れ、ナシアーがひとりきりで新鮮な魚の入ったびくを抱えて家へ帰ろうとしているのを見かけたママン・ゲンデンは、そばに寄って並んで歩いた。娘がえくぼを浮き出させてかわいらしくほほ笑むのを目にした後、勇気をふりしぼって想いを打ち明け、妻になってもらえないかと尋ねた。

ナシアーは十三になったばかりだった。若過ぎたせいなのか、それともなにか他のことが原因だったのか、ナシアーはとたんにぎょっとして、びくを取り落とし、気のふれた人を見て怯えた幼い少女のように、挨拶もなしに駆け去ってしまった。あちこちに飛び散ったアジとママン・ゲンデンだけが取り残され、逃げて行く娘を見つめながら、ママン・ゲンデンは愛を打ち明けてしまったことを死ぬほど悔いた。けれども、それで後退りしようとはしなかった。愛は、すでに他の何ものをもってしても与えられない力を与えてくれたのである。そこでママン・ゲンデンは飛び散った魚を拾ってびくに入れ、それを持ってしっかりとした足取りで娘の家へ向かった。父親に正式に結婚の許しを求めるつもりだった。

娘の家の前に来ると、ナシアーが片脚の不自由な、痩せて小柄な男といっしょに立っているのが目に入った。見かけたことのない青年だった。噂で少し知っていたのは、ふたりの兄がゲリラとなって死に、父親は年老いた漁師であるということだけだった。何ヶ月もものを食っていないかのように痩せている片脚の青年については、なにも聞いたことがなかった。ママン・ゲンデンはふたりの前に立ってなんとか笑顔を作り、ナシアーの足元にびくを置いた。とはいえ、冷静ではいられない嫉妬の炎で、胸が燃え盛るようだった。ただ大胆だからなのか、それともまぬけなせいなのか、ママン・ゲンデンはさっきと同じことを口に出した。

「ナシアー、俺の嫁さんになってくれないか?」哀願するような顔でママン・ゲンデンは言った。「戦争が終わったら、結婚したいんだ」

娘は思いがけず泣き出し、かぶりを振った。

「ゲリラのおじさん」と娘はつかえつかえ言った。「あたしのそばにいる人が見えないんですか?　この人はすごく弱いわ、もちろん。魚を獲りに海へ行くことはできっこないし、ましてやおじさんのように戦争に行くなんて無理です。おじさんなら、この人をかんたんに殺して、アジを一匹つかむのと同じくらいかんたんに、あたしを手に入れることだってできるわ。でも、もしもそうなったら、あたしもいっしょに死なせてください。あたしたちは愛し合っていて、離れ離れになりたくないんです」

痩せた青年は口もきかず、うつむいたまま顔を上げようともしなかった。ママン・ゲンデンは一瞬にして失恋したのである。かすかにうなずくと、ママン・ゲンデンは家の前から去った。挨拶もせず、振り返りもせずに。ママン・ゲンデンにも見えたのである。ふたりがほんとうに心から愛し合っていることが。ふたりの幸せを壊したくはなかった。たとえいつまでも癒えそうにない心の傷の手当をしなければならなくなっても。戦争の間、悲劇的な失恋のせいで、ママン・ゲンデンはおぞましい幻覚に悩まされ続けた。幾度か敵の射程内に身をさらし、銃だけでなく大砲の標的にもなったけれど、ただ悪運の強さゆえに生き残った。その間、例の娘には一度も会いに行かず、顔を合わせるようなことがあるたびに、それを避けた。ただ戦争が終わって娘が恋人と結婚したと聞いたときにだけ、とても美しい赤い肩掛けを織物職人から買って贈った。

ゲリラ軍の基地は解散となり、兵士たちは除隊となった。ママン・ゲンデンは悲しみよりも喜びの方がはるかに強かった。自由な暮らしの手始めとして、まだ失恋の痛手を抱えたままではあったが、また放浪の旅についた。北海岸に沿って旅を続け、ゲリラたちの通り道をたどったが、それは他でもない、敵に追われたときの逃走路だった。食いつなぐために裕福な家に押し入って強盗をはたらき、金持ちの連中に向かってこう言った。

「オランダの犬でないなら、日本の犬に決まっている。革命の時代に金持ちだってことはな」

十数人の子分を率い、ママン・ゲンデンは海岸沿いの町々で恐怖の的となった。警察も軍もママン・ゲンデンを追った。仲間を従え、まるでロビン・フッドのように、金持ちから盗んで貧しい人々の家の扉の前に戦利品を分けて配り、戦争で夫を亡くした未亡人たちや孤児たちを助けた。敵にも味方にも怖れられ、その名を轟かせたけれど、それでも幸せを感じることはできなかった。どこへ行こうとも古傷がついてまわり、これまでに見かけたどんな娘も、ましてや椰子酒の屋台で買った娼婦たちではなおのこと、その傷を癒せはしなかった。おまけに頭のおかしくなりそうな夜々には、子分全員に命じて、色黒で頬にえくぼのできる小柄な娘を探させたりした。こと細かに説明した娘の特徴はナシアーそのものだったので、隠れ家に連れて来られた娘たちは互いに見分けがつかないほどよく似ていた。ママン・ゲンデンはその娘たちと幾晩も交わったけれど、それでもナシアーに代わる娘はひとりもいなかった。

それからずいぶんたって、ようやく生きる気力を取り戻したのは、漁師の子どもたちがよく口にしていたルンガニスという名の姫の伝説をかすかに聞きつけたときだった。ある者の言うことには、その姫はあまりにも美しかったので、すべての人間が姫のためなら死んでもいいと思うほどで、ただ姫を手に入れたいがために戦争が起きたこともあったらしい。ママン・ゲンデンはある晩、がばと跳ね起き、その物語の姫を手に入れるためなら、相手がだれであろうと、また戦争をしてもかまわないと思った。子分をひとりずつ起こしては、ルンガニス姫はどこに住んでいるのかと尋ねた。子分たちは答えて言った。ハリムンダに決まってますよ。ママン・ゲンデンはそんな町の名は聞いたことがなかったけれど、仲間のひとりが言うには、舟で海岸づたいに西へ向かえばハリムンダへ至るということだった。決意を固め、そしてなによりも心の傷を癒すために、その夜のうちにママン・ゲンデンは強盗の縄張りを幾人かの仲間に譲り、その仲間たちに向かって、これから舟に乗ってほんとうの愛を見つけに行くと宣言した。ルンガニスという女に対して、二度目の恋に落ちてしまったのである。たとえ漁師の子どもたちの話で聞いただけの女であったにしても。

その姫は非常に美しく、パジャジャラン王家の末裔で、パクアン王室の歴代の姫の美貌を受け継いでいるという。多くの人の語るところによると、姫本人も自分の美貌がさまざまな悲劇を巻き起こすことに気づいていたらしい。まだ幼くて、まだ自由に出歩くこともでき、宮殿の外へ出ることも許されていたころから、すでに大なり小なり騒ぎを引き起こしていた。姫が通るところではどこでも、人々は悲しみに満ちた、かすかな霧に包まれたような姫の顔を見つめた。突然滑稽な彫像と化してしまった人間のような、間の抜けた目つきで。ただ目玉だけが姫の足取りにつれて動いていく。姫が姿を現すと、役人たちでさえ幻覚に襲われる者が相次いで国事もおろそかになり、王国の半分が盗賊団の手に落ち、苦戦の末に国の兵士の半分を失って、ようやく奪われた国土を取り返したほどだった。

「そういう女こそ探すだけの価値があるというものだ」とママン・ゲンデンは言った。

「おまえが二度目の傷を受けることにならないといいが」と仲間は言った。

ドゥマクの襲撃によって王国が崩壊する前の最後の王であったといわれる姫の父親でさえも、自分の娘の美しさに惑わされて、またたく間に老け込んでしまった。自分の娘と肉体関係を持つなど許されるべきことではなかったが、恋は恋である。愛の想いと罪悪感とのせめぎ合いに全身全霊をさいなまれ、苦しみから脱け出せるただひとつの道は死しかないように思われた。そして、当然のことながら嫉妬した王妃は、取るべきたったひとつの道はあの小娘を殺すことだと考えた。そこで機会があるごとに台所へ行って包丁を手に取り、娘の部屋へ忍び寄って、脈打つ心臓を突き刺そうとした。ところが娘を目にすると、王妃までがうっとりとなって恋に落ち、刺すつもりであったことも忘れてしまった。刺すどころか王妃は包丁を取り落とし、娘のそばへ歩み寄って、その肌に触れて接吻し、はっと我に返って羞恥にとらわれ、苦悩を抱えたままものも言わずに娘の部屋から出て行った。

ママン・ゲンデンはルンガニス姫のことを思い浮かべてすっかり虜になった。舟路の途中、漁師たちがひっきりなしに姫にまつわる話をしていたのだから、なおさらだった。小舟で西へ西へと向かい、日が暮れると漁村に泊まって休息した。ハリムンダまでまだどのくらいあるのかと尋ねると、漁師たちが方角を教えてくれた。さらに西へ進んでから南へ折れ、それから再び方向を変えて今度は東へ向かうのである。南海の波には気をつけろ、と漁師たちは言った。その他に漁師たちは姫にまつわる話を聞かせてくれ、孤独な旅人ママン・ゲンデンはいっそう夢中になった。

「その姫と結婚しよう」とママン・ゲンデンは誓った。

けれども、ルンガニス姫は自分の美貌にひどく苦しめられていたようだった。美貌のもたらす悲劇に気づくと、姫は部屋に閉じこもるようになった。外の世界と姫をつなぐものは、下女たちが食事の皿や着物を出し入れする、扉に開いた小さな穴だけだった。姫は自分の美貌を人目にさらさないことを誓い、それでもかまわず結婚したいと言ってくれる男を待ち望んだ。そこで、隠れて暮らしている間に姫がしたのは、ただ自分の花嫁衣裳を縫うことだけだった。けれどもいくらそうして隠れていても、旅人や語り部によってすでに広められてしまった姫の美貌に関する噂は、もう隠しようもなかった。禁じられた肉欲に満ちた愛の想いにさいなまれる父親と、闇雲な嫉妬に苦しむ母親は、この悲劇を終わらせるただひとつの方法は姫を結婚させることだという結論に達した。そこで王と王妃は九十九人の使者を王国の隅々へ、さらに近隣の諸国へもつかわし、王子や戦士やその他だれでも参加できる競技会を催し、最高にして唯一の褒美は世界一の美女ルンガニス姫との結婚であるとお触れを出した。

りりしい男たちが次から次へとやって来て、競技が始まった。アルジュナがドラウパディーを手に入れたときのように、弓の腕を競ったわけではない。男たちは、どんな娘を望んでいるのかと尋ねられるだけだった。身長はいくらで、体重はいくら、好きな食べ物は、髪の梳き方は、着物の色は、体臭は、という類のあらゆることを尋ねられ、その後は姫の部屋の扉の前にすわって、自ら姫に、姫がどんな姿をしているのか尋ねるように言われた。男の望みと姫の特徴が一致し、姫の望みと男の特徴が一致すれば、ふたりの結婚を許すと王は約束した。そのようなやり方で結婚相手を見つけられることなどめったにあるはずもなく、競技がすべて終わっても、姫の相手となる男はひとりも見つからなかった。

実際、そんな女を手に入れるのはたやすいことではない。ママン・ゲンデンがスンダ海峡にさしかかったとき、もう何週間も獲物にありついていなかった海賊の一団が、ママン・ゲンデンのささやかな財産を奪おうと立ちはだかった。長い間格闘をしていなかったママン・ゲンデンは、ありあまった体力を発揮して海賊どもの船を沈めたが、行く手をさえぎるものはそれだけではすまなかった。南海へ入ると、激しい嵐に見舞われただけでなく、ひとつがいの鮫につきまとわれた。ママン・ゲンデンは沼地の奥へ上陸して鹿を一頭獲り、今後の舟路での友好関係のために、それを鮫どもに与えねばならなかった。

なにもかもルンガニスという名の娘のためだった。失敗に終わった競技会の後、またすべてがもとの悲しみへ、美貌の引き起こす悲劇へと戻ってしまった。ついにある日、あきらめきれないひとりの王子が三百人の騎兵隊を率いて攻め寄せ、力ずくで姫を奪おうとした。だれかが姫を奪って花嫁にすることを思って王は内心大喜びしたけれど、やはり名誉のために、やむを得ず兵を繰り出して敵に対した。やがて別の国から別の王子が、感謝のしるしに姫を与えられることを願って、やはり三百人の騎兵隊を率いて王のために加勢に駆けつけ、戦《いくさ》はますます大きくなった。また別の戦士たちも別の王子たちも、遅かれ早かれその大きな戦《いくさ》に巻き込まれ、年の暮れるころには、もうだれがだれと戦っているのかもわからなくなり、みながみなと戦い、長年にわたってハリムンダの美の女神として称えられた女を奪い合った。姫の美貌は呪いにも等しく、その呪いはますます狂気の度合いを深めた。何千人もの兵士が傷を負って命を落とし、国中が荒れ放題となって、病気と飢えが容赦なく蔓延したが、すべてが呪われた美貌のせいだった。

「あれはなによりも恐ろしい時代だった」とママン・ゲンデンに宿を貸した老いた漁師が言った。「マジャパヒト王国が姑息にもわしらをだまし討ちにしたブバットの戦《いくさ》よりもひどかった。あんたも知っとるように、わしらは戦《いくさ》など好きではないのに」

「俺は革命戦争のもと闘士だ」とママン・ゲンデンは言った。

「そんなの、ルンガニス姫を奪い合った戦《いくさ》に比べりゃあ、なんでもない」

姫本人も知らないわけがなかった。『マハーバーラタ』で盲目のドゥリタラーシュトラがクルクシェートラの戦場での息子たちの運命を人づてに聞いたように、姫も下女の娘たちが鍵穴からささやいてくれる知らせを聞いて、戦争のこともすべて知っていた。小さな美女は非常に苦しみ、眠ることも食べることもできず、すべての災厄のもとが自分であることに打ちのめされた。姫の悲しみは泣き暮らすだけで癒されるはずもなく、死をもってしても贖《あがな》えそうになかった。姫は花嫁衣裳のことを思い出し、これらすべてから自由になるための唯一の道は、だれかと結婚することだと急に思い立った。そうすればすぐにも戦《いくさ》はおさまるはずだった。

とにかく、姫はすでにもう何年もの間、暗闇の中でランプと花嫁衣裳だけを友として、閉じこもって暮らしてきたのである。その間に自らの手で縫い続けてきた衣裳は、手のこんだ、どんな仕立屋にもまねできない、地上でもっとも美しい花嫁衣裳となるはずだった。ついにその花嫁衣裳ができあがった朝、姫は思い切って、戦争とすべての悲劇を終わらせるために結婚します、と声に出して誓った。だれと結婚するのかはわからなかったし、相手とするにふさわしい男をひとりも知らなかった。そこで姫は自分に言い聞かせた。窓を開けて、だれでもいいから窓の向こうに見えた人を、生涯の伴侶としよう。

誓いを実行に移す前に、姫は花を浮かべた水で百夜かけて体を清め、そして忘れがたいその朝、花嫁衣裳をまとった。姫は安易に誓いを破るような娘ではなかった。なんとしても自分の誓ったことを守るつもりだった。何年も閉めきってきた窓を開け、最初に目にした男と結婚するのだ。もしもたくさんの人が見えたら、一番近くにいる人を選ぼう。だれをも傷つけたくなかったので、妻のいる人や恋人のいる人は選ばない、と姫は誓った。

花嫁衣裳に包まれて、美貌はいっそう輝きを増した。真っ暗な部屋の中でさえ非常な輝きを放ったので、のぞき見ていた下女の娘たちは圧倒され、これから姫がなにをしようとしているのかといぶかしんだ。優美な足取りでルンガニス姫は窓辺へ寄り、そこで一瞬立ち止まって、一息ついて不安を追いやった。決意はすでに固まり、誓いはすでに口にした。窓に触れたとたんに手が激しく震え、深い悲しみとあふれかえる喜びとの狭間で、突然姫は泣き出した。鍵をはずし、指先でそっと触れて、一息に窓を押し開けた。窓はきしんで大きく開いた。姫は言った。「そこにいる方、わたしと結婚してください」

「惜しいことをした。そのときそこにいなくて」。別の朝、別の漁師にママン・ゲンデンは言った。「教えてくれ、あとどれぐらいでハリムンダに着くか」

「もうすぐだ」

すでにたくさんの者が同じことを言った。もうすぐだ、と。現実にはなかなかそこへたどり着けなかったので、そう言われても慰めにはならなかった。ママン・ゲンデンは航海を続け、漁村や港に着くたびに舟を止めて、ここはハリムンダかと尋ねた。ああ、違うよ、もっと東だ、とみなが言った。みなにそう言われて、自信が揺らいできた。急に、みなが陰謀を企てて自分をだまそうとしていて、ほんとうはそんな町など存在しないのではないかという気がした。ハリムンダとは、想像上の名前に過ぎないのではないか。もう一度だけ尋ねて、またもっと東だと言われたら、そいつらを殴り倒して、やつらのおふざけも陰謀もぶち壊しにしてやる、とママン・ゲンデンは心に決めた。

まさにそのとき、ひとつの漁港と漁師たちの集落が目に入った。ママン・ゲンデンはすぐさま岸へ向かい、奇妙な友情で結ばれてずっとついてきていたひとつがいの鮫に、ちょっとの間行ってくると声をかけた。疲労と失望で体は震え、誉れ高きルンガニス姫にまみえる希望も失いかけていた。ママン・ゲンデンは舟から降りて、浜辺に沿って網を引っ張っているらしいひとりの漁師のところへ行った。あらかじめ拳を握り締めて、いつでも殴りかかれるようにし、それから尋ねた。ここはハリムンダか？

「ああ、ここはハリムンダでさ」

その漁師はまったくもって運がよかった。もしもママン・ゲンデンに怒りをぶつけられていたら、抵抗することなどまるでできない相談だった。師にさえ最後の拳術使いと呼ばれた男だったのだ。一方、ママン・ゲンデンはおおいに喜んだ。この町へ着くまでの道のりのなんと長かったことか。ハリムンダはでたらめな名前ではなく、いまやその地に到着し、生臭い臭いを嗅ぎ、住人のひとりと出会ったのである。ママン・ゲンデンは地面に膝をつき、感極まったようすだったので、漁師はとまどってそれを見つめた。ここではなにもかもが美しく見える、とママン・ゲンデンはつぶやいた。「ここじゃ、糞だっていつでも美しいんでさ」と漁師は言って、立ち去ろうとした。けれどもママン・ゲンデンは、即座に漁師を引き止めた。

「どこへ行けばルンガニスに会えるのか?」とママン・ゲンデンは尋ねた。

「どのルンガニスで?」と漁師は聞き返した。「そういう名の娘は何十人もいまさ。道や川の名前までルンガニスでさ」

「ルンガニス姫に決まっている」

「そのお人なら、何百年も前に死にましたさ」

「なんだと?」

「そのお人なら、何百年も前に死にましたさ」

いきなりすべてが終わったように思えた。ただのおとぎ話だったのだ、とおのれに向かって言った。けれども、それだけでは慰めにはならず、唐突に怒りが噴き出してきて、どうにもならなくなった。ママン・ゲンデンは哀れな漁師をぶちのめし、嘘つきめ、とわめいた。幾人かの漁師たちが手に手に木の櫂を持って助太刀に駆けつけ、だれかが号令をかけるまでもなく、いっせいにママン・ゲンデンに殴りかかった。ママン・ゲンデンはとても漁師たちのかなう相手ではなかった。櫂はへし折られ、櫂の持ち主たちは気を失って濡れた砂の上に転がった。まもなく、やくざ者らしい三人の男がやって来た。男たちはママン・ゲンデンに失せろと脅しつけた。その浜辺は男たちの縄張りだったのである。しかし立ち去るどころか、ママン・ゲンデンは容赦なく三人を叩きのめし、三人まとめて死にそうになるまで水に突っ込み、それからさっきの漁師たちの体の上に放り出した。

それが、ママン・ゲンデンがハリムンダへやって来て騒ぎを起こした朝だった。五人の漁師と三人のやくざ者が最初の犠牲者となった。次の犠牲者は、猟銃を持って駆けつけて遠くから発砲した老いた退役軍人だった。老人はそのよそ者の男が銃弾にも負けないとは思いもよらず、それに気づくや逃げ出したが、ママン・ゲンデンは後を追ってきた。ママン・ゲンデンは退役軍人の猟銃を取り上げ、軍人は脛を撃ちぬかれて道に転がった。

「まだ他にはむかうやつがいるか」とママン・ゲンデンは言った。

ママン・ゲンデンは、何百年も前の物語で自分をまんまとだましたこの町の住人たちを、何人かぶちのめさねば気がすまなかった。その日のうちにさらにいくつか格闘をして、すべてママン・ゲンデンが勝ち、その海辺の住人みなが、もうこの男を打ち負かせるとは考えることもできなくなった。それにママン・ゲンデンの方も疲れたようすだった。ママン・ゲンデンは飯屋に入り、飯屋の主人は真っ青になってありったけの物を出してもてなした。他の人々も椰子酒を持ってやって来て、ママン・ゲンデンが酔っ払って、もうこれ以上騒ぎを起こさないよう願った。満腹感と疲れでママン・ゲンデンは眠くなった。千鳥足で浜辺へ戻り、砂の上に引き上げておいた舟に寝そべった。ここまでの旅路と失望感をひととおり思い返し、眠りに落ちる前に、遠巻きに見ている人々にもはっきり聞こえる声でこう言った。「もしも子どもができたら、ルンガニスという名にしよう」。そうしてママン・ゲンデンは眠りについた。

たしかにはるか前に、ルンガニス姫は死んだ。だが、それは姫が結婚してハリムンダへ逃げてきた後のことだった。何年間も閉めきっていた窓を開いたとき、暖かな朝の陽光が差し込んで姫の目を射たので、しばらくの間視界が真っ白になって、なにも見えなかった。賛嘆すべき美貌が閉め切った暗闇から世界へ再び戻ってきたそのとき、世界もその出来事を見守るために歩みを止めたかのようだった。鳥たちはさえずるのをやめ、風も吹くのをやめ、窓枠を額縁とした一枚の絵のように、姫がそこに立っていた。白くなった視界がもとに戻るまでにずいぶんかかったけれど、ようやく目が慣れて、姫は窓の外を見渡した。今この瞬間にも伴侶となるべき人と出会うかと思うと、視線はためらいがちになり、頬には赤味が差した。けれども見渡す限りだれひとり見当たらず、ただ一匹の犬が、窓が開くときの蝶番《ちょうつがい》のきしみを聞きつけて、姫の方を見つめ返しているだけだった。姫は一瞬呆然としたが、繰り返していうと、誓いを覆すようなまねはしたことのない姫だったので、あの犬と結婚しようと、心から言った。

だれひとりとしてそんな結婚を認めようとはしなかったので、まもなく姫と犬は、南海に面した霧の立ちこめる森へ姿を隠した。後になって、姫本人がその土地に霧の国、すなわちハリムンダと名づけたのだった。姫と犬はそこで何年も暮らし、当然のことながら子孫が生まれた。ハリムンダに住んでいる者の多くは、自分たちは姫とその犬との間に生まれた子孫だと信じ込んでいた。だれもその犬の名を知る者はなかった。姫でさえ知らなかったようであり、犬に名をつけてやったようすもなかった。窓から最初にその犬を見たとき、姫にわかっていたのは、そこへ下りてその犬と結婚しなければならないということだけだった。そこで姫はすぐさま花婿を迎えるために下りて行き、人がなんと言おうと意に介さなかった。「だって、犬ならわたしが美しいかどうかなんて気にもしないもの」と姫は言った。

ママン・ゲンデンがハリムンダへやって来たことは、またたく間に知れ渡った。その夜、ママン・ゲンデンは河口の近くにある町一番の売春宿、ママ・カロンの娼館に流れ着いた。ママ・カロンの飲み屋に入ると、老女ママ・カロン本人が、幾人かの娼婦と幾人かのやくざ者とともにそこにいた。しばらく眠った後で、ママン・ゲンデンはこの町に住み、この町の一部となり、ルンガニス姫の子孫のひとりになろうと心に決めていた。

昔のことを思い出したのか、かなりのにぎわいを見せている漁村が気に入ったようだった。海岸沿いに並んだ飲み屋や、ムルデカ通り沿いの店や、それからいうまでもなくママ・カロンの娼館も気に入った。

　ママン・ゲンデンがそこへ行き着いたのは、適当に尋ねた相手に勧められたからだった。ママン・ゲンデンは考えた。この町に住もうと思うなら、この町を支配しなければならない。一番よい方法は、売春宿へ行って、すべてをそこから始めることだった。そこで、ママン・ゲンデンが浜辺でしでかしたことを巡る噂をすでに小耳にはさんでいたママ・カロン本人に酌をしてもらって、ビールを一杯飲んだ後、ママン・ゲンデンは店の真ん中に立って、この町で一番強い男はだれかと尋ねた。娼館の番人のやくざ者数人は、その問いに気を悪くしたらしく、飲み屋の外で何度めかの喧嘩が起こった。ママン・ゲンデンは、たいして時間もかけずにやくざ者どもをぶちのめしてしまった。やくざ者どもが短刀や半月鎌や、おまけに日本軍の司令官が残していった日本刀で武装していようと、おかまいなしだった。

　手をはたきながら、ママン・ゲンデンは店の中へ戻り、まだ殴り倒せる男がいないかと見渡した。ところが目に入ったのは、片隅で煙草を唇にくわえている美しい女だった。「あの女が娼婦だろうとなかろうと、おれはあいつと寝たい」。ママン・ゲンデンはママ・カロンに耳打ちした。

「あの子は、ここで一番売れっ子の娼婦でございますよ。デウィ・アユっていうんです」とママ・カロンが言った。

「看板娘ってとこか」とママン・ゲンデンは言った。

「看板娘ってとこで」

「おれはこの町に住むぞ」と、あらためてママン・ゲンデンは言った。「虎が縄張りに印をつけるみたいに、あいつのあそこに小便をしてやる」

　女は平然と隅にすわっていた。ランプの灯りに照らされ、肌は非常に艶やかで、オランダ人の血を引いていることは明らかだった。混血娘で、かなり青味がかった目をしている。髪は漆黒で、フランスの女たちのように長い髷に結っていた。女は平然と煙草を吸い続け、煙草を挟む指はすらりと長く、爪は血のような赤に塗られていた。デウィ・アユは象牙色のドレスを着て、ほっそりとした腰にリボンを結んでいた。男がママ・カロンに言ったことを聞いて、デウィ・アユは顔を上げて男の方を見た。一瞬ふたりは見つめ合い、やがてデウィ・アユは立ち上がろうとはせずに、誘いかけるようにほほ笑んだ。

「お急ぎになったら、あなた。ズボンにおもらししてしまう前にね」とデウィ・アユは言った。

デウィ・アユは自分専用の部屋があると言った。店のすぐ裏にある一軒の離れだった。けれどもデウィ・アユはそこへ自分で歩いて行ったことはなく、デウィ・アユと寝たいと思う者はだれであれ、新郎新婦のようにデウィ・アユを抱き上げてそこへ連れて行くことになっていた。これほどきれいな娼婦なら、喜んで抱いてやると思って、ママン・ゲンデンはデウィ・アユのそばへ行ってその前に立ち、背をかがめた。体重は六十キロぐらいだな、と抱き上げながらママン・ゲンデンは思い、戸口から裏庭へ出て、よい香りの漂うみかん畑を通り、いくつかの建物の間にある薄暗い小さな家へ向かった。ママン・ゲンデンはデウィ・アユに向かって言った。「おれはルンガニス姫と結婚するためにここへ来たんだが、来るのが百年以上も遅かった。姫の代わりになってくれるか?」

デウィ・アユは自分を抱いている男の頬に口づけをして言った。「娼婦はお金儲けのために性交するけど、妻は無料で性交するのよ。問題は、私はお金をもらわずに寝るのは好きじゃないってことね」

ふたりはその夜性交をして、ほとんど一晩中じゃれ合った。ふたりとも、長い間会えなかった恋人どうしのように燃え上がった。朝が来ると、まだ裸のままふたりで一枚の毛布を体に巻きつけ、いっしょに家の前にすわって、ひんやりとした朝の空気を味わった。四十雀がみかんの木の枝から枝へ飛び移りながらにぎやかにさえずり、雀が屋根のてっぺん近くで飛び回っている。町の北にあるマ・イヤンの丘とマ・グディックの丘の間から太陽が顔を出し、ぬくもりをもたらした。

ハリムンダが目覚めつつあった。ふたりの恋人も腰を上げ、毛布を脱ぎ捨てて、日本人の残していった大きな風呂桶の湯につかって、それから服を着た。いつもの朝のように、デウィ・アユは自分の家へ帰るのだった。子どもがいるの、娘が三人、とデウィ・アユは言った。でも、あなたに勧めたりはしないわよ、三人のうちひとりも娼婦ではないから。ママン・ゲンデンはデウィ・アユに言った。娼婦でない女と寝るつもりはない。戦争中と、失恋していたときは別だったが。デウィ・アユは輪タク《ベチャ》に乗って家に帰り、ママン・ゲンデンはこの町での新しい一日を始めた。

ママ・カロンは、早朝市場で注文した袋茸とうずら卵を添えたターメリック飯の朝食を出して、ママン・ゲンデンをもてなした。ママン・ゲンデンは、この町で一番強い男、ほんとうに最強の男はだれかとあらためて尋ねた。「ひとつの場所に、最強の男がふたりもいるわけにはいかないからな」とママン・ゲンデンは言った。そのとおりでございます、とママ・カロンは言った。ママ・カロンは、バス・ターミナルのごろつきで、だれからも怖れられているエディ・イディオットという男の名を教えた。ママ・カロンはその男の評判を述べたてた。軍隊も警察もその男には恐れをなしており、戦争中に兵士ひとりが殺したよりも多くの人間を殺したことがあって、この町の悪漢も盗賊も海賊も、みながその男の手下だった。おそらくママン・ゲンデンの名も、もう耳に入っているだろう。娼館にいたやくざ者たちがとっくに知らせているはずだから。昼になると、ママン・ゲンデンはさっそくバス・ターミナルへ向かい、マホガニーの揺り椅子にすわって体を揺らしている男に会った。

「おまえの支配権を俺に渡せ」とママン・ゲンデンは言った。「それがいやなら、どちらかが死ぬまで闘うことになる」

エディ・イディオットの方でも待ち構えていたのだった。エディは挑戦を受けて立ち、その喜ばしい知らせはあっという間に広まった。もう何年も胸踊る見世物を見物していなかった町の住人たちは、決闘の場となった海岸へ喜び勇んで押しかけた。どちらがどちらを殺すか、あえて予測をたてる者はいなかった。町の駐屯軍の司令官は、町の住人たちに小団長という呼び名で知られている痩せた男の率いる一中隊を派遣したけれど、小団長が決闘をやめさせることはあり得なかった。

小団長は、今も町のささやかな一地域での権力を握っており、「ハリムンダ軍支部司令署」という看板を手ずからかけた基地に陣取っていた。これから野蛮な喧嘩が始まろうとしているのが自分の管轄内だったので、その問題に対処することを自ら町の軍司令官に申し出たのだった。実際には、その武装した一隊はたいしたことはせず、浜辺一帯に集まった町の住民たちの整理を少々しただけだった。内心、小団長はふたりとも死ねばいいと思っていた。この地域に三人の支配者がいるわけにはいかず、自分が唯一の支配者となるべきだと考えていたからである。他の住人たちと同じく、小団長もただ待つだけで、なにを予測することもできなかった。決闘は七日七晩休むことなく続き、結果が出るまで一週間も待たねばならなかった。

小団長が兵士のひとりに向かって言った。「はっきりしたようだな。エディ・イディオットが死ぬ」

「われわれにとっては、どちらでも同じことです」。苦々しい悲壮感をにじませて兵士は言った。「この町は、悪党と盗賊と、革命軍の元ゲリラ兵と、それに共産主義者の生き残りでいっぱいです。われわれはやつらの引き起こすごたごた全部に対処しなければならず、どうすることもできずにいるのです」

小団長はうなずいた。

「エディ・イディオットという名がママン・ゲンデンに変わるだけだ」と小団長は言った。

さっきの兵士は苦笑いをしてささやいた。「ただ、あいつが軍の商売に手出ししないことを願うしかありませんね」

ハリムンダの町の一角でこの土地の軍隊の支部を掌握しているだけだったにもかかわらず、小団長は町中の人々からたいへん敬われていた。上司に当たる司令官の何人かでさえ、小団長に対して正式な敬礼をした。というのも、小団長が日本軍による占領時代にハリムンダ大団を率いて反乱を起こしたことをみなが知っていたからであり、その点で、勇敢さにおいて小団長に勝る者はだれもいなかったからである。さらにこの町の人々は、もしもスカルノとハッタが独立宣言をしなかったら、必ずや小団長がしたに違いないと信じて疑わなかった。みな小団長が模範的な軍人ではないことも知っていたけれど、それでもやはり小団長のことが大好きだった。この町の軍のその支部は、オーストラリアへ織物を出し、乗り物や電化製品を持ち込む密輸の分野で活動することの方が多かった。当時はそれが異常なほどよい商売になり、上司に当たる司令官たちも、だれひとりとしてそれを邪魔しようとする者はなかった。将軍たちの財政を補うために、小団長が非常に高額な上納金を納めていたからである。喧嘩の監視など、小団長の一隊にとってはささいな任務でしかなかった。

ほどなく結果が出た。エディ・イディオットが海水の中に沈められ、体力が尽きてもう闘えなくなったあげく、とうとう死んだのだった。死体はママン・ゲンデンが沖へ向かって投げ捨て、そこには親友のひとつがいの鮫が待ち構えていて、思いがけない夕べのごちそうに狂喜した。ママン・ゲンデンは浜辺に戻り、決闘を見物していたほぼ町中の住人に向かい合ったが、実にさっぱりとしたようすで、これと同じような喧嘩をあと七回は続けられそうに見えた。町の人々に向かって、ママン・ゲンデンは宣言した。「あいつの全権力は俺のものとなった」。それから、ママン・ゲンデンにとって非常に重要なことをつけ加えた。「俺以外、だれもママ・カロンの売春宿のデウィ・アユと寝てはならない」

そう言われた本人の娼婦デウィ・アユは、その宣言を聞いて驚いたが、エディ・イディオットを殺してしまった今となっては、ママン・ゲンデンの地位はもはや疑う余地のないものとなったので、ママン・ゲンデンがなにを望んでいるのかについては依然として警戒を怠らずに、ただ使いをやって新顔のやくざ者ママン・ゲンデンを招いた。ママン・ゲンデンは喜んでその招待を受け、できるだけ早く行くと約束した。

なにはともあれ、デウィ・アユは町一番の娼婦だった。娼婦として時を経てきた間に、町の成人の男のほぼ全員がデウィ・アユと寝てきたのであり、ママン・ゲンデンが独占しようとするのなら、それなりの説明が必要だった。デウィ・アユは美しい女で、当時まだ三十五歳で、念入りに手入れの行き届いた体をしていた。毎朝決まって湯につかり、サルファ剤入りの石けんで体をこすり、一ヶ月に一回、香草を入れた湯で入浴した。デウィ・アユの美貌に関する伝説は町の祖にも匹敵するほどで、デウィ・アユを巡って戦争が起こらなかった唯一の理由は、デウィ・アユが娼婦であったため、お金さえあればだれであろうとデウィ・アユと寝ることができたからだった。

娼婦デウィ・アユが公衆の面前に姿を見せることはめったになく、夕暮れにママ・カロンの娼館へ行くときと、朝に家へ帰るときに輪タク《ベチャ》に乗って町を通り過ぎるときだけだった。それ以外には、おそらく娘たちを連れて映画館や夜市に出かけるときや、それにもちろん娘たちを学校へ入学させねばならなかったときだけだっただろう。ときには市場へも行くけれど、それはめったにないことだった。ふつうの場所では、よそ者ならデウィ・アユのことを娼婦だとは思いもしなかっただろう。デウィ・アユはいつも、だれよりもはるかに上品なドレスを着て、片手には買い物かごを下げ、片手にはパラソルをさして、王宮の姫のように優美に歩いていたのだから。娼館にいるときでさえも、襟元の詰まった厚手で暖かなドレスを着込んで、飲み屋の隅でお気に入りの旅行記を読んでいることの方が多く、道行く男を誘ったりすることはなかった。それはデウィ・アユの役目ではなかったのである。

デウィ・アユの家は町の旧地区で、植民地時代には農園関係のオランダ人の居住地だったところにあり、日本軍が来たときに逃げ出したデウィ・アユの家族が残していったものだった。海に面した小さな丘のちょうどふもとにあり、裏には今でもカカオと椰子の農園がある。日本人に取り上げられた後、いったいどうやってかその家を手に入れた人物から自分の家を買い戻し、革命軍のゲリラ部隊に打ち毀《こわ》された後で改装したのだった。実のところそこに住みたかったわけではなかったけれど、むしろ過去の思い出のために買い戻したのであり、かえってその思い出に苦しめられることにもなった。そのころルンガニス川沿いに新しい住宅地が造られているところで、デウィ・アユはすでにそこに家を買っており、来年には引っ越したいと考えていた。

やくざ者ママン・ゲンデンは、その日の夕方にデウィ・アユの家へやって来た。家の主は目を覚まして入浴を終えたばかりで、出迎えたのは十一歳の少女だった。少女はデウィ・アユの末娘でマヤ・デウィという名だと言い、ママン・ゲンデンに、母は今髪を乾かしているところですから、客間でお待ちください、と言った。少女は母親と同じくらい美しく、まだそんな年齢であってもその美貌は明らかで、ママン・ゲンデンが待っている間、その少女が、夕暮れどきの暑さをしのぐにはぴったりのレモネードに氷を浮かべた飲み物を出してくれたのだった。やくざ者が煙草を取り出すと、少女は急いで灰皿を出してきて机の上に置いた。ママン・ゲンデンはざっと部屋の中を見回して、こうして整理整頓が行き届いているのも、もちろんこの少女の手によるものに違いないと思った。ママ・カロンに聞いた話では、デウィ・アユには娘が三人いるということだったので、この少女の姉たちがどれほど美しいのか見てみたいと思った。けれどもアラマンダとアディンダは家にいないようだった。

垂らしたままの髪を夕日にきらきらと輝やかせながら、デウィ・アユが現れた。デウィ・アユは娘に席をはずすように言い、椅子の上でまるくなって眠っていた猫を起こして、そこに腰掛けた。どの動作もとてもゆったりとしていて、もの静かで、優しげだった。片脚をもう片方の脚の上に載せて組んですわり、着ているものは両側に大きなポケットのついた長い服で、襟元を紐で締めるようになっていた。今すわっている場所からも、ママン・ゲンデンはデウィ・アユの体から立ち上る柔らかなラヴェンダーの香りと、髪からのアロエ・ヴェラの香りを嗅ぐことができた。もういっしょに寝たことがあって、裸を見たこともあるというのに、服を着ている姿を見ると、やはり賛嘆すべき美しさに空想をかきたてられた。手はすらりとして乳のように白く、その手でポケットのひとつから煙草を一箱取り出すと、やがてデウィ・アユも煙草を吸い始めた。その酔わせるような姿にぼうっとなってしまい、ママン・ゲンデンは、ただ目の前の女の脚と、その先でゆっくりと揺れ動く深緑のビロードのスリッパを見つめているだけだった。

「わざわざお越しいただきまして」とデウィ・アユが言った。「ここが私のうちですの」

やくざ者も、なぜ自分が招かれたのかわかっていた。あるいは、少なくともその理由を推測することはできた。自分の宣言が、まったく受け入れがたいものであることはよくわかっていた。それでも、出会ったときから、そしてあの睦まじい夜を過ごした後ではいっそうのこと、ママン・ゲンデンはデウィ・アユを愛してしまったのだった。はじめて昔の傷をすべて忘れ去ることができた。ナシアーもルンガニス姫も忘れ、この見惚れずにはいられない娼婦に魅せられてしまったのである。また傷つきたくはなかったから、結婚できないのなら、せめてこの女と寝るのは自分だけで、他の者にはそれを許さないようにしたかった。

この娼婦の落ち着きようはただごとではなく、持って生まれた聡明さからくるものに違いなかった。デウィ・アユは規則的に煙を吐き出し、考えに耽る思想家のように、目でその煙の行方を追った。匂いからして丁子入りの煙草でないことは明らかで、輸入ものの煙草の例にもれず、軽い香りがした。煙草を一本吸ってしまうと、さっき姿を現したときに自分で持ってきたグラスからレモネードを飲んだ。デウィ・アユは、ママン・ゲンデンにも目の前の冷たいレモネードを飲むように手振りで促し、ママン・ゲンデンはぎこちなくそれに従った。遠くで子どもがモスクの太鼓を叩く音が聞こえ、時刻は三時になろうとしていた。

「お気の毒に」と娼婦は言った。「私を手に入れようとした男は、あなたで三十二人目よ」

こういう成り行きになることはとうに予測していたから、やくざ者は驚きはしなかった。かえって話をするだけの勇気が湧いてきた。「おまえと結婚できないのなら」とママン・ゲンデンは言った。「せめて、毎日おまえに娼婦としての金を払わせてくれ」

「問題なのは、男は毎日私と寝られるわけではなくて、よくなにもしないのにお金をもらうはめになるってことよ」。くすくす笑いながらデウィ・アユは言った。「でも、いいわ、少なくとも、今度妊娠したらだれが父親かはわかるわけだから」

「じゃあ、一生俺の娼婦になってくれるのか?」とママン・ゲンデンは尋ねた。

デウィ・アユは首を振った。「そんなに長くは無理ね」とデウィ・アユは答えた。「でも、あなたができる間なら。特に、あなたのお金とあれが続く間は」

「俺のこいつがだめになったら、代わりに指先でやる。それで足りなければ、牛の足でも」

「指先でじゅうぶんよ。やり方さえ知っているのならね」。声をたてて笑いながらデウィ・アユは言った。それから急に黙り込んだ後、こうつけ足した。「じゃあ、これで公衆の娼婦としての私の経歴も終わりというわけね」

過ぎ去った年月に対する懐かしさを顔いっぱいに浮かべて、デウィ・アユはそう言った。娼婦になったのは日本軍による占領時代からだった。悲しい経験もたくさんしたけれど、楽しかったときもあった。それほど多くはなかったにしても。「女はみんな娼婦なのよ。貞節な妻でもあそこを売るんですもの。結納品と買い物のお金と、それとも、もしもあれば愛と引き換えに」とデウィ・アユは言った。

「愛があるって信じていないわけじゃないし、それどころか、私はすべてを愛を込めてやってきたわ」とデウィ・アユは言葉を継いだ。「カトリックのオランダ人の家に生まれて、宣誓もできないうちからカトリック信徒になって、それから最初に結婚した日にイスラム教徒になった。結婚したこともあったし、宗教の信者になったこともあったけれど、今ではどれもなくなってしまった。でも、だからといって愛までなくしてしまったわけじゃない。娼婦になるには、なにもかもを愛さなければならないのよ。どんな人でも、どんな物でも。あれも、指先も、それとも牛の足でも。なんだか聖女兼神秘思想家にでもなったみたいな気がするわね」

「逆に、俺は愛のせいでひどく苦しんだ」とやくざ者は言った。

「あなたは、私を愛することはできるわ」とデウィ・アユはさらに言った。「でも、私にあまり多くを期待しないでちょうだい。だって、それは愛とは関係のないことだから」

「俺を愛してくれない人間を、どうやって愛しろというんだ?」

「できるようにならなきゃ、やくざさん」

ふたりの合意の印として、デウィ・アユは手を差し延べ、ママン・ゲンデンはその指先に接吻をした。その合意はふたりにとって喜ばしいもので、同じ家で暮らすことはしなかったけれど、ふたりは新婚の夫婦のようだった。母親の美貌を完全な形で受け継いだデウィ・アユの娘たちと知り合ってからも、ママン・ゲンデンが娘たちの母親を愛する気持ちは揺らがなかった。娘たちの年若さも、ママン・ゲンデンにとってはなんの意味もないものだった。アラマンダは十六歳で、アディンダは十四歳だったが、それはただの数字に過ぎなかった。そしてママン・ゲンデンは、みなに向かってこう言った。「あの娘たちにちょっかいを出すやつは、殺してやる」

それだけでなく、まるで家族であるかのように、ママン・ゲンデンとデウィ・アユたちは公衆の場にもよく姿を見せるようになった。いっしょに映画を見て、日曜日には釣りをしたり泳いだりして浜辺で過ごした。それ以外には、ふたりは夜になるとママ・カロンの飲み屋の裏の離れで落ち合い、朝が来てもデウィ・アユはもう急いで帰ることもなくなった。みかん畑にのんびりと腰を下ろして、おしゃべりをすることができるようになったからである。

ところが、ある晩ママン・ゲンデンがママ・カロンの娼館へやって来ず、デウィ・アユが旅行案内の本を読んで時間をつぶしていたとき、睦まじいふたりの関係に邪魔が入った。ママン・ゲンデンが町へ来てからすでに数週間が過ぎており、だれひとりとして娼婦デウィ・アユに手を出す勇気のある者はいなかったのだが、その夜にやって来た男だけは例外だった。小団長である。小団長はおつきの兵士を連れて現れた。

実は小団長はこれまでこの娼館に現れたことはなく、さらにいうと、これまで町の人々が知っていたのは、小団長というその名だけだった。あのやくざ者がやって来る少し前に、小団長は町に姿を現して軍の支部の基地を開いたのだった。話によると、それ以前は日本人に対して反乱を起こしてから森へ入ったままで、連合軍が侵攻してきたときには、それに追われる身となっていたらしい。今、その小団長が娼館に現れ、ママ・カロンは大喜びで自らいそいそと出迎え、小団長の望みならなんでも叶える構えだった。小団長は多くは求めず、ただそこで一番美人の娼婦を所望した。隅の方を振り向いてデウィ・アユを見つけると、小団長は迷わずまっすぐにデウィ・アユを指差したのだ。小団長の選んだ相手を見てみなは震え上がり、だれひとり声を出す勇気のある者はなかったが、そのときデウィ・アユがかぶりを振った。デウィ・アユが客を断わったのははじめてだったけれど、小団長はただ首を横に振られたぐらいであきらめはしなかった。小団長はデウィ・アユに近づくと、拳銃をつきつけて、旅行案内書を捨てて寝台へ行くよう娼婦に命じた。デウィ・アユはひどく心を傷つけられた。この何年もの間で、優しく抱き上げられてではなく、歩いて部屋まで行くのはこれがはじめてだったのである。小団長は離れ屋までついて行き、おつきの兵士は飲み屋にすわって待った。

「臆病者みたいにピストルなんかつきつけて」と娼婦は不機嫌に言った。

「悪い癖でね、お許し願いたいですな、奥さん」と小団長は言った。「ちょっとお尋ねしたいのだが、あんたの長女のアラマンダと結婚してもかまいませんかね？」

デウィ・アユはばかにしきったように下唇を突き出して、母親に失礼なことをすれば望みが叶わなくなるかもしれないわよ、と警告した。けれども、その後でやや理性を取り戻して言い直した。「アラマンダは自分の頭と体を持ってるんですからね、あんたと結婚したいかどうか、自分で聞いてみたら」。心の中ではこう思っていた。このやせっぽちの軍人のなんて哀れなこと、こんなふうにしなきゃ求婚できないなんて。

「町の人間みなが、あの子がたくさんの男を失望させたことを知ってるんでね。私は自分もそうなるんじゃないかと恐れてるんですよ」と小団長は言った。

デウィ・アユもそのことは知っていた。若い男もよぼよぼの年寄りもアラマンダに夢中になった。男たちはアラマンダの愛を得ようとやっきになったけれど、なにも手に入れることはできなかった。アラマンダが去って行ったひとりの男だけを愛し、その男を待っていることは、デウィ・アユも知っていたのである。

「それがどうだっていうの。アラマンダに聞くしかないわね」とデウィ・アユは重ねて言った。「もしもあの子があんたと結婚したいと言うのなら、盛大な披露宴をしてあげるし、もしもあんたとは結婚したくないと言うのなら、自殺することをお勧めするわ」

みかん畑で地鼠を探す梟の声が聞こえ始めていた。デウィ・アユはそうやって時間稼ぎをしようとしながら、ママン・ゲンデンが早く現れないかと待った。そうすればふたりの男の間の問題となるわけだ。小団長はデウィ・アユのそばに寄って、ろうそくの表面のようにきめの細かい顎の肌に触れ、こう尋ねた。「で、どうすればいいですかね、奥さん?」

デウィ・アユは、アラマンダを追いかけ続けることは勧めなかった。どうせ無駄なのだから。この町にはきれいな娘がたくさんいて、みんな美貌にかけては広く知れ渡っているルンガニス姫の子孫なんだから、とデウィ・アユは言った。

「他の子を探しなさい」とデウィ・アユは勧めた。「どの女のあそこも同じようなものよ」

いずれにしろ、小団長はそのまま帰りはせず、手荒にデウィ・アユの服を脱がせて寝台に押し倒した。自分の服もあわただしく脱ぎ、寝台に上がって、やはりあわただしくデウィ・アユと性交した。陰茎が出すものを出してしまうと、一瞬横になっただけで寝台から下りて服を着て、一言も言わずに出て行った。

デウィ・アユは今起こったことが信じられず、まだ横たわったままだった。ママン・ゲンデンがデウィ・アユと寝てもいいのは自分だけだとみなに宣言していたのに、別の男がデウィ・アユと寝たからというだけではなかった。これほど無礼なやり方で性交の相手をさせられたのははじめてだったから、信じられなかったのである。日本兵でさえ、非常に丁重にデウィ・アユを扱ったし、どの男も自分の妻にするよりもずっと優しくデウィ・アユに接した。デウィ・アユは、無理やり脱がされたせいでボタンが二つ取れてしまったドレスを見つめ、そのことで傷つけられ、あの男が雷に打たれて死にますようにと祈った。あの男がほんのわずかな時間しか自分と性交しなかったことを思うと、ますます心が傷つけられた。まるで町中の憧れの的である美しい女の体ではなく、ただの一塊の肉を相手に、便所の穴に向かって射精したようなものだ。そんなことなにもかものせいで、デウィ・アユは少し泣いて悪態をつき、いつもよりも早く家へ帰った。

新しい日の訪れと同時に、ママン・ゲンデンはその話を聞きつけた。そのころはまだ小団長と顔見知りではなかったけれど、どこにいけば小団長を見つけられるかは心得ていた。棲家であるバス・ターミナルから歩いてムルデカ通りをたどってサッカー場を過ぎ、ハリムンダ軍支部司令署へ会いに行った。入口のところで、詰所の中からひとりの兵士が呼び止めた。ママン・ゲンデンは兵士を怒鳴りつけ、小団長に会いに来たと告げた。兵士はナイフ一本と警棒一本しか武器を持っていなかったし、とてもかなう相手ではないことも知っていたので、ただ小団長のいる場所の扉を指し示した。兵士は敬礼したが、ママン・ゲンデンは返礼もせずに通り過ぎた。

ママン・ゲンデンは半袖のTシャツにジーンズをはいているだけで、ゲリラ時代に彫った右腕のつけ根の龍の入れ墨をむき出しにし、ノックもせずに小団長の部屋に入った。小団長は部屋の中にいて、中央司令部と無線で通信しているところだったが、だれかがノックもせずに入って来たことに少しばかりぎょっとした。ひとりの男がいかにも横柄に突っ立っているのを見ると、小団長はすぐに通信を終わらせて、眼光の中に巧妙に怒りを隠して小団長を見つめている男に向かい合って立った。あの浜辺で決闘をした男だということはすぐにわかったが、小団長がなにかを言うよりも先に、ママン・ゲンデンが口火を切った。「聞け、小団長」。そしてすぐにその後を続けた。「俺を除いて、だれひとりとしてデウィ・アユと寝てはならない。そして言っておくが、もしもおまえがあいつのベッドにのこのこ戻って来たら、四の五の言わせず、ここをめちゃめちゃにしてやる」

小団長の怒りは半端なものではなかった。知り合いでもない男からこんなふうに脅しつけられたのである。しかもここ、自分の執務室で。自分がだれであるかをこの男は知らないのだろうかと小団長は思った。小団長が口まかせにこいつを縛り首にしろと言うだけで、国家がこの男を絞首刑にすることだってあり得るのだ。おまけにデウィ・アユは娼婦であり、支払いもせずにデウィ・アユと寝たのが問題なのだとしたら、小団長はこれまでどの男が払ったよりも高額の代金を支払うことができた。目の前のやくざ者の横柄な態度に腹を立て、急激に湧き上がる怒りに任せて、小団長は腰に下げていた拳銃を抜いた。安全装置をはずして拳銃を男につきつけ、無言で意思を伝えた。私はどんな脅しも恐くないし、おまえの方こそ、撃たれたくなかったら今すぐここから出て行け。

「よし、どうやら俺がだれだか知らないようだな」とやくざ者は言った。

そのとき、小団長はちょっとこの男を脅かしてやろうと思っただけで、ほんとうに撃つつもりはまったくなかった。ところがママン・ゲンデンが腰の後ろからナイフを取り出したのを見て、小団長はやむを得ず引き金を引き、破裂音とともに弾が飛び出した。ママン・ゲンデンが壁の方に押しやられたのが見えたが、なんとも驚いたことに、男は怪我ひとつしていないのだった。弾は床で回転していた。小団長は普段から五十メートルの距離でも正しく狙い撃つことができていたから、少しでも的をはずしたはずはなかった。ママン・ゲンデンが小団長の方を見てただにやりと笑ったのを見て、驚きはいや増した。

「聞け、小団長」とママン・ゲンデンは言った。「このナイフを出したのは、あんたを襲うためではなくて、俺があんたを恐がったりはしないことを教えてやるためだった。俺はどんな武器でも傷つかないのだ。あんたの銃弾でも、俺のナイフでも」。そう言うが早いか、ママン・ゲンデンは力まかせにナイフを自分の腹につき立てた。ナイフは折れ、ナイフの先は床に落ちたが、やくざ者の体には傷ひとつついていなかった。ママン・ゲンデンは銃弾とナイフの先を拾い上げ、それらを手のひらに載せて小団長に見せた。

小団長もこれまでにそういう類の人間について聞いたことはあったけれど、実際目にしたのははじめてだった。小団長の顔はとたんに真っ青になった。

力なく垂れた手に拳銃をぶら下げて、ものも言えずに棒立ちになっている小団長のもとを立ち去る前に、ママン・ゲンデンは念を押して言った。「もう一度言うが、小団長、デウィ・アユには手を出すな。もし出したら、ここをめちゃくちゃにするだけでなく、おまえを殺してやる」

6

部下のひとりである兵士ティノ・シディックが見つけたときには、頭だけを残して全身を温かな砂に埋め、瞑想している最中だった。兵士には邪魔をするだけの勇気はなかったし、邪魔ができるとも思えなかった。小団長の目は首を絞められて死んだ人間のように大きく見開かれていたが、前を通りかかるだれをも見てはいなかった。魂が光の世界をさまよっているのだと、小団長はおのれの恍惚の境地を説明するのが常だった。「瞑想すれば、腐った世界を見ることから救われる」と小団長はさらに言うのだった。「少なくとも、おまえの顔を見なくてすむ」。まもなく体がゆっくりと動き始め、まばたきをしたが、兵士ティノ・シディックは、それが瞑想が終わった印であることを知っていた。無駄のない一動作で、砂粒を撒き散らしながらまるで舞い立つように砂から出ると、小団長は兵士の隣にすわった。体は痩せて、なにも着けておらず、厳しく鍛錬されていて、小団長が宗教の熱心な信者でないことはだれもが知るところだったが、それでも一日おきの断食は欠かさなかった。

「お召し物です、小団長」。ティノ・シディックはそう言って、深緑の軍服を差し出した。

「服はどれも、心にそぐわない道化の役割を着る者に与える」。軍服を着ながら小団長は言った。「これで私は猪狩りの小団長となった」

小団長にとってその役割がまったく気に食わないものであることは、ティノ・シディックにもすぐわかったけれど、同時に小団長がその役割を担うつもりであることも理解した。数日前にハリムンダ駐屯軍の司令官サドラー少佐から、森を出て住民たちが猪退治をするのを手助けしてやってほしいという、じきじきの依頼があったのである。どのような状況であれ、小団長は愚か者のサドラーから命令されるのを嫌っていた。愚か者のサドラー、小団長はいつもそう呼ぶのだった。だが今回の依頼は、とにかく称賛の言葉に飾り立てられていた。サドラーはあたう限りへりくだって見せ、こう述べていた。ハリムンダを自分の手のひらのごとく知り尽くしているのはただひとり小団長だけであり、町のはずれ一帯の住民たちが猪狩りの手助けをしてほしいと望んでいる人物は、小団長を除いて他にない、と。

「戦争のない世の中はこんなものだ。軍隊が山を下りて猪狩りをするのだ」と小団長はまた言った。「サドラーの愚か者め、あいつは自分の尻の穴すら知らないのだ」

その森は、ずっと昔にルンガニス姫が逃げ込んだのと同じ森だった。森は象の耳の形に似た広やかな半島一帯に広がり、まわりは岩場と切り立った崖で、砂浜はわずか数ヶ所しかなかった。植民地時代以来保護森に指定されていたため、そこへ足を踏み入れる者はほとんどなく、雲豹と山犬の群れが今も生息していた。小団長はゲリラ時代に建てた当時のままの一軒の小屋に住み、部下の三十二人の兵士たちとともに、十年以上もそこで暮らしていた。兵士たちはさまざまな用事をすませるために、町から手伝いに来た幾人かの民間人といっしょにトラックに乗って交代で町へ行ったが、小団長は森から出なかった。その十年の間に足を運んだ一番遠い場所は、瞑想するためのいくつかの洞窟だけであり、そこから小屋へ戻ると、ただ釣りをして、兵士たちの朝食のしたくをし、すでに飼いならしてあった山犬どもの世話をするだけだった。その平安な暮らしが、猪退治をしてほしいというサドラーの依頼によって乱されたのである。ともあれ、その森には猪はいなかった。猪はハリムンダの北部の丘陵地帯に棲んでおり、つまり小団長は町へ下りて行かねばならなくなったのだった。小団長にしてみれば、その頼みを引き受けることは寂静の境地に対する裏切りにも等しかった。

「哀れな国だ」と小団長は言った。「軍隊が猪狩りすらできないとは」

最後に町へ行ったのは、ほぼ十一年も前のことだった。ゲリラとして何年も過ごした後、蘭領東印軍が解散するという話を聞いて、町へ出てみたのだった。すべて会談の席上で決められた後で、小団長は蘭領東印軍の大部分が船に乗って帰途に着くのを見送りさえした。「サヨナラ」と小団長は落胆して言った。「釣り人が辛抱強く待った末に、だれかから獲れたての魚を一籠もらったようなものだ」。ただちに小団長は森へ帰ることに決め、忠実な部下三十二人を従えて、十年以上にわたる戦争のない退屈な暮らしを始めたのだった。とはいえ、すべきことはあった。日本軍に対して反乱を起こした時代からの知り合いである商人が扱っている闇物資運搬のトラックが何台かあって、それらトラックの安全は小団長の手に握られていた。もちろん小団長自らがトラックの護衛をしたことはなく、すべて三十二人の部下たちが面倒をみていた。身近にいる者たちにわかっている限りでは、小団長は森を歩き回って洞窟を探し、そこで瞑想をしていることの方が多く、そうでなければオキザヨリを釣るか、実戦に備えて進退の訓練を続けていた。いつも忽然と姿を消し、同じく唐突に現れて人を驚かすことができたが、それは小団長が独自に培ったゲリラの技だった。

小団長は何年も前にやむを得ずゲリラとなってから、その技を磨いてきたのだった。小団長がハリムンダ大団のほんとうの小団長だったころのことで、日本軍の第十六軍がまだジャワ島に居座っていた時代だった。当時二十歳だった小団長の頭に、ひとつのすばらしい考えが突然ひらめいたのだった。反乱である。最初に仲間になるよう誘ったのはサドラーで、当時は同じ大団のやはり小団長の地位にあり、幼い頃からの親友でもあった。ふたりが軍人としての道を歩み出したのも同じ時期で、日本軍が若者を集めて組織した準軍隊といえる青年団に、ふたりは同時に入団した。祖国防衛軍ができた後、軍人としての教育を受けるためにボゴールへ行ったのも同時だったし、同時に卒業して小団長となり、ハリムンダへ戻ってそれぞれが小団を率いることになった。そして今、小団長は反乱もいっしょに起こすよう親友に持ちかけたのである。

「つまり、おまえは墓穴を掘ろうというわけだ」とサドラーは言った。

「日本人のやつらは、ただおれを葬るためだけに、はるばるやって来たのさ」。小団長はくすりと笑って言った。「子孫へのいい土産話になる」

小団長はハリムンダの小団長の中では一番若く、体つきも一番瘦せていた。ところが、小団長という呼称で呼ばれるようになったのは彼ひとりであって、ついに反乱の計画が熟すると、小団長はひとりでその反乱を指揮したのだった。八人の小団長が配下の分団長とそのおのおのの団員とともに反乱軍に加わり、ふたりの中団長がゲリラ戦の指南役となった。大団長は反乱の計画を知っていたけれど、両手を挙げて、反乱には係わらない方を選んだ。「おれは墓穴掘りじゃないからな」と大団長は言った。「とりわけ自分の墓穴とくれば」

「私があなたの墓穴を掘ってさしあげますよ、大団長殿」。小団長はそう言って、秘密会議の席を去るよう大団長に促した。「あいつは机の後ろで腐っていく方が好みなのだ」。大団長が行ってしまうと、秘密会議の出席者に向かって小団長は吐き捨てた。

小団長はハリムンダの略図を広げ、大計画を練り始めた。日本軍の基地がある数ヶ所には悪党カウラヴァ軍の暗合名をつけ、自分たちの軍については正義の味方パーンダヴァ兄弟の暗合名をつけた。みなその考えが気に入ったが、小団長はすかさず警告した。「不死身のビーシュマはいないし、嘘のつけないユディシュティラもいない。だれでも死ぬ可能性があるし、嘘をついてでも生き延びなければならない」。小団長は幼いころには祖父から『マハーバーラタ』の英雄たちの物語を聞かされ、旺盛な闘争心でもって生きてきていたので、たくさんの人々がこう言ったほどだった。「あの人は第十六師団の司令官になるべきだったのだ」

実際には、ようやく反乱を起こせるという確信を得たのは、六ヶ月にわたって秘密会議を重ねた後だった。武器はどれくらいあり、弾薬はどれくらいあるか数え、失敗したときの逃走路を考え、ハリムンダの町を占拠する際の標的はどこにするかを決めた。急使が何人か派遣され、他の大団いくつかに援助を求めた。それなしでは、たとえ反乱が成功したとしても、わずか数日しかもたないはずだったからである。すべての計画を練り終わり、一連の極秘会談は二月のはじめに打ち切られた。反乱は同月のなかば、十四日に実行されることになった。

「たぶんもう帰って来ないでしょう」。小団長は祖父に別れを告げて言った。「それとも、死体となって帰って来るでしょう」

反乱の日に向けて、小団長は銃と火薬をできるだけ集め、やむなく追われる身となった場合の逃走路の要地要地に薬が用意されているかどうかを確認した。前にチーク材の密輸に手を貸してやったことのあるベンドという名の商人に連絡をとり、ゲリラ戦となった場合に備えて、ゲリラ軍のための食糧の手配を頼んだ。郡知事と市長と警察署長にもじきじきに会って、二月十四日に実戦訓練が行われ、ハリムンダの祖国防衛軍の全兵士が参加することになっており、何者も邪魔をしてはならないと通告した。それは反乱を間接的に告げたものだった。裏切り者の出現に備えて、目と耳を怠りなく配備した。

「さて、今日は」と反乱の日の午前二時半に小団長は言った。「墓掘り人夫にとってはもっとも忙しい日となるだろう」

反乱の幕は迅速に切って落とされた。手始めに、サクラ・ホテルの日本軍の憲兵隊基地を銃撃した。サッカー場で三十人が処刑されたが、そのうち二十一人は日本の軍人と役人で、五人はオランダと地元民の混血、四人は日本軍に協力した疑いのある中国人だった。それらの死体は時を移さず墓地へ引きずって運ばれ、墓掘り人夫の家の前にぞんざいに投げ出された。

一般の人々の反応は、喜びからはほど遠かった。みな家に引きこもっている方を選んだ。これがより恐ろしい惨劇の始まりであることを知っていたからである。日本軍の援軍がすぐに町へ駆けつけ、反乱軍をひとり残らず退治してしまうだろう。一方反乱軍はひとまずの勝利ととらえ、喜び勇んだ。日本の旗である日の丸を引き下ろし、自分たちの旗に換えた。トラックで町を駆け巡り、独立のスローガンを叫び、闘争の歌を流した。

夕暮れが迫ったとき、反乱軍は闇に呑まれたかのように忽然と姿を消した。この反乱の知らせはすでに日本人の耳に入ったはずであり、それどころかもうジャワ島全土に知れ渡っているかもしれず、朝の訪れとともに援軍が到着するだろうということを、反乱軍も承知していたのである。反乱軍が町を闊歩したのはその夜が最後であり、その後はゲリラ戦となった。

「すべてやり終えたら」と小団長は言った。「われわれは日本が負けるまでハリムンダから退去しなければならない」

反乱軍は三手に分けられた。第一隊はバゴン小団長が指揮をとり、指南役として中団長がひとりついて、西部地域へ進軍し、そこからハリムンダへ入ろうとする日本軍や祖国防衛軍を阻むことになった。第一隊の進軍する地域はだれの所有地でもない町境の一帯で、そこに陣を構える上でのもっとも大きな脅威は盗賊団だった。第二隊はサドラー小団長と指南役の中団長ひとりに率いられ、町の北側の入口からの侵入を阻止するために、丘陵地帯の深い森に進軍することになった。残る一隊は東へ進軍して、河口を押さえ、湿地帯での戦いと、さらに赤痢とマラリアの脅威に備えることになり、その一隊を率いるのは小団長だった。自然が力を貸してくれていたので、町の南側の境は無視してもよかった。荒れ狂う南の海があるからだった。反乱軍は真夜中になる前、山犬どもが遠くで吠え始める時刻に、行動を開始した。

なにはともあれ、反乱軍にとってそれが最初の実戦だった。熱狂があり、恐怖があった。ふたりの兵士は母を恋しがって泣いたが、上司がふたりを家に帰そうとすると、また勇気を奮い起こして、すべての戦いを闘い抜くか、そうでなければ死ぬだけだと思い決した。反乱軍は最後の会議で決められた場所へ進軍を開始した。前に蘭領東印軍から手当たり次第に取り上げた銃を手にしていたが、大部分はカービン銃で、ステアーライフルもいくつかあった。大団から盗んだ迫撃砲と八ミリ砲もあった。銃を持っているのは各小団長と分団長だけで、日本軍の用語で義勇兵と呼ばれる兵士たちは、銃剣か先を尖らせた竹を手にしていた。ふたりの兵士が斥候として少し前を行き、別のふたりがしんがりを務めた。あり合わせの武器でもって、アジアで最強の軍隊、かつてロシアと中国を破った軍隊、フランスとイギリスとオランダを植民地から追い出した軍隊、そしていまや世界のほぼ半分を相手に太平洋で戦争をしている軍隊、おまけに反乱軍の兵士たちに銃の正しい構え方を教えてくれた軍隊に向かって、反乱軍は戦いを挑んで勝とうとしているのだった。

「英雄は勝つことになっている」と小団長は自信たっぷりに言った。「いつも遅きに失するとしても」

ゲリラ戦の第一日目、小団長の率いる一隊は、ブルーデンカンプ監獄のある三角州へ向かう途中の日本兵を何人か乗せたトラックを襲撃した。迫撃砲の弾がトラックのガソリン・タンクの真下に命中し、トラックは爆発して乗っていた全員が死んだ。それは小団長の一隊にとってもっとも目覚しい攻撃だったが、その後ひとりの使者が運んできた知らせによると、西部の一隊が町境の森で日本軍とぶつかり、激しい戦闘になったという。バゴンと部下全員は敵の包囲を逃れることができ、森に潜んだが、日本軍は追跡しようとはしなかったらしい。北部の主力部隊は幹線道路沿いの一帯で日本人を攻撃したが、やがて日本軍の大規模な一団が到着して攻撃を阻まれたという。北部の一隊は大団へ戻るよう命令を受け、それに従ったのだった。サドラー小団長と部下全員は降参して町へ戻った。

「ロバでさえ帰り道を思い出しはしない」と小団長は言った。「あいつはロバよりも愚かだ」

二日目、小団長の一隊は行く手をさえぎる日本軍と鉢合わせ、川岸に沿った一帯で戦闘となった。日本兵をふたり殺すことができたが、その代償はあまりにも大きかった。反乱軍の兵士五人が一度の攻撃で戦死し、気づいたときには一隊はすでに包囲されていた。望みのない逃走を試み、残った兵士たちは川を渡って逃げたが、敵の兵器の標的となってしまった。川に潜って、その結果ひとりの兵士を失ったが、小団長と少数の部下は危機を脱し、すぐさま逃走した。日本人たちは、その一隊は溺れ死んだと考えた。おかげで当分は安心していられることになった。

小団長は、すでに決めてあったゲリラ戦のルートを即座に変更した。いずれ町に戻ってくるつもりだったが、降参するためではない。部下たちにとって、それはこれまで耳にした中でもっともすばらしい作戦だった。町の南部の半島になっているところに保護森がある。迂回してマングローブの生い繁る湿地帯を通り、いかだに乗って海岸づたいに移動して、岩が崖をなす海岸からその森へ入ったのである。その間、追っ手の日本軍と祖国防衛軍はだまされて、小団長の一隊が東へ逃れ、最初に予定した通りに他の大団からの反乱軍と合流するのだろうと考えた。小団長は、すでに敏速に情勢を見極めていた。反乱は失敗したのである。日本軍はあまりにも早く反乱の知らせを聞きつけてしまったし、他の大団は手を貸してくれようとはしなかった。最良の作戦は、町から一番近い森へ逃げ込み、本格的なゲリラ戦の準備をすることだった。

一隊はある洞窟に身を潜め、数日の間は開けた地帯へ姿をさらさないようにした。漁師たちに沖合から姿を見とがめられる可能性があったからである。西部の一隊と町全体のようすを探らせるため、偵察がひとり派遣された。偵察は悪い知らせを持ち帰った。日本軍と祖国防衛軍は西部隊の拠点を包囲し、西部隊が潜んでいた森をめちゃくちゃにした。逃げ出せたのは盗賊たちだけで、反乱軍は一日一夜の激しい戦闘の末、全員生け捕りとなった。火薬が尽き、残されたのは銃剣と竹槍だけになっても、降伏しようとはしなかったのである。反乱軍が頑として態度を変えなかったので、バゴン小団長と指南役の中団長も含めて、生き残りの六十人の兵士たちは、二月二十四日に大団の前の広場において処刑されることとなった。

小団長は乞食に変装し、ぼろをまとい、皮膚は疥癬に覆われ、痩せこけた物乞いとなって山を下りた。変装するのはむずかしくはなかった。ゲリラとなって十日近くもたっていたので、本物の乞食とたいして変わらない姿となっていたのである。ばさばさの髪で町へ入ったが、だれひとり気づいた者はいなかった。小団長は小石を入れた空き缶を手にして、それをゆっくりと揺すりながら歩道を歩いて行った。大団の基地の前に来ると、道をへだてたところにある鳳凰木の下に止まって、処刑を見た。ひとりひとり、六十人がひとり残らず、撃たれて死んだ。死体はトラックに投げ込まれ、墓掘り人夫の家の前に無造作に放り出された。

「すぐに忘れ去られるような死に方はするな」。ゲリラの基地で半旗を揚げたとき、小団長は今もつき従っている生き残りの兵士たちに向かって言った。「言っておくが、たとえ、たいていの人間は、自分に関係のないことを憶えたがらないにしても」

小団長は恐ろしく残忍な復讐の計画を立てた。ある夜、小団長は自ら攻撃隊を率いて駐屯所のひとつを襲撃し、火薬を盗んで、日本兵六人を殺し、死体を無造作に道に投げ捨てた。引き上げる前にトラックを一台爆破し、雄鶏が目を覚ますよりも早く姿を消した。翌朝、道に転がった六人の日本兵の死体はたちまち町を震え上がらせ、だれのしわざなのかと、だれもがいぶかった。だが日本人たちとサドラーも含めた大団の面々は、たちまち真相を悟った。小団長はまだ生きていて、果てのない戦いの宣戦を布告したのである。

日本人の憲兵隊は、おもしろくもないこの悪ふざけに腹を立て、闇雲に追跡を開始したが、すぐに敵の痕跡を見失ってしまった。住民たちの家を家宅捜索し、小団長とその部下たちを見かけなかったかとひとりひとりに尋ねたけれど、なんの手がかりも得られなかった。六人の日本兵が殺されてから三日目、食物倉庫が破られてトラックが一台盗まれ、警備に当たっていた日本人ふたりが殺された。トラックは川に突っ込んだ状態で発見されたものの、米の袋はすでに消えていた。日本兵はすぐさま川沿いの一帯を捜索したが、なにも見つからなかった。

反乱を開始して二ヶ月後のある晩、ひとりの使者が、小団長がゲリラ戦の間棲家としていた小屋にやって来て、小団長たちの反乱はほぼジャワ人全員の耳に入ったと報告した。小団長たちの反乱が呼び水となって、いくつかの大団で小規模な反乱が起き、どれも失敗に終わったとはいえ、日本人は本気で心配し始め、祖国防衛軍が解散となってすべての武器が没収されるという噂まで流れるようになっていた。

「腹をすかせた虎の子を飼っていると、そういうことになるのだ」と小団長は言った。

四日後、小団長たちは、兵士を満載した日本軍のトラック五台もろとも橋を爆破した。そのせいでハリムンダは数ヶ月の間陸の孤島となり、ゲリラたちは自分たちの基地で安心して過ごすことができた。

ある晴れた朝のこと——その日はみなで祝った忘れがたい日となったのだが——岩の上から排便をすませたばかりの小団長は、波に打ち寄せられた男の死体を見つけた。死体は、まだ悪臭は放っていないものの、すっかり膨張していまにも破裂しそうな状態だった。男はふんどしを着けているだけだった。数人の兵士たちといっしょに、小団長は死体を浜辺へ引き上げ、溺死した男を見つめた。腹に深い傷痕があった。

「これは銃剣でやられた痕だ」と小団長は言った。「日本兵に殺されたのだ」

「他の大団で反乱を起こした人でしょう」とひとりの兵士が言った。

「それともヒロヒト天皇の妾を寝取ったのかもしれん」

ふいに小団長は口をつぐみ、死体の顔をじっと見つめた。明らかに地元民である。飢えたように顎が尖り、たいていの地元民と同様、つるりとした肌で顎鬚も口髭もない。だが、小団長が引きつけられたのはそれではなく、奇妙な口の形だった。まもなく小団長は結論を下した。「この男はなにかをくわえている」。指を使って小団長は死体の顎を開けようとし、兵士のひとりが手を貸した。顎はひどく硬直していて、かなりてこずったが、ようやく開くことができた。

「なにもありませんが」と兵士が言った。

「いや」と小団長は答えた。死体の口に手を突っ込み、水が染み込んでぼろぼろになりかけている一枚の紙切れを取り出した。「このせいで殺されたのだ」と小団長はまた言った。温まった岩の上にその紙を広げた。謄写版で刷られたビラのようだった。死体の口から入った海水が染み込んでインクが少し滲んでいたが、書かれた文は実に短く、ひどく明解だったので、はっきりと読み取ることができた。みな胸を高鳴らせた。重要な知らせなのではないか。無意味なビラを持っていただけで人が殺されるわけはないのだから。寒さのせいでも飢えのせいでもないが、指を震わせて小団長がその紙切れを持ち上げ、涙を流したので、兵士たちはいよいよいぶかしんだ。兵士たちが尋ねるよりも早く、小団長が尋ねた。「今は何月何日だ?」

「九月二十三日であります」

「われわれは一ヶ月以上も遅れをとってしまった」

「なににでありますか」

「宴会にだ」と小団長は言った。それから、死んだ男の持っていたビラに刷られた文を、みなの前で読み上げた。「宣言。われわれインドネシア国民は、ここに独立を宣言する。一九四五年八月十七日、インドネシア国民の名において、スカルノ、ハッタ」

一瞬静まりかえった後、歓声があがり、大騒ぎとなった。小団長を除いて、みな丘の方へ駆け出し、ゲリラ基地の小屋の前で、歌いながら魔につかれたように踊り狂った。だれの命令もなしに、すでにすべてが終わったかのごとく、みな荷造りを始めた。さらには森から駆け出して、この喜ばしい知らせを携えて町へ飛び出して行きそうな勢いだったが、狂騒が度を越す前に、すかさず小団長が止めに入った。「ただちに会議を開かねばならん」と小団長は告げた。

みなその言葉に従い、小屋の前に集まった。

「ハリムンダには日本人がまだ大勢いる」と小団長は言った。「やつらも知っているはずだが、黙っているのだ」。小団長は即座に作戦を立てた。一隊の半数で郵便局を急襲して、必要ならば人質を取る。郵便局の職員はみな地元民だから、あまり危険はないはずだ。郵便局には謄写機があるから、死んだ男の持っていた文書を複写し、印刷して、できるだけ迅速に町中に撒く。「郵便配達夫を使え!」小団長は有無を言わせぬ口調で言った。残りの半分は大団に潜入し、なにが起きたかを伝え、日本人を武装解除し、大衆を動員してサッカー場で大集会を開く。作戦会議は素早く手短かに終了し、小団長自らに率いられて、一団は森を出た。

小団長の一団が町へやって来ただけでも町のみなにとっては一大事だというのに、郵便局で印刷し終わると同時にビラが撒かれたのである。小団長はトラックを一台奪い、部下何人かとともに町を巡りながら大声で告げた。「八月十七日、インドネシア独立。九月二十三日、ハリムンダ、それに続く」。沿道の人々は言葉を失って立ちつくした。床屋はあやうく客の耳を切り落としそうになり、中華饅売りの中国人は、自転車を制御しそこなって店の扉に衝突し、引っくり返った。みな信じられないようすで、通り過ぎて行くトラックを見つめ、撒き散らされたビラを拾い上げて読んだ。学校の子どもたちが道端で踊り出したのを機に喜びがはじけ、大人たちもいっしょになって踊り狂った。

日本人たちが基地から出てきたが、その中には軍司令官である指導官もいた。日本人たちはなにが起きたのかを悟ったが、どうすることもできず、大団の中の祖国防衛軍の兵士たちが現れて武器を取り上げたときも、なんの抵抗もしなかった。兵士たちは、これまでいつもしてきたような儀式めいたことはなしに日の丸を引き下ろし、それを日本人たちの顔に投げつけて「このろくでなしの旗でも喰らえ！」と言い、それから厳粛な儀式でもって、『インドネシア・ラヤ』を歌いながら紅白旗を揚げた。

人々がサッカー場に集まり始めた。みな痩せこけてぼろを着ているが、喜びに顔を輝かせていた。これまで生きてきた間にも、それに先祖代々聞かされてきた話の中にも、独立という名のものなどあったためしがなかった。ところがこの日、みなそれを聞いたのである。インドネシア独立、そしてもちろんハリムンダも。夕方には小団長が先導して国旗掲揚の儀式を行い、独立宣言をあらためて読み上げ、その間、住民たちは草の上にあぐらをかいてすわり、軍人たちだけが直立不動の姿勢で式次第に従った。その年から何年も後になるまで、学校の生徒と軍隊だけが毎年八月十七日に独立記念の式典を執り行い、一方住民たちは九月二十三日に独自の式典を行うようになり、やがては学校の生徒も軍隊もそれにならった。その日には、国旗に敬礼して独立宣言を読み上げ、『インドネシア・ラヤ』を歌うだけでなく、人々は折詰を贈り合い、夜市が開かれた。そしてインドネシアの独立記念日はいつかとよその者が尋ねると、さらには学校の教師が生徒たちに尋ねても、九月二十三日とみなが答えるのだった。中央政府が幾度かその誤りを正そうと試み、一九四五年に独立の知らせが遅れてもたらされたことを説明したけれど、ハリムンダの住民たちは意地でも九月二十三日に独立記念を祝うのを変えようとはしなかった。しまいには、だれもそれを気にしなくなった。

住民の一団が大団長を引きずり出すとひと騒ぎが持ち上がり、反乱の際に裏切りを働いたかどで、大団長はむごたらしくも処刑されそうになった。みなはサッカー場の隅に生えていたハタンキョウの木に吊るして大団長を絞首刑にしようとしたが、小団長が止めに入った。小団長は縄を解いて大団長をサッカー場の中央へ連れて行った。大団長の裏切りのことはもちろん承知していたので、小団長は拳銃を一挺大団長に手渡した。ふたりを取り囲んでいるみなに聞こえるように、小団長は言った。

「われわれはいずれも日本人から教育を受けた。裏切り者がどうすべきか、わかっているはずだ」

大団長は自分の頭に拳銃を押しつけ、自らの命を断った。とはいえ、小団長は兵士全員に命じて最後の表敬式を執り行わせ、大団長の遺骸は国旗に覆われて、町の病院にほど近い空き地に埋葬され、やがてそこは町の英雄墓地となった。その日に起きた死はそれだけだった。小団長は大団全体を統率して、さらに情報を得るために使者を数人派遣し、兵士たちはかつて自分たちが爆破した橋を町の住民とともに修理した。使者たちは二日後に次々と戻ってきて、祖国防衛軍は解散され、すべての大団において国民守備隊が発足したと伝えた。

ハリムンダにも国民守備隊が作られた。ところがその二日後にまた別の使者が来て言ったところによると、国民守備隊が解散され、国民守備軍となったということだった。

「もしもまた変わったら」と小団長はうんざりして言った。「ハリムンダはインドネシアに宣戦するぞ」

何人かの使者がいくつかの政府の決定事項をもたらし、その中には役職についての辞令もあった。小団長は他の小団の司令官に先んじて中佐に昇進し、例の愚か者の親友サドラーは、サドラー少佐となったことで満足した。けれども小団長はそういう問題にはさして関心を示さず、みなに向かって言った。「私はこのまま小団長でいる方がいい」。それから数週間後、また別の使者がやって来て、ずいぶん前に書かれたらしいが、何ヶ月もたってようやく届くことになった一通の手紙をもたらした。それはインドネシア共和国大統領から小団長に宛てた手紙だった。手紙の内容はたちまち町中の住民たちに知れ渡ったが、インドネシア共和国大統領が、二月十四日の反乱を指導した英雄的行為により、小団長を将軍に任じ、国民守備軍総司令官に任命するというものだった。

町の住民たちが小団長の総司令官任命を祝っている間に、小団長は日本軍に対してゲリラ戦を展開していたときの隠れ家へ舞い戻った。その日一日、ひとりで釣りをし、海で泳ぎ、水死体のように水面に浮かびながら瞑想をした。国民守備軍総司令官になるという悪夢のことなど、考えたくもなかった。出て行く前に、小団長はサドラー少佐に言い残した。「この私が反乱を起こした最初の人間で、そのせいで総司令官に選ばれたなど、思うだに嘆かわしいことではないか。いったいどんな軍隊なのかと疑問になる。女の秘所さえ知らぬ男を総司令官に選ぶなど」。夜近くになって、小団長はようやく幾人かの親友たちに見つけ出され、連れ戻された。

一週間後、別の使者がほっとする知らせをもたらした。小団長が何ヶ月にもわたって総司令官の職に就かなかったため、各師団の司令官とジャワ島とスマトラ島全域の連隊長たちが話し合って、代わりの総司令官を探すことになったというものだった。「共和国大統領はスディルマン大佐を将軍に任じ、国民守備軍総司令官に任命しました」と使者は言った。

「ありがたい」と小団長は言った。「そういう役職は、就きたい者にのみふさわしい」

ハリムンダの住民みなが総司令官交代の知らせを聞いて悲しんでいる間、小団長はひとりで、だれにも想像のつかない幸福感に浸っていた。

国民守備軍はやがて国民防衛軍に変わった。看板を掛け換えたばかりのところに、新しい知らせが入った。国民防衛軍がインドネシア共和国軍になったのである。

「インドネシアに宣戦するのですか」とサドラー少佐が尋ねた。

小団長は笑って首を振った。「その必要はない」となだめるように言った。「一国家として、われわれは名前をつけるところから学ばねばならないのだ」

日本軍はまだ撤退していなかったが、平和な時代を満喫する間もなく、連合軍の飛行機がハリムンダの上空に現れた。わずか数日のうちにイギリス軍とオランダ軍がやって来た。捕虜となっていた蘭領東印軍は解放されて再武装され、地元民の軍隊から武器を押収し始めた。小団長はただちに緊急作戦を立て、兵士全員を連れて森へ戻った。今回は兵士たちを四方に配備し、小団長自身は一隊を率いて南部の半島の森に立てこもることになった。蘭印民事政庁、通称NICAのオランダ人たちを連れてやって来た連合軍に対して、再びゲリラ戦を展開することに決めたのである。森へ入ったのは兵士たちだけではなかった。一般市民——その大半は若者だったが——彼らも兵士たちの後からついて来て、小団長に忠誠を誓い、いっしょにゲリラ戦に参加させてほしいと頼んだのだった。やむなく小団長は兵士たちをいくつかに分け、大半が市民たちから成るゲリラ軍の小隊を引率させることにした。ゲリラ軍に加わった市民のうちの幾人かは、オランダ兵数人を殺して、イギリス軍がやって来て娘たちを保護する前にデウィ・アユと友人たちを強姦したのと同じ面々だった。

ゲリラ戦は二年にわたって続き、勝つよりも負けることの方が多かった。それでも蘭領東印軍は、半島の森にいるのはわかっていながら、目当ての人物、小団長を捕らえることができなかった。半島の森への入口はゲリラ兵でいっぱいで、日本人が造った要塞に拠っていたし、とりわけゲリラ兵たちはその地帯のことをだれよりもよく知っていたからである。イギリス軍の援助を得た蘭領東印軍は森へ入る勇気はなく、町に居座ることに決め、そのせいでゲリラ軍が町へ入るのは困難となった。蘭領東印軍は食糧と弾薬の供給を断とうとしたが、どうやら無駄のようだった。ゲリラ軍は森のただ中に稲を植えていたし、弾薬なしで戦うことにも慣れていたからである。幾度か空から爆撃を試みたが、ゲリラたちは、うまく爆撃を避ける方法をすでに日本人に教え込まれていた。

その時期に、小団長はゲリラ戦の技術を開発したのである。もっとも効果的な変装法と、素早く潜入する方法を編み出した。唐突に姿を現し、同じくらい素早く姿を消すことができるようになり、部下たちが探しまわると、その中のひとりに変装していたりした。

「かくれんぼとはわけが違うのだ」と小団長は言った。「いったん見つかれば、ゲリラは死ぬ」

やがて、あらゆる戦闘を打ち止めにする知らせが届いた。オランダが会議の席上でインドネシア共和国の主権を認めたのである。小団長にしてみれば、ばかばかしい話だった。共和国はすでに四年も前に独立したというのに、オランダは今になってようやくそれを認め、民事政府は、ともかくオランダが出て行ってくれるのならと、あっさりそれを受け入れたのである。

「これまでの戦争にはなんの意味もなかったも同じではないか」と、がっかりして小団長は言った。

とはいえ、ゲリラ軍の主力とともに小団長は森から出た。小団長たちの帰還は町の住民たちに熱狂的に迎えられた。なんといっても小団長は今でも町の英雄だったのである。沿道で人々が色とりどりの旗を打ち振り、森にこもっていた市民の大半もやはり森から出て、道路沿いにずらりと並んだ。小団長はロバの背に乗り、この過剰な歓迎には目もくれず、まっすぐ港へ向かった。そこではオランダ兵と一般市民のオランダ人たちが、本国へ送り返してくれる船へ乗り込もうとしていた。小団長は蘭領東印軍の司令官のところへ行った。司令官は任期の最後に当たって、だれにもまして捜索の対象となっていたこの敵の姿を目にして呆然とした。ふたりはいかにも親しげに握手を交わし、おまけに抱擁し合った。

「いつかまた戦いましょう」と司令官が言った。

「ええ」と小団長は答えた。「オランダ女王とインドネシア共和国大統領がお許しになれば」

そうしてふたりは船のタラップのところで別れた。タラップが引き上げられてからも、小団長はなおもドックの縁に立ち、司令官は錨を上げていく船の甲板の手すりのところに立っていた。エンジンのうなりが聞こえ始め、船が揺れ出すと、ふたりは手を振り合った。

「サヨナラ」と最後に小団長は言った。

戦争の終結は、突然退職してしまったときのような、ある種の寂しさをもたらした。それから数日間、小団長はハリムンダの海岸沿いの地域にある自分の小団のもと基地で時を過ごした。くる日もくる日も、草を刈って、港へ行ったときに乗っていたロバに食べさせ、小団の基地からあまり遠くない小さな川で魚を釣った。しまいに小団長は親しい友人たちを集め、自分は無期限で森へ戻るつもりだと告げた。

「なにをなさるんです?」と、今では町の軍隊の長となったサドラー少佐が尋ねた。「もうゲリラ戦はないんですよ」

落ち着きすましして小団長は答えた。「平和な時代に軍のすべきことはない。だから、私は森の中で商売をすることにする」

実際、そのとおりになった。小団長は、かつてチーク材の密輸を手助けし、ゲリラ戦の間は物資補給のために手を借してくれた商人ベンドに連絡をとった。ベンドの連れて来た中国人の商人とともに、小団長は半島の森を経由してより多くの物資を密輸する商売を始めることにした。合意が成立すると、小団長は森へ戻る準備を整え、もっとも忠実な三十二人の兵士が、この新しい商売に加わることになった。

「さて、われわれの唯一の敵は盗賊どもとなったわけだ」。小団長は三十二人の兵士たちに向かって言った。

そのとおりだった。町の人間はみな、一般市民も軍人も、小団長たちの密輸活動のことはちゃんと知っていた。あらゆるものが半島の先端に造られた小さな港を経て持ち出され、持ち込まれた。テレビも腕時計もコプラも、さらにはゴムぞうりまで。町の住民たちにはなんの文句もなかった。小団長は今でも町の英雄だったし、そういった品物が、あちこちの町へ送られる前に、ハリムンダにとても安い値段でこぼれ落ちることもあったからである。それに軍の要人たちも見て見ぬふりをしていた。サドラー少佐が小団長の友人だったからではなく、小団長が首都の将軍たちに稼ぎの半分を提供していたからである。だれもがすぐに悟ったのだが、戦闘に関する生まれついての才能だけでなく、小団長には並外れた商売の勘も備わっていたのだった。

「戦争も商売も同じことだ」と小団長は手の内を明かして言った。「どちらも非常にずるがしこくやればいいのだ」

実際には三十二人の兵士たちがすべてをうまく取り仕切れるようになっていたので、小団長は商売にそれほど煩わされずにすんだ。十年以上もの間、小団長はただゲリラの小屋に住み、釣りをし、瞑想し、山犬を飼って過ごした。それればかりか、兵士たちに町に家を持って住むように、そして結婚もするように言い、森でひっそりと暮らす自分のもとへは交代で来てくれればいいと言った。兵士たちが戦闘本能を失い始め、食べ過ぎと安穏な暮らしのせいで太り出しても、小団長は依然として昔のままだった。今でも痩せた体つきで、運動能力も少しも衰えていなかった。常に体を動かし続けるよう心がけ、兵士たちの朝食のしたくまでしてやったが、自分はだれよりも少ししか食べなかった。ようやく穏やかな暮らしを楽しむようになってきたと思われたとき、森から出てマ・イヤンとマ・グディックの丘の猪退治をしてほしいと、サドラー少佐に頼まれたのだった。

「どうでしょう、兵士たちに、まだ猪狩りができるでしょうか」とティノ・シディックが小団長に言った。

「十年の間、みんなトラックのハンドルの後ろにすわっていただけなんですよ」

「かまわん。もうすでに戦闘態勢の整っている新しい兵士を手に入れた」と小団長は言った。それから音高く口笛を吹くと、飼っていた山犬どもがたちまち集まって来て、灰色の毛並みをそろえ、敏捷にいつでも闘えるよう身構えた。全部で百匹近くにもなり、どの犬も小団長の足元に我先に集まった。

「これだけいれば猪狩りにはじゅうぶんですね」と、山犬の一匹をなでながらティノ・シディックは答えた。

「来週さっそく出陣だ」と小団長が言った。

このたびの猪の攻撃が始まったのは、四年か五年ほど前のことで、そのときはサフディという名の百姓とその仲間五人で猪狩りをしたのだった。サフディたちの田畑はマ・イヤンの丘の真下にあり、一月前から猪の被害を受けていた。刈り入れが近づき、猪の攻撃がいっそうひどくなるのを恐れて、サフディは急いで仲間を集め、猪退治の準備を始めた。とりわけ、サフディの七歳になったばかりの子どもが、裏庭までやって来た猪に出くわしてからというもの、サフディのがまんも限界に達した。

サフディたちはある満月の晩を選び、手に手に空気銃をつかんで、六人がふたりずつの組に分かれ、それぞれジャンブーの木とサウォの木とクドンドンの木に拠った。煙草のかすかな灯りとともに、六人は辛抱強く、言葉も交わさずに、だれであれ最初の猪を見つけたらその場で発砲するよう申し合わせて待った。夜明け近くまで待たねばならなかったが、ついに獣の鼻息の音が聞こえてきた。数分のうちに巨大な鼠が満月の光のもとに姿を現したが、一頭だけではなく二頭だった。どちらも集落の方へ向かおうとしているようだったが、六人の隠れている畑に作物があふれているのを見て、畑に植えられている豆やとうもろこしにすぐさま飛びかかった。

あらかじめ空気を満たしておいた銃を、サフディは即座に構えた。月光に照らされてよく見える一頭に狙いを定め、三挺の銃が同時に同じ猪に向かって火を噴いた。猪は正確に頭蓋骨に三発の銃弾を撃ち込まれて、つんのめって地面に倒れた一方、他の男たちはもう一頭の猪を狙って撃ったが、はずしてしまった。その猪は仲間が倒れたのを見て、銃声を聞くと、とたんに駆け出し、そこここに突き当たりながら逃げ去った。

六人はすぐさまそれぞれの木の陰から飛び出し、倒した猪がまだ完全に死んでいないのを見てとると、サフディが木の槍を力まかせに猪の胸に突き込み、猪は痙攣して息絶えた。ところが信じがたいことが起こり、六人の男はあっけにとられて満月の光の下の死骸を見つめた。泥にまみれた黒い毛で覆われた体が、三発の銃弾に頭をぐしゃぐしゃにされ、胸に槍を突き立てられて、明らかに絶命している人間の死体に突然変わったのである。

「くそっ！」とサフディが言った。「この猪め、人間になりやがったぞ」

その噂はたちまち村から村へと知れ渡り、しまいにはハリムンダ中の人々の耳に入った。だれひとり死体となったその男を見知っている者はなく、だれひとり死体を引き取りに来る者もなく、死体は町の病院で腐っていき、とうとう共同墓地に埋められた。それ以来、猪を殺す勇気のある者はひとりもいなくなってしまった。祟りを恐れたのである。サフディと五人の仲間たちは気が狂ってしまったのだった。だれも猪を殺そうとしないまま四年が過ぎ、今では猪は農家の田畑を荒らす最悪の元凶となっていた。怖れのあまり自分たちではどうすることもできなかったので、農民たちは残されたただひとつの希望を託して、軍隊の基地へ頼みに行った。サドラー少佐はすでに何人かの兵士を森へ送り込んだが、兵士たちは猪よりも雉やうさぎばかり獲って帰って来て、笑い者になっただけだった。サドラー少佐はとうとうひとりの使者をたて、小団長に助けを求めた。あてになるのは小団長だけだということをよく承知していたのである。

小団長がやって来ることは、すでに町中の人々にも知れ渡っていたようだった。十年前と同じように、住民たちは沿道にずらりと並んでハンカチや小旗を振り、これほど長い間姿を隠していた町の英雄を、ぜひ自分の目で見ようと胸を躍らせていた。幼い子どもたちは一番前に並び、父や祖父や母や祖母から幾度も幾度も聞かされてきた話の登場人物見たさにわくわくしていた。そして革命戦争の退役軍人たちは、この日が独立を果たした日であるかのように、軍服で盛装した。現役の兵士たちは沖へ向かって礼砲を撃ち、学校の生徒たちは鼓笛隊を繰り出した。

ついに小団長が姿を現したが、今回はロバには乗らず、徒歩だった。ゆったりとした服をまとい、短く刈り込んだ髪をして、体は昔と変わらず痩せていたので、軍人というよりは仏教の修行僧のように見えた。三十二人の忠実な部下を従えていたが、この一週間というもの、部下たちを痩せさせるために肉体訓練を再び課したのだった。さらに九十六の戦闘兵が加わっていた。灰色の、そして白や褐色のものも何匹か混じった、飼いならされた山犬の群れが隊列の後尾に続き、町の住民たちの盛大な歓迎を受けて興奮しているようだった。サドラー少佐自らが親友を出迎えた。

大勢の前で、サドラーと抱き合い、サドラーが妊婦のように突き出した腹をしているのに驚いて、小団長の辛辣なユーモアがよみがえった。「もう一頭捕まえたぞ」と小団長は言った。「猪を」

「まったくのところ、こいつのせいで、われわれはもうほんとうの敵とは戦えんのです」。サドラー少佐は言い、小団長もただちに納得した。

「任せろ。この山犬どもが役に立つだろう」

小団長の一団は、日本軍占領時代以来の小団長のもと基地に入った。小団長に敬意を表して、今も空けたままになっていたのである。約束どおり、ほとんど休息も取らずに、翌日から一団を従えての大々的な猪狩りが始められた。兵士ひとりにつき山犬を三匹連れ、小団長は銃と短刀を手に指揮をとった。一団の猪狩りはサフディと仲間たちのように待ち構えるのではなく、猪の棲む森の繁みに直接攻撃をしかけるものだった。おそらく昼寝の最中だったらしい巨大な鼠どもは、飛び出してあちこち駆け回った。

その日は二十六頭の猪を捕まえ、翌日には二十一頭、三日目には十七頭を獲った。それだけ獲れば田畑を荒らす猪の数を激減させるにはじゅうぶんで、住民たちはおおいに喜んだ。槍と銃で殺された猪もあったが、残りの何頭かは、小団の基地に近いサッカー場に急ごしらえで造った大きな檻に集められた。不思議なことに、殺された猪のうち、人間になったものは一頭もなかった。どれもこれも、泥まみれの黒い毛に覆われ、牙と鼻先を突き出した、まぎれもない猪だった。この不思議のおかげで、農民たちも四日目にはとうとう猪狩りに加わり、それ以来、刈り入れの後から植えつけの前までの期間に猪狩りをするのが農民たちのならわしとなった。

殺された猪は中国人のレストランの厨房に放り込み、まだ生きているものは、輝かしい勝利を記念して開かれる闘猪に出すことになった。猪を闘技場の中で山犬と闘わせるのはハリムンダではじめての試みで、血湧き肉踊る見世物に飢えた住民たちは、それを心待ちにしていた。小団長と兵士たちは、サッカー場に闘技場をこしらえた。闘技場は高さ三メートルの板の壁をめぐらしたものだった。壁の外側の高さ二メートルのところには、見物人たちが立つ頑丈な板が取りつけられ、縦横に交差した竹の柱で支えられている。そこへ上るにはもぎり役の兵士ふたりが守っている階段を上らねばならず、切符は机の後ろにすわっている美しい娘のところで買うことになっていた。

見世物は小団長がやって来てから二週間後の日曜の夕方に始まった。六日間にわたって催され、猪が全部死んでレストランの厨房に投げ込まれるまで続く予定だった。見物人たちが町の隅々からやって来て、中にはよその町から来た者まであり、みな切符売り場の美しい娘の前に列を作った。一方、見物はしたいが金は払いたくない者や、払う金のない者は、先を争って闘技場のまわりに生えている椰子の木に登り、枝に腰かけた。遠くから見ると、色とりどりの着物が葉陰にちらつき、椰子の実がもはや緑や茶色ではなくなってしまったような不思議な眺めだった。

闘猪そのものもたいへんな感興をそそるものだった。小団長の飼っている山犬どもは、飼いならされているとはいえ、やはり野生をむき出しにして猪に飛びかかった。猪一頭に山犬が五匹か六匹かかるので、もちろん不公平なのだが、だれもが当然猪が死ぬのを望んでいた。みな闘いを見るのではなく、屠殺を見ていたのだった。猪が山犬の一匹に飛びかかろうとすると、他の山犬が猪の体に飛びついて肉がずたずたになるまで嚙みつき、攻撃された山犬は猪よりもずっと敏捷に身をかわした。ときに猪がぐったりしたようすを見せると、兵士のひとりがバケツの水を浴びせて、無理やり立ち直らせ、さらなる山犬の攻撃に立ち向かわせるのだった。見世物の結果はいつも決まっていた。猪は死に、山犬の一匹か二匹が軽い怪我を負うのである。続いて次の猪が闘技場に追い込まれ、元気いっぱいの山犬六匹が猪をずたずたにしようと待ち構える。見物人みながこの殺戮劇を満喫しているようだったが、ただひとり小団長だけは、突然別の眺めの虜となったのだった。

見物人の間に、ひとりの非常に美しい若い娘を見たのである。娘は、見物人の大半が男であることも気にかけていないようすだった。年はおそらく十六そこそこで、天女が迷い込んだかのように見えた。深緑色のリボンで髪をひとつにまとめ、遠目にも小さく鋭い目や、つんとした鼻や、ひどく冷酷な感じのする笑みが見て取れた。肌は白く光を放っているかのようで、身にまとった象牙色のドレスが海風の吹きつける夕暮れの中で人目を引いた。娘はドレスのポケットから煙草を取り出し、尋常でないほど落ち着いたようすでそれを吸い、そうしている間も闘っている山犬と猪から目をそらさなかった。小団長は娘が観客席の階段を上ってきたときからその姿に目を留めていたが、娘はひとりで来ているようだった。天女のことを知りたいと思って、小団長は隣にいるサドラー少佐に尋ねた。「あの娘はだれだ？」

サドラー少佐は小団長の指差す方を見やって答えた。「アラマンダという名前で、娼婦デウィ・アユの娘ですよ」

猪退治がすむと、小団長は飼っていた山犬を一匹残らずハリムンダの住民たちに分け与えた。人々は先を争って山犬を奪い合ったけれど、山犬は九十六匹しかいなかったので、住民の多くはあきらめねばならなかった。山犬の大半は農民たちに与えられて田畑の番をすることになり、残りは町の住民たちに適当に分けられた。今回山犬を手に入れられなかった人々に対して、小団長はがまんしてしばらく待てばよい、そうすればまもなく山犬どもが繁殖して子犬を手に入れられるだろう、と言った。それが、ハリムンダは後に山犬の子孫である犬でいっぱいになった、そもそもの始まりだった。

本来なら、はじめに予定していたとおり、小団長はもう森へ戻っていいはずだった。町へやって来たときに、小団長はサドラー少佐に向かって、自分は猪退治が終わるまで町にいるつもりだと言ったのである。けれども闘猪場でたった一度アラマンダを見かけてからというもの、小団長はまったく眠れなくなってしまった。ゲリラ小屋へ戻る気にはなれなかった。戻ればあの娘が恋しくなることはわかっていたからである。「これが恋というものなのだ」と小団長はひとりごちた。その恋ゆえにこそ、もっと長く町にいるための理由を、さらにはもう町から出て行かなくてもすむ理由を、怖気を震って探し求めたのだった。

そこへ救いの手が差し延べられた。サドラー少佐がやって来てこう言ったのである。「まだお帰りにならないでください。まだ祝いは続くんですから。ムラユ楽団を招くんです」

「この町に対する愛着にかけて、すぐには帰らない」とすかさず小団長は言った。

小団長が再び例の娘の姿を目にしたのは、軍の指揮官がムラユ楽団を招いて勝利の宴を催した夜だった。場所は同じサッカー場だったが、今回は見物するのに切符はいらなかったので、いよいよたくさんの人々が押しかけた。ムラユ楽団の催しはいつでもハリムンダの若者たちがなによりも好きなもので、酔っ払うせいか、あるいは音楽のせいか、若者たちは体をくねらせて踊るのだった。楽団は首都からやって来て、連れて来た一団の歌手の名前はだれも知らなかったけれど、そんなことを気にする者はひとりもいなかった。

ムラユ楽団の音楽は、どんなときでも踊るにはもってこいだった。だから演奏が始まると同時に、見物人たちはゆっくりと体を揺らし始め、陶然となって体をくねらせた。歌は決まって失恋や、片思いや、夫の裏切りを嘆く感傷的なものだった。ムラユ音楽に感傷的でないものなどなく、とりわけこのたびの催しではそうだったが、歌手は、だからといって泣いたりする必要などなかった。それどころか、派手な化粧をした女の歌手たちは笑顔や嬌声をふりまき、歌っている歌がどんなに悲しいものであろうとおかまいなしで、観客たちに背を向けて、弧を描くように尻を振った。尻振りに対して観客から喝采を受けると、今度は前を向いて軽くしゃがんだ姿勢をとる。歌手は短いスカートをはいているので、思惑どおりのものを観客に見せつけることになり、また拍手が湧き起こる。哀切な音楽と下品さと感傷とがない混ぜとなって、大勢の人々がその夜をおおいに楽しんだ。

小団長はアラマンダがひとりで歩いているのを再び目にした。アラマンダはジーンズをはき革ジャケットを着て、愛らしい唇にやはり煙草をくわえていた。小団長は、森から出て愛すべき町で生ける天女を見出したことに、心から感謝した。アラマンダは舞台の前での踊りには加わらず、サッカー場のまわりのあちこちにいる食べ物売りのひとりの横に立って、見物しているだけだった。アラマンダの挑発的な美貌にこらえ切れなくなり、盲目の愛に浸されて、小団長はアラマンダに歩み寄った。有名人であるせいで、娘のところへたどり着くまでに、まったく果てのないほどの障害に突き当たった。人々が慇懃に声をかけてくるのに、いちいち応えなければならなかったのである。ついに娘が目の前に現れ、あるいは小団長が娘の目の前に立って、おのれの目で、ほれぼれするような持って生まれた美貌を目の当たりにすることができた。小団長はなんとかにこりとしようとしたが、アラマンダは無関心なようすでちらっと小団長を見やっただけだった。

「夜に女の子がひとりで出歩くのはよくありませんな」。小団長は、さりげなく会話のきっかけをつかもうとして言った。

アラマンダは相変わらず無関心なようすで、小団長の目をまっすぐ見据えて言った。「ばか言わないで、小団長。あたしは今夜、何百人もといっしょに出歩いてるのよ」

それだけ言うと、アラマンダは挨拶もせずに立ち去った。小団長は信じられずに棒立ちになった。このいかれた攻撃は、これまで小団長が経験してきた戦闘のどれにもまして恐怖に満ちたものだった。小団長は身をひるがえし、心身ともにまったく力尽きたように歩き出した。

「愛を克服するゲリラ戦法があるものだろうか？」と短くひとり言をつぶやいた。

娘の面影を忘れようとしたが、忘れようとすればするほど、半分日本で半分オランダで少しインドネシアの混じっているあの顔が、ますます頭から離れなくなってしまった。自分があの娘を愛するはずがない理由をなんとか見つけ出そうとした。考えてもみろ、と、もう眠ることもできなくなってしまった眠りにつく前に、小団長は自分に言い聞かせた。あの娘は、たぶん自分が小団長になって反乱を計画した年に生まれたばかりというところだろう。ふたりの年齢には二十年の開きがある。おまけに、インドネシア共和国初代大統領から将軍の位を与えられ、一度は総司令官にも任命された男が、十六の娘の前に膝を屈しなければならないとは。そう考えれば考えるほど、ますます屈辱にさいなまれ、果てのない愛の中にますます深くはまり込んでしまった。

ある朝、小団長は目覚めると、とうとう自分があの娘に恋してしまったのを正直に認め、軍人の名にかけてアラマンダを妻とすることを誓った。

「もう森へは帰らない」と小団長は言った。

けれども小団長はだれにもそのことを話さなかったので、三十二人の忠実な部下は、なぜ小団長が森へ戻らないのかといぶかしんだ。兵士たちはいまだに命令を待ち続けていたが、とうとう、もっとも親しくしている部下のティノ・シディックが尋ねた。「われわれはいつ帰るのですか、小団長?」

「どこへ帰るのだ?」と小団長は聞き返した。

「森へです」とティノ・シディックは答えた。「この十年われわれがやってきたように」

「森へ行くのは帰るのとは別である」と小団長は言った。「私もおまえも他のみなも、この町ハリムンダで生まれた。ここにこそ、われわれは帰ってきたのだ」

「もう一度森へ行こうとはお思いにならないのですか」と、最後にティノ・シディックは尋ねた。

「いや」

それを証拠立てるために、小団長は自分の小団のもと基地に「ハリムンダ軍支部司令署」という看板をかけた。小団長が町に住むことに決め、とりわけ自分勝手に軍支部を作ったことを聞きつけてすぐさまやって来たサドラー少佐に向かって、小団長は手短かに言った。「これで私は軍支部の司令官となった。軍人として忠誠を誓い、命令に服する」

「ふざけないでください。あなたは将軍で、大統領の側近の位にある人です」とサドラー少佐は言った。

「私はなににでもなるつもりだ。この町にいられて、きみが名を教えてくれたあの娘のそばにいられるのなら」。小団長は聞くだにうちひしがれた声音で言った。「たとえ一匹の犬にならねばならないとしても」

サドラー少佐は心の底からの同情をこめて親友を見つめた。「あの娘にはもう相手がいるのです」。一瞬迷ったのち、サドラー少佐は言った。小団長の顔を見るに忍びず、別の方向を見やりながら少佐は言葉を継いだ。「クリウォンという名の若者です」

心に突き刺さることを言ってしまったのは、少佐にもわかっていた。

7

クリウォン同志が詰まるところどうやって共産主義者になったのか、だれも知る者はなかった。金持ちの青年とは言えなかったものの、とても楽しく暮らしているように見えたからである。たしかに父親は共産主義者で、演説の名人で、うまく植民地政府の手を逃れてディグルに流刑になるのを免れたが、不穏な発言を繰り返し、ビラを書くのをやめなかったため、とうとう共産主義者であることが憲兵隊に知られて、最後には日本軍の手で処刑された。けれども以前なら、クリウォンが父の跡を追うようなようすはなかった。クリウォンは学校の成績もよく、二度飛び級で進級し、なりたいものにはなんでもなれそうだった。

ともかく、クリウォンは厳しくしつけられた共産主義者の子どもというよりは、いたずらっ子として知られていた。村の子どもたちを率いて農園に忍び込み、気に入ったものならなんでも手当たり次第に盗んだ。椰子でも、丸太でも、あるいはただのカカオの実でも盗んでその場で食べたりした。といっても目にあまるほどではなかったので、ひとりふたり苦情を言う者はいても、たいていの場合はほうっておかれた。断食明け大祭《レバラン》の前夜に、クリウォン少年と仲間たちは鶏を盗んで焼いて食べ、翌日になると、鶏の持ち主のところへ行って謝った。十代になったばかりのころには、クリウォン一団の面々がすでに売春宿に出入りしていることも、だれもが知っていた。子どもたちは海へ出たり、あるいは単に網を引くのを手伝ったりして駄賃を稼ぎ、みなでいっしょに寝るために娼婦を探しに行った。ときにはまったく金を持っていないときもあったけれど、それでも売春宿のせいで、性欲を抑えることができないようになっていた。

クリウォンは頭が切れて、一歩まちがえば狂っていると言われかねないほど奇抜な思いつきをすることがあった。あるとき仲間を三人連れて売春宿へ行き、娼婦をひとり買って四人で順番に寝た。はじめに娼婦は、ふたりずつ寝台に上がるように言った。前と後ろに穴があるんだから、と言うのだった。けれどもだれも糞と同じ穴ではやりたがらなかったので、結局ひとりずつ寝ることになった。クリウォンはいかにもリーダー格らしく、三人の仲間に先にやらせ、自分は最後に女と寝た。性交が終わったとき、娼婦は悲しむべき光景を目にしなければならなかった。少年たちは戸口へ押しかけ、金も払わずに逃げて行ったのである。

「俺はこう聞いたのさ、俺たちと寝たいかいって」。後になって、クリウォンは飲み屋で人々にこう話した。「そしたら寝たいって言ったんだ」。人々はよくクリウォンのまわりに集まって話を聞きたがったもので、クリウォンはさらに言った。「あいつが寝たいと言って、俺たちも寝たかったんだから、なんで金を払わなきゃならないんだ?」

母親は、夫の身の上に起きたことを繰り返してほしくなかったので、マルクス主義やその類のとんでもない思想からクリウォンを遠ざけようと心を砕き、共産主義者にさえならないのなら、息子がなにをしようとほとんど気にかけなかった。おまけに映画館や音楽会にも行かせ、飲み屋で酔っ払ってもほうっておき、レコードも自由に買わせ、息子がたくさんの娘たちとつき合えることを手放しで喜んでいた。娘たちの多くがクリウォンと寝たことがあり、あるいは寝てほしいとクリウォンに頼むことも承知していたけれど、母は気にもしなかった。息子が銃殺隊の前に立たされて処刑されるのを見るはめになるよりは、ずっとましだったからである。

「たとえ共産主義者になるとしても、幸せな共産主義者になってもらわないと困ります」と母は言った。共産主義者と何年も結婚生活をおくり、つき合ってきた知り合いも共産党員たちだったので、共産主義者というものはいつも不機嫌で、幸せな気分なることはないのだと結論を下すに至っていたのである。日本軍による占領と革命戦争という困難な時代に、息子がほとんど際限のないといっていいほどの放蕩生活をおくるのを、母は放任したのだった。

　十七歳になったとき、クリウォンの暮らしぶりは、この町の基準でいうとまさしく輝かしいものだった。裾広がりのパンタロンをはいて濃い色のシャツを着、靴墨で磨きたてた革靴をはいていた。娘たちは家から出てクリウォンの行くところどこへでもついて行き、花嫁衣裳の裾のようについて回り、その娘たちの後を若者たちがついて回った。娘たちはクリウォンの虜になり、贈り物の雨を降らせ、それが廃品置き場のようにクリウォンの家にたまっていった。これといったことがなくても毎晩のようにパーティを開き、だれの家であろうと場所もかまわず遊び戯れた。男の友人たちも文句なしにクリウォンのことが好きだった。クリウォンがとりまきの娘たちをひとり占めすることは決してなかったからである。そんなふうにしてクリウォンと仲間たちは毎日をおくった。その時代に、この町で一番幸福な暮らしをしていたのは、クリウォンとその仲間たちだったといえるかもしれない。

　そのころには、クリウォンも名高い娼婦デウィ・アユのことは聞き知っており、幸せな気分になれないことがひとつでもあるとすれば、それは十七になった今でも、人々の噂に高いその娼婦といまだに寝たことがないという事実だけだった。何度かその娼婦を買おうと試みたのだが、いつも出遅れてしまった。デウィ・アユは一晩にひとりの男としか寝なかったし、男たちはいつでも列をなして待っていたからである。たとえ遅れずに着けたとしても、だれかがたくさん金を払ってクリウォンを追い落としてしまった。ママ・カロンは、いつでもより多く払える男に機会を与えるからだった。そうこうするうちにも、いつもデウィ・アユの部屋に入ってその寝台に身を横たえることばかりを考えていて、その夢想も度を越し、何度か他の娘と寝ながらも、公の場所で幾度か見かけたことのあるデウィ・アユと寝ているのだと空想したりした。

　少なくとも、デウィ・アユのせいで、女という女が自分に夢中になるわけではないということにクリウォンは気づかされた。たしかに既婚の女や未亡人たちも、娘たちのようにクリウォンの行く先どこへでもついて来るほど夢中になるわけではないまでも、クリウォンに色目を使うことがよくあったし、心の奥底ではクリウォンを部屋に連れ込みたいと思っていることは、クリウォンも知っていた。そういう女たちとも何人か寝たことがあったし、望みさえすればどんな女とでも寝られるように思えた。ただしデウィ・アユだけは別だった。ただあの女だけがクリウォンに夢中にならないことは明らかで、逆にもしもあの女と寝たければ金を払わねばならないのだった。ここ数日の間、クリウォンはデウィ・アユと寝るチャンスをつかむ方法を考えていた。長くなくてもいい、五分に満たなくても満足だった。それとも、ただデウィ・アユの体に触れるだけでもいい。しまいにクリウォンは、デウィ・アユの家に自ら出向いて行くことに決めた。これまでどの男もとったことのない方法だった。

クリウォンは音楽が好きでギターがうまく、少なくとも仲間の前で歌える感傷的な歌と大衆音楽クロンチョンのレパートリーなら、たくさんあった。ある日曜日、クリウォンはひとりでデウィ・アユの家へ行ったが、ギターを抱え、辻音楽師のような扮装をして、歌と戯れ言とでデウィ・アユをものにするつもりだった。これまでにも何度かそうやって、好きになった娘たちの部屋の窓の下で歌を歌って誘惑したこともあったので、今はデウィ・アユの家の玄関の前に立ち、ギターをつま弾きながら裏声で歌い出した。

娼婦はまったく心を動かされなかったらしく、しばらくの間クリウォンはそこに立ったまま五曲歌を歌ったけれど、だれひとり扉を開ける者はなかった。人から聞いた話では、デウィ・アユは三人の娘とふたりの使用人と暮らしていて、そろって感じがいいということだった。きっとうまくいくに違いないと信じきって、クリウォンはそこに立ち続け、十曲歌い、しまいには喉がからからになった。一時間過ぎると、ハンカチを出して首のあたりや額に粒をなして浮かんでいる汗をふき始め、両足はもう体を支えていられなくなっていた。家の主が姿を現わしそうな気配はなかった。とうとうギターをテーブルに置いて椅子に腰掛け、目がちかちかしそうなほどだったけれど、それでもあきらめるつもりはなかった。

音楽がやむと、奏でていたときよりもかえって家の主人の注意を引いたようだった。まったく思いがけなく扉が開いて、八歳の少女が冷たいレモネードを持って現れ、テーブルのギターの横にそのコップを置いた。

「うちの庭で好きなだけ歌ってもいいけど」と少女が言った。「でも、きっとすごく喉が渇いたでしょう」

クリウォンは棒立ちになった。少女の言ったことや、出された冷たいレモネードのせいではなく、ひとりの小さな天女が目の前に立っているのを見たからだった。この町一番の美女といわれるデウィ・アユを見たことはあったにしても、これまで生きてきた中でこれほど美しい少女を目にしたことはなかった。いったい神はどのような材料からこれほどの生き物をお造りになったのか、見当もつかなかった。少女の体全体から光が輝き出しているように見えるのである。だれにもかまってもらえずに一時間立って歌い続けたことよりも、この目の前の光景の方がはるかに激しくクリウォンを身震いさせた。クリウォンはしどろもどろになりながら震える唇で尋ねた。「きみの名前は?」

「アラマンダ、デウィ・アユの子どもです」

その名がクリウォンの脳を金槌のように打った。クリウォンはギターをつかむと、方向感覚を失ったように足を踏み出した。幾度か振り返って美しい少女を見つめ、やはり幾度か少女の体から輝き出す光に耐えられないかのように顔を背けた。ようやく垣根の戸にたどり着いたとき、少女が声をかけてきた。

「帰る前に飲んでいって。きっと喉が渇いているでしょう」

催眠術にかけられたように、クリウォンは体の向きを変えて玄関のポーチに戻り、冷たいレモネードのコップを取り上げて飲んだが、その間少女は暖かな笑顔を浮かべてそばに立っていた。

「お嬢さん、きみが作ってくれたからこそ、いただいたんです」とクリウォンは空のコップをテーブルに戻しながら言った。

「違うわ」とアラマンダは言った。「作ったのは、うちのメイドよ」

それからというもの、クリウォンはデウィ・アユという名の娼婦と寝たいという願望は忘れてしまい、それから何年も後になっても、やはりデウィ・アユと寝ることはなかった。あの美しい少女がなにもかもを破壊してしまったのである。日々のことも、そしてたぶん未来をも。あの短い出会いから数日のうちに、なにもかもが突然変わってしまった。クリウォンは近づいてこようとする娘たちをみんな追い払い、パーティへの誘いも全部断わり、家にこもって悲劇的な様相の恋の運命に思いを馳せていることの方が多くなった。娘殺しの男が八歳の少女に骨抜きにされてしまったのである。それが現実だった。なにが起きたのか、だれも知らなかったにしても。友人のうちだれひとり、あの日曜日にクリウォンがデウィ・アユの家に行ったことを知らなかったので、なぜこのところクリウォンがふさぎこんでいるのか、だれもあえて推し量ろうとはしなかった。ともあれ、そのようすを見てクリウォンの母親はひどく気を揉んだ。これまで何年も見守ってきたけれど、ここしばらくほどクリウォンがふさぎこんでいるのは見たことがなかったからである。

「共産主義者になってしまったの?」気遣わしげに、そして絶望をにじませて母は尋ねた。「不機嫌なのは共産主義者だけですよ」

「好きな人ができたんだ」とクリウォンは母に言った。

「それはますます気の毒だこと」と母のミナは言って、クリウォンのそばに腰を下ろし、息子の長く伸ばしたままの波打つ髪をなでた。「行って、いつものようにその人の窓の下でギターをお弾きなさいな」

「母親の方を誘うつもりで行ったんだ」。今にも泣き出しそうになって、クリウォンは言った。「母親の方は手に入れられなかったし、いきなり娘を好きになってしまったけれど、娘の方も手に入れられそうにない」

「どうして?　おまえのことが気に入らない娘さんがいると思う?」

「たぶん、あの子は」。クリウォンはそれだけ言うと、子猫が甘えるようにミナの膝に体を投げ出した。「アラマンダっていうんだ。もしも父さんやサリム同志みたいに、共産主義者になって反乱を起こして銃殺隊の前に立てばあの子を手に入れられるのなら、ぼくはそうするよ」

「どんな娘さんなのか話してごらん」。息子の言葉にぞっとしながらミナは尋ねた。

「この町のだれだって、それにたぶん世界中のだれだって、あれほど美しくはない。犬と結婚したルンガニス姫よりもきれいなんだ。少なくとも、ぼくから見れば。南海の女王《ラトゥ・キドゥル》よりもきれいなんだ。トロイの戦争のきっかけになったヘレナよりもきれいなんだ。マジャパヒトとパジャジャランの戦争を引き起こしたディアー・ピタロカよりもきれいなんだ。ロメオを自殺に追い込んだジュリエットよりもきれいなんだ。体中から光が輝き出しているみたいで、髪は靴墨で磨いたばかりの靴よりも輝いていて、顔は蠟ででき
ているみたいに繊細で、ほほ笑んだらあたりにあるものなにもかもを吸い込んでしまうみたいなんだ」

「おまえなら、そんな娘さんにぴったりよ」と母は慰めて言った。

「問題なのは、胸もまだ膨らんでいなくて、あそこの毛もまだ生えていないことなんだ。まだ八歳なんだよ、ママ」

苦しみに押しつぶされ、クリウォンは決して送り届けることのない愛の手紙を書くことで、それから逃れようとした。くる日もくる日も八歳の娘にふさわしい愛の手紙を書こうと試みたけれど、いつも無駄に終わった。手紙は決まってずたずたに引き裂かれて、ごみ箱に捨てられることになった。それでもまた気を取り直して書き始め、やはり同じく失敗に終わった。子どもっぽい書き方で愛の手紙をつづってみたこともあったけれど、真剣に想いを伝えようとしているようには見えなかったので捨ててしまった。想いのたけをぶちまけようかとも思ったけれど、あんなに幼い娘に手紙の内容が理解できるのかどうか疑問だった。それでもとうとう一通の手紙を書き上げることができたが、それはほんとうにうまくいったからではなく、絶望したせいだった。

当時すでに、クリウォンは同い年の仲間よりも二年早く学校を卒業していた。みなが学校へ行ったり働きに行ったりしている間に、クリウォンは恋の追跡をする楽しみを見出した。毎朝、家を脱け出してデウィ・アユ

の家まで歩いて行ったが、庭へ足を踏み入れようとは決してしなかった。アラマンダが制服を着て学校の鞄を持ち、妹のアディンダといっしょに現れるのを待った。ふたりのところへ近づいて行き、学校まで送ってあげようと申し出るのだった。

「どうぞ」とアラマンダは言った。「でも、くたびれても知らないわよ」

クリウォンは毎朝それを繰り返した。学校の休み時間には、教室の前のサウォの木の下に立ち、アラマンダが友だちと遊ぶのをただ眺めていた。下校の時刻になると門のところで待っていて、家まで送って帰るのだった。少女が教室に入ってしまったり家へ帰ってしまったりすると、クリウォンはまたふさぎこんだ。体は急激に痩せ、あてどなく歩いていることが多くなった。

「あたしたちについて来るよりほかに、することはないの?」と、ある日アラマンダが尋ねた。

「きみはまだ、恋するってどういうものか知らないからだよ」とクリウォンは答えた。

「おもちゃ売りは、子どもが行くところどこへでもついて回るわよ」とアラマンダは言った。「あれが恋っていうものだなんて知らなかったわ」

この少女はクリウォンにとってまさに恐怖の源となり、たとえ悪霊に出くわしたとしてもこれほど震えおののくことはないと思われるほどだった。夜には少女の夢を見て悪夢のようにうなされ、体をひきつらせ、汗ぐっしょりになって、息遣いも荒く飛び起きた。時がたつにつれ、学校の行き帰りにいっしょに歩くだけというふたりのぎこちない関係は、危機を迎えた。ただこんなふうにして自分の人生をすり減らしていくことに、クリウォンはもう耐えられなくなったのである。ついにある日のこと、熱を出して、はじめて少女を学校へ送って行くことができなくなった。ほんとうは出かけるつもりだったのだが、自分の家の玄関までたどり着くのがやっとだった。ミナは息子を寝台へ引きずって行き、そこへ寝かせて、冷たい水で額を冷やしてやり、クリウォンが幼かったころに熱を出したときのように、歌を歌ってやって元気づかせようとした。

「辛抱しなさい」と母は言った。「七年たてば、あの子もじゅうぶん大きくなって、おまえのことを好きになりますよ」

「問題なのは」とクリウォンは弱々しく言った。「その日が来る前に、恋の熱のせいでぼくの方が先に死んでしまうことなんだ」

母は祈禱師を幾人か呼んできたが、祈禱師たちは人を盲目の愛に落とすことのできるさまざまな煎じ薬や呪文を勧めた。母はそんな煎じ薬や呪文は望んでいなかった。祈禱師の力を借りて少女の愛を手に入れたと知ったら、クリウォンはきっと腹を立てるだろう。母はただ、息子の爆発的な愛情を抑える薬か呪文が欲しかったのである。

「そんなものはあったためしがございませんな」。どの祈禱師も同じことを言った後で、最後にやって来た祈禱師もそう言った。

「じゃあ、どうすればいいんですか」

「すべてがはっきりするまで待つことですな。息子さんが愛を手に入れるか、それとも胸に傷を負って帰ることになるか」

クリウォンの熱がほぼおさまったとき、ミナは息子をささやかな遠足に連れ出した。昔ながらの治療法、つまり気分転換をさせようと試みたのだった。ミナはクリウォンを連れて海岸を散策し、公園に腰を下ろして鹿や猿に餌をやった。さまざまなことを息子に話しかけ、ただあのアラマンダという名の少女のことだけは避けて、クリウォンを六歳の子どものように甘やかした。

一方、親しい友人たちも、ずいぶんたってからなにが起きたのかを知るようになった。ミナがクリウォンの仲間たちに打ち明けて、このやっかいな問題を解決するために手を貸してやってくれないかと頼んだのである。仲間たちはまたクリウォンをパーティに誘うようになり、ギターを弾いて歌を歌うように言った。クリウォンを誘って鶏や池の魚を盗もうとし、山へ遊びに行き、キャンプをして盛大な焚き火のそばでパーティをした。幾人かの娘たちは、またクリウォンを誘惑しようとした。心も性欲もかき立てようとした。娘たちの何人かは、クリウォンをテントに引きずり込み、裸にさせ、勃起さえさせた。クリウォンは娘たちと性交はしたけれど、だからといって、もう以前のクリウォンに戻ることはできなかった。あふれんばかりのユーモアも失い、朗らかな表情も失い、寝台の上で燃え上がる欲望さえも失ってしまっていた。

なにを試みてもうまくいくようには見えず、クリウォン本人にもそのことはわかっていた。このようにして苦しむべく呪いをかけられてしまったクリウォンを、なにもかから救うことができるのは、おそらくただあの少女の愛だけだろう。少女をさらって、どこか、森の中へでも逃げ込むことができたら、とクリウォンは願った。洞穴でふたりで暮らすか、それとも谷間で野生の山羊を追って暮らすのだ。クリウォンが少女の世話を焼き、面倒をみて、娘へと成長するのを見守る。時が来て娘の愛を手に入れることができるようになるまで。クリウォンは仲間のもとを離れ、また毎朝、少女を家の前で待つようになった。少女は長い間姿を見せなかったクリウォンが現れたことに驚いて、こう言った。「ご機嫌いかが？　病気だって聞いたけど」

「ああ、恋の病だよ」

「恋ってマラリアの仲間なの？」

「もっと恐い病気だよ」

少女は身震いしたようだったが、やがて妹の手を取って、学校へ向かって歩き出した。クリウォンもそれに続いて、少女の横に並んで歩いたが、悶々としたままで、とうとうこう言った。

「聞いてくれ」とクリウォンは言った。「ぼくのことを好きになってくれないかい？」

アラマンダは足を止めてクリウォンの方を振り向き、それから首を振った。

「どうして？」とクリウォンはがっかりして訊いた。

「あなた、自分で言ったでしょう、恋はマラリアよりも恐いって」。アラマンダは妹の手を取り直すと、また歩き始めた。少女はまたしてもクリウォンを置き去りにした。苦しみのいやます熱病の中に突き落として。

クリウォンが十三歳のとき、ひとりの男が家を訪れ、奇妙な願いを申し出た。「ここで死なせていただきたい」。母はそんな願い事を断わることもできず、男を家へ上げて飲み物を出した。その男が家でどうやって死ぬつもりなのか、クリウォンにはわからなかった。もしかすると餓死するつもりだったのかもしれない。もう何日も食べていないようすだったから。ところが母が夕食を勧めると、客はあたかもまだ死ぬ気にはなれないかのように、貪るように食べたのだった。出されたものを全部たいらげ、おまけに魚の塩漬けの骨までしゃぶりつくした。男は満ち足りたようすでげっぷをすると、ようやく口を開いた。「同志はどこです?」

「日本軍に撃たれて死にました」と母は手短かに答えた。

「では、この子が」と客は言った。「あなたがたのお子さんで?」

「あたりまえです」。母は少々むっとして言った。「豚の子のはずがないでしょう」

客はサリムという名だった。母のミナは、見るからにその男の訪問を喜んでいないようすだったが、客はクリウォンたちの家に置いてくれと言い張った。「風呂場で寝起きして鶏にやる糠の粥を食べさせてもらえればじゅうぶんだから、ここで死なせていただきたい」と言うのだった。クリウォンは母に、あの人をどぶで死なせるよりは、うちで死なせてやった方がいいじゃないかと説得を試みた。とうとうサリムには表の一室、応接間だがだれも使ったことのなかった部屋があてがわれ、サリムの死の時が来るまでクリウォンが食べ物を運ぶと約束した。

サリムは放浪者ではなかった。サリムが靴を脱ぐと足の皮がすりむけているのが見えた。

「お尋ね者みたいだ」とクリウォンは言った。

「ああ、あした、あいつらが私を処刑しにやって来る」

「なにを盗んだの?」とクリウォンはさらに尋ねた。

「インドネシア共和国を」

そうやって言葉を交わしたことで、ふたりの間には一種の友情が芽生えた。サリムはクリウォンに庇のついた帽子をやって、これはまだロシアにいたころに手に入れたものだと言った。そしてさらにこうつけ足した。ロシアの労働者はみんな、この手の帽子をかぶっているんだ。サリムの言うには、一九二六年以来、あちこちの国へ行ったことがあるらしかった。

「ふつうの旅行とは違うみたいだね」とクリウォンが言った。

「そのとおり、私はお尋ね者だったから」

「そのときは、なにを盗んだの?」と、さらにクリウォンは尋ねた。

「オランダ領東インドを」

つまり男は謀反人だったのである。それに共産主義者であり、通称もサリム同志だった。古いタイプの共産主義者で、スネーフリートという名のオランダの共産主義者から直接その手の思想を仕入れた口だった。本人の言うところではセマウンとも親しく、インドネシア共産党の発足以来の党員であるということだった。それだけでなく、スマランにいたころには、結核を患っていたタン・マラカに毎朝牛乳を温めてやったという。インドネシア共産党はインドネシアという名を冠したはじめての組織なのだ、とサリムは誇らしげに言った。それに植民地政府に対して反乱を起こしたはじめての組織でもある、と付け加えた。オランダ領東インドは、共産党が反乱を起こす前から共産党のことを忌み嫌っていた。スネーフリートは一九一八年に追放され、親友のセマウンはその四年後、タン・マラカに一年遅れて流刑となった。その他の党員は、サリム自身も含めて、流刑や監獄送りに備えて荷造りをした。

実際に植民地政府がついにサリム逮捕に踏み切ったのは、一九二六年一月だった。その一ヶ月前にプランバナンで話し合った反乱計画を植民地政府が聞きつけたらしかった。サリムは実際に監獄に入れられたことは一度もなかった。他の仲間数人とともに、シンガポールに逃亡したからである。放浪者ではなかったといえ、それが遠征の皮切りとなった。

「もしも反乱を起こすつもりのない共産主義者がいたら」とサリムはクリウォンに言った。「そんなやつは共産主義者だと思うな」

サリムは妙なかっこうで寝台に横になった。丸裸になったのである。汚れて泥の臭いのする着物を全部脱ぎ捨て、クリウォンが親切に父の残した服を貸してやろうとしても、サリムはそれを断わった。はじめのうちクリウォンは年輩の男が目の前で裸になっているのを見て困惑したけれど、やがて、できるだけ居心地の悪くないように、扉のそばの椅子に腰掛けてサリムに向かい合った。

「私はなにも所有せずに死にたい」。サリム同志はそう言い、さらに続けた。「私が目を覚ます前にやつらに撃たれるんじゃないかと気がかりだ」

「じゃあ、寝なければ」とクリウォンは言った。「死ねば長い間眠れるんだから。ずっとずっとずっと」

そのとおりだった。そこでサリムはずっと目を開けていようと努めたが、サリムが疲れ切っていることはクリウォンにもわかっていた。眠ってしまわないように、サリム同志はとめどなく話し続け、ときにははっきりと聞き取れないほどの声になり、やがてはぶつぶつ言っているだけのようになった。クリウォンはサリムが寝言を言っているのだと思った。サリムは特にクリウォンに向かってというのではなく、自分は共和国大統領と非常に親しい間柄だと言った。かつてスラバヤで同じ下宿に住んでいたことがあり、同じ教師から学び、ときには同じ娘に恋をした。それだけでなく、しばらく前、逃亡してモスクワで長い間暮らした末にはじめて戻ってきたとき、共和国大統領と再会もした。ふたりは喜びの涙を流して抱き合った。

「信じなくても、そのうち新聞で知ることになるだろう」と、このときははっきりクリウォンに向かってサリムは言った。「だが、今ではその同じ人間が、私を殺すために兵を差し向けている」

「どうして?」とクリウォンは尋ねた。

「人のものを盗めば、そういうことになる」とサリム同志は答えた。

「またなにを盗んだの?」

「もう言っただろう。インドネシア共和国だ」

一九二六年の共産党の反乱が失敗した根本的原因は、迷いだったのだ、とサリムは言った。その最初の逃亡の後、サリムはシンガポールでタン・マラカと会い、反乱計画について話し合った。タン・マラカは共産党員にはまだ準備ができていないと、反乱に対してもっとも強く異を唱えていた人物だった。サリムはモスクワへ行ってコミンテルンの指示を仰いだが、コミンテルンはさらに強く反対した。

「おまけにスターリンに三ヶ月も留め置かれた」とサリム同志は言った。「思想の再教化を受けるために」

それでも反乱の思想は頭に棲みついて離れなかった。モスクワを離れることができると、シンガポールへ戻って、だれの支援も受けずに反乱を起こすことに決めた。ゲリラ戦をも辞さなかった。ところが反乱はすでに国内で勃発し、そして失敗した。植民地政府は党を解散させ、党の活動すべてを禁じた。主だった党員の多くはボーヴェン・ディグルに流刑になるか、そうでなければ監獄送りとなった。うんざりしたことには、コミンテルンがそのときになって反乱を支持したのである。遅れてやって来た間抜けな対応だった。

「私はまたモスクワに呼び戻された」とサリムは言った。「学校へ行くために」

まだ別の反乱を起こす機会はある、もっと望ましい時が来る、とサリムは言明した。悪い知らせもいくつか耳にした。ボーヴェン・ディグルに流された共産主義者のうちの何人かが、思想を捨てて植民地政府に協力することを選んだのだった。頑として思想を捨てない者はさらに遠くへ、致死的なマラリアが容赦なく襲いかかってくる地へと送られた。サリムが立ち上がって便所へ行こうとすると、クリウォンは慌ててサリムの体を腰巻で覆いながら言った。「素っ裸で家の中を歩いているのを見たら、母さんがとんでもない悲鳴を上げるに決まっている」

体を腰巻で覆うのは拒まないまでも、サリム同志は強い口調で言い返した。「同じことじゃないか、明日には私が素っ裸で死ぬのを見ることになるのだから」

ふたりは今度はポーチに場所を移して話を続けたが、サリム同志はなおも腰巻を巻きつけているだけのかっこうだった。ふたりの腰を下ろしているところからは、暗い海の広がりと、点々と灯った漁船の灯りが見え、穏やかな波音が聞こえた。少年は、共産主義の人々はなにを求めているのかと尋ね、サリム同志はこう答えた。「天国を」。真夜中に、蘭領東印軍の兵士を満載したトラックが道を通り過ぎるのを見たが、兵士たちにはポーチの暗がりにすわっているふたりは見えなかった。

世の中は変わりつつある、とサリム同志は言った。ドイツと日本はどの先進国にも劣らぬ力をつけ、自分たちの分け前を要求している。何百年もの間、地球上の半分以上がヨーロッパの国々の支配下にあり、植民地とされ、そこで見つかるものでヨーロッパへ持ち帰って富の元になるものは、なんでも吸い上げられた。けれどもドイツと日本は違った。ドイツと日本は分け前に与《あずか》らず、今それを要求している。それがこの戦争の、貪欲な国々の間の戦争のすべての元凶なのだ。(サリム同志は煙草があるかと尋ね、クリウォンは部屋から自分の煙草を持って来てやった。)地元民はもっとも哀れな人間であり、これ以上哀れなものはないといっていいほどだ。何年もの間王たちにだまされてきて、突然そこへヨーロッパ人がやって来た。ジャワの地で名誉欲さえ知らなかった人間が、行き過ぎなまでに尊大になった。農民たちは、強制労働をさせられ、収穫の一部を植民地政府に差し出すだけでなく、ただオランダ人のお嬢さんが通るというだけで、道端で腰をかがめなければならなかった。共産主義は地上からそんなものを消し去るという美しい夢から生まれた。うまいものを食っている怠惰な人間がいる一方で、他の人間は必死になって働きながらも飢えている、そんな状態を消し去るために。

クリウォンは尋ねた。革命とはその美しい夢へ向かう道なの？

「そのとおり」とサリム同志は答えた。「抑圧された人々が対抗するすべはただひとつ、暴動だ。そして言っておかねばならないが、革命とは、みなでいっしょに起こす暴動以外の何ものでもない。ひとつの党によって組織された暴動だ」

それが、共産主義者が結局は反乱を起こさねばならない唯一の理由だった。ブルジョア階級と平和な関係を結ぶことなど不可能だからである。ブルジョア階級がおいそれと権力を譲り渡すはずはないし、自ら進んで富を差し出すこともあり得ないし、快適な生活を手放したがるわけもない。連中は分け合うのは嫌いだった。もしもそんなことをすれば、自分たちのためにコーヒーを淹れてくれる人間もいなくなるし、洗濯をしてくれる者もいなくなるし、機械を動かしてくれる人間もいなくなるし、自分たちの農園のカカオの実を摘んでくれる人間もいなくなってしまう。共産主義の世界では、すべての人間が怠惰になることも許されるし、すべての人間がともに働かねばならないのである。「ブルジョアの連中がそんなことを望むはずがない。だから反乱を起こすしか道はないのだ」

サリムは独立記念祝典の何日か前に帰国した。共和国ができてから三年たっていたが、オランダの支配はまだあちこちに残っていた。さらに悲しむべきことに、この共和国はあらゆる戦闘とあらゆる会議で負けるはめになり、しまいには内陸部のわずかな地域を掌握するだけとなってしまった。サリムは共和国大統領と面会し、かつての親友である大統領はただちにこう言った。「国を強化し、革命を遂行するために力を貸してほしい」

「もちろん、それが私の使命であります。イク・コム・ヒール・オム・オルデ・テ・スヘッペン」とサリムは言った。

サリムはたしかにこの混乱に片をつけるためにやって来たのであり、サリムの信じるところでは、混乱の源はそもそも共和国大統領自身から生まれたものであり、副大統領から、そして各大臣や政党の人間から生まれたものだった。「やつらは日本の時代には国民を労務者として売り飛ばし、今度は国土をオランダに売り飛ばした」とサリムは言った。まだ信用することのできる唯一の機関は、インドネシア共産党だった。サリムは党から歓待されたが、インドネシア共産党が闘争における方針に関して根本的な誤りを犯していることを即座に指摘した。サリムは改革を望み、党はモスクワから帰国したばかりの救世主サリムにすべてを委ねた。サリムの帰還から一ヶ月後、マディウンでついに反乱が勃発した。そう、もちろん共産主義者たちの反乱である。サリム本人はそのときは現場にいなかったが、最終的にはそこへ赴いて思想的支援を行った。反乱はたった一週間しか続かず、サリムは追われる身となった。

「で、今ここにいて、自分の墓穴が掘られるのを待っているわけだ」

「短くはない道のりだったんだね」とクリウォンは言った。「もしも逃げたいのなら、まだ時間はあるよ」

「私はすでに反乱を二度経験し、二度とも失敗した。おのれを知るにはそれでじゅうぶんだ」。苦々しい悲哀をにじませてサリムは言った。「もう死ぬときが来たのだ。また逃げたとしても、いずれにしろ翌朝には死ぬことになるかもしれないのだから」

クリウォンにはサリムの考えがまるでわからなかった。

「もし死んじゃったら、なにもかもおしまいだよ」と少年は言った。

サリム同志は顔をなでていく夜風に揺られながら目を閉じた。「おまえの番だ、同志よ」

サリム同志は自分がよきマルクス主義者ではないことを、マルクスの階級思想を完全には理解していないことを認めていた。それでも、不公正に対してはどのような方法をもってしても抵抗しなければならないことは、じゅうぶんに確信していた。この国にマルクス主義者はいない、とサリムは言った。いるのは飢えた平民たちであり、必死に働いてもそれに見合う収入は得られず、権力のある人間が現れるたびに腰をかがめねばならず、それらすべてから自由になるためには、ただ抵抗するのみということしか知らない人々である。考えてもみろ、とサリムは言った。砂糖きびを作っている地域一帯の砂糖工場には何千人もの労働者がいる。彼らは一年中働きづめで、一方、工場の持ち主たちは丘のふもとの別荘で快適な暮らしをしている。労働者たちは次の賃金の支払日が来るまでなんとか暮らしていけるだけのものしか得られないが、農園の所有者たちは巨大な富を得ている。茶の農園でも同じことだ。他の場所でも。それだからこそ、われわれは抵抗しなければならない。サリムの心に刻み込まれた唯一のマルクスの言葉は、「万国の労働者よ、団結せよ！」だった。

遠くから雄鶏の声が聞こえてきたとき、ふたりの会話は途絶え、まるで死の臭いが実際に嗅ぎ取れるように思われた。時が来る前に死んでしまったかのように、サリム同志は椅子にかけたまま身動きもしなかった。けれども眠っているのではなく、それどころかしっかりと目を覚まし、辛抱強く最後の朝の訪れを待っていた。信心深い人間が天国へ行くことを信じているように、真の共産主義者は決して死を恐れない。ほとんど聞き取れないほどの声でサリムはそう言った。

「神様を信じてるの？」と、おそるおそるクリウォンは尋ねた。

「それは適切ではない」とサリムは答えた。「神があるかないかを考えるのは、人間のすべきことではない。とりわけ目の前で、ひとりの人間が他の人間を踏みつけているのを知っているなら」

「あんたは地獄へ落ちるよ」

「地獄へ落ちる方が望ましい。人間による人間の虐待をなくすことに私は生涯をかけてきたのだから」。さらにサリムは続けた。「私の考えを言わせてもらえば、この世こそ地獄であり、われわれの使命は天国を造り上げることなのだ」

ついに朝がやって来て、サリム同志の言ったとおり、ひとりの大尉に率いられた共和国軍の一隊が、サリムを処刑するため、前触れもなく現れた。一隊は平服を着て極秘のうちにやって来た。ハリムンダは蘭領東印軍の掌握地域だったからである。一隊に包囲されても、サリムはまだ落ち着き払ってクリウォンとともにポーチにすわったままだった。

「この人、裸で死にたいんだってさ。生まれたばっかりの赤ん坊みたいに」とクリウォンが言った。

「それは無理だ」と大尉が言った。「だれも、ちんちんがぶらぶらしてるのを見たがりはしないからな。とりわけそいつが共産主義者なら」

「それが最後のお願いなんだって」

「無理だ」

「それなら風呂場でやってよ」とクリウォンは言った。「裸になってもらって、もしかしたら先にうんこをしたいかもしれないし、その後で撃てばいいよ」

「第一等の共産主義者が風呂場で死ぬ」。大尉はうなずきながら言った。「今後の歴史の本にはもってこいの話だ」

　そうして最期の時となった。サリム同志は腰巻を脱ぎ捨て、土を体になすりつけながら、ときおり別れを告げるように深く息を吸い込んだ。クリウォンと大尉と数人の兵士はサリムに続いて風呂場へ行き、その間クリウォンはこの朝の騒ぎで母さんが目を覚まさなければいいんだけど、と気を揉んだ。風呂場で、撃たれて死ぬ前に、サリムは恋に溺れる娘のように「民衆の血」と「インターナショナル」を歌い、クリウォンさえそれを聞いて涙を流した。二曲目の歌が終わると、大尉が開いた扉の間に拳銃を向け、続けさまに三発撃った。サリム同志は風呂場で素裸のまま死んだ。なにも持たずに生まれてきて、なにも持たずに死んでいった。ミナは銃声を聞いて飛び起き、何事かと駆けつけたが、目にしたのは何人かの兵士があの男の死体を引きずって行き、事の顛末を息子が見つめている光景だった。

「おまえは父さんが日本人に処刑されたのを見たでしょう」と母は言った。「そして今は、この人が共和国軍の手で殺されたのを見た。よく憶えておきなさい。絶対に共産主義者なんかになろうとは思わないことだよ」

「王様もたくさん首吊りにされたよ」とクリウォンは言った。「だからって、人が王様になりたがらなくなるわけじゃない」

「ゆうべ、あの人はおまえを言いくるめてしまったのかしら?」ミナはいくぶん心配になって尋ねた。

「少なくとも、あの人のおかげで風邪をひいちゃったよ」

兵士たちは死体を十字路まで運んで行った。蘭領東印軍の見まわりを怖れてはいなかった。こんなに朝早い時間なら、まだ寝ているに決まっていたからである。クリウォンは後からついて行き、サリム同志の死体が道の真ん中に転がされるのを見た。クリウォンは、何年も後に自分が軍に処刑されることになった日と同じように、サリムにもらったハンチングをまだかぶったままで、三つの弾痕で飾られた死体を見ようと集まって来た人々のただ中に立っていた。そこら中血だらけだった。兵士のひとりが死体に油をかけ、別の兵士が火を投げ入れた。たちまち死体は燃え上がり、鹿を焼くような臭いが立ち上った。

「だれなんだ?」と、ひとりの男が尋ねた。

「豚じゃないことはたしかだね」とクリウォンは答えた。

少年は、火が消えて兵士たちが姿を消すまで待っていた。それから灰を集め、小さな箱に入れて持ち帰った。クリウォンのすることが行き過ぎているように思われて、母は不安になり、そんな死体の灰を持っているなんて縁起が悪いじゃないの、と言った。

「それに、そんな帽子は脱いでしまいなさい」

クリウォンはハンチングを脱いで机の上に置き、それから寝台に上がった。

「神様、感謝いたします」と母は言った。「いい子だね」

「勘違いしないでよ、ママ」とクリウォンは言った。「ぼくが帽子を脱いだのは、ゆうべ一晩中起きていて、今は寝たいからだよ」

　クリウォンは閉まった店の前の歩道に腰を下ろし、店の壁から乱暴にはぎ取った煙草のポスターをずたずたに裂いていた。惨めな恋に想いを馳せ、通り過ぎる車を眺めながら、自分よりも惨めな人間がいるだろうかと自問していた。母や仲間たちは慰めようとしてくれたけれど、クリウォンはそれを拒絶してこう言った。なにをもってしても自分を慰めることはできない。あの少女の愛を手に入れる以外には。

「おまえよりももっと惨めな人を探しにお行きなさい」。とうとうミナは言った。「そうすれば、もしかしたら少しは気が晴れるかもしれないから」

　最初に思い出したのは父とサリム同志のことであり、そのふたりはどちらも処刑されて死んだのだった。ミナはうかつにも自分の言ったことがクリウォンにそのふたりを思い出させることになるとは考えていなかったのである。その週の間ずっと、クリウォンは歩道に腰を下ろし、サリム同志や、それに幼いころに父に聞かされた、惨めな人々を眺めた。ドイツやアメリカ製の車で通り過ぎる人々を見たいと思い、一方そのかたわらに体中膿んだできものや腫れものだらけの乞食がすわっているのも見たかった。籠を持ち日傘をかかげた召使いを従えて、娘が市場へ向かうのを見たかった。そういった社会の軋轢すべてを自分の目で確かめたかった。どちらかというと、こう言っておのれを慰めるために。なんと悲しむべきことか。他の人間は働き過ぎや飢えのために死にかけているときに、ひとりの男が愛のためにずたずたになっているとは。

　クリウォンはすでに一ヶ月家に戻っておらず、ぼろをまとって浮浪者や物乞いたちとともに暮らしていた。以前は体格もよかったのに、今では骨と皮だけのようになり、髪は赤茶けてきて、ほうきの先のようにこわばって見えた。変装のつもりではなく、ただ苦しみを別の苦しみによって消し去ろうとしていただけだった。人から恵んでもらったものを食い、食べ物を恵んでくれる人がいなければ、他の浮浪者たちや犬や鼠と争って、ごみ箱をあさった。

あとをついて回る娘たちももういなかった。それどころか、もしも娘のだれかがクリウォンと出くわしたとしても、かつて後を追い回し、ときにはいっしょに寝たこともあるクリウォンが目の前にいるとも気づかず、娘たちは鼻をおさえ、そこここに唾をはき、顔をそむけて足早に歩き去るのだった。小さな子どもたちはクリウォンに向かって石を投げ、そのせいでいつも体中傷だらけで、おまけに犬まで、獲物の山あらしを追うようにクリウォンを追い回した。家に戻ったときでさえ、ミナには自分の息子だということがわからず、こう言ったのだった。

「クリウォンという名の乞食にあったら、家に帰るように言ってちょうだい。母が死にかけていて会いたがっているって」

クリウォンは一皿の飯を与えられ、こう答えて言った。「少しも死にかけているようには見えませんが」

「少しぐらい嘘をついたってかまわないわ」

長い時がたち、そういった生活がまるであたりまえの暮らしのようになった。さまざまなことを忘れることができるようになった。母も家も、娘たちや友だちも、そしてとりわけアラマンダも(この最後の人物は、今でもときに頭を悩ませることがあったにしても)、すべてが浮浪者の日々の暮らしの中で崩壊していった。そんなことを考えるよりも、一口の飯と心地よく横になれる場所を探すほうがずっと重要だった。やっかいな考えすべてから解き放たれて、クリウォンは幸せな浮浪者になったかのように見えたが、やがてイサー・ブティナという名の女の乞食に平穏が乱されることになった。

その娘を二度目に見かけたのは、娘がごみ捨て場の隅で五人の浮浪者によってたかって犯されていたときだった。娘は力の限りはむかおうとしていたが、襲撃者たちに対抗できるはずもなかった。クリウォンはそれより先に、娘がその五人の浮浪者に行く手をはばまれる前に、その娘とすれ違ったのだった。何週間も水に触れていないせいで腐ったような臭いを漂わせているにしても、美しい娘だった。心を突き刺すような娘のうめき声に、ダンボールで作った棲家での昼寝も妨げられ、クリウォンは小屋から出て、鉈を手に浮浪者たちのところへ行った。ふたりの男が性交を終えたところで、どちらもへらへら笑いながらシャツの端で陰茎をぬぐっていた。別のひとりがまさに槍を突き立てている最中で、息遣いも荒く出し入れし、娘の方はもう抗ってもいなかった。また別のひとりが娘の両の乳房を揉みしだき、最後のひとりは待ちきれないようすで、手で自分の陰茎をこすっていた。

「その娘を俺に渡せ」。クリウォンははっきりと、そしてきっぱりと言った。

もう性交を終えた男のうちのひとり、この浮浪者の一団のリーダー格らしい男が、クリウォンの前に立ちはだかり、シャツの袖をまくり上げた。

「その娘を俺に渡せと言ったんだ」とクリウォンは繰り返した。

「俺の死体をまたいでからじゃねえと、いっしょに屁はこかせてやれねえな」と、立ちはだかった男が言った。

「いいだろう」。そうして、男たちのだれかがクリウォンの背に隠された鉈に気づくよりも早く、クリウォンはその凶器で目の前の男の首をないだ。血が噴き出すと同時に頭ががっくりと垂れ、首がほとんどもげそうになって、数秒のうちに男は地面に崩れ落ちた。もちろん死んでいた。クリウォンはその死体を踏みつけ、残りの四人の前に立った。「その娘を俺に渡せ。もうこいつの死体をまたいだんだから」

娘を犯している最中だった男は、「スポン」という気色の悪い音を立てて急いで陰茎を引き抜くと、腐ったパンのように色を失って逃げ出し、三人の仲間もその後に続いた。うち打ち捨てられた娘は、脚のないテーブルの上に横たわり、裸のまま気を失っていた。自分の着ていたもので娘をくるむと、クリウォンは娘を肩にかついで小屋へ運んだ。寝台がわりにしている廃品のソファに娘を寝かせ、しばらくようすを見ていたが、それから自分も新聞紙を敷いた上に横になって、ぐっすりと眠り込んだ。

目を覚ましたときには、もう夜になっていて、娘が膝を抱えてソファにすわり、飢えのせいで震えているのが目に入った。寝かせたときと同じく裸同然で、肩にかけた着物で体をわずかに覆っているだけだった。クリウォンは鍋の中のとうもろこし粥を娘に与えた。今朝の残りもので、冷えてほとんど腐りかけていたが、娘は貪るようにそれを食べた。その間クリウォンはそばに腰掛け、幼い子どものようにしげしげと娘を見つめた。娘はクリウォンがいることを気にもかけずに食べた。少しも傷ついたようすもなく、もしかすると、少し前に浮浪者の一団に犯されたことも忘れてしまったのかもしれなかった。娘の赤茶けてとうもろこしの毛のようになった髪と、鋭い目と、すらりとした鼻と、薄い唇が、今では見て取れた。

「なんて名前？」とクリウォンは尋ねた。

娘は答えもせず、とうもろこし粥の入っていた鍋を廃品のソファの下に置くと、すわり直して、生娘のようにはにかんでクリウォンを見つめた。娘の手がクリウォンの手に伸びてきて、恋人のように優しくそれに触れた。クリウォンは一瞬身震いしたが、我に返る間もなく娘はクリウォンに飛びついてソファの上に押し倒し、クリウォンの上にのしかかって、ぎゅっと抱きしめ、ほとんど乱暴ともいえる激しさで口づけした。はじめのうち、クリウォンは力いっぱい娘を押し戻そうとしたけれど、ふいにためらいが生じ、銃殺隊の前で観念した人間のように手を挙げて身動きを止めた。とりわけ娘にシャツを剝ぎ取られ、丸くはちきれそうな乳房が自分の胸に激しくこすりつけられるのを感じると、なにもかもがうっとりするようなぬくもりの中に溶け込んでいった。愛の巧者としての血がよみがえり、クリウォンは娘を抱きしめ返し、口づけを返し、それから自分のズボンを脱ぎ捨てた。

五人の浮浪者に強姦されて力いっぱい抵抗した後で、いまや娘は手だれの愛人として現れ出たのである。クリウォンの方も、その現実の前にさっきの出来事は忘れ去り、娘の体をしっかりと抱きしめて位置を交代し、今ではクリウォンが上になって、どちらも裸でどちらも欲望に身を任せた。廃品のソファの限られた空間を最大限に使って、ふたりは単調な動きで、それでも性欲のなすがままに交わり、爆発し、激しく揺すぶり、嵐に揉まれる小舟のように揺れ動いた。

やがて性交が終わると、クリウォンは相手がまったく見知らぬ娘で、娘の方もクリウォンについてなにも知らないということを思い出した。ふたりはまだソファの上の場所を分け合って、抱き合い、疲れ切って横たわったままだった。クリウォンはもう一度尋ねた。「なんて名前?」けれども娘は、さっきと同じく、答えようとしなかった。ただにこりとして、なにかをつぶやき(あるいは寝言を言って)、それから目を閉じてほんとうに眠り込んでしまい、軽いいびきを立て始めた。

「イサー・ブティナってんだよ」と浮浪者のひとりが、それから間もなく教えてくれた。「みんなそう呼んでるからさ」

「どこから来たんだ?」クリウォンはさらに尋ねた。

「あいつらが一週間前に歩道で見つけたんだよ。あんたがあいつらのひとりを殺すまで、ほとんど毎日、みんなであの子を強姦してたのさ」と浮浪者は言った。「頭がおかしいんだ、あの子はな」と、つけ加えた。

それが現実だった。クリウォンが頭のおかしい娘と寝たと知ったら、仲間たちが、中でも女の子の友だちがなんと言うか想像もつかなかった。ただ頭がおかしいだけではない。たぶん娘はほんとうに家族に捨てられ、流浪の身となり、浮浪者となってしまったのかもしれなかった。

それでも、常識的な考えをよそに、あるいは別のなにかに押されて、クリウォンが最初にしたのは、娘を海岸へ連れて行って体を洗ってやり、母の物干し台から盗んだまともな服を与えてやることだった。ふたりは段ボールの小屋に住み、廃品のソファにすわって、カンランの実を石で叩き割って食べ、また別のときには同じ場所に横たわって愛し合った。れんがを積んで作った竈《かまど》には、料理用の鍋があった。はじめのうちはイサー・ブティナを犯した浮浪者たちが仕返しにやって来るのではないかと心配だったが、あの連中がどうなったのか、なんの噂も聞こえてこなかった。あの出来事以来、娘に手を出そうとする者はひとりもなくなり、例の浮浪者の死体は、ごみ捨て場の住人たちの手で密かに埋められた。とりわけイサー・ブティナがクリウォンと同じ小屋で暮らすようになってからは、ふたりが恋人どうしとなったことはみなの認めるところとなり、もうその頭のおかしい娘にちょっかいを出す理由もなくなったのだった。

クリウォン本人は、そもそもなぜ浮浪者となったのか忘れかけているようだった。おのれを慰めるために惨めな人々を探したり、少女アラマンダに愛を拒まれた悲しみを忘れるためにあえてつらい暮らしをしたりするのではなく、別の娘の登場によって、あの少女のことを忘れる最上の方法を見出したのだった。そして、食べる物もなく、まともな家もないひどい暮らしに苦しむどころか、クリウォンは今、実に幸福だった。咲き誇るような愛の嵐を再び見出したのである。なによりもそれはイサー・ブティナがやはり暖かくクリウォンの愛を受け止めてくれたからであり、ふたりはたちまちのうちに自分たちの置かれた状態を忘れ去ることができたのだった。愛に酔いしれているところを見れば、だれひとりイサー・ブティナのことを頭がおかしいとは思わなかっただろう。クリウォンはなにも気にかけず、娘の素性を知らないことにもこだわることなく、こう約束までしたのだった。「きみと結婚するよ。どうやってでも」。恋人どうしとして毎日することは多くはなく、ほとんど日がな一日じゃれ合っているだけで、腹がへったり、疲れて眠くなったりしてやっとそれを止めるのだった。ソファがふたりにとって気に入りの性交の場所で、日を追うごとに格闘は激しさを増し、夜中にあがる叫び声のせいで隣近所も目を覚まし、つられて性欲をかきたてられた。妬みを煽るふたりの行為も、恋人どうしになりたての蜜月のこととして大目に見てもらえていたが、実際にはそれが何週間も途切れることなく続いたのだった。

ある夜、いつものように性交している最中に、一匹の蛇がごみ溜めの中からやって来てふたりの小屋に入り込み、通り道を遮るイサー・ブティナのつま先を嚙んだけれども、娘は痛みの叫びすらあげずに、男との性交を続けた。ふたりはなおも性交に没頭し、これまで達した中でも最高の絶頂へ至ったが、ふたりのその幸福も長くは続かなかった。射精を終えたクリウォンは娘の横に身を投げ出し、娘がうめき声をたて体を痙攣させているのを見た。娘がまだ欲しがっているのかと思ったけれど、足が青くなっているのを目にしたとき、クリウォンはなにが起きたのかをたちまち悟った。もう手遅れだった。娘を噛んだ蛇は猛毒を持つコブラの一種で、娘は同じソファの上で、裸で、まだ性交の汗に濡れたまま死んだ。

毎晩のように叫び声に悩まされてきた隣人たちは、この悲劇が起きたのはふたりの見境のない愛の行為が祟られたせいだと考えた。クリウォンは娘の遺体を墓掘り人夫のカミノのところへ運んで行き、まっとうな人々がするように埋葬してやってほしいと頼んだ。クリウォンと墓掘り人夫だけが埋葬に立会うことになり、クリウォンはだれかの家から盗んだ一番上等の服を着てやって来た。「彼女は、ただぼくを幸せにするためだけに生きた」。そう言って、クリウォンは涙をこぼした。

喪に服して七日目にクリウォンは爆発し、ふたりの小屋を跡形も残さず焼き払い、すんでのところで火が隣近所の段ボールの小屋に燃え移るところだったが、小屋の持ち主たちが慌てて飛び出してきて、溝の水を汲んで大急ぎで火を消しとめた。クリウォンは怒り狂って人々に向かって犬の糞を投げつけ、街灯のいくつかに石を投げた。なにをもってしても悲しみを癒すことはできなかった。ムルデカ通りのパン屋のショーウインドウに握りこぶし大の石を投げつけ、店番の娘たちがヒステリックな悲鳴をあげた。郵便配達の自転車をいきなり奪い、配達人は道に転がって怪我をし、郵便物がそこら中に散らばった。金持ちの家から出てきた犬を三匹殺し、映画館の前に停めてあった車のタイヤを切り裂き、交番に火をつけた。やることなすことが警察を怒らせ、クリウォンは、町境の標識を引き倒そうとしていたときに、すぐさま逮捕されたが、抵抗はしなかった。

クリウォンは留置場に入れられたけれど、裁判にかけられるかどうか気にかける者はひとりもなかった。前後の見境もなく同室の囚人たちと喧嘩をして、斬り合いになってだれかが死ぬこともあり得るというので、クリウォンは独房に入れられ、日に日に陰鬱な翳《かげ》が染みついていくにつれて、再び落ち着きを取り戻した。ただひとつまわりを煩わせたのは、夜になるとうなされてイサー・ブティナの名を呼び、耳をつんざくような叫び声をあげて、犬の遠吠えも交尾期の猫の鳴き声をも圧倒してしまうことだった。愛の苦しみのせいで留置場に入れられた男の噂はたちまち広まり、クリウォンの母親の耳にも届いた。囚人となって七ヶ月目に、ミナがやって来て保釈金を積んでクリウォンを牢から出した。幼い子どもが牛が泥浴びをする水たまりにいるのを見つけて怒った母親のように、ミナはクリウォンを引きずって連れ帰った。「女の子たちの愛よりも他に、おまえにとって大切なものはないっていうの?」息子が今ではもう二十四歳になっていることもおかまいなしに、風呂に入れてやりながら、ミナは腹を立ててそう尋ねた。

家は、クリウォンが出ていったときから変わっていなかった。すべてのものがもとの通りに、クリウォンが最後に置いた場所に残っていた。クリウォンは前に娘たちからもらった、ハッピーエンドで終わる安っぽい恋愛小説を読んで、おのれを慰めようとしたが無駄だった。同じ娘たちからもらった何十通ものラブレターも読んでみたけれど、なんの慰めにもならず、ただ悲しみが深まるだけだった。なにもかもが突然振り出しに、同じ悲しみに、同じ失意に戻ってしまったようだった。また仲間たちに会いに行ってみると、そのうちの何人かはすでに結婚して子どももできていて、そんな彼らから少しでも幸せを分けてもらえないかと願った。女友だちも訪ねてみたが、何人かはやはりすでに結婚しており、未亡人になった者さえいて、ただ愛のぬくもりを得たいがために、三人か四人とまた性交もしてみた。けれども、なにをやっても、ただイサー・ブティナのことを思い出してしまうだけだった。

「また浮浪者におなりなさいな」と母が言った。「また別の愛が見つかるかもしれないから」

「そうするつもりだよ」とクリウォンは言った。

クリウォンは家を出るならすべてをきちんと片づけておきたいと思って、持ち物すべてを整理した。それまでは寝台の上や机や床に放り出してあった本を箱に詰め、きちんとそろえて部屋の隅に積んだ。タンスの中の洋服も整理し、古いギターをケースに入れ、昔買ったレコードをしまった。髭剃りと歯ブラシまで引出しにきちんとしまった。ただひとつ机の上に残され、どこへしまうつもりもないらしい物があった。すぐに使うつもりだったからである。それはサリム同志からもらったハンチングだった。クリウォンは鏡の前に立って、そこに映る自分の姿を眺めた。何年にもわたる苦しい生活のせいで体はすっかり瘦せ、顎がとがって瞳は曇っていた。今も波打っている髪は、広げた手の親指から小指の先くらいの長さになっていた。長い間そこに立ったたま、クリウォンは何度かハンチングを手に取ってみながらこう考えた。ほんとうにロシアの労働者たちは、みんなこういう帽子をかぶっているのだろうか、あの共産主義者が言っていたように。

「この陰鬱な人間を見ろ」とクリウォンは自分に向かって言った。「これだけ陰鬱なら、この帽子をかぶるにふさわしい」

まもなくミナがやって来て敷居のところに立ち、息子がまだ鏡の前に立ったままでいるのを見た。きちんとアイロンを当てたパンタロンをはき、木綿のシャツを着て、おまけにハンチングまでかぶっているので、クリウォンがどこへ行くつもりなのかとミナはいぶかしんだ。そんなかっこうをして、また浮浪者に戻ろうとしているはずがない。そこで、しばらくしてからミナは言った。

「浮浪者みたいには見えないけど」

「今から、そしてこれからずっと」と、クリウォンは母の方へ向き直りながら言った。「ぼくのことをクリウォン同志と呼んでください、母さん」

8

ある霧の立ち込めた朝、ハリムンダ駅のホームに詰めかけた人々は、これまで見たこともない夢のような光景を目にして騒然となった。切符売り場の前のハタンキョウの木の下で、ふたりの恋人が、時も場所も忘れ去って熱い口づけを交わしたのである。あまりにも熱い口づけだったので、その出来事を目撃した人々は、何年も後まで、ふたりの唇から炎が燃え上がるのが見えたと語った。この出来事は伝説となった。その恋人たちとはクリウォンとアラマンダだった。男も女も、その出来事を思い出すたび、どうしようもない嫉妬にかられることになった。

クリウォンが大学に入るためにジャカルタへ発つ前の最後の数週間、ふたりの煽情的な振る舞いは、知らない者もないほどだった。

アラマンダはクリウォンと恋人どうしとなり、みながふたりのことを世にまたとない美しいカップルだと思っていた。ただひとりアディンダだけは別にして。けれどもアディンダが、あんたって安っぽい女ね、男を傷つけるのばかり楽しんで、やめなさいよ、そんなこと、少なくともあの人に対しては、と言うと、アラマンダは聞こえないふりをした。姉が八歳だったときからクリウォンがどんなに姉に夢中だったかを、アディンダは今も憶えているらしく、その深い愛情を姉が傷つけようとしているのを気の毒に思っていたのだった。それだけでなくアディンダは、もしもアラマンダがあの人を傷つけたりしたら殺してやると心に誓ってさえいた。アディンダにしてみれば、アラマンダが男をふる方が、ただ食べかすのように捨てるためだけに愛を受け入れるよりずっとましだと思っていたのである。アラマンダは妹の口からどれほど辛辣な言葉が飛び出してきても気にもせず、ますます手のつけられないわがまま娘らしく振る舞うようになっていった。

「妬いてるんでしょう、おちびさん」とアラマンダは言った。

「あたしが妬かなきゃならない女がいるとしたら、それは何百人もの男と寝たママよ」とアディンダは言った。

「あんた、あたしが男と寝たりできないとでも思ってるの」

「あんただって、ママと同じぐらいいっぱいの男と寝ることができるでしょうよ」とアディンダは言った。

「でも全部の男を愛することなんて、できっこないわ」

家にいることの方が多い妹とは違って、アラマンダはコンサートへ行ったり、場所さえあればどこででも、恋人や仲間たちといっしょにギターに合わせて歌ったりして毎日を過ごしていた。遠足へ出かけたり映画館へ行ったりして、ときには夜明け近くになってようやく家に帰ることもあった。ふたりの妹が心配そうな顔つきで扉の前で待っていても、アラマンダは声もかけず、ただそのころはやっていた感傷的な歌を口ずさみながら、ふたりのそばを通りぬけて部屋へ向かった。

「あんた、娼婦よりもひどいじゃない」とアディンダは腹を立てて言った。「少なくとも、娼婦はお金を持って朝帰りするわよ」

「文句ばっかり言ってるお嬢さん」。部屋の中からアラマンダが言った。「ほら、言ってごらんよ、クリウォンのことが好きだって」

「たとえあの人のことが好きだったとしても、そんなこと絶対に言うもんですか。言えば、あんたが自殺することになるんだから」

噂だけにとどまらず、たしかにクリウォン青年は若い娘たちの間の人気者で、隣近所だけでなく、ハリムンダ中の娘たちの憧れの的だった。実際、クリウォンの評判の高さは幼いときからのもので、まだ五年生のときに六年生の卒業試験の問題を解いてしまう頭脳にみな驚かされ、校長はクリウォンを一級飛ばして六年生に編入させたほどだった。中学高校ではあらゆる数学のコンテストに優勝し、ギターも弾ければ歌も歌えて、どこから見ても風采もよかったので、クリウォンは自分に夢中になってしまった娘たちの一団を引き連れて出歩くようになったのだった。それは、クリウォンさえ望めばどの娘をも誘えた時代のことで、八歳のアラマンダに恋をして、浮浪者となり、イサー・ブティナと呼ばれる頭のおかしい娘と関係を持つ前のことだった。

たくさんの人々が、クリウォンとアラマンダのふたりをお似合いのカップルだ、頭が切れてハンサムな若者が、町一番の娼婦から美貌を受け継いだ娘を手に入れたんだから、と噂し合ったけれど、アディンダだけは別で、それを悲劇以外の何ものでもないと考えていた。アラマンダはすでにたくさんの男たちとつき合ったことがあり、そうしてからひとりまたひとりとその男たちを捨てていった。アラマンダはそういった面で悪名高く、アディンダはいうまでもなく、だれもがそれを知っていた。

アラマンダは学校の友だち何人かに対してその手を使った。美貌でちょっぴり挑発し、魅惑的な笑顔や、思わせぶりな流し目や、はかなげな足取りを見せつけると、そのせいでたくさんの男友だちが急性の不眠症に悩まされることになった。治る見込みのない不眠症に耐え切れなくなって、男友だちのうちの何人かがアラマンダの後を追おうとすると、アラマンダは無邪気な鳩に変身して、捕まえようとするたびにひょいと逃げてしまう。

後を追う者たちはそれぐらいのことであきらめようとはせず、なんとか気を引こうと、甘い言葉で生き埋めにし、誓いと約束の中に溺れさせ、たわごとや、花や、カードや、手紙や、詩や、歌などの贈り物を浴びせかけた。アラマンダはそれを全部受け取り、いっそう魅惑的な笑顔や、いっそう思わせぶりな流し目で応え、いっそうなよやかな足取りを見せつけ、ささやかなボーナスとして、あなたっていい人ね、頭がよくって、男前で、髪もすてきよ、とおだててやると、男たちはみなぼうっとなり、星をも越えて舞い上がってしまう。

みなますます自信をつけ、自分が世界一の男前で、この世で一番いい男で、だれよりも美しい髪の持ち主だと思い込み、それらすべてを信じ切って、機会をとらえるや否や、言葉で、あるいは手紙で、秘められた原始的願望をぶちまけ、こう言う。アラマンダ、愛してるよ。そのときこそが、相手をぺしゃんこにする絶好の機会なのだ。相手の心をずたずたにし、ひとりの男を粉砕し、このときとばかり女の優位を見せつけるべく、アラマンダはこう言う。ねえ、あたし、あんたのことなんか好きじゃないの。

「あたし、男が好きよ」と、あるときアラマンダは言った。「でも、それよりも、男たちが恋のせいで泣くのを見る方がもっと好き」

アラマンダはそういう遊びを何度も繰り返し、そのたびごとに遊びはおもしろさを増していったが、結果はいつも同じで、アラマンダが勝者となり、男たちは負け犬となった。アラマンダはからからと笑い、そうして新たなる相手が昔の相手に取って代わるのだった。

あろうことか、アラマンダはそれを二年前、十三歳のときからやってきたのである。否定する余地もなく、まぎれもなくアラマンダは母の美貌をほぼ完全な形で受け継いでおり、鋭い目は母と寝た日本人譲りだった。自分が男の気を引く存在であるということに気づいたのは、実はクリウォンがアラマンダに恋をしたときからで、そのときはまだ八歳だった。やがて十三になったとき、ふたりの男の子が、アラマンダが何色のパンツをはいているかというだけで言い争いとなり、喧嘩を始めた。ひとりはアラマンダが赤いパンツをはいているのを見たと言い張り、もうひとりは白いのをはいていると言って譲らなかった。ふたりは教室の後ろで取っ組み合いを始め、傷だらけになるまで殴り合ったが、だれひとり止めようとはせず、それどころか教師が来るまで喧嘩は無料の見世物となっていた。とうとうふたりとも顔を腫れ上がらせて血を流すところまで来ると、アラマンダがふたりの間に割って入って言った。

「あたしは白いパンツをはいてるけど、今は生理だから赤でもあるわ」

それ以来、アラマンダは自分の美貌が男を倒す剣となるだけでなく、男を操る武器ともなることを悟った。母は心配して言った。

「あなた、戦争のときに、男が女に対してどんなことをしたか知ってる?」と母は尋ねた。

「ママが話してくれたから知ってるわ」とアラマンダは答えた。「今じゃ、ママは平和なときに女が男に対してどんなことをするか見ているってわけよ」

「どういうこと?」

「平和な時代に、ママは男たちがママと寝るために列を作ってお金を払うようにさせているでしょ、で、あたしはたくさんの男たちを失恋させて泣かせているわけ」

デウィ・アユはずいぶん前から、長女の頑固さに対しては匙を投げており、寝台に客たちが運んでくる噂で、アラマンダの美貌に狂わされた男たちが何人いるのかを聞き知っていた。「まだありがたいと思えるのは、ただひとつ、あの子が娼婦にならなかったことね」とデウィ・アユは客たちに向かって言った。「だって、もしもそんなことになれば、あなたがこの寝台の私のところにいるはずがないもの」

それがアラマンダだった。おまけにアラマンダは、ハリムンダ中のたくさんの娘たちの憧れの的だったクリウォンまでものにしたのである。これまでに征服した男たちとクリウォンが違っていたのは、遊びの最後にアラマンダがクリウォンを捨てなかったことだった。アラマンダの方もクリウォンに恋をしてしまったのである。アラマンダは、クリウォンの評判については、クリウォンがまだ学生でアラマンダが十代のはじめだったころから聞いていた。近所の年上の娘たちが、世界一かっこいい男についてささやき合っていて、それがクリウォンのことだったのである。

クリウォンは未亡人ミナと日本人に処刑された共産主義者の夫との間に生まれた子ではないという、根も葉もない噂まであった。マディウンでの共産主義者の反乱が失敗してからというもの、たくさんの人々が共産主義と名のつくものについてうんざりしていたからだった。人々は、ミナと夫が川辺で見つけた大きなスイカの実の中からクリウォンが出てきたという話を作り上げた。クリウォンは天女の子で、天女がふたりの惨めさを憐れんで息子を託し、いつかふたりを永遠に癒えない背教から救い上げてやろうとしたのだという。別の娘は、クリウォンは赤ん坊のときにいきなり虹から降りてきたのだと言い、また別の娘は、巨大な朝鮮朝顔の中にいるのを発見されたのだと言ったけれど、神にかけても、そういう噂を広めた娘たちのうちのひとりとして、クリウォンが生まれたときにすでに生まれていた者はいなかった。

それにしても、実のところ、噂は密かにクリウォンに恋する娘たちだけによって広められたのではなく、大人たちまでもこう信じ込んでいた。クリウォンが生まれたときにはハリムンダの上空で星々がいつもに増して明るく輝き、まるで世界が新たなる預言者の出現を待っているかのようで、当時はまだハリムンダを行き来していた大勢のオランダ人たちは、それを不吉な前触れだと思ったのだ、と。

それらの噂がほんとうであろうとなかろうと、アラマンダは八歳のときにまともに想いを打ち明けられてからというもの、クリウォンに関心を抱くようになっていた。それから何年も後になってから、クリウォンは忽然と姿を消したという話だったけれど、依然として噂に高かった。クリウォンが浮浪者になっていた間のことは、一般にはあまり知られていなかったけれど、娘たちはなおもクリウォンのことを噂し合い、死ぬほどクリウォンを恋しがっていた。娘たちの多くは、クリウォンがなぜかはわからないけれど盗賊団にさらわれて、どこかで殺されたのだと信じていた。また他の娘たちは、命が危なくなったせいで、どこかに身を隠しているのだと考えていた。どの話を信じていようと、クリウォンという人物はたくさんの娘たちにとって空想中の英雄となり、この町の英雄である小団長にもほぼ匹敵するほどになっていた。

クリウォンがようやく戻って来たとき、アラマンダはすでに十五になっていた。クリウォンは二十四歳で、自らクリウォン同志と称していた。浮浪者暮らしから戻ると、クリウォンは一時期家で母を手伝って仕立屋をしていたが、たいして実入りのいい仕事ではなかった。というのも、幾人かの娘たちがクリウォンの気を引こうとドレスの仕立てを頼んできたおかげで少し収入が増えたのを除けば、それまで母が稼いできたものをふたりで分けるだけのことだったからである。ぱっとしない仕立屋としての職を捨て、クリウォンは仲間のひとりといっしょに舟を造ることにした。当時ファイバーはまだ非常に高価だったので、舟体の材木の隙間を埋めるのには黒いアスファルトを使っており、クリウォンの仕事は塗装の他にそのアスファルトを詰めることだった。その舟工場での仕事も辞めて、今度はアバー・クウが所有しているキノコ園に勤めたが、主な仕事は藁をかき混ぜる他に、温度計を調べて適温になっているかどうかを確かめることで、やがてはキノコの収穫も手伝い、菌の植えつけも、梱包も、運搬も、そしてしまいにはキノコ園での仕事はなんでもするようになった。とにかく、はっきりしていたのは、クリウォンがそのころにはすでに共産党の主だった活動家になっていたことで、共産党は四年前の町の選挙で三大政党のひとつとなっており（ハリムンダの人々に反乱に対するトラウマがなかったら、最大数の支持者を抱える政党ともなれそうな勢いだった）、クリウォンの姿は、オランダ通りの角にある共産党事務所でもっとも頻繁に見かけられた。

共産党はクリウォンの評判を利用して、多数の娘たちを支持者に引き入れようともくろんだ。というのも、公開集会にクリウォンを連れて行き、演壇で話をさせると、広場は人々であふれんばかりとなり、娘たちがヒステリックな歓声をあげるからだった。おまけにクリウォン同志はたしかに押し出しがよく、話もうまかった。アラマンダもある日のこと、友人の娘たちのヒステリーにつき合わされてその年の労働者の祭典に行き、クリウォンを見た。大勢の意見によると、もしも共産党がこの町で最大数の支持者を集めることになったら、それはクリウォン同志のなせるわざに違いないということだった。

アラマンダが町一番の美男子を征服したいという誘惑にかられたときには、すでに二十三人の恋する男を失望させた唯一の娘という評判を得ており、一方クリウォンは十二人の娘とそれぞれ短期間つき合って、そのほかの娘たちを失望させた後だった。それはもっとも恐ろしいつわもの同士による手に汗握る対決で、キノコ園に勤める人々が闘いの結末を心待ちにしていたばかりでなく、共産党員全員と町の住人たちみながどきどきしながら成り行きを見守った。幾人かはどちらがどちらを失望させるか賭けまでして、娘たちと若者たちは、まだ結果も出ないうちに失恋の心構えをした。

　学校から職業実習をするよう言われたとき、アラマンダは友だちを幾人か誘って、アバー・クウのキノコ園で見習いをすることにした。そうしてふたりはキノコ園の、ビニールで囲まれた暑い室内で顔を合わせた。アラマンダは毎朝のキノコの収穫を手伝うふりをして温室にやって来て、男と会い、にっこり笑ってみせ、少しくつろげた襟元をちらつかせ、一方男の方は、棚の四段目からアラマンダを見つめ、アラマンダはその下に立って、どうでもいいようなことを頼んで気を引こうとした。男の方はみごとに落ち着きすました態度でアラマンダに臨み、何年か前にはこの娘のとげのある美貌のせいでほとんど気も狂わんばかりだったことなど忘れたかのように、臆面なくアラマンダの美しさを鑑賞した。

　その何週間かの間、ふたりは毎日顔を合わせ、いっしょに藁をかき混ぜ、室温を何度にするべきか話し合い、どのくらいの大きさのキノコはまだ採ってはいけないか、藁の上にどのくらい菌を撒かなければならないかについて口論した。

「お嬢さん、きみはきれいだけど文句が多いね」。とうとうクリウォンは、キノコの棚を支える竹の柱のところに立ってアラマンダに向かってそう言うと、アラマンダを置き去りにして、その日の仕事を終えて疲れた体を伸ばしている他の労働者たちのところへ行ってしまった。

　いやなやつ、とアラマンダは思った。ほんとうなら、あの男はあんなふうにさっさと行ってしまうのではなく、もっとしつこく誘おうとし、後を追い、それからいつものとおりぺしゃんこにされるはずだったのだ。アラマンダは温室の戸口に立って、その男が仲間たちといっしょに畑の一隅に集まって腰を下ろし、みんなで煙草を分け合って火をつけ、そろって空中に煙を吐き出し、さまざまなことをしゃべり、さまざまなことで笑うのを眺めた。

それからというもの、ことは思うとおりに進まなくなり、はじめてアラマンダ自身が恋の不眠症に悩まされるようになって、毎晩、朝になってキノコ園へ戻ってあの男に会うのを心待ちにし、そうしながらも、あの男の恋の熱はもう冷めてしまったのだろうかと思い悩んだ。自分がほんとうに恋をしてしまったことに気づいたばかりのころは、負けたと思うとぞっとして、自分の恋心を押し殺そうと、あの男を足元にひれ伏させるためのもっとも身の毛もよだつような方法を思い巡らせた。そうして自分があの男のことを好きであろうとなかろうと、ぞんざいにあの男を捨てて、自分が恋をしてしまった恨みを晴らしてやりたかった。ところがふたりがいつ顔を合わせても、男は美しい娘がいっしょにキノコの温室にいるというありがたい状況を甘んじて受け入れるだけで、それ以上深追いしようともせず、そうやっていっしょにいてくれるだけでこの上ない幸せだとでもいうように、アラマンダにそれ以上の関心を払わなかった。

そしてどうなったかというと、アラマンダはますますどうにもならない恋心にとらわれてしまい、こんな男もいるのだという発見に呆然となった。賛嘆を込めてアラマンダを見つめ、ちょっといやらしく体の線を目でたどったりはするくせに、やっぱりキノコと藁のあれこれから一歩も踏み出そうとはしない。アラマンダは男が自分に甘い言葉をかけてきて、花やラブレターを送ってくるのを夢に見て、自分が八歳だったころのように男が滑稽な振る舞いをするのを見たいと思ったけれど、とうとうあきらめて、自分の思いを否定することなく、ほんとうに恋してしまったことを認めた。ところが男の方は、アラマンダがあちこちへ送ってほしいと頼んで甘えてみたり、すぐそばで仕事をしたりして、あからさまに男に気があるようすを見せても、やはり態度を変えようとはせず、しまいにアラマンダはもっとひどい負け方をするのを怖れて、あきらめようと心に決め、正直に負けを認めて、これが片思いだという事実を受け入れることにした。

いいわ、とアラマンダは自分に言い聞かせた。もう、あんたの気を引こうとはしないわ。世界一の美丈夫は、たしかにたやすく征服できる相手ではなかった。ところがアラマンダがあきらめて、男を手に入れようという思いを捨てたとき、クリウォンが突然薔薇の花を一本摘んできて差し出したのだった。アラマンダはその行為をさまざまな意味に解釈し、そうして恋心は消えるどころか、いっそう闇雲に燃え上がった。

「日曜日に海へ遊びに行くんだ」と男は言った。「いっしょに来たければ、温室の裏で待ってる」

男は返事も待たず、一本の煙草を求めて他の労働者たちの方へ足早に行ってしまった。アラマンダは家に帰り、薔薇の花をコップに差して机の上に置き、それは何日も後まで、しおれて腐っても、なおもそこに残っていた。

その日曜の朝、アラマンダは男といっしょに遊びに行くか行くまいか、いくらか迷った。心の中では激しい闘いが繰り広げられ、征服者としての自負心が、あまり安売りしちゃだめだと言ったと思うと、恋の炎に焼かれる別の心が、行かなくちゃ、でなけりゃ、あの人に会えずに今日一日が過ぎてしまう、と言った。どうしようもなくなってキノコの温室のある畑へ行ってみると、男が自転車のタイヤに空気を入れているのが見えた。アラマンダはそのそばへ行って、他の人はまだなのかと尋ねた。

「ふたりだけだよ」とクリウォンは振り向きもせずに答えた。

「他の人がいないなら、行きたくないわ」とアラマンダは言った。

「じゃあ、ぼくひとりだ」

なんてやつ、とアラマンダは心の中で言ったけれど、クリウォンがタイヤに空気を入れ終わったときには、まるで悪魔の手に無理やり乗せられたかのように、すでに自転車の後ろの席にすわっていた。クリウォン同志はなにも言わずにサドルにすわると、ふたり乗りで海岸へ向かった。

結局、その日はアラマンダにとって実にすばらしい一日となった。男はなにもかもを楽しかった幼いころの思い出に引き戻し、まるで小さな子どものように、ふたりは砂浜にすわってできるだけ高く城を作った。波に洗われてすぐに壊れてしまう城を作るのに飽きると、風に吹かれて砂の上をふわふわ飛んでいく綿毛の玉を競って追いかけ、ヤドカリを捕まえて競争させ、ふたりとも自分のヤドカリに大声で声援を送り、それからそういったこと全部に飽きると、海に入って泳いで、思い切りはしゃいだ。濡れた砂の上に横たわり、打ち寄せる波をかぶりながら、赤味を帯びた夕暮れの空を眺めて、アラマンダは願った。今日がずっと終わらなければいいのに。世界一の美男子といっしょのこの夕暮れが、ずっとずっと続けばいいのに。

それからクリウォン同志は、砂浜にあった一艘の舟に乗ろうとアラマンダに提案した。どうってことないさ、とクリウォンは言った。これは友だちの舟なんだ、それにどんなにひどい嵐でも、ちゃんと舟を操ることはできるから。舟の中には釣り竿が何本かと、餌にする小さな魚があるから、釣りをしよう、とクリウォン同志は言った。そうしてふたりは沖へと漕ぎ出したが、その明るい日曜の午後、アラマンダはふたりがその日のうちには戻らないことになるとは思ってもみなかった。クリウォン同志は岸から遠く離れたところまで漕いで行き、とうとう陸地はまるで見えなくなって、ふたりのまわりは完全に海だけとなった。アラマンダは慌てて尋ねた。

「どこよ、ここ？」

「男がずっと何年も前から好きだった女の子をさらって行くところさ」とクリウォン同志は答えた。

アラマンダにできたのは、ただできるだけ男から離れてすわって、舟端に体を押しつけることだけだった。なにを言うこともできず、呪われているのではないかという気がし始めた。まさかこの人はほんとうに狂っていて、情け容赦なくあたしをひどい目に合わせようとしているんじゃないだろうか。そしてもしもそんなことになったら、自分にはどうすることもできないのは、アラマンダにもわかっていた。けれどもクリウォン同志は獰猛なようすはちらりとも見せず、その逆に、舟の反対側の端に渡してある板の上にのんびりと体を横たえて、青い空と、迷ってこんなに遠くまで飛んできたカモメたちを眺めた。カモメたちの何羽かは、舟の屋根に止まった。

時がたつにつれ、あまり沖へ出たことのないアラマンダは寒さに震え始めた。さっき泳いだせいで服がまだ濡れている。クリウォン同志は、服を脱いで舟の屋根の上に干せばいいと言った。まだ太陽も出ていることだし。もしかすると何ヶ月も海のただ中にいることになるかもしれないからね。

「あたしに裸になれなんて言っていいとでも思ってるの」とアラマンダは言った。

「きみ次第だよ、お嬢さん」とクリウォン同志は言った。自分の服も濡れていたので、クリウォンはそれを一枚ずつ脱いで、舟の屋根の上に干し、とうとう一糸まとわぬかっこうになった。クリウォン同志が目の前で素裸になると、娘はヒステリックな悲鳴をあげた。

「なにやってんのよ、ばか」とアラマンダは言った。

「なにやってるのか、わかってるだろう」

アラマンダは、しまいにはこの男に強姦されるのではないかといまや本気で怖れ始めた。あたりを見まわしてみても、助けになりそうなものはなにひとつ見当たらなかった。それどころか、逃げ出すことは不可能だった。ひとりで泳いでいける自信はなかった。ところが、なおも男は粗暴なようすをまったく見せなかった。さっきと同じ場所に横になり、陰茎はぐったりとしたままで、欲情を起こしているようすもなく、アラマンダはかえってわけがわからなくなった。しばらく考えた末、この人はぜんぜん危険なんかじゃないと、アラマンダは自分に言い聞かせようとした。あたしも服を脱いで、この人みたいに屋根の上に干さなければ。裸にならなければ。もしもその結果、この男が欲情を起こして強姦しようとしたところで、なるようにしかならない。他に選択の余地はない。もしもこの男がアラマンダを傷つけるつもりになれば、いつでもできるのだから。

「きみを傷つけたりはしないよ」。アラマンダの考えを読んだかのように、クリウォン同志が言った。「ただきみをさらってきただけさ」

娘も、とうとう服を全部脱ぎ捨てた。クリウォン同志に背を向けて、膝を抱えてすわった。空のかなたでは、天使も神様も、ふたりのことを笑っているかもしれない。ばかな人間ども、裸になっていながらなにもせず、ただ黙って離れたところでじっとしているだけ。欲情さえ起こしていない。クリウォン同志の陰茎は、何年もの間ずっと頭から離れなかった娘が、なすすべもなく素裸になって目の前にいるというのに、やはりぐったりとしたままだった。一方アラマンダは、ここしばらくの間にこの男を好きになっていたというのに、その男本人を怖れて震えていた。

ふたりは日が沈むころまでその冷たい戦争を続けたが、やがて空腹をおぼえ始めた。クリウォン同志は釣り糸を垂らしてトビウオを数匹釣ったが、火がなかったので生で食べなければならなかった。漁師たちとつき合ううちに馴れてしまったらしく、クリウォン同志は生魚を食べるのも平気だったけれど、アラマンダはいらないと言って、空腹でいる方を選んだ。夜になると、とうとう空腹にがまんできなくなってアラマンダも生魚を食べてみたけれど、盛大に吐いてしまった。

「魚の味がするのは口にある間だけだよ」とクリウォン同志は言った。「腹の中に入ってしまえば、みんな同じだ」

「あたしといっしょにいられるのは、あたしをさらっている間だけよ」とアラマンダはとげとげしく答えた。「帰ったら、あんたはもとの惨めな男に戻るのよ」

「もう帰らないかもしれないよ」

「そうすれば、もっと惨めだわね」とアラマンダは挑発的に言った。「こんなところでも、あたしを強姦する勇気がないんだもの。だれも見ていなくて、おまけにあたしはあんたの目の前で素っ裸になってるっていうのに」

「だれも強姦したことなんてないよ」と言ってクリウォン同志は笑い、それからまた生の魚を食べた。そうやって見せつけられると、もうがまんできなくなって、アラマンダは思い切って魚を一匹手に取り、もう一度食べてみようとした。口にこみ上げてくる吐き気を抑え、ほんの少しだけ噛みちぎって、すぐに飲み込んだ。そしてそれを何度も繰り返した。

このドラマは二週間にわたって続いた。ふたりきりで海の真ん中で漂い、漁師たちを見かけることすらなかった。クリウォンは海がとても深くなっているところへ、わざと舟を漕いで来たのだった。そこならあまり魚が釣れないから、漁師たちも近づこうとはしないのだ。とても天気のいい時期だったので、嵐の心配もなかった。そのうちに、舟の中では変化が起きていた。

アラマンダもようやく生魚を食べるのに馴れ、二日目からはいっしょに釣りをするようになった。三日目にはいっしょに海へ入り、舟のまわりを泳いで、笑い、歓声をあげた。その後、服を脱いで舟の屋根の上に干し、それぞれ舟の両端にすわった。信じがたいことに、ふたりは性交はしなかった。夜になるとクリウォン同志は自分の体で娘を覆って風から守ってやり、ふたりは穏やかに眠った。ふたりはこの奇妙な生活に馴れ始め、そればかりか幸福そうにも見えたけれど、十四日目にクリウォンは岸へ向かって漕ぎ戻ることに決めたのだった。

「どうして帰らなきゃならないの」とアラマンダは尋ねた。「ここで幸せに暮らせるのに」

「一生きみをさらったままにしておくつもりはないからさ」

漕いで行く間、クリウォン同志はアラマンダの隣にすわっていたけれど、ふたりとも黙り込んだままだった。ふたりともなにかを考えていたけれど、それはただ頭の中を巡っているだけで、帰りの船路で言葉にされることはなかった。とうとう浜辺に舟をつけたとき、クリウォン同志が優しい声で驚くようなことを言った。

「ねえ、お嬢さん」と男は言った。「ぼくはきみが好きだよ。でも、もしもきみがぼくを好きでなくても、それでもかまわないんだ」

ああ神様、この男ったら、いつだってあたしをびっくりさせるんだから。まるで、この人のやることは、運命の書でさえ予言できないみたいじゃない、と呆然とした目つきでアラマンダは考えた。本心では、あたしも好きよと言いたかったけれど、アラマンダはなにも言わなかった。

自転車で帰る道中も、ふたりは押し黙ったままだった。そうしながら、アラマンダは男の沈黙を、自分がどんな返事もしなかったから失望したせいだと考え、クリウォンの方は、アラマンダが黙っているのは、男に愛を告白されて恥かしがっているせいだと思っていた。アラマンダは男がほんとうに失望してしまったのではないかと心配になり、家に着いたとき、あたしもあなたが好きだと言って、失望する必要のないことを男に知らせてやりたいと思った。けれどもアラマンダの口から言葉が出てもこないうちに、クリウォンがさえぎってこう言った。

「今返事をしてくれなくていいんだ、お嬢さん。よく考えてくれよ!」

それからの一週間を、ふたりは毎日楽しく過ごした。キノコの温室で働き、口論はせず、ただふたりだけの楽しい話をした。クリウォンが行くところへはどこへでもアラマンダがついて行き、その逆もしかりで、しまいにはふたりを見かけた人々はみな、ふたりがもう恋人どうしになったのだと信じるようになった。

ふたりの噂はキノコ園で話題になっただけでなく、他の畑へも飛び火して、田を耕す農夫たちや、とうもろこしを摘む人々の口にものぼり、さらには町の壁にもよじ上って入り込んだ。ふたりの関係を本人どうしが確認し合ったわけではないのに、噂ばかりが広まることに耐えられなくなって、ある日アラマンダは、とうとうクリウォン同志に向かって言った。「あたしがあなたのこと好きだって知ってる?」すると、クリウォンはきっぱりとこう答えたのだった。「みんな知ってるよ」。それでふたりの悪評に終止符を打つにはじゅうぶんだった。クリウォン同志はもはや女たらしではなく、アラマンダはもはや男の征服者ではなくなった。

ふたりはおよそ一年の間恋人どうしの関係を続けたが、やがてクリウォン同志は大学へ入学する奨学金を党から与えられた。そのためにはジャカルタへ行かねばならなかった。別れがあまりにもつらくて、アラマンダはとうとうクリウォン同志に頼んだ。

「行ってしまう前に、あたしを抱いて」

「だめだ」とクリウォン同志は言った。

「どうして？　あなたはハリムンダの女の子ほとんど全員と寝たのに、自分の恋人は抱きたくないの？」

「きみは特別だからさ」

それはほんとうだった。クリウォンはどんな誘惑にも屈せず、頑としてアラマンダの秘所に触れようとはしなかった。「結婚するまでは」と、まるで分別くさい青年のように言った。出発前の一週間、ふたりの姿はあらゆるところで見かけられ、ひとときも離れていたくないようだった。昼も夜も、ふたりきりで過ごしているらしかった。やがてその日がやって来た。アラマンダは駅まで見送りに行った。機関士が準備を終えて笛を吹き鳴らすと、アラマンダはこらえ切れずに男に口づけをした。ふたりは口づけすら交わしたことがなかったのだが、今、ハタンキョウの木の下で、燃えるように口づけし合った。まさにだれかが言ったとおり、ふたりの唇から炎が燃え上がるほどだった。それは別れの口づけだった。後になって、あまりにもつらい別れだということが明らかとなる、別れの口づけだった。

汽車が動き始めて、ふたりは名残惜しげに唇を離したが、一方、駅に居合わせた人々は、ふたりを見つめて彫像のように突っ立ったままだった。

「五年たったら」とクリウォン同志は言った。「このハタンキョウの木の下で会おう」

そうしてクリウォンは駆け出して、すでに速度を増しつつある汽車に飛び乗った。アラマンダは手を振ってそれを見送り、クリウォンが去って行くのを見て泣きながら、汽車の後尾が見えなくなるまでそこに立ちつくしていた。

ここでさらなる遊戯の犠牲者候補となったのは、ハリムンダ一の有名人、日本に対するもっとも激しい反乱を主導した軍支部の支配者、小団長だった。老いた漁師が海の凪いだ日に大きなマカジキを釣り上げたときのように、娘の心はひどく大きな獲物を捕まえようとしていることを想像して沸き立った。ひょっとすると生涯最大の獲物かもしれず、闘猪場でのはじめての攻撃以来、一歩一歩各段階を追って、征服の過程を繰り返し思い出すに値するものとなるかもしれなかった。男があの見世物のあった夜からというもの自分の美貌の網にかかってしまったことはわかっていたから、これからすべきことといえば、網を引いてますます強く縛り上げるだけだった。

アラマンダがたくさんの男を誘惑して破滅させる征服者であるのをやめ、そしてクリウォンの方も女たらしを返上してから一年が過ぎていた。ふたりは愛し合っていて、その愛は日ごとに深まっていったので、どちらも相手を裏切るつもりはまるでなかった。けれども今ではクリウォンは大学へ入るために首都へ行ってしまい、アラマンダは淋しさに飽き飽きし始めていた。なにはともあれ、山々よりも高く大洋よりも深く恋人を愛していたから、裏切るつもりはまったくなかったけれど、ただ少しだけ、かつてよくやっていたように遊んでみたくなったのである。愛する必要なしに、男を誘惑してやるのだ。

けれどもアラマンダは、まったく気づいていなかった。今対峙している男が、他の男たちとはまるで違う、戦争中に反乱を起こしてから何ヶ月もの間日本軍に追われる身となっていた男であることに。かつて五千の軍勢を率いて、軍事侵略の時代にオランダに立ち向かい、多くの闘いを闘い抜いてきた男であることに。かつて短期間ではあるが総司令官となり、どの軍人よりも多くの栄誉を与えられた男であることに。そして密かに大規模な密輸が行われている町の統率を託された唯一の男であることに。遅かれ早かれ、アラマンダもおそらくこの男について知るようになるかもしれないが、後悔することになるそのときまで、小団長がたやすくもてあそべる獲物ではないことに気づかなかったのだった。

アラマンダの予想どおり、例のムラユ楽団のコンサートから数日後に、小団長が家へ現れた。ひとりでジープを運転してやって来て、母に出迎えられると、小団長ははじめてのデートに臨む洟垂れ小僧のようになった。ふたりは町のあれこれについて話をしていたけれど、アラマンダは小団長がそれだけのために来たはずではないのを知っていた。小団長は花束を持って来ていて、それをアラマンダに渡し、アラマンダはそれを部屋へ持って入って、窓から庭のごみ捨て場に投げ捨て、それから魅惑的な、誘うような笑みを浮かべて母と小団長のいるところに戻った。

そういったとりとめのないおしゃべりが何日も続いた。毎回小団長は花を携えてきて、それはすぐにごみ箱行きとなるのだったが、贈り主本人はそんなことは知りもしなかった。花だけでなく、三日目には中国から直接取り寄せたというパンダのぬいぐるみまで持って来た。別のときには陶器の花瓶を持って来たし、その翌日にはアメリカのポップ・ミュージシャンのレコードを一束持って来て、それはアラマンダも喜んで受け取り、捨てたりはしなかった。けれども夜になると、アラマンダは町の英雄の愚かしさを思い浮かべて、風呂場で大声をあげて笑った。

この手の遊びをしなくなってからもう一年がたっていたけれど、アラマンダは、男に愚かで滑稽な振る舞いをさせる能力がまだ衰えていないのが得意でたまらず、部屋で例のレコードをかけて踊りまわりながら、今自分は恋人とダンスしているのだと空想した。小団長にもらったレコードに合わせてクリウォンと踊るという思いつきは、考えただけでも愉快だった。アラマンダはまた笑ったけれど、その夜、クリウォンがこのことを知って怒り狂い、自分を殺そうとする夢を見て、全身冷や汗にぐっしょり濡れて、あえぎながら目を覚ました。悪夢に対して悪態をつき、あたしはあの人を裏切ってなんかいないし、愛する気持ちは少しも変わっていないと自分に言い聞かせた。

翌日、アラマンダは恋人から手紙を受け取った。その手紙を受け取ってアラマンダは少しうろたえ、あの悪夢と今手にしている手紙とに関係があるのだろうかと考えた。部屋に入って横になっても、まだ封筒を開ける勇気が出ず、あの悪夢が現実になりはしないかと怖かったけれど、たとえどうなろうとも、手紙を開いてなにが書かれているのかを知らねばならなかった。とうとうアラマンダは手紙を開いた。

アラマンダの怖れはまったく見当違いだった。罰もなく、疑いのかけらもなかった。クリウォンはもう大学に入学したが、勉強は思っていたほどたいへんではなく、なにもかもうまくいっていると書いていた。アラマンダはあの人はなんでも苦労なしにやってのけるのだと信じていたし、そんな賢い恋人がいることを誇らしく思った。クリウォンが巡回写真屋になり、洗濯屋でアルバイトをしていると書いているのを読むと、同情の涙が頬をつたい、ふたりの将来はもっとよくなるはずだとつぶやいた。泣きながら手紙に口づけをすると、アラマンダは手紙で顔を覆ったまま眠りに落ちた。

それから二時間たって、恋人との盛大な結婚式のすばらしい夢から覚めると、まだ手紙を読み終えていなかったことを思い出し、また最初から読み始めた。手紙の中には恋人の写真も一枚入っていて、それはクリウォンが自分で撮った写真だから、もしもゆがんでいたり、おかしな顔をしていたりしても許してほしいと書いてあった。

アラマンダはその写真を見て笑い、激しく八回口づけをして、さらに三回口づけをサービスし、胸に抱いて、写真をそこに置いたまま手紙の続きを読んだ。手紙の最後の部分は党に関することが書かれていたので、あまりおもしろくなかった。アラマンダはそういう話題には関心がなかったので、クリウォンがその話を一段落だけでさっさとやめて、アラマンダの写真を送ってほしいと書いているのを嬉しく思った。アラマンダはまたほほ笑みを浮かべ、クリウォンが目の前にいるかのようにこう言った。**あなたはすぐに世界一の美女の写真を手に入れることになるわ。世界一の美男のためだけに撮られた写真を。**

その日の夕方、目も覚めるほど美しく装って、写真屋へ出かけようとすると、小団長がいつものように客間で母と話しているのに出くわした。征服者としての本能がすぐに顔を出し、アラマンダは小団長に向かって甘い笑みを投げかけ、男はとたんにデウィ・アユと話すのをやめた。小団長は娘が自分のために美しく装ったのだと思って、心の底から全能の主に感謝を捧げたが、そのときアラマンダが冷酷にもこう言った。これから写真屋へ行くから、今日はいつものようにおしゃべりのお相手はできないの、と。

アラマンダは小団長ががっくりと気落ちしたのを見たが（化粧したのは写真のためで、自分のためではなかったから）、それでも小団長はすぐに気を取り直し、送ってあげようと申し出た。それはアラマンダも予想していなかったことだったけれど、小団長に写真屋まで送ってもらって、負け犬となる男の親切を受けて恋人のために写真を撮ったところでなにが悪いの、と開き直った。アラマンダはまたにっこりとして、娘がひどい振る舞いにおよぶのではないかと気を揉んでいる母の方をちらりと見やった。

そうして小団長は、植民地時代からある、もとは日本人のスパイが所有していたが今では華人の一家のものとなっている写真屋へ、アマランダを送って行った。小団長は待合室でショーケースに向かって腰を下ろし、写真屋の女房に、撮った写真は娘には内緒で二枚ずつ現像してほしいと言った。写真屋の女房は小団長の意図するところをしっかりと呑み込み、わかってますともと言いたげにうなずいた。

一方アラマンダは華人の写真屋とともに撮影室に入り、湖の上に白鷺が浮かび、遠方に青い山並みの見える光景を描いた幕の前に、優美なポーズで立った。立ち姿に加え、そこに置いてある石に腰掛けて写真を撮り、次には背景の幕を換えて、川とつり橋と木々の前で、またその次には中国の場違いな雪景色の前で撮影した。写真屋は全部で十枚写真を撮り、アラマンダが代金を払おうとすると、もう小団長がみんな払ってくれたと知らされた。アラマンダは申し訳なさそうなようすはかけらも見せず、別の男のための写真だと知ったら失望するに違いない男に金を出させて恋人に写真を送るという現実にうっとりとなったが、小団長の方は、アラマンダが喜んでくれたことを、ふたりの関係にとってはいい徴候だと受け止めた。

四日後に、小団長自らができ上がった写真を届けに来て、たまたまあの華人の写真屋の前を通りかかったから、と言った。アラマンダは大喜びで写真を受け取り、すぐに部屋へ入って、自分の写真をじっくりと眺めた。中でもきれいに撮れている写真を四枚選び出し、恋人に宛てて手紙を書き始めて、小団長のことを書き、その愚かしさについて書き、そして小団長はあたしに気があるらしいと正直に書いた。あたしは小団長にはまったく関心はないし、前と変わらずただあなただけを想っていて、裏切るつもりはまったくないと付け加えた。

手紙に小団長のことを書いたのは、恋人にやきもちを妬かせるためではなく、自分が恋人になにも隠し立てをしていないことを知らせるためだった。クリウォンが嫉妬するかもしれないことはわかっていたけれど、きっと自分を信じてくれているはずだと確信していたので、手紙に小団長のことを書いたところで問題はないはずだった。いつもアラマンダの体から漂う香りを恋人が嗅げるようにと、手紙の表面に白粉をさっとはき、それから唇に薄く口紅を塗って、遠くからの恋しさを込めた口づけとして、手紙の隅の署名の横に唇を押しつけた。手紙と写真を封筒に入れ、数日後にはあの人がこの手紙を受け取るのだと思ってほほ笑んだ。

小団長の方はといえば、すでに軍支部の基地のそばにある家に帰り、横になってアラマンダの写真を手に夢想に耽りながら、一枚一枚、写真の表面に穴があくほど見つめていた。裸の胸の上に写真を一枚ずつ伏せて置き、それから両腕を曲げてその上に頭を載せた。

あの娘の美貌や体つきを夢想し、抑え切れない欲情の爆発に身を任せて、また手を伸ばして写真をつかむと、あらためて一枚一枚見つめ、紙の表面をあたかもあの娘の体であるかのようになで、ますます発情期の犬のような欲情に浸されて、目つきは卑猥さを帯びた。そしてうつぶせになると、写真を枕の上に置いて、人差し指でそれをたどり、唇は娘の名前をつぶやき始めた。身悶えのうちに半時間が過ぎ、写真屋の女房と共謀して手に入れた娘の写真がよれよれになると、ようやく小団長は起き上がって写真を全部引出しにしまい、軍服に着替えて部屋を出て、ハリムンダ軍支部基地の門の横にある詰所で番に当たっていた兵士のところへ行った。

「これはどうも、小団長」と兵士は言い、小団長は詰所に入って、階級は二等伍長である兵士に椅子を勧められたのに、壁にもたれて立った。

小団長は尋ねた。「この町では、どこに売春宿がある?」

二等伍長は笑って、ハリムンダには娼婦はたくさんいるけれど、いいところはひとつだけですと言って、ママ・カロンの娼館を教えた。「今晩お出かけになるのなら、お供しますよ」と二等伍長は言った。

小団長は笑ってみせただけで、町へ来てからまだ日も浅いというのに、部下がすでに売春宿のことを知っているのにも驚きはせず、即座にこう言った。「今晩行こう」

「では、参りましょう、小団長」


それが、小団長がママ・カロンの娼館へやって来てデウィ・アユと寝て、翌日にママン・ゲンデンが怒って小団長の執務室に怒鳴り込んだときのことだった。

やくざ者がやって来た後、小団長はいまやハリムンダにひとりの敵ができたことを悟った。その後で、部下たちに情報を集めさせると、その男、ママン・ゲンデンの名と評判はすぐに小団長の知るところとなった。またあの娼館に戻ってデウィ・アユと寝る理由ももうなかったし、あの男とこれ以上係わりを持つ理由もなかった。おまけに娼館に足を運ぶことは、よきイメージを作り上げつつあり、妻となる相手を探している男としては、まったくもって愚かな振る舞いだった。

そのせいでなおさら小団長は、前にもましてアラマンダを手に入れたいと思うようになった。自分のために造られたと思えるただひとりの女なのだ。寝台では温かく、式典のときには優美で、公の前に出るときには魅惑的、そして軍の行事に妻が参列する必要があれば、じゅうぶんな威厳を備えて自分の横に立てる女なのである。けれども、部下がママン・ゲンデンの評判を報告したときに、合わせてこの町でのアラマンダの評判をも伝えたので、不安をぬぐい切れなくなった。アラマンダは男殺しで、たくさんの男が失恋し、行き場のない愛の想いに苦しみ、アラマンダの面影につきまとわれてひどい不眠に陥るのを笑い飛ばすというのである。アラマンダを征服した唯一の男は、クリウォンという名の共産主義者だった。

「ですが、その男は大学に入るために首都へ行き、ふたりの関係はすでに終わったようであります」

少なくとも、その報告によって、あの娘も一度は征服されて恋に落ちたことがあるとわかって、小団長は少しほっとした。それに、町での並びなき権力を持つ男をもてあそぶほどのけしからぬ大胆さがあの娘にあるとも思えないし、二度目の恋に落ちてしまったということもあり得る。その二つ目の可能性の方が小団長の好みに合っていた。

小団長の確信がますます強まったのは、ある日の夕方、デウィ・アユの家を訪問中に、アラマンダが小団長の軍服がほころびているのを見つけたときだった。小団長が母のデウィ・アユと話している最中に、はにかみもせずにアラマンダが言った。「服がほころんでるわよ、小団長。よかったら、縫ってあげましょうか」

その言葉はあまりにも甘く響き、小団長の心は第七天まで舞い上がった。すぐさま軍服を脱いで深緑のシャツだけの姿になると、小団長は軍服をアラマンダに手渡し、アラマンダはさっさとそれを持って裁縫室へ入った。なによりもこの出来事がきっかけで、小団長はアラマンダが自分の想いにちゃんと応えてくれているのだと確信した。いまやなすべきことは、ふたりの関係についてより真剣な話し合いを進めるだけだった。小団長は結婚式の日取りについての打ち合わせにまで話を進めたいと思って、日の移り変わりののろさを心の中で嘆いた。

想いを打ち明ける機会が訪れたのは、ある晴れた夕方、ふたりがかつてのゲリラのルートを見るために半島の森へ遠足に出かけたときのことだった。男は自分が何年もの間暮らした小屋を見せ、瞑想をし、また身を隠した洞窟を見せ、臼砲や鉄砲や火薬といった武器の残骸を見せた。日本軍の造った要塞も見せた。それからふたりは、ゲリラ小屋の前の、かつて作戦会議を開いた石の机と椅子のあるその場所に腰を下ろして、海の広がりを眺めた。その日は暖かく、心地よい東からの風が吹いていた。

こういう海辺でジュースを飲んだらいい気分だと思わないか、と小団長は尋ね、アラマンダは、そうね、いい気分ね、と答えた。アラマンダは、ゲリラの根拠地が想像していたほど不気味な場所ではないとは、それまで知らなかったのだった。小団長はふたりが乗ってきたトラックに戻り、飲み物の入った魔法瓶を取ってきた。

夕方のこんな時間にもすでに漁に出た漁師たちの舟が何艘か、ゆっくりと沖へ向かい、池に浮かんだ花びらのように漂っていた。舟にはそれぞれふたりか三人漁師が乗っていて、みな小団長とアラマンダが向かい合ってすわっている方を眺めていた。手を振る者も声をかける者もなく、ただふたりの方を眺めて仲間と言葉を交わしているだけだった。

漁師たちは長袖の厚手の上着を着込み、腰巻を肩に巻きつけ、先の尖った笠をかぶって手袋をはめ、足には古びたズックをはいて、いずれ老いたときにリューマチに苦しめられる原因となる夜の海の厳しい寒気に備えていた。それを見て小団長は、将来あの漁師たちのような漁の仕方は少しずつ廃れていくはずだと言った。漁師を何十人も乗せ、リューマチにかかる危険もあまり冒すことなく、たくさんの魚を捕まえることができる大きな漁船が、嵐に弱い小さな舟に取って代わるだろう。漁師たちは、もう海水に触れることもあまりなくなる。アラマンダはそれに答えてただこう言った。あの漁師たちは海と長いこと親しんでいるから、嵐もリューマチも恐くはないだろうし、毎日必要なだけの魚が獲れれば、それ以上獲りたいとは思っていないかもしれないわ。かつてクリウォンがそんなふうに言うのを聞いたことがあったのである。

小団長は軽く笑い、それからふたりはどんな魚がおいしいか話し合った。アラマンダはスズキが一番おいしいと言い、小団長はイカが好きだと言ったが、イカは鱗もひれもないから魚じゃないとアラマンダが反論した。それを聞いて小団長はまた笑った。ふたりはしばらく口をつぐみ、その間に小団長はすでに空になっていたアラマンダのコップに、魔法瓶から冷たいジュースを注いだ。小団長が言おうと思っていたことを口にした、あるいは、正確にいうと、尋ねたいと思っていたことを尋ねたのは、そのときだった。「アラマンダ、私の妻になる気はないかね?」

そう言われても、アラマンダは少しも驚かなかった。その手の告白をたくさんの男たちが、さまざまな表現で口にするのを聞いてきたし、それを耳にするたびに、次第に驚かなくなってしまったのである。おまけに、男がいつ、ついにその言葉を口にするか、前もってわかるようにさえなっていた。経験からいうと、男が女に愛を告白するときにはなんらかのきざしがあるのだ。ただそのきざしは、男ひとりひとり違う。アラマンダは、女ならそれを感じ取ることができると思っていた。とりわけ、二十三人の男をふって、二十四人目の愛を受け入れた、自分のような女なら。今、アラマンダは、どうやって二十五人目の男を報われない恋の熱の中に陥れようかと思案していた。

アラマンダは立ち上がって崖縁の方へ歩いていき、ふたりの漁師がゆっくりと舟を漕いで行くのに目をやり、それから小団長の方を振り返らずに言った。「男と女は、結婚するためには愛し合ってなくちゃならないのよ、小団長」

「私のことを愛していないのかね?」

「あたしにはもう恋人がいるの」

それならなぜ、私と会うたびにあれほど美しく装わねばならなかったのか、私の気を引くためではなかったのか、と小団長はいささか怒りを覚えながら心の中で尋ねた。それに、なぜ写真屋へ送ってもらいたがり、自分の体の写った写真を私に見せ、そしてなぜ私の服のほころびを繕ってくれたのか、私に関心があることを示すためでないとしたら?

小団長は、そういったことすべてを、まるで頭の中にここしばらくの時を引きずり出すようにして思い浮かべ、この娘は本気で自分をもてあそぶつもりだったのだと悟って、次第に怒りを募らせた。この娘に対するおのれのうかつさを呪い、前に聞いていたとおり、かつて多くの男を虜にして、その後役立たずのごみのように捨てた女とこの娘が同一人物であることを見くびっていたのを呪った。愚かにも、反乱の指導者であり町の英雄である小団長に対してそんな振る舞いをする度胸がこの娘にあるとは、考えていなかったのだ。度胸どころか、この娘はまったくもって怖れ知らずで、心底楽しんでいるようすだった。

娘がみごとに落ち着き澄まして、ものも言わず、また机の向かい側にすわり直してジュースを飲んでいるのを目にして、小団長はますます腹を立てた。娘が詫びるように、がっかりさせて悪かったと思っているかのように、あるいは、たとえば、**遅かったわね、小団長**、とでも言いたげにほほ笑みかけてくるのを見て、小団長はますます怒った。激昂していたけれど、それでも冷静さを失わず、ようやく小団長はこう言った。「愛というのは悪魔みたいなもので、喜ばしいよりも恐ろしいことの方が多い。私を愛していなくても、少なくとも私と寝るべきである」

男ってなんて哀れなんだろう、とアラマンダは思った。小団長の顔を眺めたが、次の瞬間には、なぜその顔が急にぐらぐらと揺れ動き出したのかと驚き、やがてその顔がふたつに分かれて浮き沈みし始めた。あなたの顔、いったいどうしてしまったの、と小団長に尋ねたかったけれど、なぜか口から力が抜けてしまって動かせなかった。ふらふらと自分の体が揺れるのを感じ、まさか自分の体も小団長の顔のように分裂してしまうのではないかと思った。そして、まだジュースの半分残っているコップをつかんだ手を見たとき、まさにそのとおりになった。いまやアラマンダの手もふたつに分かれ始め、三つに、さらには四つになった。

視界が次第にぼやけていったが、まだ見ることはできた。小団長が席を立って、机のまわりを回って近づいてくる。なにかを言っているけれど、なにを言っているのかまるで聞き取れない。それでも、小団長がすぐそばに立って、とても優しく頬をなで、顎と鼻先に触れたのは感じ取れた。アラマンダは立ち上がって、無礼な振る舞いをするこの男に平手打ちを食らわせてやりたかったけれど、体中の力がいったいどこへ消えたものか、失われてしまっていた。振り向くことすらできず、それどころかふらつきはじめ、小団長の体に向かって倒れ込んでしまった。

男の手がアラマンダのほっそりとした小柄な体をしっかりつかむのが感じられ、突然宙へ舞い上がったような気がして、自分はもう死んでしまって魂が天の国へ向かって飛んで行きつつあるのだろうかと思った。けれどもますますかすんでいく視界に映ったところでは、少しも飛んだわけではなく、ただ小団長に持ち上げられて少し体が浮いただけで、小団長はアラマンダの体をがっしりとした肩にかつぎ、そのまま歩き出した。ちょっと、どこに連れて行くのよ、とアラマンダは大声で尋ねたつもりだったけれど、口からは声が一言も出なかった。小団長はアラマンダをゲリラ小屋へ運び入れ、アラマンダはまた自分の体が浮くのを感じたと思うと、どさりと寝台に投げ落とされた。

アラマンダはそこに横たわり、なにが起ころうとしているのかをようやく悟った。自分の身の上に起ころうとしていることに怯えて、抵抗しようとしたけれど、体の力はまだ戻ってきていなかった。かえって時がたつにつれて力はますます失われていき、体も手足も寝台の上に貼りつけられたように、まったく身動きできなくなってしまった。

小団長がアラマンダの服のボタンをはずし始めたとき、アラマンダはすでに力をすっかり失ってしまい、怒りと絶望に身を任せきるしかなかった。男が服を剝ぎ取って寝台の隅へ投げ捨てるのが見えた。小団長は身の毛のよだつような冷静さで作業を進め、アラマンダは素裸にされたとき、戦争中に武器を握り、やはりその時代に砲弾のかけらで傷ついて荒れた小団長の指が、体をはってゆっくりと動いていくのを感じて、吐き気に襲われた。

小団長はやはりアラマンダの耳には届かない声でなにかを言い、今では指先だけではなく手のひら全体が動いて、アラマンダの体を破壊しようとするかのように押さえつけてきた。荒々しく胸を揉みしだかれてアラマンダは悲鳴をあげそうになった。小団長の手は体中をはいまわって、両腿の間に入り込み、今度は唇をアラマンダの体に押しつけ始めて、体中ほとんどいたるところに唾液の痕を残した。アラマンダは悲鳴をあげるだけでなく、自分の首を締めて、目の前の男がそれ以上のことをする前に死んでしまいたいとさえ思った。そんな状態がどれくらい続いたのかはわかない。半時間かもしれないし、一時間かも、一日かも、七年かも、それとも八世紀続いたのかもしれなかったが、アラマンダにわかったのは、小団長が自分の服も脱ぎ捨てて、寝台の横に豪然と立ったことだった。

自分の体を娘の体の上に倒す前に、男はなおもしばらく娘の胸を揉み、唇に口づけをして小さく嚙み、それから時を移さず性交を始めた。あまりにも目近に、白い塊にしか見えない小団長の顔がアラマンダの目に映り、野蛮な行為で恥部がめちゃくちゃにされるのを感じた。アラマンダは泣き出したけれど、涙を流すだけの力がまだ体に残っているのかどうかはわからなかった。それが果てしなく続き、さらに八世紀もたったように感じられる間、目を閉じる力さえ残されていなかったので、自分がこれほどひどい目に遭わされているのを見届けなければならなかった。やがてアラマンダは気を失った。それとも、なにも感じなくなったから、あるいはもうなにも感じたくなかったから、そんな気がしただけかもしれない。ようやく小団長は体を離して、アラマンダの体の横に転がったが、アラマンダは最初から同じかっこうで、体が寝台の上に貼りついてしまったかのように、全裸で仰向けになったままだった。

小団長はアラマンダと並んで横たわり、とてもゆっくりと呼吸していたので、アラマンダは男が暴行に疲れて眠ってしまったのかと思った。もしも今この瞬間に体の力が全部戻ってきたら、ためらわずにナイフを取り上げて、この眠っている男を刺し殺してやる、とアラマンダは激しく思った。それとも爆弾を口の中へ投げ込んでやる。それとも大砲で海の真ん中へ撃ち飛ばしてやる。けれども男が眠ったと思ったのはまったくまちがいで、まもなく小団長は起き上がってこう言うのを、今回はアラマンダも聞き取ることができた。「男を征服して汚いごみのように捨てるのが望みなら、私と出会ったのがまちがいだったな、アラマンダ。私はあらゆる戦いに勝ってきたのだ。おまえとの戦いも含めて」

皮肉っぽくあざけりを込めた口調の、突き刺さる棘のような言葉を、アラマンダは聞き取ることができた。一言も言い返すことはできず、まだかすんでいる視界の中で、小団長が立って寝台から下り、服を取り上げてそれを身につけるのを見ているだけだった。

その後、小団長はアラマンダの服を取って、一枚ずつアラマンダの体に着せながら、そろそろ森から出て家へ帰る時間だと言った。そうしてアラマンダは、まるで何事も起きなかったかのように、またきちんと服を着た姿になった。それでも体はさっきと同じ状態で、いったいなにを飲まされたのか、麻痺したままだった。ジュースを飲んでからそうなったのだと思い出すのがやっとだった。

また体が浮き上がるのを感じたのは、小団長に寝台から抱き上げられたからだった。今回、小団長はアラマンダを肩にかつがず、力強い腕に抱いていた。かつてはその腕で機関砲を抱えたり、オランダとの戦闘で負傷した部下を運んだりしたこともあったかもしれない。今はその腕の中にアラマンダが横たわり、小団長はゲリラ小屋を出てトラックへ向かった。アラマンダを隣にすわらせ、小団長はトラックのハンドルを握って、土の道をたどって深く暗い森を抜けて行った。

小団長はそのまままっすぐ娘を家へ送り届けた。アラマンダは帰りの道中のことを、ただぼんやりとした灯りが続いている光景としてしか憶えていない。家に着くと、小団長はトラックから降りてアラマンダの体を抱き下ろし、出迎えたデウィ・アユが小団長を手伝ってアラマンダを部屋へ運んだ。アラマンダを寝台に寝かせ、デウィ・アユはなにがあったのかと尋ねた。小団長は落ち着きはらって、心配することなどなにもないというようすで答えた。

「車に酔っただけです」

「あなたが断わりもなく、この子の体を振りまわしたせいでしょう、小団長」とデウィ・アユは答えて言った。これまでの人生で、だれにも事実を教えられなくても、それ以上のことがわかるようになっていたのである。

「戦いに勝って運がよかったとは思わないことね」

アラマンダは部屋にひとりきりにされて、はじめて涙が頬を濡らすのを感じた。なにもかもが闇に包まれていくようで、やがてほんとうに気を失った。

9

翌日気がついたとき、アラマンダが最初に思い出したのはクリウォンのことで、自分にとっても恋人にとってもなにもかもが終わってしまったのをにわかに実感した。

そうしてアラマンダは、自分が呪われた女になってしまったと思って、おのれを恥じた。自分のしたことを後悔する必要はなかったかもしれないし、そのせいで起こったことを受け入れるべきなのかもしれなかったが、それでもやはり呪われた女になってしまったと思った。恋人に手紙を書きたかった。あの写真の後を追うようにして、なにが起こったのか書いて知らせたかった。けれども、もてあそべる相手ではない男をもてあそぼうとしてどうにもならない状況に陥ったという事実ではなく、小団長に無理やり犯されたという事実でもなく、ただ小団長と寝たとだけ知らせるつもりだった。アラマンダはおのれを恥じた。ただひとつ悔やんでも悔やみ切れないのは、恋人を失ってしまうということだった。アラマンダの身がどうなろうと、クリウォンは受け入れてくれるだろうけれど、アラマンダはもうクリウォンとは絶対に会いたくなかった。まだクリウォンを愛しているかもしれなかったけれど、自分は小団長を愛していて、クリウォンを捨てて新しい恋人と結婚するのだと嘘をつくつもりだった。そんなことになって申し訳なく思うと書くつもりだった。そしてその日の昼に、そのとおりの手紙を書き、封筒に入れて切手を貼ると、すぐさまそれを投函したのだった。

次になすべきは、小団長に対する策略をめぐらし、恨みと怒りを晴らすべく、あの男の体に刃物を突き立てる以外に念願を遂げるにはどうすべきか考えることだった。そこで数日後にクリウォンが読むことになる手紙を封筒に入れてしまうと、アラマンダは軍支部の基地へ行って、門の詰所にいた当番の兵士に不相応なまでの敬意を払われ、ママン・ゲンデンが来たときと同じように、ノックもせずに小団長の執務室に入った。小団長は机の向こうにすわって、手に持った二枚のアラマンダの写真を眺めていたところで、残りの八枚は机の上に出したままになっていた。いきなりアラマンダが入って来たとき、小団長はぎょっとして写真を隠そうとしたが、アラマンダはその必要はないことを手振りで知らせ、それから片手を机について、もう片手は腰に当て、小団長の前に立った。

「ゲリラ戦をしているときに男がなにをするのか、はじめて知ったわ」とアラマンダは言い、小団長は愛の想いに苦しむ罪人の目つきでアラマンダを見つめた。「あんたは決して愛されることなく、あたしと結婚しなければならないのよ。でなきゃ、あんたがあたしになにをしたか町のみんなにばらして自殺してやる」

「きみと結婚するよ、アラマンダ」と小団長は言った。

「じゃあ結婚式の準備は自分でやってよね」。それだけ言い捨てると、アラマンダはさっさと出て行った。

その日から一週間後には、ふたりの結婚式のことは町中の話題となり、人々は顔を合わせるたびに噂し合い、まじめなものからふざけたものまであれこれと予想し合った。とはいえ、ハリムンダの住民たちはすでにどんな出来事にも馴れてしまっていたので、そのニュースにもさほどは驚かず、アラマンダと小団長はこの地上の人間において考え得る限り最高の似合いのカップルだと言う者たちさえいた。だれよりも崇拝されている娼婦の美しい娘が、かつての反乱者で総司令官にまでなった男と結婚するのである。それ以上似合いの組み合わせがまたとあろうか。また別の何人かは、こうも言った。小団長の方が、現実的に言って、あの人騒がせな男クリウォンよりもふさわしい相手だし、アラマンダもそれがわからないほどのばかではなかったのだ、と。

けれども、町にはクリウォンの味方もたくさんいた。それは漁師たちだった。まだ町に住んでいたころ、クリウォンはよく漁師たちといっしょに海へ出たり、浜辺で網を引くのを手伝って駄賃代わりに獲った魚をビニール袋ひとつぶん分けてもらったりしたし、まだ舟工場で働いていたころには、舟の水漏れやなかなか動いてくれない船外機を直すのにいつも手を貸したりしていたからである。それから小作人たちだった。クリウォンと同じく、町の周辺の農民の多くは他人の所有する田畑で働いていた。暇のあるときにクリウォンといっしょにいるのは楽しかったし、頭の切れるクリウォンが小作人たちのまったく知らなかったことや、想像すらつかないようなことを、たくさん話して聞かせたからである。それに娘たちだった。かつてクリウォンに恋した娘や、今も恋している娘たちで、他の娘に乗り換えるためにクリウォンにふられた娘たちもいたけれど、それで心を傷つけられることもなく、いつまでも愛し続けていたのである。そしてクリウォンの遊び仲間だった若者たちだった。いっしょに泳ぎ、薪や枯草を取ってきて金持ちに売ったり、幼いころにいっしょに鳥撃ちをしたりした仲間たちだった。そういった友人たちはみな、なぜアラマンダが小団長と結婚することにしてクリウォンを捨てたのかと悲しんだ。それでも、なにがどうなろうとクリウォンの友人たちはアラマンダの決めたことに口出しできる立場ではなかったし、それで傷つくかどうかも、まったくクリウォン本人だけの問題だった。

　町の隅から隅まで、ハリムンダ中の集落の地理的境界を越えて噂はたちまち広まり、ふたりの結婚披露宴は町での史上最高の盛大な宴となるはずで、これから先にもそれほどの宴はないはずだとみなが噂し合った。結婚披露宴には人形使い《ダラン》の率いる劇団が七つやって来て、七夜連続で『マハーバーラタ』を全幕上演するはずで、町中の住民全員が招待され、おまけに供される食事は町のみなが七世代にわたって食べられるくらいたっぷりとあるはずだとまで言われていた。魔術舞踊《シントレン》や、革馬憑依舞踊《クダ・ルンピン》や、ムラユ楽団や、映画の野外上映や、それにもちろん闘猪もあるはずだった。

　しまいにその噂は、アラマンダの送った手紙とは別に、クリウォンの耳にも届いた。結婚式を控えてデウィ・アユの家の前にすでに天幕が設けられ、結婚を司る祈禱師幾人かのもとでアラマンダが準備を進めていたある日のこと、汽車でハリムンダへ向かったクリウォンは、体中を怒りの炎で焼き尽くされるようだった。これまで女にふられて傷ついたことがなかったからではなく、アラマンダをとても愛しているゆえの、心の底からの怒りだった。

ふたりが最後に会って口づけを交わした駅の前で、クリウォンが例のハタンキョウの木を切りつけるようすを大勢が目撃して、あの木をどうするつもりなのかと怪しんだ。だれも口を出す勇気はなかった。クリウォンの怒りのこもった目が見えたし、それになんといってもクリウォンが鉈を手にしていたからだった。たまたまそこに居合わせた警官でさえ、駅前に木陰を作るために植えられた木を切るなどとんでもないと言ってクリウォンを止めるだけの度胸はなかった。木が倒れたときも、みな大枝や小枝に当たらないように何歩か後退りしただけで、なぜこの男は失恋の怒りをなんの罪もない小さなハタンキョウの木にぶつけるのかと、なおもいぶかしんでいた。

ところがクリウォン当人は、駅前に集まって見物している人々の目も気にならないようすで大枝や小枝や葉を切り落とし始め、しまいにはプラットホームへ続く道は葉や小枝だらけになって、風に吹かれて舞い上がった葉がごみとともに薄気味悪い渦巻きを作ったけれど、掃除夫もクリウォンを止めるだけの勇気を出せず、この男はもう狂ってしまったのかもしれないと怪しみながら、ただ見ているだけだった。

ただひとり、クリウォンの幼いころからの友人だけが、思い切って、そのハタンキョウの木をどうするつもりかと尋ねると、クリウォンはただ一言「切った」と答え、それ以上あえて尋ねようとする者もなく、クリウォンは作業を続けた。

ハタンキョウの木から枝葉をすっかり落としてしまうと、クリウォンはそれを薪にできるほどの大きさに切り始めた。幹の太い部分はふたつか四つに割り、しばらくたつうちに道端に薪が積み上げられていった。クリウォンは貨物を扱う事務所の方へ歩いて行き、断わりもせずに太い縄を取り上げて（やはりだれもそれを止め）、それで薪を縛った。作業が終わると、まだ回りを取り囲んでいた人々のだれにも声をかけず、鉈を鞘に収めて、縛った薪の束を持ち上げ、そうして駅から歩み去った。

　はじめのうち人々は後について行こうとしたけれど、さっき声をかけた友人がなにが起ころうとしているのかをふと悟って、すぐにみなに向かって言った。「ひとりで行かせてやろう」。どうやらその友人の思ったとおりだった。クリウォンはアラマンダの家へ行き、ぶらぶらしながら披露宴の準備を眺めていたアラマンダに会ったのだった。クリウォンが来たのを見てアラマンダは驚き、まだ愛しているその男が、いったいどういうつもりか薪の束をかついでいるのを見て、さらに驚いた。

　一瞬アラマンダはクリウォンの方へ飛んで行き、抱きしめて、駅でしたように口づけし、これはあたしたちふたりの結婚式で、あたしが小団長と結婚するというのはただのでたらめだと言いたいと思った。けれども、たちまち我に返り、小団長との結婚披露宴が得意でたまらないふりをして、できるだけ横柄な娘らしく振る舞おうとした。そのときクリウォンが肩にかついでいた薪をいきなり地面に投げ下ろし、アラマンダはそれがつま先に当たりそうになって、ちょっと飛びのいたが、クリウォンはとうとう口を開いて言った。「これはあの哀れなハタンキョウの木、ぼくらがまた会おうと約束したあの木だ。きみの結婚披露宴の薪にプレゼントするよ」

　アラマンダは手を挙げると、手の甲をクリウォンに向けて振って、追い払うような仕草をし、クリウォンはその仕草に掃き出されるように、なにもかもを押し流す嫌悪の嵐に吹き飛ばされるように、一言も言わずに立ち去った。おそらくクリウォンは知らなかっただろう。クリウォンが立ち去って姿がまったく見えなくなった後、アラマンダが部屋へ駆け込んで、泣きながらまだ残っていた写真を燃やしたことを。新郎新婦の椅子の上で小団長と顔を会わせるまでに、一晩泣き明かした痕をなんとか隠そうとできる限りのことをやってみたけれど、まったく無駄に終わってしまい、それから何ヶ月、あるいは何年も後までも、町の人々はそれを噂の種にした。

　クリウォンはその後、姿を消した。あるいはアラマンダが、それ以来何ヶ月もの間クリウォンのことを耳にしなかっただけかもしれないし、もうクリウォンのことを知りたくないと思っていたからかもしれない。アラマンダはただ、クリウォンはもう首都へ戻って、大学を続けているか共産主義の若者と合流するかしたのだろうとだけ考えた。だれにわかるというのだ？　けれどもクリウォンは実はどこへも行かず、まだハリムンダにいて、友人たちの家を渡り歩いたり、母の家に身を潜めたりしていたのだった。あの翌日のアラマンダの結婚式にも密かにやって来て、変装してふたりと祝いの握手を交わしたことに、アラマンダも小団長も気づかなかったけれど、クリウォンはアラマンダが一晩泣き明かしたことを見て取った。アラマンダが望んでいない結婚をした動かぬ証拠、愛していない夫を選んだ有無を言わさぬ証拠だった。そしてクリウォンは、握手をする番が来たときにはもうアラマンダに対して腹を立ててはおらず、ただ愛する人の背負わされた哀れな運命を悲しく思うだけだった。

　いったいなにがあってアラマンダは、知り合ってから数週間しかたたない小団長と結婚しようと決めたのかと内心いぶかっていたクリウォンは、ある日の夕暮れに小団長がトラックを運転して森から出て来て、その隣に気を失っているらしいアラマンダがいるのを見たと、ある漁師から耳にした。また別の漁師は、小団長がアラマンダをかついでゲリラ小屋へ入るのを、まちがいなく沖から見かけたと言った。「あんたとアラマンダのことは、俺も悲しいよ」とその漁師は言った。「でも、小団長に向かってばかなまねをするのはよした方がいい。少なくとも、もしも仕返しをしたいと思うなら、俺たちに加勢させてくれ」

「仕返しなんてするつもりはないよ」とクリウォンは言った。「あの男はすべての戦いに勝つのに馴れ切っているんだ」

クリウォンがかつてのように仲間たちといっしょに海へ出て行ったのと同じころ、アラマンダは緊迫した初夜の喜劇を演じていた。小団長に睡眠薬をこっそり飲ませると、小団長はさわやかな花の香りのするつやつやした黄色のふとんの上にすぐさま倒れ込んで、規則正しい寝息を立て始めた。疲れ切っていたアラマンダは、ふつうの花嫁がするように夫の隣で寝るつもりはさらさらなく、床にマットレスを敷いてそこで眠った。ところがアラマンダの予想に反して、明け方に小団長は目を覚まし、初夜をなにもせずに過ごしてしまったことに気づいて愕然とした。さらに驚いたことに、花嫁は床に薄いマットレスを敷いて寝ているのだった。この許しがたい状況を目にして、おのれを呪いながら、小団長はすぐに寝台から下りて妻の体を抱き上げた。そうして寝台の上に寝かせた。

とたんにアラマンダが目を覚ますと、小団長は笑みを浮かべて、なにもせずに初夜を過ごすなんてばかばかしいじゃないかと言った。それから小団長は着ている物を全部脱ぎ捨て、素裸になって妻の前に立ったが、アラマンダは背を向けて言った。「その前にあたしがお話をしてあげるっていうのはどう?」

小団長はそれはなかなかおもしろい提案だと笑い、寝台に上がってアラマンダの後ろに身を横たえ、まだきちんとイヴニングドレスを着たままの妻の体を抱いて、髪に口づけしながらさらに言った。「始めなさい、もうがまんできなくなりそうだから」

そこでアラマンダは物語を始め、思いつくことはなんでも物語に仕立て、できる限り話が決して終わりにたどり着かないように、堂々巡りをして、性交する時間が決して来ないようにしようとした。ふたりが死のうとも、この世が終わろうとも、性交するつもりはなかった。アラマンダが話を続けている間、小団長は両手でアラマンダの体中をなで回し、いつ果てるとも知れない物語が終わるのをじりじりしながら待っていた。アラマンダの着ているドレスのボタンをいじり始め、ひとつずつそれをはずしていった。アラマンダは体をぎゅっと折り曲げて抵抗しようとしたけれど、小団長は力強い手でやすやすとアラマンダの体を引っくり返し、仰向けにさせてしまった。いまや裸の男は妻の体の上に乗っていた。アラマンダは小団長を押して横に転がし、それから夫に向かって言った。「いい、小団長、するのはお話が終わってからよ」

小団長はむっとしてアラマンダを見つめ、戯れの中に敵意を嗅ぎつけ、性交しながらでも話は聞けると言った。

「もう約束したじゃない」とアラマンダはさらに言った。「あんたはあたしと結婚できるけど、あたしはあんたとするつもりはないって」

それを聞いて小団長はかっとなり、前後の見境もなくなって、花嫁の着ていたドレスを荒々しく引き裂いた。アラマンダは小さく悲鳴をあげたけれど、小団長はすぐにその口を封じて、妻が身に着けているものを次々と剝ぎ取った。最後にスカートを引き剝がしても、アラマンダはもう抵抗らしい抵抗もせず、小団長はすっかり服を脱がせてしまった気になった。ところが、妻の股間を見つめて驚愕の表情を浮かべた。「くそっ、股になにをしたんだ?」鍵穴の見当たらない南京錠がついた金属製の下着を見て、小団長はそう尋ねた。

アラマンダは謎めいた冷静さでもって言った。「反テロ装備よ、小団長。鍛冶屋と祈禱師に頼んで作ってもらったの。あたししか知らない呪文でしか開けられないけど、たとえ天が落ちようとも、あんたのために開けるつもりはないわよ」

その夜、小団長はさまざまな道具を使ってその南京錠を壊そうと試み、ねじ回しでこじ開けようとしたり、金槌や手斧で叩いたり、さらには拳銃まで発砲したので、アラマンダは怯えて、すんでのところで気絶しそうになった。けれども、なにをしても金属の下着の鍵を開けることはできず、とうとう小団長は、欲望と怒りに身を焦がしながらも、性交はできないまま妻と過ごすしかなかった。朝になると、小団長は自分の指先をちょっと切って血の雫をシーツの上に落とし、洗濯屋に見せるための新婚夫婦の誉れある証とした。

結婚式から一週間たち、祝いの宴もすべて終わってごみと噂だけが残されると、新婚の夫婦は小団長がふたりの住まいとして買った家へ移った。メイドふたりと庭師ひとりつきの、植民地時代の名残の家である。デウィ・アユがふたりに引っ越すように言い、できるだけ自分のところへは来ないようにと告げたのだった。「結婚した女は娼婦とはつき合わないものよ」とデウィ・アユはアラマンダに言った。母の言うことはほとんどいつでも正しかったので、アラマンダはしぶしぶ引っ越した。

そのころになっても、先に言った言葉のとおりに、アラマンダはまるで中世の戦士のように、例の鉄の下着を取ろうとせず、いつ敵が襲って来て、柔らかくも必殺の剣を突き刺してくるかもしれぬと身構えていた。小団長本人はすでに鍵を開けるのはあきらめてしまったようだった。とりわけ、たくさんの祈禱師たちに相談した後ではそうだった。祈禱師たちはみな肩をすくめてこう言った。どんな悪魔の力をもってしても、傷めつけられた女の心の力を粉砕することはできませんな、と。まったく無駄に終わった相談のために小団長は大金を出さなければならなかったが、それは役にも立たない祈禱師たちの言葉に対する返礼ではなく、祈禱師たちの口を封じて、この恥ずべき家庭の不和が知れ渡らないようにするためだった。そしてだれにも知られたくないがために、小団長は閨《ねや》での問題について、もうだれに尋ねることもできなかったのである。

小団長は、とても褒められた態度ではない妻の頑固さを和らげようと、あれこれやってみたけれど、説得に負けて鉄の下着を開けるどころか、アラマンダはまるで裁判所から離婚の決定が出されるのを待つ夫婦のように、小団長とは別の部屋で寝ると決めたのだった。おかげで小団長は始終抑えつけられた惨めな欲望を抱えて眠らねばならず、枕と長枕を抱きしめてそれを妻の体だと想像しなければならなかった。あるとき、かわいそうに思ったのか、寛容なところを見せようとしただけなのか、アラマンダが小団長にこんなことを言った。

「睾丸の中味を出したくてがまんできなくなったら、売春宿へ行けばいいわ。あたしは怒らないし、その反対にあんたのために嬉しく思うから」

けれども小団長は、妻の勧めに従おうとはしなかった。性欲を制御する自信があったからではなく、売春婦たちに関心がなかったからでもなく、自分がどれほど誠実で、欲望抜きでどれほど深く妻を愛しているかを示したかったからだった。少なくともそうしていれば、優しく称賛すべき自分の態度によって、いつか妻の心も解けるかもしれないという希望を抱くことができた。

ところがアラマンダは譲歩するようすはさらさら見せず、少しの間だけ鉄の下着を開けるのは、鍵をかけた浴室で排尿をしてヴァギナを洗うときだけで、それ以外は、口の中に厳重に秘められた呪文でしっかり鍵をかけた下着を、いつどこへ行くときも、小団長がいるときもいないときも、肌身離さず着けていた。

ときどき、小団長は妻が呪文を唱えるのを忘れてくれないかと聞き耳を立てていたが、そんなことは期待するだけ無駄で、寝ている間にそれを夢に見ることすらできなかった。今小団長にできるのはただひとつ、運命に身を委ねて、女と交わる感覚を味わうのをあきらめることだけで、どうしてもがまんできないときは、寝台の上で枕や長枕と交わるしかなかった。そういった常軌を逸した状況にも耐えられなくなると、あわてて浴室に飛び込み、便器の中に睾丸の中味を排出した。

そうしている間にも、小団長は何年も前からベンドとともにやってきた密輸の商売にまた没頭するようになり、忙しさの中に気を紛らわせようとした。今では大きな漁船も持っており、そちらは合法的な商売だった。また、山犬を繁殖させて飼い犬として飼育するという、かつての趣味も再開した。一年が過ぎると、その犬どももじゅうぶん大きくなって、農夫たちを助けて、畑を荒らす猪を追う役目を果たした。新婚の夫婦が性交することのないまま一年が過ぎ、人々の間で噂がささやかれるようになった。小団長とアラマンダは一度もいっしょに寝たことがないに違いない、と人々は言い合った。一年が過ぎたのに、アラマンダが妊娠するようすがなかったからである。

子どもたちの中には、小団長は不能でなければ不毛なのかもしれないと噂する者もあり、さらにその中の何人かは、小団長は戦時中に日本軍に去勢されたのだとまで言った。このゆがめられた話は子どもたちの口から口へと伝わり、大人の耳にも入って、大人たちもそれを真に受け、さらにその噂を広めた。

たとえば、ふたりの結婚は時期尚早で、愛ある結婚ではまるでなかったのだという別の見方をあえてする者はなかった。だれにもわからない閨での問題を除けば、ふたりはいつでも人前では仲睦まじく、いかにも愛し合っている夫婦のように見えたからである。ふたりが夕方に手をつないで散歩していたり、土曜の夜に映画を見に行ったり、催しに招待されてそろってやって来たりする姿がよく見かけられたし、そういう家庭的な睦まじさを見て疑いを抱く者はなかった。アラマンダはいつも朗らかで、小団長はアラマンダにはとても甘かったから、一年たってもアラマンダが妊娠しない理由といえば、ふたりのうちのどちらか、あるいはふたりともが不毛だとしか考えられなかった。「なんとも惜しいことだ。あのふたりの結婚は非の打ちどころがなさそうだというのに」と、しまいにはだれかがそう言った。

そういう噂がこのところささやかれているのを聞いても気にかけなかった唯一の人間は、当人のアラマンダだった。そんなことは無視するかのように、あるいはそういった噂を愉快な娯楽とでも考えているかのように、小団長と連れ立って出かけるとき以外の暇な時間を、アラマンダは恋愛小説を読みながら過ごした。それらの本が、どうやらアラマンダに人前で円満な夫婦のふりをするやり方をいろいろと教えてくれたようだった。夫のイメージだけでなく、自分のイメージを守るためでもあった。自分が愛してもいない男と結婚したことを、人には知られたくなかったのである。哀れでかわいそうな女だと人から思われたくはなかった。

おのれに関する不愉快な噂を耳にした最後の人物は、どうやら小団長だったらしい。噂の出所は口の減らない子どもたちで、小団長のことを不能だとか去勢されたのかもしれないだとか言い出したのだった。そのせいで、もう戦争ごっこをする子どもはいなくなった。兵士が去勢されることもあると勘違いしたからである。ようやくその噂を聞き及んだ小団長が、どれほど取り乱したことか。恥と怒りに身を焦がされ、無力感にさいなまれた。閨での問題を除けば、芝居であろうとなかろうと、アラマンダがそれなりに仲睦まじい妻として振る舞っている限り、ふたりの結婚はとてもうまくいっていると言えた。けれども、そうはいってもふたりの赤ん坊の素をいつまでも便器の穴に捨て続けるわけにはいかず、一年が過ぎたいまでもあのいまいましい鉄の鎧を突破できないでいることを、小団長は身にしみて思い知らされるようになった。

とうとうふたりが同じ寝台で眠らなくなって何ヶ月も過ぎたある夜、小団長がいつもアラマンダが寝ている部屋へ入って行くと、妻は寝間着に着替えているところだった。小団長は戸を閉めて鍵をかけ、股間に手をやって鉄の鎧をきちんと着けていることを確かめながら疑い深い目つきで小団長を見つめている妻のそばへ歩み寄った。それから小団長は、妻に向かって言った。「私と寝てくれ、アラマンダ」。哀願するような声だった。

アラマンダは首を振って背を向け、寝台に上がろうとした。小団長はいきなり後ろからアラマンダの体を捕まえると、妻の寝間着を力まかせに引っ張り、ずたずたに裂けた寝間着を剝ぎ取った。アラマンダがなにをする間もなく、小団長はアラマンダを寝台の上に押し倒し、うつ伏せに倒れた体をふとんの上で仰向けにさせた。アラマンダが夫の方を見たときには、小団長はすでに服を脱ぎ捨てていて、時をおかずアラマンダの体の上に飛び乗った。アラマンダは抗おうと、夫の体を力いっぱい押しのけようとしたけれど、小団長はアラマンダをしっかりと抱きすくめ、荒々しく口づけをして、欲望もあらわに乳房を揉みしだいた。「強姦するつもり、小団長！」アラマンダは叫んで、横に体を転がして避けようとした。けれども小団長はなおも追いすがり、アラマンダの体を抑えつけて、体中を隅から隅までまさぐった。「小団長の悪魔、魔物、ならず者、怪物、強姦しなさいよ。あたしの鉄の盾であんたの槍が折れるわよ！」とうとうアラマンダはそう言って抗うのをやめ、小団長が愚かしくもアラマンダの体をもてあそぶのに身を任せた。

そうして小団長は思うがままに動けるようになり、今自分は妻と性交しているのだと空想しながら、最後に妻のヴァギナを守る鉄の板の上に槍から精液を吐き出した。小団長はアラマンダの横に転がって荒い息をついて、体中に汗の粒を浮かべていた。しばらく小団長は黙り込んだままで、その間にアラマンダはこの滑稽な状況を楽しみ、勝利と恨みを晴らした喜びに浸っていたが、やがて小団長は立ち上がると、怒りを込めて妻の股間を蹴飛ばした。アラマンダは一瞬息を呑んだが、小団長の方がもっと驚いた。鉄に当たって、足に思いがけないほどの痛みを覚えたのである。顔をしかめて寝台の端に腰を下ろすと、小団長はさめざめと泣き出し、失望したみじめな男のすすり泣き混じりにこう言った。「何度こんなことをしても、おまえは絶対に子を孕まない。おまえの恥部も子宮も呪われるがいい」。歩き出しながらそう言い、服を着て妻の部屋から出て行った。

アラマンダはその出来事以来、小団長が抵抗をやめ、すっかりあきらめて自分の科した罰の前に膝を屈するだろうと思ったが、それは誤りだった。ある日、アラマンダがしっかり鍵をかけた浴室で素裸になり、鉄の下着を浴槽の縁に無造作に置いたままにしていたとき、いかにも頑丈そうに見えた扉にいきなりなにかが非常な勢いでぶつかった。たちまち扉は粉々になり、大きな穴だけが残った。

驚愕からすっかり立ち直るよりも先に、その穴から小団長が飛び込んでくるのが目に入った。アラマンダには鉄の下着に手を伸ばす間も、ましてやそれを着ける間もなかった。いきなり小団長に体をつかまれてしまったのである。アラマンダは傷を負った雌の虎のようにすさまじい叫び声をあげたが、小団長は気にもかけず、かつてゲリラ時代に住んでいた森で力を失ったアラマンダの体をかついだのと同じように、アラマンダを肩にかつぎ上げた。小団長はアラマンダを浴室から運び出し、アラマンダは暴れて小団長の背を幾度も打った。ふたりのメイドはその場面を台所の扉の隙間からこっそり見届け、恐ろしさに身震いした。

小団長はもとはふたりの部屋とするつもりだった自室へアラマンダを運んで行き、寝台の上に投げ下ろすと、背を向けて扉に鍵をかけた。「罰が当たるわよ、小団長」と寝台の上に立ち上がって壁の方へ身を避けながらアラマンダは言った。「自分の妻を強姦しようとするなんて」

小団長は答えず、にこりともせずに、ただ自分の服を脱いで、さかりのついた犬のような目つきでアラマンダを見つめた。その顔を見て、本能的に危険を悟り、アラマンダはますます壁に体を押しつけた。そんなことをしても無駄だった。小団長はあっという間にアラマンダの体を捉え、寝台の上に投げ倒して、その上に自分の体を投げ出した。

ふたりは一分また一分を闘いのうちに過ごした。欲望を発散させようとする男と、引っ掻き、悲鳴をあげて、望まない性交から身を守ろうとする女との闘いだった。アラマンダは両腿をぎゅっと閉じて恥部を隠したが、小団長は頑丈な膝でその最後の砦を無理やりこじ開け、そうしてなるべきようになってしまった。小団長は自分の妻を強姦し、アラマンダは疲労困憊するほどの闘いの末に、「悪魔の強姦者!」と言って、それから泣き出し、気を失った。小団長は顔に引っ掻き傷をふたつ負い、アラマンダの股間にはひどい痛みが残った。

激しい動揺のせいで失神してからどれくらいたったのかはわからなかったけれど、アラマンダが目を覚まして正気を取り戻してみると、まだ裸で寝台に仰向けに横たわったままだった。両手と両足が寝台の四隅に縛りつけられていた。アラマンダは体を起こして縄を引っ張ろうとしたが、固くしっかりと縛られていて、引っ張っても手首と足首が痛くなるだけだった。

「悪魔の強姦者、どういうつもりよ?」小団長がきちんと服を着てまだ寝台の横に立っているのを見て、アラマンダは怒って言った。「いい、もしもあんたのあれのために穴が欲しいだけなら、どの牛でも山羊でも、みんな穴があるわよ」

アラマンダを浴室から連れ去って以来はじめて、小団長は笑みを浮かべて言った。「これでいつでもおまえと寝られる!」それを聞いてアラマンダは悲鳴をあげ、罵り、罵詈雑言を浴びせかけながら、体を縛っている綱に抗おうとした。どうやってみても無駄で、小団長はさっさと部屋から出て行った。

その日のうちに小団長は大工を呼んで壊れた浴室の扉を修理させ、アラマンダの鉄の下着を井戸の中に投げ込んだ。じろりとにらんでふたりのメイドを脅し、今日見た出来事をだれにも話してはならないと思い知らせた。一方アラマンダは手足を自由にしようとさんざんやってみたあげく、疲れ果ててぐったりとし、哀れげな声をあげて止めどなく泣き出した。そうしている間にも、ほんとうの新郎新婦のように、小団長は何度もアラマンダが縛られている部屋へ戻って来て、疲れも見せず二時間半おきに妻を犯した。まるで新しいおもちゃを手に入れた小さな子どものようで、そうするうちにもアラマンダの抵抗はますます無意味になっていった。

「たとえあたしが死んでも」。絶望してアラマンダは言った。「絶対、この男はあたしの墓と寝るつもりよ」

そうしてその日一日アラマンダは寝台の上に縛られ、繰り返し犯された。やがて夕方になると、小団長は湯を入れたたらいと湿らせた布を持って来て、深い愛情を込めて、壊れやすい高価な陶器を扱うように、細心の注意を払って妻の体をぬぐった。その後また性交し、また体をぬぐってやり、それを幾度か繰り返した。小団長の愛情深い態度にもアラマンダはまったく心を動かされず、小団長が昼食を運んで来たときには、しっかりと口を閉じて頑として受けつけようとしなかった。アラマンダはただ飲み物を飲んだだけで、小団長が無理やり口を開けさせて飯を押し込もうとすると、とたんにそれを吐き出し、飯粒が小団長の顔に飛び散った。「食べなさい。死体と寝るのは楽しくないから」と小団長は言った。その説得の言葉に対して、アラマンダは冷やかに答えた。「あんたみたいな生きた人間と寝る方が、もっと楽しくないわよ」

狂気の沙汰だ、と小団長は辛抱強く妻を説得しようとしながら考えた。アラマンダは頑として食べるのを拒み、縄を解いてあの鉄の下着を返してくれなければ食べないと言い張ったが、小団長はその願いを聞き入れるつもりはなかった。しまいにはアラマンダも根が尽きるだろうと、小団長はおのれを慰めようと心の中で言った。長くもっても一晩だろう、明日の朝には容赦のない横腹の痛みに耐えられなくなって、食べ物を受けつけるはずだ。

そう考えて、小団長は妻の昼食を台所へ返し、ひとりで食卓について昼食をとった。夕暮れが訪れるとポーチにすわって時を過ごし、吹き始めた夜風と、結婚祝いにもらった雉鳩の鳴き声を味わった。雉鳩はポーチの天井から吊り下げた籠の中で、ぴょんぴょんと飛び跳ねていた。それから灯りが少しずつ灯されていく眺めを楽しみ、丁子入りの煙草を深々と吸い込んで、勝利に満ちたその日一日に思いを馳せた。ついに妻と交わるのがどんなものかを知ることができたのである。実際にはすでにアラマンダを犯したことがあったけれど、そのときにはアラマンダはまだ妻になっていなかったのだった。

夕暮れのそういう時間を、いつもならアラマンダとふたりで同じ玄関のポーチにすわって過ごしていた。ふたりのその習慣を知っている者も多かったので、通りかかった人は、こんばんは、小団長、と挨拶をしてから「奥さんは?」と尋ねた。小団長もこんばんはと挨拶を返し、妻は体の具合がよくなくて横になっていると答えた。そうしてまたアラマンダのことを思い出し、吸っていた煙草が燃え残りの端を少し残すだけになると、吸殻を庭に捨てて、また妻のところへ戻った。

アラマンダはその日の日中と変わらず、やはり仰向けのまま縛られ、裸のままだったが、今は眠っているようだった。そのとき小団長が優しい夫に戻って、すぐに妻の体に毛布をかけ、冷気と蚊から守ってやったかどうかは、神と小団長本人以外には知る由もない。というのも、結局その後の夜の時間を性交せずに過ごすことはできず、十一時四十分と一番鶏が鳴く前の午前三時の二回、妻を犯したからだった。

ようやく朝になって、小団長は妻が毛布の下でまだ寝台の四隅から伸びた縄で縛られて倒れている部屋へ戻った。小団長は焼飯と目玉焼きと薄切りトマトとチョコレート味のミルクの朝食を運んで行った。アラマンダはすでに目を覚ましていて、吐き気と嫌悪の混ざり合った悲愴な目つきで小団長の方を見つめた。「食べさせてあげよう」。小団長は嘘偽りのない真心を込め、夫の妻に対する心からのほほ笑みを浮かべてそう言った。

「性交するとお腹がすくものだから」

アラマンダも笑みを返したが、それはあの魅惑的な笑みではなく、むしろあざけり、さげすむような笑みだった。アラマンダはついに姿を現した悪魔を見るように小団長を見つめた。幼いころから悪魔はどんな姿をしているのだろうと考えたことが幾度もあったけれど、今こうしてその姿を夫の顔に見ることができたのである。角もなく、尖った爪もなく、寝不足のせいなのは別にして目も赤くはないけれど、それでもこれが悪魔に違いないと思った。

「そのいやらしい朝ごはんといっしょに地獄へ落ちるがいいわ」とアラマンダは言った。

「さあ、食べなさい。食べなければ死んでしまう」と小団長は言った。

「その方がいいわ」

そしてそのとおりになった。夕方にアラマンダは熱を出し、顔は真っ青になって体温が上昇し、がたがた震えた。一昼夜性交を続けた後で、その日、小団長は一度もアラマンダを犯さなかった。疲れたからか、すっかり満足しきったからか、それとも妻の機嫌をとって食事をとらせようとしたためかもしれない。今ではアラマンダはすべてを拒絶し、飯だけでなく飲み物も口にせず、あげくに夕方には熱を出してうなされながら毒づいた。

小団長は妻の容態が悪化してきたのにうろたえ、なおもなんとか食べさせようと、今回は粥を一椀持って来たが、やはり拒絶されてしまった。さらに、アラマンダの震える体は死に瀕しているかのように激しく痙攣し始めたが、アラマンダ本人はそれほどたいへんなときにも異様なほど落ち着いていて、まるでどんなひどい死にも面と向かう覚悟ができているかのようだった。小団長が熱をさまそうとして濡らした布をアラマンダの額に当てると、たちまち水蒸気が霧のように立ち上り、それでも熱は少しも下がるようすを見せなかった。

なすすべを失って、とうとう小団長は妻の体を縛りつけていた縄をほどいたが、アラマンダは自由になって起き上がり逃げ出すこともできるようになったというのに、依然として暴れもせずに横たわったままだった。夫に服を着せられ、かつぎ出されても抗わなかった。そのころには、もうなにが起きているのかもわからなくなっていて、なにを尋ねようともせず、ただ小団長の肩の上でぐったりしているだけだった。それでも小団長は、アラマンダにはなにも聞こえていなかったにしても、急いで言って聞かせた。「おまえを死体には絶対したくない。病院へ行こう」

ビタミン剤を注射して少し点滴をすればすむだろうと思っていた小団長の予想に反して、アラマンダは二週間入院することになった。毎日小団長は妻の病室へやって来て、自分のしたことをどんなに後悔しているかと詫びた。アラマンダは小団長がほんとうに後悔しているとは毛ほども信じていなかったけれど、もう今では敵対心は見せなくなっていた。看護師たちが口に入れてくれる粥を食べ（小団長が食べさせようとする粥はやはり拒絶したが）、小団長がもう二度とあんなことはしないと約束したときも、ただうなずいただけだった。どちらにしろ、アラマンダは小団長を少しも信用していなかった。

十四日目に小団長が妻の見舞いに来たときのことだった。その前に、電話で妻の担当医からもう退院してもいいと知らされていた。小団長は病院の廊下でその医者と出会った。医者は、こんにちは、小団長、と慇懃に声をかけ、小団長も、こんにちは、先生、と挨拶を返した。それから医者は小団長を病院の食堂へ連れて行き、アラマンダのことで話があると言った。「家内の容態で、なにかいけないことでもあるんですか、先生」と小団長は尋ね、その間に医者は軽い昼食を注文した。食事が来てからようやく医者は首を振って言った。「治療の仕方がわかっていれば、恐い病気などありません」

それから医者は、アラマンダに関する劇的ななにかを先延ばしにしようとするかのように食事を始め、小団長の方は辛抱強く待った。病院で煙草を吸えるのはそこだけだったので、煙草を吸いながら、小団長は妻のことで気を揉み、こんなことになったのは全部自分のせいだとあらためて悔いた。入院初日に、胃の傷と脱水症状とチフスの徴候があるという診断を下されていた。心配はありません、と医者は言った。一週間か二週間安静にして、酸性の食べ物を避けて味つけなしの粥を食べ、水分をたくさんとって抗生物質を飲めば、体内のウイルスは二週間以内には自然に死んでしまうということだった。医者が心配はいらないと言ったとはいえ、小団長はやはり心配だった。たとえこれまでも、そしてたぶんこれからも愛されることはないとしても、アラマンダに先立たれるのには耐えられなかったのである。

「小団長、この喜ばしいお知らせをお伝えしたら、私の昼飯代を払っていただけますか」。食べ終えるとすぐに、医者が言った。

「言ってください、先生。家内はどうなんです?」

「こういった診断には経験がありまして、誓ってもいいですが、まもなくお子さんができますよ、小団長。奥さんは妊娠しています」

小団長は一瞬黙り込んだ。「問題なのは、だれが妊娠させたか、ということだ」。小団長は、もちろんそうは口に出さなかった。「何ヶ月です?」と小団長は尋ねたが、嬉しそうなようすはみじんもなく、顔は青ざめ、テーブルの上の手は震えていた。不愉快な考えが頭をよぎり、アラマンダが愛してもいない男と結婚するはめになった運命を恨んで、だれか望みの相手とこっそり寝たのではないかと想像した。相手の男はもとの恋人かもしれないし、それとも小団長の知らない新しい恋人かもしれない。

「どうなさったんです、小団長?」

「家内は妊娠何ヶ月なんですか、先生?」

「二週間です」

小団長は椅子の背にもたれてため息をつき、ようやくほっとしたようだった。ハンカチを取り出し、額に噴き出してきていた冷や汗をぬぐった。長い間黙り込んでいた後で、笑顔が浮かび始め、いかにも嬉しそうな表情を見せてから言った。「昼食代は私が払います、先生」

そう、もうすぐ子ができるのだ。妻と性交したことがないとか、不能だとか去勢されたのだとかいう噂が根も葉もないものだったと証明できる。もうすぐ子ができるのだから。ふたりはすぐにアラマンダのところへ行ったが、アラマンダはもうじゅうぶんに回復したようすで、退院しても問題はなさそうだった。粥よりも少し硬めのものならなんでも食べていいと、すでに医者から許可されていて、アラマンダの顔は少しずつ生気を取り戻し始めていた。ときおり寝台の上で寝返りをうつようにもなっていた。

医者がふたりを残して退院の手続きをするために出て行くと、小団長は妻に言った。「もうよくなったな」

アラマンダはそっけなく答えた。「あんたの性欲を煽るのにじゅうぶんなぐらいは回復したわよ」

妻の冷淡さを気にもかけず、小団長は寝台の端に腰を下ろして妻の足に手を触れ、アラマンダは黙ったまま天井を見つめた。「もうすぐ子どもができると先生がおっしゃった。きみは妊娠したんだよ」。小団長は喜びを分かち合いたいと願って言った。

ところがアラマンダは即座にこう言って小団長を仰天させた。「知ってるわ。堕ろすつもりよ」

「やめてくれ」と小団長は頼んだ。「その子を助けてくれ。もうあんなことは二度としないと約束するから」

「わかったわ、小団長」とアラマンダは言った。「もしも、あんたがあつかましくもまたあたしに触ろうとしたら、迷わず堕ろしてやるから」

電光のように素早く小団長はアラマンダの足から手を引っ込め、その愚かしさを見て、アラマンダは噴き出しそうになった。小団長は、もう鉄の下着を着けていなくてもアラマンダを犯したりしないとあらためて約束した。そしてそのとおりになった。アラマンダはもう鉄の下着を着けなかった。鉄の下着がすでに井戸に捨てられてしまったせいでもあったけれど、堕胎する可能性がある限り、小団長が約束を破るはずがないという確信がアラマンダにはあったからだった。子どもを持つことは、小団長のような自尊心の強い男にとって、なによりも重要だったのである。

アラマンダはさらにこうも言った。妊娠七ヶ月や八ヶ月や九ヶ月になっても、もしもあんたがまた無理やり欲望処理の相手をさせようとしたら、どうなろうとも子を堕ろしてやる。たとえそれであたしが死ぬはめになったとしても。アラマンダがもう鉄の下着を着けなくなったのは、状況が変わってすでに小団長に身を委ねてしまったからでないのは明らかだった。なにはともあれ、決して小団長を愛しはしないと誓い、ゆえに小団長と性交するつもりなどなかったのである。そして神にかけても、アラマンダはたしかに小団長を愛してはいなかった。

アラマンダが家に戻ると数人の友人や親戚たちに大喜びで迎えられ、アラマンダ懐妊という喜ばしい知らせはたちまち町の隅々にまで広まって、小団長はささやかな感謝の宴を設けた。人々は飯屋という飯屋でそのことを話題にし、まるで皇太子の誕生を待ち望んでいるかのように取り沙汰し、多くはその知らせを喜んだけれど、クリウォンと数人の漁師仲間は別だった。

喜ぶどころか、クリウォンは冷淡にこう言った。「あいつは娼婦だ」。かつてあれほど愛していた女のことをそんなふうに言うのを聞いて、仲間たちはびっくりしたけれど、クリウォンは落ち着き払ってさらに言った。「娼婦は金のために性交するけど、金と社会的地位のために結婚する女のことはなんと呼べばいい？　娼婦以上、娼婦の女王さ」。クリウォンの声に恨みを帯びた響きはなく、まるですでにだれもが知っている事実を口にしただけといったようすだった。

クリウォンが小団長の一家に対して、とりわけ小団長に対して恨みを抱いていたとしても、それはもちろんあっさりと恋人を奪われてしまったからではなかった。男の中の男として、だれよりも愛する女に捨てられる可能性に対してはすでに心構えができていた。このところクリウォンが小団長のことをよく思っていなかったのは、小団長の二艘の漁船のせいだった。とにかくその二艘の船はハリムンダの沿岸の様相を変えてしまったのである。今では二艘はともに海に浮かび、獲った魚をひっきりなしに積み下ろしていた。乗組員たちが甲板の上を行き来し、人夫たちが獲れた魚を魚市場へ運んだ。そしてまた二艘の船は、漁師たちの顔を渋面に変えてしまった。魚ももうかんたんには獲れなくなってしまったし、小団長の二艘の船の装備に対抗するのもたやすくなかったからである。たとえ魚が獲れても、小団長の船の獲った魚が魚市場にあふれているせいで値段が下がってしまった。

そんななかでクリウォンは、共産党の指導のもとに漁業組合を設立することを決意し、あの漁船と漁師たちの舟との間でなにが起きているのかを仲間たちに説き始めた。「ただ不健全な競争だというだけでなく、あいつらは実際にぼくらの魚を盗んでいるんだ」。仲間たちの多くは、小団長の船を焼き討ちして対抗すればいいのではないかと考えたが、クリウォン同志（いずれそう呼ばれるようになる）は仲間たちの血気を鎮めようと試み、アナーキスト的行動ほど悪いものはないと諭して、その代わりにこう言った。「ぼくに時間をくれ。あの船の持ち主、小団長と話をするから」

クリウォン同志はアラマンダの妊娠がすでに町の人々の公然の秘密となった好機を狙った。小団長も機嫌がよくて、漁師たちとの問題について交渉しやすいだろうと期待したのである。ある日の昼、クリウォンは軍支部の基地に出向いた。あえて家を訪ねることはしなかった。はじめての子の誕生を待つふたりの幸福に水を差すことになるだけなので、アラマンダに会うつもりはまったくなかったからだった。

「こんにちは、小団長」。クリウォン同志は小団長と顔を合わせるとまずそう言って、ふたりは握手を交わした。小団長はクリウォンのためにコーヒーを一杯出し、たしかにいかにも機嫌がよく、見るからに慇懃に振る舞った。

「こんにちは、同志。今、漁業組合を組織しておられるそうですな。噂では漁師たちが私の船に対して不満を持っているとか」

ええ、そのとおりです、小団長。クリウォン同志は、漁師たちが魚の減少と値下がりを不満に思っていると話した。小団長は時代の進歩について話し、ああいった漁船を使うのは避けられないことであると言った。ああいう船を使うことによってのみ、漁師たちは老いてからリューマチに苦しめられなくてすむのだ。ああいう船によってのみ、漁師たちの妻は夫が嵐に呑まれて消えてしまいはしないと安心していられるのだ。ただああいう船だけが、ハリムンダの人々に限らず、多くの人々の需要を満たすにじゅうぶんな量の魚を獲ることができるのだ。

「何年もの間、小団長、ぼくらはその日必要な分と、それから大きな嵐が来たときに備えて少し余分なだけの魚を獲ってきたんです。何年もぼくらはそうやって生活してきて、すごくお金持ちになったこともないけれど、すごく貧乏になったこともなかったんです。でも今、あなたはその漁師たちを情け容赦のない貧困の中へ突き落とそうとしている。いつも彼らが獲っていた魚をあなたはあの船で奪い取り、たとえ彼らが魚を獲ることができたとしても、魚市場で売るだけの価値もなくなってしまい、自分たちで食べる分の干し魚にするしかなくなってしまった」

「きっと、きみらは牛の頭を海に投げ込むのを忘れたんでしょうな。それで海を司る南海の女王《ラトゥ・キドゥル》が、魚を分けてくれる気をなくしたんでしょう」。小団長はくすくす笑いながら言い、コーヒーを飲んで丁子入りの煙草をふかした。

「そのとおりです、小団長。もう牛一頭買うお金すらないんですから。あの貧しい人たちを怒らせない方がいいですよ。腹をすかせて怒った人間に立ち向かえる者はひとりもいません」

「脅すおつもりですかな、同志」。小団長はまた笑いながら言った。「いいでしょう、私が費用を出して海の祭を催し、けちな女王のために牛の頭を投げ入れることにしましょう。私に最初の子ができた感謝の印に。でも、漁師たちの問題については、手だてはひとつしかありませんな。船をもう一艘増やして、漁師たちにも乗組員となる機会を与えることです。賃金とリューマチにならないことと嵐の心配がないことは保証しますよ。どうです、同志？」

「よくお考えになった方がいいですよ、小団長」とクリウォン同志は言った。話しても堂々巡りになるだけで、漁船を出すのをやめる気配も見せない小団長のもとを、クリウォン同志は早急に立ち去った。

アラマンダが妊娠七ヶ月目を迎えたときに、新たなる漁船が実際にやって来たけれど、漁師たちのうちだれひとりとして、一握りの小団長の取り巻きたちが催した牛の頭を海へ投げ込む儀式には参加しなかった。クリウォン同志は憤然として、腹を立てた漁師たちを前にしてあれらの船の安全はもはや保証できない、と小団長に向かって言ったが、小団長は動ずることなく、無茶なまねはしない方が身のためだと応じた。小団長はそういった問題を気にかけてなどいられないようすで、まもなくだれとも会わなくなり、ただ家にいて、はじめての子の誕生を待ち望んでいるだけになった。赤ん坊は自慢の子となるはずだった。いずれ子が生まれたら、夕方には時間を作っていっしょに散歩をするつもりだった。もう少し大きくなったら、学校へも送ってやり、子どもの望むものはなんでも与えてやるつもりだった。

そんなわけで、小団長の漁船の労働者の大半を占めている沿岸の集落出身の漁師たちがストライキを起こしたことも、実のところ小団長はほとんどなにも知らなかった。労働者たちは腕力をふるう警官の一隊と軍支部の兵士たちに向かい合ったが、引き下がろうとはしなかった。小団長に相談もしないで、漁船の船長たちはひとりまたひとりと労働者を首にしていき、労働条件や契約内容を受け入れる気のある新しい労働者を雇い入れた。漁業組合は自分たちの組織の人間を漁船にうまく潜入させていたけれど、今となってはその人員もみな解雇されてしまった。

この出来事は漁師たちみなの怒りを煽る結果となり、漁師たちは絶望のあまり小団長の船の焼き討ちを本気で考えているようすだった。けれどもクリウォン同志は、今度も漁師たちを引き止め、もう一度小団長と交渉してみると約束した。今回は小団長の家へ行かざるを得ないようだった。というのも、ここ二ヶ月小団長はめったに基地に現れず、はじめての子の誕生を待ち構えていたからである。望もうと望むまいと、クリウォン同志はアラマンダとまた顔を合わせねばならなくなりそうだった。

そして、案の定そのとおりになった。アラマンダ本人が、白地に花模様の部屋着の下に盛り上がって見える腹の重さでふらふらしながら歩いて来て、クリウォンのために扉を開けたのだった。一瞬ふたりは、みるみる湧き上がる恋しさの中で見つめ合った。飛びついて抱き合い、口づけを交わして、ともに悲しみの涙を流したいという願いが無意識のうちに湧き起こった。けれども、ふたりはそうはせずに黙って立ちつくしているだけで、笑顔も挨拶もなく、ただクリウォン同志は、なんと美しい女なのかと賛嘆の思いでアラマンダを見つめているだけだった。大きな腹をしたアラマンダは、かえってさらにも美しく見え、漁師たちの伝説の美しい人魚姫か、あるいは想像を絶する魅力をたたえた南海の女王を今しも目の当たりにしているかと思われた。

ところがアラマンダの腹を見たとき、その中で丸くなっている子が見えたような気がして、クリウォンは少しぎょっとした。そのせいでアラマンダは居心地を悪くし、この人はあたしのお腹の中の子が本来なら自分の子のはずだったのにと考えているのだ、と思った。アラマンダはこうなってしまったことすべてを謝りたいと痛切に思い、まだあなたを愛しているかもしれないけれど、不幸な運命のせいで別れ別れにされてしまったのだと言いたかった。**万が一、いつかあたしが未亡人になったら、あなたはあたしと結婚できるわ。**けれどもクリウォン同志の考えていたのはそんなことではなく、やがてアラマンダに向かって、ぽつりとこう言った。

「きみのお腹は空の鍋みたいだ」

「どういうこと？」とアラマンダは尋ねると、いやな気分になって、心の内をなにもかも打ち明けてしまいたいという思いも、とたんにかき消えてしまった。

「その中には男の子も女の子もいない。風と風が詰まっているだけで、まるで空の鍋だ」

そう言われてアラマンダはほんとうに不愉快になり、ふられた男がいやがらせを言っているのだと考えて、この人の前に長く立っていれば、それだけもっといろいろといやなことを聞かされるだけだと思った。そうしてアラマンダはなにも言わずにクリウォンに背を向け、敷居ぎわに姿を現した小団長とすんでのところでぶつかりそうになったが、小団長もやはりクリウォン同志の言葉に驚いていたのである。アラマンダは家の中に姿を消した一方、残されたふたりの男は、夫婦がよくそこに腰掛けてともに夕暮れ時を過ごすポーチの椅子に腰を下ろした。

アラマンダとは違って、小団長はクリウォン同志の口から出た言葉を深刻に受け止め、気がかりになって、空の鍋とはどういう意味かと尋ねた。アラマンダに向かって言ったと同じことをクリウォン同志は繰り返した。空の鍋のように、男の子も女の子もアラマンダの子宮の中にはおらず、ただ風と風が入っているだけだ、と。

「そんなことはあり得ない。医者は家内が妊娠しているとはっきり言ったし、きみも自分の目であの腹を見ただろう！」小団長はやや心配になりながらも言った。

「あの腹を見ました」とクリウォン同志は言った。「もしかすると、ただのやきもちを妬いた男のたわごとかもしれません」

10

かつて、ハリムンダの住人たちがごみ捨て場に捨てられていた赤ん坊を見つけて大騒ぎになったことがあった。男の赤ん坊で、犬にあちこち引きずり回された後だというのに、まだ生きていた。その赤ん坊が成長すれば強い男になるに違いないと、人々はすぐに悟った。何日もかけて人々は母親を探したけれど見つからず、母親がわからないのだから、もちろんだれが父親なのかもだれにもわからなかった。母親はおそらく赤ん坊を捨てるためだけにやって来たよそ者で、父親はその無責任な恋人だったのだろう。

赤ん坊はマコジャーという名の老嬢に育てられることになったが、この老女は町一番の嫌われ者で、しかもだれよりも必要とされる存在だった。マコジャーは町の住人たちに金を貸し、借りた者は首を締められるような利子をつけて返さねばならなかった。というのも、マコジャーにできる仕事はそれしかなかったからである。だれひとりマコジャーに土地を売ろうとする者はなかったから、畑仕事もできず、ただ親から譲られたささやかな土地を持っているだけで、そこに住んでいた。だれひとり仕事を与える者もなかったので、どんな仕事に就くこともできなかった。おまけに十六人の男に求婚したというのに、生涯ひとりの夫を持つことすらできなかった。孤独で無意味な暮らしの中で、マコジャーは恨みを晴らすべく、貧困の中に身を落とした住民に対して慈善家のように振る舞って、金を貸しつけ、それから利子で首を絞めた。

あらためて言うが、ほとんどだれもがマコジャーを嫌っており、とりわけ返せる当てもほとんどないような借金に苦しめられたことのある人間はそうだった。みながマコジャーを避け、マコジャーとは話したがらず、罪深い悪魔よりもひどい人間だと思われていた。それでもどうしても金が必要になって、他になにをやってみてもどうにもならなくなると、人々はマコジャーの家の扉を叩くのだった。その扉の後ろに一時の助けがあることを知っていたからである。人々は腰をかがめ、とってつけたように慇懃な態度で笑みを浮かべ、心からの哀願を込めた顔をしてやって来るのだった。マコジャーはそんな芝居は全部見抜いていたけれど、気にもかけなかった。それもマコジャーの商売のうちなのだから、なおさらだった。

マコジャーがかき集めた金はどこへ行くのだろうと、みなが不思議がった。マコジャーが裕福になったようすはまったく見受けられなかったからである。家は何年も前から変わっておらず、ただときどき大工が来てペンキを塗ったり、壊れたところをあちこち修理したりするだけだった。毎日の暮らしぶりも贅沢ではなかった。家族もなかった。そして中でも不可解なことに、マコジャーが町の住民たちから搾り取った金を預けるために銀行へ行く姿を見かけた者は、ひとりもいなかったのである。あの老嬢はふとんの下に金を隠しているに違いないと、だれもが考えるようになった。そこで緊急作戦として、ある晩四人の男がマコジャーの家に強盗に入った。近所の人々は強盗に入られたことを知ってもなにも言わず、それどころかカーテンの陰から見物しようとした。ところがマコジャーの方も、動転するどころか、逆に黙ったまま盗人どもが家中を探し回るのを眺めていた。結局、金は見つからなかった。ふとんの下にも、竈の灰の山の中にも、水桶の中にもなにもなかった。洋服ダンスには服があるだけだったし、水屋には飯が一皿とにんじんのスープが入っているだけだった。あきらめきって、覆面をした四人の盗人は探すのをやめ、まだ部屋の戸口に立っていたマコジャーのところへ行った。

「金はどこだ?」と、盗人のひとりが腹を立てて尋ねた。

「喜んでお出ししますよ」。マコジャーはにこにこしながら言った。「利息は四十パーセント、返済期限は一週間」

盗人どもは、それ以上はなにも言わずに立ち去った。

それからというもの、強盗を試みる者はなくなった。赤ん坊がやって来てからはなおのことだった。マコジャーは赤ん坊を育てた。長い間赤ん坊の世話を焼くことを夢見ていたからであり、それ以上に、町の住人の中でごみ捨て場で拾われた赤ん坊を引き取ろうとする者はだれもいなかったからだった。マコジャーのもとで、赤ん坊は育った。マコジャーはビスマという立派な名をつけてやったけれど、やがてみなから愚か者《イディオット》と呼ばれるようになり、さらには姓名そろってエディ・イディオットとなった。不愉快で人に迷惑をかけるようなことばかりするからだった。そのうちに人々は本名がビスマであることを忘れていき、マコジャーも少年本人も、もとの名を忘れてしまって、今ではエディ・イディオットが本名となった。

すぐにも人々は、少年が不幸な運命に見舞われるだろうと予想した。あの老嬢はいっしょに暮らす者だれに対しても不幸をもたらすからだった。マコジャーが生まれたとき、母親が死んだ。本来なら、それはありふれたことだった。五歳になるまで父と暮らしたけれど、台所に入り込んだサソリに刺されて、結局父も死んでしまった。それからマコジャーはおばの世話になることになり、おばがマコジャーの家にやって来た。そのおばは子のない未亡人だったが、マコジャーが七歳になったとき、家の裏庭の木から落ちてきた枯れた椰子の実が頭蓋に当たって、やはり死んでしまった。ともあれ、マコジャーはかなりの額の遺産を手に入れた。父親は高利貸しで、一家は金持ちだった。それだけあれば、家政婦をひとり雇って日々の生活の用をさせるにはじゅうぶんだった。その家政婦も、マコジャーが十二歳のときに、高熱を出して死んだ。それ以来だれもマコジャーとは暮らしたがらず、マコジャーのことを不幸をもたらす娘だとみなが考えるようになった。

若かったころ、実をいうとマコジャーはどこから見ても美しい娘だった。たくさんの男たちが密かにマコジャーに恋をした。けれども同じ家で暮らした者が次々と死んでしまったせいで、マコジャーと暮らす危険をあえて冒そうとする男はひとりもいなかった。マコジャーよりも醜い娘と結婚して長生きする方が、マコジャーと結婚してすぐに死んでしまうよりもいいと思ったのである。この件に関しては、不運のはじまりがどこにあるのかだれも知らず、かつてマコジャーと暮らした人々の死をあたりまえの死と考えようとする者もひとりもいなかった。だれもがマコジャーのことを不吉な女だと思い、後に死んでしまうまでマコジャーは男に触れられたことがなかった。

マコジャーの適齢期は過ぎようとしていた。そのころには、すでに近隣の人々を相手に金貸しの商売を始めていた。ひとりで生きていくのに耐えられないのはわかっていた。良識的な男に求婚してみたけれど、断わられた。素行の悪い男たち、賭博をしたり酔っ払ったりする男たちにも求婚してみたけれど、やはり断わられた。浮浪者や物乞いにまで求婚してみたことがあったけれど、そういった男たちもマコジャーと裕福な暮らしをするより貧乏でいる方を選んだ。四十二歳になったときにマコジャーは夫を探すのをあきらめ、養子をとろうとしたけれど、それにも繰り返し繰り返し失敗し、ようやく例のごみ捨て場で拾われた赤ん坊を手に入れることができたのだった。

エディ・イディオットはマコジャーに育てられて成長したが、不幸はエディの身にはふりかからないように見えた。エディにとって不幸があるとすれば、エディと遊びたがる子どもがいないことだった。親たちのマコジャー一家に対する不吉な考えは子どもたちにも伝染しており、親たちが必要なときを除いてマコジャーを避けたように、子どもたちもエディ・イディオットを避けた。そのせいでエディ少年は扱いがたい子どもとなり、癇癪持ちで、いつも同じ年ごろの子どもたちを煩わせた。なににでも誘われないと腹を立て、自分に対して無礼な振る舞いをする者を平気で殴った。そうして子どもたちは、ますますエディから遠ざかるようになった。

エディは恐怖心を利用して仲間を作った。抵抗するだけの勇気のある者はなかった。エディは町で一番強い子どもだったからである。

けれどもエディにも、とうとう同じような運命を背負った友だちができた。エディの方が先に見つけたのである。学校でできた何人かの友だちは、同じように仲間はずれにされていた子どもたちだった。足の不自由な子どもふたりが他の子たちにからかわれているのを見た。栄養不足でがりがりに痩せている子が笑い者になっているのを見た。また別の子は、ただ生まれついてのぐずではあっても身体的にはなんの不自由もないのに、親がごみ集めの人夫でスリでもあるというだけで、他の子どもたちからのけ者にされているのも見た。エディ・イディオットはいつでもそういう子どもたちの味方だった。足の不自由な子どもたちがいじめられていると、その場へ駆けつけ、他の子の貧しさを笑いものにする者はだれであろうと容赦なく殴り飛ばした。エディはやがてそういう子どもたちの守護者となり、親しい関係を結ぶようになって、その年の終わりには学校の子どもたちは大きく二つに分かれてしまった。いわゆるいい子どもたちと、エディ・イディオットの率いるならず者の子どもたちだった。

エディ一派は、成長するにつれて町の住民たちにとって最大の敵となった。ちょっとしたいたずらをするだけの他の子どもたちとは違って、エディ・イディオットは海岸で宴会をするために、平気で人の鶏小屋から鶏を一羽残らず盗んだ。十一歳のときには、早くも飲み屋に押し入って飲み屋の主人を打ちのめし、椰子酒とビールを持ち出してカカオ農園で仲間といっしょに酔っ払った。さらに町の娼婦のほとんど全員とも寝た。それに、十代のはじめにして留置場の味を知っているのは、エディとその一派だけだった。そういった事態になると、マコジャーは警察の人間に袖の下をつかませてエディたちを救い出した。エディ・イディオットのすることに対して、この老嬢は少しも腹を立てていなかった。それどころかエディを自慢に思っているらしかった。

「あの子はこの町での深刻な障害となるだろう」と、マコジャーは番をしていた警官に言ったことがあった。

「町の連中が、何年もの間あたしにとって深刻な障害だったのと同じように」

そのとおりだった。親たちは、学校がエディ・イディオットをやめさせないのなら、自分たちの子どもを全員やめさせる、と言って校長に脅しをかけた。校長はなすすべもなく、結局エディを退学にしたが、その報復として、ある朝、学校中の窓ガラスと扉が粉々にされ、机と椅子の脚が折られ、国旗掲揚台が切り倒されているのを目にするはめとなった。

そのようにして、十二歳のときには、同じ年ごろの友だちが学校へ行っている間に、エディは路上をうろつくようになっていた。エディは店々へ行ってそこの主人に金をせびり、金をやらなければショーケースや扉のガラスに石を投げ込んだり足で蹴ったりして粉々にした。売春宿へ行っても金も払わず、切符も買わずに映画を見て、そのことで苦情を言う者がいれば喧嘩をしかけて、必ず勝った。

いくつかの店の主人たちは、ついにやくざ者をひとり雇ってエディに当たらせることにし、そうしてある日のこと、エディ・イディオットはそのやくざ者と対決しなければならなくなったが、喧嘩は殺人をもって幕を閉じた。エディ・イディオットはまた留置場に入れられたけれど、留置場の中で騒動を引き起こして部屋をぶち壊し、監守を何人か打ちのめしたので、すぐに留置場から出された。エディはまた路上に戻り、喧嘩相手をふたりか三人殺したけれど、今回は警察にもエディを逮捕してまた留置場に入れようという気はなかった。

エディは路上に戻り、ターミナルの一角に恒久的な基地を構えて、日本人が残していったマホガニーの揺り椅子を据えて自分の席とした。そして手下をひとりずつ集めた。そのうちの数人は喧嘩で負かした相手で、その他の大半を占めるのは進んでエディの配下となった者たちだった。エディ一派は、町の税吏よりも厳しく店主たちから税金を取り立てた。ターミナルに入って来るバスからも来ないバスからも、市場の物売りすべて、海で漁をする舟すべて、売春宿と飲み屋すべて、氷と椰子油を作る工場すべて、おまけに輪タク《ベチャ》と馬車すべてから税金を徴収した。駐車代も徴収して自分たちのポケットに入れた。

たちまちエディ・イディオットとその一味は町の脅威となった。一味は酔っているときでも素面のときでも、なにをしでかすかわからなかった。鶏を盗んだり、窓ガラスに石を投げたり、ひとりで歩いている娘にも家族全員につき添われて歩いている娘にまでもちょっかいを出し、さらには礼拝時間のたびにモスクからサンダルを盗んだ。老人たちがかわいがっている雉鳩もその時間帯に消えてしまうことが多く、闘鶏用の鶏も、物干し場に干した洗濯物も同様だった。

エディの一味は良家の若者たちにとっても深刻な障害となった。突然現れて、手当たり次第に強盗を働いたからである。そういった若者たちの持っていたギターをたくさん盗み、往来の真ん中で無理やり靴を奪うことも数え切れないほどあり、一日に何箱煙草をせびるかは聞くまでもなかった。若者たちの幾人かは抵抗しようとしたらしく、喧嘩がまた始まった。けれどもエディの一派が無敵であることはいよいよもって疑う余地がなく、とりわけエディ・イディオット本人が手を下した場合はそうだった。しまいには、また殺人事件がいくつか起きた。警察がそういった事件をただの子どもの悪ふざけとしか見なしていないせいで、町の人たちはますます怒りを募らせた。

「あいつはきっと死ぬさ」。ある者はおのれを慰めようとして言った。「なにはともあれ、マコジャーといっしょに暮らしているんだから」

「問題なのは、いつ死ぬのかってことさ」と別の者が言い返した。

死は三年後までやって来なかった。逆に、マコジャーの方がそれから間もなく死んでしまった。マコジャーは、ある朝、自宅の浴室で排便しているときに、ころりと死んでしまったのである。それを発見したのはエディ・イディオット本人だった。エディは九時に目を覚まし、朝飯がいつものように用意されていないのに気づいた。老嬢をあちこち探し回ったが、どこにも見つからず、しまいには扉の閉まったままの浴室が怪しいと思った。エディは扉を開けようとした。中から鍵がかかっていた。体当たりして扉を破ると、老嬢が便器にしゃがんでおり、裸でもすこしも欲情をそそられはしなかった。

「おふくろ、もう死んだのか？」とエディ・イディオットは尋ねた。

マコジャーは返事をしなかった。

エディ・イディオットがマコジャーの額を人差し指で押すと、マコジャーの体はたちまち仰向けに倒れた。死んでいるのは間違いなかった。

マコジャーの死はあっという間に知れ渡り、町の人々を喜ばせた。大半がまだ返済していない借金をかかえていたのである。近所の者のだれひとりマコジャーの遺体の手当をしようとせず、とうとうエディ・イディオットが死体を背負って直接墓掘り人夫カミノのところへ運んで行った。墓地のただ中でカミノといっしょに暮らしたがる女はほとんどいなかったせいで、当時カミノはまだ独り者だった。そのためにカミノとエディのふたりだけでマコジャーの死体を埋葬することにしたが、しまいにはひとりの聖職者《キャイ》が気の毒に思ってやって来た。聖職者《キャイ》は遺体を洗い清めるように言い、その後墓掘り人夫といっしょに祈りをあげて、その間エディ・イディオットはカミノの家の外でいらいらしながら待っていた。このようにして、町の住人たちに広く知られ、おまけに緊急のときにはいつでも救いの手を差し延べてくれる唯一の人間だったマコジャーの埋葬には、たったの三人だけが立ち会ったのだった。

マコジャーはこれまでふたりが暮らしてきた家と庭を除けば、エディ・イディオットになんの財産も残さなかった。貸した金の利子として儲けたものがどこへ行ったのかは、だれも知らなかった。エディ・イディオットはそんな金のことは気にもかけなかったけれど、町の住人たちは気にかけた。その金は自分たちのものだと思ったからだった。そこで人々は、何年も後になるまで、マコジャーの金がどこにあるのか探り当てようと幾度も試みた。地下室があるのだという噂もあり、何人かで隣の家からトンネルを掘ってみたが、なにも見つからなかった。かえって探検隊のひとりが硫黄ガスを吸って死ぬはめとなり、トンネルはすぐに埋め戻された。

町の住人たちの喜びは長くは続かなかった。マコジャーが死ねばエディ・イディオットも改心するだろうと、町のみなは考えた。少なくとも、喪に服するために何ヶ月かは家に引きこもっているはずだった。ところがそうではなかった。エディは娘たちを家に連れ込んでいっしょに寝ようとし、父親たちは娘を血眼であちこち探し回った。どこの台所であろうと開いていると見ると入り込み、食べ物をねだり、断わりもなく取ることもしょっちゅうで、さっさと食卓にすわり込んで、家の主人もまだ食べていないというのに、がつがつと貪り食うことさえあった。それだけでなく、もっと罪の重い犯罪もあった。何度か起こした殺人事件の他に、強盗も働き、バスの乗客相手の窃盗も組織的に行った。

小団長が森のゲリラ基地から下りてきたとき、住人たちの多くは、小団長が猪の攻撃だけでなく、町のならず者たちも退治してくれるのではないかと期待した。ところが小団長でさえ、エディ一派に対してはお手上げだった。

「やつらは糞同然だ」と小団長は言った。「かき混ぜればかき混ぜるほど臭くなる」。どういう意味なのかは説明しなかったけれど、人々はすぐに納得した。エディ・イディオットとその一味は邪魔されればされるほど、ますます町の人々の邪魔をするようになるのだ。

当時、ハリムンダの住民たちの多くが、げっそりした顔をして家の前のポーチにすわっていた。ふらりとやって来たよそ者がいたら、あんたがたはなにをしているのか、と尋ねたかもしれない。住民たちはこう答えただろう。

「エディ・イディオットの死の輿が通るのを待ってるのさ」

住民たちの祈りが叶えられることはなかった。エディ・イディオットが決して死ななかったからではなく、エディ・イディオットは輿でかつがれることも、またどこかに埋葬されることもなかったからである。エディ・イディオットは溺死させられ、その体はひとつがいの鮫に食い尽くされたのだった。

ある朝町へやって来て一騒ぎを起こしたよそ者が、エディを殺した。ママン・ゲンデンである。ママン・ゲンデンは伝説となった七日七晩の決闘の果てにエディを殺した。はじめのうち、あのならず者がほんとうに死んだとはだれも信じなかったけれど、まもなく、みな一挙に悪夢から覚めた。エディ・イディオットも、他のだれもと同じように死ぬこともあれば殺されることもあるのだ。みなエディを殺したよそ者に心から感謝し、ママン・ゲンデンはあっという間に町の住人として受け入れられた。

それを祝って、人々はほとんど果てしのない祭の中に身を投じた。それ以前にもそれ以後にも、それにかなうほどの祭はなかった。ハリムンダにおける九月二十三日の独立記念日でさえ、それほど盛大に祝われたためしはなかった。一ヶ月の間じゅう夜市が開かれ、象や虎やライオンや猿や蛇や、それから軟体曲芸の少女たちや、そしてもちろん小人の道化たちをどっさり連れたサーカスがやって来た。町のあちこちで魔術舞踊《シントレン》や、革馬憑依舞踊《クダ・ルンピン》をただで見物することもできた。若者たちや娘たちは、エディ・イディオットの一派に邪魔される心配もなくデートに耽ることができるようになった。鶏も家畜も庭で放し飼いにできるようになり、台所の扉も、また昔のように鍵をかける必要がなくなった。

ママン・ゲンデンが自分以外の男はだれひとりとして娼婦デウィ・アユと寝てはならないと宣言したときでさえ、それが補いのつかない損害であるのははっきりわかっていたけれど、だれも気にかけなかった。いまいましいマコジャーの息子エディ・イディオットを殺した英雄にふさわしいほうびだと、みなが思ったのだった。

ところがある日のこと、熱帯の暑い空気が耳元でシューと音を立てるような日盛りに、ママン・ゲンデンはエディ・イディオットから受け継いだバス・ターミナルのマホガニー製の揺り椅子から身を起こし、市場の端の最寄りの店まで歩いて行った。そこで、暑くて死にそうだから、冷えたビールを一ケースくれと言ったが、店主は一瓶しかやらなかった。ママン・ゲンデンは腹を立てて店のショーケースを粉々に叩き割り、無理やりビールを一ケース奪い、その前に、まったく礼儀をわきまえないやつだと言って店主を殴り倒した。揺り椅子に戻ると、奪ったビールで体中の渇き切った感覚を癒した。

この出来事で、ハリムンダの住人たちは、まったくなにも変わってはいないということに突如として気づかされたのだった。エディ・イディオットは死んだが、新たなるならず者がやって来たのである。その名はママン・ゲンデンだった。

盛大なアラマンダの結婚式がすむと、デウィ・アユはすぐに新婚の夫婦を新しいふたりの家へ追い払った。そういった一連の急な出来事や、とりわけ長女のことを不愉快に思っていたのである。ひどいやり方で男をもてあそぶ長女の癖については、ずっと前から注意を与えてきていた。けれども、いったいだれからの遺伝なのか、アラマンダの頑固さはそうとうなもので、今こうして石をわが身に受けるはめとなったのだった。

デウィ・アユは、自分が産んだ子が美くも手におえない娘たちになるとは思ってもいなかった。娘たちは男を追いかけ、そうしてぞんざいに投げ捨てた。アラマンダのそういう悪い癖については、アラマンダが男を意識し始めたころからわかっていた。そして見たところ、そのひどい習癖はアディンダにもそっくり受け継がれているようだった。それまでは、実はアディンダはとても奥手の娘で、出歩くよりも家にいる方が多かった。ところがアラマンダが唐突に結婚してしまってからというもの、アディンダはどこかへ姿を消すことが多くなった。だれの目にも明らかに、今では共産党が大々的な催しをするところどこでも、アディンダの姿が見かけられる。アディンダはかつてアラマンダのものだった男、クリウォン同志を追いかけ回しているのだった。デウィ・アユには、アディンダがなにを考えているのかさっぱりわからなかった。姉のあの男に対する傷心すべてを晴らそうとしているのかと思った。なにもかも考えるだけでも不愉快だった。

「みんなが私の恥部を追い求めてくる」。デウィ・アユはひとりごちた。「そして私は、男の恥部を追い回す娘たちを産んだ」

ひどく気がかりなのは末娘のマヤ・デウィだった。末娘もふたりの姉のけしからぬ振る舞いをまねるのではないかと心配だった。マヤ・デウィはもう十二歳になっていた。よくできた子で、言いつけもよく守り、目に余るような態度はかけらも見受けられなかった。デウィ・アユの家のだれよりもはるかによく手を動かして、あらゆるものを心地よく整えた。毎朝薔薇や蘭の花を摘んで花瓶に生け、客間のテーブルに飾った。毎週日曜日に天井の蜘蛛の巣を払うのもマヤ・デウィだった。学校の教師たちもマヤ・デウィは模範的な生徒だと言い、マヤ・デウィは毎晩寝る前には教科書を開いて、宿題を全部片づけた。けれども、そういったことすべてがアディンダの場合のように変わってしまうかもしれず、それをデウィ・アユはひどく心配していたのである。

「少しも愛していない人と結婚するのは、娼婦として生きるよりひどいことよ」と、あるときデウィ・アユは末娘に向かって言った。

デウィ・アユは、成長して手がつけられなくなる前に、できるだけ早くマヤ・デウィを結婚させようと考えた。何年もの間、デウィ・アユはいつも直観的に問題を解決してきたし、頭に最初に浮かんだ考えを常に実行に移してきた。マヤ・デウィが大人の娘に成長して、アラマンダにふりかかったような、そしておそらくアディンダにもふりかかるような悲劇的な運命に陥るのを、デウィ・アユは見たくなかった。けれども、十二歳の娘をだれと結婚させればいいのかわからなかった。末娘をいいかげんな相手にやりたくはなかったからである。

デウィ・アユはそのことを恋人のママン・ゲンデンに相談しようと思った。ある日曜日、三人で（しばらく前から、アラマンダとアディンダはデウィ・アユたちといっしょに遊びに出かけることはなくなっていた）公園に遊びに行った。そこで三人は一日中のんびり過ごし、好きなだけおやつを食べ、人によくなついている鹿に餌をやり、最後にブランコで遊んだ。デウィ・アユは、ママン・ゲンデンがマヤ・デウィと手をつないであちらこちらへ行きこちらへ行きしながら、藪に隠れている孔雀たちを指差して教えてやったり、集まってきた猿どもにえんどう豆を投げてやったりするのを眺めた。ふたりがデウィ・アユもそこにいるのを気にも留めていないようすでも、デウィ・アユは平気だった。ふたりは海に面した崖縁に駆けて行き、飛び交うカモメの数を数えようとしていた。

三人がようやく家に帰って、マヤ・デウィが近所の友だちとどこかへ出かけてしまうと、デウィ・アユはとうとうママン・ゲンデンに向かって切り出した。

「結婚しなさいよ」とデウィ・アユは言った。

「だれが？」とママン・ゲンデンは尋ねた。「俺とだれが？」

「あなたとマヤ・デウィが」

「なに言ってんだ」とママン・ゲンデンは言った。「俺が結婚したい女がいるとすれば、それはおまえだよ」

暑い日盛りの空気の中で冷えたレモネードを飲みながら、デウィ・アユは自分が気を揉んでいることを話した。ふたりはポーチにすわっていた。遠くから波の寄せる音が聞こえ、雀たちが屋根の棟で騒がしくさえずっていた。もう何ヶ月も前からふたりは恋人どうしだった。正確にいうと、ひとりは娼婦でもうひとりはその独占顧客である。デウィ・アユはマヤ・デウィをだれかと結婚させなければならないと言い張った。他に身近な男性はいなかったから、マヤ・デウィと結婚できそうな男はママン・ゲンデンだけだった。

「なんだか、おまえがもう俺とは寝たくないと言っているように聞こえる」とママン・ゲンデンは言った。

「誤解しないで」とデウィ・アユは言った。「他のご主人連中がしているみたいに、あなたもママ・カロンの娼館に来ればいいじゃない。奥さんに対して恥しくないならね」

「そういうことは何年もかけて考えなければならん」。ママン・ゲンデンは不満げに言った。

「他の人のことを考えてごらんなさいよ。ハリムンダの人たちは、あなたみたいな男がいるというだけで、わたしの体にもう触ることもできなくなって、ほとんど死にそうになったり、頭がおかしくなりそうになったりしているのよ。わたしを開放すれば、あなたはみんなの英雄になれるわ。そしてその代わりに、なにひとつ不足のない相手を手に入れるのよ。この町一番の美女の娼婦の娘を」

「まだ十二歳じゃないか」

「犬は二歳で結婚するし、鶏は八ヶ月でするわよ」

「あの子は犬でも鶏でもない」

「あなたは学校へ行ったことがないからよ。人間はみんな犬と同じく哺乳類だし、鶏と同じく二本足で歩くじゃないの」

ママン・ゲンデンは目の前の女の性格を心得ていた。少なくとも、心得ていると思っていた。デウィ・アユが、どれほど突飛なものであれ、自分の考えを引っ込めようとしないのはわかっていた。ママン・ゲンデンは冷たいレモネードを飲み、体がおののくのを感じた。あたかも、幅が髪の毛を七分したほどしかなくて、下には地獄が広がっている橋を渡らねばならなくなったかのようだった。

「いい夫にはなれそうもない」とママン・ゲンデンはうめいた。

「ひどい夫になればいいじゃない、もしもあなたがそうしたいなら」

「それに、あの子が結婚したがるかどうかもまだわからない」とママン・ゲンデンは言った。

「あの子は人の言うことをよく聞くわ」とデウィ・アユは言った。「わたしの言うことはなんでも聞くし、それになんといっても、あなたと結婚するのをいやがるはずはないと思うわよ」

「あんな小さな子と寝ることなんかできない」とママン・ゲンデンはさらに言った。

「寝るのはあと五年待てばいいだけよ」

なにもかもがすでに結論に達し、ママン・ゲンデンは十二歳の少女と結婚しなければならなくなりそうだった。そう考えると、ママン・ゲンデンは心底震えおののいた。そんな不自然な結婚をすれば人々が噂し合うのが、目に見えるように分かった。みな悪いように考えて、ママン・ゲンデンがマヤ・デウィを強姦して結婚しなければならなくなったのだと思うだろう。ならず者でやくざ者ではあったけれど、そういう邪悪さを思っただけで、実際にママン・ゲンデンの体はいっそうがたがたと震えた。

「少なくとも、わたしへの愛の証として、あの子と結婚してちょうだい」と、最後にデウィ・アユが言った。

ようだった。ママン・ゲンデンの前に判決が下されたも同然だった。頭蓋の中に蜂がいて、腹の中でトンボが飛んでいるなかった。それどころか胸では藪が繁茂し始め、繁りに繁って、棘がところ選ばず刺し貫いた。なすすべもない負け犬同然となり、ママン・ゲンデンは椅子の背にもたれて、なかば目を閉じた。

「なんで突然そんなことを言い出したんだ？」とママン・ゲンデンは尋ねた。

「いつ言い出したとしても」とデウィ・アユは言った。「突然なのには変わりないわ」

「寝る場所を貸してくれ。ちょっと眠りたいんだ」とママン・ゲンデンは言った。

「私のベッドはいつでもあなたのものよ」

ママン・ゲンデンは四時間近く、静かに寝息をたててぐっすりと眠った。頭が蜂に襲われ、胸に藪がはびこり、腹の中でトンボが飛び交うと、いつでもそうやってやり過ごすのだ。デウィ・アユは夕暮れ時を浴室で過ごしてさっぱりとし、それから客間に腰を下ろして、煙草一本とコーヒー一杯とともに、男が目覚めるのを待った。ちょうどそこへマヤ・デウィがやって来て、お風呂に入ると言ったけれど、母はそれを引き止めて、前にすわるように言った。

「ねえ、あなたもアラマンダ姉さんみたいに、まもなく結婚するのよ」とデウィ・アユは告げた。

「結婚ってかんたんにできるみたいに聞こえるけど」とマヤ・デウィは答えた。

「そのとおりよ。むずかしいのは離婚することね」

まもなくママン・ゲンデンが夢遊病者のような青い顔をして部屋へ入って来て、椅子に腰掛け、とたんに母のそばにいる少女を見て畏れおののいた。「夢を見た」とママン・ゲンデンは言った。ママン・ゲンデンのその言葉には、だれひとり応えなかった。デウィ・アユもマヤ・デウィも、ママン・ゲンデンがその続きを話すのを待った。「蛇に噛まれた夢を見た」

「吉兆よ」とデウィ・アユが言った。「あなたがたは結婚するのよ。すぐに長老を探して来なくちゃ」

そのようにして、それからほどなく、三十前後のママン・ゲンデンと十二歳のマヤ・デウィは、アラマンダと小団長の結婚と同じ年のうちに結婚した。ふたりの結婚式は簡略かつ質素に執り行われたけれど、それでも町の人々は騒ぎ立て、ほんとうはなにがあってそんな不自然な結婚が行われることになったのか、そしてなぜあんなに若い娘が結婚しなければならなかったのかと噂し合った。それでも、少なくともその結婚は、ハリムンダのたくさんの住人――というのは、いうまでもなく男たちだが――を喜ばせた。またデウィ・アユをママ・カロンの娼館で手に入れることができるようになったからである。

デウィ・アユは家とふたりの使用人を新婚の夫婦に譲り、アディンダとふたりで別の家に移った。日本人が住んでいた古い家屋を改築した家々の並ぶ新興住宅地に買った家だった。デウィ・アユは日本人たちの残していった家が好きだった。とりわけプールほども大きさのある浴槽が気に入っていた。

「もしあなたも結婚したいのなら、そう言いなさい」とデウィ・アユはアディンダに言った。

「急ぐつもりはないわ」とアディンダは言った。「この世の終わりはまだ遠いもの」

ところで、実際に引っ越して行く前に、デウィ・アユは、ジャスミンと蘭の香りが漂う豪勢な新郎新婦の部屋を用意した。寝台はその日の昼に注文先の店から届いたばかりで、マットレスは最新技術を使ったスプリング入りの町で一番上等なもので、ひだをとったピンク色の蚊帳つきだった。部屋の壁いっぱいにクレープ紙で作った飾りと造花が飾られていた。けれども実際は、それらすべてが無駄となった。新郎新婦は、その日、ほんとうの初夜を過ごしはしなかったからである。

マヤ・デウィはすでに寝間着に着替え、子どもらしくうきうきして新しい寝台に飛び乗った。何年も前に母親が日本人の娼館でしたのとまったく同じように、寝台のスプリングの具合を試そうとして思わずぴょんぴょん飛び跳ねそうになった。マットレスと華やかな部屋をほれぼれと眺めるのにも飽きると、マヤ・デウィは横になって長枕を抱き、新郎が来るのを待った。ママン・ゲンデンが、いいようのないほどぎくしゃくしたようすで現れた。新郎の多くがなにも考えずにそうするように、すぐに寝台に飛び乗って、妻の体を抱き寄せて容赦なく妻を犯すことはせず、その反対にママン・ゲンデンは寝台のそばに椅子を引き寄せ、そこにすわった。恋人の死を見つめる男のような目つきで少女の顔を眺め、これまでは一度も注意を払ったことがなかったけれど、その顔が実に魅惑的な幼い美しさをたたえているのを認めた。髪は黒々と輝き、枕に載せた頭の下に広がっている。見つめ返してくる瞳は澄みきっていて幼げだ。鼻も唇もまさに賛嘆に値する。でも、見るがいい、すべてがあまりに小さい。手はまだ少女の手で、脛もそうだ。おまけに寝間着の下の胸もまだ成長しきっていないのが見て取れる。こんなに可憐な少女と性交などできるわけがない。

「どうして黙ってるの?」とマヤ・デウィが言った。

「じゃあ、なにを言えばいいんだい?」とママン・ゲンデンは、つらそうな声音で聞き返した。

「お話ぐらいしてよ」

ママン・ゲンデンはおとぎ話は得意ではなかったし、物語を考え出すこともできなかったので、自分の聞き知っていた話を語って聞かせた。ルンガニス姫の物語だった。

「もしも女の子ができたら、ルンガニスっていう名前にしてね」とマヤ・デウィが言った。

「俺もそう思っていたよ」

そのようにして、毎晩が同じように過ぎた。マヤ・デウィは寝間着を着て先に横になり、そこへママン・ゲンデンが相変わらず困惑した目つきで現れる。ママン・ゲンデンは椅子を引き寄せ、花嫁をやはり悲しげな顔つきで眺め、やがてマヤ・デウィがお話をねだるのだった。ママン・ゲンデンが話してやるおとぎ話までいつも同じで、犬と結婚したルンガニス姫の物語だった。文のひとつひとつまでほとんど変わることがなかった。それでもふたりは、そうやって多くの新婚の夫婦のように幸せに毎晩を過ごし、そういう風変わりなしきたりを繰り返すだけだったのに、ふたりの顔には少しも退屈したようすは見られなかった。物語が終わる前に、たいていマヤ・デウィはぐっすり眠り込んでしまう。ママン・ゲンデンは毛布をかけてやり、蚊帳を閉じて、灯りを消して常夜灯をつける。いかにも安らかな寝顔をしばらく眺めた後、ママン・ゲンデンはすぐに部屋を出て、そっと扉を閉め、二階へ上がって空いた部屋でひとりで眠り、朝になると妻が温かいコーヒーを淹れて起こしに来るのだった。デウィ・アユとアディンダが引っ越していくまでそんなことが続き、新しい家に移ってから、母娘はその滑稽さを笑った。

ママン・ゲンデンは新しい習慣に馴れていった。朝起きると妻の淹れたコーヒーを飲んだ。半時間後にミラーが朝食を用意し、あたりまえの睦まじい家族のように、ふたりはそろって食卓についた。はじめのうち、ママン・ゲンデンにとってそれは悲劇的災難だった。というのも、このやくざ者は朝寝坊の癖があったからである。けれども朝食がすむと、妻はママン・ゲンデンが寝台に戻るのを許してくれ、そうしてママン・ゲンデンは中断された朝寝の続きをするのだった。満腹のせいで、よけいぐっすりと眠れた。十時ごろに目を覚ますと、きちんとアイロンを当てた服が寝台の横に用意されている。そこでママン・ゲンデンは浴室へ行かざるを得なくなり、かつてはめったにしなかった水浴びをして、その服を着るのだった。ワイシャツを着て、アイロンでまっすぐに折り目をつけたパンタロンをはいたおのれの姿を鏡に映して見るのは、なんとも妙なものだった。それでも妻に気を遣って、その服を着たまま玄関で妻の額に接吻すると、すぐにどこよりも似合いの場所、バス・ターミナルへ向かった。

けれども、バス・ターミナルの仲間たちには妙な目つきで見られたとはいえ、時がたつうちにそういったことすべてが煩わしくなくなった。しばしば家が恋しくなり、妻に会いたくなって、夕方になるとまもなく訪れる夜を待つのはもうやめて、さっさと家へ帰るのだった。

ふたりが結婚してから一ヶ月が過ぎたある夜、マヤ・デウィがママン・ゲンデンに尋ねて言った。

「また学校に行ってもいい？」

そう聞かれてママン・ゲンデンは驚いた。そう、マヤ・デウィはもちろんまだ学校の生徒だったのである。十二歳の娘はみな、本来なら朝から昼までは学校へ行っているはずだった。けれども、マヤ・デウィは人妻となってしまってもいた。夫のいる女が学校へ行くという話は、まだ聞いたことがなかった。そこでママン・ゲンデンは長い間考え込んだが、しまいには、ふたりの結婚はまだ一般の人々の結婚のように本物だとはいえないのだ、と思い当たった。ママン・ゲンデンはまだ妻と性交していなかったし、そうするつもりもなかったのである。たぶん学校へ戻るのも悪くはないだろう。

「もちろんだ。また学校へ行かなくちゃ」

これは学校で問題となった。学校は、夫のいる女を生徒として受け入れたがらなかった。他の生徒たちに影響を及ぼすのではないかと怖れたからである。ママン・ゲンデンはやむなく学校へ出向き、妻が学校へ戻れるように校長に掛け合った。交渉はひどく醜い結果に終わった。ママン・ゲンデンは校長を壁際へ押しつけ、校長に加勢しようとした教師をふたり殴り倒さねばならなかった。それから何年か後にも、やはり同じことをしなければならなかった。学校がママン・ゲンデンの娘、美女ルンガニスの入学を拒絶したときのことである。容赦のない脅迫の前に、学校はついにマヤ・デウィの復学を許した。

ふたりの結婚生活は、それまでと同じように穏やかに過ぎていった。朝になると、いつも通りに、ママン・ゲンデンはマヤ・デウィの運んで来る、焙煎させてすぐに挽いたランプン産のコーヒーの薫りで起こされる。変わった点は、今ではマヤ・デウィがその頃には制服を着ていることだった。食卓でともに朝食をとるのだったが、ふたりの使用人から見れば、妻のいない父親と母のいない娘のように見えた。七時十五分前には、マヤ・デウィはすでに学校鞄を持って出かけるしたくを整えている。ママン・ゲンデンが額に接吻をした後、マヤ・デウィは出かけて行き、妻が学校へ向かっている間にママン・ゲンデンは朝寝の続きに戻るのだった。

昼に学校から帰ってもママン・ゲンデンが家にいることはないので、マヤ・デウィはできる用事をすべて片づけた。夜には、ふたりがまたいっしょになって夕食をすませると、マヤ・デウィは勉強机に向かって教師たちに出された宿題に一心に取り組んだ。それに関してはママン・ゲンデンはなにも手助けしてやれず、ただ真の恋人らしい辛抱強さで、そばにすわっていてやるだけだった。そういった毎日の日課が終わるのは夜の九時ごろだった。すでに寝る時間で、犬と結婚したルンガニス姫のおとぎ話はもうなかった。マヤ・デウィは寝間着に着替えて寝台に横になる。ママン・ゲンデンがやって来て毛布をかけてやり、蚊帳を下ろして、部屋の灯りを消し、常夜灯をつけて、それから言うのだった。「おやすみ」

「おやすみなさい」。マヤ・デウィもそう言って目を閉じる。

これまでのところ、依然として性交はしていなかった。一年が過ぎてもやはりそのままだった。

その日、ママン・ゲンデンはママ・カロンの娼館へデウィ・アユに会いに行った。以前よくそうしていたように、デウィ・アユの部屋へ行った。デウィ・アユのただひとりの客はもう帰った後だった。

「なにしに来たの?」とデウィ・アユは尋ねた。

「もうがまんできない」

「奥さんがいるでしょ」

「あの子はあんまりにも小さくて、ひどい目になんか遭わせられない。あんまりにも無邪気で触ることもできない。俺は義母と寝たい」

「ほんとうにどうしようもない婿ね」

その夜ふたりは、朝が来るまで愛し合った。

ママン・ゲンデンと小団長との奇妙な友情関係は、市場の真ん中のトランプゲーム「トルフ」のテーブルから始まった。奇妙な友情関係、というのも、小団長がデウィ・アユと寝てママン・ゲンデンが軍支部の基地へ乗り込んでからというもの、ふたりの間には永遠に続くかと思われる敵意が深く植えつけられていたからだった。ママン・ゲンデンの手下のやくざ者どもが、兵士たち、特に小団長の部下の兵士たちと始終いざこざを起こしていたせいで、その敵意はいっそう深まった。

兵士たちは娼館で金を払うのをしぶった。やくざ者たちがそこにいて、金を払わずに娼婦と寝る者はだれも通さない構えだったにもかかわらず。連中、つまりその兵士たちは、飲み屋の支払いもしぶった。実のところ、兵士たちがそれほどたくさん飲むことはなかったから、飲み屋の主人はそれをたいして問題にはしていなかったのだが、飲み屋にたむろするやくざ者どもにしてみれば、面を張られたも同然だった。さらには、軍支部がときにやくざ者のだれかを、酔って店のガラスに石を投げたとかいうようなことで捕まえたりすると、軍の基地の裏で兵士たちはそのやくざ者を殴り、あざだらけにして放り出したりもした。そういった出来事すべてが、小団長配下の兵士たちとママン・ゲンデン一派との間の小ぜり合いの引き金となった。

けれどもこれまでのところ、そういった問題はいつでも片をつけることができた。やくざ者のひとりが兵士に捕まってあざだらけになるまで殴られれば、やくざ者の一団は通りすがりの兵士をひとり捕まえて、カカオ農園で寄ってたかって殴りつけた。やくざ者のだれかが捕まって留置場に入れられると、ママン・ゲンデンがやって来て、兵士たちを買収するため多少の保釈金をつかませて、そのやくざ者を解放した。そういったいざこざに関しては、警官たちはそれぞれの持ち場でじっとしている方を選び、それを巡るすべてに対してお手上げだった。

町の住民の多くは小団長が社会の敵を即座に片づけてくれるものと期待したけれど、少し前のエディ・イディオットのときのように、みなの期待は期待だけに終わった。特に最近は、小団長は自分の家庭問題に直面せねばならず、さらには漁獲の商売に関する漁師たちからの抗議もあとを絶たなかった。ママン・ゲンデンとその一味のことを考えている暇などまったくなかったのである。その時期、町の英雄としての小団長の評判はがた落ちとなり、人々は小団長を信頼するどころか、逆に、軍が実はやくざ者どもと申し合わせてこの混乱を引き起こしているのではないかと疑うまでになっていた。とりわけ、考えてみるとそのふたり、つまり小団長とママン・ゲンデンは、どちらもデウィ・アユの娘婿だったからだった。

ちょっとした騒動が起きたのは、ある日、軍支部の兵士のひとりがママ・カロンの娼館の用心棒と喧嘩を始めたときだった。いさかいの原因は、ふたりがひとりの田舎娘を取り合ったことだった。ふたりは路上で取っ組み合いを始め、しまいにはそれぞれの仲間が駆けつけた。ふたりの喧嘩が発展して、兵士の一団とやくざ者の一団との大乱闘となった。

なにがきっかけだったにしろ、一時間に及ぶ乱闘の末、街路樹が十数本倒され、店のショーウインドウが割られ、車が二台引っくり返されて大破した。それに、大きな石や焼けた古タイヤが道に散らばり、交番が焼かれて黒焦げになった。

町の人々は恐怖におののき、だれひとり家から出ようとしなかった。喧嘩は目抜き通りであるムルデカ通り一帯で繰り広げられた。一角には、やくざ者の一団が剣や日本人の残していった刀で武装して待機していた。短剣や、鉄の棒や、鉈や、石や、石油や、火炎瓶を手にしている者もあった。革命戦争のもとゲリラ軍が残していった鉄砲や手榴弾まであった。一方、道の別の一角では、兵士たちが、小団長の軍支部からだけでなく、町のあらゆる軍駐屯所から援軍を集めてきて、銃弾をいっぱいにこめた鉄砲を手に待ち構えていた。

その日は実にひっそりと静まりかえり、まるで町は住民たちに見捨てられて何年もたったかのようだった。張り詰めた静寂が町中にはびこり、何年も前の戦争以来、まだ平和をじゅうぶんに味わってもいないというのに、とうとう町で内戦が勃発するのではないかとみなが怖れた。住民たちの多くはやくざ者どもにはうんざりしていたので、もしも内戦になれば、兵士たちの味方をするつもりだった。ところが始終いばり散らしている兵士たちにうんざりしている住民たちもたくさんいて、もしも内戦になれば、やくざ者どもの側につくつもりだった。しまいには殺し合いになって、ひとり残らず死んでしまうかもしれなかった。

午後の間ずっと、手榴弾と火炎瓶の爆発音と銃の発射音が、路上や、店々や家々の間で聞こえていた。闘争で死者が出たのかどうかはだれも知らなかった。小団長は解決の目途のたたない家庭のごたごたにかかずらっていたためにこの緊急事態を知るのが遅れ、ひとりの田舎娘が町を破壊する騒ぎを起こしたと知って腹を立てた。張本人の兵士を七日七晩食べ物も飲み物も与えないで拘禁してやるつもりだった。そのせいで死んだところで知ったことではない。だがその前に、混乱がこれ以上広まり、これ以上ひどくなるのを防がねばならなかった。そこで小団長はもっとも信頼のおける兵士ティノ・シディックを派遣して、ママン・ゲンデンと話し合い、停戦と和睦を図ることにした。

ママン・ゲンデンは奇妙な結婚の幸福に浸っているさなかだったので、やはりムルデカ通りでの騒動を耳にしたばかりだったが、係わり合う気にはなれなかった。それどころか、無目的な長年の孤独を埋め合わせるべく幸福な生活を築こうとしているというのに、まだ邪魔をする者があるのかと憤慨した。この騒ぎのきっかけは兵士たちのけしからぬ行いに違いない。少なくともママン・ゲンデンにとってはそうだった。

ところが十二歳になったばかりの妻は、町にふりかかった騒動をママン・ゲンデンなら解決できるはずだと言った。妻の言葉を聞いて、ママン・ゲンデンもようやく腰を上げ、ティノ・シディックと話し合った結果、ママン・ゲンデンと小団長の会談の場に決められた中立的地点、つまりバス・ターミナルと軍支部基地の間のある場所へと赴いた。そこは市場だった。

塩魚売りと、輪タク《ベチャ》の運転手と、荷役夫と、洋服売りの夫といった面々の四人の男が市場の真ん中でテーブルを囲み、賭け金の硬貨を片隅から別の隅へじゃらじゃらと押しやりながらトランプ遊びをしていたのを、ママン・ゲンデンとティノ・シディックは追い払った。トランプ遊びをしていた面々が場所を空けて鶏肉売り場のところに立って見物していると、やがて小団長が登場した。そのあたり一帯の市場の活動はとたんに中断され、売り手も買い手も一様に動きを止めて、恐ろしい内戦がこの日の夕方に勃発するのか、それとも何年か先あるいは何世紀も先まで延期されるのか、その鍵を握るふたりの人間がどういう合意に達するかを見守った。

小団長はやくざ者に向かって、手下どもを即刻退却させるように、そして武器を使う権利があるのは軍だけなのだから、武器はすべて引き渡すようにと言った。けれどもママン・ゲンデンは、そうすればいずれ兵士たちがその武器を好き勝手に使うようになるのはわかりきっているから同意できないと言った。小団長はしまいにこう言った。

「お仲間よ、われわれはこの問題を、ああいう子どもじみた喧嘩で解決することはできないのだ」。さらに小団長は続けた。「いいだろう、当分の間、武器の押収はしない。だが、やつらに即刻に路上から立ち退き、これ以上群がったり、店のガラスを割ったりしてはいけないと言ってくれ」

「小団長よ」とママン・ゲンデンは言った。「同様に、たとえただの田舎娘であっても、武装した兵士が横取りするようなこともなくしてもらいたい。そして兵士どももこの町の男たちみなと同様に、売春宿で性交するたびに金を払い、飲み屋で飲むたびに金を払い、バスで出かけるたびに料金を払うようにしてもらいたい。ここには特別扱いされる金の卵はないのだ、小団長」

小団長は重いため息をつき、共和国政府からの兵士に対する給料はごくわずかで、小団長や軍支部や町の駐屯軍がやっている商売も、利益の大半は首都の将軍たちに取られてしまうのだと言った。「というわけで、お仲間よ、提案がある。おそらくあまりおもしろくはないだろうが、このやっかいな問題を解決することはできる」と、しまいに小団長は言った。

「言ってみろ」

「では、お仲間よ」と小団長は提案した。「おそらくあんたがた、ごろつきにも同意してもらえると思うが、あんたがたがどういうやり方にしろ稼いだものの一部を、兵士たちのために提供してもらいたい。兵士たちが娼婦に金を払い、気のすむまで酔っ払えるように」

ママン・ゲンデンはちょっと考え込んだが、なにが起ころうとも兵士たちが二度とママン・ゲンデンの手下どもを煩わせず、互いに利を得て平和に暮らしていけるのなら、手下の手に入れたものを多少割いてやるのも悪くはなさそうだった。

ふたりはなにやら小声で話し合ったあげく、とうとう合意に達した。市場中の人々は盗み聞くことはできずに、ただふたりの唇が動くのを見守っていただけだった。みな好奇心に満ちた目でふたりを見つめていたが、いきなりすべてが終わり、ママン・ゲンデンと小団長のすぐ近くにいた人々が、停戦はその日の午後四時より有効となるとふれ回った。兵士たちはそれぞれの持ち場へ戻らねばならず、やくざ者どももやはり溜まり場へ戻らねばならなかった。残ったのはただママン・ゲンデンと小団長だけで、ふたりはまだ市場の真ん中の椅子に腰掛けたまま、虎口から逃れたかのように、どちらも安堵のため息をつき、椅子の背にもたれかかっていたが、やがて小団長がこう尋ねた。

「トルフはできるかね?」

「トルフなら、バス・ターミナルの待合場の椅子で、よく仲間とするが」とママン・ゲンデンは答えた。

そこでふたりは、さっきの塩魚売りと荷役夫を呼んでトルフの相手をさせ、そこからふたりのトランプのテーブルにおける奇妙な友情関係が始まったのだった。兵士とやくざ者どもに起きたたくさんの問題が、そこでふたりの間で密かに解決された。出費はたいしたものではなかった。負けても硬貨を何枚か失うだけで、勝ったからといってさほど嬉しくなるわけでもなかった。それからというもの、ふたりには週に三回ほどその同じテーブルで顔を合わせるという新しい習慣ができ、それが何年ものちまで続いた。ふたりとも常に相手を疑い、相手を負かそうとしていたのは隠すまでもなかった。ときには服売りの夫を誘い、ときには薬売りや、荷役夫や、輪タク《ベチャ》の運転手や、家畜の屠殺業者や、塩魚売りや、運送屋や、その他だれでも市場に居合わせてトルフの遊び方を知っている者を誘って相手をさせた。

ただし、小団長がそこにいるときは必ずママン・ゲンデンもいて、その逆もしかりだった。繰り返すが、奇妙な友情関係だった。というのも、心の奥深くではどちらも相手のことを好いてはいなかったからである。ママン・ゲンデンは、小団長が自分の愛する娼婦デウィ・アユと寝るという無礼を犯したことをまだ恨んでいたし、小団長の方は、目の前にいる男が、小団長が軍支部の支配者であり、かつて共和国大統領に総司令官として指名されさえした男であることに頓着もせず、大胆にも執務室に乗り込んで脅しをかけたのを、今でも恨みに思っていた。

ところがこの友情関係は、町の人々にはある種の懸念をもって受け止められた。人々は町のあらゆる問題がトランプ遊びのテーブルで解決されることに安心したけれど、やがて兵士とやくざ者との間に、町の住民の大半から搾り取った金でいい思いをするための汚い共謀関係ができたのに気づいて憤慨した。また町の人々は、今ではなにかを訴えることのできる相手がだれもいなくなってしまったという事実にも気づかされた。仕事といえば四つ角で笛を吹くだけの警察を当てにできるなどと考えてはいけない。

そういうときに、共産党と、中でもクリウォン同志が、みなが顔を振り向けることのできる唯一の場所となったのである。クリウォン同志と共産党のいずれも評判が最高潮に達し、当時ハリムンダにあった政党すべてを動揺させていた。

その間にも小団長とママン・ゲンデンの友情関係は続いた。それればかりか最近ではトルフのテーブルで、兵士とやくざ者の喧嘩や収入の公平な分配を巡って話し合いが行われることはなく、小団長は昔からの親友に向かってするように、個人的な問題を打ち明けるようになっていた。それはたいてい、トランプ遊びが終わって、市場の物売りたちが店の扉を閉めてそれぞれ家路につくころ、ふたりだけで話をするときのことだった。そんなときにクリウォン同志が話題に上ったりもした。小団長は、あの男は本気で共産主義者になったわけではなく、ただかつて恋人だったアラマンダが自分と結婚した恨みを晴らそうとしているのだと、相変わらず信じ込んでいた。そんな劇的な話を聞いて（実はその出来事についてはすでに知っていたのだけれど）ママン・ゲンデンは笑い、たしかに他人の恋人を奪うのはよくないと言った。ママン・ゲンデンも小団長がデウィ・アユと寝たと聞いて、非常に傷ついた経験があったからである。そう言われて小団長は顔を赤らめたが、やがて母を見失った幼子のように瞳をうるませた。

「この騒々しい世の中で、私は孤独で不運な人間なのだ」と小団長は言った。「小団長になる前、十代のときに青年団に入って日本軍から訓練を受けた。日本軍に対して反乱を起こし、何ヶ月もゲリラ戦を展開して、それから日本軍が降伏したと聞いた。ひとつの戦いから別の戦いへと人生をすり減らし、猪相手の戦いまでやった。そういうことすべてにもう疲れてしまった」。ママン・ゲンデンは、いつもマヤ・デウィがズボンのポケットに入れてくれるハンカチを小団長に差し出し、小団長は濡れた目をそれでぬぐった。「他のみんなのように生きたい。愛し、愛されて」

「あんたは部下からあんなに慕われているじゃないか」とママン・ゲンデンは言った。

「でも、わかるだろう、あいつらと結婚などできるはずもない」

「少なくとも、今、俺たちにはどちらもすごくきれいな妻がいる」

「だが不幸なことに、私はかつて他の男を愛していた女と結婚したのだ。そしてその愛は、かんたんには消えてくれそうにない」

「そのとおりかもしれん」とママン・ゲンデンは言った。「俺もあの男、クリウォン同志が漁師たちの一団の前にいるのを見たことがある。すごく思いやりがあって、人の不幸を真剣になんとかしてやろうとしていた。ときどき、あいつがねたましくなるし、あいつはこの町で希望に満ちた未来を見つめているただひとりの人間かもしれんと思ったりもする」

「それが共産主義者のやり方なのだ」と小団長は言った。「哀れな連中だ。この世が腐り果てた場所となるべく運命づけられているのも知らないで。ただそれだけが、神が哀れな人間を慰めるべく天国を約束してくれている理由だというのに」

そうして話しているうちに、ふたりはもう日がすっかり暮れてしまっているのも忘れてしまう。それに気づくとふたりはすぐに立ち上がり、抱き合って、また会おうと言い合ってから、それぞれ反対の方向へ帰って行く。それぞれの家と妻のもとへ。

ある日、悪い知らせがもたらされた。ミラーとサプリがママン・ゲンデンとマヤ・デウィの家での勤めを辞めると言い出したのである。何年もたって、突然ふたりは互いに好き合っていることに気づき、結婚して田舎で百姓をしようと決めたのだった。ママン・ゲンデンは、新しい使用人を雇わねばならないと、かなり困惑した。なんといっても妻はまだ洟垂れ娘である。ところが実際には、思っていたのとはまるで違った。ふたりの使用人がいなくなった最初の日、小団長とのトルフ遊びを終えて日が暮れてから家に帰ると、妻がすでに夕食を用意していた。

「これ全部、だれが作ったんだい？」とママン・ゲンデンはびっくりして尋ねた。

「わたしよ」

それから間もなく、妻の主婦としての能力が並外れたものであることを、ママン・ゲンデンはあらためて思い知らされた。夫が身に着けるためにきちんとアイロンを当てただけでなく、いい香りまでつけた服を用意するのはもちろん、マヤ・デウィはふたりが食べる物を全部料理し、それがまた実にうまかった。小さいころからデウィ・アユに教わったのだとマヤ・デウィは言った。おまけにパンを作るのまでうまかった。焼き菓子を何種類か試作して、近所の人々に配った。マヤ・デウィは近隣の人々との関係において、一家唯一の使節だった。だれもの耳にママン・ゲンデンに対する悪評が聞こえていることを思うと、ママン・ゲンデンはそういう点ではものの役にも立たなかったからである。その焼き菓子は実に多くの幸運をもたらした。それから間もなく近所の人が、息子の割礼祝いの引き出物にするから焼き菓子を作ってほしいとマヤ・デウィに頼んできたのだった。それからさらに別の注文が入った。マヤ・デウィは学校から帰ると菓子作りにとりかかり、そうして一家の家計についてはもう心配する必要はないといえるようになった。

その一部始終を目の当たりにして、突然ママン・ゲンデンは、こんなにすばらしい妻がいるというのにママ・カロンの娼館へ行って義母と寝たのを激しく悔いた。

ある夜、ママン・ゲンデンは再びママ・カロンの娼館へデウィ・アユに会いに行ったが、デウィ・アユはママン・ゲンデンが来たのを見ても驚かず、くすくす笑いながら尋ねた。「まだ奥さんには手を触れないで、義母の体が欲しいわけ?」

「もうおまえには手を触れないと言いに来ただけなんだ」

それを聞いてはじめてデウィ・アユは驚き、こう尋ねた。「どうして?」

「おまえの末娘みたいな妻がいる以上、もう他のどんな女にも手を触れるつもりはない」

ママン・ゲンデンはすぐにデウィ・アユを残して立ち去り、家と妻のもとへと急いだ。

11

ハタンキョウの木の薪をアラマンダの家に届けた後、クリウォン同志は浜辺の仲間のもとへ戻った。幼いころから浜辺は馴れ親しんだ場所だった。父は死んだときには漁師をしていなかったとはいえ、クリウォンは漁師の子だったし、漁師たちとともに生きてきた。他の漁師の子どもたちと同じぐらい、よく海へも出た。百姓が鉈で体を切りそうになるのと同じくらい、何度も溺れ死にそうになった。以前の職場、キノコ園には戻りたくなかった。そこにはアラマンダとの思い出が多過ぎたし、苦々しいことを思い出したくはなかったからである。

昔からの友人カルミンとサミランといっしょに、クリウォンは海辺のパンダンの繁みの裏に自分たちのささやかな小屋を建てた。ふたりとともに夜には海へ出て、収獲は舟の持ち主と山分けした。昼には少し昼寝をした後、マルクス主義に関する本を読み、そこから学んだことをふたりの親友に教えた。今もオランダ通りの党の事務所には顔を出していたし、多くの共産主義者たち、とりわけ首都の共産主義者たちと連絡を取り合うようにもなっていた。ジャカルタにいた短い期間、党の学校で勉強して、そこでたくさんの知り合いができたのだった。

文通仲間はたくさんの出版物や雑誌を送ってよこし、党の方からはクリウォンたちの小屋へ定期的に新聞が送られてくるようになった。小屋の一隅には本が山をなしていき、マルクスやエンゲルスやレーニンやトロツキーや毛主席の発言をすぐに調べられるようになり、それからセマウンやタン・マラカといった国内の活動家の書いた小冊子類もあった。そういった著者の幾人か、たとえばトロツキーやタン・マラカのものなどは、ご法度のような扱いだったのだが、党のだれかが苦労してクリウォンのために入手してくれたのだった。

そのころクリウォンはまだ正式の党員になっておらず、ただ党員候補というだけだった。必要なことはすべて自分で書物や出版物を読んで学んだ。党が主催する政治講座にも熱心に出席し、機会を与えられれば演壇にも立った。漁師と農園の労働者たちも組織した。アラマンダの結婚式から六ヶ月後、共産党事務所の幹部たちはクリウォンがこの地域での最有力の党員候補であると結論を下し、クリウォンは共産党に正式な党員として迎えられた。最初に与えられた使命は、革命戦争におけるゲリラ軍兵士の生き残りを集めることだった。彼らの大半は共産主義者だった。戦時中には小団長の部隊とともに戦い、何年も前に反乱が失敗に帰した後、散り散りになっていたが、今では革命に対する一種のロマンティシズムとノスタルジアから、再び党に加わった。

漁業組合ができたのはそのころのことで、サミランとカルミンが最初の組合員で、クリウォン同志が組合長だった。二週間のうちに組合員数は五十三人にのぼり、みるみるうちに漁師のほぼ全員が漁業組合に参加するようになった。毎週日曜日、これといってすることもないとき、漁師たちはみな港のすぐそばの市の立つ場所に集まった。そういうときにクリウォン同志は党のプロパガンダを行い、特に大きな漁船が漁師たちの生活にどんな脅威を与えるかを説いた。

党のプロパガンダがクリウォン同志によって行われるのは、そういったときだけではなかった。今では漁師たちのあらゆる行事が漁業組合の手で行われるようになっていたからである。南海の女王《ラトゥ・キドゥル》に捧げるために牛の頭を沖へ向かって投げ込む前にも、クリウォン同志が『共産党宣言』からいくつか引用して短い演説をすることになっていた。波に呑まれて死んだ漁師の葬式でも演説したし、漁師たちが魔術舞踊《シントレン》の一座を招いて晴天に感謝を捧げる祭を催したときにも、やはり熱弁をふるった。歌は全部『インターナショナル』に換えられ、締めくくりの祈りはすべて「万国の労働者よ、団結せよ！」に換えられた。

「新しい宗教を布教している宣教師みたいだな」。クリウォン同志は党の事務所の仲間たちにそう言って、くすくす笑った。「『共産党宣言』を聖典にしてさ」

「そこが共産主義と世界の全宗教との対立の要なんだ。信者の奪い合いが」

そのころはクリウォン同志にとって非常に多忙な時期だった。組合の組織とプロパガンダの他に、党の学校で教えるようにもなり、新たなる党員候補者のための政治講座で教鞭を執り、その合間に漁にも出て、漁業組合の活動もした。それでもクリウォン同志はそういった活動すべてを心から楽しんでいて、党が今度はモスクワへの留学の話を持ちかけてきたときも、それを断わって、このままハリムンダに残るのを選んだほどだった。

ゆっくりくつろぐのは、朝、海から帰ってきたときだけだった。三人の小屋の前にすわり、クリウォンは三種類の新聞を読む。三つとも、朝食前のそんなに早い時刻に、いかにも誇らしげにハリムンダまで届けられるのだった。クリウォンは共産党の『国民新聞』を読み、いわゆる「同志」と呼ばれている別の政党の発行する『東洋の星』を読み、それからバンドンで発行されている共産党の地方紙を読んだ。コーヒーを飲みながらそれらの新聞を読み、それから小屋の裏の、壁といえばパンダンの藪だけという井戸端へ行って水浴し、朝食をとって、そのあと昼まで眠った。

ある日、いつもの朝の日課の最中に、学校の生徒の一団、女の子だけの七人が、砂の上を歩いて東へ向かっているのを見かけた。クリウォン同志はただ女の子たちの方にちらりと目をやり、学校の時間だというのにうろうろしているいたずらっ子どもだと思っただけだった。教師や授業に退屈した生徒たちが学校を脱け出して浜辺へ遊びに来るのはよくあることだったので、クリウォン同志は女の子たちにはかまわず、また自分のコーヒーと新聞に戻った。ところが第一面から飛んで第八面へ続いているひとつの記事を読み終わりもしないうちに、その女の子たちの方で騒ぎが持ち上がったのが耳に入った（朝の九時にはたいてい浜辺はひっそりとしているから、他のところから騒ぎが起こったとは考えられなかった）。女の子たちがけたたましく叫んでいるのが、それもいたずらをしたりふざけたりしているのではなく、怯えた悲鳴が聞こえた。

クリウォン同志は読みかけの新聞を、コーヒーと別の二種類の新聞の載っている机の上に置いた。立ち上がって一歩前へ踏み出し、遠くの女の子たちのいる方を見つめた。女の子たちは散り散りになって、あちらへこちらへと駆け回っていたが、と見るうちに、ひとりの少女がいきなりみなから離れて駆け出した。騒ぎのもとは一匹の犬で、犬がその少女を追いかけているのだった。ハリムンダには犬が多い、とクリウォン同志は思った。浜辺でうろついている野犬だけでも数え切れないくらいだった。小団長が犬を飼育して増やしてから、ハリムンダは徐々に犬だらけになっていったのである。

クリウォン同志は女の子を助けてやりたいと思ったが、離れ過ぎていたし、犬は少女の背後わずか四メートルにまで迫っていた。少女はクリウォンの姿を見ると、浜辺に男がいてこの恐怖の一幕を見つめているのを見とめて、クリウォンの方へ向かって走り出し、その後を犬が激しく吠えながら追い、クリウォン同志もとうとう少女と犬の方へと駆け出した。少女は恐慌をきたして悲鳴をあげ続け、「助けて!」というようなことを叫び、一方仲間の女の子たちは、ずっと後ろの方で、だれでもいいから助けてくれそうな人を呼び求めた。クリウォン同志は足を速め、距離を詰めた。

ところが驚いたことに、そしてクリウォンは後になってようやく気づいたのだが、少女は非常な勢いで駆けて来るのだった。少女に優秀な走者としての血が流れているのか、それとも恐怖のせいでそうなっただけなのかはわからないが、悲鳴に合わせて吠えたてる獰猛な犬の鼻先との間に四メートルの距離を保ったまま少女は駆け続け、クリウォン同志と少女との間の距離がゼロになったとき、少女の駆けてきた距離の方が、クリウォンの駆けてきた距離の二倍もあることがはっきりわかった。クリウォン同志も少女に向かって全速力で走っていたというのに、である。少女との距離が狭まるにつれて、少女の顔には恐怖がありありと見て取れ、ふたりの距離が二メートルまで狭まると、少女はとっさにクリウォンに向かって跳躍し、クリウォン同志にしっかりとしがみついた一方、犬はようやく追いすがり、今こそ噛みついてやるとばかりに踊り上がった。けれどもクリウォン同志の足の方がより素早く的確に動いて、犬の顎を勢いよく蹴り上げ、犬は一メートル半ほどふっ飛んで、しばらくもがいていたが、やがて口から泡を吹いて動かなくなった。死んだようだった。どうやら狂犬病にかかっていたらしい。

次は、まだしっかりとしがみついたままの女学生をなんとかしなければならなかった。汽車の駅の前のハタンキョウの木の下でアラマンダとしっかり抱き合い、熱烈に口づけまで交わして以来、クリウォン同志はどんな娘も抱きしめたことがなかった。幾人かの娘たちや若妻たちは、なおもクリウォンの甘い言葉や誘いを期待して色目を使ったりしていたものの、クリウォン同志は、今ではもう女たらしという評判をすっかり脱ぎ捨ててしまっていた。党と仕事に多くの時間を費やし、きれいな娘たちのための時間などもうなかったのである。ところが今、少女がしっかりとクリウォンにしがみつき、気づかぬうちに、いつしかクリウォンも少女の体に腕を回して抱き返していた。もちろん、狂犬の攻撃から身を守るために無意識にそうしたのだと言い切ることはできたとしても。

ふたりはぴったりと、そしてしっかりと抱き合っていたので、少女の胸が自分の胸に強く押しつけられているのが感じ取れ、それは実に柔らかで温かかった。少女の髪の先が風にもてあそばれてクリウォンの顔をかすめ、クリウォンには自分の肩に顔を埋めている少女の額が見えた。仲間の女の子たちがほっとしてやって来ると、クリウォン同志はそっと少女を自分の体から離したが、そのとき少女の独特な美しさ、姫や天女の持つ、優美で神秘的で、由緒の正しさを感じさせ、古典的で自然な美しさ、ふたつに分けて編んだ髪、閉じた目を縁取るカールしたまつげ、すっきりとした鼻を飾る細心の注意を込めて彫ったような両の小鼻、かすかにゆがめた唇、ふっくらとした頬が目に止まった。と同時に、少女がすでに気を失っているのに気づいた。おそらくクリウォンにしっかりと抱きついた瞬間に失神してしまったのだろう。

仲間の女の子たちとともに、クリウォン同志は気を失った少女を椅子に掛けさせ、正気づかせようとした。けれども、そうたやすくはいかなかった。小屋の裏手からほど遠くない、葦だらけの空き地と浴室代わりの井戸とに隔てられた道を馬車が一台通りかかったので、クリウォン同志はそれを呼び止めた。娘たちは気絶した少女とともにぎゅう詰めになって馬車に乗り込み、クリウォン同志に言われたとおり少女を家へ連れ帰ることになった。なにはともあれ、怯えて気を失った人間を正気づかせるには、ゆっくり休ませるのが一番なのだ。

馬車を引く馬のひづめの音とともに娘たちが角を曲がって見えなくなってからも、クリウォン同志は、しがみついていた少女の体のぬくもりをまだ感じていた。柔らかな乳房の感触、髪の香り、神秘的な美しさをたたえた面影がまだ残っていて、幾度もそんな感覚を追い払おうとし、明日のため、党のために真剣に働かねばと自分に言い聞かせても、少女の体のぬくもりはいっこうに消えようとしなかった。忙しさに紛らわせて忘れてしまおうと、死んだ狂犬を藪の中に埋め、それからもう飯も炊けたので仲間を起こし、朝食をとってから昼寝を続けようとしたときも、やはり同じだった。

寝ようとすると、余計苦しめられることになった。その朝の出来事が頭から離れなかった。突然クリウォン同志は、これも全部、あの女学生にどこか見覚えがあるせいだと思い当たった。あの顔は見たことがあったし、もしかすると名前も知っているかもしれない。少女の体のぬくもりをなおも感じながら、どこで見かけたのだろうとクリウォン同志は考えた。少女は十五歳ぐらいだったから、かつてデートした娘たちのひとりでないのはたしかだ。あの娘たちのひとりではなく、どこか別の場所で会った娘だ。

その日は眠れなかった。まもなくあの少女がだれなのか思い出したからだった。少女がだれなのかわかっても、なんの解決にもならず、かえっていっそう苦しめられるはめになった。たしかにあの顔を見たことがあり、名も知っていた。しかもあの子が六歳のときから。ジャカルタへ発つ前の一年間には、ほとんど毎日のように顔を合わせていた。クリウォン同志は朝の出来事の名残を追い払い、少女の体のぬくもりを振り払い、柔らかな乳房の感触を消し去ろうとしたが、なにをやっても無駄なようだった。

「名前はアディンダ」。クリウォンは悲しげに言った。「アラマンダの妹だ」

その戦慄は昼まで続き、とうとうクリウォンは起き出して水浴することにした。漁師たちはすでにおのおの家から外へ出て、網を調べたり、獰猛な魚が暴れて破ったところを繕ったりし、町の方へ遊びに出かけていく者たちの姿も見えた。小屋の横に広げて干してある網に問題のないことを確かめた後、クリウォン同志は井戸へ行って水浴びをした。洗い場はただパンダンの藪に囲まれているだけで、井戸のまわりには壁もなく、片隅には大きな甕《かめ》が置いてあり、甕には小さな穴が開いていて、使い古しのゴムぞうりから取ったゴムで栓がしてあった。けれどもクリウォン同志は、その甕から小便のようにちょろちょろと出てくる水で体を洗うよりも、井戸から直接桶に水を汲んで、それを体に勢いよくかける方が好きだった。

結局クリウォン同志はアディンダという名のあの少女を頭から追い出すことができず、あたかもあの一家はクリウォンに一生ついて回る運命にあるかのように思われた。まだ水浴びを終えないうちに、カルミンが、女の子がふたり会いに来ているぞと大声で呼んだ。水浴びをすませて服を着て、まだ濡れた髪のままクリウォン同志が客間へ行くと、ふたりの少女は壁にかかったマルクスとレーニンの肖像と鎌と槌の絵を眺めているところだった。アディンダと、今朝いっしょにいた友だちのひとりだった。

「助けてくれて、ありがとうございました」とアディンダは言って、はにかみ顔でぴょこんとお辞儀をした。

アラマンダとはまるで違う。顔つきは穏やかで無邪気だった。

「きみ、あの犬よりも速く走っていたね」とクリウォン同志は言った。「だれにも助けられなくても、あいつを殺せただろうよ、くたびれ果てさせて」

「あたしに噛みついてたと思うわ」とアディンダは言った。「だって、あいつが死ぬよりも先に気絶しちゃってただろうから」

この少女という難問は、当分の間は党の仕事に時間を取られてなんとかごまかしていられた。小団長の漁船のやり口に対する漁業組合の面々からの苦情に集中しなければならなかった。クリウォン同志は不満を抑え切れなくなった漁師たちの一団を率いて、ある朝、小団長の漁船が魚市場のある船着場に接岸すると同時に行動を起こすことにした。漁船の乗組員たちは獲った魚を下ろそうとしたが、クリウォン同志と漁師たちの一団がその前に立ちはだかった。クリウォン同志は船長に向かって、漁師たちが昔から舟で漁をしている海域では小団長の漁船が操業しないと約束するまでここを動かない、と宣言した。

「その魚が腐ったところで知ったことじゃない」とクリウォン同志は言い、そしてもちろん最後はこう締めくくった。「万国の労働者よ、団結せよ！」

漁船の労働者たちは甲板の手すりのところに立ってぶらぶらしているだけで、同じ村出身の仲間たちと争うつもりなどなく、賃金代わりに魚を受け取るわけでもなかったから、魚が腐ったところで気にしなかった。また魚市場の競売人たちは、この日は魚が手に入らないおそれもあったので本来ならば抗議してしかるべきだったけれど、鯨の子のように屈強な体つきの漁師たちがあまりにも大勢集結しているのを、ただ黙って見ているだけだった。本気でいらいらして腹を立てたのは、いうまでもなく小団長の漁船の船長たちと幹部たちだったが、漁業組合の連中を前に、手も足も出せなかった。そんな緊張のうちに一時間が過ぎ、アジテーションと『インターナショナル』の合唱が続き、漁師たちは並んで手をつなぎ合い、人でも魚でも、なんであれ漁船から出るのを阻んだ。

クリウォン同志は、勝利は漁師たちの手にあると信じて疑わなかった。魚はすぐに腐り始めるし、漁船が漁師たちの要求を容れなければ、毎日魚を獲っても腐らせてしまうことになるのだ。ところが漁船の氷が溶けて魚がほんとうに腐ってしまうよりも早く、軍の一隊と警察がやって来た。緊迫した一瞬が過ぎ、漁師たちの多くが抵抗しようと決意を固めた。けれども軍隊が空へ向けて発砲を開始すると、漁師たちはなだれをうって逃げ出した。やむを得ず、クリウォン同志はみなを後退させた。

そういった多忙さで、アディンダのことなど忘れてしまえるはずだったのに、結局そうはならなかった。アディンダは漁師たちの中にいて、クリウォンにもそれが見えたのだった。

クリウォン同志がカルミンとサミランとともに暮らしている小屋は、漁業組合の本部としての機能も果たしていたので、だれに対しても開放されていた。漁師たちは行動が失敗した件について話し合い、会議を開くこともよくあったし、とりとめのない話をするだけのことも多かった。だからアディンダが学校帰りに友だち何人かといっしょにそこへ現れても、追い出すわけにはいかなかった。

アディンダは英語がうまかったけれど、ハリムンダを訪れる旅行者は多かったから、それは特に珍しくはなかった。クリウォン同志の家には本好きにはたまらない蔵書があり、大部分は哲学と政治の本だったけれど、英語で書かれているとはいえ、アディンダの好きな物語の本もあった。クリウォン同志が昼寝から覚めると、アディンダが大きな机の後ろのレーニンの肖像の真下にすわって、本を夢中で読みふけっているのを目にすることがよくあった。アディンダはちらりとクリウォンの方を見て、**勝手に上がり込んでごめんなさい**、と言うようににっこりし、それからクリウォンはややぎくしゃくしながらお茶を出してやり、少女はこう言う。**ありがとう、でも、自分でするのに**。クリウォンはそそくさと井戸へ向かい、そこでがたがた震えおののくのだった。

アディンダはそこでとてもたくさんの本を読んだ。そこにあったゴーリキーとドストエフスキーとトルストイの小説を全部読んでしまったようだった。どれもモスクワの外国語出版局から党経由で送られてきたものだった。そのあとは、共産党の出版局である革新協会が出している国内の小説や翻訳ものや、政府の図書局が発行した本を読んだ。

繰り返すが、クリウォン同志はアディンダを追い出しはしなかったが、それでもできる限りアディンダを避けた。アディンダのそばにいると、ふたつの理由でクリウォン同志はあからさまに苦しめられた。ひとつ目は、アディンダを見るとアラマンダとのつらい思い出にとらわれてしまうからで、ふたつ目は、アディンダとのはじめての温かな接触を思い出して酔ったようになってしまうからだった。クリウォン同志は漁業組合の仕事にますます打ち込み、小団長の漁船に対する最初の作戦が失敗に帰した件について話し合った。組合の中から幾人か候補者を選んで漁船に潜入させ、そこでしばらく働きながら漁船の労働者たちを組織させることにした。時間はかかるけれど、クリウォン同志の信じるところでは、共産主義者たちはこの世でもっとも辛抱強い生き物だった。

漁船に人を潜り込ませるのはたやすくはなかったが、なんとかそれぞれの漁船にふたりずつ潜入させることができた。まったく不十分な数ではあったけれど、なにもないよりはましだった。彼らが漁船の労働者たちの煽動に成功するまで待っている間に、漁師たちの大部分は辛抱しきれなくなって、漁船を燃やしてしまおうとクリウォン同志に詰め寄った。クリウォン同志はなんとか漁師たちをなだめようとした。

「小団長と話し合う時間をくれ」とクリウォン同志は言った。

それがクリウォン同志と小団長との最初の会談で、なにも実を結ばず失敗に終わった。それだけでなく、小団長は漁船をさらに増やした。漁師たちはまたもや手っ取り早く漁船を燃やしてしまおうと、クリウォン同志に詰め寄った。もう一度、クリウォン同志はあらためて小団長と話し合うことになった。そのときは小団長の家を訪ね、アラマンダの腹が中味のない空洞であるのを目にしたのだった。嫉妬した男が呪いの言葉を吐いたのだと受け取ったのは小団長だけではなく、アディンダまでもそう考えた。

ある日の夕方、アディンダがやって来て、クリウォンに向かって真剣に哀願したのである。「姉さんは、あの小団長と結婚したことで、もうじゅうぶん苦しんでいるんだから」

「姉さんを傷つけないで」。今にも泣き出しそうになってアディンダは言った。

「ぼくはなにもしていないよ」

「子どもがいなくなるように呪いをかけたでしょう」

「そうじゃない」。クリウォンは弁解した。「ただきみの姉さんの腹を見て、見えたことを言っただけだ」

アディンダはまるで信じようとはしなかった。怒りと困惑のない交ぜになった気持ちのまま、いつも本を読む場所にすわった。いつもならクリウォン同志はどこかへ行ってしまうのだが、今回はなすすべもなく、椅子を引き寄せてアディンダの前に腰を下ろした。その日の夕方、ふたりの他にはだれもおらず、壁をヤモリがはい、蜘蛛がぶら下がって網を張っているだけだった。

「お願い、同志、アラマンダのことは忘れて」

「そういう名前だったってことも、もう忘れてたよ」

アディンダはそのおもしろくもない冗談を無視した。「もし姉さんに腹を立てているなら」とアディンダは言った。「あたしでその恨みを晴らせばいいわ」

「わかったよ。きみをトマトみたいに薄切りにしてやるよ」と、クリウォン同志はアディンダをなだめようと無駄な努力をした。

「もしもそうしたいんなら、あたしを殺してもいいわ。それに、いつでもあたしを犯してもいいし。あたしは絶対抵抗しないから」。アディンダはクリウォンの軽口を気にも留めずに言った。「あたしを奴隷にしても、どうしてもいいわ」。アディンダはスカートのポケットからハンカチを取り出して、頬を濡らしていた涙をふいた。「それだけじゃなくて、あたしと結婚してもいいのよ」

遠くでトッケイヤモリが七回鳴いた。欲情を晴らす相手を探しているしるしだった。

もしもほんとうに赤ん坊が妻の腹から消えてしまったとしたら、それはクリウォン同志の呪いのせいだと小団長は確信していた。嫉妬に狂った昔の恋人の呪いである。そんなものには武器で立ち向かうわけにはいかないし、子孫七代にわたる戦いをもってしてもどうにもならないはずで、小団長は自分のはじめての子を救うために、その男との平和的解決の道を見つけねばならなかった。とうとう小団長はクリウォン同志に、漁船の船長たちに浜辺からずっと沖へ出たところで操業させるようにし、舟で漁をする漁師たちの昔からの漁場には手を出さない、と言った。

その代わり、頼む、と小団長は言った。あの呪いを家内の腹から取り除けてもらいたい。小団長は、自分と妻とが互いに愛し合っていて、ふたりの結婚が幸福なものであると世間に知らせるためにも、どうしても子どもが欲しかったのである。クリウォン同志はそれを聞いてほほ笑んだけれど、それは小団長の言ったことが真っ赤な嘘で、アラマンダが愛しているのはクリウォンだけで、小団長のことなどまったく愛していないのを知っていたからではなく、ほんとうの理由はこうだった。「空の鍋とあの漁船との間にはなんの関係もありませんよ、小団長」

そのクリウォン同志の言葉を聞かなかったかのように、小団長は漁船をはるか沖の方へ移動させた。漁師たちはそれを自分たちの勝利だと受け止め、おおいに喜んだ。小団長の漁船が漁師たちの縄張りで漁をしなくなったばかりか、漁師たちの魚市場で魚を売ることもなくなったからだった。小団長の漁船は、もっと大きくてもっとたくさんの魚を必要としている別の町の港へ錨を下ろすようになったのだった。

クリウォン同志は、魚がいなくなってどうなったか、そして努力の結果こうして漁船を遠ざけることができ、魚がまた戻ってきたのだということを説明しようと試みた。マルクス主義者の師たちに教わったとおりに、できるかぎり即物的に説明した。けれども現実には、じゅうぶんな金ができると、漁師たちは牛を一頭買って海岸で宴を開き、椰子酒の瓶を何本も空けながら、牛の頭を海に投げ込んで南海の女王《ラトゥ・キドゥル》に捧げた。依然として迷信にとらわれたままだったのである。それに関してはクリウォン同志はまったくどうすることもできず、漁師たちに対しては、もっとも単純な論理を教え込むのさえたやすくはないと、あらためて痛感したのだった。ましてやマルクスの思想となると、クリウォン同志自身でさえ、首都にいた短い期間に細切れにして少しずつ学んだだけだった。漁師たちが自分たちの団結と生活を脅かすものに向かって勇気を出して対決しただけでも、クリウォン同志にとってはじゅうぶんに喜ばしかったけれど、繰り返し仲間たちにこう言った。人生はそんなにたやすくはない、うわべの勝利に酔ってはいけない、団結をいっそう固くしなければならない、大きな敵はまだやって来てはいないのだから、と。

漁師たちが催した感謝の宴だけでなく、今では喜びで有頂天になっている小団長も、いつでも感謝の宴を開く用意ができていた。とりわけクリウォン同志に呪いをかけられたのではないかと気がかりな小団長は、それが現実となるのを怖れるあまり、アラマンダと腹の中の子の安全を守るための伝統的な儀式を執り行わせた。その儀式とは、夜中にさまざまな種類の花を浮かべた水で沐浴し、呪医に呪文を唱えてもらうものだった。呪医は小団長に言った。奥様のお腹はとても順調に大きくなっていらっしゃるから、中のお子さんもお元気にまちがいございません、お母さんみたいにとてもきれいな女の赤ちゃんでございますよ。

小団長は子どもが男であろうと女であろうとかまわず、子どもができるだけで自分にとってはじゅうぶん過ぎるぐらいだと思っていた。赤ん坊は女だという呪医の予言を聞いて、小団長は喜びのあまり飛び上がり、呪いなどただのでたらめだったのだ、嫉妬の炎に焦がされた男の口から出た恨み言にすぎないのだと思った。すぐさま子どもの名前を考え、ヌルール・アイニと名づけることに決めた。特に意味はなく、ただその名がふと頭に浮かんだからだった。それでも、だからこそその名は子につけるべく神から下されたもので、そういう天啓には従わねばならないと小団長は確信したのだった。一方、妻は寒々しい真夜中に、呪医につき添われて花を浮かべた水を何桶も何桶も浴び、寒さに震えながら、あしたには風邪を引くに違いないと思ったのだった。

やはり夜中に別の場所で、クリウォン同志は自分の見たものがまちがいで、ふたりにほんとうに子どもが生まれるといいのだが、と考えていた。ただの空の鍋でなければいいのだが。

人の望みは決して叶えられないものだが、ヌルール・アイニも決して生まれることはなかった。小団長が森のゲリラ基地から町へ戻ってから二年目に生まれるはずだった子を、アラマンダは産まなかったのである。小団長が約束を破ったせいでアラマンダが堕胎したからではなく、赤ん坊はアラマンダの腹の中から忽然と消えてしまったのだった。それは、医者からも呪医からも出産予定日だと言われていた日の数日前に起こった。

アラマンダ本人にも、なにが起きたのかわからなかった。目が覚めたとたんに、いきなりとてつもなく大きなげっぷが出て、ひどく大量の空気を吐き出したような気がし、そして突然、自分の体が子宮の中になにもない処女のようにほっそりしているのに気づいた。二ヶ月前にクリウォン同志が、その腹の中は空の鍋で風と風が入っているだけだと言ったのをアラマンダは憶えていたが、それでも実際に我が身に起きてみると驚愕せずにはいられず、穏やかでさやわかな朝を引き裂く悲鳴をあげた。別の部屋で寝ていた小団長は、半ズボンに下着のシャツだけというかっこうで、顔には枕のしわの痕をつけ、手には蚊に刺された痕を残したまま、大慌てで駆けつけた。妻の部屋へ飛び込み、妻の腹がほっそりとした腹に戻ってしまっているのを目にして、妻と同じく唖然とした。

はじめのうちは妻がすでに出産したのかと思って、赤ん坊と血だまりが見つかるのではないかと、寝台の上から下まで探し回った。赤ん坊は見つからず、泣き声も聞こえなかった。小団長は妻を見つめたが、妻の方も真っ青な顔で小団長を見つめ返し、なにかを言おうと口を開け、寒さに震えるように唇を震わせたけれど、口からは一言も出てこなかった。

小団長はクリウォン同志の言ったことを思い出し、あの言葉はほんとうだったのかもしれないと心配になった。それから取り乱して妻に飛びかかり、妻の体を激しく揺さぶって、なにがあったのかと問い詰めた。ところが、なにか言うどころか、アラマンダはぐったりと崩れ落ち、寝台の上で気を失った。ちょうどそのとき、今か今かと待ち焦がれていたヌルール・アイニの誕生に備えて泊まり込ませていた呪医がやって来た。こういった奇妙な出来事も経験してきた呪医はふたりのそばへ寄り、アラマンダの体をきちんと寝かせて毛布をかけてやり、それから小団長に向かって言った。「こういったことは、ときどき起こるものでございますよ、小団長。赤ちゃんはいなくて、ただ風と風だけが入ってるんでございます」

「あんたが、赤ん坊は女の子だと言ったんじゃないか！」小団長は納得せず、怒りに満ちた金切り声をあげた。呪医が落ち着き払っているのを見ると、小団長は寝台の縁に腰を下ろし、自分がおもちゃをなくした幼子ではなく三十を越した男であることも忘れて、声を放って泣き出した。おもちゃの代わりにヌルール・アイニをなくしてしまったのである。妻が妊娠してからどころか、闘猪場でアラマンダをはじめて見かけたあのときから、ずっと夢見てきた女の赤ん坊だった。あのとき、小団長はアラマンダを一目見かけて恋に落ち、アラマンダが自分の妻となり、自分の子どもたちの母となることを夢見てきたのだった。あのときから自分が子宮に宿らせた子をアラマンダが産むのを夢見てきて、その子どものひとりにヌルール・アイニと名づけるはずだったのに、いったいだれのせいなのか、あの呪いが本物だったとしか考えられないようないきさつで、その子を奪われてしまったのである。ふいに小団長は、再びクリウォン同志のことを思い出した。今回はあの呪いがほんとうになるのではないかという不安ではなく、あの呪いがほんとうに現実となってしまったために、怒りの嵐とともに思い出した。クリウォン同志が小団長の子を奪ったのであり、小団長は復讐しなければならなかった。

　赤ん坊は死産だったということにして、なにが起きたのかはできるだけ隠しておくことになった。ただクリウォン同志だけが、二ヶ月前に自分がアラマンダの子宮の中に見たものがほんとうだったのだと悟った。一週間喪に服した後、小団長は漁船団にまた戻って来るように命じ、以前と同じ場所で漁をさせ、以前と同じ魚市場で魚を売らせて、クリウォン同志とその仲間たちに対して復讐しようとした。漁船の労働者たちはそれに難色を示した。漁船が漁師たちの昔からの漁場にまた現れたら、中に人がいようとおかまいなしに漁師たちが船を焼き討ちするだろうと怖れたからだった。小団長は耳も貸さず、命令に従わない者はだれでも首にした。

クリウォン同志は小団長と話をつけようとし、自分から約束したのにそれを破ったと言って小団長を責めたが、小団長は逆に、約束を破ったのはクリウォン同志の方だと言い返した。クリウォン同志は、漁師たちの怒りを鎮めて漁船の安全を確保すると言ったのを除いてはなにも約束したつもりはなかったけれど、小団長は呪いのことを持ち出し、あれは呪いだったに違いない、嫉妬に狂った男の呪いだったのだと責めた。それだけでは気がすまない小団長は激昂して、ただ恋人にふられたというだけであんなばかげたまねをするなど、男の風上にも置けない、世界中のどの女だってだれと結婚したいか選ぶ権利があるのだから、とまで言った。

ただ嫉妬したというだけの理由で、小団長の子どもを呪って生まれる前に消滅させたと言われて、クリウォン同志は心底むっとした。それでもなんとか気を鎮めて、あの呪いはだれから来たものでもない、可能性があるとすれば、あなた自身の奥さんからです、と反論した。「可能性はひとつしかありません、小団長」とクリウォン同志は冷静に言った。「あなたは、まったく愛に基づかずに奥さんと性交したでしょう。そういう交わりからできた子は、決して生まれることがないんです。たとえ生まれても、尻にねずみの尻尾のついた、頭のおかしい子どもになるだけです」。秘密を公衆の面前で暴露されでもしたかのように、図星を指された小団長はクリウォン同志に殴りかかろうとした。クリウォン同志はとっさにそれを避け、さらに小団長に向かって告げた。「あの漁船団を即刻移動させてください、小団長。ぼくらの堪忍袋の緒が切れる前に」

小団長はクリウォン同志の要求は無視して、依然として漁船団にいつものとおり操業するよう命じたが、今回は完全武装した軍支部の兵士たちを護衛につけた。兵士たちは甲板の手すりのところに立って、怒りを込めて兵士たちを見つめている漁師たちを監視した。小団長はいかにも陰険そうな笑みを浮かべて漁師たちを眺め、一方、夕暮れが迫るころ、クリウォンは他の三人とともに船外機つきの舟に乗り込み、別の漁師たちの舟がそれに続いた。広い海でまだ魚が群れている場所を求め、せめて自分たちの台所の用を満たすぐらいのものは獲りたいと思ったのだった。

小団長と同じく、アラマンダももう生まれているはずだった子どもが消えてしまったせいで、すっかり動転していた。だれとどうやって性交したにしろ、なんといってもそれは自分の子だったのだから無理もなかった。一週間の服喪が終わり、小団長が自分の勤めと漁船団に関する用事に戻っても、アラマンダはまだ部屋に閉じこもったまま深い悲しみに暮れていた。ときどきひとり言を言うので、小団長は妻が狂ってしまったのではないかと気を揉んだ。ひとり言の中で、アラマンダは決して生まれることのなかったふたりの子、ヌルール・アイニの名を決まって呼んでいたからだった。

けれども小団長がアラマンダに、すべて神の思し召しなのだし、二度目でも、三度目でも、四度目でも、その後おそらく何度目まででも、子どもを作る機会はまだまだあるとなだめると、アラマンダは即座に首を振った。「ほらほら、アラマンダ」と小団長は言った。「ちゃんと性交をして、望むだけ子どもを作ることができるさ」。アラマンダは頑強に首を振り、そうやすやすと小団長に対して譲歩するつもりはないと断言した。ふたりが結婚を決めたとき、自分は愛抜きでただ結婚するだけだと言った、あの約束をアラマンダは小団長に思い出させた。小団長はまたアラマンダを説得しようと試み、また別のヌルール・アイニを持てるかもしれない、ほんとうに現実に女の赤ん坊が生まれるかもしれないと言ったけれど、それでもアラマンダは、自分の悲しみはさておいても、相変わらず頑なだった。

「子どもをなくすのは悪魔と鉢合わせするよりも恐ろしいことだし、あんたに愛を与えると思うと、子どもを二十人なくすよりも、もっとぞっとするわ」とアラマンダは鋭く言い放った。

妻があれからもう例の鉄の下着を着けていないことを小団長が思い出したのは、そのときだった。たちまち腐臭を放つ考えが頭にひらめき、アラマンダが小団長の考えていることに思い当たるよりも早く、小団長は後ろを向いて扉を閉め、鍵をかけた。小団長が振り返って、ヌルール・アイニをなくして以来まだ寝台に横たわったままだったアラマンダに向き合ったとき、男がなにをしようとしているのかアラマンダは即座に悟った。急いでアラマンダは起き上がり、嫌悪に満ちた眼差しで小団長を見つめ、女が闘いに備える構えをとって、言葉短く言った。「欲しいの、小団長？　お望みなら、あたしの耳の穴ならまだしっかり締まってるわよ」

夫はただ笑って、こう言った。「やっぱりあそこがいいね、きみ」

アラマンダがどうする間もないうちに、小団長はアラマンダに飛びかかって体をしっかり抱きすくめ、また寝台の上に押し倒した。すっかり我に返り、ある限りの力をふりしぼって、アラマンダは今度もおのれの身を守ろうとした。あの鉄の下着を着けていないことは自分でもわかりきっていたので、なぜあの鎧を着けなかったのかと心の中で悔やんだ。日本やオランダとのさまざまな戦いや反乱を経験してきた小団長は、アラマンダのような女が立ち向かえる相手ではなかった。あっという間に着ていた物は狼と争って牙で引き裂かれたようにずたずたになり、素裸にされて、それから小団長の体がその上にのしかかり、アラマンダの体中を覆った。

小団長と性交している間、どうせ無駄なことはわかっていたのでアラマンダはもう抵抗はしなかったけれど、小団長が唇を近づけてきたら噛みついてやるつもりだった。小団長はしまいにはただ倦むことなくおのれ自身を続けさまに突き立てるだけになり、悲哀と歓喜との奇妙なハーモニーに身を浸していた。アラマンダは、またもや自分の身を守ることができなかったせいで心がずたずたになり、自分がいかにも卑しく汚らわしく思えて深く悔やんだ。小団長が欲望を吐き出してアラマンダの体の横に転がると、アラマンダは思い切り小団長を蹴飛ばして床に転げ落とし、こう言った。「腐った強姦魔、あんたは自分の妻を強姦しただけじゃなくって、たぶん自分の母親も強姦したんでしょう！」アラマンダは小団長に枕を投げつけて、さらに追い打ちをかけた。「あんたのあれは長すぎて、ひょっとして、自分の肛門だって強姦できるんじゃないの」

まだいくらかはましだと思えたのは、夫が一年前のようにはしなかったことだった。アラマンダはもう素裸のまま部屋に閉じ込められて両手両足を寝台の四隅に縛りつけられたりはしなかった。床に転げ落とされるとすぐに小団長は立ち上がり、服を着てアラマンダひとりを部屋に残して出て行った。翌日、小団長に見張られてはいなかったので、アラマンダはやすやすと家から姿を消した。そのせいで小団長は取り乱した。自分のしたことに妻が耐えられなくなって逃げ出そうとは、思ってもいなかったのである。

デウィ・アユの家へ人をやって探させたが、アラマンダはそこにいなかった。クリウォンの家にも密かに人をやり、嫉妬の炎に焼かれて、妻は昔の恋人のところへ行ったのではないかと疑ったが、アラマンダがいそうなようすはみじんもなかった。町の隅々にまで人をやったけれど、やはりアラマンダは見つからなかった。町を出て行ったかもしれないと思って、駅とバス・ターミナルにも人をやってみたが、アラマンダが汽車やバスに乗るのを見かけた者はひとりもなかった。小団長はなすすべを失ってポーチの椅子に力なくすわり込み、これほど深く愛しているのに、決して愛してはくれない女と結婚した哀れな運命を思って泣き、通りかかった人々が声をかけてきても、だれにも返事をしなかった。

夕暮れになるといっそう空しさと孤独が身に沁みて、とたんに小団長は、アラマンダがいようといまいと、いかに自分の人生が淋しいものであるかを思い知り、それを思ってますます悲哀に沈んだ。はじめて会ったときからあれほど憧れ、後には強姦までしてしまったあの女なしで生きていく勇気などないのはわかっていた。けれどもその女といっしょに暮らしを続けたところで、どんな幸せも得られそうになかった。アラマンダが、ほんのわずかさえも小団長の愛に応えようというようすを見せない限りは。

小団長は、自分はほんとうに妻を愛しているのだろうかとあらためて考えてみたが、答えはいつでも、そう、自分はアラマンダを愛している、だった。もしかすると、ひとりの戦士として、正真正銘の男として、まごうかたなき闘士としての考えに立って、アラマンダに離婚を申し出るべきなのかもしれない。そうすればアラマンダは幸福な人間となれる。たとえ小団長は依然として悲しい人間のまま残されるにしても。だが、離婚を考えただけでも、深い悲しみの涙がとめどなくあふれ出した。小団長は心の中で誓った。もしも妻が見つかったら、もう二度と妻を傷つけるようなまねはせず、心から妻に仕えて、妻の望むことならなんでもしてやろう、と。アラマンダがもう決して小団長を置き去りにしないのなら、小団長はなんでもするつもりだった。たとえふたりの血を継ぐ子を持つという夢をあきらめねばならなくても。よその子を養子にして、ふたりで育てることだってできるのだから。

夕暮れが次第に深まり、夜の闇が小団長の家のポーチを覆いつつあったけれど、まだ灯りは灯されていなかった。アラマンダはまだ戻らず、小団長はいっそう悲しみにうちひしがれた。だからアラマンダの影が垣根の戸のところに現れたとき、小団長はすぐにそれを見とめ——はじめはただの幻ではないかと半信半疑だったが——その影が近づいてくるにつれて、自分の方に向かって歩いてくるのは妻にまちがいないと確信した。小団長はとたんにアラマンダの前に崩れ落ちてひざまずき、それを見てアラマンダは額にしわを寄せた。それから小団長は、約束を破ってほんとうにすまなかった、心から謝る、と詫びた。

「謝る必要なんてないわ、小団長」とアラマンダは言った。「もっと複雑な呪文つきの新しい装備を着けたんだから。鉄でできてるわけじゃないけど、たとえ裸になっても、あんたはあたしのあそこを突き刺すことはできないわよ」

小団長は嘘偽りのない驚きを込めて妻を見つめ、妻がまったく敵意を見せないという事実に唖然とした。

「夜風よ、小団長。中へ入りましょう」

漁船では、またたくさんの労働者がストライキを起こして首になった。労働者たちは漁業組合の一員だったわけではなく、もしもまた厚かましくも戻って来たら船を燃やしてやるという漁師たちの脅迫に怯えていたのである。現実に漁船団はまた戻って来て、浅瀬で魚を獲り、漁師たちの魚市場で魚を売った。そんな脅威にも怖気づかず、漁師のひとりがクリウォン同志に言った。「他に方法はない、同志。小団長の漁船を燃やさねばならん」

それはクリウォン同志にとってもっとも緊張が高まり、鬱屈した一時期だったが、結局クリウォン同志も漁師たちの望みに従うことにした。実際には、小団長の三艘の漁船に火をかける機会を得るまでには数ヶ月を要した。それが現実となるずっと前から、クリウォン同志は焼き討ちの可能性を遠ざけようと別の道を探し求めていた。クリウォン同志は、罪悪感を覚えずに船に火をかけようと決めたりできるような粗暴な男ではなかったのである。逆に、どちらかというと感傷的なたちだと友だちにも言われていて、少しでも心を揺さぶられるような映画を見たりすると、すぐに涙ぐんでしまうのだった。

密かにクリウォン同志はまた小団長と話し合おうと試みたが、話し合いは口喧嘩となって終わってしまった。おまけに小団長は問題の焦点をずらして、アラマンダという名のひとりの女を奪い合うふたりの男の問題にしてしまったので、クリウォン同志はプライドを傷つけられ、脅迫の言葉を残して立ち去った。漁師たちと同じく、クリウォン同志もしまいには、多少アナーキーになってあのいまいましい漁船団を燃やしでもしなければ、実際もうどうにもならないと考えるようになった。なにはともあれ、もしもレーニンがスターリンに命じて銀行強盗をさせなかったら、ロシア革命は起こらなかったのである。漁師たちの血を吸う三艘の漁船の焼き討ちは、許されてしかるべきだった。

さらに小団長が船の甲板に大勢の兵士を護衛に立たせたので、恨みを晴らそうという漁師たちの決意はますます動かぬものとなった。それでも兵士たちが漁船を戦艦のようにしてしまったため、漁師たちはたやすく望みを遂げられそうにもなく、漁船団が戻って来てから少なくとも六ヶ月は待たなければならなかった。それは漁業組合にとっては屈託に満ちた潜伏期間だった。クリウォン同志は、秘密会議を開いて焼き討ち計画全般を指導したが、会議は決まってどう実行に移せばいいのかという問題に突き当たって行き詰まり、日ごとに貧しく、日ごとに怒りを募らせていく漁師たちの不満の声に頭を悩ませねばならなかった。

以前なら、なにか問題があって頭が爆発しそうになると、女というものが最高に効き目のある逃げ込み先だった。けれども今では女友だちといえば、顔を合わせるようになってから一年になるアラマンダの妹のアディンダだけだった。そこでやるかたなくクリウォン同志は自分の小屋と、武装した軍隊に夜昼なく守られている船に近づくのがいかに困難かについて話し合いを続けている仲間たちを後にし、歩いてデウィ・アユの家へ向かった。かつてはアラマンダに会いに幾度も訪れた家だったが、このときはアディンダに会いに行ったのである。

クリウォンの訪問をとても嬉しく思ったものの、アディンダは、男がただ行き詰まったというだけの理由で接近できる類の娘ではなかった。クリウォン同志がアディンダのことをその手の娘だと、つまり以前知り合いだった娘たちのように自分の都合でいつでもデートに誘える娘だと考えているとしたら、大まちがいだった。「あたしを連れて出たいなら、母に言って」と、顔を合わせた後でもしもクリウォン同志が散歩に誘ったとしたら、アディンダは言っただろう。クリウォン同志がはじめてアディンダに会いに行ったときは、もちろんアディンダを誘い出すつもりはなく、ただ会って、ちょっとの間漁師たちと組合のことを忘れるために、おしゃべりをしたいと思っただけだった。

そのときのクリウォン同志は惨めな難民めいて見え、いつ果てるともしれない革命闘争にさいなまれ疲れ切っていた。自分の感じていること、自分の望んでいることを打ち明けたかったけれど、そういった問題についてはだれにも話してはならないと党から申し渡されていた。組織内にはあまりにも秘密があり過ぎて、まるでゲリラの海の中にいるかのようだった。一時間アディンダとおしゃべりをして過ごしたけれど、おもしろくもない話題ばかりで、疲れ切った魂を癒すことはできず、小屋に戻るとクリウォン同志は小屋の前に置いた椅子にへたりこんで、海の面の上に広がる夕焼け空を見上げた。

「だれかが、あなたのおでこに武器をつきつけるべきよね」と、クリウォン同志が帰る前にアディンダが言った。「あなたが自分自身のことを考えようとするように」

いつも見るのと同じ夕焼け空だったけれど、その日は別物のように感じられた。かつては夕焼けといえば、決まってアラマンダといっしょに砂にすわって眺めた美しい夕空を思い出したし、どの娘といっしょにいても、夕空はきっといつも美しく見えるものだという気がしていた。ところがその日の夕焼け空は突き刺すように寒々しく、孤独で悲哀をたたえ、突然枯渇してしまった心の反映であるかのようだった。丁子入りの煙草を吸いながらクリウォンはますます物思いに沈み、いったい革命はほんとうに起こるものなのだろうか、他人を搾取する人間がいなくなる可能性などあるのだろうか、と思いあぐねた。

ずっと前に、家のそばにあった礼拝所の導師が天国について話すのを聞いたことがある。足元には乳の川が流れ、美しくて永遠に処女のままの天女たちがいて、だれでもその天女たちと寝ることができ、なにひとつ禁じられず、なにもかもが望むがままという。どれもこれもいかにも美しく思われ、しまいにはあまりに美し過ぎて信じられないと思ったものだった。そんなふうにあまりに夢物語的なものは必要ない。だれもが同じだけの米を手に入れられれば、それでじゅうぶんなのだ。それともそういう願いの方が、もっとずっと夢物語的過ぎるのだろうか、とクリウォンは考えた。

クリウォンには、アラマンダが、あるいはアラマンダのような恋人が必要だった。極秘のことを口走るのではないかと怖れる必要もなく、自分の考えをすべて打ち明けられる場所が欲しかった。だれよりも誠実な恋人は、なによりも安全な秘密の箱なのだ。けれどもクリウォンはあの娘を失ってしまった。単調で哀愁に満ちた夕焼けを、まるで遠い国のだれかが送ってくれた葉書のように心楽しいものに変えてくれたあの娘を。ときにクリウォンは考えることがあった。革命家たちは、革命の理想だけがぎっしり詰まった頭を抱えて、孤独な人生をおくるべく運命づけられているのだろうか、と。自分はそんなふうに生きていくのかもしれない。革命のことを考えながら性交し、革命の夢を見て、革命に酔い、革命を食い、おまけに革命の糞をして。

そんなことを考えると、クリウォンは決まって郷愁にとらわれ、革命が必要だなどとは知らなかった昔を思った。昔といっても、実は今とそれほど違っていたわけでもない。昔も今も貧乏な男であることには変わりなかったからである。それでも昔は、金持ちに単純なやり方で対抗していた。金持ち連中の農園からなにかを盗み、金持ちの娘たちを誘惑し、娘たちにおごらせて飯屋で食べたり映画館で映画を見たりするだけでじゅうぶんだった。それとも金持ち連中のパーティに招待されて、ただでビールを飲むだけで満足で、どれもこれも、党もプロパガンダも共産党宣言も必要としなかった。ところが党や革命の理想を知るようになって、もうそんなふうに単純には考えられなくなってしまった。そして、より複雑な考え方をすると、いつも疲労感にさいなまれた。休むことなく考えてしまうせいで、赤く燃え上がる夕焼けを眺めることにさえ疲れ、いつしかますます深く沈み込んで、椅子の上で眠り込んでしまった。そのようにして、クリウォン同志は漁船の焼き討ちまでの六ヶ月を過ごしたのだった。

ある晩、そういった眠りを幾人かの漁師たちに破られた。例の兵士たちが漁船団を護衛しなくなってから、すでに二週間がたっていた。兵士たちはくたびれ、退屈して、漁師たちが漁船に火をかけようというのはただのたわごとだったのだと考えるようになっていた。船長たちは、なんの仕事もしないのにいつも食べ物や煙草やビールを何本か支給しなければならないよりは、兵士たちを全員帰すことにしたのである。船長たちはうかつにも、漁師たちが漁船団を妨害するのをあきらめたと思ったのだった。その一月前から兵士たちの数を減らしていき、漁師たちが漁船のことをもうどうでもいいと考えるようになったと船長たちは判断して、二週間前から護衛兵を乗せずに漁に出て、接岸して魚を下ろすときだけ少数の武装した兵士に守らせるようになっていた。漁業組合は、新月の夜中に漁船団を襲撃する計画を立てていた。クリウォン同志が起こされたのは、今夜こそ六ヶ月間先延ばしにしてきた決着をつけるときだと漁師たちの意見が一致した夜だったのである。

「起きてくれ、同志」と仲間のひとりが言った。「革命は寝床の中では起こらない」

眠気を一気に吹き飛ばし、計画を実行に移そうと断固たる決意を固めたクリウォン同志自らに率いられて、三十艘の小舟が星だけの輝く晴れた夜空の下をすべっていった。それはクリウォン同志にとっては節目となった夜だった。その夜を境に、クリウォン同志はこう考えるようになった。革命家になるためには動じることのない冷然たる心を持たねばならず、確信から来る頑迷さと、自分は正しいことをしているのだという信念から来る勇気とを合わせ持っていなければならないのだ、と。キャビンからぼんやりと漏れてくる灯りに照らされて、漁船団は夜の海の中で遠くからでも見えたが、一方漁師たちの小舟は灯りをいっさい灯さず、海を自分たちの庭のように知り尽くしている漁師たちの勘だけで操られていた。「バスティーユ監獄の襲撃と同じだと思え」と首領のクリウォンは、決意を強固にするためにおのれに言い聞かせた。「革命と、呪われた哀れな人々のためなのだ」

漁船はそれぞれ少し離れて操業中で、一艘の漁船につき、それぞれ三人から五人の漁師を乗せた小舟が十艘ずつ向かった。危険が迫っているのに気づかない愚かな鼠を狙う三十四のニシキヘビのように、小舟はそろそろと忍び寄った。漁船から漏れてくる灯りで、漁船の労働者たちが網を引き上げ、氷の塊をいっぱいに詰めた船倉に魚をどっと落とすのが見えた。

クリウォン同志は十艘の小舟を率いて真ん中の漁船を包囲し、あとの二艘の漁船もすでに包囲されたと判断したとき、いつもは小舟が接岸するときに周辺を泳いでいる観光客を追い払うために使う笛を吹き鳴らした。笛の音が鋭く鳴り渡り、漁船の甲板にいた人々は驚いて作業の手を止めた。だが、驚きも覚めやらず、漁船の人々がまだ我にも返らぬうちに、笛の音を合図に三十艘の小舟の漁師たちはたいまつに火をつけた。漁船のまわりを蛍が飛び交っているかのように、海はたちまち光で満たされた。クリウォン同志は小舟の舳先に立ち、漁船の甲板にいる人々に向かって、海の静けさを破って響き渡る声で呼ばわった。「友人たちよ、飛び込んで、われわれの舟に乗れ。漁船はまもなく焼け落ちる」

船長はその脅しに対して怒ってわめき散らし、労働者たちに闘えと命じたが、上を下への騒ぎの中で、かえって船長本人が真っ先に海へ飛び込み、最寄りの小舟へ向かって泳ぎ出した。船長は小舟の上の漁師を怒鳴りつけ、だれかに殴られて失神した。漁船の労働者たちも先を争って海へ飛び込んで小舟へ向かって泳ぎ、漁師たちは聖なる犠牲の祭を祝うかのように、喜びで張り裂けそうな歓声をあげた。妙な節回しで『インターナショナル』を歌い出す者までいて、他の何人かがそれにならった。漁師たちにとって最高にすばらしい宴だった。石油を入れたビニール袋が無人になった漁船の甲板めがけていくつも飛んでいき、漁船が石油まみれになると、たいまつが投げ込まれて、炎が石油をなめた。小舟はみな速やかにそこから遠ざかり、一方、三つの大がかりなかがり火が海の真ん中で勢いよく燃え上がり、やがて三つとも激しく爆発して、すでに遠くまで離れていた漁師たちは喜びの声をあげて叫んだ。「漁業組合万歳！　共産党万歳！　万国の労働者よ、団結せよ！」「もしも革命が成就すれば」とクリウォン同志が仲間たちに向かって言った。「すべての人間が同じやり方で糞をするようになるだろう」

小団長はすでに一部始終を聞き知った。ある者の報告によると、首領格はクリウォン同志だった。何ヶ月も疑わしいようすを見せなかったせいで、漁師たちがもうなにもしないだろうと思って警護を緩めた闇夜に襲撃してきたのである。漁船の労働者たちは海に飛び込んで難を逃れたので、犠牲者は出なかったが、三艘の漁船は粉々に吹き飛んで沈んでしまった。

その報告を聞いて、小団長はただ短くため息をついただけで、また新しい漁船を手に入れて警備を強化すればいいと考えた。まったく怒っているようすはなかった。なぜ怒らなかったのかというと、その答えは、アラマンダが今妊娠六ヶ月で、小団長はヌルール・アイニの代わりができると思うと実に幸せだったからで、三艘の漁船を失ったこともたいして気にならなかったのだった。アラマンダが恥部を再び呪文で封じる前にたった一度だけした性交が結局実を結んだことを、小団長はありがたく思っていた。ふたり目の子の誕生の準備にいそしみ、それ以外の何ものにも思考を邪魔されたくなかった。アラマンダを州都の大きな病院に二度も連れて行き、腹の中に赤ん坊がいるのを確認して、霊験あらたかといわれる呪術師たちを呼んで、赤ん坊がいかなる呪いにも奪われないよう策を講じた。

ところがアラマンダが妊娠九ヶ月目を迎えたとき、最初の子のときと同じように、赤ん坊が腹の中から忽然と消えてしまったのである。小団長はどうにもできない怒りにかられて爆発し、鉄砲をつかんで庭へ飛び出し、やたらに撃ちまくったので、人々は標的にされるのを怖れて散り散りに逃げ去った。みなは小団長が狂ってしまったのだと思い、小団長は憎悪を込めてクリウォンの名を叫び、子どもたちは生まれる前にあの男に奪われたのだ、とわめいた。気がすむまで撃ちまくると、しまいに海岸の方へ駆け出した。向かうところはひとつだった。クリウォン同志を見つけ出して、自分の鉄砲で撃ち殺すのだ。そして、そのとき小団長を引き止める勇気のある者はひとりもいなかった。

12

クリウォン同志はコーヒーのカップを手にポーチへ出て腰を下ろし、いつものように新聞が届くのを待った。今ではもう漁業組合本部の小屋には住んでいない。オランダ通りの端にある共産党本部に引っ越したのは、小団長がクリウォン同志を殺しにやって来た一日前のことだった。そのとき、その男、小団長は漁業組合の小屋に姿を現したが、だれも、さらにはなにも見つからなかった。そこで怒り狂って小屋の中のあらゆる方角に無闇やたらに弾を撃ち込み、その後、火をかけた。しまいに小団長は精根尽きて砂浜にうつぶせに倒れて泣き、後になって気を失っているのを人々に発見された。ともかく引っ越したことはクリウォン同志にとってはおそらく幸運だっただろう。何年も党に尽くした後、いまやクリウォン同志はハリムンダの共産党の首席となったのだった。

その日は十月一日で、いつもならポーチへ出るころまでには新聞が届いているはずなのに（党の本部に住んでいるのだから）、まだそれが来ないせいでクリウォン同志は落ち着かない気分になった。いらつきを抑えて震える手で、机の下にあったきのうの新聞を取り上げ、広告欄を読んだ。それ以外はもう全部読んでしまっていたからだった。口髭と頬髯の育毛剤と、ドイツ車のクレジット販売を除けば、興味を引かれるものはなにひとつなかった。クリウォン同志は新聞をまた机の下に投げ捨て、少しコーヒーを飲んだ。新聞配達の少年が自転車に乗って現れないかと道の方を見やったけれど、やって来たのはひとりの娘だった。アディンダである。

「ごきげんいかが、同志？」と娘は言った。

「悪い」とクリウォン同志は答えた。「新聞がまだ来ないんだ」

娘は眉をひそめた。「ジャカルタでなにか流血事件が起きたの、まだ聞いてないの?」

「新聞が来なければ、どうやってそれがわかるんだ?」

アディンダはクリウォン同志の隣に腰掛け、断わりもせずにクリウォンのコーヒーを一口飲んでから言った。

「ラジオでずっとそのニュースをやってるわよ。共産党がクーデターを起こして、何人か将軍を殺したんだって」

「新聞が来たら、書いてあるはずだ」

やがて人々が次々にやって来始めたが、大半は主だった党員たちだった。年輩の者も若い者も、党員候補も古参もいた。クリウォン同志の前に党の首席だったヨノ同志が最初に現れ、カルミンと他の面々がそれに続いた。みな同じことを報告し、アディンダの言ったように、ラジオで聞いた同じニュースを繰り返して、ジャカルタでなにか流血事件が起きたらしいと言った。

「なにもかも、ひどい成り行きになりそうだ」とカルミンが言った。

「そのとおりだ」とクリウォン同志は答えた。「どの新聞にもちゃんと購読料を払ってあるのに、今になってもまだ届かない。新聞配達の子どもに平手打ちを食らわせてやらねば。こんなに遅れるとはけしからん」

「どうしたんだ、同志?」とヨノ同志が尋ねた。「おまえの頭にあるのは、新聞のことだけなのか?」

クリウォン同志はうんざりしたようにヨノ同志を見返した。「何年もの間、新聞が来なかったことなんてなかったのに、今、全部消えてしまったんだ。それより悪いことがあるか?」

「いい、同志?」とアディンダが言った。「今日は、だれのところにも新聞は来てないのよ」

「でも、ぼくは今朝の新聞がいるんだ」

「そうは言っても」とアディンダがさらに言った。「今日は新聞は発行されないのよ」

「なんでだ？　今日は断食明け大祭《レバラン》でもないし、クリスマスでもないし、正月でもない」

カルミンが少しの間事務所の中に姿を消した後、また外へ出て来た。「おれが説明するよ」とカルミンは言った。「軍隊が新聞社全部を占拠したんだ。だから、気の毒だが、同志、今日は新聞は読めない」

「クーデターよりもひどい」とクリウォン同志はうめき、コーヒーを飲み干した。

ともかく、その朝は新聞を読むことなく始まった。主だった党員が何十人も集まって、朝一番に緊急会議を開いた。方々の町、とりわけジャカルタから報告がもたらされた。中央の共産党の主要党員はみな捕まるだろうし、党員候補たちの殺害まで何件か行われたという噂だった。緊急会議で、大衆を動員して大々的なデモを行うことに決まった。もしもジャカルタの主要党員たちが逮捕されたのが事実なら、彼らの無条件釈放を要求するつもりだった。だが、情報はまだてんでばらばらだった。いくつかの報告によれば、D・N・アイディットがすでに処刑されたらしく、別の報告ではただ逮捕されただけで、また別の報告によると、アイディットは無事でいるということだった。ニョトやその他の大物に関する情報も、やはりはっきりしなかった。とにかく、なにが起きたにしろ、すべての活動家と党のシンパを集めることになった。漁師たち、農園労働者たち、鉄道労働者たち、農民たち、そして学生たちを結集するのだ。その日は町で一番騒動に満ちた日となるはずで、集団ストライキを行い、通りで大集会を開くことになった。

役割分担が決められた。幾人かがすぐに方々へ散って党の拠点拠点に連絡を取り、あらゆる緊急事態に備えた。ポスターが刷られ、旗が用意された。その間にクリウォン同志は、五人から成る小編成のチームで秘密会議を開き、状況がひどく悪化した場合に備えて武装した一隊を用意することになった。党にある装備を洗いざらい調べた。革命ゲリラ軍の残した武器がまだたくさんあったし、幾人かの党員は何年も前に実戦も経験していた。カルミンが武装団を組織する役目を引き受け、武器と元兵士たちを集めるべく、さっそく出て行った。

クリウォン同志は、護身用に拳銃を一挺手渡された。あまりに貴重な存在なので、無駄死にされては困るからだった。

十時には、群集がオランダ通りの一角に集合した。漁師たちと農園労働者たちだった。農民と鉄道労働者と港湾労働者と学生たちも、そこへ向かってくる途中だった。

「通りへ出よう」とヨノ同志が言った。

「行ってくれ」とクリウォン同志は言った。「ぼくはここで新聞を待っている」

だれも反対しなかった。この緊急事態に直面して、党の首席は極度の緊張状態に置かれているのだと納得しようとした。そこで、みなはクリウォン同志を残して出て行き、クリウォン同志はポーチの椅子にすわって、アディンダひとりにつき添われ、来るはずのない新聞を待った。

この町で党を指導するようになってすでに二年が過ぎており、オランダ通りの端の本部に住むようになってからも二年がたっていた。本部といっても実際は二階建ての大きな一軒家で、庭には党の旗と国旗がひるがえっていた。壁のほぼ全体が真紅に塗られ、入口の扉には銅製の鎌と槌の飾りが取りつけてあった。中央の部屋には、そこへ入ったとたん目につくところに、カール・マルクスの油絵の肖像がかけてあり、左手の壁にはジダーノフ時代のソヴィエト社会主義リアリズム調の絵がかかっていた。クリウォン同志はその家の一室で寝起きし、他に本部の守衛何人かも住み込んでいた。ほんとうは、そこにはラジオも電話もあった。けれどもクリウォン同志はラジオを聞くのが好きでなく、そのせいで今回の重要な知らせを耳にするのがあれほど遅れたのだった。クリウォン同志は新聞を読む方を好んだのである。

新しい事務所に移って、ますます忙しく時を過ごすようになり、もう夜に海へ出ることはなくなったけれど、朝早く起きてポーチにすわり、コーヒーを飲みながら三種類の新聞を読む習慣はそのままだった。けれどもその日、新聞は配達されず、新聞社はすでに軍隊に占拠されて共産主義者の血がインクに取って代わったと、みながすでに説明したというのに、クリウォン同志はまだ新聞が届かないことに苦情を言っていた。

二年間町の共産党の指導をしてきて、クリウォン同志は農園労働者と農民たちをそれぞれ組合に組織することに成功し、十数回も大々的なストライキを展開した。町の共産党の党費を納入している同志は千六十七人に上り、シンパは千人を超え、そのうちの半分はサッカー場で大集会が開かれるときには決まって出席した。シンパたちはストライキを行うたびに積極的に協力し、またその一部は党が開く学校へやって来た。

正面衝突もなかったわけではない。クリウォン同志は戦時中の革命ゲリラ軍のもと兵士を再編成して、国民軍と名づけた。兵士たちは武器を所有し、戦闘訓練を熱心に行った。もちろん正規軍に対抗できるほどではなかったけれど、鉄道会社や農園や地主や舟の所有者などからの圧力を含めて、あらゆることから党を守るにはじゅうぶんだった。

その二年の間に、二名の同志が除名された。妻子を捨てて別の女と結婚したのが原因で、それは党では厳しく禁じられていることだった。また別の三人がトロツキー主義者だという理由で除名処分となった。厳格な態度でもって、クリウォン同志の評判は頂点に達した。だれもが常にクリウォンのことを、この町でもっともカリスマ的な共産党首席として思い出すことになるはずだった。

「今は雨季だ」と、ふいにクリウォン同志が言った。

アディンダも空を見上げて同意した。その朝は快晴だったけれど、十月にはいつ雨が降り出してもおかしくないことは、だれもが知っていた。やがてアディンダが言った。「でも、雨だからといって、あいつらは引き下がったりしないわよ。あたしたち、ジャカルタの軍隊に疑われてると思うけど」

「新聞を運んで来る車が洪水で立ち往生してるんじゃないだろうか」

「今日は新聞は発行されないのよ、同志」とアディンダは言った。「それに言わせてもらえば、あの新聞はあと七日は発行されっこないし、もしかしたらもう永遠に発行されないかも」

「新聞がなければ、石器時代に後戻りしてしまう」

「もう一杯コーヒーを淹れてあげるわ。頭がちょっとでもまともになるように」

アディンダは台所へ行って、自分の分も含めて二杯コーヒーを淹れた。コーヒーカップをふたつ手にして戻ってみると、クリウォン同志が正面門のところに立って道の先を眺めているのが目に入った。どうやら、新聞配達の少年が自転車で現れないかといまだに待っているらしかった。新聞中毒になっていて、それが手に入らないと、少し頭がまともでなくなってしまうのだ。アディンダはコーヒーカップを机に置いて、また椅子に掛けた。

「席に戻ったら」とアディンダはクリウォン同志に言った。「もうまともに戻ったんだったらね」

「まともじゃないのは、新聞が来ない日の方だ」

「そんなくだらない新聞のことなんか忘れなさいよ、同志」と、いらいらしながらアディンダは言った。「あなたの党は大問題に直面していて、頭のまともな指導者を必要としているのよ」

いずれにしろ、共産党がクーデターという深刻な問題に直面するなど、まったく思いがけないことだった。当時、共産党はハリムンダの町の歴史においてもっとも輝かしい評判を勝ち得ていた。それは、やくざ者と町の兵士との間で内戦勃発寸前となったとき以来のことであり、とりわけクリウォン同志が町の共産党を指導するようになってからのことだった。党の吸引力は非常なもので、実に多くの活動家と、さらにたくさんのシンパまで獲得した。過去に党が擁してきた党員数の累計に匹敵するほどの正規党員を抱え、ハリムンダのような小さな町では絶対多数を占めていた。その期間に選挙が行われていたら、この町では共産党が圧倒的勝利を収めるはずだと、だれもが信じていた。共産党は思うがままにあらゆるものを赤で飾り、市長や軍でさえ口出しできず、党の望むままにさせるしかなかった。

クリウォン同志の指導下にあった二年間は、共産党の黄金時代だったといっていい。党は、学校や幼稚園や養護学校にまで、児童生徒に『インターナショナル』を教えるよう強制することさえできたのである。おまけに、もちろんマルクスとレーニンの肖像を、過去の国家的英雄たちの絵と並べて教室にかけさせた。そして独立記念日には——町独自のいきさつによってハリムンダでは九月二十三日に祝われることになっているが——党はカーニヴァルのように、どんな催しよりも盛大なパレードを繰り広げた。町の住民たちは沿道に詰めかけて押し合いへし合いし、共産主義者たちは革命のエールを声高に唱えた。幾人かは何年も前にマルコ・カルトディクロモの書いた『同じ道を、同じ心で』の詩を朗誦し、他の面々は反帝国主義のポスターと、革命の偉大なる指導者を称えるプラカードを掲げた。

「まるで箒を失った魔法使いだ」。唐突にクリウォン同志が言った。

「だれがなんですって?」アディンダはいくぶんぎょっとして尋ねた。

「ぼくが」とクリウォン同志は答えた。「新聞を」

アディンダは心底うんざりした。ハリムンダのあちこちの通りで今しも繰り広げられている大々的なデモについてアディンダは思いを巡らせているところだったが、一方ふたりはといえば、いまだに本部のポーチにすわって、来るはずのない新聞を待っているのである。アディンダは、デモをカーニヴァルじみたものとして思い描いた。共産党のパレードは、いつでもカーニヴァルに似ていたのだ。何年も後になって、アディンダも気づくことになるが、共産党が禁じられて以来、カーニヴァルのようにパレードが通りを行くのを二度と目にすることはなくなり、たとえあったとしても、共産党の面々がやったほど盛大なものはなかったのである。車はどれも飾り立てられ、道という道を行進した。たいていクリウォン同志が行列の中央にいて、オープンカーに乗り、サリム同志からもらった労働者風のハンチングをかぶって手を振り、沿道では娘たちが金切り声をあげるのだった。

この二年で勝ち得た成功は、やすやすと達成できたわけではなかった。敵対することになった他の政党は、目を見張るような共産党現象の前に口をつぐまざるを得ず、近いうちに選挙が行われないように祈った。いくつかの政党は共産党の背後に立ち、同じく革命を志すと唱えて、共産主義者たちが油断するのを待ち、後ろから刺してやろうと隙をうかがった。なにもかも容易に達成できたのではなく、二年間の疲労困憊の結果だったのである。クリウォン同志が二度謎の暗殺者に狙われたという噂もあった。ある晩、突然だれかに刺され、刺客はたちまち跡形もなく消えてしまったという。また別のだれかが、クリウォン同志の部屋の窓に手榴弾を投げ込んだこともあった。だがクリウォン同志は無事で、シンパの詰めかけたサッカー場での一般集会で、その暗殺者がだれであれ、ぼくは許す、と宣言した。あの連中は人間が他の人間を抑圧することに反対する共産主義の理想を理解していないのだ、とクリウォン同志は言った。そのおかげでクリウォン自身の評判も、そして党の評判もますます高まり、小さな子どもたちまでがクリウォン同志と党を褒めそやした。

クリウォン同志の過激なまでの政治活動にもっとも不安を抱いたのは、いうまでもなく母親のミナだった。さまざまなプロパガンダやカーニヴァルを、意図のよくわからないただの愚かなばか騒ぎでしかないとミナは思っていた。もちろん日本軍に処刑されて死なねばならなかった夫のことも、まだ記憶から消えていなかった。当然ミナも、ときには息子が千人以上の群集の前で演説するのを見ることがあった。息子は「地主を粉砕せよ！」と叫び、それを集まった人々が勇んで繰り返し、それから地主だけでなく、高利貸しや、工場主や舟の持ち主や農園や鉄道会社の重役をも呪った。もちろんアメリカとオランダと新植民地主義も呪い、あまりにも流れるように言葉が飛び出すので、あたかも神が耳元ですべてをささやいてくれ、クリウォンはそれを繰り返せばいいだけであるかのように見えた。

クリウォン同志が家に帰って来るたびに、ミナはあまり敵を増やすのはよくないと言った。「親友はひとりだけではぜんぜん足りないけれど、敵はひとりでも多過ぎるくらいだというのに、おまえときたら、大勢の人に嫌われるように仕向けている」と、ミナは心配でいたたまれずに言った。クリウォン同志は、自分は父親が経験したような目には遭わないと約束して母をなだめるだけで、にっこり笑って、母の淹れてくれたお茶を飲み、それから部屋へ行って横になるのだった。

ミナの気がかりが怒りとなって爆発したのは、ある日、若者たちの一団が共産党の訴えによって軍の留置場に放り込まれたときだった。小団長はそのときの党の訴えに全面的に従った。というのも、それは国の方針でもあったからだった。ミナは党の本部に乗り込み、息子に怒りをぶつけた。その一団は学校でパーティを開いていただけで、若者たちの犯した唯一の過ちは、舞台に上って音楽を演奏し、ロックンロールを歌ったことだったのである。「こんなまねは許しておけません！」ミナは人でいっぱいの事務所の真ん中で怒鳴った。「昔は、おまえだってギターを弾きながらああいう歌を歌ったし、あなたがたも（と集まってきた人々に向かって）同じだし、それなのに今、あなたがたは、ただあの子どもの歌を歌ったというだけで、あの子たちを町の軍隊の留置場に入れようっていうの？」

ところが党の規律は、すでにクリウォン同志をそんなことでは動じない人間に変えてしまっていて、クリウォンの母に対する態度はあまりにも冷たかった。ただ母をなだめて、大通りまで送って行き、それから輪タク《ベチャ》の運転手に母を家まで送るよう頼んだだけだったのである。

それだけに留まらず、クリウォン同志は町の議会や軍や警察に圧力をかけ、精神を破壊する西洋の歌のレコードを没収し、その類のレコードを家でかける者は、だれであろうと留置場に放り込むようにさせようとした。「アメリカ粉砕、まがいものの文化に呪いあれ！」と、ことあるごとにクリウォン同志は叫んだ。その代わりとして、党は大規模な大衆文化の催しを開き、そしていうまでもなく、いつも決まって幕間には党のプロパガンダを行った。そうして、かつての王政時代や植民地時代には反逆的だった大衆文化の催しが、ハリムンダでは盛んになっていったのである。党の結成記念日には魔術舞踊《シントレン》を催し、美しい娘が鶏を入れる竹で編んだ覆いの中に姿を消し、やがていっそう美しく化粧をほどこして、鎌と槌を手に再び登場するのだった（そして観客は喝采する）。革馬憑依舞踊《クダ・ルンピン》でも、ガラスのかけらや椰子の実の殻を食らうだけでなく、アメリカの旗と全滅させるべきロックンロールのレコードをも、まるごとそっくり呑み込んだ。

たった二年の間に著しく党を盛りたてた功績のため、首都の党の人間もクリウォン同志に注目するようになった。クリウォン同志が党の政治局員になるよう要請されたという噂もあり、インドネシア共産党中央委員会の委員となる最有力候補だともささやかれていた。政治的キャリアは輝かしいものに見えたが、弱点がなかったわけではない。人々が言うところでは、クリウォン同志の唯一の弱点といえば――クリウォン同志がマルクス主義の理論と実践について疑う余地なく熟知していることは、特にここ数年では知り合いのみなが認めるところだったというのに――著名人となれるような著述を少しも発表していないことだった。ともあれ、そういう要請があったことが事実で、クリウォン同志をコミンテルンの委員にしようというとんでもない要請まで実際にあったとしても、クリウォン同志は理解しがたい反抗的態度で、それらすべてを断わったのだった。華々しい政治的キャリアのために闘っているのではない、とクリウォン同志は言った。ハリムンダの地上に共産主義を育てるべく闘っているのであり、だからこそ、この町を離れたくはないのだ、と。

ところで、もう二時間もクリウォン同志はアディンダにつき添われてポーチで朝刊が来るのを待っていた。「妙な十月の始まりだ」。だれにとなく、クリウォン同志はうめいた。そして狂ったように、うわごとめいたことを口走り始めた。「あの子どもが木にぶつかったのかもしれない」。新聞が届かないせいで心底不安になり、まるで朝刊が消えてしまったのに続いて、それよりはるかに悪い事態が持ち上がろうとしているのを知っているかのようだった。クリウォン同志は立ち上がって行きつ戻りつし始め、やはりクリウォンのようすを不安に思うアディンダの視線に守られながらポーチをうろうろと歩き回って、それからまた庭へ出て行き、門の扉から大通りを眺めた。もう昼になっていたのに、まだ新聞配達の少年が来ないかと待っていたのである。

幾人かが戻って来て、通りでのデモのようすを報告した。軍の方もすでにいたるところで待機しており、町の兵士全員が、まだなにも行動を起こしていないとはいえ、通りに下りて来ていた。兵士たちを直接統率するのは小団長、絶大な信用を勝ち得ている男、そしてクリウォン同志に対する個人的恨みに燃えている男だった。

「D・N・アイディットが逮捕されました」とだれかが報告した。

「ニョトが処刑されました」と別のだれかが来て報告した。

「D・N・アイディットが大統領と会見しました」

どの報告もあまりにも錯綜していて、唯一の情報源はラジオだったが、それもまったく当てにはならなかった。朝からまるでカセットに録音したものを繰り返し流しているかのように、同じことを放送するだけだったからである。**共産党がクーデターを起こし、失敗しました。軍がただちに国家を救い、暫定的主導権を掌握しました。**そこに新たなる報告がもたらされた。大統領が自宅で軟禁されているという。なにもかもが混乱していた。

「なんとかしたら」とアディンダが言った。

「なにを?」とクリウォン同志は尋ねた。「ソヴィエトや中国でさえ、なにも助けてくれていない」

「じゃあ、あなたはどうするつもりなの?」

「ぼくは新聞を待つ」

混乱した状態の中で、予定されていたデモとストライキは夜まで、さらに翌日の昼まで、そしてその夜まで、ともかくいつまでかはわからないが続行されることになった。クリウォン同志はその報告を受け、なにをすべきかについて緊急会議を開いた。けれども人々が炊き出し所の準備に忙殺され、国民軍に加わったもと兵士たちが正規軍との戦闘準備を整えている間も、クリウォン同志はやはり通りへ出ようとはしなかった。依然として同じポーチに留まり、まもなく夕暮れが訪れるころになってもまだ新聞を待っていた。

「明日には届くかもしれない」。クリウォン同志は、夜も更けてから、寝る前の祈りのように、あるいはアディンダへの別れの挨拶代わりに、とうとうそう言った。クリウォン同志は部屋へ入って横になり、一方アディンダは通りでストライキをしている人々のようすを見に行ってから、家へ帰った。デウィ・アユはすでにマ・カロンの娼館へ出かけていたので、アディンダはひとりで夕食をとったが、クリウォン同志も自分も一日中、何杯も淹れたコーヒーを別にすれば、なにひとつ食べ物に手をつけなかったことにふと思い当たった。そのことがひどく気にかかって、またオランダ通りの共産党本部へ食べ物を届けに行こうとしたけれど、クリウォン同志はもう寝てしまったのだと思い出した。そこで部屋に入って寝台に上がってはみたものの、目をつぶることはできなかった。まだクリウォン同志のことで気を揉んでいたのだった。

翌朝アディンダはいつもどおりに目を覚まし、まだ帰宅していない母のために朝食を用意した後、ストライキ中の人々のようすを見に行った。それから朝食を入れた弁当箱を持って、急いで党の本部へ行ってみると、クリウォン同志はすでに一杯のコーヒーを手にポーチにすわっていた。

「ごきげんいかが、同志?」

「悪い」とクリウォン同志は答えた。「まだ来ない」

「食べてよ、きのう一日なにも食べなかったでしょう」と、アディンダは朝食の入った弁当箱をふたりの間にあった机の上に置いた。

「新聞が来ないせいで、食べられない」

「新聞は来ないわよ、絶対」とアディンダは言った。「きのうから、たくさんの人が言っているのを聞いたもの。軍が新聞の発行を禁じたって」

「あの新聞は軍のものじゃない」

「でも軍は武器を持ってるのよ」とアディンダは言った。「どうして、そんなばかみたいなことしか考えられなくなっちゃったの?」

「新聞は地下からやって来るだろう」とクリウォン同志は頑なに言った。「いつもそうなんだ」

その朝も、また緊急会議が開かれた。反共産主義者たちの波が通りへ押し寄せつつあり、道の反対側に集結しているという報告もあった。かつてやくざ者と兵士とのいざこざが原因で起こるかと危ぶまれた内戦が、今にも勃発しそうなようすだった。ただし、今回は共産主義者と反共産主義者との戦いである。軍と警察は双方の集団を監視し、内戦の勃発を阻止しようとしていたが、小競り合いや火炎瓶の投げ合いは防ぎようもなかった。片側からもう片側へ投石が始まり、緊急会議がまた開かれた。

「こんな混乱すべての始まりは、そもそも新聞が届かなかったことだ」とクリウォン同志がうめいた。

「なにを言ってるんだ」とカルミンが言った。「なにもかも、二日前の夜明けに七人の将軍が殺されたことから始まったんだ」

「そしてその次の日、新聞が来なかった」

「なんでそんなに新聞にこだわるんだ?」ヨノ同志が、とうとう聞かずにはいられなくなって尋ねた。

「ボルシェヴィキが新聞を持っていなかったら、ロシア革命が成功したはずがないからだ」

それがクリウォン同志が新聞を待っている理由についての、これまでのところ一番筋の通った説明だったので、またクリウォン同志がアディンダにつき添われてポーチにすわって新聞を待つことにしても、みなはそのままにさせておいた。

昼になるころには、反共産主義者の波はますます大きくなっていた。そのせいで党の面々はひどく気を揉んだが、クリウォン同志だけは別で、新聞という名の物体のことばかりを気にかけているようだった。反共産主義の面々は、きのうからラジオで放送されていることを声高に叫び、共産主義者たちがクーデターを起こしたと言った。

まだユーモアを失っていないクリウォン同志は、即座に意見を述べた。「クーデターを起こして自分らの新聞を発禁にしたのだ」

一時になって、ついに最初の衝突が起きた。投石が、武器を手にした大掛かりなもみ合いになった。それに加わった者たちは、どちらの側も、鉈や鎌や短刀や剣や日本刀や、その他相手を傷つけ、さらには殺すことのできるものならなんでも使った。病院はたちまち負傷者や手足を失った者でいっぱいになり、もうそれ以上患者を受け入れられる状態ではなくなった。党も結局救護所を開き、アディンダは急ごしらえの救護班とともに忙しく立ち働いたが、クリウォン同志は自分の場所から動かなかった。

怪我人たちが党の本部にやって来始め、本部は上を下への騒ぎになった。だれかが来るたびにクリウォン同志は立ち上がったけれど、出迎えるためではなく、その人物が新聞を持って来たかどうかたしかめるためだった。これまでのところ、共産主義者側にも反共産主義者の側にも死者は出ていなかった。それでも電話や急ぎの密使のもたらした報告によると、ジャカルタで共産主義者の大規模な虐殺が行われたということだった。百人が殺され、残りは逮捕されて留置場に放り込まれた。東ジャワでも何百人もが死んだり追われたりし、中部ジャワでも虐殺が始まっていた。党の本部のだれもが、そういったことすべてがハリムンダにも波及するのではないかと不吉な予感を抱き、どこまで持ちこたえられるかとあやぶんだ。

書記長D・N・アイディットの運命はいまだわからず、クリウォン同志がだれかに殺される前に新聞を手に入れられるかどうかも、いまだわからなかった。

夕方、ついに死者がひとり出た。ハリムンダで死んだ最初の共産主義者だった。もと革命ゲリラ戦士で、名をムアリミンといった。党に対して非常に忠誠な人物のひとりで、イデオロギーを理論においても実践においても心得ていた。生来の闘士で、植民地時代から新自由主義時代まで、戦争と闘争を闘い抜いてきた。ただちに執り行われた葬式で、クリウォン同志が短い演説をしてそう言ったのである。クリウォン同志も、仲間のひとりのためにとうとうポーチから出て、しばらくの間新聞については忘れることにしたのだった。とにかく、ムアリミンは共産主義者でイスラム教徒だった。ムアリミンはずっと闘いの中で死にたがっていた。自分の闘争のことを聖戦《ジハード》であると考えていたからである。何年も前から遺書を用意し、もしも自分が闘いの中で死んだら、殉教者として葬ってほしいと書いていた。だから遺体を水で清めることはせず、ただ祈りだけをあげて、血まみれの衣服を着けたまま埋葬された。海岸で起きた衝突で正規軍の兵士に撃たれて死んだのであり、その日の夕方に死んだ唯一の人間だった。ムアリミンが後に残したのは、二十一歳になるファリダという名の娘ひとりだった。何年も前に娘の母親が死んでからというもの、父娘はとても親密になっていた。だから人々が墓地から去り始めても、ファリダはまだ父の墓のそばに残っていた。みながもう帰ろうと誘っても、じっと動かなかった。やがて、ファリダはただひとり残された。

ここにひとつのロマンスが持ち上がった。町が緊急戦時態勢にある中での恋愛譚である。

漁村地域の共同墓地で墓掘りと墓守を引き受けているのは、三十二歳の男で、名をカミノといった。ブディ・ダルマ墓地と呼ばれるその墓地でカミノが墓掘りと墓守をするようになったのは、十六のときに父親がマラリアで死んでからだった。兄弟はなく、親族もどこにいるやらわからなかったので、カミノは父の仕事を引き継いだ。その仕事は、おそらく祖父の祖父の代以来世襲されてきていたのだが、それは他にその仕事をやりたがる人間がいなかったからで、またカミノの一族はすでに墓地に親しみ過ぎていたからだった。幼いころから墓地の静けさに馴れていたので、カミノは父から仕事を引き継ぐのに困難は覚えなかった。カミノは猫が砂に排便用の穴を掘るのと同じくらい素早く墓穴を掘ることができた。だが、その仕事のせいで、別のかなり深刻な困難を抱えることになった。カミノには知り合いの娘がおらず、カミノと知り合いたいと望む娘もいなかったのである。そんなわけで、カミノが墓掘り人夫だという理由で、カミノと結婚したがる娘もいなかったし、墓地のただ中で暮らしたがる娘もいなかった。

実をいうと、ハリムンダの住人の大部分はまだ迷信にとらわれていた。悪魔や幽霊や、なんであれ墓地を徘徊し、死人の霊と暮らす霊的存在を信じていた。それだけでなく、墓掘り人夫はそういったものと馴れ親しんで暮らしているとも信じられていた。むずかしいとわかっていたので、カミノはどんな娘にも求婚したことがなかった。人と接するのは葬式のときと、だれもがする日常の用を足すときだけだった。自分の家にいることの方が多かったが、その家は古びたコンクリート造りで、シダレガジュマルの大木の木陰に建っていた。ただひとつの好きなこと、孤独な暮らしの楽しみといえば、人形を使って霊を呼び出すことだった。カミノは、これも一族に伝わる特殊な術を使って死んだ人々の霊を呼び出し、さまざまなことについてそれらと話した。

ところが今、父の墓のそばにひざまずいてじっと動かない娘を見て、生まれてはじめてカミノの心は震えた。その娘はファリダだった。みながファリダに帰ろうと言ってもうまくいかなかった後、カミノも声をかけ、この空気は夜になれば町で一番冷えるから、もう家に帰った方がいいと言った。娘は冷たい空気を怖れるようすなど、みじんも見せなかった。そこでカミノは墓に棲む精霊や幽霊について話したが、それでも娘はまったく動じなかった。それを見てカミノの心はますます高まり、娘が正真正銘の頑固者で家に帰ろうとしないで、墓掘りとして何年も経てきたあげくにとうとうここで生きていく友となる娘に出会えたということになりますように、と心の中で祈った。

ブディ・ダルマ共同墓地は十ヘクタールほどの広さがあり、海岸に沿って長く広がり、住宅地との間をカカオ農園が隔てていた。植民地時代に造られたのだが、まだ空いている墓所がたくさんあって、ただ葦だけが生い茂り、海からの強い風が吹きつけてくる。夜になると、カミノはランタンを持って娘のところへ戻り、ランタンを墓石の上に置いた。

「もしも帰りたくないんなら」と、カミノは娘の顔を見る勇気も出せないまま言った。「おれの家の客になってくれてもかまわない」

「ありがとう。でも、こんなに夜遅くにひとりでお客に行ったことなんてないから」

そうして娘はそこに留まり、夜はますます冷え込んでくるというのに、少し砂の混じった土の上になにも敷かずにすわっていた。自分がいては邪魔なような気がして、カミノはとうとうまたファリダを残して家に入り、夕食のしたくをした。それから娘のための夕食を一皿持って、また外へ出た。

「ほんとうにご親切に」と娘が言った。

「これも墓掘りの仕事のうちだから」

「あなたが夕食を出さなきゃならないほどずっとお墓のそばについている人なんて、そんなにいないでしょう」

「でも、腹を空かした死人の霊ならたくさんいるから」

「死んだ人と話ができるの?」

カミノは娘の人生に入り込むわずかな隙間を見出した。「ああ、あんたのお父さんの霊を呼び出すこともできる」。そして、そうすることになった。代々伝わる交霊術で、カミノはムアリミンの霊を呼び戻し、自分の体を依代《よりしろ》として老兵士の霊を宿らせた。いまやカミノはムアリミンとなり、ムアリミンの声で話し、ムアリミンとして、自分の娘ファリダに向き合っていた。娘は、その夜もこれまでの夜々と同じように、また父の声を聞くことができたのをとても喜んだ。それぞれの部屋へ寝に行く前に、父娘はいつもしばらくおしゃべりをしていたのである。そしてカミノの用意してくれた食事をすませた後で、今、ファリダは再び父とおしゃべりをすることができ、まるで父の死などほんとうはなかったかのように思えたけれど、最後にはそれを思い出して、こう言った。

「でも、もう死んでしまったのね、お父さん」

「あんまり羨ましがるなよ」と父は言った。「いつかおまえの番も来るから」

父親の霊と話をして体力を消耗し、それに夕方からずっとそこにいたせいもあって、娘は疲れて墓のそばで眠り込んでしまった。カミノは交霊術をおしまいにして家へ入り、毛布を取って来た。できるだけそうっと、愛に酔った恋人のような手つきで、カミノは娘に毛布をかけてやり、立ち上がって、ランタンのガラス板の隙間から入り込む風にもてあそばれてゆらゆら揺れる灯りを受けて、くっきり現れたり闇に沈み込んだりする娘の顔を眺めた。娘がしっかりと毛布にくるまれていて、ランタンの火が朝までもちそうなことを確かめると、カミノは家へ戻って眠ろうとしたが、どうしても無理だった。夜通し娘のことを考えていて、ようやく眠りについたのは、夜明けの最初の光がプルメリアの木の葉の間から差し込んできたときだった。

カミノは、十時半に台所から漂ってくる香料の香りで目を覚ました。夢うつつのまま寝台から下りて、部屋を出て裏の方へ歩いて行った。視界がまだはっきりしていなかったけれど、ひとりの娘がほかほかと湯気をたてている椀をささげ、それを食卓に置くのが見えた。

「ごはんを作ったの」と娘は言った。

カミノはそれがだれだかすぐに気づいた。ファリダだった。それを目の当たりにして、カミノはすっかりあっけにとられてしまった。

「水浴びをしてきて」とファリダが言った。「それとも顔を洗って。いっしょにごはんにしましょう」

カミノは催眠術にかけられたように、半分だけ覚醒した状態で浴室へ向かい、もう少しでタオルを忘れそうになり、それから大急ぎで水浴びをした。水浴びを終えてみると、娘は食卓についてカミノを待っていた。飯はまだ温かそうだった。さっき目に入った椀は、キャベツとにんじんとマカロニのスープだった。皿には揚げたテンペがあり、別の皿にはからからに揚げたトビウオの薄切りが載っていた。

「全部、台所にあったの」

カミノはうなずいた。その日はなにもかもがあまりに不可思議だった。もう何年も昔に父も母もまだ生きていたころ以来、こんなふうにだれかといっしょに食事をしたことなどなかった。それが今、ゆうべから密かに好きになってしまった娘といっしょにいるのである。すっかり舞い上がってしまい、カミノは娘の顔を見る勇気もないまま食事をした。ごくたまにふたりは相手の方に目をやったけれど、ふたりの視線が出会うと、どちらもまるで現場を押さえられた罪人のように、きまり悪そうにほほ笑んだ。ふたりは向かい合ってすわり、ふたりの間は食卓で隔てられていたものの、まるで夫婦のように、あるいは幸福な花嫁と花婿のように見えた。

この恋愛譚は昼間の忙しさで少し乱された。共産主義者と反共産主義者との衝突で、五人が殺されたのである。カミノはそれをみな埋葬しなければならなかった。共産主義者が四人と、反共産主義者がひとりだった。墓地に運び込まれる死体がこれからますます増えるだろうことが、そして共産党の崩壊がもはや避けられそうにないことが、カミノにはわかった。死者の数を見ただけで明らかだった。カミノは新しい墓穴を五つ掘った。四つは共産主義者の眠る一角に、あとのひとつは一般市民の埋葬される一角に。五人が死に、それぞれの親族が墓で泣き、党の指導者たちが短い演説をして、そんなこんなで夕方までかかった。けれどもカミノが忙しくしている間も、ファリダはどこへも行かなかった。きのうと同じように、一日中父の墓のそばにすわっていた。

「賭けてもいいけど」。仕事をすべて終えて水浴びをするために家へ向かう途中、カミノはファリダに言った。「あしたは共産主義者が十人死ぬよ」

「もしも数が多くなり過ぎるようなら」とファリダは言った。「ひとつの穴にみんな埋めるといいわ。七日目には共産主義者が九百人死ぬかもしれないし、そんなにたくさんの墓穴を掘るなんて、どう考えても無理だもの」

「あの人たちの子どもが、あんたみたいにへんてこりんじゃなければいいが」とカミノは言った。「でないと食事を出すために、盛大な席を設けなければならなくなってしまう」

「今夜は、あたし、あなたのお客になってもいいかしら？」

ふいにそう聞かれてカミノはすっかり動転してしまい、ただ頭をうなずかせて応えることしかできなかった。ファリダがふたりの夕食を用意し、食事の後、ふたりはまた霊を呼び出した。もちろん呼び出したのはムアリミンの霊で、ファリダはまた父とおしゃべりをした。それが夜の九時まで続き、もう寝る時間になった。ファリダはかつてカミノの父と母が使っていた奥の部屋に寝ることになり、カミノは子どものころから使っている自分の部屋に入った。

翌朝、カミノの予想は当たらないまでも、それほど大きくはずれてもいなかった。早朝に共産主義者が十二人死んだ。今回は党の指導者たちの演説はなかった。事態はますます切迫していたからである。D・N・アイディットと首都の共産党指導者たちがほんとうに逮捕され処刑されたという噂もあった。カミノのもうひとつの予測も現実となりそうで、共産党の崩壊の日が目前に迫っていた。十二人の共産主義者の死体は墓地に無造作に投げ落とされた。つき添う親族もなく、死体をトラックで運んできた兵士が、みんなひとつの穴に埋めるようにと告げただけだった。死者たちの名もわからなかった。十二人が入るだけの穴をひとつ掘っただけだったけれど、その日はやはりカミノにとって多忙な一日となった。昼にまた軍のトラックが来て、今度は八人の死体を投げ捨てていったのである。夕方には、七人の死体が到着した。

ファリダはまだ父の墓を守っていて、夜になるとカミノの客となり、一方カミノは次々と運ばれてくる死体のために忙殺されていた。そのようにして何日かが過ぎ、クリウォン同志がいつものように新聞を手にできなかった日から七日目に、多忙さは頂点に達した。

ファリダの予想はおそらく正しかった。

共産党シンパの大半は、軍隊や反共産主義者の群れが迫ってくると散り散りばらばらに逃げ去ったが、およそ千人以上の共産主義者がムルデカ通りの端でまだ持ちこたえていた。そのうちの一部はまだ過去の戦争の遺物の武器を手にしていたけれど、火薬は残りわずかだった。包囲されてすでに一日一晩が過ぎていたが、腹は空いても、屈服するようすは見せなかった。周辺の店はすでに壊され、窓を割られるか、そうでなければたいてい全焼していた。そのあたり一帯の住人たちはすでに避難していた。道の両方向から、正規軍の兵士たちが完全武装をしてじゅうぶんな弾薬を携え、党本部を包囲していた。軍の司令官は共産主義者たちに降伏するよう呼びかけ、共産党はクーデターに失敗した後、いたるところで壊滅させられたと大声で告げた。それでも千人以上の共産主義者たちは頑として動かなかった。

夕暮れの近づくころ、共産主義者の数人は兵士たちに向けて発砲さえした。どの弾も、ひとりの兵士をも傷つけなかった。司令官もしまいには辛抱できなくなり、部下全員に向かって攻撃態勢を整えるよう命じて、しばらく時をおいてから、ついに銃撃開始の命令を下した。ふたつの方角から銃弾を浴びて、人々は次々と道に倒れた。まだ殺されていない幾人かは闇雲に逃げ出し、互いに踏みつけ合い、突き倒し合ったが、やがてはひとりまたひとりと銃弾に倒れていった。その日の夕方、千二百三十二人の共産主義者が短時間の攻撃で死に、町での、そしてこの国での共産党の歴史は終わった。

死体はトラックに放り込まれ、しまいには屠殺場のトラックのように満杯になった。死体を満載したトラックが続々と、いうまでもなくカミノの家へ向かった。そうして、その日はカミノにとって多忙さが頂点に達した日となった。巨大な墓穴を掘らねばならなかったので、夜中になってもまだ掘り終わらず、明け方近くになって、兵士たちの手を借りてようやく掘り終えた。共産主義者たちが降伏してくれて、もう墓場に運ばれてくる死体もなくなって、一息つければいいのだが、とカミノは願った。その間、ファリダはやはりそこにいて、食事のしたくをし、父の墓を守った。

その朝、兵士たちがトラックで行ってしまい、千二百三十二人の共産主義者の死体がひとつの巨大な墓穴に埋められてしまうと、カミノは寝不足にもかかわらず、勢い込んで、ほぼ一週間もそこに留まり続けているファリダのところへ行って、こう言った。

「お嬢さん、おれの嫁になって、いっしょに暮らしてくれないか?」

ファリダは自分がこの男の求婚を受け入れるべく運命づけられているのを知っていた。そこでその朝のうちに、ふたりは水浴をすませてきちんとした服に着替え、長老のところへ行って結婚させてほしいと頼んだ。そうしてその日のうちにふたりは夫婦となり、ファリダのもとの家で蜜月を過ごした。つまり、その日、墓掘りはいなかった。

けれども、問題にはならなかった。軍隊の方も、共産主義者の死体を墓地に運んだり巨大な墓穴を掘る手伝いをしたりするのには飽き飽きしていた。共産主義者たちは、正規軍や、それにもまして、鉈や刀や鎌やその他なんでも人を殺せる物を手にした反共産主義者たちに殺され、死体は道端に置き去りにされて腐っていった。ハリムンダの町はたちまちそういった死体であふれ、溝や、とりわけ町のはずれや、丘のふもとや川辺や橋の真ん中や藪の中に死体が転がっていた。大半は、共産党がすでにすり切れた評判の痕をわずかに留めるだけとなってしまったことを悟って、逃げようとして殺されたのだった。

とはいっても全員が殺されたわけではない。幾人かはついに投降し、牢に入れられた。犯罪者用の監獄にも、軍の拘置所にも入れられた。大半は植民地時代に三角州に建てられた、もっとも不気味な監獄ブルーデンカンプに送られた。いったい囚人たちの身の上はどうなるのだろうか。尋問が何時間もかけて行われ、続きは決まって翌日に持ち越された。囚人たちの一部は結局監獄で死ぬはめとなった。餓死したり、銃の台尻で殴られて、頭を割られて即死したりしたのだった。生き残りの共産主義者狩りが続けられ、殺すかあるいは投獄するために、森や海のただ中へ逃げた者までもが追跡された。

だれにもまして、クリウォン同志は指名手配の筆頭となった。

小団長は、生きてであれ死んでであれ、クリウォン同志を捕まえるための特別部隊を編成した。クリウォン同志は依然としてポーチにすわって、やはりアディンダと一杯のコーヒーとともに、辛抱強く新聞を待っていた。ふたりの他に共産党本部にはもうだれもいなかった。特別部隊がやって来たとき、神にかけて、一行はふたりの姿を見なかった。兵士たちは建物の中へ入って手当たり次第に引っ掻き回し、それに続いて反共産主義者の一団がやって来て共産党本部に石を投げ込んだ。カール・マルクスの肖像を引き下ろし、党旗といっしょに道端で焼いた。鎌と槌の飾りもむしり取った。図書室から本を全部持ち出してやはり道端で焼いたが、拳闘小説だけは、自ら一隊を率いていた小団長が自分の楽しみのために救い出した。拳闘小説は二箱分もあったが、すぐに全部ジープに積み込まれた。すべてがクリウォン同志とアディンダの目の前で起こり、ふたりはなぜ自分たちの姿がみなに見えないのかといぶかった。

やがて一隊は共同墓地へ向かった。クリウォン同志がそこに隠れているという情報が入ったのである。ところが行ってみると、クリウォン同志はそこにはいなかった。「もう逃げてしまったんだ」と兵士のひとりが言った。墓地はひっそりと静まりかえり、墓掘り人夫さえもいなかった。一隊は、小団長の耳に届いた別の情報に基づいて、速やかに次の行動に移り、ただちにミナの家へ向かった。けれども、もちろんそこにもクリウォン同志はいなかった。ミナは長時間にわたって尋問され、どこにクリウォンを隠したのか白状しろと責められた。ミナは一週間前からクリウォン同志の姿を見ていないと、頑として言い張った。

一隊が去ってしまうと、ミナはひとりごちた。

「ばかな子、共産主義者はみんな、銃殺隊の前で最期を迎えるってわかっているはずだったのに」

ひとりの男が小団長のところへあたふたと駆けて来て、クリウォン同志がひとりの娘といっしょに舟に乗って沖へ逃げるのを見たと言った。すぐにクリウォンを逮捕できなかったことに腹を立て、あるいは癒しようのない年来の恨みにもかられて、小団長は兵士たちにただちに沖へ追跡に出るよう命じた。兵士たちは船外機つきのボートに乗り込み、猛スピードで後を追った。けれども見つかったのは、波と風にもてあそばれて浮かんでいる一艘の空の小舟だけで、人がいた形跡もなかった。小団長はなんとしてもクリウォンを発見したいと思って、三人の兵士に命じて潜水させ、死体が見つからないかと期待した。死んだクリウォン同志であっても、なににもまして価値があったからである。三人はクリウォンを発見できなかったし、もちろん宝物も見つからなかった。

一隊は心底がっかりして帰途についた。失敗に終わった恨みを他で晴らすため、小団長は逮捕した党の主要人物たちを再び尋問した。そのうちのだれもが、最後に見かけたときにはクリウォン同志はポーチで朝刊が来るのを待っていたと言った。小団長は、みながそろって同じ告白をするのを耳にして、ばかにされているように感じた。そこで怒りにまかせて、それらの党の主要人物たちを軍の拘置所の裏に引き出し、全員を自分の拳銃で処刑した。

クリウォン同志は同時にあちこちに姿を現すことができるけれど、本体は実は安全な場所に隠れているのだ、という噂がささやかれ始めていた。クリウォン同志にはそういう魔力があって、分身して何体にもなり、みなをだましているのだと、だれもが信じていた。

けれども最後にはクリウォン同志も逮捕された。途方に暮れた小団長は、一隊を率いてオランダ通りの端の党の本部へ戻り、しらみつぶしに手がかりを探そうとしたのだったが、ふいに、クリウォン同志が他でもない義妹といっしょにポーチにすわり、さっき処刑したばかりの連中が言ったとおりに、新聞を待っているのが目に入ったのである。もう夕方で、小雨が町に降りしきっていた。小団長は恥じ入って、今日一日どこへ行っていたのかと尋ねることすらできなかった。クリウォン同志はその態度からして、一日中どこへも行かず、ずっとそこにすわっていたようだったからである。

「逮捕する、同志」と小団長は言った。「それから妹よ、いい子だから、きみは家へ帰りなさい」と、今度はアディンダに向かって言った。

「なんの罪で逮捕されるんですか？」とクリウォン同志が尋ねた。

「来るはずのない新聞を待っていた罪だ」。小団長は皮肉なユーモアをきかせようとして言った。「そいつはこの町ではもっとも重い犯罪である」

クリウォン同志は手を差し出し、小団長は手錠をかけた。

「小団長」と、アディンダが突然あふれ出た涙を頰につたわせながら、立ち上がって言った。「さよならの挨拶をさせて。刑務所に着いたとたんに、あなたがこの人を処刑してしまうかもしれないでしょう」

「やりなさい」と小団長は言った。

さよならの挨拶は、クリウォン同志の唇に長い口づけをすることだった。

クリウォン逮捕の知らせはあっという間に、内戦による死からのがれた町の住人ほぼ全員の耳に入った。逃げようとした下っ端の共産主義者たちを殺した後、まだ血まみれの手をしたまま、人々はたちまち集結して、共産党本部と軍支部の基地との間の道を埋めた。まるでだれもがクリウォン同志に特別の思い入れがあるかのように、全員が実に辛抱強く、クリウォンが通るのを待ち受けた。

ついにクリウォン同志が姿を現し、誇りの残影をまとって歩いて来た。軍のジープに乗るのを拒否したので、一隊の兵士が道中の護衛についていた。アディンダは小団長といっしょにジープに乗っていたが、ジープは短い行列の後をひどくのろのろと進み、沿道の左右に詰めかけた人々は敬虔なまでに静まりかえっていた。こんなときに至っても、まだあの自慢のハンチングをかぶっている男を、みな複雑な心持ちで見つめた。

見物人の多くは学校時代の友だちで、いったいどうして町で一番頭がよくてハンサムな男が、道を踏み誤って共産主義者として生きることを選んだのか、といぶかった。見物人の中には、かつてクリウォンとデートしたことのある娘たちや、少なくともクリウォンとデートすることを夢見ていた娘たちも大勢いて、誠実なる恋人が去って行くのを見送るかのように、瞳をうるませてクリウォンを見つめていた。

いかにも決然としたようすで歩いて行くクリウォンを見たとたん、人々の怒りは一瞬にして煙と消えた。クリウォンはしっかりした足取りでまっすぐに歩き、敗北者めいたようすはみじんも見せなかった。戦争で捕虜となっても、すぐに自由の身となって次の戦いには勝利を収めることを確信している敵の指揮官のようだった。

そしてそれを見守る人々は、かつてのクリウォンのいいところばかりを思い出し、悪いところは忘れてしまった。クリウォンは頭のいい青年で、親切で、勤勉で、だれに対しても礼儀正しい人間であり、そして、かつてクリウォンが騒動を起こしたことがあったかどうか思い出す者はとたんにいなくなり、クリウォンが娼婦と寝て金を払わなかったことも、さらには小団長の三艘の漁船を燃やしたことも、思い出す者はひとりとしてなかった。

クリウォンのハンチングには、今では小さな赤い星がつけられていた。それぞれの思いに沈む人々の前を、クリウォン同志は歩き続けた。昔母に縫ってもらったシャツを着て、短期間首都の大学で学んだときに買ったパンタロンをはき、いつ買ったか忘れてしまった（あるいはだれかが貸してくれたのかもしれない）革靴をはいていた。

アディンダが見えないかと思って振り返ったが、アディンダはジープの中にいたので、姿は見えなかった。集まった人々の中にアラマンダがいないかとも探してもみたけれど、アラマンダはそこにはいなかった。どちらの姿も見えなかったので、クリウォンは心静かに歩き続けた。クリウォンにとって、沿道にはだれもいないも同然だった。小団長はクリウォンを軍支部の基地の裏にある拘置所に放り込み、行われたはずもない裁判によって、翌日の早朝五時に死刑執行という判決が下された。判決を告げた後、小団長はすぐに立ち去り、アディンダをデウィ・アユの家に送り届けた。

ところがアディンダは、まもなくまた戻って来た。クリウォンに面会したいと願う人は多かったけれど、アディンダは面会できると考えたただひとりの人物だった。けれども小団長はすでに看守たちに命令を下して、死刑判決の下された囚人にはだれも面会させてはならないと言い渡してあった。結局アディンダは一揃いの立派な衣服を小団長に託して、これをあの人に渡して、早朝にほんとうに処刑されるなら、これを着るように言って、と頼んだ。衣服一揃いの他に、食べ物を詰めた弁当箱もあった。

「約束してよ、小団長」とアディンダは言った。「あの人に食べさせるって。朝刊が届かなくなってから、あの人はコーヒーと水の他はなんにも食べてないから」

小団長は、それら全部を自らクリウォンのところへ届けた。獄舎の中でクリウォン同志は寝台に横たわり、両手を頭の下で組んで、目を天井に向けていた。

「娘たちにとっては、あんたの評判はまだ衰えていないようだな、同志」と小団長は言った。「そのうちのひとりが、服を一揃いと弁当箱をひとつ送ってよこした」

「だれのことだかわかりますよ」とクリウォン同志は言った。「あなたの義理の妹でしょう」

その後、クリウォン同志は姿勢を変えもせず、黙り込んだ。すでに夜の訪れた獄房の暗がりの中で、小団長はかすかに遺恨を嚙みしめながらにやりと笑い、ついに決着をつけるときが来たのだと思った。こいつが妻の愛を奪った男なのだ、と小団長は心の中で言った。そして、生まれることのなかったふたりの子どもに呪いをかけた男なのだ。

「あしたの朝、おまえが処刑されて死ぬのを見ることになる」

小団長は一回の銃撃ではすませまいと考えた。クリウォンがじわじわと死んでいくのを見たかった。指の爪をはがされ、頭の皮を剝がれ、目をえぐられ、舌を切られて。この男はひどく苦しむだろう。腐臭を放つ怨念にとりつかれた小団長は、邪悪な笑みを浮かべた。

ところがクリウォン同志は不可解にも、やはりなんの反応も見せず、自分がどれほど恐ろしい死に向き合っているかも気にならないようすで、それが小団長をいらつかせた。寝台の上で、この生ける屍はいかにも威厳に満ち、殉死を前にしているかのように自負にあふれ、自分の選んだ道を誇りとして、このような不愉快な最期を迎えることになっても、少しも悔いてはいないようだった。

ふたりの間には、実に大きな隔たりがあった。ひとりは相手に死をもたらす権力を持ち、もうひとりの男は死が刻々と迫るのを待っている。前者はおのれの権力ゆえに不安を抱き、一方、後者は運命に身を委ねて平静だった。

実をいうとクリウォン同志は、まだ扉の近くに立っていて、持って来た物をそろそろと片隅の椅子の上に置いている小団長のことなど考えてもいなかった。クリウォン同志は、まもなく去ろうとしているこの町でのあらゆる思い出に包まれて郷愁に浸っていた。革命とはなんとくたびれるものか、とクリウォンは思った。そして唯一喜ばしいことといえば、それらすべてを捨て去れることだ。反動主義者や反革命分子になったりはせずに、すべての役目を捨て去れることだ。たしかにクリウォン自身、これまでたくさんの臆病者たちに反動主義者として、あるいは反革命分子としての烙印を押してきたけれど、ときにはそういった人々と同じくらい無力感にとりつかれ、そしてそういう腐った人間どもの一部になりたくないという思いだけで、革命の狂熱の中でもちこたえてきたのだった。そして、そうだった、そうやって絶望に満たされたときには、死ねたらいいのにと幾度も願ったものだった。

だれであれクーデターを起こした人々に対して、クリウォン同志は礼を言うべきだった。明日の朝には銃殺隊の前で死に、疲労に満ちたすべてをまもなく捨て去ることができるのだから。母のことはそれほど気がかりではなかった。母は、かつて（やはり共産主義者だった）夫が日本軍に処刑されて死ぬのを見ていた。息子もやはり共産主義者として処刑されたと聞かされることになっても、それほど問題にはならないはずだった。ミナはあまりにも強くて心配するには及ばない。そう考えると、いっそう死に対する心構えができ、幸福に満たされて唇にかすかな笑みを浮かべ、小団長はそれをちらりと目にして、ますますいら立った。

「五時十分前に迎えをよこす。そして五時ちょうどにただちに処刑を執行する。最後の願いはないか」と、しまいに小団長は言った。

「これが最後の願いだ。万国の労働者よ、団結せよ！」とクリウォン同志は答えた。

小団長はクリウォンをひとり残して去り、音高く扉を閉ざした。

13

雨季はたくさんの人が結婚する季節である。ほとんどどの通りでも、垣根の端に立てられた黄色い椰子の葉の飾りが見え、披露宴に招待されて出かけて行く人々の群れは来る週来る週めったに途切れることがない。その期間、まだ結婚する機会に恵まれない男は売春宿へ行って、女の体で自分の体を温めようとし、恋人たちはますます頻繁に逢引きをしてこっそりと愛を交わす。すでに結婚している人々も、雨季の月々にはまた新婚時代に戻ったようになる。この時季にはたくさんの卵細胞が実を結び、そして女たちの子宮に神の創造物である子どもとなるものが宿る。

共産主義者虐殺劇の最中でさえ、人々は機会があれば、とりわけ雨が激しく降り出すと性交した。けれどもそれは、今のところ、小団長とアラマンダには当てはまらなかった。ママン・ゲンデンとマヤ・デウィにも当てはまらなかった。

ママン・ゲンデンとマヤ・デウィは、五年近く前に結婚して以来、今でも同じ芝居を続けていた。

それでも、少なくとも、ママン・ゲンデンをとても幸せにすることがひとつあった。今では家という名の帰る場所があることだった。それを夢見てきたのだった。特に、ナシアーに恋をして、ナシアーの恋人に対する愛の輝きを目にしてからは。そんなふうな愛に満ちた眼差しを、ひとつの家族を、ひとつの家を、何年も何年もの間夢見てきた。失望と、なによりもやっかいばかり引き起こすならず者だとみなから思われているせいで、そんなものは手に入らないのではないかという不安にうちひしがれながらも。

昼間はバス・ターミナルに陣取り、そこから帰宅すると、あるいは小団長とトランプでトルフをしてから家へ戻ると、また妻と顔を合わせることができ、妻は夕食のしたくをすませた食卓で待っていてくれて、急いでタオルと入浴のための湯を用意してくれる。毎晩、ママン・ゲンデンは言葉にできないほどの幸福感でうきうきと舞い上がるのだった。控えめに見ても今ではじゅうぶんに洗練されたような気がする。近所の人々と同じように清潔な衣服を持ち、近所の人々と同じように食卓について食事をし、そして近所の人々と同じように毛布をかけて眠るのだから。

学校へ行き、教師たちから出された宿題を片づける忙しさの合間にも、マヤ・デウィは夫の世話にも手を抜かなかった。デウィ・アユに約束したとおり、ママン・ゲンデンは妻以外のどんな女にも手を触れていなかったし、まだ妻に手も触れていなかった。一年また一年と過ぎ、少女は若い娘へと成長していった。共産主義者が虐殺されるまでの五年の間に背もぐんと伸び、肉付きもどんどんよくなっていった。胸はみごとに完璧な膨らみを見せていた。それでもママン・ゲンデンの目に映るのは、以前と変わらぬ少女、つまり宿題をしている間、煙草を吸いながら待っていてやり、寝るときには毛布をかけてやった女学生だった。ふたりは同じ寝台で眠ったことすらなかった。

ママン・ゲンデンは驚嘆すべき禁欲を実行していたのである。とはいえ、性欲が頭をもたげると、いくつかのやり方で浴室で自らを慰めようと試みた。その点について、小団長は互いに悩みを打ち明け合える最上の友だった。ふたりの悩みの背景をなすものは明らかに違ってはいたけれど、運命がふたりをいっそう強い友情で結びつけたのである。今では小団長は、妻がクリウォン同志という名の男をまだ愛しているのかもしれないと恨み言をもらすだけではなく、心から信頼できる友に対してするように、家庭内の問題についても話すようになっていた。

トルフを終えて、ともにゲームをした仲間が姿を消し、一般的な問題についての相談が片づくと、ふたりはたいていそれぞれの妻に関する個人的な悩みを話し合った。そうなると、ふたりはもはや親友どうしには見えず、むしろ兄弟どうしで互いに苦境を打ち明け合っているといった方がふさわしかった。ある日、小団長は自分と妻との間のことを包み隠さずママン・ゲンデンに話した。結婚した最初の一年、小団長は一度も妻と性交できなかった。アラマンダが恥部を鉄の下着で守っていただけでなく、ふたりは別々の部屋で眠っていた。

「鍵はある種の呪文で、家内を除いてだれも知らなかった」

「でも、子どもができたと聞いたが」

そのとき、思いがけないことに小団長は唐突にすすり泣き始め、そうして言った。「あいつは二度身ごもったが、子どもはふたりとも突然消えてしまった」。さらに続けて言った。「もうヌルール・アイニという名までつけていたのに」

「性交しないで妊娠する女などおらん。マリアがだれとも寝ないでイエスを産んだという話を信じるんなら別だが」

すると小団長のすすり泣きはいっそう激しくなった。すすり上げながら、短く、だがはっきりと小団長は言った。「あいつが油断してあそこの防具をはずしたときに、私が強姦したのだ」

ママン・ゲンデンは小団長を慰めて、自分もまだ妻に手を触れず、妻は今も生まれたままの処女だと話した。

「だが言っておくが、小団長、俺はもう二度と売春宿へは行かないで、風呂場で自分を慰めているだけだ。だから、あんたも俺のようにすればいい」。ママン・ゲンデンは続けた。「それでじゅうぶん腹立ちやいらつきを忘れられる。やっぱり睾丸の中味は定期的に出してやらねばならんから。それに俺たちぐらい年を食った男なら、もう夢でやっちまうことなんかめったにないし、そうなると、どんなやり方であれ、わざわざ出してやらねばならん」

「私ももうそうしている」と小団長は言った。「もう少しで犬の尻の穴でもなんでもやりそうになったぐらいだ」

「かまわんさ、瓶の口でなければ」

やがてふたりは、幸福な結婚生活の鍵は、時間と、たとえ時間が実にのろのろと過ぎていくものであっても、それを受け入れる自分たちの辛抱強さにある、ということで意見が一致した。少なくともママン・ゲンデンは、妻が性交してもいいほど大人になるまで待ちつつ暮らしていかねばならなかった。いつになるかはわからんよ、小団長、とママン・ゲンデンは言った。そしてあんたに必要なのも、やっぱりのろのろ進む時間だろうが。遅かれ早かれ、女ってものは、たいてい辛抱強さの前に膝を屈するもんだからさ。少なくとも、賢くて、たくさんの女とつき合ったことがあって、そのうちのたくさんをものにした連中は、そう言っている。だから辛抱すれば、その辛抱が実を結ぶかもしれん。最後にはあんたの嫁さんも、水滴が岩に穴をあけるみたいに少しずつ、意地を張るのをやめて、逆にあんたのことを好きになるようになるかもしれん。あそこの防具を開けてくれとなだめすかす必要なんかない。いつかの晩に、嫁さんが自分から開けてくれるさ。そうなると信じることだな、小団長。男と同じで、死ぬまで意地を張り続ける女なんておらんのだから。

ママン・ゲンデンのどこか奇妙で賢明な言葉は、昔傷つけられた恨みのせいで心中密かに嫌悪を含んだものではあったけれど、小団長の心を真実慰めたので、小団長はしばらくの間、自分の妻と寝たときの快かった記憶を忘れることができ、ただひとつ、ゲリラの基地だった小屋でアラマンダを犯した甘い思い出だけが残った。

小団長とは違って、ママン・ゲンデンは自分の妻を強姦しようなどとは考えたこともなかった。もしもママン・ゲンデンが頼めば、マヤ・デウィは服を脱いで寝台に横たわり、ママン・ゲンデンが裸になって飛び乗るのを待ち受けてくれるかもしれない。でも、だめだ、ママン・ゲンデンの目にはまだほんの小さな子に見える娘に対して、そんなひどいまねができるはずがない。かわいい末っ子、まだデウィ・アユの情人だったとき、ママン・ゲンデンはいつもマヤ・デウィをそう呼んでいたのだ。夫としての唯一のなによりも重要な務めは、妻が幸せに暮らし、よき妻となるために自分を磨くようにさせてやることだ、とママン・ゲンデンは考えた。それに、見ろ、俺が自分の小さな妻をどれほど誇りに思っていることか、とママン・ゲンデンはいつも仲間たちに向かって言うのだった。十二歳で結婚したときから、あいつはもう料理も裁縫も上手で、家や庭の手入れもしてくれる、だからふたりの使用人が結婚するといって辞めてしまったときも、別に困りもしなかった。きっとデウィ・アユは、娘たちを何年も前から、ひょっとすると赤ん坊のころから訓練してきたのだろう。だから、見ろ、学校から帰ると、今ではマヤ・デウィは近所から子どもの誕生日祝い用のお菓子の注文をますますたくさん受けるようになった。マヤ・デウィの作るお菓子はすごくきれいですてきで甘くておいしくて、それは始終台所でこっそりつまみ食いをしているママン・ゲンデンも認めるところだった。

マヤ・デウィがお菓子作りがうまいという噂は、たちまち近所の人々の間に広まり、結婚して四年目の終わりには、マヤ・デウィはふたりの助手を雇うようになっていた。ふたりとも十二歳の少女で、孤児だったのを連れて来たのだった。来る日も来る日も、マヤ・デウィたちは小麦粉をこね、オーブンで焼き、菓子の型抜きをするのにおおわらわだった。

忙しくても、マヤ・デウィは夫が必要としていることすべてに注意を向けるのを怠らず、それがママン・ゲンデンにはとても嬉しかった。それでも、ママン・ゲンデンはやはりマヤ・デウィに手を触れなかった。マヤ・デウィに寝台の上で裸になるように言って、妻の子ども時代の幸福を奪ってしまいたくはなかった。幼いころから町で一番名高い娼婦と暮らしてきながら、マヤ・デウィはいかなる種類の性交も一度たりとも思い浮かべたことがないのかもしれなかったからである。特に小団長のふたりの子どもになにが起きたかを聞いてからは、女に対してなんであれ無理強いはすべきでないと、ママン・ゲンデンは確信したのだった。たとえそれが自分の妻であっても。

そのようにしてママン・ゲンデンはおのれの辛抱強さを心底誇りに思い、何年もどんな女とも交わることなく、およそ一週間に一度、がまんのできなくなったときに、あるいは一ヶ月に一度自己抑制の限界に達したときに、浴室で自分の手で処理するだけだった。妻に触れることといえば、せいぜい寝る前か学校へ出かける前に額に接吻するか、ときどき映画館で映画を見るときに互いの体に腕をまわしてすわるか、それとも妻がソファで眠ってしまったときに抱き上げて寝台へ運んでやるか、というところだった。ママン・ゲンデンは妻が裸になったのを見たことすらなかった。泰然となにかを待ち続けるかのごとく季節の移り変わりを眺めつつ、かつてのさすらいの修行者は、神秘的な辛抱強さで、なおも持ちこたえていたのである。

「学校をやめるわ」。あるときマヤ・デウィがそう言い出して、ママン・ゲンデンを驚かせた。マヤ・デウィが十七になろうとしていたときだった。マヤ・デウィの述べた理由はとてもはっきりしていて、家と夫の面倒をもっときちんとみたいから、というものだった。

これまで家も自分もよく面倒をみてもらってきたし、もしかすると、この町中の他のどの女よりもずっとよくやってきたといえるかもしれない、だってその証拠に、たくさんの夫がママ・カロンの娼館に逃げ込んでいるじゃないか、と言い返すこともできたけれど、ママン・ゲンデンは妻の決心をすんなりと受け入れ、それも悪くないと考えた。とりわけ、学校をやめるという決意が揺らがぬものであることを、妻の目の中に見て取ったからだった。

やがて夜になると、いつものとおりママン・ゲンデンは妻の部屋へ入って、お休みを言い、額に接吻して、毛布をかけてやろうとした。薔薇の香りの立ち込める部屋で、ピンクのシーツをかけた寝台の上に、妻は横になっていた。マヤ・デウィは素裸でそこに横たわり、薄暗い灯りの下で、ママン・ゲンデンににっこりほほ笑みかけてこう言った。

「あなた、わたしはあなたの奥さんで、もうベッドでのお相手ができるだけ大人になったわ」。そう言ってから、マヤ・デウィはさらに言葉を継いだ。「今夜は、わたしを抱いて、愛して。今夜は五年遅れの初夜、わたしたちふたりの一番美しい夜になるはずだから」

その年齢で、マヤ・デウィはほんとうにみごとなまでに美しかった。母の美貌を受け継いで、髪は枕の上にふわりと広がり、乳房はかげった灯りの下で陰影を帯びて突き出し、両手は体に沿って寝台の上に置かれている。腰は実に美しく力に満ち、片脚をわずかに持ち上げて膝を軽く折り曲げていた。ママン・ゲンデンはその圧倒的な眺めに一瞬息を呑んだ。神にかけて、五年間待ったほうびとして、これほど並外れた恵みを与えられようとは思ってもみなかった。あたかも遠い旅路の果てに、この世でもっとも美しい宝石を手に入れたかのように。

やがて拒みがたい欲望の力に押されるように、ママン・ゲンデンはマヤ・デウィのそばへ寄り、手を伸ばして妻の体隅々にまで手をはわせ、とても優しく愛撫し、妻は体をよじってかすかにあえいだ。男はそれから寝台に上がり、何年も待ち続けた後で、急ぐことなく、妻の額に接吻し、やがて頬に、そして唇に、燃えるように熱く長く口づけをした。マヤ・デウィはそっと男の服を脱がせ、やがて男が気づかぬうちに、ふたりとも裸になっていた。

ふたりはいつ果てるともない喜ばしい初夜の中に浸りきり、それが何週間も続いた。ほんとうの新婚の夫婦のように、ほとんど家から出ることもなく、夕暮れから朝まで、そして朝から夕暮れまで愛し合った。部屋から出るのは食べたり飲んだり、浴室へ行ったり、新鮮な空気を吸いに行くときだけで、それからまた寝台に戻った。雨と血がハリムンダを濡らした十月のはじめ、ふたりはまだ激しい蜜月のさなかにいて、町でなにが起きたのかさえ知らなかった。

アラマンダは、クリウォン同志が逮捕され、早朝五時に処刑されることになったという知らせを最後に聞いた人間だった。その知らせは窓から吹き込む風に乗って運ばれてきて、アラマンダは部屋で横になって夫の帰りを待った。夫である小団長が突然ふって湧いた奇妙な十月のはじめの出来事に忙殺されている間、アラマンダはほとんど家から出ていなかった。密かにまだ愛し続けている男が夜明けに死んでしまうことを思って、アラマンダは身震いした。銃殺隊の前で殺されるのか、首吊りにされるのか、石をくくりつけられて溺死させられるのか。それとも、山犬と闘わされて死ぬことになるかもしれなかった。

アラマンダは寝台の端に毛布を体に巻きつけて腰掛け、するどい視線で壁の時計を見つめ、時計の針がゆっくりと、それでも確実に、かつての恋人の生の終わりに向かって動いていくのを見ていた。今では自分の夫となった男の命令で死ぬのである。もしかすると、小団長その人が処刑を行うのかもしれなかった。

いくつもの思い出が頭の中を同時によぎり、アラマンダは孤独をかみしめて泣き始めた。部屋の中にひとりきりでいて、突然、男に抱かれたいと切実に願った。ところがその逆に、これまでアラマンダをいつも抱きしめてきた（そしてアラマンダはそれを冷淡にあしらってきた）男にすらも、猪狩り以来のなによりも疲労困憊するような騒ぎのせいで、置き去りにされている。そして、それよりはるかにアラマンダの欲する男、寝台にいて抱きしめてくれ、身震いさせる冷たい空気を追いやってくれることを望んでいる男には、おのれの死をはね返す力すらないのだった。

ともかくアラマンダは、その男、クリウォン同志に対して行われる処刑をなんとしても受け入れられない多くの人々のうちのひとりだった。その男がかつて夫の漁船を三艘燃やしたことがあっても、ロックンロールに夢中の若者たち大勢を町の留置場に放り込んだことがあっても、そんなことはどうでもよかった。アラマンダにとって、そしてたくさんの人々にとって、その男はおそらくハリムンダそのものであり、その逆もしかりだったのである。一時期その男は、この町が娼婦の溜まり場だという評判や、悪党と兵隊あがりのたむろする町という評判を越えて、この町のよきイメージを作り上げたのだった。それは男がまだ学校に行っていたころのことで、男はさまざまな数学や理科のコンテストで優勝したのだった。おまけに奇態にも、詩のコンテストの州大会で優勝したことさえあった。

そしてハリムンダの娘たちひとりひとりが、アラマンダも含めて、この町のことを思い出すたびにその男を思い浮かべるようになるだろう。かつて起こったすばらしい出来事を思い出すことになるだろう。そして共産主義者としての経歴においては、共産党のどんな指導者も、ハリムンダにおけるクリウォン同志ほどの人気を、それぞれの出身地で勝ち得た人物はいないはずだと、アラマンダは断言できた。だが、夜明けにその男が死のうとしている。おそらく銃殺隊の前で。その処刑をやめさせてほしいと願う祈りが人々の口から町の空気に漂い始めていたけれど、だれにもそれをやめさせる力はなかった。ただアラマンダだけが、その男の殺害をやめさせる力をまだ手にしていると思われた。アラマンダはその鍵を握っていた。

早朝四時半に、小団長がようやく帰宅した。しばらく休息してから、だれよりも呪わしい敵の処刑に臨むつもりらしかった。けれども、それほど力のある男を殺さねばならないのを悔いるような、ある種の感情に取りつかれてもいた。その男に対する賛嘆の気持ちを、小団長は密かに認めずにはいられなかった。それはひとりの敵としての真摯な賛嘆であり、小団長がママン・ゲンデンに敬意を抱いているのと同じようなもので、小団長はそんな男を失わねばならないのをあらためて残念に思った。小団長は、その狂った共産主義者を殺すのに使うつもりだった拳銃を寝台に投げ出し、それからぐったりと寝台に横たわったが、アラマンダがまだその端にすわって震えているのには気づかなかった。

「ねえ、小団長、あの人は今朝の五時に死ぬんでしょう?」出しぬけに暗がりからアラマンダが尋ねた。

「ああ」。小団長は振り向きもせずに答えた。

「もしもあの人を生かしておくって約束してくれるなら、この呪文を解いて、あたしの愛をあなたにあげる」。よく通る声で、きっぱりとアラマンダは言った。

小団長はいきなり身を起こしてすわり直し、部屋の暗がりの中で妻を見つめた。ふたりは、世にも奇態な夫婦の間の駆け引きの中で、互いに見つめ合った。

「本気よ、小団長」

「理にかなった取り引きだ」と小団長は言った。「そのせいで私がひどく嫉妬しているにしても」

そのようにして、クリウォン同志はただひとつの銃弾も体に撃ち込まれずに、その夜を明かしたのだった。小団長はそれ以上なにも妻に言わなかった。ただ立ち上がって拳銃を再び取り上げ、それから並外れたエネルギーを得たかのようにしっかりとした足取りで、部屋から出て行った。小団長はクリウォン同志が拘禁されている軍支部の基地へ赴き、半時間後に、生涯最大とはいわないまでも、自分たちの軍歴において最大の敵を殺すという矜持にあふれて銃を磨いている銃殺隊のところへ行った。銃撃隊の隊長を呼び、小団長は指示を下した。

その結果小団長は、警備に当たっていた者から、とりわけ執行時刻が厳しく決められていたためにしびれを切らしていた銃殺隊の面々まで、部下全員を驚愕させた。小団長は、何者もあの男、クリウォン同志を殺してはならない、そして何者もその理由を尋ねてはならない、と告げたのである。中央司令部の将軍たちに対する責任は自分が負うが、もしもだれであれ、あえてあの男を殺せば、自分はその殺人者を躊躇なくこの拳銃（と、自分の武器を示しながら）で撃ち殺すであろう。その殺人者の家族をひとり残らず殺すだろう。子も、妻も、親も義理の親も、兄弟も、さらには甥姪も、従兄弟も、おじおばも。

あまりにも厳格な命令だったので、だれひとりはむかう者はなかったが、みなの頭はいったいなにが起きたのかという疑問でいっぱいだった。だが、小団長は家に戻る前に門のところで立ち止まり、一晩寝ないで処刑のときを待っていた兵士たちの方を振り返った。小団長は兵士たちを長い間見つめていたが、やがてこう言った。

「あいつを殴ってもいい。だが、もう一度言っておくが、殺してはならない。午前七時には、あの男を釈放しなければならない」

そうして小団長は足早に帰って行った。

家に戻ると、妻が裸で寝台の上に横たわっていた。ちょうどしばらく前にママン・ゲンデンが、そうしているマヤ・デウィの姿を見とめたのと同じように。外はすべてを冷え込ませる雨季だというのに、部屋の空気はとても暖かくさわやかに感じられた。常夜灯のおぼろな灯りの中に、小団長がくぼみのひとつひとつまで知り尽くしている女の体が曲線を描いているのが見えた。今、女は二十一歳で、熟しきって魅惑に満ちていた。

そして小団長は、部屋が新郎新婦の部屋のように飾りつけられているのにすぐ気づいた。なにもかもがアラマンダの好きな黄色でまとめられている。シーツも、毛布も、そして蚊帳も。隅のテーブルの上には蘭とオランダ水仙の花が生けてあり、実に清々しい香りが鼻をくすぐった。新郎新婦の部屋での初夜の豪奢なごちそうのようだった。五年遅れの宴のようだった。

小団長はなににおいても性急ないつもの態度とは違って、新郎のように恥じらいながら、ゆっくりと服を脱いだ。やがて五年遅れの初夜が始まり、並外れてロマンティックで温かな蜜月がそれに続いた。その夜ふたりは実に荒々しく激しく愛し合い、黄色の寝台から始まって、いつのまにか床へ転がり落ち、やがて浴室へと続き、それからすでに太陽の光が鋭く差し込む中、ソファの上で交わった。

ふたりは家の扉という扉を閉じ、使用人たちを台所に閉じ込め、そうして客間で交互に性交したりポルノ小説を読んだりして、また浴室に戻り、それらふたりのなすことすべてが、アラマンダの短い悲鳴と小団長のうめき声でもって隣人と台所にいる使用人たちを驚かせ、不思議がらせた。またたく間に過ぎていったその夜のうちに三度射精に及んだが、昼間にはそれが十一回もの快感となった。まさに五年の間飢え続けてきた一組の闘士たちだった。

ママン・ゲンデンとマヤ・デウィと同じく、その後ふたりは何週間も家から出なかった。家の外でなにが起きているかなど、もう気にもならなかった。

何ヶ月ものちになって、小団長はママン・ゲンデンの妻が妊娠後期に入ったという知らせを聞いた。知らせによると、ママン・ゲンデンの子分のやくざ者たちがささやかな贈り物を携えてママン・ゲンデンの家を訪れ、一家と喜びのひとときを過ごしたということだった。ささやかな宴が開かれて、やくざ者たちは裏庭で酔っ払い、ママン・ゲンデンが、この家で酔っ払うのはだれであれ許さんと怒鳴りつけてもおかまいなしだった。おまけにやくざ者たちは床にごろごろ転がり始め、ママン・ゲンデンがひとりひとり引きずっては道端に放り出さねばならなかった。

そうしてママン・ゲンデンはポーチの椅子に腰掛け、仲間たちが道端に寝そべったり、そのうちの幾人かがふらふらとバス・ターミナルの溜まり場へ戻って行ったりするのを眺めた。これまで目にしてきた家族のある男たちと同じように、できる限りふつうの生活を築いていきたいと願うひとりの男と、何年もの間、荒々しく野放図な空気の中で仲間たちと団結して生きてきたひとりの男との狭間の怖れを滲ませた眼差しで、ママン・ゲンデンはそれらすべてを見つめていた。

ママン・ゲンデンは、今でもそういう矛盾に満ちた男だった。家の外では悪党で、それでも家庭においては実にできた男だったが、そんなときにとうとう夫婦に子どもが生まれたのだった。約束どおり、ママン・ゲンデンは赤ん坊にルンガニスと名づけた。のちには人々に美女ルンガニスと呼ばれることの方が多くなった。並外れた美貌の持ち主だったからである。

そこへ、小団長が祝いのためにやって来た。親友に母や祖母と同じく非常に美しい娘が生まれたことに対して、小団長は心から喜びの言葉を述べた。もちろん、こう言ってからかうのも忘れなかった。五年待ったあげくにやっと初夜のチャンスを得て、槍がまだちゃんと役に立つことも証明できたな。その間、風呂場で滑稽なことをする以外は休ませておかねばならなかったというのに。

それを聞いて、残忍で粗暴なママン・ゲンデンがはにかみ、気を遣いながらも、小団長の方こそどうなんだ、と尋ねた。

小団長は大きく相好を崩して言った。私を見てくれ、親友よ。われわれは幸運に恵まれ、忍耐のすべてが報われて、とうとう実を結んだのだ。家内も妊娠後期に入って、腹もすっかり大きくなった。親友よ、そんないぶかしげな目つきをするな。前に二度妊娠したときのようなことは、していないのだから。かわいい子が生まれるはずだったのに、ふたりとも消えてしまったけれど、今回は私の悲しみも消え去るはずだ。家内はほんとうに子を産むはずだし、賭けてもいいが、その子はこの子に負けないくらいきれいなはずだ。だって私はちゃんとやったのだ、自分の妻を強姦するという呪われたやり方ではなく。われわれはふつうの若い新婚夫婦みたいにやったのだ、かなり恥じらいながらも、温かく、燃えて、そして真摯に、愛に満ちて。

さらに小団長は続けて言った。そう聞いてきっと驚いただろう、親友よ。私自身もそうだった。驚いたことに、ある夜、夜明け近くに、家内が裸になって、無理強いされなくても寝てもいいと言い、それから何日もの間、われわれは実にすばらしい蜜月の夜を味わったのだ。この話は、たぶんきみの経験したこととそれほど違わないだろう、親友よ。おそらく世界はわれわれに同じ運命を授けてくれたのだから。

ふたりの男はくっくっと笑った。

クリウォン同志という名の共産主義者の命と引き換えに妻の愛を得たことを、小団長は一言も口にしなかったし、それをママン・ゲンデンに知らせる必要はないと考えていた。

あふれ返る喜びの中で、ママン・ゲンデンと小団長はママン・ゲンデンが魚を飼っている裏庭で杯を交し合って、さまざまな話題に花を咲かせ、トルフにおける作戦についても話題は及んで、ほとんどいつ果てるとも知れない蜜月のせいで何ヶ月も忘れていた市場の真ん中のトランプのテーブルで、また会おうと約束を交わした。

ルンガニスが産まれて六ヶ月後、ママン・ゲンデンは妻と子を連れて小団長の家へ行った。アラマンダが産気づいたと聞いたからである。ふたりが到着したちょうどそのとき、赤ん坊が生まれて産声をあげた。そうしてママン・ゲンデンは、世界のたいていの赤ん坊のように、ほんとうに骨と肉と血と皮とでできている完璧な赤ん坊を目にして幸福に満たされている小団長と握手を交わした。赤ん坊は女の子で、その美貌はたしかに敵であると同時に親友でもある男の娘にひけをとらなかった。

ママン・ゲンデンは言った。「おめでとう、小団長。俺たちとは違って、このふたりの従姉妹どうしが仲良しになることを願うよ」

「もちろんだ」と小団長は言った。

「もう名は決めたのか?」

「消えてしまったふたりの姉にちなんで」と小団長は言った。「ヌルール・アイニと名づける」。のちに人々からは、アイという愛称で呼ばれるようになった。

こうして、ふたりの父親は、結婚したその日から待ち焦がれてきた宝物をそれぞれ手に入れたのだった。そしてまた、やがてふたりは娘たちを溺愛する男となり、塩魚売りと屠殺業者とともにまたトルフのテーブルを囲むようになってからも、ときどきそれぞれ娘を連れて行くようになって、そこでふたりの子どもはいっしょに大きくなっていった。ふたりの男は、子どもたちがゲームの最中にトランプをかき回しても、掛け金の硬貨を投げ捨てても、好きなようにさせておいた。そしていよいよ奇妙なことに、ママン・ゲンデンと小団長との友情は、ふたりの娘の存在によっていっそう強くなったのだった。

ところで、ヌルール・アイニが生まれた十二日後に、もうひとり従弟が誕生していた。男の子で、アディンダの子であり、父親はその子をクリサンと名づけた。これは別の物語、別の一家の、別の運命の物語である。そもそものはじまりは、何ヶ月も前、クリウォン同志が夜明けに処刑されるはずだった日にまでさかのぼる。

もしもその処刑が実際に行われていたら、クリサンが生まれることはなかった。けれども運命によって、クリウォン同志が実際に処刑されることはなく、のちに多くの人々の知るところとなったように、アラマンダが小団長に自らを捧げることによってクリウォン同志の命を買ったのだった。そうして生まれた三人の従姉弟、デウィ・アユの孫たちが、何年ものちに世にも痛ましい悲劇をもたらそうとは、当時はだれひとりとして知るよしもなかった。

ふたりはとても幸せに、ひっそりと暮らしていた。カミノとファリダのことである。何年も待ったあげくに、ようやく妻になってくれ、墓地のただ中で墓守として、また墓掘りとしていっしょに暮らしてくれる娘と出会えて、カミノは幸福だった。父の墓のそばにいたいからカミノと結婚したのだと妻は何度も言ったけれど、それでもカミノはねたましいとすら思わなかった。

「死んだ人をねたんでもなんにもならない」とカミノは言った。「死んだ人をもう一度死なせることなんかできないんだから」

ふたりは今でもよく交霊術でムアリミンの霊を呼び出し、娘と対面させた。死者である父は、ファリダが墓掘りを夫としたのを喜んでいるようだった。

「墓掘りよりもいいものはない」と死者は言った。「もう世話する必要もない連中の世話をしているんだからな」

結婚してまもなくファリダが身ごもり、ふたりの結婚生活はますます幸福なものとなった。「もしも男だったら、墓掘りの後継ぎができるわけね」とファリダは夫に言った。「そしてもしも女だったら、この町は死体を埋めようという人がひとりもいなくなる危機にさらされるわけね」

そのようにして、ふたりの日々は過ぎていった。来る日も来る日も、ふたりだけでおしゃべりをして過ごすことが多かった。それ以外にすることといえば、死者たちの霊との話だった。あとは、墓参りに来た人や、遺体を送って来た人々や、あるいはめったにないことだったが、カカオと椰子の農園を隔てたところに住む隣人たちと顔を合わせるぐらいだった。

それはともかく、ふたりの暮らしはじゅうぶんに恵まれているといってよかった。町が提供してくれた家もあったし、一家は金に困ったことがなかった。ほとんど毎日のように墓参者があり、墓参者たちはいつもカミノの手に紙幣を一枚か二枚押し込んでいった。死後七日目に墓参りをし、四十日後にまた墓参りをし、さらに死後百日目、そして千日目にも墓参りをするのがふつうだった。断食月のはじめにも墓参りをし、断食明け大祭《レバラン》の後に墓参りをする人々もいた。たくさんの人々が埋葬されていたので、毎日墓参者があっても不思議はなかった。そのおかげで、カミノ一家の暮らしは実はそれほどひっそりしているわけでもなかった。ふたりは墓参者たちが来るのを楽しみにもしていた。

いくらか腹立たしいことがあるとすれば、おそらくそれは墓地に棲む幽霊たちの邪魔が入ることだった。幽霊たちはまったく邪悪ではなかったけれど、いたずら者だった。幽霊たちは、やむを得ず墓地のあたりを通らねばならなくなった通行人にちょっかいを出した。声をかけるだけだったり、あるいはのっぺらぼうの芋売りの姿で現れたりした。夜になってからそのあたりを通りたがる人はあまりいなかった。気味の悪いのっぺらぼうの幽霊が出るからだった。カミノとファリダもよくそれを見かけたけれど、すっかり馴れきってしまっていて、台所に入り込んだ鶏を追うように追い払うだけだった。もちろん他の種類の幽霊もいたけれど、どんなものであれ、カミノにもファリダにも幽霊のちょっかいは効き目がなかった。むしろ、ふたりの方が逆にちょっかいを出すことすらあった。

昼間、特に用事がなければ、ファリダは今でもよく父の墓のそばに腰を下ろした。いつもすわる場所にファリダは椅子を一脚置いていた。けれども妊娠月数が満ちてくるにつれて、少しの間すわっているのも大儀になって、茣蓙《ござ》を敷いてプルメリアの木陰に横たわるようになった。結局それも長くは続かなかった。海風が始終砂を吹きつけてきて、地面に横たわっている者を居心地悪くしてしまうからだった。そこでカミノは縄を編んでハンモックを作って、一本のプルメリアの木から別のプルメリアの木へと張り渡してやり、妻はそこに横になって、風に吹かれて体を軽く揺すられながら目を閉じていられるようになった。

ある日、それが悲劇と転じた。妊娠六ヶ月を迎えたとき、ファリダはそのハンモックで居眠りをしていた。悪夢を見て動転し、跳ね起きた拍子に転げ落ちた。出血が始まり、カミノがどさりという音を聞きつけて駆けつけたときには、ファリダはすでに死んでいた。

カミノがどれほど悲しみに暮れたことか。妻と生まれるはずだった子を一度に失ってしまったのである。何年もそうしてきたように、また孤独な日々をおくることになる。けれども昔とは違って、孤独ははるかに悲哀に満ちたものとなるに違いなかった。一度は幸福でいっぱいの日々を過ごし、子どもが生まれる希望まで手にしたのだから。カミノはひとりで妻を埋葬し、隣人ひとりかふたりに知らせただけだった。悲しみのあまり、それ以上たくさんの人に知らせることもできなかったのである。カミノは愛情を込めて妻を洗い清め、悲しみにうちひしがれて、ハンモックを作った自分を責めた。遺体のための祈りまで自分ひとりであげた。墓掘りの家にはじゅうぶんな量の木綿布が置いてあったので、自分で妻の体をその布で包んだ。夕方に妻のための墓穴を掘り始めた。ムアリミンの墓のすぐ隣だった。もちろんそれがファリダの望みであるのを知っていたからである。夜になって、墓穴が掘り終わった。涙を止めどなく流しながら、妻の遺体を抱いて、墓穴の底のささやかなくぼみに横たえた。そして小さな板切れ幾枚かで遺体を覆っていった。土をかけて墓穴を埋め始めたとき、すすり泣きは痛々しいまでの号泣となった。

ともあれ、その夜カミノは眠らなかった。ファリダが父を亡くしたときのように、カミノはただ妻の墓のそばにすわって、一足もそこから動かなかった。体はまだ穴を掘った後の土にまみれたままで、鍬さえそばに置いたままだった。そのときふいに、かすかな泣き声を聞いた。子どもの、いや、赤ん坊の泣き声だった。振り返ってあちこち見回してみたが、だれひとり見当たらなかった。墓地の幽霊たちのいたずらだろうとカミノは思った。ところが泣き声がますますはっきり聞き取れるようになったとき、それが妻の墓穴の中からであることに気づいた。

なにかに憑かれたように、カミノは妻の墓を掘り返した。遺体の上にかぶせた板を取り除けた。遺体は依然として木綿布に包まれて硬直して横たわっていたけれど、股間のあたりでなにかがうごめいているのが目に入った。カミノが急いで木綿布を開くと、ひとりの赤ん坊が妻の恥部からなかば出かかって、死体の両腿の間に挟まっているのが見えた。赤ん坊を引き出すと、ほんとうに生きていて、大声をあげて泣き出し、カミノはへその緒を嚙み切った。

男の子だった。墓穴で生まれ、未熟児で、それでもとても元気そうだった。あたかも悲しみの中にもたらされた恩寵のようであり、愛する人からの優しい贈り物のようだった。カミノはひとりでその子を育て、慈しみ、キンキンと名づけた。

ほんとうなら処刑されて死んでいるはずだったその日、クリウォン同志は軍支部の基地の裏で傷だらけになっているところをアディンダに発見された。アディンダは、もしもクリウォンが死んだのなら、せめて遺体を見たいと思って、その朝のうちにわざわざやって来たのだった。クリウォンは、アディンダの望んだとおりに、アディンダの届けた清潔できちんとした服を身に着けていた（今ではそこらじゅう血しぶきで飾られていたが）。早朝の四時半に、小団長が行ってしまった後、クリウォンは心静かに死へのしたくをしたのだった。水浴びもすませ、警備兵のひとりがくれた鏡の前で身だしなみを整え、死の天使に気に入ってもらえるといいが、と思った。

「死ぬのが怖いかい、同志？」と、死刑執行の時がくる前に警備兵のひとりが尋ねた。

「怖れでいっぱいなのは軍人だけだ」とクリウォン同志は言った。「もしそうでなければ、どんな武器も必要としないはずだから」

五時に一団の兵士がクリウォン同志を迎えに来たが、クリウォン同志を撃ち殺したいという願望が小団長の命令のせいで果たせなくなったために、兵士たちは少し腹を立てていた。そしてクリウォンが死を前にして平然としているのを見て、兵士たちの怒りはよけいにかき立てられた。

「自分の墓場へは、ひとりで歩いて行けますよ」とクリウォン同志は言った。

「そこまでわざわざお連れするのをお許し願いたいですな」と兵士のひとりが言った。

そうして兵士たちはクリウォンの両腕をつかんで、足を床に引きずるという無礼なやり方でクリウォンを引きずって行った。別の兵士たちは、通路を行く間中、クリウォンに一言も発する隙を与えず蹴りつけた。兵士たちはクリウォンを小さな広場に放り出した。本来ならそこで処刑が行われるはずだった。もしも銃殺隊の前で死なねばならないとすれば、クリウォンは高さ三メートル半の壁ぎわに立ち、一方銃撃者たちは約十メートルの距離を置いて、一列に並んでクリウォンに対するはずだった。けれどもその朝、銃撃は行われなかった。ただ電灯がその小さな広場を照らし出しているだけで、地面に転がされてなんとか起き上がろうとしたクリウォン同志は、まぶしさに目がくらんだ。さっき通路を来る間ずっと蹴飛ばされ続けたせいで、体中が痛んだ。死の敷居ぎわに立った今でも、クリウォン同志はどこも骨折していないことを願った。

クリウォン同志は立ち上がり、背を血がつたい落ちるのを感じつつ、おぼつかない足取りで、銃殺が行われるはずの壁ぎわに歩いて行った。ところが兵士たちもじっとしてはおらず、訓練された拳でもって猛烈な勢いでクリウォンを殴りつけ、ブーツをはいた足で蹴りつけ、銃の台尻で殴打した。

「そんなことでは、ぼくを殺せませんよ」とクリウォン同志は言った。

さらに一蹴りされて、クリウォンは気を失った。それで処罰はすべて終わった。兵士たちはただクリウォンの体を靴先で転がしただけで、だれひとりあえてもっと殴ろうとする者はなかった。なんといっても失神してしまった以上、クリウォンが死んでしまう怖れもあったからである。小団長からクリウォンを痛めつけてもいいが殺してはならないと言われていたので、それに抵触する危険を冒すだけの度胸のある者はいなかった。しまいに兵士たちは、気絶しているクリウォンの体を軍支部の基地の裏の空き地へ引きずって行った。犬に食いつかれて死んだとしても、もう兵士たちの責任外だった。

気がついたとき、クリウォン同志は病院のベッドにいて、こわばった体のそこらじゅうに包帯が巻かれていた。つき添ってそばにすわっているのはアディンダで、実に美しい顔に、実に真心のこもった笑みをたたえ、クリウォンがまだ生きていて正気を取り戻したのを見て嬉しそうだった。

「こちらのお嬢さんがあなたを大通りまで引きずって行って、そこから輪タク《ベチャ》でここまで運んでくれたんですが、あなたは二日二晩意識不明で、その間このお嬢さんがずっとつき添ってくれていたんですよ」と、そばに立っていた医者が言った。

クリウォン同志はありがとうと言ったが、口にも包帯が巻かれていたので声にはならず、それでもその眼差しからアディンダはそれを読み取って、うなずき返し、早くよくなってね、と言った。

これが、十を超えるストライキを組織し、ハリムンダの千人以上の共産主義者を指導して、あげくにすべてを失った男だった。はっきりと数はわからないが、千人以上の党員や党のシンパたちが死に、わずかな生き残りは捕らえられ、そのうちの多くは今もブルーデンカンプに拘禁されていた。クリウォンはこの町で捕らえられていない唯一の共産主義者の生き残りで、闘争の同志たちとの連絡を断たれ、生まれ育った町が新しい世界へ、共産主義者のいない世界へと向かうただ中に、ひとり取り残されていた。

病院で一週間隔絶されて過ごし、その間アディンダがつき添って、ミナも毎朝顔を出した。まだ意識が不安定なせいで、ときにはうわごとを言い、仲間たちの名を呼んだけれど、その全員がおそらくもう死んでしまい、おそらくは地獄へ落ちたはずだった。また別のときには、なおも十月のはじめに発行されなかった新聞のことを尋ね、いまだにそれらを受け取って読まねばならないと思い込んでいた。この混乱すべてが、いつも読んでいた新聞がやって来なかったことから始まったのだと、今もなお考えていたのである。

アディンダは、それらの新聞はたしかに十月一日には発行されなかったし、その後も発行されていないと幾度も言って聞かせようとした。けれどもクリウォン同志は、それらの新聞は発行されたはずで、いつもどおりに印刷されたはずだと言い張った。「それなのに、あのくそったれの軍人どもが全部奪ってしまったんだ」。筋の通らないうわごとを言い始めると、アディンダは発熱した額を急いで冷やしてやり、クリウォンはたちまち眠りに落ちるのだった。

「精神病院を紹介した方がいいですかね」と医者がアディンダに尋ねた。

「その必要はありません」とアディンダは言った。「この人は、ほんとうはものすごくまともで、狂ってるのはこの人の目の前にある世界の方なんだから」

肉体的にはじゅうぶんに回復して退院すると、クリウォン同志は母の家へ戻って、だれに対しても無関心な男となった。母の仕事の多くを引き受け、注文された服をひとりで縫った。仕事の腕は母にも劣らなかったけれど、その仕事をしていたのは、どちらかというと他人と係わりを持ちたくないせいだった。落ち窪んだ目で、視線を常に下へ向け、針の動きを見つめていた。もう町の現実とのつながりを失った男となってしまったのであり、ただ裁縫だけに没頭していた。おまけに客から注文がないときまで、ハンカチや枕カバーからはじめてなんでも縫い、しまいに大きな布がなくなると、端切れを集めて、ふと頭に浮かんだものをなんでも作った。

もうだれとも口をきこうとしなかったし、家から出ることもなくなっていたので、だれもがすでにクリウォンはいないものと考えるようになり、無視するようになって、ときおりだれかがこう言った。「あのときほんとうに処刑されていた方がよかったのかもな」

「処刑もされていないのに、死んじゃったのね」と、幾度かクリウォンを生き返らせようと試みたアディンダが言った。「もしかしたら、ほんとうに精神病院へ行くべきなのかもしれない」

アディンダに対してさえなにも言わなかったので、アディンダもあきらめて、もう会いに来ようとはしなくなった。

ところがある朝のこと、クリウォンがきちんとした服装をしていきなり家から出て行ったので、母は驚いて、なんともいえない目つきで、息子が戸口を出て通りへ歩いて行くのを見つめた。やがて、あのクリウォン同志が町の通りに再び姿を現したという噂を風の便りに聞きつけて、町の住民たちがたちまち洪水のように通りを埋めた。みなは、クリウォン同志がプラムカ通りからルンガニス通りを経て、キダン通り、オランダ通り、ムルデカ通り、そして他にもたくさんの通りを歩いて行くのを見た。多くの人々は、しばらく前にクリウォン同志が留置場に放り込まれるために、兵士たちに囲まれて歩いて行くのを群れをなして見つめたときのことを思い出した。

そして兵士たちに囲まれていたときと同じように、クリウォン同志は並外れて毅然と歩いていた。自分の後から町のカーニヴァルがついて来ているのだと空想し、通りに詰めかけた野次馬たちはただそれを見物しているだけだと考えているようだった。実際に、クリウォンがどこへ行こうとしているのかと好奇心に押されて、あとからついて来る人々の数はますます増えていった。通りに面した家の人々は、窓辺に立って見つめていた。

「失礼ですけど、どこへ行くんですか?」とある者が尋ねた。

「道の果てまで」とクリウォンはそっけなく答えた。

それは退院してからクリウォンがはじめて発した言葉で、それを聞いた人々は、あたかも一匹のオランウータンが話すのを耳にしたかのような感に打たれた。そのうちの多くは、クリウォンが火をかけられて残骸となったかつての共産党本部へ向かっていて、共産党の再結成を宣言するのではないかと考えた。クリウォンが海へ入って自殺するのではないかと思った者も幾人かいたけれど、どれもはっきりそうだと言えるわけではなかったので、みなそのまま後について行った。ほんとうにカーニヴァルの行列のようだった。

町の広場へさしかかったとき、人々はあっけにとられた。クリウォン同志が突然薔薇の花を一本折り取って、なんとも高貴なその香りを吸い込んだからで、たくさんの娘たちがその光景を見てすんでのところで気絶しそうになった。

一ヶ月家にこもった後、今ではクリウォン同志は共産党の指導者だったときよりもふくよかになったようで、いうまでもなくとても健康そうに見えた。さっきまでクリウォン同志の目はすっかり落ち窪んで疲労と鬱屈が滲み出していたのに、薔薇の香りをかいだときには、一瞬瞳が輝くのが見え、たくさんの娘たちをぞっこんにさせたかつての瞳になった。いまや娘たちは、クリウォン同志が自分たちの家へ向かっている途中であることを願っていた。仲直りのため、それとも郷愁にかられて、あるいはなんのためであれ。かつてあった恋物語を、あるいは実現する機会のなかった恋物語をよみがえらせるために。そして今では、ますます多くの人々が同じ好奇心にかられて後からついて来ていた。

「失礼ですけど、その花はだれのためなの、同志?」燃え上がる心を抑えかねて唇を震わせながら、ひとりの娘が尋ねた。

「犬のために」

そうしてクリウォン同志は薔薇の花を、たまたま通りかかった一匹の駄犬に向かって投げた。

そのせいでたくさんの娘たちが失恋し、実はクリウォン同志がアディンダの家へ向かっていたことがわかるといっそう深く失恋した。アディンダは当時もう二十歳になっていて、ふたりの姉妹と同じく母から美貌を受け継いでいた。デウィ・アユはクリウォンがやって来たのに驚いて、家へ入るように言い、一方何百人もの人々は前庭に詰めかけて、窓ガラスの向こうで押し合いし、話を聞き取って、成り行きを知ろうとした。小団長とアラマンダまで、もう五年も母と、あるいは義母と顔を合わせていなかったのに、その場へやって来て人々と押し合った。暖かく燃えるような蜜月のこともしばし忘れて、クリウォン同志がデウィ・アユの家へやって来たと聞いて駆けつけたのだった。クリウォン同志がアディンダに会いに来たのか、デウィ・アユに会いに来たのか、みながいぶかったが、だれにもわからなかった。どうやらクリウォン同志は今も昔と変わらず、だれにもまして人気者らしく、これからクリウォンがどんなドラマを演じようとしているのかと、みなが固唾を呑んで待った。なにはともあれ、クリウォンはかつてこの町でだれよりも愛される男を演じ、同時にだれよりも憎まれる男をも演じたのだった。

「こんにちは、奥さん」とクリウォン同志は言った。

「こんにちは。どうして死刑にならなかったのかと思っていたのよ」とデウィ・アユが言った。

「ぼくにとって死はあまりにも快いものだということが、連中にもわかったんでしょう」

クリウォンの言葉に皮肉っぽい響きを聞きつけて、デウィ・アユはくすりと笑った。「私の娘の淹れたコーヒーをお飲みになる、同志？　ここ何年か、あなた方はすごく仲良くしていたと聞いているけど」

「どの娘さんですか、奥さん？」

「残っているのはひとりだけ。アディンダよ」

「ええ、ありがとうございます、奥さん。アディンダに結婚を申し込むために来たんです」

詰めかけた人々の間からどよめきが湧き起こった。クリウォンの求婚に驚き、そしていうまでもなく、いっそうたくさんの娘たちが失恋した。アラマンダまでそれを聞いて泣き出したが、そこにはあたかも自分が求婚されたかのような感動と、その幸運を手に入れたのは自分の妹であるという現実に対する嫉妬がない混ぜになっていた。クリウォン同志の唐突な求婚を耳にしてだれよりも驚いたのは、部屋の壁を隔ててそれを漏れ聞いてしまったアディンダ本人だった。実はアディンダはコーヒーカップをふたつ載せた盆を手にして歩いて来たところで、思わず壁の後ろで立ち止まってしまったのだが、幸いコーヒーカップを床に落とさずにすんだ。

アディンダはそこにすわり込み、喜びと驚きでどうしていいかわからなかった。三人の中で一番憂き目を見てきたデウィ・アユが、まずおのれを取り戻して、優しくほほ笑んだ。

「そのことは、娘に聞かなきゃならないわね」

そうしてデウィ・アユは裏へ姿を消した。恥らって、アディンダは出て行きたがらなかった。とりわけ大勢が家の外に詰めかけているのを知ってからは、出て行くのをいやがった。それでも、心からの確信を込めて、母に向かってうなずいた。デウィ・アユはクリウォン同志のところへ戻り、その前に腰を下ろして、アディンダが持って来る途中だったコーヒーの載った盆を置いた。

「うなずいたわよ」とデウィ・アユはクリウォン同志に言って、くすくす笑いながら言葉を継いだ。「あなたは私の婿になるわけね。私と一度も寝たことのない、ただひとりの婿に」

「実はそうしたいと思ったこともありました、奥さん」。クリウォン同志は顔に少し恥じらいを浮かべて言った。

「そうだと思ったわ」

結局クリウォン同志はその年の十一月にアディンダと結婚し、デウィ・アユが費用を全部出してにぎやかな披露宴を催した。肥えた牛を二頭と山羊を四頭屠り、米や芋やいんげん豆や麵や卵はいったい何キロ使ったか知れず、何百羽もの鶏も供された。クリウォン同志は、まだ漁に出ていたころに貯めた金が少しあるのを除けばほとんどなにも持っていなかったので、はじめのうちは結婚披露宴はできるだけ質素にしたいと言った。けれどもデウィ・アユは盛大な披露宴をしたがった。アディンダは残った最後の娘だったからである。

結納品としてクリウォン同志はアディンダに指輪を贈ったが、それは以前ジャカルタで巡回写真屋をして稼いだ金で買ったもので、ほんとうはアラマンダと結婚することになったら結納として贈るつもりにしていた物だった。アディンダはその結納品の来歴を知っていたけれど、かつてアラマンダによく責められたようなひどいやきもち焼きではなかった。かえって、その結納品がとうとう自分の薬指にはめられることになったのを、心底誇りに思っているようだった。ふたりは、デウィ・アユが借りてくれた入り江近くの宿屋で蜜月を過ごした。

さらにデウィ・アユは、新婚夫婦のために小団長の家と同じ住宅地に家まで買ってやった。小団長の家のすぐ近く、家一軒挟んだその隣だった。クリウォン同志はささやかな田畑を買い、ひとりでそれを耕し始めた。土地の隅には池を作り、稚魚を放して、毎朝糠をやり、魚にはキャッサバとパパイヤの葉を投げ与えた。田には他の人と同じく稲を植えた。アディンダは田の泥に触れた経験など一度もなかったので、百姓として生きていくためにいろいろなことを学ばねばならなかったけれど、見るからにとても幸せそうだった。

たいていクリウォン同志は、他の百姓たちと同じように朝のとても早い時間に田へ向かう。水路を点検し、雑草を取り、魚に餌をやり、田の畔に豆類を植える。アディンダは家事を一手に引き受け、日も高くなって家事をひととおりすませてしまうと、朝食を入れた籠を持ってやはり田畑へ行く。ふたりは、田の端にクリウォン同志が建てた壁のない東屋でいっしょに食事をし、籠に若いキャッサバの葉とサツマイモを入れて持ち帰るのだった。

翌年の一月に、アディンダは病院へ行って、妊娠していると診断を受けた。ふたりだけでなく、ふたりを知っているだれもがその知らせを喜んだ。祝意を伝えにふたりに会いに来た最初の人物はアラマンダだった。当時アラマンダも妊娠中で、ヌルール・アイニはまだ生まれていなかった。アラマンダがやって来たとき、アディンダ夫婦は家のポーチでくつろいで、アディンダの植えた花がとても美しく咲き誇っているのを眺めているところだった。ふたりはアラマンダが来たのを見て少し驚いた。というのも、隣人であるとはいえ、アラマンダは一度も遊びに来たことがなかったし、その逆もしかりだったからである。

クリウォン同志は思わずうろたえてしまったが、アディンダはすぐに姉を抱きしめ、互いに頬に接吻し合った。

「お医者さんは、なんて言ったの?」とアラマンダが尋ねた。

「こう言ったのよ。おばあさんみたいに娼婦になることなく、お父さんみたいに共産主義者にもなりませんようにって」

アラマンダはアディンダの軽口に笑い声をたてた。

「で、お医者さん、あなたのお腹のことはなんて言ったの?」とアディンダが尋ねた。

「知ってるでしょ、あたしのお腹にはもう二度もだまされたのよ。あんまり自信はないわね」

「アラマンダ」と、ふいにクリウォン同志が言ったので、ふたりの女が同時にそちらを振り返ると、クリウォンはアラマンダの腹を見つめていた。そのせいでアラマンダは青くなった。以前クリウォン同志に、アラマンダの腹には風と風が入っているだけで空の鍋のようだと言われたのを今も憶えていたからである。この男はまた同じことを言おうとしているのではないかとアラマンダは怖れたけれど、そうではなかった。「誓ってもいいけど、前のふたりの子のときのような空の鍋ではないよ」とクリウォン同志は言った。

アラマンダがもう一度同じ言葉を言ってほしいというようにクリウォンを見つめると、クリウォン同志は念を押すようにうなずいた。

「きれいな小さな女の子だよ。もしかすると母親よりもきれいで、完璧でなにひとつ欠けたところがなく、髪は真っ黒で、父親譲りの鋭い目をしている。ぼくの子の生まれる十二日前に生まれるだろう。ふたりの姉と同じく、ヌルール・アイニと名づければいい。でも、信じてほしいけど、その子は生まれて、生きて、さらには大きくなるだろう」

アラマンダも小団長も、経験からして、クリウォン同志の言うことはなんでも信じずにはいられなくなっていたので、アラマンダがついにほんとうに妊娠し、子宮の中には胎児がうずくまっていると聞いて、言いようのないほど喜んだ。しかもクリウォン同志は、赤ん坊は小さな美しい女の子で、欠けるところなく、そしてなによりも、その子がほんとうに生まれて生きると言ったのである。とはいえ、あまり大げさにし過ぎてはならないことも、ふたりは経験から学んでいた。

「神にかけて、同志の言ったように、ヌルール・アイニと名づけよう」と小団長は言った。

クリウォン同志を処刑から放免してほしいと頼んだときに約束したとおり、アラマンダは心から小団長に愛を与えるようになっていた。その愛がいまやほんとうに実を結び、子宮の中の胎児となったのである。小団長とアラマンダのふたりは、先のふたりの子が消えてしまったのは呪いのせいだという疑いを捨てざるを得なくなり、愛がなかったせいで子づくりに失敗したのだと考えるようになっていた。今では、その証拠に、愛がふたりの望みを叶えてくれたのである。

一方クリウォン同志は、妻の子宮に胎児が宿ったことで責任の重みがさらに増したのを感じ、田畑の他の仕事についても考えるようになった。かつて共産党を率いていたころに、党員だけでなく、日曜学校に来る子どもたちが読むための本もかなりたくさん集めていた。その大部分は、小団長の部下たちと反共産主義者たちの手で党本部が焼き討ちされたときに、救い出すことができなかった。けれども小団長は、拳闘小説と共産主義のイデオロギーとは無関係な大衆小説を少しばかり救い出し、軍支部の基地へ持ち帰って、自分で読んだり部下に読ませたりしていた。アラマンダの訪問からあまり日を置かず、小団長が大きな段ボール二箱分になるそれらの拳闘小説を返してくれた。そこで、それらの本を使って、クリウォン同志は最初の事業として、家の前で貸し本屋を開いた。ささやかな事業で顧客の大部分は子どもたちだったけれど、アディンダにも少し仕事ができたし、ふたりは心楽しく新しい事業にいそしんだ。

やがてついにヌルール・アイニが生まれた。小団長はママン・ゲンデンが来て言った言葉に、ちょっとした感銘を受けた。「おめでとう、小団長。俺たちとは違って、このふたりの従姉妹どうしが仲良しになることを願うよ」

それはまったくのところ新鮮な提案だった。ずっと昔から密かに敵愾心を持ち続けてきた双方の父親どうしのいさかいを避けるためのひとつの方法として、子どもたちを友情関係の中で育てるのだ。その提案に小団長は喜んで賛成し、美女ルンガニスとヌルール・アイニのふたりを、時がくれば同じ幼稚園や学校へ入れるといいかもしれない、と言った。そしてそういった考えが尾を引いて、クリウォン同志が予言したとおりにヌルール・アイニの誕生の十二日後についにアディンダが男の子を産んだとき、小団長はママン・ゲンデンの言った言葉を、そっくりそのままではないけれど、クリウォン同志に向かって言った。「おめでとう、同志。私たちとは違って、きみの子と私の子が仲良しになって、もしかすると結婚することを願うよ」

男の子は父親からクリサンという名を与えられた。その子はもしかすると、たしかにヌルール・アイニと結ばれるべく運命づけられていたのかもしれないが、人生には常に別の筋書きがあるものだ。ふたりの間には美女ルンガニスがいたのだった。

14

一九七六年、ハリムンダには怨恨が渦巻いていた。怨念に憑かれた亡霊が満ち満ちていた。住人みながそれを感じ取っていたし、駅で列車から降りたばかりのふたりのオランダ人旅行者もそうだった。ふたりは夫婦のようだった。男は七十二歳ほどで、妻もたいして違わず、多くみても二歳ほど年下なだけだった。その年齢でも、男の方はいろんなものが詰め込まれているらしい百リットル入りのリュックサックを背負うだけの力があり、一方妻は小さな鞄と傘を手にしていた。駅のホームから踏み出したとたん、ねっとりした空気がふたりを打ち、腐臭と生臭さが立ち込め、そこらじゅうで影が現れては消え、どこからともなく劇場の照明のような赤味を帯びた光が差していた。

「おばけ屋敷に入ったみたい」と妻が頭を振りながら言った。

「違うな」と夫が言った。「この町で、かつて人間の虐殺が行われたようだ」

ふたりを宿泊先へ送り届けた輪タク《ベチャ》の運転手が、それらの亡霊について語った。あいつらはすごく強いんでさ、と運転手は言った。だから、やつらがこの輪タク《ベチャ》を道の真ん中で引っくり返さないよう、祈っててくんなさいよ。「そういうことがよく起こるのかね?」と夫が尋ねた。「起こらないことの方が、めったにありませんや」と運転手は答えた。運転手は、車が空を飛んでガードレールを突き破り海に落ちた話をした。乗っていた者は全員死に、町のみなが怨霊のせいだと信じた。二年前には市場で大火事が起きた。原因はだれにもわからず、みながあの亡霊どもの仕業に違いないと考えた。

「どれくらい幽霊がいるの?」と妻が尋ねた。

「ご存じでしょうが、奥さん、幽霊がどのくらいいるか数えるようなみょうちきりんな人間なんか、いたためしがありませんや」

後になってふたりは、何年か前にこの町で最悪の虐殺が行われ、千人以上もの共産主義者が死んだことを知った。たとえ共産主義者を憎んでいた連中であっても、だれもがこの町でそれまでにあれほどひどい虐殺が行われたためしはなかったし、将来もう二度とあんなことが起こらないよう祈る、と言った。千人以上が死んだのである。大部分はブディ・ダルマ共同墓地の巨大な墓穴にいっしょに埋められ、その他は道端に打ち捨てられて腐るままとなり、耐えられなくなった人々が、ようやくそれらの死体を埋めた。遺体を埋葬するやり方ではなく、バナナ畑で排便した後にその糞を埋めるように埋めたのだった。

ふたりのオランダ人旅行者は、入り江のそばのかなり上等な旅館に宿泊することになった。妻が夫にささやいた。「あたしたち、ここで愛し合って、パパに見つかったことがあったわね。あれがパパを見た最後だったわ」。夫はうなずいた。ふたりがフロントの方へ歩いて行くと、受付係の若者が白い制服を着て、あまりにも左右対称なせいでぎこちなく不自然に見える蝶ネクタイをしめて待っていた。受付係はにっこり笑ってふたりを迎え、宿泊客の登録簿を差し出した。旅行者の男は、古風で実に端正な続け字で、ふたりの名前を書き込んだ。ヘンリとアネウ・スタームラーだった。

その日一日ふたりは旅館の部屋で休養をとったが、アネウ・スタームラーによると、旅館は植民地時代からすっかり様変わりしていた。「賭けてもいいけど、今じゃオーナーも地元の人なんでしょうね」とアネウは言った。少し町を歩いてみるのは明日になってからにするつもりだった。特に急ぐようすもなく、かなり長い間町に滞在する予定らしかった。おそらく何ヶ月も、あるいは三年でも。たくさんの外国人旅行者が、中でもオランダ人はそうすることがあって、はるか昔、戦争によって追い出される前にそこに住んでいた時代の郷愁に浸るのだった。

　ふたりは部屋で食事をとることにしていたので、小間使いの少年が食事を運んで来て、こう言った。「共産主義者の亡霊には気をつけてくださいよ、お客さん」

「カール・マルクスも『宣言』の最初の一節の中で、そう警告しているよ」。ヘンリ・スタームラーは笑いながらそう言って、それからふたりは食事をし、ほとんど忘れかけていた南国の刺激的な味を味わった。

　ところで、食事の前、そして小間使いが出て行く前に、ヘンリはこう尋ねた。

「デウィ・アユという名の女性を知っているかね？　年はたぶん今では五十二歳になるが」

「もちろん」と少年は答えた。「ハリムンダでは知らない人はいませんよ」

　ヘンリ・スタームラーとその妻は、思いがけない喜びに飛び上がった。地球を半周してこの町へ来たのも、ただかつて祖父の家の玄関の前に置き去りにした、ふたりの娘に会いたいがためだったのである。これほどかんたんにデウィ・アユが見つかったのが信じられないというように、ふたりは目を大きく見開いて少年を見つめた。

「その人には西洋人の血が混じっているかね？」

「ええ、この町には他にデウィ・アユっていう名前の人はいませんよ」

「じゃあ、生きていたのね？」とアネウ・スタームラーが瞳をうるませて尋ねた。

「いいえ、奥さん」と少年は言った。「ちょっと前に死にましたよ」

「どうして死んだの？」

「死にたかったからですよ」と、少年は出て行きながら言ったが、扉の向こうに姿を消す前にこうつけ加えた。

「でも、もしお望みなら、他にも娼婦はたくさんいますよ」

　そうしてふたりは、デウィ・アユが娼婦として生きていたことを知ったのだった。ふたりは夕食後にさっきの少年を呼んで、ふたりの娘にまつわる話をさせ、それを確かめた。少年が言うには、デウィ・アユは町の伝説的存在で、もっとも名高い娼婦だったということだったけれど、ヘンリとアネウのスタームラー夫妻はどちらもそれに感心したようではなかった。「男たちみんながあの人と寝たがったんです。三人の娘婿のうち、ふたりまでがあの人と寝たんですよ。すごい娼婦ですよ」

「じゃあ、娘が三人いるのね?」とアネウ・スタームラーが尋ねた。

「四人です。末っ子は、デウィ・アユが死ぬ十二日前に生まれたんです」

ふたりはデウィ・アユの末娘の住所を聞き出した。情報はとても明瞭だった。ふたりのその孫は、ロシナーという口のきけない家政婦に世話されて暮らしていて、デウィ・アユはその子にチャンティックと名づけたという。

「ところが、それが怪物みたいに醜いんです」と少年は言った。

翌日ふたりはその家を訪れ、それを目の当たりにした。ふたりともすんでのところで失神しかけ、自分たちにこんな孫がいようとは信じることもできなかった。「まるで焦げた焼き菓子だわ」。アネウ・スタームラーは椅子にすわり込みながら言った。

ロシナーは部屋の戸口の横木に吊るした布製の揺りかごにチャンティックを寝かせ、客に冷えたレモネードのグラスをふたつ出した。「デウィ・アユはきれいな子どもには飽き飽きしていたので、醜い子がほしいと願ったんです。あれがその結果です」と、ロシナーは手話で伝えた。

ヘンリとアネウのスタームラー夫妻には、その手話がまったくわからなかった。自分の手話を理解しない人間と意思の疎通を図らねばならないほどロシナーをいらつかせることはなかった。けれども基本的にはロシナーは親切な娘だった。そこでノートを取り上げて、さっき自分の言ったことを書いた。

「他の子どもたちはどうなんだね?」とヘンリが尋ねた。

「あの人たちは、男の恥部を知るようになってから、二度と来なくなりました」。ロシナーは、かつてデウィ・アユの言ったとおりに書きつけた。

ふたりの老人は家の中を少し見て回り、壁に掛けてある写真を眺めた。テッドとマリエッテ・スタームラーの写真が掛かっているのを見ると、ふたりはわっと泣き出し、ロシナーは頭を振って、なんと泣き虫な老人だろうと思った。泣いたと思ったら、今度は自分たちがまだ十代だったころの写真が客間に掛かっているのを見つけて、ふたりは笑い出した。「賭けてもいいけど、このふたりは精神病院から出てきたばかりに違いないわ」と、ロシナーは揺りかごにいる赤ん坊に手話で伝えた。ヘンリとアネウ・スタームラーは、何枚かのデウィ・アユの写真を見て呆然となった。まだ幼いころの写真も、少女時代の写真もあり、戦争のせいで二十代の写真はなかったけれど、大人になってからの写真はあり、五十歳前後の写真まであった。何歳のときであれ、自分たちの娘が変わらぬ魅力をたたえた美貌の持ち主だったという事実に、ふたりは言葉を失った。娼婦となり、多くの男の憧れの的となったのも不思議はなかった。

他の美しい娘たちの写真もあったが、明らかにデウィ・アユではなかった。色白で日本人のようなつぶらな瞳をしたのがアラマンダです、とロシナーが説明した。小団長という軍人と結婚して、ヌルール・アイニという子どもがいます。ロシナーは旅行ガイドとしての務めをきちんと果たした。デウィ・アユに一番似ているのは次女です、とロシナーは書き、ふたりはそれを読んだ。名前はアディンダです。クリウォン同志という、もと共産主義者と結婚して、クリサンという息子がひとりいます。三女は地元民というよりも、白人との混血らしい顔をしています。三人の中で一番の美人です。デウィ・アユはその子にマヤ・デウィと名づけました。十二歳で、この町きっての悪党のママン・ゲンデンというやくざ者と結婚して、結婚後五年間性交しなかった後、子どもができました。それが美女ルンガニスです。ロシナーはデウィ・アユの三人の娘に一度も会ったことがなかったけれど、三人にまつわる話はデウィ・アユから全部聞いていたし、デウィ・アユは三人と一度も連絡を取り合っていなかったけれど、娘たちの身の上になにが起こったかを常に聞き知っていた。

ふいに激しい圧迫を感じ、空気が急に凝り固まったようになって、うなじの毛が逆立った。

「くそっ」とヘンリが言った。「いったいなんの邪霊なんだ、これは?」

「わかりません。でも、たしかにここには幽霊がいます。それほど悪くはありませんが、たぶん恨みがあるんでしょう」

「共産主義者の亡霊なの?」とアネウ・スタームラーが夫にしがみつきながら聞いた。

「それは外にいるけれど、この家にはいません」

壁の写真が揺れ始め、激しくはないが、風に吹かれたようにかすかに揺れ動いた。ロシナーの手にあるノートが開いたり閉じたりした。幼いチャンティックの揺りかごがゆっくりと揺れた。それから台所で皿が割れ、鍋が音をたてて床に落ちるのが聞こえた。

「デウィ・アユの幽霊なの?」とアネウがまた尋ねた。

「よくわかりません」とロシナーは書いた。「デウィ・アユが言っていましたが、マ・グディックの亡霊がいつもどこへ行くにもついて来たそうです。引っ越してからも。その亡霊には邪悪なもくろみがあると言っていましたが、これまでのところ、私たちに悪さをしたことはありません」

「マ・グディックとはだれだね?」とヘンリが尋ねた。

「デウィ・アユによると、デウィ・アユのもとの夫だそうです」

「この町には亡霊が多過ぎる」。超自然的な力が消え去り、写真がまたそれぞれの釘に掛かったまま、ぴくりとも動かなくなると、ヘンリ・スタームラーが言った。それからふたりは冷えたレモネードを飲み、なんとか気を落ち着けようとした。「マ・グディックという名の男の写真は見当たらなかったが」

「私もはじめてここへ来たときから、見たことがありません」とロシナーは答えた。

まだチャンティックが生まれていなかったころ、ロシナーとデウィ・アユのふたりは台所の竈の前の小さな腰掛にすわって、よくさまざまなことを話し合った。そういうときに、デウィ・アユはマ・グディックについても語ったのだった。その人と結婚したのよ、とデウィ・アユは言った。無理やりね、だって、その人のことを心から愛していたから。マ・グディックという名の老人ほど、デウィ・アユが愛した男はいなかった。「私の愛にまったく応えてくれないのは明らかで、それどころか、私のことを魔女を見るような目つきで見たわ」とデウィ・アユは笑いながら言った。それまでその男を見たこともなかったのに、デウィ・アユはマ・グディックを愛したのだった。その男を愛したのは、母方の祖母がその男を心から愛していたからだった。「ふたりの愛はめちゃめちゃにされたの。ふたりの人生がめちゃめちゃにされたのと同じように。その恋人どうし、マ・グディックとわたしの祖母のマ・イヤンは、ひとりのオランダ人の抑えられない性欲と貪欲さのためにめちゃめちゃにされたのよ」とデウィ・アユは言った。「そしてもっと悲しむべきことに、その貪欲で性欲の塊のオランダ人は、わたしの祖父だったのよ」。デウィ・アユはその話を耳にして以来、マ・グディックを愛するようになった。おそらく使用人か隣人のだれかから聞いたのだったろう。もしもその男と結婚できなかったら、生きていけなかったかもしれないし、自殺していたかもしれない、とデウィ・アユは打ち明けた。そこで、ある晩一家の用心棒ひとりと運転手をやって、その男を無理やり連れて来させ、無理やり結婚したけれど、現実にはふたりが交わることはなかった。「あの人は丘のてっぺんへ逃げて行って、そこから身を投げたの。肉屋の挽き肉みたいな残骸しか残らなかった」とデウィ・アユは言った。それからというもの、その亡霊がどこへ行くにもデウィ・アユについて回るようになったのだった。

　ヘンリもアネウ・スタームラーも、もちろんマ・イヤンとマ・グディックの話は知っていたけれど、のちにデウィ・アユがそのマ・グディックと結婚したとは思ってもいなかった。

「そのようにして、デウィ・アユは五十二歳になるまで生きたのです」とロシナーは書いた。「その亡霊はずっとそばにいました」

「だけど、どうして娼婦になったの？」とアネウが尋ねた。

ロシナーは、戦時中にデウィ・アユの身の上になにが起こったか、どのようにして日本軍によって無理やり娼婦にされたかを語った。あるとき、やはり台所の竈の前で、デウィ・アユが語ったのを聞いたことがあった。「娼婦になってからわかったことがあるわ」とデウィ・アユは言った。「いい娼婦というのは、恋人のいない女なのよ」。デウィ・アユによると、戦争の終わった後、娼婦になったのは、ただママ・カロンに借金を返すためだけではなく、マ・イヤンとマ・グディックの身の上に起こったことが、他の深く愛し合っている恋人たちの上にもまたふりかかるようになってほしくないからだった。「娼婦がいれば、少なくとも妾を置く必要はなくなるわ。だって、妾を囲うたびに、たぶんその妾の恋人の心を傷つけることになるんだから。ひとりの男がひとりの妾を囲うたびに、ひとつの愛が破壊され、ひとつの人生がめちゃくちゃにされるのよ。でもひとりの娼婦は、せいぜいひとりの妻を傷つけるくらいで、その妻は当然もう結婚しているわけだし、夫を売春宿へ行かざるを得なくさせてしまうのは、妻の落ち度なんだもの」

「そのようにして、ハリムンダでたくさんの人にだれよりも称えられる娼婦になったのです」とロシナーは書いた。「自分の雇い主の伝記を書いているみたいですね」。そうしてロシナーは、くすりと笑った。

「どうして、そんなにおぞましい考えをする子ができたのかしら」と、アネウ・スタームラーはわけがわからなくなって夫に尋ねた。

「あの子のことを悪く思ってはいけない」とヘンリは言った。「私たちは、あの子より罪が軽いとはいえないのだから。私たちは同じ血を引く兄妹なのに、結婚しようと決めたのだ。それを忘れてはいけない」

だれもそれを忘れはせず、その話をデウィ・アユから聞いただけだったロシナーすら忘れはしなかった。

やがてまたさっきの亡霊がやって来たが、今回はもっと礼儀正しく、ふたりの冷たいレモネードが載っていたテーブルを引っくり返した。

　そういった亡霊たち、とくに共産主義者の亡霊の攻撃を、もっとも痛烈に味わわされたのは小団長だった。あの虐殺事件から何年もの間、小団長はひどい不眠に悩まされ、やっと眠れたと思うと夢遊病になった。亡霊たちはひっきりなしに悪さをしかけてきて、トルフのテーブルにまで始終邪魔に入り、そのせいで小団長は負け続けた。亡霊たちの妨害でもっともささいなものでさえ、小団長を発狂寸前にまで追い込んだ。よくシャツを裏返しに着てしまい、さらには家を出てからふと気づくと下着をはいているだけだったり、あるいは妻と交わっているつもりだったのに、実は便器の穴と性交していたりした。浴槽の水が突然ひどくねっとりとした血だまりに変わってしまうことも珍しくなかったし、家中の水が、ポットの水や魔法瓶の水まで、密度を増して赤くなり、血に変わってしまったりもした。

　町のみながその亡霊たちの存在を感じ取り、なんの亡霊かも知っていて、それに怯えていたけれど、だれよりも怯えてこれほどまでに恐慌をきたしていたのは、おそらく小団長だけだった。

　亡霊たちはときに部屋の窓に現れたが、その額は弾痕に飾られていた。その穴から止めどなく血が流れ出し、口からはうめき声がもれて、なにかを言いたそうにするのだが、すでにすっかり言葉を失ってしまったらしく、ただうめくだけだった。小団長はそれを見ると悲鳴をあげて真っ青になり、部屋の窓から一番離れた壁に体を押しつけるのだった。その悲鳴を聞いて、アラマンダがやって来て小団長をなだめようとする。

「考えてもみなさいよ、あんなの、ただの共産主義者の幽霊じゃないの」とアラマンダは言った。

「私を殺すつもりなんだ」

「今死ぬのと十年後に死ぬのと、どこが違うの、小団長？」

　けれどもそんな言葉で小団長が慰められることは決してなかったので、アラマンダはその亡霊を部屋の窓から追い払わねばならなかった。ときには亡霊たちは出て行こうとせず、まるでなにかをねだるようにうめき続けた。アラマンダは亡霊たちがなにを欲しがっているのかと考えて、飲み物や食べ物をやってみたりもしたが、すると亡霊たちは広大な砂漠を横切ってきた後のように飲むか、あるいは三年間断食していた後のように食ってから、窓から姿を消し、そうしてようやく小団長も落ち着きを取り戻せるのだった。

はじめのうちは、それほど怯えていたわけではなかった。もしも共産主義者の亡霊が現れ、全身に銃弾を受けた痕を残して口ではなにかをわめき、もしかすると『インターナショナル』を歌っているのかもしれなかったりすると、小団長は拳銃を出して亡霊に向けて発砲した。はじめのころは亡霊たちも一発でかき消えたけれど、時がたつにつれてそれが効かなくなってしまった。小団長があまりにも多くの亡霊を町のそこかしこで撃ったので、亡霊たちは銃撃に対してすっかり免疫ができてしまったのである。亡霊たちは、撃たれると体に弾痕ができ、おまけに血まで噴き出したけれど、死にはしなかった。何度撃たれようと、依然としてそこに立ち、それどころか近づいて来ようとさえしたので、小団長もしまいには逃げ出し、それからというもの亡霊の出現に怯えるようになった。

小団長を苦しめている症状は、どれも分裂病のそれとそっくりといってよかった。けれども小団長が狂っていないのは明らかだった。幻覚症状もまったくなかった。小団長に見えるものは他の人にも見え、小団長の恐れるものは、他の人も恐れていた。違いといえば、小団長は他のだれよりもいっそうひどく怯えていたことで、とりわけ時がたつうちに亡霊の出現に馴れてしまった妻と比べると、違いははなはだしかった。

小団長の暮らしは、まったく惨憺たるものに見えた。どこへ行っても常に亡霊につけ回されているように思え、亡霊たちが隙を狙って復讐しようと待ち構えているような気がした。あの虐殺のときにたくさんの共産主義者を殺したことは、小団長も認めざるを得なかった。一番多く殺したというのではなかったにしても。党の主要人物の幾人かは、小団長自らが拳銃で処刑しさえした。そういう人々が恨みを晴らそうとして、亡霊となって徘徊するようになったとしても驚くべきことではなかった。亡霊の出現に油断なく備えていなければならず、そのせいで、みなは小団長が狂ってしまったのだと考えた。亡霊たちが現れていないときでさえ、小団長は始終恐怖心にさいなまれていたからである。おかげで小団長のすることなすことが支離滅裂となり、トランプにいつも負けるだけでなく、さらには始終まちがえて他人の家へ入って行くことさえあった。アラマンダは実のところ、そういった混乱状態の中でもさほど神経質にはなっておらず、時がくれば亡霊たちも町の人々の生活を邪魔するのに疲れてしまうだろうと考えていた。ところが、今では十歳になった娘はそうではなかった。アイ、あるいはヌルール・アイニは、いつも母に苦情を言い、特に父に向かって、喉にクドンドンの種が引っかかっていると訴えた。当然だれも信じようとはしなかったけれど、それでもアイは父の後を追って、クドンドンの種を取ってくれとしつこくせがんだ。父親はそれは幽霊の仕業だと言うだけで、アイは自分がうっかり本物のクドンドンの種を飲み込んでしまったせいだと思い込んでいた。ただ母だけが、なにが起きているのかを見抜いていた。娘は、共産主義者の亡霊に怯えてばかりで他の何事をも気にかけなくなってしまった父親の注意を引こうとしていたのである。

もしも小団長が狂人のように怯えてひとりで騒いでいるだけだったら、おそらくだれにとってもたいして問題にはならなかっただろう。ところが現実には、そのせいで小団長は筋の通らない振る舞いをあれこれとするようになっていた。ひとりの気のふれた浮浪者が犬を殴っているのを見かけたことがあった。小団長が犬好きであるのはだれもが知っていた。家でもたくさんの犬を飼っていたし、ゲリラ時代には、山犬をたくさん飼いならしていた。その頭のおかしい浮浪者が犬を殴っているのを見て、小団長は腹を立てた。それが飼い主のいない野良犬であっても同じことだった。小団長はその浮浪者を道端に引きずって行き、容赦なく殴りつけ、軍の留置場に放り込んだ。ひとりの狂った浮浪者がいつまでとも知れず軍の留置場に入れられ、裁判にもかけられず、その原因がただ犬を殴っただけというのだから、当然だれもが困惑した。アラマンダでさえそれに衝撃を受けて、夫に尋ねた。

「ほんとうは、なにがあったの？」

「あの狂人の浮浪者は共産主義者の霊にとり憑かれたのだ」

そんなことが一度だけでなく何度もあった。自分にとって不愉快なまねをする人間をだれかれかまわず悪人と決めつけ、乱暴を働いてから軍の留置場に放り込んだ。気まぐれな人間となり果てて、熱心に瞑想し常に平然としていたかつての小団長らしさは跡形もなく消えてしまった。こんな出来事もあった。ある漁師が酔っ払って、夜中に大声で歌を歌い、みなが飛び起きて何事かと窓から顔をのぞかせた。そのうちのひとりが小団長で、不眠症の熱に冒されながらようやく眠れたと思ったとたんに起こされたのだった。小団長は拳銃を手に外へ飛び出し、その酔っ払いの漁師の足を撃って、漁師が道に引っくり返ると、長い道のりを引きずって行って、軍の留置場に放り込んだ。

「気でも狂ったの、ただ酔っ払っただけで留置場に放り込むなんて」とアラマンダが言った。

「あいつは共産主義者の霊にとり憑かれたのだ」

それでもう小団長を精神病院に連れて行くにはじゅうぶんだった。一九七六年当時ハリムンダに精神病院はなかったので、アラマンダは小団長をジャカルタへ連れて行った。しばらくの間、小団長はハリムンダから姿を消した。アラマンダは小団長をその病院の看護師たちに全面的に任せ、一週間後にハリムンダへ戻った。なんといっても、アラマンダには世話してやらねばならない娘がいたからである。

亡霊たちは小団長が行ってしまっても消えなかった。けれども、全身であれ、苦痛に満ちた声だけであれ、亡霊たちが姿を現しさえしなければ、少なくとも町の人々を怯えさせることはなくなった。小団長の振る舞いのせいで、町の人々にとって小団長の方が亡霊そのものよりも恐ろしい存在となっていたのである。小団長は、気に食わない人間はだれであれ共産主義者の霊に憑かれたと勝手に決めつけたからだった。もしもだれかがそういう不運に見舞われた場合、無期限で留置場に放り込まれるだけならまだいい方だった。というのも、その前にひどい目にあわされることもあったからである。昔のカトリックの僧院で、悪魔に憑かれた魂を清めるために行われたことと似たようなものだった。そんなわけで、亡霊たちは現実にはまだ町にいたのだけれど、小団長が行ってしまうとだれもがほっとしたのだった。

ところが、まもなく小団長は町に舞い戻った。ひとりで現れて、みなを驚かせ、妻さえもぎょっとさせた。「くそっ」というのが小団長の第一声だった。「あの医者どもめ、私を狂人だと思いおって、だからひとりを撃って、こうして帰って来た」

「たしかに狂人ではないわね」とアラマンダが言った。「ただ、ちょっと正気じゃないだけよ」

「喉にクドンドンの種が引っかかってるの、パパ」とアイが言った。

「口を開けなさい。そのちびの共産主義者を撃ってやる」

「そんなことしたら、殺すわよ」とアラマンダが警告した。

小団長は、自分の娘の喉にあるクドンドンの種を撃ったりはしなかった。たとえアイが大きく口を開けて見せても。

ハリムンダへ戻って来たということは、すべての恐怖の源へ戻って来たということだった。小団長が家でたくさんの犬を飼って亡霊たちを近づけないようにしたのが功を奏したのか、亡霊たちの攻撃も減ってきた。犬どもは小団長の家の庭にやって来た見なれぬ人間にはだれかれかまわず飛びかかったが、中にはもっと上手な幽霊もいた。亡霊たちは空を飛んで屋根に上がり、天井の穴から姿を現して、それを見た小団長は寝台の上で悲鳴をあげた。アラマンダは決まってそれらの亡霊たちを、もっとも単純なやり方でうまく追い払った。食べ物と飲み物を与えたのである。というのも、それが亡霊たちの望みらしいからだった。

「ただクリウォン同志だけが、あいつらをなんとかできる」と小団長はうめいた。

「あなたがあの人を、クリサンが生まれてまもなく、ブル島へ送ってしまったのよ」とアラマンダは答えた。

そのとおりだった。そして小団長は、心からそれを悔いていた。小団長が後悔したのは、その決定を聞いて妻が激怒したからではなかった。いずれにしろ、クリウォン同志は頑迷な共産主義者の最重要人物であるからブル島へ流刑にしなければならないと、中央の将軍と司令官たちが決定したのだから、小団長にはどうすることもできなかったのである。妻との約束を破ったと悔いていたわけでもなかった。というのも、現実にクリウォン同志は死んでいなかったし、今に至るまで死んだという話も聞かないし、アラマンダとの約束は、クリウォンを生かしておくことだったからである。小団長が後悔したのは、クリウォン同志以外に町の共産主義者の霊をなんとかできる人間がいないからだった。小団長にはクリウォン同志が必要で、どうすれば呼び戻せるかと考えた。それができなければ、小団長がこの町から逃げ出すしかなかった。

小団長は後者を選んだ。

小団長は、共和国軍が東ティモール地方を占拠しているという報告を耳にした。共和国軍はゲリラ戦を展開している地元軍に相当手を焼いており、小団長はかつて自分がゲリラだったころを思い出して、東ティモール赴任を申し出た。自分の勝ち得た評判をすべて報告したが、そのうちのひとつとして疑わしいものはなかった。将軍全員が小団長について知っていたし、ゲリラ戦に通暁している点が、その占領地帯においておそらく切実に必要とされるだろうこともよくわかっていたのである。小団長は亡霊たちにサヨナラを言って東ティモールへ赴くことになり、町を去れるのが嬉しそうで、それはつまり妻と娘との別れを意味するのであってもおかまいなしだった。

小団長が出発するという話は、どんな噂でもあっという間にみなの話題となる例にもれず、たちまち町中の人々に知れ渡った。出発の日、軍のマーチングバンドがムルデカ広場での町の住民（と亡霊たち）との送別式に華を添え、軍服で盛装をして屋根なしのジープに立った小団長を乗せて、一行は町を巡った。小団長は沿道に立っている町の住民みなに手を振り、何事かと思って姿を見せた亡霊たちにはあざけるような笑みを投げた。

「みなが、あのくそったれの幽霊どもにがまんしていけることを願う」と小団長は言った。

「わたしたちは、もう十年以上もがまんしてきてますよ、小団長」

群集も最後にはマーチングバンドだけを残して散っていった一方、小団長と東ティモールへつき従って行く幾人かの兵士たちは町境に姿を消した。小団長は妻と子に別れの挨拶をするのを忘れ、そのせいでアイは文句を言った。

「クドンドンの種もまだ取ってくれてないのに」とアイは言った。

「見ててごらん、あの人があそこで長持ちするわけがないから」。アラマンダは娘をなだめて言った。「あの人はハリムンダですごいゲリラ戦をやったけど、東ティモールはぜんぜんハリムンダじゃないもの」

たしかにそのとおりになった。六ヶ月もたたないうちに、小団長は脛を撃たれて、弾がまだそこに入ったまま送り帰されて来たのだった。町の住人たちは、どうやら小団長なしではすまされないという運命を受け入れるしかないようだった。妻に向かって、小団長はあのろくでもない場所で戦争をするのがいかに困難かとこぼした。

「あんな不毛の地でなにを求めているのかわからん」。小団長は、送還された自分の身の上を慰めようとして言い、非常に納得のいく説明を思いついて喜んだ。「いかにゲリラ戦の技術に通暁していても、戦場を知り尽くしている敵に向かってはなんの役にも立たない」

妻は病院へ行って軽い手術をして脛に埋まったままの弾を取ってもらうよう勧めたけれど、小団長はそれを拒絶した。今ではもう痛くないし、ただ歩くときにちょっと足を引きずるだけだ、と小団長は言った。弾をそこに埋まったままにしておきたかったのである。傷心の土産として。

「私を撃ったやつは、銃をつきつけながら、『インターナショナル』を歌いさえしたのだから」。小団長は悲しげに言った。「あいつら共産主義者のろくでなしは、結局いたるところにいるのだ」

クリウォン同志の貸し本屋は、結局閉めなければならなくなった。クリウォンが低質で下品で教育的要素のない読み物で学校の子どもたちを毒しているという腐臭漂う風の噂が、少数の人間によって密やかに広められていったのである。その連中は、クリウォンのすることを、かつて伝説的共産主義者であった時代の活動と結びつけようとしていた。クリウォン同志はそのでたらめに一時腹を立てたけれど、アディンダがアラマンダと小団長の助けを借りて、なんとか夫をなだめた。結局クリウォン同志は貸し本屋を閉め、蔵書をしまい込みながら、もしも自分の子が大きくなったら、この本を全部読ませて、それらの本が子どもに道徳上の悪影響を与えるかどうか、みなの前で証明してやる、と誓った。

「質の高い本を与えたくないわけじゃない。問題なのは、そういう本を連中が全部燃やしてしまったことなんだ」とクリウォン同志は言った。

小団長は、だれが資金を出したのかは謎だが、共同資本で製氷工場を設立したばかりだった。貸し本屋を閉めざるを得なくなってクリウォン同志が困難な状況にあるのを知って、小団長はクリウォンに、所有者同然のほぼ絶対的権限を与えるから、その製氷工場を経営してみないかと持ちかけた。その製氷工場が非常に前途有望であるのは、とりわけ漁師たちからの氷の需要が増えている点を考えると、はっきりしていた。そしてつけ加えておかねばならないが、共産党の崩壊（そして、つまるところ漁業組合の解散）以降、今ではますます多くの大型漁船がハリムンダ近海で操業するようになっており、そのどれもが氷を必要としていたのである。

けれどもクリウォン同志は、その申し出には少しも関心を示さなかった。なにが原因なのかはだれにもわからなかった。イデオロギーに凝り固まっていたからかもしれないし、小団長とその妻があの処刑の朝以来ずいぶん手を貸してくれていたから、それ以上は悪いと思っているだけなのかもしれなかった。驚いたことに、クリウォン同志は燕の巣取りになる道を選んだのだった。

クリウォン同志には新しい仲間たちができたが、全員が燕の巣取りだった。たいてい四人で一組になった。取った巣は非常に高い値段で華人に売れたが、買い取った華人はそれを大都市で、あるいは外国へまで売るという話だった。クリウォン同志にしてみれば、だれがその燕の巣を食べるのかなどどうでもよかったし、それはマカロニほどもうまくないものとしか思えなかった。考えるべきは、それを手に入れて、華人の仲買い人に売るということだった。

半島の森林地帯一帯には険しい崖がたくさんあり、そのほとんどが人跡未踏で、戦時中の小団長のゲリラ軍でさえそこに足を踏み入れたことはなかった。そういった崖には洞窟がいくつもあり、大きいものも小さいものも、崖のずっと高いところにあるものも、海面下に隠れている（引き潮のときだけに現れる）ものもあって、そういうところに黒くて美しい鳥が巣を作り、洞窟の入口から出たり入ったりして海面をかすめて飛び、波の泡に突進するのだった。その巣は唾液で作られるといわれていたが、クリウォン同志にとってはそんなことはどうでもよく、たとえその巣が糞からできていようとかまいはしなかった。

一行が仕事に出かけるのはたいてい夜で、麻袋と食べ物を少し携えて行くのだが、中でも忘れてはならないのは乾電池式の電灯だった。燕はどんな種類のものであれ、油の臭いを嫌うからだった。蛇に嚙まれた場合に備えての救急薬もあった。どんな洞窟にでも、燕といっしょに蛇がたくさんいたからである。崖に近づくために、四人のチームはエンジンのない小舟を使い、音を立てずに櫂で漕いでいく。ときには不親切にも洞窟の入口をふさいでしまう波の戯れに対しても辛抱強く構えていなければならなかったし、引き潮のときも、いついきなり潮が満ちて洞窟に閉じ込められてしまうかわからなかったので、油断はできなかった。あるいは、やむなく突き出た岩に舟をつなぎ、生死を賭けて崖をよじ登って、もっと高いところにある洞窟の入口にたどり着かねばならないこともあった。そのためには、もちろんほんとうの非常事態に備えて縄を用意していった。

とても疲れる仕事だったし、ときにはあまり友好的とはいえない天候のせいで、身動きできなくなったり、何日も待たなければならなかったりもした。けれどもそういった難行の結果、四人はずっと豊かに暮らせるようになったのだった。クリウォン同志の場合、その収入は田畑から得るものよりもずっと多く、貸し本屋からの収入とは比べものにもならなかった。クリウォン同志はそんな採集生活をほぼ一ヶ月続け、アディンダは生まれたばかりのクリサンといっしょに、ひどく気を揉みながら夫の帰りを待った。

ところがある晩のこと、仲間のひとりが足をすべらせて崖からまっさかさまに落ち、岩に激突した。その男は即死し、救急処置や、ましてや病院を必要とする間もなかった。すでにたくさん燕の巣を手に入れていたけれど、仲間のひとりの遺体をかついで帰らねばならないことを思うと、それもまったく無意味に思えた。その最後に取った巣を売った金は、すべて死んだ男の家族に与え、それ以来クリウォン同志とふたりの仲間は燕の巣を取りに行くのをやめた。燕は巣を作り続けていたから、もちろん他にも燕の巣取りはいたし、死んだ者もいたけれど、クリウォン同志はその恐怖に満ちた商売については忘れようと心に決めたのだった。ひとりの仲間を悼んだからだけではなく、こう考えたからでもあった。もしも自分が死ねば、妻と生まれたばかりの赤ん坊を残すことになる。そんなことはしたくない。

クリウォン同志はまた頭を絞り、別の商売の機会を探した。そのころハリムンダはすでに観光地となっていた。実際には、風光明媚な半島の森林地帯が形造るふたつの入り江があるおかげで、町は植民地時代から人々の娯楽の場で、新政府ができた初期のころ、町は観光地としての宣伝を始めたのだった。何ヶ所かに新しいホテルができ、土産物を売る店もできた。簡素な飯屋はシーフードレストランに変わり、道路の穴は新しくアスファルトで舗装された。外国からも国内からも、ほとんどあらゆるところから観光客がやって来るようになったが、そのうちの大半は美しい海岸に泳ぎに来るのだった。西側の入り江がもっとも人気の高い場所で、東側の入り江には港と魚市場があった。クリウォン同志は泳ぎに来る観光客がもっとも必要とするものはなにかとあれこれ考えを巡らし、それに合わせて自分になにができるかと考えた。そして答えを見つけた。

「パンツを作ろうと思う」と、クリウォン同志はアディンダに言った。

アディンダにとってさえ、どこか妙な案に思えた。それでもクリウォン同志はかまわなかった。そしてシンガーのミシンを一台買った。観光客たちは泳ぐためだけにそれをはいて、その後捨ててしまうかもしれないから、できるだけ安くパンツを売りたかった。そのためにはもっとも安い布を探さねばならなかった。そのために、クリウォン同志は今でも仕立屋をしている母のところへ行って、一番安い布はなにかと尋ねた。

「粉布ね」とミナは答えた。「ズボンのポケットの裏地にするのに使うわ」

つまり小麦粉を入れる袋に使う布のことだった。もちろんそういう布には小麦粉の銘柄が刷られていた。小麦粉袋ではなくて米袋として使われることもあった。クリウォン同志は小麦粉売りから安く買ったその布を、漂白して刷られている銘柄を消す方法を考え出さねばならず、そうして無地の布にしたものをパンツの型紙に従って裁断した。

とはいっても、無地のパンツを作ったわけではない。縫う前に、左右に絵をプリントした。絵描きとしてなんとかなる程度の腕でもって、絵は自分でデザインした。それでも、パンツにプリントされた絵はとてもいいできだった。彩りも鮮やかで明るく、見た目にも心地よかった。いくつか魚の絵もデザインしたけれど、自分でもなんの魚かわからなかったりした。他には、オレンジ色の夕日を背景として、弓なりになった葉があちこちに突き出している椰子の木もデザインした。それらのパンツは実のところ百姓が田んぼに行くときにはくものとほとんど変わらなかったけれど、デザインのおかげで別物に見えた。そしてどの絵にも、クリウォン同志は下側にハリムンダという文字を大きく刷り込んだ。観光客たちがこの町へ来た記念に、土産としてそれを持ち帰ることもできるようにしたのである。

海岸沿いに並んでいる、竹でかんたんに作って屋根代わりに防水布をかけただけの売店で、それらのパンツを売ってもらうことにした。観光客はそのパンツが気に入ったようだった。値段が安かったからかもしれないし、気のきいたデザインだったからかもしれないが、なんといっても海で泳ぐのにパンツが必要だからだった。どこの売店もパンツをもっとたくさん欲しがり、クリウォン同志はさらに忙しく働かねばならなくなった。アディンダも少し裁縫ができたけれど、それよりも帳簿つけと会計を手伝うことの方が多かった。幼いクリサンの面倒を見なければならなかったからである。もうそれ以上注文を受けられなくなりそうになると、クリウォン同志は注文の一部を母に回し、母もいつも以上に忙しく働かねばならなくなった。

一ヶ月のうちに、ミナも疲れきってしまい、クリウォン同志は新しくミシンを三台買って、裁縫を担当する者三人とプリント係ひとりを雇った。型やデザインは今もクリウォンが自分で全部引き受けていた。どうやらその商売はとてもうまくいきそうで、そうやって自分が今では小粒の資本主義者になってしまったことも気にかけなかった。クリウォン同志は過去についてはすべて忘れてしまったのか、それとも無理に忘れようとしていたのかもしれない。仕事も順調で、美しい妻と、元気な男の赤ん坊がそばにいる心楽しい日々を過ごしていた。

競争相手ももちろん現れた。特に多かったのは華人やパダンからの出稼ぎ人たちだった。そういう連中は資金ももっと豊かだった。それでもクリウォン同志のパンツは依然として一番人気が高く、ハリムンダ地元民の事業として話題となった。

ところが、その楽しい暮らしが市長のある計画のせいでだいなしになった。クリウォン同志はまたあのクリウォン同志に、昔のクリウォン同志に戻った。

ハリムンダはすでに観光地として発展していた。欲深な市長は海岸沿い一帯の土地を利用して大きなホテルを建て、レストランやバーやディスコや賭博場、それにたぶんママ・カロンのところよりも楽しく遊べる売春宿まで造れるのではないかと考えるようになった。そこら一帯の土地の大部分は漁師たちのものだったが、一部はだれの所有地でもなく、道路を境界とする浜辺には、土産物を売る簡素な売店がぎっしり建ち並んでいた。漁師たちにうまく渡りをつけて何年もの間住んできた土地を売らせ、売店の持ち主たちにもうまく持ちかけて、まもなくできる予定の民芸品市場へ移らせようとした。

漁師たちの大半は先祖代々暮らしてきた土地を離れるのをいやがった。内陸へ移るなど考えることもできなかった。いつも海の臭いを嗅いでいなければならなかったからである。そして売店の持ち主たちも、やはり移りたがらなかった。できる予定だという民芸品市場は、にぎやかな場所からは遠かったからだった。

しまいに強制立ち退きが行われることになった。兵士たちがやくざ者を味方につけてやって来た。そして漁師たちや土産物屋たちを脅した。だが、漁師たちが恐れると思ってはいけない。海ではいつ嵐に襲われるか知れない漁師たちは、毎晩危険に向き合って、それに馴れきってしまっていたのである。そういう漁師たちの強情さを見て、土産物屋たちも腹を決めた。脅してもきかないと見ると、とうとうほんとうの強硬手段に出た。海と道路との間の土地は所有者のない土地ではない、と市長が海岸へ来て演説をぶった。この土地は国家の所有地なのである。ブルドーザーが持ち込まれ、土産物の売店を根こそぎ引き倒そうとした。

クリウォン同志は、あらためて言うが、また昔のクリウォン同志に戻った。目の前でそんなことが行われるのを見てはいられなかった。そこで漁師たちと売店の持ち主たちを集めた。クリウォン同志が連帯とイデオロギーのために行動に出たのか、それとも自分のパンツをそれらの売店で売ってもらっていたから経済的な支障が出るのを怖れてそうしたのかは、だれにもわからなかった。クリウォン同志は大規模なデモを組織し、たくさんの漁師たちと売店の持ち主たちと、それに彼らの運命に同情した多くの人々がそのデモに加わった。共産党が崩壊して以来最大のデモだった。デモ隊は質素な造りの売店をぺしゃんこにしようとするブルドーザーに向かって進み、あちこちの道路を封鎖したので、しまいには軍隊が駆けつけた。クリウォン同志は先頭に立って動かず、兵士たちが現れても意に介さなかった。

情報官たちの幾人かが抗議者の一団に共産主義の余臭を嗅ぎ取り、たちまちクリウォン同志に目をつけた。ただちにいくつかの情報が突き合わされ、その男が事実まごうかたなき共産主義者であることがたちまち判明した。

将軍たちに急き立てられ、小団長もしまいにはクリウォン同志を逮捕せざるを得なくなり、どうしてあんなばかげたまねをしたのだと、クリウォン同志に向かって文句を言った。

「ぼくは共産主義者だし、あらゆる共産主義者が同じことをするはずだ」とクリウォン同志は言った。

クリウォン同志はとうとうブルーデンカンプへ送られたが、そこではたくさんの共産主義者が、いつまでとも知れぬ獄房生活を続けていた。仲間たちもたくさんそこにいて、クリウォン同志がまだ死んでいなかったのに驚き、こんなに遅れてブルーデンカンプへやって来たことにさらに驚いた。少なくとも、そこにとてもたくさん知り合いがいたおかげで慰められはしたけれど、どの知り合いも惨めな状況にあった。食べ物が足りず、着る物もなく、だれひとり面会に来る者もなかった。みなの日々は尋問に継ぐ尋問で、警備兵からひどい目に遭わされ続けていた。クリウォン同志でさえ、その評判がどれほど高かろうと、やはり同じ経験をしなければならず、乱暴な、そして残忍な扱いを受けた。

「あの男は生き残るに決まっている」。小団長は、夫がクリウォン同志を逮捕してブルーデンカンプへ送ったことに激怒した妻をなだめようとして言った。「たとえ死んだところで、共産主義者は幽霊になって生き返るのだから。われわれも知っているように」

「アディンダと子どもにそう言えば」とアラマンダは吐き捨てた。

それからまもなく、全員政治犯で共産主義者だったブルーデンカンプの囚人たちは、まとめてブル島へ送られることになった。ひとり残らずである。そこでなにをすることになるのか、だれも知らなかった。もしかすると植民地時代のボーヴェン・ディグルのようなものかもしれず、もしかすると戦時中のナチの強制収容所のようなものかもしれなかった。どの囚人たちも、身の毛のよだつような強制労働を思い浮かべた。幾人かは発狂し、幾人かはブルーデンカンプで受けたよりも恐ろしい刑を受けるであろうことに衝撃を受けて死んでしまった。そこにいる囚人のひとりがクリウォン同志だった。母にも、妻と子にも別れを告げる間もなかった。軍所有の船が囚人全員を乗せてインドネシア東部の離島へ出航する前に、面会に来た小団長に別れの挨拶をすることができただけだった。

「あんたの奥さんと子どもがちゃんとやっていけるよう面倒を見るよ」と小団長はクリウォン同志に言った。

「そら、ごらんなさい、あの人はブル島へまで送られてしまった」。アラマンダは小団長が帰宅したとたんに言った。「あの人たちに食べ物もあげないで木を切らせて、そうやってあの人は死んでしまうのよ」

「考えてもみなさい。あの男自身がこの混乱すべてを引き起こしたのだ。共産主義者はいつまでたっても共産主義者で、反乱の元凶なのだ。私はだれかを赦免できる大統領でもないし、総司令官でもなくて、軍支部の基地を統轄しているただの小団長なのだ」

「おまけにあなたは、まだそのことをアディンダと子どもに言いに行ってもいないじゃないの」

なにはともあれ、小団長も、しまいには自分の家から一軒隔てただけのところにあるアディンダの家へ出かけて行った。アディンダに向かって、小団長は、こうなってしまったことを心から遺憾に思うといい、クリウォン同志がブルーデンカンプへ、それからブル島へ送られるのを止めさせる権限は自分にはないのだと言った。これはやっかいな政治事件なのだ、と小団長は言った。

「せめて教えてちょうだい、小団長。いつまであの人はあそこにいることになるの?」とアディンダは尋ねた。

「わからない」と小団長は答えた。「もしかすると新しい政府に対してまたクーデターが起こるまでかもしれない」

クリサンは父のことをそれほどよく知っていたわけではなかった。クリウォン同志については、母の話してくれたことや、アラマンダと小団長の話してくれたことを介して知っていただけだった。もうひと組のおばとおじであるマヤ・デウィとママン・ゲンデンは、クリウォン同志のことをあまり知らなかった。一九七九年にブル島からの最後の帰還者の一団に交じって父が帰って来たとき、クリサンはすでに十三歳になっていたが、突然見知らぬ人がうちに住みついたかのように父を眺めた。アディンダはその男が帰って来たのをとても喜んだけれど、クリサンは少しもいっしょに喜べなかった。ほんとうに父のことを知っていたわけではなかったのである。クリウォン同志がブルーデンカンプへ入れられ、それからブル島へ送られたとき、クリサンはまだ赤ん坊だったのだから。

そんなわけで、クリサンは実に執拗にクリウォン同志を観察した。特に、いっしょに食卓について、父がテーブルを挟んで向かい側にすわっているときはそうだった。母が見せてくれた昔の写真で知っていた姿よりも、ずっと痩せている。昔はいつもさっぱりした顔をしていたのに、今では口髭も顎鬚も頬髯も伸ばしっぱなしで、髪もかなり伸びたまま波打ってうなじを覆っていた。クリサンがひどく驚いたことに、父は帰って来るなり、真っ先にタンスの中のハンチングを探した。古びた帽子で、色ももう定かではなく、黒なのか、茶色なのか、それとも灰色なのか見分けられなかった。父はそのハンチングをぱんぱんと叩いたけれど、かぶろうとはせず、タンスに戻した。そんなぼさぼさの髪では、ハンチングをかぶっても似合わなかっただろう。

クリウォン同志は、流刑地から戻ってまもないころは、あまり話をしなかった。そのせいでクリサンは、ほんとうにこの男が昔は大集会でだれよりも演説がうまかったのだろうか、と不思議に思った。もしかすると母には、夜になって夫婦の部屋でいっしょに寝るときに、いろいろと話していたのかもしれない。けれどもクリサンに向かっては、あまり話をしなかった。ただ、元気かい、とか、もう何歳になったんだい、とか言うだけだった。そんなことをあまりにも繰り返し尋ねられるので、しまいには、父は頭がおかしくなってしまったのかもしれないとクリサンは考えるようになった。もしかすると、もうぼけてしまったのかもしれない。年齢はまだ五十にもなっていなかったけれど。クリサンは父の年を知らなかった。四十歳かもしれない。それでもとても年寄りじみて、弱々しく、憂鬱そうに見えた。

おそらくクリウォン同志の方も、自分の子に対して同じように違和感を抱いていたのかもしれない。クリウォン同志も自分の子のことをあまりよく知らなかったからである。クリサンと同じように、クリウォン同志もよく息子をいつまでも見つめていることがあって、自分の子がなにを考えているのか知りたがっているかのようだった。クリサンは父がなにを考えているのか当てようとしていたのではなく、即物的にもっとよく知りたいと思っていたのだった。父は昔の服を着ていたけれど、どれもぶかぶかだった。そのせいで、クリサンの目にはよけいに惨めたらしく映った。

数日間クリウォン同志は家から一歩も出なかったし、だれも訪ねて来なかった。こっそりと戻って来たからだった。アディンダとクリサンもだれにも言わなかった。ふたりはクリウォン同志をそっとしておいてあげたかったので、クリウォン同志本人がその気になるまで、だれにも知らせなかった。小団長とその妻でさえ、まだ知らなかった。ミナも同じだった。

「あそこって、どんなところだった?」と、あるときの食卓でクリサンが尋ねた。「ブル島のことだけど」

「あそこで一番上等の食べ物は、いつもきみがトイレで目にする物なんだ」と父は答えた。

そのせいで食卓の雰囲気が悪くなってしまった。アディンダはクリサンの方を見て、もうなにも聞かないようにと合図した。そんなわけで、それから後はなんの話もしなくなってしまった。クリウォン同志はブル島についてはなにも話したがらず、いっしょにひとつの寝台で寝るときに妻に向かって話すことすらなかった。そしてアディンダとクリサンも、あえてそれについてもう一度尋ねようとはせず、クリウォン同志ひとりの秘密として口の中に留めさせておくことにした。

会話もなく、外出もせず、クリウォン同志はまったくのところ、ますますふさぎ込んでいくようだった。何年も留守にしていたせいで、家でもよそ者のような気がしていたのかもしれないし、町に共産主義者の幽霊がたくさんいるのをクリウォン同志本人も感じ取っていて、そのせいで悲しみに暮れていたのかもしれない。少なくともそれは、クリサンも知っていた。あるとき、だれかが戸を叩いたので、クリサンが扉を開けた。目の前によれよれの服を着た男がひとり立っていて、その胸は撃たれて怪我をしたらしく、血がどくどくと流れ出していた。クリサンは悲鳴をあげて逃げ出す一歩手前だったが、そこへ父が出てきてこう言った。

「元気かい、カルミン？」

「元気じゃないよ、同志」と傷ついた男は答えた。「俺はもう死んだんだ」

クリサンは真っ青になって後退り、壁にぴたりと背をつけた。クリウォン同志は水をバケツに一杯と布切れを取ってきて、亡霊のそばへ行った。ていねいに傷を洗ってやり、しまいに血も止まった。

「コーヒーを一杯どうだい？」とクリウォン同志は尋ねた。「でも、新聞はないけれど」

「新聞なしでコーヒー」

ふたりはいっしょにコーヒーを飲み、一方クリサンは、父があんなに恐ろしい幽霊とあれほど仲良くできるのを、信じられない思いで見つめていた。ふたりは消え去った年月について話し合い、そしてくすくすと笑った。とうとうコーヒーが空になってしまうと、亡霊は別れを告げた。

「どこへ行くんだい？」とクリウォン同志が尋ねた。

「死んだ人々のところへ」

そうして亡霊はかき消え、それと同時にクリサンは失神して床に倒れた。

それからというものクリウォン同志はいっそうむっつりして、共産主義者の亡霊たちが目の前に現れるたびに、ますますふさぎ込んでいった。亡霊たちのことを悲しんでいたのかもしれないし、他に原因があったのかもしれない。十三年間父を知らずに過ごしてしまったクリサンは、亡霊たちがねたましくなった。父が話しかけてくれるのを聞きたかったけれど、あの食卓での出来事以来、父に向かってなにも尋ねられなくなってしまっていた。

ある日、クリウォン同志がアディンダに尋ねた。「小団長はどうしている？」

「あの共産主義者たちの幽霊のせいで、もう発狂寸前よ」とアディンダは答えた。

「ようすを見に行ってくる」

「そうしたら」とアディンダは言った。「もしかしたら、あなたにとってもいいことかもしれない」

それは暖かな夕暮れのことで、ゆるやかな風が丘陵地帯の方から吹いていた。クリウォン同志は歩いて行き、幾人かの隣人たちがその姿を目にして、もう帰って来ていたのかと驚いた。小団長の家はクリウォン同志の家からも見えるところだったので、歩いて行って戸を叩くまでに二分しかかからなかった。扉を開けたのはアラマンダで、隣人たちと同じく、アラマンダもクリウォン同志を見て仰天した。

「幽霊じゃないんでしょう？」そうアラマンダは尋ねた。

「恐ろしい幽霊だよ」とクリウォン同志は答えた。「もしも生きている共産主義者を怖がるならね」

「じゃあ、帰って来たのね」

「連中に連れ戻されたんだ」

「入って」

クリウォン同志は客間の椅子に腰を下ろし、アラマンダはクリウォンのために飲み物を取りに行った。アラマンダが戻って来ると、クリウォン同志は小団長のことを尋ねた。

「町のあちこちへ、あの共産主義者の幽霊たちを撃ちに行っているわ」とアラマンダは言った。「それとも、市場の真ん中でトランプをしているかもしれない」

その後、ふたりは押し黙った。クリウォン同志はヌルール・アイニのことを聞きたかったけれど、なぜか突然、なにを尋ねる気もなくしてしまった。アラマンダが目の前にすわっている。とても優しい眼差しで。たぶん哀れみの眼差しで、あるいは別の種類の眼差しで。忘れてしまっていたけれど、過去にそんな眼差しを見たことがあった。そしてそのせいで、クリウォン同志はアラマンダの娘について尋ねる気をとたんに失くしてしまった。アイはどこかへ遊びに行ってしまったのかもしれないし、美女ルンガニスのところへ行っているのかもしれない。そんなことは尋ねる必要もない、でも、見ろ、目の前の女の眼差しを。何年も昔にあれほどよく知っていた眼差しを。

脳が流刑地にいる間に傷めつけられてしまい、なにを理解するにも時間がかかった。けれども、まもなくクリウォン同志は一気に思い出し、理解した。そう、見覚えのある眼差しだ。アラマンダだけが持つ眼差し、その小さな目に愛をいっぱいにたたえた、何年も前に見せたことのある眼差しだった。その眼差しはいかにも優しく、女が猫の毛をそっとなでる手つきのようで、愛と恋慕の炎であふれんばかりだった。その眼差しを知っていたのに、なんと愚かにも忘れていたのだ。そこでクリウォン同志はその眼差しに応えて、燃えるような眼差しを返し、そうして、ふさぎこんだ男から、失ってしまった昔の恋人を再び見出した男に突如として変貌した。

そしてその後には、起こるべきことが起こった。

ふたりはどちらともなく立ち上がり、相手に飛びついて抱き合い、泣き出したが、それも長くは続かず、燃えるような長い口づけの中に沈み込んだ。鉄道の駅の前のハタンキョウの木の下で、かつてふたりがしたように。口づけはふたりをソファの上へ運んでいき、アラマンダが仰向けになり、クリウォン同志がその上になった。ふたりは素早く服を脱ぎ、狂気と放埒に満ちたひとつの挿話の中で愛し合った。

それが終わったとき、ふたりは少しも悔いてはいなかった。

だが家へ帰ると、戸口で妻がクリウォン同志を待っていた。クリウォン同志は顔色からあふれ出す喜びを押し隠そうとして、またむっつりとしているようすを取り繕った。けれどもアディンダは、まったくだまされなかった。

「幽霊たちが知らせてくれたの。だから、あなたが小団長の家でなにをしたかは知っているわ」とアディンダは言った。「でも、かまわない。それであなたが幸せになれるなら」

それはクリウォン同志にとって衝撃だった。自分のしたことを悔いてはいなかったけれど、妻に知られたのを恥じた。ふいにクリウォン同志は自分が汚れ果ててしまったと感じた。目の前で妻がこう言ったのである。**でも、かまわない。それであなたが幸せになれるなら。**何年も何年も待っていてくれた妻だった。それを帰って来るなり裏切ったのだ。

クリウォン同志は一言も口をきかず、客間へ入って、鍵をかけて閉じこもり、アディンダとクリサンが部屋の扉を叩いて、晩ご飯のしたくができたわよ、と何度も声をかけても、部屋から出てこなかった。翌朝になって朝食の用意がすむと、アディンダとクリサンはまた代わる代わる部屋の扉を叩いたけれど、クリウォン同志は返事さえせず、ましてや扉を開ける気配などなかった。ふたりともクリウォン同志の身になにかがあったのではないかと心配になり、いっそう強く扉を叩いたけれど、やはりなんの応えもなかった。

クリサンはしまいに台所へ行って、いつも鳩の巣箱を作るために板を割るのに使う鉈を持って来て、力まかせに扉に叩きつけた。扉の真ん中にひびが入ったが、アディンダは息子のすることを見つめているだけだった。何度か叩きつけると、とうとう手が入るくらいの穴があいたので、クリサンはそこから手を入れて鍵をはずした。扉を開けると、クリウォン同志は、天井に穴をあけて、梁に縄状にしたシーツをくくりつけ、首を吊って死んでいた。母が気を失う前に、クリサンは母を抱きとめなければならなかった。

クリウォン同志がちらりと姿を現し、それが隣人たちの目に止まったせいで、クリウォン同志帰還の知らせはまたたく間に広まった。けれども、だれもが出遅れてしまった。みなが目にしたのは、その男の死の輿を運ぶ葬列が墓地へ向かう光景だけだった。クリサンもやはり出遅れてしまった。親子として、父のことを知る機会はこれまでにもなかったし、これからもなくなってしまったのだった。父子が顔を合わせたのは、ほんのわずかの時間、おそらく一週間だけで、それだけでは互いに知り合うにはまったく不十分だった。だれにもましてクリウォン同志の死を一番悲しんだのは、クリサンだった。そして父が昔の写真でよくかぶっていた古びたハンチングを相続すると言い張った。クリサンはよくその帽子をかぶった。ただ自分を慰め、父を身近に感じるために。

いまや町には共産主義者の亡霊がまたひとり増えたわけだったが、ありがたいことに、その亡霊はだれの前にも決して姿を現さなかった。

15

ある朝、美女ルンガニスが男の赤ん坊を産んだとき、ハリムンダの人々は毎朝のありふれた用事をとたんに打ち捨てて、ようすを見に美女ルンガニスの家へ駆けつけた。糠をこねた餌を鶏にやったり、浴槽に水を張ったり、汚れた皿を洗ったりという仕事をみなが放り出したのには、さまざまな理由があった。第一に、美女ルンガニスは町の人々の間では有名で、とりわけ今年のミス・ビーチに選ばれてからはそうだったからである。第二に、美女ルンガニスはママン・ゲンデンの子であり、ママン・ゲンデンは町の住民たちにひどく嫌われていたものの、やはりたいへんな有名人だったからである。第三に、そしてこれが一番重要な理由だったが、この町の長年にわたる歴史の中で、娘が犬に犯されて赤ん坊を産み落としたのは、これがはじめてだからだった。

お産を手伝った産婆が、美女ルンガニスの子宮から出てきたのは正真正銘の赤ん坊だと断言したとき、美女ルンガニスが、鼻先が黒くて体が茶色の——夜空を見上げれば必ず星が見えるのと同じく、ハリムンダを眺めればどこにでも見つかる類の——犬に犯された、という以前からの噂をだれもが受け入れざるを得なくなった。およそ九ヶ月前、学校の便所で、休み時間の終わりを告げるベルが鳴ってからまもなく、その事件が起きたのだった。

そもそものはじまりは、父譲りの賭け事好きというよからぬ癖のせいだった。いたずら者の仲間たちが、レモネードを五本残さず飲んだら全部おごってやると賭けを持ちかけた。美女ルンガニスは五本とも飲み干したが、授業の始まりのベルがなったとき、そのつけを払わねばならなくなった。急に尿意をもよおしたのである。

とはいえ、小便をするには望ましくない時間帯だった。たくさんの生徒たちが便所に行くからで、休み時間を引き延ばして授業時間を縮めようとする、何代にもわたって受け継がれてきた伝統めいた習慣があったのである。容赦のない行列の中に封じ込められ、ようやく自分の番が来たときには、ズボンあるいはスカートはすでにぐっしょりと濡れ、小便の臭いを放っているはめになるかもしれない。けれども教室に入って、椅子の上でもらしてしまう危険を冒すのも賢明なやり方ではなかったし、無邪気な美女ルンガニスにもそれぐらいはわかったので、食堂でけらけら笑い転げている仲間たちを後にして急いで駆け出し、魔の行列へと向かった。

校舎の裏側に東の端から西の端まで便所が十四並んでいて、そのうち十三の前に生徒たちが列を作っていたけれど、それは排尿や排便をするためというよりも、生徒が喫煙している現場をおさえ、朝礼のときに校庭に立たせて処罰しようと狙っている校長のスパイから隠れて、一本の煙草を代わる代わる吸いたいがためだった。残るひとつの便所は、たぶんもう何年もの間使われていなかった。そこで女の子が自殺をしたという噂があり、また別の噂では、ある女の子がその便所で産み落とした私生児の首を締めて殺したといわれていた。どの噂にも根拠はなかったけれど、その便所がなによりも魔物の巣窟めいていたのは事実だった。

その学校自体は植民地時代からあった。カカオと椰子の農園のそばに造られ、以前はフランシスコ会の師範学校で、農園も学校も所有者はオランダ人だった。オランダ人たちが去ってしまうと、農園も学校もやがて共和国のものとなった。例の十四番目の便所について一番納得のいく説明は、あるとき農園の椰子の木から枝か実がひとつ落ちてきて便所の屋根を突き破り、学校にはすぐにその屋根を修理するだけの予算がなかった、というものだった。時がたつにつれて、カカオの木の葉が舞い落ちてきて屋根の穴から入り込み、そこへ雨が降り込み、太陽が照りつけた。最初のキノコが頭を出し、やがてごみの山の下にトカゲが棲みつき、蜘蛛が巣を張った。水槽の水はたちまち蚊の卵でいっぱいになり、苔と藻がはびこって、もしかすると幾人かがやむなくそこで排尿したけれど流さなかったということもあったかもしれない。そうしてその便所は恐怖に満ちた場所となり、その扉の前に立つ度胸のある者さえ、ひとりもいなくなったのだった。

何年もの間使われずに放置されていたその場所へ、美女ルンガニスが入っていったのである。腹の中の五本分のレモネードが反乱を起こし、もうがまんの限界に達しようとしていた。他にどうしようもなく、とうとう美女ルンガニスはその呪われた便所へ近づいたのだったが、その中には、猫を追って迷い込んだ犬が一匹いて、屋根の穴から逃げおおせた猫の痕跡を求めてカカオの葉の山を嗅ぎまわっているところだった。山犬と交配した雑種犬で、茶色で鼻先は黒かったが、その犬を追い出している暇はどう考えてもなかった。そこで美女ルンガニスは中へ入って扉を閉め、鍵もかけて、犬といっしょに小部屋の中に閉じこもり、レモネード五本分よりももっと多く思えるほどの小便が、スカートを上げる間も、ましてや下着を下ろす間もなくあふれ出したときには、ただ黙ってじっとしているより他はなかった。生温かいものが腿から脛をつたい、靴下と靴を濡らした。

まもなく美女ルンガニスは、十六年間無邪気に生きてきた中で何度も騒ぎを引き起こしてきたあげく、またもや騒動を巻き起こしたのだった。教室へ現れたとき、美女ルンガニスは母から生まれたときのままのごとく丸裸だったのである。生徒たちは全員その場に釘づけになり、本を取り落とし、椅子を倒し、黒板が汚いと小言を言いかけていた数学の老教師まで、長年悩んでいたインポテンツが瞬時に治って、おのれの槍が短剣のように鋭く立ち上がったのに気づいた。美女ルンガニスが町一番の美少女で、ハリムンダの美の女神であり町の祖であるルンガニス姫のまぎれもない後裔だということはだれもが知っていたけれど、顔に劣らず美しい体の秘められていた部分を見るにおよんで、教室にいたみなの上を悲劇的な静寂が覆った。

「学校のトイレで犬に犯されたの」と、美女はだれかが口を開くよりも先に言った。

例の犬と便所に閉じこもり、小便をもらしてしまった後でなにが起こったのか、美女ルンガニスの語ったことを信じるとすれば、こうだった。はじめの五分間、美女ルンガニスはただ黙って、なすすべもなく、濡れて小便臭くなったスカートと靴下と靴を見つめていた。やがて便所の外の生徒たちの声がもう聞こえなくなっても、なおも便所の中でおのれの惨めさを嘆いていた。脳にわずかに残っていた小さな女の子の分別が、濡れた衣服を全部脱げと告げていた。シャツからブラジャーまでなにもかも、奇妙な無自覚さの中で脱いでしまった。脱いだ物を全部さびた釘に掛け、穴のあいた天井から差してくる太陽の光が早く小便の痕を乾かしてくれないかと願いながら、洗濯屋の前で服が乾くのを待つ探検家のように、裸で犬の前に立ったところ、とたんに犬が欲情を起こしたのだった。そして、と美女は語った。犬があたしを犯したの。

「それに、あたしの服まで全部持って行っちゃったの」

とにもかくにも、神秘的な美貌と無邪気さのせいで、美女ルンガニスにはある種の持って生まれた奔放さが備わっていた。美女ルンガニスが裸でいるのを目にして、しかも学校の便所にふたりきりで閉じ込められていたりしたら、だれでもきっと美女ルンガニスを犯すだろう。美女ルンガニスには、まっとうなやり方であれ、そうでないやり方であれ、犯してしまいたいと人に思わせる魔力があった。ただ父親が獰猛な悪人で、町に住むだれもに恐れられていたので、美女ルンガニスはその朝犬に犯されるまで処女のままでいられたのである。

ママン・ゲンデンは自分のただひとりの娘にあえて手出しをしようという者がいれば、ためらいもせずに殺しただろう。その娘の美貌がいたるところで毒のある扇情のもととなっていようが、知ったことではなかった。美女ルンガニスは子どもじみた無邪気さで、道端に立ってバスを待っている間に、スカートを持ち上げてその端を嚙んでいたりする。そしてもしも意地悪な風が容赦なく熱い空気を送り込んでくると、美女ルンガニスは少しシャツのボタンをはずしたりするかもしれない。脛や腿を包んでいる柔らかそうな肌は、なにもかもが天女のものかと見まがうばかりで、そして十六歳の娘の美しい胸の谷間も見える。でも、そんな扇情的な場面をあまり長く見つめていてはいけない。遅かれ早かれ、娘をもの欲しそうな目つきで見つめていたことを父親が聞きつけるだろうと怯えるはめになる。そしてたぶんママン・ゲンデンが家にやって来て、神通力でもって殴りつけ、殴られた者はそれから六ヶ月間病院のベッドから起き上がれなくなってしまうだろう。腹の中にバケツを埋め込まれなければ、まだ運がいい方である。ママン・ゲンデンはどんな呪術師よりも強かったのだから。

そんなときには、また別の美しさを備えたもうひとりの少女が、揺りかごの中の赤ん坊だったころからの親友として、美女ルンガニスの完全無欠な守り手となるのだった。その少女の名はヌルール・アイニ、人からはたいていアイとだけ呼ばれていた。町の人々から小団長と呼ばれる、町の軍支部の司令官の娘で、自分の美貌にはまるで気づいておらず、やっかいな運命にとらわれて、美女ルンガニスの美しさをなんであれ邪悪なものから守る使命を負っていると思い込んでいた。無邪気な美女ルンガニスがスカートを持ち上げて端を噛んでいると、アイはすぐにスカートを下ろしてやり、美女ルンガニスが熱風にがまんできなくてシャツのボタンをはずしたりすると、そのボタンをかけ直してやるのだった。

「そんなことしちゃだめよ」とアイは言う。「よくないことよ」

美女ルンガニスが裸で教室の前に立ったときも、それと同じことが起きた。美女ルンガニスは身長一六七センチ、体重は五十二キロだった。母譲りのハリムンダ一美しい混血児で、オランダの遺産の中でももっとも魅惑的なものだった。自然な落ち着きを見せてそこに立ち、体は光り輝き、長い髪は墨を流したように黒かった。輝く青い瞳はクラスのみなを悲しげに見つめ、なぜみんな急に黙り込んで動きを止め、何週間も獲物を待ち受けている鰐のようにあんぐりと口を開けているのだろう、といぶかっていた。ただアイだけがすぐにその呪いから覚めたが、それは美女ルンガニスのどんな突飛な振る舞いにも対処する準備が本能的にできていたからだったといっていい。アイは席から立ち上がり、椅子の列の間を駆け抜けて来て、教卓のテーブルクロスを引っ張ると、上にあった物すべてが飛び散って、コップは床に落ちて砕け、数学教師の黒い鰐皮の鞄は黒板にぶつかって中味を吐き出し、花瓶と数冊の本はくるくると回ってから机の下に散乱した。アイは生徒の手製のそのテーブルクロスを使って美女ルンガニスの体を覆い、美女ルンガニスは入浴をすませてタオルを体に巻きつけた娘のような姿になった。

その有無を言わせぬ態度は、おそらく父である小団長からの遺伝なのだろう。日本軍占領時代に反乱を起こして何ヶ月も追われる身となり、革命戦争時代にはオランダを相手に戦い、十八年前にはハリムンダの共産主義者虐殺の指揮を執った人物から受け継いだものなのだった。そういった遺伝のなせるわざで、アイは学級委員長に選ばれ、そして今、アイがなにも言わずに視線を向けただけで、男子生徒と数学の老教師は、慌てて立ち上がって教室から出て行った。男の子たちが悔しがってぶうぶう言うのが聞こえてきた。

「ちぇっ、犬だってよ！　まるで俺たちの中には美女ルンガニスをやれるやつがひとりもいないって言われてるみたいじゃないか」

女生徒が何人か体育館へ行って、学校のサッカーチームのユニフォームを一揃い見つけてきて、体に巻きつけたテーブルクロスからそれに着替えさせた。

ほぼ同じころ、美女ルンガニスの母でありママン・ゲンデンの妻であるマヤ・デウィに、劇的で同時に不安をそそる小さな出来事が起こった。家を掃除している最中に、電灯の傘に止まっていた一匹のヤモリが糞をして、その糞が飛んでマヤ・デウィの肩に落ちたのだった。マヤ・デウィが気を悪くしたのは、糞の臭いや服が汚れたせいでなく、ヤモリの糞に当たると決まって災難がふりかかることを知っていたからである。凶兆なのだ。

夫とは違って、マヤ・デウィは町の住民たちからたいへん尊敬されていた。たとえハリムンダでもっとも忘れがたい娼婦デウィ・アユの子であろうと、父親がだれかもわからない私生児であろうと。物静かで、物腰が柔らかく、信心深くさえあった。金曜の夜の婦人たちの祈禱集会に行ったり、日曜の夕方の近所の寄り合いに顔を出したりするこの女性のことを思うと、娘の子どもじみた人騒がせな振る舞いも、夫の恐ろしい悪の本能も、だれもが忘れてしまうのだった。マヤ・デウィのおかげで一家は少しはまともに見えたし、山地から連れて来たふたりの娘に手伝わせてお菓子を焼く日々の仕事のおかげで、一家の暮らしも成り立っているといってよかった。

オランダの血の名残がうかがえるその顔が、いまや死後二日を経た死体のように色を失い、ヤモリの糞をぬぐうとすぐに、菓子焼きを手伝っている少女のひとりに中央の部屋の掃き掃除の続きをするように言った。マヤ・デウィはポーチにすわって、夫か娘になにか起きたのではないかと気を揉んだ。ふたりの上にはさまざまな小さな事件が起きることがあって、あまりにも頻繁なので、もうあまり心配する必要もないほどだった。それでもマヤ・デウィはいつでも、なにかが起きようとしているのを遅かれ早かれ感じ取るのだったけれど、それがなんなのかはわからなかった。ただ気を揉むことしかできなかった。忌まわしいヤモリの糞のせいで。

この時間帯には、ママン・ゲンデンはいつものとおりバス・ターミナルにいるはずだ。何年も前、待合所の隅にあるおんぼろの椅子を手に入れるため、やくざ者をひとり殺さねばならなかった。その後は人殺しはしておらず、ただどうでもいいようなささいないざこざがあっただけだった。それでもマヤ・デウィは、いつか別の男がそのおんぼろの椅子を手に入れようとして、ママン・ゲンデンを殺さねばならなくなるのではないかと、いつも心配していた。いかに悪人であろうとも、夫婦が娘を愛するのと同じように、マヤ・デウィは夫を愛していたので、そんなことにはなってほしくなかった。ハリムンダでは不動のものとなっている噂どおり、ほんとうに夫にはどんな武器も通用しないといいけれど、とマヤ・デウィは願っていた。

やがて一台の輪タク《ベチャ》が垣根の戸の前に止まった。ふたりの娘が降りると、それがだれなのかマヤ・デウィにはすぐわかった。帰るのが早過ぎる、とマヤ・デウィは思った。ひとり目は小団長の娘で、もうひとりは自分の娘だった。美女ルンガニスはなぜ制服を着ずに学校のサッカーチームのユニフォームを着ているのだろう、とマヤ・デウィはいぶかった。母鶏のように気を揉みながらマヤ・デウィは腰を上げた。ふたりの娘が目の前に立った。マヤ・デウィはヌルール・アイニを見つめたが、その顔はマヤ・デウィの顔よりも青ざめ、死後三日目の死体のようで、なにかを尋ねようにも、今にも泣き出しそうだった。尋ねもしないうちに、とうとう美女ルンガニスが言った。

「ママ、あたし学校のトイレで、犬に犯されたの」。静かにまじめな口調で美女ルンガニスは言った。「なんだか妊娠しちゃいそう」

マヤ・デウィはまた椅子にすわり込み、その顔は死後四日目の死体のようになった。マヤ・デウィは、夫に対しても娘に対しても、一度も怒ったことのない母親だった。そこで、なすすべもなくただ美女ルンガニスを見つめて、奇態にもこう尋ねた。「どんな犬だったの?」

不吉な知らせがまたたく間に町へ届いた。来年、皆既日食が起こるというのである。少なくとも、幾人かの呪術師たちが、来年は陰惨さに満ちた一年になるだろうと考えた。来年どころか災難はもうやって来たのだ。美女ルンガニスがほんとうに学校の便所で犬に犯されたのだとしたら。その事件はあっという間に致死的な伝染病のように広まり、ハリムンダのだれもがそれを耳にしたけれど、ただ哀れなママン・ゲンデン、美女ルンガニスの父親だけは例外だった。町の人々がこのやくざ者を心からの同情を込めて見つめたのは、おそらくこのときがはじめてだっただろう。

だれひとり、それをママン・ゲンデンに知らせる勇気のある者はなく、事件から一ヶ月近くもたってから、ひどい身なりで、肉付きはよく、ぎこちない態度の、薄気味悪い、キンキンという名の男子生徒がやって来て、ママン・ゲンデンを驚かせた。キンキンはママン・ゲンデンの娘と同い年で、熱帯の太陽が照りつけているというのに、小さ過ぎるセーターを着て、しわくちゃのコーデュロイのズボンをはき、薄汚れた運動靴をはいて、丸眼鏡をかけ、まるで滑稽な漫画の登場人物のように見えた。キンキンがターミナルへやって来て、馬糞味のビールを手に聖なるぼろ椅子でうとうとしているやくざ者に近づいたので、ちょっとした騒ぎが起きた。それが墓掘り人夫カミノのひとり息子であることに幾人かは気づいたけれど、みな出遅れてしまって、キンキンがやくざ者の居眠りを邪魔するのを止められなかった。

　そのぼろ椅子は、戦時中に日本人が残していったマホガニー製の古びた揺り椅子に過ぎなかった。その椅子の上でうとうとしていたママン・ゲンデンは、大儀そうにビールのグラスを床に置き、そばに立っている少年をちょっとうんざりしたようすで目の端で見やり、一方、その場に居合わせた数人は、これからどうなるのかと気を揉みながら見守った。なにをしに来たのか話すどころか、少年はぎこちなくそこに立って、セーターの裾からはみ出しているシャツの端をいじっているだけだったので、ママン・ゲンデンはいらついた。

「なんの用か言って、さっさと失せろ」とママン・ゲンデンは言った。

　一分が経過しても少年はなおも口をきかず、しまいにやくざ者は腹を立て、ビールのグラスを取り上げて、中味を全部少年に向かってぶちまけた。

「なんとか言え、でなけりゃ牛の糞だまりに突っ込むぞ!」

「おれ、おたくの娘さんの美女ルンガニスと結婚します」と、ようやくキンキンが言った。

「あの子がおまえと結婚しなけりゃならん理由などない」。ママン・ゲンデンは、驚くというよりもおかしくなって言った。「あの子はだれでも望む相手と結婚していいが、そいつがおまえじゃないのはたしかだな。おまけに考えてもみろ。おまえらはまだ洟垂れ小僧で、結婚がどうのと言うには早過ぎる」

　キンキンは、ふたり、つまり自分と美女ルンガニスは同級生であると言った。美女ルンガニスを一目見たときから好きになってしまったのだった。美女ルンガニスと顔を合わせるたびに決まって震えおののき、姿を見かけないと、恋しさの炎のせいでやはり震えおののいた。熱にうかされ、不眠に悩み、息苦しくなったが、それもすべてが恋のせいだった。恋の詩を書いてこっそり美女ルンガニスのノートに挟んだり、香りつきの紙に手紙を書いてみたりしたけれど、決して来ることのない返事を待って、ほとんど死んでしまいそうだった。ロメオがジュリエットを愛したように、ラーマがシーターを愛したように、自分は美女ルンガニスを愛していると、キンキンはやくざ者に向かって言いきった。

「あの子は学校を卒業してから、あの通りの端に住んでいる金持ち女みたいに歯医者になるんだ」とやくざ者は言った。「たとえおまえらが好き合っていたとしても、今すぐ結婚する理由などない」

「おたくの娘さんは妊娠してるから、だれかと結婚しなくちゃならないんです」と少年は言った。

やくざ者は、からかうようににやりと笑った。「だれかが犯さなければ妊娠などせんし、俺を殺さなければ、あの子を犯すことなどできん」

「犬が学校のトイレであの子を犯したんです」

ママン・ゲンデンにしてみれば、それはさらにも滑稽な話で、その昼間の出来事は恋に酔った少年にちょっと邪魔をされた程度にしか思えなかった。ママン・ゲンデンはこう言って少年を追い払った。もしもほんとうに俺の娘が好きなら、きちんとそれなりの努力をしろ。

夕方になって家へ帰ると、ママン・ゲンデンはそんなことはすぐに忘れてしまった。美女ルンガニスはそんなことは一言も言わなかったし、妻もそうだったから、なにも問題はないとママン・ゲンデンは考えた。いつものとおり一眠りして、七時になるとマヤ・デウィが蚊帳を下ろして蚊取線香をつけ、ついでにママン・ゲンデンを起こして夕食のしたくができたと言った。そのときやっとキンキンという少年のことを思い出し、それがほんとうに起こったことなのか、それとも夕方に一眠りしたときの夢に過ぎないのかはっきりしないまま、少年がひとりやって来て美女ルンガニスが学校の便所で犬に犯されたと言ったのだ、と妻に話した。

「何週間か前に、あの子がそう言ったわ」とマヤ・デウィは言った。

「どうして俺に言わなかった?」

「その犬は、わたしたちを殺してからでなければ、あつかましくもあの子を犯したりできなかったはずだから」

それから何週間もの間、ふたりはそれを巡る噂に振り回された。いずれにしろ、美女ルンガニスが裸で教室に現れたという夢幻のような出来事は、それを目撃できなかったたくさんの人々を悔しがらせた。実は、だれひとり美女ルンガニスの言ったことを信じてはおらず、むしろ、あの娘がほんとうに知的障害でないのなら、騒ぎを巻き起こそうとしているに違いないと、だれもが思っていた。そしてもしもほんとうに犯されたのだとしたら、それは犬ではなくて、いたずら者のだれかの仕業に決まっていると思っていた。そのいたずら者よ、褒められてあれ、その度胸と幸運がゆえに。ただその娘が気の毒な状況にあることは町のみなにもわかっていて、信心深い女たちまでも、胸をさすってひたすら美女ルンガニスの無事を祈った。

「だれひとりあの子に手を出せない」とやくざ者はきっぱりと言った。「俺たちが生きている限り」

ママン・ゲンデンは、娘に、この町の美の女神ルンガニス姫にちなんで名をつけた。娘が姫の美貌を受け継いで欲しいと願い、ほんとうにそのとおりになった。昔、その姫が犬と結婚したという物語があり、その物語が実のところ急に気になり出したのである。

「あの子が妊娠するはずがない」。ママン・ゲンデンは断言した。「でも、もしもそうなったら、この町の犬を全部殺してやる」

一家は日々のありきたりの暮らしに身を沈め、あらゆる噂を無視しようとした。クラスの前で裸になったのは、美女ルンガニスにしてみればさほど驚くべきことではなかった。子猫を生きたまま煮えたぎる油の中に入れたこともあり、二度とそんなまねをしないとはっきり言えるまでに一ヶ月もかかった。サーカスが来たときには、いきなり観客席から下りて、好奇心にまかせてピエロたちの仮面を剝ぎ取り、上演をめちゃくちゃにしたこともあった。マヤ・デウィはまた田舎出のふたりの娘を指導して仕事をし、ママン・ゲンデンは朝から昼までマホガニーの揺り椅子で過ごして、それから夕方まで魚市場の真ん中のテーブルで小団長とトルフをした。もう何年もの間、ママン・ゲンデンは、塩魚売りや野菜売りや市場の荷担ぎ人夫や輪タク《ベチャ》の運転手につき合わせて、小団長とトルフをして暇をつぶしていた。ふたりがトランプをしなかったのは、小団長が東ティモールに戦争に行って負傷して帰って来るまでの六ヶ月間だけだった。小団長はママン・ゲンデンよりもたぶん一歳か二歳年上だった。小団長はトランプの相手が欲しくなると、午後の三時ごろに、エンジンがむき出しになったスクーターに乗って軍支部の基地からバス・ターミナルの前へやって来て、やくざ者に向かって手を突き出し、いつものテーブルで待っていることを合図で知らせるのだった。スクーターの音はすっかり耳馴染みになっていて、やくざ者は昼寝の最中でもその音を聞くと目を覚ました。まるで脱穀機のようなやかましい音だった。小団長は軍人としては痩せ過ぎていて背も低かったけれど、なにもかもが軍服の陰に隠され、畏敬の念をそそった。ほとんどいつでもきちんとした軍服姿で、緑の迷彩服に鰐の皮ほども硬い靴をはき、拳銃と棍棒まで腰に下げていた。肌の色は黒く、髪と口髭には少し白髪が混じっていた。たいていの人が小団長の本名を忘れてしまい、憶えているのは、日本軍の占領時代に反乱を起こした小団の司令官だったということだけだった。

木曜の夕方、ふたりはまたトランプのテーブルで顔を合わせた。牛肉屋の少年と魚売りとを相手に、ふたりはいつものゲームを始めた。小団長がアメリカ製の煙草の白い包みをガスライターといっしょにテーブルの上に投げ出し、トランプを切る前に四人は先を争って煙草を取った。煙草の煙の臭いは、塩魚の生臭さと売り場の列の隅で腐りかけている野菜くずの臭いを追いやるにはじゅうぶんだった。

「ジョーカーを称えて」と小団長が言った。「あんたの方のは元気かね?」

ふたりの危うげな友情は、どちらかというと、主にふたりの娘たち、美女ルンガニスとヌルール・アイニの友情によって支えられていた。娘たちはまだおむつを着けた赤ん坊だったころから、始終トランプのテーブルで顔を合わせていた。それぞれの手にジョーカーのカードを持たせておけば、小さな娘たちは一度も父たちのゲームを邪魔しなかった。ジョーカーはトルフでは使わなかったからである。ジョーカーというのは、ふたりにとっては娘たちを表す隠語だった。

「鼻水臭い小僧がひとり、俺のところへ来て、うちのと結婚したいと言いおった」とママン・ゲンデンは言った。

小団長は教室での大騒ぎはもちろん、その話もすでに聞き知っていた。ハリムンダはおしゃべりで噂好きな連中で満ち満ちていて、どんなことも人の耳から隠すのは容易ではなかったのである。それでも小団長は、どんな反応を示すのにも、どこか気を遣っているようだった。

「あの子が結婚して子どもを産んで俺がじいさんになるなど、想像もできん」。ママン・ゲンデンは三人のトランプ仲間、特に小団長を見つめて言って、みなの反応をうかがった。「あの子はまだ十六なんだ」

「うちのジョーカーもだ」と小団長は言った。

人々はすでに、来年小団長が退役するつもりでいると聞いていた。東ティモールで受けた傷は、ほんとうの意味で癒えてはいなかった。弾が今でも脛の筋肉の中に埋まっていたからである。小団長は大佐の階級で退役し、町の軍支部に留まって支配し続ける頑迷さに対する論議にも、ただちに終止符が打たれるはずだった。それはあまりにも低い階級だった。共和国独立の六ヶ月前に、ハリムンダ大団の反乱を指揮して日本軍の兵営を粉砕し、国軍ができたときには、国軍総司令官の第一候補にまでなったのである。小団長はハリムンダから出て行かなかったし、国軍を率いることもなかった。革命戦争の時代に連合国軍を追い払うことに成功して大佐の位を授けられたが、その後昇進を望んだことは一度もなかった。町の共産主義者を壊滅させたときでさえ、共和国大統領の副官になるようにという依頼を断わった。特に今では心から愛する妻と娘がいるのだから、町を出て行く理由はなにもなかったのである。そのようにして、やがて小団長は引退を申し出たのだった。

小団長の娘は美女ルンガニスと同い年だったけれど、ほんとうはヌルール・アイニの方が六ヶ月ほど下で、小団長とアラマンダとの間にできた三番目の子だった。上のふたりは、どちらにも同じ名前をつけていたにもかかわらず、忽然と子宮から消えてしまった。三番目の子は元気に誕生し、のちに少女となってからは、クドンドンの種が喉に引っかかっていると始終訴えた。

「美女ルンガニスが犬に犯されたと聞いたが」と小団長が尋ねた。

「ハリムンダには犬が多い」とママン・ゲンデンは言った。

それを聞いて小団長は驚いた。たしかにこの町には犬がたくさんいたが、だれひとり苦情を言うのを聞いたことはなかった。

「もしも学校の便所で起こったというのがほんとうなら、犬を殺す毒ならたっぷり持っている」。やくざ者はかまわず先を続けた。「二年前、売春婦がひとり狂犬病で死んだ。俺の娘のことを心配するまでもなく、やつらを犬を食うバタック人の家に送りつける理由なら、いくらでもある」

話の方向がどこへ向いていようと、三人のトランプ仲間は、それが小団長その人に向けられたものであることに気づいた。犬はほとんどどの家でも飼われていて、町にもハリムンダ一帯の村々にも、さまざまな種類の犬がいた。大半が山犬か山犬との混血で、小団長が猪狩りのならわしを始めてから増えていったのである。昔、町の祖ルンガニス姫が、のちにこの町となった霧深い森へやって来たとき、一匹の犬といっしょだったという話は、だれもが知っていた。けれどもだれひとり犬を飼おうと言い出す者はおらず、小団長だけが、猪退治をやってのけたときに犬の飼育を始めたのだった。

「ただの噂だといいが」と小団長はしまいに言った。

「それとも俺の娘がまたおかしな振る舞いをしただけか」と、やくざ者が皮肉を込めて言った。一度呪術師たちを呼んできて、うちの娘をふつうの娘にしてもらおうとしたことがある、とママン・ゲンデンは言った。悪い霊にとり憑かれているのだという呪術師もいた。他の者は、娘の霊が成長を拒んでいるのだと言った。十六歳の娘の体に六歳の子どもの霊が宿っているという。なにを言おうと、呪術師たちにはどうすることもできなかった。なにをやっても無駄だった、とママン・ゲンデンはあきらめきって言った。「あいつら、俺の娘をまともでないと言いやがって、知ってるだろうが、俺はあの子を学校に入れるために教師を三人殴らねばならなかった」。哀れな男はやや愚痴っぽくなり、感傷的になったらしく、そのせいでトランプ遊びを続ける気をなくしてしまった。「あんたがたも、あの子を笑うのか?」

「われわれは道化《ジョーカー》を笑うだけさ」と小団長は言った。

ママン・ゲンデンはトランプのテーブルを離れ、歩道をたどって帰途についた。丘からの風が吹き下ろし始め、潮が満ちてくる音が聞こえた。蝙蝠の群れが風に逆らって飛び、酔っ払いどものように、みかんのようなオレンジ色に染まった空でふらついていた。漁師たちが櫂と網と氷を入れた桶を持って家から出てきて、それとは反対に、農園の労働者たちは鎌と空の麻袋を手に家路を急いでいた。ママン・ゲンデンは陰鬱な空気に不安を覚えた。

一家は町でも住み心地のよい地域にある、オランダ人の農場主たちの残した住宅地に住んでいた。義母のデウィ・アユが譲り渡してくれた家で、デウィ・アユ本人は、何年も娼婦として暮らした中でほとんど手をつけていなかった貯金で自分のために別の家を買ったのだった。スターフルーツの木と小粒のサポジラの木が家の前に生い茂り、マヤ・デウィはデュランタで生垣を作った。家はママン・ゲンデンを陰鬱さの嵐から救ってくれるはずだったのに、家に着いたとき目に入ったのは、妻が洗濯桶を前にすわり込んでいる姿だった。泣いているのだった。

「あの子、妊娠したのかもしれない」と、マヤ・デウィは振り向きもせずに言った。「もう一ヶ月たつのに、血で赤くなった下着が見当たらないのよ」。おまけにマヤ・デウィは、怒りを込めてそう言ったのだ。一度も怒ったことのない女が。マヤ・デウィは洗濯桶を叩きつけ、中味が床に飛び出した。

やくざ者はその事実に打ちのめされ、それから考え込んだ。「もしもほんとうにそのとおりなら、犬があの子を犯したんじゃないだろう」とママン・ゲンデンは確信を込めて言った。「あの子が犬を犯したに違いない」

バス・ターミナルで求婚に失敗した後、キンキンは新たなる日課に打ち込むようになり、空気銃を手にして、父である墓掘り人夫のカミノとともに暮らしている墓地に迷い込んできた犬を撃っては殺した。キンキンはどうやら美女ルンガニスが犬に犯されたという話を信じている唯一の人間だったらしく、見境のない嫉妬に焼かれ、自分の縄張りでは一匹の犬も生かしてはおかず、犬が一匹も姿を見せなくても、露店で売っている犬のポスターを買ってきてプルメリアの木の枝に掛け、ずたずたになるまで撃ちまくった。父はその粗暴な振る舞いを知っていたただひとりの人間で、息子の常軌を逸したようすに心を痛めている唯一の人間でもあった。

「どうしたんだ、おまえ?」と父は尋ねた。「犬は、吠える癖を除けば、なんの罪もないのに」

「犬は犬だよ、父さん」。キンキンは振り返りもせず、冷淡にそう言って、さっきの弾に撃たれてふらふらと揺れている犬のポスターに、なおも狙いをつけた。「で、その一匹がおれの好きな女の子を犯したんだ」

「犬が女の子を犯すなんぞ聞いたこともない。おまえが雌犬のことを好きになったんなら話は別だが」

「くそ」とキンキンは言った。「帰れよ、父さん。この残りの弾は、ほんとうに犬のためのもので、父さんのためのものじゃないんだ」

恋をしたせいで、キンキンの謎めいた振る舞いすべてが一変した。少なくとも同級生たちはそう考えた。これまで、だれひとりキンキンと遊びたがる子はいなかったし、キンキンもだれとも遊びたがらなかった。親しい友だちといえば、他の子どもたちには決して好かれることのない一群れのもの、交霊術で呼び出したものたちだった。同級生の友だちができたことは一度もなかった。キンキンの制服のシャツからは線香の臭いがしたし、ときどき本人のものではない声でしゃべったりするからだった。そして、キンキンが試験のときにずるをして、いつも霊に頼んで答えを教えてもらっているのはだれもが知っていたけれど、だれひとりそれを教師に言いつける勇気のある者はなかったし、自分も助けてもらいたいと頼む度胸のある者もなかった。キンキンはへその穴のようなものだった。みなキンキンがいることは知っていたけれど、注意を向けはしなかったのである。それはキンキンが美女ルンガニスを見かける前のことだった。

キンキンが美女ルンガニスを最初に見たのは、九年間の退屈な学校生活の後、新しい学校に入学した初日のことで、職員室で一騒ぎが持ち上がり、生徒たちはなにが起きたのかとそこに駆けつけたのだった。無口なキンキン少年は、おそらく最後にそれを見た人間だっただろう。ひとりの男が教師を三人殴り倒したのである。教師はその男の娘の入学を断わり、他の学校へ行くように、知的障害や、精神障害や、頭のおかしい、そういった子どものための学校へ行くようにと勧め、男はそれを否定して、うちの娘はごく正常だと言い張ったのだった。

「うちの子とよその子が違うところはただひとつ、うちの子は世界一といわないまでも、この町で一番きれいな女の子だということだけだ」。そう言って男は、床にへたり込んだ三人の教師と、机の向こうで震えている校長をにらみつけた。

その娘は父親の後ろに立っていた。白と灰色の学校の制服を着ていたが、それは見るからに真新しく、まだミシンの油の臭いがしそうで、スカートのプリーツもくっきりとしていた。腰よりも長い髪を左右に分けて編み、国旗に対する過剰な敬意を表すかのように、紅白のリボンをつけていた。学校の決まりどおりに黒い靴をはき、小さな花に縁取られた短い靴下をはいていたが、その脛は娘の着ているなによりも人目を引いた。どう見ても知的障害ではないとだれもが思い、職員室の窓ガラス越しに見ていたキンキンにさえ、はっきりとそれがわかった。娘はこの残酷な世界に迷い込んだ天女なのであり、一目見た燃え上がるような瞬間から、キンキンは抑えがたい恋の熱の奔流に捉えられてしまったのである。キンキンは学校でだれとも口をきいたことがなかったし、教師たちでさえキンキンになにひとつ質問したためしはなかったのに、その娘が自分と同じクラスだとわかると、恋の魔法にしびれてしまったキンキンはその娘のそばへ行って、名前を教えてくれないかと頼んだのだった。娘はとまどったように、シャツの右胸に縫いつけた小さな名札を示して言った。「読めるでしょ、ルンガニスよ」

生徒たちはみな制服のシャツの胸に名札をつけていたが、美女ルンガニスがほっそりとした指先でそれを指してみせたとき、キンキンにはそんなものは目に入らず、少女の胸の膨らみのせいで、学校の初日に教室の隅でひとりでがたがたと震えるはめになったのだった。

キンキンの苦しみがいっそうひどくなったのは、いぶかしげな同級生たちの視線のせいだった。同級生のうちの幾人かは、小学校に入って以来もう何年もキンキンのことを知っていたけれど、キンキンが口をきくのを見たのははじめてだったのである。同級生たちにはキンキンをからかうだけの度胸はなかった。キンキンという奇怪な子どもが、呪いやその他の黒魔術をかけてくるかもしれないという、とんでもない怖れに始終とらわれていたからだった。ただひとりの少女、クラスの中で、いうなれば美女ルンガニスの護衛めいた少女だけが、勇敢にもキンキンのところへ行って、脅すような目つきでにらみつけた。

「いい、幽霊使いさん」と少女は言った。「もしもあんたがあたしの親友にちょっかいを出したら、あんたのあれをにんじんみたいに輪切りにしてやるから」

キンキンは、アイがさっさと向こうへ行って美女ルンガニスの隣に腰を下ろすのをただ見つめていたが、喉から手が出るほど欲しい愛を手に入れるために、いかに多くの障害を打ち崩さねばならないかを思って、ほとんど泣き出しそうだった。キンキンにとって、アイという名の少女はこの世で唯一もっとも腹立たしい生き物だった。いつも学校の帰りに美女ルンガニスのあとをつけたいと願い——憧れの女の子といっしょに並んで歩くのは、もちろん恋に落ちた少年に想像できるなによりもすばらしい夢だったけれど——決まってアイが美女ルンガニスにつき添っていたのである。あまりにも腹が立ったので、あるときアイに向かってこう言ったことがあった。「だれかがおまえを殺すべきだ」

「オカマじゃないなら、自分でやってごらん」

そうはいっても、キンキンにそんな勇気はなかった。だから学校の帰りに美女ルンガニスと歩くチャンスはあきらめねばならなかった。キンキンにとっての唯一の喜びといえば、教室にいるときに、振り向いて美女ルンガニスの美しい顔をずっと眺めていられることだった。キンキンはクラス一できの悪い生徒となったが、それはどの授業ももう耳に入らなくなってしまったせいだった。試験の点をどうにかするのに手を貸してくれる唯一のものは霊だけで、試験になればそれに尋ねた。健康も悪化していき、少し痩せて、食欲も落ち、よく眠ることもできなくなったが、どれもこれもが恋の攻撃のせいだった。

「あんた、あたしよりひどいみたいね」と美女ルンガニスが言った。「まるで呆け者みたい」


夫婦が娘を病院へ連れて行くと、医者は、この娘さんはほんとうに妊娠しています、と断言した。もう七週目だった。ママン・ゲンデンもマヤ・デウィもその医者を信じようとしなかったけれど、他の五人の医者にも診察を受け、同じことを言われた。呪術師まで同じことを言った。

そうして、ことがはっきりしてから、父が前後の見境もなくして最初にとった処置は、娘を部屋に閉じ込めることだった。妊娠した娘を巡る人々の噂を抑えようとしたのである。娼婦で、だれもが知っているとおり、だれとも結婚せずに多くの子を産んだ母の影を振り払おうと、マヤ・デウィは努めてきた。けれども美女ルンガニスの身の上に起きた出来事は、一族の血に流れる呪いが不滅であることを証明しているかのようだった。破廉恥な一家は永久に、やはり破廉恥な子を産むと人々は言うだろう。結局夫婦は、娘を閉じ込めねばならないということで意見が一致し、そうしてふたりに妊娠中の娘がいることを遅かれ早かれ人々が忘れてくれるのを願った。

その部屋は二階にあったので、だれであろうと窓から飛び込めはしなかったし、扉には外からしっかりと鍵がかけられていた。話し相手といえば、クマのぬいぐるみ一山と、大衆小説一積みと、ラジオだけだった。日常の必要なことは、すべてマヤ・デウィ本人が世話をした。部屋には風呂場がついていなかったので、尿瓶や水浴び用の水を入れた桶も持って行ってやった。朝食と昼食と夕食も運んでやった。娘はまた学校へ行きたいとだだをこねたけれど、母は、だめだときっぱり言った。「犬にはもっと気をつけるって約束するから」と美女ルンガニスは哀願した。とたんにマヤ・デウィは泣き出し、しゃくり上げながら言った。「だめよ、だれがあなたを学校のトイレで犯したのか言ってくれなけりゃ」。夫婦は何度も同じことを娘に尋ねてみたけれど、いつもうまくいかず、娘は驚くべき頑なさでもって、依然としてこう答えるのだった。茶色の毛で鼻先が黒い犬よ、と。そんな犬はハリムンダのいたるところにいたし、どう考えても一匹一匹尋ねて回るなど不可能だった。美女ルンガニスから納得のいく説明を聞き出すのに失敗すると、マヤ・デウィはまた鍵をしめて行ってしまい、美女ルンガニスは大声をあげて、出してよ、また学校へ行かせてよとせがむのだった。美女ルンガニスの泣き声はいかにも哀れで、それに言うまでもなくとてつもなく大きく、おもらしをしたのになかなかおしめを変えてもらえずにむずかる赤ん坊の泣き声さながらだった。その声が響き渡ると、近所の人々は外へ出て二階の窓を見やり、通行人は立ち止まり、それからひそひそと言葉を交わし合った。ママン・ゲンデンは娘をどこかよそへやったらどうかと言ったが、マヤ・デウィは夫の提案に反対して、頑強に娘を手放さなかった。

「あの子がいなくなるぐらいなら、辱めの中で生きる方がましよ」

とうとうふたりは折れて、娘をまた学校へやることにした。それも容易には運ばなかった。妊娠した娘は、学校に拒絶されるに決まっていたからである。学校は、そんな子を受け入れれば他の女生徒たちに悪影響を及ぼす可能性がある、というのを口実にした。再びママン・ゲンデンはやむなく学校へ赴き、ノックもせずに校長室に入って、自分の娘が退学にならないよう念を押した。その結果、哀れな校長は、まったくのところ窮地に追いつめられた。一方では、娘たちの運命を気遣う親たちに向き合わねばならなかった。というのも、美女ルンガニスに起こった事件のせいで、学校はまったく安全ではないことが明らかとなったからだった。もう一方では、例のやくざ者に向き合わねばならなかった。逆らう勇気のある者はひとりもいない相手だった。このやくざ者はだれとでも、警察や軍隊とでも、渡り合えたからだった。校長は額と首をつたう冷や汗をぬぐった。「わかった、わかりましたよ、あの子が卒業するまで、ここの生徒として認めます」と校長は言った。「でも、お願いです、あんたはだれがあの子にあんなことをしたのか、見つけてくれなければなりません。女生徒たちの親御さんを安心させなくちゃならないもので。それからもうひとつ、頼みますから、あの子にもっと大きめの服を着せてください」

そう言われて、ママン・ゲンデンはキンキンという名のあの少年のことを思い出した。夕方になると、トルフのテーブルを離れて、ママン・ゲンデンは墓掘りのカミノの家へ、その少年を探しに行った。それまでの毎日と同じく、キンキンは奇怪な日課に打ち込んで、犬のポスターを撃って弾を浪費していた。しばらくママン・ゲンデンはそのようすを眺め、少年の射撃の腕に感心したが、なぜなんの罪もない厚紙に描いた絵を撃つようなひどいまねをするのだろうと不思議にも思った。最初のうちは、自分がいるのを少年に気づかれてはいないと思っていたが、何度か発砲して犬の絵が吹っ飛んで地面に落ちると、少年は振り返って、少しも驚いたようすを見せず、やくざ者のところへやって来た。

「おれがなにをやってるか、見たでしょう?」と少年はいかにも得意げに言った。やくざ者はわけがわからず、ただうなずいただけだったが、やがて少年が自ら説明した。「おれは犬どもを撃ち、おまけに絵だって撃ってやるんです。あいつらに妬いてるんです。あいつらの中の一匹がおたくの娘さんを犯したから。で、おたくも、おれがどんだけあの子のことが好きか、わかるでしょう」

カミノは家の脇からそれを見て、町でだれよりも怖れられているやくざ者がわざわざ息子を探しにくるなど、ただごとではないと思った。カミノはふたりのそばへ行って、なるべく慇懃に、上がってコーヒーでもお飲みくださいと声をかけた。ママン・ゲンデンと少年は、死者たちの残した奇妙な物であふれている客間に腰を下ろした。コーヒーが運ばれてきて老カミノが姿を消すと、ママン・ゲンデンは少年に尋ねた。「言え、だれが美女ルンガニスを犯したんだ?」

少年は心底とまどったようすでママン・ゲンデンを見つめた。「もう知ってるんだと思ってましたけど。犬が学校のトイレでやったって」。少年はきっぱりと確信を込めて言った。ママン・ゲンデンは、そんな返事はまったく期待していなかったし、そのせいでややむっとした。それでも、この少年がみなと同じくなにも知らず、学校の便所での出来事を知っているのは、ただ美女ルンガニスと神のみであるのは明らかだった。ママン・ゲンデンはコーヒーのコップを取り上げたけれど、それを味わうためではなくて、どちらかというと動揺を鎮めるためだった。

これは決して解けない謎となりそうだった。なにか引っかかるものがあったが、それがなんなのかはわからなかった。いずれにせよ、ママン・ゲンデンにとっては、何者かに娘を犯され、それがだれの仕業なのかだれひとり知らないよりは、挑んでくる敵が現れて、そいつと死ぬまで闘う方がましだった。ママン・ゲンデンは黙り込んだまま少年の前にすわっていたが、ふと、もうすっかり日が暮れているのに気づいた。

「現実には、それだけが俺たちの知っていることだ」。ママン・ゲンデンは、ふたりの間の沈黙を破ってそう言った。それから立ち上がって出て行こうとしたが、納得できる成果もなしに帰宅する気になれないでいるのが、はっきりと見て取れた。しばらく鼻を鳴らしてから、しわがれ声でママン・ゲンデンは言った。「もしもほんとうに犬があの子を犯したのなら、あの子は犬と結婚することになる」

それを聞いてキンキンは一晩中眠れず、それまでのどの夜よりもひどい症状に苦しめられた。そのせいで父親も一晩中寝つけず、墓地の亡霊たちまで落ち着きをなくした。朝になると、キンキンは寝不足にもかまわず、それどころか急いで水浴びをすませて、学校に出かける時刻になるよりも早く、美女ルンガニスの家へ駆けつけて、そんなに朝早く起こされて少々不機嫌な父親に向かって言った。

「犬と結婚するなんてとんでもない」。瀕死の人間の口からもれるような声で、キンキンは言った。「おれが、あの子と結婚するんです」

その方がずっとまともだったし、やくざ者にもそれはわかった。ママン・ゲンデンは少年を見つめ、しばらく前にバス・ターミナルではじめて会ったときのことを思い出した。なぜあのときすぐに、こんなに問題が大きくなる前に、この少年の求婚を受け入れなかったのかと悔やまれた。それからママン・ゲンデンはうなずいて、なぜだ、と尋ねた。

「犬があの子を犯したんじゃありません、おれです」

それで、少年を家の裏庭へ引きずって行って容赦なく殴りつけるのにじゅうぶんな理由ができた。少年はまったく抵抗せず、もちろん抵抗できるはずもなく、一発殴られただけで垣根の隅に激突し、顔から血を流した。マヤ・デウィが大慌てで駆けつけ、少年が死んでしまう前に、夫に手荒なまねを止めさせた。なおも少年を痛めつけようとする夫の体を、マヤ・デウィは必死になって引き離さねばならなかったが、キンキンはすでにすっかり打ちのめされて、小さな魚の池の縁に倒れていた。まだ死んではいなかったけれど、それでも、ひどい怪我を負い、痛みにうめいていた。

「もちろん殺したりはせん」。妻がなんとか引き離した後、ママン・ゲンデンは言った。「おまえは生きて、美女ルンガニスと結婚しなければならんからだ」

夕方、美女ルンガニスが出産したらすぐに結婚することになったとキンキンが学校で吹聴するのを一日中聞かされた後、アイは従弟のクリサンとミニ・サイクルにふたり乗りして、キンキンに会いに墓地へやって来た。

「あんたがあの日、トイレにいなかったのは知ってるわよ」とアイは怒って言った。

少年は、にこにこしながらふたりを出迎え、言い返したりはせずにふたりを家に上げて、来てくれて嬉しいと言った。同級生が家まで来てくれたのは、これがはじめてだったのである。家は居心地のいい場所とはいえず、古ぼけていて、女手がないことがはっきり見て取れた。たぶん週に一度掃き掃除をするだけなのだろう。集められた死者たちの遺物は埃をかぶって薄気味悪く、ミイラ発掘用の倉庫のようだった。

台所から冷たいレモネードのコップをふたつ持って来てから、母はずっと昔、自分が生まれると同時に死んだのだ、とキンキンは言った。思い出話をしようとしたわけではなく、話題を変えようとしているのでなければ、どちらかというと家の手入れが行き届いていない言い訳をしているらしかった。まもなく、そんなことをしても無駄だとはっきりわかった。少女の顔はくつろいだようすをかけらも見せず、機会をうかがって再攻撃に出ようと身構えていた。

「あんたはずるいオカマよ。あんたがあの子を犯したはずなんてないくせに」とアイは言った。

「もちろんさ、そんなひどいこと、あの子にするわけないよ」とキンキンは静かに言った。「もしもあの子のことが好きだったら、そんなまねはしない。たとえそのチャンスがあっても。おれは、あの子が好きだから結婚するんだし、きちんと求婚したよ」

キンキンは父の仕事と、それから墓地にあるこの家も相続するらしかった。何世代にもわたって、ずっとそうやって引き継がれてきたのである。理由はきわめて明白だった。他にその仕事をしたがる者がいなかったのである。町のみなは、その墓地には悪魔や邪霊が満ち満ちていて、そこで何十年も生きていけるのはただ墓掘りの一族だけだと信じていた。さらには、一族は交霊術と呼ばれる死者の霊と交流する魔術も受け継いできていて、それが墓掘りの職業が何世代にもわたって人手に渡ることのなかったもうひとつの理由だった。キンキンは最後の相続人で、兄弟はなく、遠縁の親戚はもっと文化的な地域での暮らしを選んで去って行った。同じ年ごろの子どもたちがキンキンを怖れたのは、キンキンが墓掘りの子で交霊術ができるからだけではなく、その冷たい顔つきと、体から湿気とともに立ち上る臭いだけでも、うなじの毛を逆立たせるにはじゅうぶんで、まるでキンキンはどこへ行くにも邪霊を肩に乗せて運んでくるように思えたからだった。そのせいでクリサンは黙りがちだった。ほんとうはこの交霊術使いの家へなど来たくなかったのだが、キンキンを問い詰めてやると言ってきかない従姉のことが心配で、ついて来たのだった。

「黒魔術ができるからって、あんたの好きのようになるなんて思わないでよ」とアイはまた言った。

「黒魔術なんかまったくなんの役にも立たない」とキンキンは手を振って言った。「見せかけの力を与えてくれるだけで、にせもので作りもので、当然邪悪なんだ。愛はなによりもずっと強い力だってことを、愛が証拠づけてくれたんだ」

愛はキンキンに強固な意志を与えたようだった。アイにはそれがわかったし、ほんとうはキンキンが美女ルンガニスを好きになるのを妨げるつもりはなかった。この家までやって来たのは、美女ルンガニスを何者からも守ろうとする本能のなせるわざに過ぎず、それにふたりの結婚話にはなにか納得できないものがあったからだった。アイは立ち上がってクリサンの手を取り、すぐにも出て行こうとしたが、足を踏み出す前にキンキンの方を振り向いて、出しぬけにこう言った。

「あの子を心の底から愛してやって」。母親が娘の結婚の日に娘婿に向かって言うように、アイは真剣にそう言った。

キンキンは迷わずうなずいた。

「もちろん」

「でも、もしもあんたの愛が片思いで、きれいなあの子があんたのことなんてぜんぜん望んでいないってはっきりわかったら、だれであれ、あんたたちふたりを結婚させるようなまねはさせないわ」。いくぶん脅しつけるような口調でアイは言った。「あたしは、あの子の幸せを守る使命を負ってるのよ」

有無を言わせぬ声音は、聞く者にアイの目を直視できなくさせることがよくあったが、やはりキンキンもうつむいた。

「だけど」とキンキン少年は言った。「お父さんがおれの求婚を承知して、結婚させてくれると言ったんだ」

「たとえそうでも」と少女は言った。アイはあらためて、美女ルンガニス本人が望まない限り、だれであれ結婚させるようなまねはさせない、と繰り返した。「たとえお父さんが、あんたたちの結婚を許していたとしても」

アイは少年にそれ以上なにを言う隙も与えなかった。アイに手を引っ張られ、クリサンは急いでミニ・サイクルの方へ歩き出した。少女を後ろに乗せ、ふたりは墓掘りの家を後にした。アイは美女ルンガニスの家へ行くようにクリサンに言った。

美女ルンガニスの家に着いてみると、家はとり散らかっていて、美女ルンガニスのわめき声が二階の部屋から聞こえてきた。階下ではマヤ・デウィがソファの端で声もなく泣いていて、山から来た手伝いの娘ふたりは、身動きもできずに台所の戸口に立ちつくしていた。クリサンはマヤ・デウィの前に腰を下ろし、アイは横にすわって、困惑と心配の入り混じった顔つきでマヤ・デウィの手を取った。「どうしたの、おばさん？」

マヤ・デウィは袖の端で涙をぬぐった。たいしたことではないのだというように、甥と姪に向かって笑顔を作ろうとして、それからこう言った。「キンキンっていう子と結婚させられるとわかってから、あの子が怒り出したの」

「あいつ、学校で言いふらし始めてるわよ」とアイが言った。

「かわいそうな子、自分が妊娠させたのでもない女の子と結婚したがるなんて」とマヤ・デウィは言った。

「すごくあの子のことが好きなのね」

「あいつがあの子のことを好きかどうかなんて関係ないわ」とアイは言った。「ルンガニスは、好きでもないやつと結婚なんてしちゃいけないのよ」

「ほんとうは結婚の話なんて早すぎるのよ。あなたたち、まだ十六じゃない」

美女ルンガニスのわめき声が途絶えたので、みなははっとした。どうやら美女ルンガニスには親友が来たのがわかったらしく、冷たい水に何時間も浸かっていたような腫れ上がった顔をして、大急ぎで駆け下りて来た。昼寝用の寝間着を着ているだけで、涙の痕をふこうともせずに、すぐに母のそばに腰を下ろした。

「言ってちょうだい、もしもあの墓掘りの子のことが好きじゃなくて、あの子と結婚したくないのなら」と哀れな母が言った。「それなら、どの男の人が好きで、夫になってほしいと思うの?」

「だれのことも好きじゃない」と美女ルンガニスは言った。「もしも結婚しなくちゃならないのなら、あたしを犯した相手と結婚する」

「言ってちょうだい、それはだれなの?」と母はもう一度尋ねた。

「犬と結婚する」

美女ルンガニスが妊娠しているのは、もうはっきり目につくようになっていて、どの妊婦でもそうであるように、美しさがますます際立って見えた。髪はおとぎの国の暗闇からやって来たかのように黒々と腰を過ぎてまっすぐに落ち、もう何年もはさみを入れていなかった。肌の色はパンの断面のようで、生まれ落ちた瞬間から、この町一番の美少女となるだろうことはだれの目にも明らかだった。両親はそんな賜物をたいへん誇りに思った。その代償として、娘の無邪気さに悩まされることになったにしても。ふたりはいつでも娘を美しく装わせ、毎朝学校へ出かける前には苦心して髪を編んでやった。町の軍支部が本年度ミス・ビーチを選ぶ催しをしたときも、父が美女ルンガニスを連れて行って、それに参加させたのだった。美女ルンガニスがうまく踊れるわけでもなく、心を揺さぶるような声で歌えるわけでもないのは、だれが見ても明らかだったけれど、その美貌が審査員全員を惑溺させてしまい、その結果、美女ルンガニスはミス・ビーチに選ばれたのだった。

「どの犬かわかるの?」とアイが尋ねた。

心から残念だと言いたげに、美女ルンガニスは首を振った。「どの犬も同じに見えるの」と美女ルンガニスは言った。「もしかしたら、子どもが生まれたら来るかもしれない」

「どうやって子どもが生まれたのがわかるのよ?」

「あたしの子が吠えて、それが聞こえるから」

美女ルンガニスがどこからそんな風変わりな空想を思いついたのか、だれにもわからなかったけれど、美女ルンガニスはいかにも楽しげにその場面を想像しているようだったので、みな黙ったまま美女ルンガニスの言葉に同意するしかなかった。美女ルンガニスの頰には桃色の光が差して、晴々とした顔つきになった。こらえきれなくなって、母は娘を抱きしめて長い髪をなでたが、その顔はなんとも定めがたい感情を抑えているように見えた。

「知ってるでしょう、ママはあなたと同じ年で、あなたを身ごもったのよ」とマヤ・デウィは言った。

夜になると、マヤ・デウィは娘がやらかした騒ぎの跡を示しながら、昼間の出来事を夫に話して聞かせた。

ママン・ゲンデンは悲嘆に暮れた顔で階段の端に腰を下ろした。

「だれもが、あの日キンキンが便所にいなかったのを知っているわ」とマヤ・デウィは言った。「そしてルンガニスは、あの子と結婚するのを嫌がっているのよ」

「こうなったら、なんとかしてあの子に、だれがやったのか言わせなければならん」とママン・ゲンデンは言った。

「それでも言わなかったら?」

「それでも言わなかったら、どんな男であれ、あの子の夫になりたがる相手と結婚させるんだ」と夫は言った。

「だれでもいい、犬でさえなければ」

現実には、美女ルンガニスはなおも黙り通した。もちろん美女ルンガニスと結婚したいと望む男は多かったけれど、結婚を申し出るだけの勇気のある者はただひとりしかおらず、それがキンキンだったのである。そこで、美女ルンガニスがいやがろうとおかまいなしに、夫婦はふたりの結婚の準備を進め、そうする間にも出産のときが近づいてきた。美女ルンガニスも結婚の計画を知らないわけではなかったけれど、予想に反して実に平然としたまま、あの子は傷つくだけなのに、と言った。

少女アイは、そのなにもかもがごたごたしている中で、身動きを取れずにいる唯一の人間だった。「もしも無理強いしたら、あの子はなにか恐ろしいことをしでかすわよ」とアイは言った。美女ルンガニスについてはよく知っていたし、それは美女ルンガニスの母と父も同じだったけれど、どうやらもう気にかけなくなっているらしかった。マヤ・デウィがふたりの姉と同様、父がだれかもわからないデウィ・アユの私生児であるという事実だけでもうたくさんで、その現実を美女ルンガニスのものにもしてしまう必要はなかった。道徳的な人生などほとんどおくったこともなかったママン・ゲンデンでさえ、その出来事に何ヶ月もの間悲しみに暮れていた。何者かが娘を犯し、そしてこの町でだれよりも恐れられている男が、その真相をなにひとつ知らないのだった。ママン・ゲンデンは生涯でもっとも恐ろしい敵と向き合っているように感じていた。

「俺があの子にルンガニスと名づけた」とママン・ゲンデンは悲しげに言った。「だれもが知っているように、ルンガニスはずっとずっと昔、ハリムンダがまだただの森だったころ、犬と結婚した」

結婚式の日が間近に迫ると、ママン・ゲンデンは貸し道具会社に連絡をとって、盛大な披露宴のために椅子を借りた。家の前の通りの端でムラユ楽団に演奏させるつもりだった。なにをやっても、どちらかというと、あきらめの境地でやっているように見えた。

「なにかよくないことが起ころうとしているわ、おじさん」と少女アイは、ますます当惑を深めながら言った。

「あの子は、こんな結婚を望んでいないのよ。教えてよ、どうして妊娠した女の子は結婚しなくちゃならないの？」

ママン・ゲンデンはアイの言葉に答える気にもなれず、まるで自分のための宴のように披露宴の準備に打ち込んだ。医者がすでに美女ルンガニスの腹の中の子が生まれる日を告げ、その翌日にふたりを結婚させることになった。ところが、その赤ん坊が産婆の助けを借りて実際に誕生すると、美女ルンガニスはこの赤ん坊は犬の子だと、またもや言い張ったのである。夫婦は無理やり花嫁の椅子にすわらせるための身支度をさせようとした。その仕返しとして、結婚式の前夜に、美女ルンガニスは赤ん坊とともに姿を消したのだった。

「アイの家へ行ったんだ」と父が言った。そして、みなでそこへ探しに行った。けれどもアイすらも、なにが起きたのか知らなかった。恐慌が一同を覆い始め、まだ家にいるのが見つかればいいがと願いながら家へ戻った。みなが見つけたのは、一枚の紙切れに書かれた短い書置きだけだった。「あたしは犬と結婚しに行きます」

16

告白。アイの墓を掘り起こして遺骸を寝台の下に隠したのは、クリサンだった。

以前は、朝目覚めるとすぐ、日課として部屋の窓辺に立ち、小団長の家の裏のポーチを眺めたものだった。当時はもちろんアイもまだ生きていて、アイがふらふらと出て来て、魚の池に直接流れ込んでいる水道へ顔を洗いに行くのをただ見たいがために、窓辺に立ったのだった。その日の夕方も、クリサンは同じところに立って、同じ家の裏のポーチを眺めたが、いつもならアイが母とおしゃべりをしながらバヤムやカンクンといった葉物野菜を夕食のために刻んでいるのが見えるのに、その日の夕方、アイの姿はそこになく、というのも、アイはすでに死んで、その遺骸はクリサンの寝台の下にあったからだった。

アイの墓が何者かに暴かれたことにきっとみなも気づいただろうと、クリサンは考えた。ある男が小団長に、犬が墓をかき回したと告げているところも思い描いた。小団長は暑苦しい日曜日にいつもすわる場所にぐったりと腰を下ろしているはずで、今ではすっかり老け込んで見えるけれど、それでもハリムンダ軍支部の支配権をなおも握り続け、あたかもその役職はだれも引き継ぐ者もなく、小団長が一生手にし続けるかのようだった。小団長は、上のふたりが不可思議にも消えてしまった後で生まれた三番目の子の墓が犬に暴かれたとは、当然信じないはずだった。墓は実に深く掘って頑丈な横木を渡しておいたのだから、たとえ犬が死体の臭いを嗅ぎつけても、掘り起こすのは不可能だったはずだ。

「人間にしかできないことだ。そしてそんなまねをする可能性のある唯一の人間は、ママン・ゲンデンしかいない」。小団長はそう言ったかもしれない。

クリサンは、たくさんの人をだましてやれたと想像して、嬉しくなった。小団長がどれほどあのやくざ者を嫌っているかも知っていた。やくざ者が前触れもなく執務室へやって来て小団長を脅し、小団長がそれで誇りを傷つけられた昔の恨みをいまでも抱いていることも、ちゃんと知っていた。その出来事はクリサンが生まれるよりも前に起きたことだけれど。もちろん、それはほんとうではなかった。ママン・ゲンデンがアイの墓を掘り起こすはずがなかった。そんなことをしてもなんの役にも立たないからである。ママン・ゲンデンの願いは、ただ逃げ出した娘、美女ルンガニスにもう一度会いたいということだけだったのだから。あらためて言うが、墓を掘り起こしたのはクリサンで、今ではアイの遺骸は寝台の下にしっかりと隠され、なぜだれも自分を犯人だと疑わないのかと、それがクリサンには意外だった。

たしかにクリサンは、犬がやりそうな仕方で、それをしたのだった。そうやってもアイは腹を立てず、逆に自分のしたことに大喜びしてくれるはずだとクリサンは考えた。自分の手と足を使ってクリサンはアイの墓を掘り起こし、アイがそこに埋められてからもう一週間がたつというのに、まだ柔らかい土の山をかき回した。ほぼ一晩中作業を続け、休みなく掘り続けた。アイを喜ばせようと思って、野良犬まで一匹連れて行ったけれど、明らかにその犬はものの役にも立たなかった。犬はプルメリアの木に鎖でつながれ、ただ黙って見ているだけだった。その犬の足跡のせいで、ほんとうはクリサンがやったのに、人々は犬の仕業だとだまされるはずだったし、クリサンは自分の足跡はとても巧妙に消してきたのだった。

たしかに手足を使って墓を掘り起こすのには、ひどく骨が折れた。でも、犬がやったとしたら、やはりそうしたはずではないか。クリサンは犬ではないけれど、犬になったつもりでやったのだ。涎まで垂らしながら土を掘り、動き回り、穴から出たり入ったりしながら、アイが天からそれを見て喜んでいるはずだと信じていた。狂気じみた作業の最中に喉が乾くと、クリサンは飛び出して、四つ足で歩き、墓地の端を流れている溝へ行って、直接口をつけて水を飲んだ。そんなふうに作業を進め、夜の七時半から掘り始めて、明け方の三時にようやく横木に達した。

横木は斜めに並べて渡してあった。その木の棒を持ち上げれば、木綿布で巻かれたアイの体が土の穴に横たわっているのが見えるはずだった。クリサンは、横木をいくつか取り外しただけで、アイの体を持ち上げることができた。アイの体はひどく軽くて、クリサンはとてつもなく神秘的な喜びに満たされて、踊り上がらんばかりだった。はじめてアイの体をこれほど強く抱きしめることができたのだ。もうアイは死んでしまっているにしても。木綿布の中から不思議な香りが漂い出し、まるで花園にでもいるようだったが、もちろんそれは花の香りではなくて、少女の体そのものの香りだった。

クリサンは野良犬をどこへでも行けるように放してやった後で、アイの遺骸を肩に担ぎ上げた。注意深い足取りで、クリサンは家路を急いだ。その時刻には、ふつう人々はもう起き出して、モスクへ行く用意をしたり、野菜売りたちは市場へ行って店を開くために出かける支度をしたりしているはずで、また墓地からさほど離れていない町のはずれに並んでいる池に排便するためだけに家から出て来ている人々もいるかもしれない。

クリサンは、アイの遺骸を運んでいるところをだれにも見とがめられずに、無事に家に着いた。祖母も母も(父が死んでから、祖母のミナがいっしょに住んで、アディンダといっしょに仕立屋を営んでいた)早起きであるのはクリサンも知っていたけれど、ふたりともまだ起きていなかった。台所の戸口から入って、忍び足で部屋へ行き、自分の寝台の下にアイの遺骸を隠した。次にしたのは、台所から寝室への道筋を調べ、後で夜が明けてから母が床を掃くときにおかしいと思わぬように、こぼれ落ちた泥土を確実に全部掃除しておくことだった。クリサンは学校の掃除夫と同じくらい手早く掃除をし、そうしてやっと、また寝室へ戻ってアイの遺骸を調べるときが来たのだった。クリサンはアイの体を寝台の下から引き出し、木綿布を開いた。

いきなりあの香りが立ち上って、いっそう強くなり、いかにもみずみずしいアイの体が目に飛び込んできた。

少女は木綿布を敷いて床に横たわっているだけで、実は死んでなどいず、ほんのしばらく眠っているだけで、まもなくまた目を覚ましそうに見えた。クリサンはさほど驚きはしなかった。たとえ何年埋められていようと、あるいは何世紀埋められていようと、ましてやただの一週間で、アイの体が腐るはずはないと信じていたからである。その朝、アイの頬に生きていたころと変わらず赤味が差しているのを目の当たりにして、思ったとおりだったことを知った。

突然クリサンは、アイが裸でいるのを見て恥ずかしくなった。急いでその体を木綿布で覆い直し、顔の部分だけは開けたままにしておいて、そこからアイの美しさをいつまでも眺め続けた。急にクリサンは泣き出すと、なんとも泣き虫な少年となって、アイが死んで、ひっそりとした世界にひとり置き去りにされてしまったような気がして悲嘆に暮れた。ところが、やがてその泣き声は調子を変え、感動のむせび泣きとなり、死んでからでさえも体を腐らせなかったアイに感謝した。アイは永久不変の美貌をたたえたままで、クリサンは自分だけのためにアイがそうしてくれたのだと信じた。われ知らず、クリサンは少女の遺骸の頬に唇をつけた。

ずっと前から、おそらくまだ赤ん坊だったころから、クリサンはアイに恋していたし、アイの方もやはりずっと前から、おそらくよくいっしょに揺りかごで眠っていたころから、クリサンに恋をしていたはずだった。ふたりは従姉弟どうしで、美女ルンガニスもやはりそうだった。三人の母、アラマンダとアディンダとマヤ・デウィは姉妹で、三人ともデウィ・アユの娘だったので、当然クリサンたち三人は従姉弟どうしになるわけだった。美女ルンガニスはアイより六ヶ月早く生まれ、アイはクリサンより十二日早く生まれた。三人は赤ん坊のころからいっしょに育ち、いっしょに泣き、いっしょにおもらしをし、同じ幼稚園に入り、同じ学校に入り、やがてクリサンは自分がアイに恋していることに気づいた。

あるいは、もしかすると生まれた瞬間から、もう恋していたのかもしれない。クリサンが最初に見た顔は、まだ生後十二日で母の腕に抱かれていたアイの顔だったのだから。そのときアラマンダと小団長とクリサンの父親が赤ん坊の誕生を待っていたのだが、クリサンは生まれ落ちたときに、母に抱かれたその女の赤ん坊を見たのだった。一目惚れが赤ん坊に起こり得ないと、だれに言えよう。おまけに、その後小団長がこんなふうに言ったのである。きみの子と私の子が結ばれるように、と。この世に現れたばかりであったにしても、クリサンもそれを聞いたはずで、後になって、ふたりの結びつきは森羅万象によって運命づけられたものなのだと考えるようになった。

けれどもその少女に向かって愛していると打ち明けるのは、たやすくはなかった。アイは従姉だったし、ふたりはとても仲良しだったのだからなおさらだった。そんな告白をすれば、ふたりの親密な関係が崩壊してしまったかもしれない。でも、もしもなにも言わなかったら、アイは一生クリサンに愛されていることに気づかないかもしれず、やがてはだれか他の人間にアイを取られて後悔するはめになるかもしれなかった。クリサンはなによりもそれを怖れていた。ある日、ある男がアイに近づいて、とうとうふたりはつき合うようになる。そうなって失恋するぐらいなら首を吊った方がましだった。

もうひとつ、さらにも深刻な問題があった。クリサンには、美女ルンガニスとアイの他に、話ができる友人などいなかったのである。そんなことを祖母や母に話したりはできなかったし、どちらのおじおば夫婦も問題外だった。学校の生徒によくある滑稽な習慣にならって日記をつけるのも不可能だった。どこに隠そうと、アイに読まれてしまうに決まっていたからである。もしもアイもクリサンのことを愛しているとわかれば問題はかんたんに片づくはずだったけれど、これまでのところ、クリサンがただ勝手にそう思い込んでいるだけで、期待のし過ぎなのではないかと思うと怖かった。クリサンがアイを愛していることをアイに知られ、一方アイの方は実はクリサンのことなど愛していないとしたら、どんなにつらいだろう。なにもかもがひどく困難に思えて、よくクリサンはアイの従弟として生まれた運命を呪った。

交霊術使いのキンキンがバス・ターミナルでママン・ゲンデンに美女ルンガニスと結婚させてくれと頼んだ

ていると想像し、たぶん海岸に遊びに行って、カモメが海面めがけて急降下するのを眺めている最中に、クリサンがそばに立っているとき、いきなり新たなるひとつの恐怖がクリサンを襲った。だれかが世界に向かって美女ルンガニスを愛していると公表したのだし、やがては別のだれかが小団長のところへやって来て、ヌルール・アイニに求婚するかもしれなかった。クリサンは他のだれかに取られる前に、なんとしてもアイの愛を手に入れようと心に決めた。

何週間もかけて、どうやって打ち明けようかと考えあぐねたが、それはもっとも苦しい期間だった。

何通か愛を打ち明ける手紙を書き、アイという言葉が出てくるたびに、その二文字を書かずにわざと空白にしておいた。アイはよくいきなり部屋に入ってきたし、アイに宛ててラブレターを書いているのを目撃されでもしたらおしまいだった。短編小説めいた長い愛の手紙を十通近くも書いたけれど、どれも結局送らずじまいとなった。郵送もできず、ましてや直接手渡すなど論外だった。それらの手紙は、タンスの中の下着の山の下にしまい込まれただけだった。クリサンにいやらしい趣味があったからではなく、そこが一番安全な場所だからだった。クリサンの部屋でアイの知らないことなどなかったからである。アイは始終やって来ては、なんでもかんでもかき回し、気に入ったものはなんでも取って行った。とりわけクリウォン同志の残した拳闘小説はお気に入りだった。クリサンとアイと美女ルンガニス三人の間には不文律があって、そのうちのひとりの持ち物は三人の持ち物でもあったのである。ただし下着は除いて。アイはそれには決して手を触れようとしなかったから、その下のクリサンのラブレターも安全というわけだった。決して口にされることない愛の証だった。

手紙を書くのもばからしく思えてくると、少年はこう考えるようになった。愛しているとはっきり言ってしまおうか。従姉弟としてだけでなく、男と女として。ふたりがこれほど親しみ合って暮らし、とても仲良しで、たとえいつかは結婚する運命にあるとしても、アイに対するほんとうの気持ちを口にせずに生きていくのは、実にあじけなく思えた。

何日かかけて、ひたすら愛の言葉を口にする練習に打ち込んでもみた。鏡の前に立って、アイがそばに立っサンは言う。「アイ……」そこでわざと言葉を切る。本番のときには、ちょっと間を置いて、少女の反応を待たねばならないはずだった。少なくとも、こちらを振り向きはしなくても、耳はそばだてるはずだ。やがて、打ち寄せる波音と椰子の木とパンダンの繁みを揺さぶる風の音を圧するような、よく通る声で、後を続ける。「ぼくがきみのこと好きだって知ってた?」

たった一行の短い文だ。きっと言える。そして少女が頬を赤く染めるところを思い描いた。ずっと前からクリサンが密かにアイを愛していたのをアイも知ってはいても、やはり顔を赤らめるはずだ。もちろんアイはこちらを見ないかもしれない。アイのような少女はたいていはにかみ屋で、すごく喜んでいるのを見られるのが恥かしくて、うつむいてしまうだろう。でも、振り向きはしないまま、あたしもあなたのことが好き、と言うだろう。

その後どうなるかを考えるのは、ずっとやさしかった。クリサンは少女の手を取り、なにもかもがそれからずっとうまく運んで、ふたりは結婚して子どもを作り、孫もできて、何十年ものちにいっしょに死ぬのだ。そんな想像はあまりにもすばらしく思え、クリサン自身にも信じられないほどで、だからクリサンは、いっそう熱心にその短い一行の文を口にする練習を繰り返した。風呂場でも、寝台でも、どこででも。さらには祖母を実験台のモルモットにして試してみようと思いつき、ある日の夕方、ミナが家の前のポーチで刺繍をしているときに、クリサンはそのそばに腰を下ろした。

出しぬけにクリサンは言った。「おばあちゃん……」練習したとおり、クリサンはそこで間を置いた。

ミナは刺繍針を止めて、分厚い眼鏡越しにもの問いたげな目つきでクリサンを見つめ、いつものように、どうでもいいような理由でお金をねだるためだけに、この子はあたしを呼んだのだろうか、と疑った。ところがミナが仰天したことに、クリサンはこう後を続けたのである。

「ぼくがおばあちゃんのことすごく好きだって知ってた?」

それを聞いてミナは瞳をうるませ、急いで刺繍道具を下に置くと、腰をずらしてクリサンを抱きしめ、感動の涙をぼろぼろこぼしながら言った。「なんていい子なんだろう。あの気のふれた同志でさえ、あたしの子どもだったというのに、一度もそんなふうに言ってくれなかったよ」

ところがアイと顔を合わせると、珍しく美女ルンガニス抜きでふたりきりになれたチャンスにさえも、クリサンが憶え込んだはずの言葉はたちまち蒸発して消えてしまった。そして次のチャンスには絶対言おうと心に決めても、アイと面と向かうと、決まってその言葉は脳からかき消えてしまうのだった。アイといると、クリサンはいつも押し黙ってしまう。アイは、クリサンを言葉にできない愛の嵐で萎れさせてしまうのだった。

やがてあの事件が持ち上がった。美女ルンガニスが赤ん坊を産んで家から姿を消したのである。だれにもまして動転したのは――美女ルンガニスの親であるマヤ・デウィとママン・ゲンデンよりもいっそう動転したのは――アイだった。アイが美女ルンガニスの護衛を自任しているのは、ずっと前からだれもが知っていたけれど、いまやその美女ルンガニスがだれに妊娠させられたのかもわからないまま（ルンガニス自身によると犬だったけれど）妊娠し、それから赤ん坊を産み、そしてどこかへ行ってしまったわけで、少女アイは激しい衝撃を受けたのだった。その日のうちにアイは病気になり、高熱を出して、うわごとでルンガニスの名を呼んだ。もちろん無理もないことだった。ふたりの少女がとても親密だったのはクリサンも知っていた。ふたりの間柄は、クリサンとの間柄よりもずっと親密だったのである。ふたりとも女だという特別の理由があったせいかもしれない（それでもクリサンは、そのせいでよくやきもちを妬いた）。

熱は何日も下がらず、どの医者にもなんの病気なのかわからなかった。幾度診察を受けても、体の状態はいたって良好であることがわかっただけだった。

「共産主義者の亡霊にとり憑かれたのだ」と小団長が言った。

「お黙り！」とアラマンダは怒鳴った。

午後学校から帰ると、クリサンひとりがずっとアイにつき添い、ぐったりと横たわってうつろな目つきをし、高熱に震えているアイをただ見つめていた。もちろん愛していると言うのにふさわしい時ではなかった。ひとりの男として、ひとりの娘に向かってそう言うには。当時ふたりは十七歳だった。

アイはよく、いきなりクリサンの部屋に現れた。戸口から入ってくることもあったけれど、開いた窓から飛び込んでくることも珍しくなかった。アイが病気になる前、ふたりが十七になってからも、それは変わらなかった。ある夜、七時頃に、またアイがクリサンの部屋に姿を現した。クリサンをからかってやろうと、ちょっと意地悪なことでも考えているかのような、いたずらっぽい笑みを浮かべて窓を飛び越えて入ってきた。アイはとてもきれいで、愛らしく健康そうに見えた。白一色の、レースがたっぷりとついた服を着て、いかにも清潔そうで、まるでその日が断食明け大祭《レバラン》で、そのために新調した服を着ているみたいで、少女の体からは光が輝き出しているようだった。その突然の訪問を、クリサンはいつまでも忘れないだろう。アイの顔はいかにも晴れやかで、いたずらっぽい笑みをついもらしてしまい、意地悪な秘密を隠しきれないようすで、腰まで届く漆黒のまっすぐな髪を縛らずに垂らしたままにしているせいで、いっそうきれいに見えた。切れ長の目は繊細な鼻の左右の端の上でまぶしいほどに輝き、いたずらっぽいほほ笑みは美しく幻惑的な唇を際立たせ、頬は赤味を帯びて、思わずつねりたくなるほどかわいらしかった。クリサンは母と祖母といっしょに夕食をすませた後で横になったばかりで、いきなりアイがやって来たのに驚き、七時になってもまだ窓を閉めていなかったのに気づいた。

「きみ」と、クリサンは寝台の縁に腰掛けながら言葉少なに言った。「もう治ったの?」

「オリンピック選手みたいに元気よ」。アイはくすくす笑いながらそう言って、ボディビルダーのように両手を挙げてポーズをとって見せた。

それから、あまりにも強烈な懐かしさに急かされるように、いつしかふたりは互いに近寄り、互いにしっかりと抱き合った。昔、犬に追いかけられたときにアディンダとクリウォン同志が抱き合ったよりも強く。そしてどちらからともなく、ふたりは口づけを交わした。クリウォン同志とアラマンダがハタンキョウの木の下で口づけを交わしたときよりも熱く、あるいはそのふたりが関係を持ったときよりも激しく。そしてアイとクリサンは寝台の上に倒れ込んだ。

「アイ」とクリサンはついに言った。「ぼくがきみのこと好きだって知ってた?」

アイは魅惑的なほほ笑みでそれに応え、クリサンはすっかり酔いしれて、また口づけをした。それからまもなく、思春期の若者のどうにもならない性欲に押されるままに、ふたりはそれぞれ服を脱ぎ捨て、クリウォン同志の処刑を取り止めた夜明けのアラマンダと小団長よりも荒々しく、五年待った後ではじめて交わったときのママン・ゲンデンとマヤ・デウィよりも激しく愛し合い、一晩中、勢いよく燃え上がる欲望と、とてつもないことをやってみたいという熱望に焦がされて、十代の若いふたりは愛の遊戯に耽った。

性交が終わると、アイはまた白づくめの服を着て、もう一度窓を飛び越え、そうして手を振った。

「帰らなくちゃ」とアイは言った。「帰るわ」

その最後の場面がかすんでいき、クリサンが股間の衝撃に揺さぶられて目を覚ますと、アイの姿はなかった。寝室の窓もぴたりと閉じていた。ただの夢だったのだ。夢精したのははじめてではなかったけれど、それにしても、それはかつてないほど美しい体験だった。ずっと願ってはいたけれど、アイとともにいるそんな夢を見たことはなかった。そしてその夢のおかげで、クリサンはとても幸せな気分になった。

太陽の光がかすかに窓の格子から差し込んでくるのが見えるようになると、クリサンは窓を開け、小団長の家の裏のポーチを見た。驚くほど大勢の人々が集まっていて、クリサンの母までそこにいた。なにかが心臓を突き刺した。クリサンは窓から飛び出し、まったく顔も洗わず、履物もはかず、小団長の家へ駆けつけて人の群れをかき分けた。それまでアイが寝ていた部屋へ行くと、アラマンダが寝台の縁に腰を下ろして泣いているのが目に入った。クリサンが現れたのを目にして、アラマンダはすぐに立ち上がり、なおも泣きながら少年を抱きしめて、少年の髪をくしゃくしゃにし、クリサンがどうしたのか尋ねるよりも先にこう言った。

「あんたのきれいな恋人は、もう逝ってしまったのよ」

今、墓を掘り起こしてアイの遺骸を家に持ち帰り、クリサンはアイが死ぬ前の最後の夢を思い出して、アイの体のかたわらで泣いた。クリサンが悲しんでいるのは、死のときに至るまでも、アイに向かって好きだと言えなかったという事実ゆえだったかもしれない。言ったつもりだったけれど、それは夢の中でだった。それとも感動して泣いていたのかもしれない。逝く前にでさえ、アイはクリサンのところへわざわざ来てくれたのだ。たとえそれが夢の中であっても。アイはクリサンが愛を打ち明けるのを聞きに来てくれたのであり、処女を捧げるために来てくれたのであり、クリサンと交わるために来てくれたのだ。帰る前に、もう二度と戻って来ることのないところへ帰って行く前に。もしかすると、そのせいでクリサンは泣き、失われたものを嘆き、死ぬほど恋しがり、苦しんでいたのかもしれない。死んだ体は、いかに美しくても、やはり生きている少女とは別物だったのだから。


第二の告白。美女ルンガニスを殺して死体を海のただ中へ捨てたのは、クリサンだった。

アイの墓を掘り起こしてから一週間後、真夜中にだれかがクリサンの部屋の窓をそっと叩いた。クリサンが目を覚まして窓を開けると、そこに美女ルンガニスが悲しげに立っていた。髪はくしゃくしゃで服は少し濡れていたけれど、やはり感嘆すべき美貌は覆いようもなかった。クリサンも、アイ本人がよくそう言っていたように、美女ルンガニスの方がアイよりも美しいことを認めずにはいられなかった。

「おい、ちょっと、そんなところでなにしてるんだよ」とクリサンは尋ねた。

「寒いの」

「ばか、そんなのあたりまえだろ」

クリサンは窓から頭を突き出すと、だれも見ていなければいいがという思いが頭をよぎったけれど、美女ルンガニスの手を引っ張って、窓から中に入るのに手を貸した。美女ルンガニスは雨に降られたのか、溝にでも落ちたのか、それともどうしたのかは知らないが、とても腹を空かせているのははっきりと見て取れた。

「着替えろよ」と、クリサンは部屋の戸に鍵がかかっているのを確かめながら言った。

美女ルンガニスはクリサンの洋服ダンスを開けて、Tシャツとジーンズと、おまけにクリサンの下着まで取り出した。それから、少年の前でためらいもせずに服を脱ぎ始め、一枚一枚脱ぎ捨てて素裸になった。その体は実にすばらしく、濡れて電灯の光に輝き、クリサンは思わずごくりと唾を呑み込みそうになった。少年、つまりクリサンは、寝台にあぐらをかいてすわっている間にも勃起してしまい、飛びかかって目の前の少女を犯したかったけれども、じっと動かずにいた。美女ルンガニスの体にはいつも性的な欲望がまとわりついていた。その体つきはあまりにも見事で、性交にいざなうのだ。クリサンはまだ寝台の上にいたが、美女ルンガニスの方は見事なまでの無頓着さで、扉にかかっていた小さなタオルを見つけて、それで体をふいた。

乳房は完璧な大人の女性のもので、クリサンはじっとそれを見つめ、自分がそれに触れ、揉みしだき、接吻し、そして戯れるような手つきで乳首をいじるところを想像した。胸から腰にかけては美しい曲線を描き、まるでノギスで測って造ったかのように完全に左右対称だった。そして股間の真ん中には、毛の繁みの中で、なにかがかすかに膨らんでいる。若い椰子の実の果肉のように、それでいてとても柔らかく。クリサンはますます固く勃起し、ますます飛びかかってこの従姉の少女を寝台の上に引き倒し、犯してしまいたくなった。それでもクリサンはそうしなかった。アイの遺骸が寝台の下に横たわっていたのだから。

拷問はそろそろと終局へ向かった。美女ルンガニスは、男物のパンツであることも気にせずにクリサンの下着をはいた。それからジーンズをはき、乳房はすぐにTシャツに隠れて見えなくなった。それでもクリサンはなおも勃起したままだった。Tシャツの下で、少女の乳房がブラジャーに守られていないのを知っていたからである。

「ねえ犬、あたし、どうかしら?」と美女ルンガニスが尋ねた。

「犬って呼ぶな。ぼくはクリサンだ」

「わかったわ、クリサン」。そう言って美女ルンガニスは、寝台の縁の少年の隣に腰を下ろした。「お腹空いた」

クリサンは台所へ行って、飯を一皿と青菜と揚げた魚を一切れ取ってきた。戸棚にはそれしか見つからなかった。水を入れたコップといっしょに食べ物を手渡すと、少女は驚くほどの勢いでそれを食べはじめ、たいらげてしまうとおかわりを求めた。クリサンは台所へ戻り、同じ食べ物を持ってきて、少女はあたかも行儀よく食事をする作法を一度も教わったことがないかのように、やはりがつがつと貪り食った。二杯目が空になっても少女はおかわりとは言わなかったので、クリサンはほっとした。朝になったら母が不思議がって、もしもクリサンが夜の間に三人前食べたと言っても、信じてもらえないに決まっている。

「さて、と」とクリサンが言い、一方、美女ルンガニスは髪を乾かし始めた。「赤ん坊はどこなんだ?」

「死んで山犬に食べられちゃった」

「くそっ」とクリサンは言った。「でも、よかった。なにがあったのか言えよ」

美女ルンガニスは語った。あの夜、赤ん坊を連れて家を出たとき、行き先はもう決まっていた。半島の森のただ中にある小団長のゲリラ小屋である。長い間、それは美女ルンガニスとアイとクリサン三人の秘密だった。三人はその小屋について聞いたことがあって、探しに行き、そして見つけたのだった。それから二度か三度、そこへ遊びに行った。あの夜、美女ルンガニスが赤ん坊とそこへ行ったのは、そこがどこよりも完璧な隠れ家に違いないことがわかっていたからだった。アイ本人でさえ、美女ルンガニスがそこへ行くとは考えてもいなかったのである。赤ん坊はすごくむずかったの、と美女ルンガニスは言った。それでお乳をやってみたけれど、やっぱりむずかってばかりだった。なにも着ていなかった。その赤ん坊が、である。ただ毛布でくるまれて、母の腕で温められているだけだった。

ゲリラ小屋まで本来なら歩いて八時間で行けるのは、三人で試してみたことがあったのでわかっていた。けれども赤ん坊を連れて逃げ出した美女ルンガニスの足では、一昼夜、正確に言うと一晩と一日かかった。あちこちで道を見失ったし、歩みもとても遅かったからだった。ひどく間抜けなことに、食べる物をなにも持ってきていなかった。そこでふたりは、ゲリラ小屋に着いたときには、とても腹を空かしていた。

「食べられる物はなにもなかったの」と美女ルンガニスは言った。

ともかく美女ルンガニスは町育ちで、森にあるものでなにが食べられるのか知らなかった。それでも時がたつうちに、なんでもいいから見つかったものを食べてみるしか仕方がなくなった。木から落ちたジャワアーモンドの実を見つけ、殻の硬さに辟易しながらも石でなんとか割り、中の果肉を食べてみた。結構おいしいとわかったので、その実をたくさん集め、それが最初の夕食となった。水には特に困らなかった。ゲリラ小屋のそばには小川があって、澄んだ水が流れていたからだった。

問題なのは赤ん坊だった。赤ん坊はむずかり続けた。道中ずっと、美女ルンガニスは毛布の端で赤ん坊の口をふさいで、人に気づかれないようにした。木立の陰をたどらねばならず、ふつうの道は避けて、バナナとヤムイモ畑を通った。それでも気は抜けなかった。夜でも田を見まわりに来る農夫たちがたくさんうろうろしていたし、夜警もいたし、タウナギやバッタを獲りに来る人々もいた。毛布の端で赤ん坊のむずかる声をうまく消すことはできたけれど、そのせいで赤ん坊はあやうく死んでしまうところだった。半島の森に入ると、ようやくその毛布の端をどけてやることができ、泣き続ける赤ん坊を抱えて美女ルンガニスは森の奥へ駆け込んだ。夜中にその森をうろついている者などいるはずがなかったからである。

ゲリラ小屋で、赤ん坊は母が乳を与えてもなおも泣き続けた。おまけに、しまいには乳を拒むようにさえなった。小便をもらして、くるんでいた毛布が濡れてしまったけれど、美女ルンガニスはそれに代わるものをなにも持っていなかったので、ただ毛布をずらして、濡れた部分が外側にくるようにした。そうしてやっても、やはり赤ん坊は泣き続け、泣き声は次第に弱っていった。しばらくたってからようやく、美女ルンガニスは赤ん坊が熱を出しているのに気づいた。体からはむっとするような熱気が立ち上り、赤ん坊は寒さに震えていた。美女ルンガニスはどうしていいかわからず、ただ赤ん坊が熱に苦しむようすを見ているしかなかった。

「そうして三日目に死んじゃったの」と美女ルンガニスは言った。

やはり美女ルンガニスには、どうしていいかわからなかった。赤ん坊の死骸を毛布から出してゲリラ小屋の外へ持って行き、何年も昔に小団長とその部下たちが食卓として使った石の上に置いて、一日中、どうすべきなのか考えることもできずに、ただ赤ん坊の死骸を見つめていた。夕方になってようやく死骸を海に投げ込もうと思いついたけれど、それはできなかった。そのうちに山犬の群れが死体の臭いに誘われてやって来て、美女ルンガニスと赤ん坊を取り囲んだからだった。美女ルンガニスはその山犬どもをじっと見つめ、山犬どもがいかに赤ん坊の死骸を手に入れようとやっきになっているかを見て取ったので、赤ん坊を山犬どもに向かって投げたのだった。山犬どもはたちまち先を争って奪い合ったが、まもなく一匹が死骸を森の奥へ引きずって行き、残りの犬どもも後に続いた。

「悪魔よりもひどいじゃないか」。クリサンはぞっとしながら、美女ルンガニスを見つめて言った。

「でも、お墓を掘るよりもかんたんだったんだもん」と美女ルンガニスは言った。

ふたりとも黙り込み、おそらくそれぞれ、山犬どもが小さな赤ん坊の死骸をずたずたにしているところを想像していたのだろう。哀れな赤ん坊である。孫がそんな運命をたどったと知ったらママン・ゲンデンがなにをしでかすか、クリサンには想像もつかなかった。発狂してしまうかもしれないし、町全体を焼き払うかもしれないし、それとも人々を皆殺しにし、とりわけ山犬を一匹残らず殺すかもしれない。今となっては死体の残骸を探すのも無理だっただろう。山犬どもはなにひとつ残さなかったかもしれない。骨さえもまだとても柔らかいから、食ってしまえたはずだった。クリサンは、山犬が赤ん坊の頭をそっくりそのまま呑み込むところを想像して、今にも吐きそうになった。

「それに、あなた、来なかったじゃない」と美女ルンガニスは言ってクリサンを見つめた。怒りと失望の入り混じった眼差しだった。「さっきの夕方まで待ってたのよ。あの硬い実だけ食べて」

「行けっこないよ」

「ひどい」

「行けっこないよ」。クリサンはそう言って、美女ルンガニスにあまり大声を出さないように合図した。母か祖母がのぞきに来ないかと心配になったのだった。「だってアイが病気になって、それから死んでしまったんだから」

「なんて？」

「アイが病気になって、それから死んだんだ」

「うそ」。美女ルンガニスは悲しげで、信じまいとしているようだった。

クリサンは寝台から飛び下りて、寝台の下の遺骸をつかみ、引き出して美女ルンガニスに見せた。アイの遺骸は木綿布に包まれて床に横たわり、クリサンが部屋に持ち込んだときから変化していなかった。いかにも生き生きとして、美しく、死体には見えなかった。

「眠ってるだけよ」。美女ルンガニスは言って、寝台から下りてアイの顔をじっと見つめた。

「起こしてみろよ、できるもんなら」

美女ルンガニスはアイを起こそうと試みたが、いうまでもなく無駄だった。アイの体を揺さぶり、目をむりやりこじ開け、鼻をつまんでみたけれど、しまいにはその場にすわり込んで、生まれてからずっとだれよりも仲良しだった少女の死に涙して、しゃくり上げた。必要なときにはいつでもそばにいてくれた少女だった。美女ルンガニスはふいに後悔に襲われた。家出するときに、どうしてアイを誘って、ゲリラ小屋までいっしょに来てもらわなかったのだろう。自分が家出したのを知った後でアイが病気になり、そのせいで死んでしまったとわかったら、美女ルンガニスはさらにも悲しんだだろう。そうしている間にも、クリサンはただ突っ立ったまま、美女ルンガニスがいよいよ激しく泣き出して、母と祖母を起こしてしまうのではないかとばかり気を揉んでいたが、とうとう美女ルンガニスがこう尋ねた。

「どうしてここにあるの?」

「ぼくが墓を掘り返したんだ」とクリサンは言った。

「どうしてお墓を掘り返したの?」

クリサンは答えなかった。あるいは、美女ルンガニスに向かってなんと答えていいのかわからなかった。そこで、ただ黙って美女ルンガニスを見つめ、ちょっとうろたえていたが、まもなく、もっとも必要なときにすばらしい考えが頭に浮かんだ。「ぼくたちが結婚するのを見てもらうために」

その答えで、美女ルンガニスは気を取り直したようだった。

「じゃあ、いつ、あたしたち結婚するの?」

そう聞かれてクリサンは言葉に詰まった。クリサンは寝台の端に腰を下ろし、たいていの人が考え込んでいるときにするような顔つきになった。美女ルンガニスを見つめ、それから下にあるアイの遺骸の顔を見つめ、扉にかけてある服を見つめ、拳闘小説の山を見つめ、枕を見つめ、そしてまた美女ルンガニスを見つめた。少女はまだクリサンを見守りながら、答えを待っていた。

「今夜のうちに」とクリサンは言った。

「どこで？」

「今考えてるところだ」

そして考えが浮かぶと、すぐにそれを美女ルンガニスに話した。ふたりはすぐにアイの体を包んでいた木綿布を取り去って、クリサンのタンスから服を出して着せた。美女ルンガニスと同じく男物ばかり、男物の下着にジーンズとTシャツだった。死体がまるでなんの変哲もない、生きて横たわっている少女のような姿になると、クリサンは扉を開けて母と祖母の部屋を調べ、ふたりともぐっすり眠っているのを確かめた。裏口から音を立てずに、そっとミニ・サイクルを持ち出した。それから部屋へ戻ってアイの遺体をかつぎ、美女ルンガニスを後に従えて部屋から出て、部屋に鍵をかけた。ふたりは抜き足差し足で台所を通り、裏庭の自転車を止めたところに出た。美女ルンガニスは後ろの座席にすわり、前のサドルとの間にアイを載せて、落ちないようにしっかりと抱きしめ、クリサンが前にすわった。ひとこぎで自転車は庭を離れ、街灯に照らされた夜中の道へ出た。自転車は海へ向かった。

運のいいことに、三人の姿を見かけた者はあまりいなかった。ひとりかふたりすれ違った人がいたとしても、十七歳ぐらいの少年がふたりの少女を自転車の後ろに乗せているのを見ても特に疑いを抱いたりもせず、遊びに行って帰りが遅くなったのだ、ぐらいにしか思わなかっただろう。それがクリサンで、真ん中は生きていたときにはアイと呼ばれていた少女の死体で、そして一番後ろにすわっているのが、ここ数日父親が探し回っている美女ルンガニスであるとは、だれひとり思いもしなかった。

クリサンは、浜辺の縁の海と陸とを隔てるコンクリートの堤防のところで止まった。すでに夜明けに近く、舟がもう何艘かつながれているのが見えた。赤味を帯びた色が東の空に現れかけていた。すごくいいタイミングだ、とクリサンは思った。

「ここで待ってて。舟を盗んでくるから」とクリサンは言った。

アイの遺骸を倒れないように抱いたまま、美女ルンガニスは自転車のそばの堤防に腰を下ろし、クリサンを待った。

少年はいったいだれのものなのか、舟を一艘見つけてきた。おそらくもうだれのものでもなくなっていたのだろう。ひとつも穴は開いていないとはいえ、ひどいありさまの舟だった。クリサンは舟を漕いで美女ルンガニスが待っているところへ近づき、堤防に舟の横腹を着けた。「死体を放ってくれ」とクリサンは言った。美女ルンガニスがアイの遺骸を舟の腹の中へ放り込むと、舟は少しぐらぐらと揺れたが、遺骸は船底に横たわった。美女ルンガニスは舟の片方の端に飛び降りて、そこに腰を下ろし、クリサンがもう一方の端で漕ぎ始めて浜辺を離れ、沖へ向かった。そこで美女ルンガニスと結婚すると約束したのだった。

クリサンは、岸へ戻って来始めた漁師たちの舟と行き会わないように気をつけたけれど、ずっと沖の方にいる漁船については心配しなかった。朝が訪れ、マ・イヤンの丘の背後から太陽の光が差して、まっすぐ筋をなす光が海の面で燦爛と反射した。空の赤味は薄れ始め、カモメと、それからおそらく燕が空を飛び交う姿が見えるようになった。それで漁師の舟のいる方角を見分けられるようになり、行き会いそうになると方向を変えた。

長い時間をかけて、クリサンは海のひっそりとした場所を探した。どんな舟も来たことがないようなところがよかった。クリサンはぐるぐると漕ぎ回り、漁師たちの舟を避けつつ、そういう場所を探した。とうとう海が青黒い色をしているところを見つけた。そこはとても深いに違いなかったし、漁師たちの舟がそこに近づかないのもそのせいだった。そういう場所には魚はあまりいないのだ。もちろん美女ルンガニスとクリサンのどちらも知らなかったけれど、何年も前にクリウォン同志がアラマンダをさらって来たのも、その場所だった。

夜がすっかり明けた。

「で、いつ、あたしたち結婚するの？」

「せかすなよ。しばらく日光浴でもするんだ」とクリサンは答えた。

クリサンは舟の端に横になり、空を眺めた。美女ルンガニスももう一方の端でそれにならった。クリサンはむっつりした顔つきで額に皺を寄せ、これほど晴れ上がった空にもまったく見惚れているようすはなかった。一方、美女ルンガニスの顔はひどく落ち着かなげで、結婚の時を待っていた。とうとう少女はまた体を起こし、もうどうにもこらえきれなくなって、こう尋ねた。

「どうやって、あたしたち結婚するの？」

「びっくりさせてやるよ」

クリサンはアイの死体をまたいで美女ルンガニスに近づいた。

「後ろを向けよ」とクリサンは言った。

美女ルンガニスは向きを変え、空の向こうを眺めながら、クリサンに背を向けた。長い間そうして待ったあげく、クリサンの手が見えたと思うと、それが素早く喉に巻きつき、美女ルンガニスははっとする間もなく喉を絞められていた。首に小さなハンカチが巻きつけられ、その両端をクリサンの手が力まかせに引っ張っていた。美女ルンガニスはもがき、足であちこち蹴り、手でハンカチをゆるめようとした。けれどもクリサンの方がずっと力が強かった。ふたりは五分ほどもみ合ったが、やがて美女ルンガニスが負け、死んで船底に転がった。もうひとりの少女の遺骸のそばに。

クリサンはそれを見つめ、目に涙を浮かべた。息を切らしていた。

激しくわななく手で、美女ルンガニスの死体を持ち上げると、海に投げ込んで、沈むにまかせた。それから船端で泣いた。泣き虫の少女のように、赤ん坊のように、涙をあふれ返らせて泣いた。しゃくり上げながらクリサンは言った。だれにともなく。

「殺したんだ」とクリサンは言って、またしゃくり上げ、それから後を続けた。「だって、ぼくが好きなのはアイだけだから」。それから半時間泣き続けた。

第三の告白。美女ルンガニスを学校の便所で犯し、その行為の責任を取らなかったのは、クリサンだった。もっとも語るのがはばかられる話だったが、それが現実だったのである。

ある日、クリサンとアイが学校から帰って美女ルンガニスの家に遊びに行ったときのこと、クリサンはソファにすわって古雑誌を読んでいた。少女ふたりは二階の美女ルンガニスの部屋にいた。ところが、ふいに階段を下りてくる足音が聞こえた。クリサンが古雑誌を下ろすと、美女ルンガニスがショーツとブラジャーだけを着けて階段を下りてくるのが目に飛び込んできた。これまでにも、そんなかっこうを見たことはあったかもしれないし、丸裸でいるのを見たおぼえもある気がするけれど、それはずっと前、まだ子どものころだったに違いない。ところが今ではもう十五歳になっていて、クリサンはずいぶん前から夢精を経験していた。

たいていの男たちのように、クリサンも美女ルンガニスの体に見惚れた。その体は単に美しいだけでなく、欲情をそそった。おいしそう、という表現がぴったりだった。丸く張り詰めた乳房や、優しく曲線を描く腰を何度も思い描いたことがあったけれど、それが今、ほぼ全容を現したのである。美女ルンガニスが着けているブラジャーは乳房全体をすっかり覆っているわけではなかったので、きらめくような肌の色合いが見えたし、レースのついたショーツの前面はこんもりと丘をなしていた。そのせいでクリサンの恥部は活気づき、あまりにも活気づき、鋼鉄のように固くなった。クリサンはズボンに手を突っ込んで、曲がってズボンに挟まってしまった陰茎の位置を直さねばならなかった。一方、美女ルンガニスは、クリサンがそこにいて自分の方を見ているのも気にならないようすで、むしろ少年に見られて嬉しがっているふうだった。落ち着き払った足取りで階段を下り、アイロン台のところへ行くと服を取り上げ、それを着たので、クリサンの欲情ではちきれんばかりの瞬間は過ぎ去ったけれど、それでもクリサンはそれを決して忘れなかった。

男に愛される女には二種類ある。最初のタイプは慈しむために愛されるのであり、二番目のタイプは交わるために愛される。クリサンは、そのどちらも自分は手にしていると思った。アイは前者のタイプの少女で、美女ルンガニスは後者だった。アイと結婚したかったけれど、いつか美女ルンガニスと性交したいと常に夢見てもいた。ところがアイに想いを打ち明けることはできず、どうしたら無理のない方法で美女ルンガニスと性交できるかも思いつけなかった。

幼いころ、三人はすてきな隠れ家を持っていた。それはかつてクリウォン同志が買った畑にあった。畑の隅に生えている老いたシダレガジュマルの木に、小団長が子どもたちのために木の上の家を作ってやったのだった。三人の母と父は子どもたちが畑で走り回っても少しも心配しなかった。三人は互いに気をつけ合うことができたからである。木の家ができる前も、それからずっと後までも、三人はいっしょに遊んだ。三人がよく木の家で遊んでいたころ、もっとも頻繁にした遊びは結婚式ごっこだった。美女ルンガニスがいつでも花嫁になりたがり、クリサンは三人の中でただひとりの男の子だったので、いつでも花婿になった。アイはいつでも同じ役柄だった。結婚の立ち合い人兼長老兼招待客だった。三人はいつも楽しくそのごっこ遊びをしたけれど、クリサンだけは、いつも仕方なくその役をやっているように感じていた。クリサンが花嫁花婿になりたかったのは、ただアイとだけだったのだから。

美女ルンガニスはジャックフルーツの木の葉で作った冠をかぶり、クリサンも同じようにした。ふたりはシダレガジュマルの木の下に並んですわり、一方アイはふたりの前の地面に膝をついて、こう言う。

「ふたりとも、結婚の心構えはできていますか？」

「はい」とクリサンと美女ルンガニスは決まって答える。

「それでは結婚しなさい」とアイが言う。「誓いの口づけを」

美女ルンガニスはクリサンの唇に口づけし、それが何秒か続いて、その瞬間だけがクリサンは一番好きだった。

それだけでなく、ごっこ遊びをしていないときでも、美女ルンガニスはいつもクリサンを自分の花婿だと思っていた。

そのせいでクリサンは美女ルンガニスにはうんざりしていたけれど、どうすることもできなかった。アイと同じく、クリサンも美女ルンガニスがどんな子かを知っていたからである。甘えん坊で、聞かん坊で、子どもっぽくて、無邪気で、不安定で、もろくて、その他もろもろのどの形容詞をとっても、どうしても美女ルンガニスを叱ることなどできないという結論に至るのだった。そしてなによりもまして腹立たしいのは、アイの態度だった。クリサンはほんとうは美女ルンガニスに対して少しきつめに当たって、少しは正気になるようにさせた方がいいと思っていたのだが、逆にアイは、美女ルンガニスがとんでもないことをしでかしても決まって美女ルンガニスの肩を持ち、さらには心から美女ルンガニスの守り手となっていたのである。

当時クリサンは、美女ルンガニスがとてもきれいで欲情をそそるということは知っていたけれど、まだ美女ルンガニスに対してさほど欲望を抱いていたわけではなかった。クリサンが好きなのは、どちらかというとおとなしくて、さみしげな顔をしていて、物静かでつかみどころがなく、それでいて恐ろしく攻撃的になることもできる少女で、そんな少女といえばアイだったのである。欲情を抱くどころか、美女ルンガニスを、自分とアイとの関係における邪魔者だと考えていた。そして美女ルンガニスを守ろうとするアイの態度のせいで、クリサンは美女ルンガニスに対してひどくやきもちを妬いていた。

けれども、クリサンの美女ルンガニスに対する嫉妬は、たいしたものではなかったかもしれない。美女ルンガニスのことはわかっていたし、アイが守ってやらねばならない理由もよくわかっていたからである。それよりもはるかに嫉妬をかき立てるものがもうひとつあった。犬である。小団長は大の犬好きで、それは娘にも伝染していた。もしもアイがクリサンたちといっしょでないとすれば、きっと犬と遊んでいるはずだった。以前、クリサンはいつもこう思っていた。もしもアイが美女ルンガニスから離れたら、アイとふたりきりになれるだろう、と。けれどもそんな機会はめったになかった。美女ルンガニスと離れると、アイは犬と遊ぶからだった。クリサンが来ていっしょに遊ぼうと誘っても、アイはなおも犬と遊び続けるほどだった。

「犬にならなきゃならないのかな、きみにいっしょにいてほしいなら」。あるとき腹立ちが頂点に達して、クリサンはそう尋ねた。

「そんな必要ないわ」とアイは言った。「本物の男になりなさい。そうしたら、あなたのことを好きになるわ」

その言葉は謎に満ちていて、そのまま飲み込むことはできなかったので、クリサンは美女ルンガニスに向かって愚痴をこぼした。

「犬になりたいよ」とクリサンは言った。

「いいわね」と美女ルンガニスは言った。「あたし、よく尻尾のない犬がいたらいいなって思うもの」

美女ルンガニスと深刻な話をするなど無理な相談だった。

ところが、やがてほんとうにクリサンはよく犬のような振る舞いをするようになった。気が狂ったせいではなく、主にアイの注意を引こうとしてだった。学校の帰りや、夕方にぶらぶら散歩をしているときなどに、三人でいっしょに歩いていて遠くに犬を見かけると、クリサンは吠えた。「ワン、ワン、ワン!」と大声で吠えた。あるいは、傷ついた子犬になって「キャイン、キャイン」と鳴くこともあり、またときには夜中に遠吠えをする山犬になった。「アゥゥゥゥン……」

「とにかく、声は犬に似てきたわね」と美女ルンガニスが言った。「今の山犬の声で、首のうしろの毛がぞくっと立ったもの」

「でも雌犬に好きになってはもらえないわよ」とアイは言った。

それは子どもじみた戯れのようなものだったけれど、クリサンはかまわず、ふたりの少女がいようといまいと、巧みに犬のまねをし続けた。浴室で大きく足を広げて小便をしたり、始終舌を垂らしていたりするようになった。

「いくら四つんばいになっても、犬の体にはなれないわよ」。クリサンの振る舞いがあまりにもばかげていると思って、アイは言った。「脳みそは別かもしれないけど」

そのとおりだったかもしれない。クリサンの脳みそはすでに犬の脳みそになっていたのだ。アイが死んだときも、犬が隠しておいた大切な骨を掘り出すように、アイの墓を掘った。手で土を引っ掻き、喉が乾けば溝へ行って、口をじかにつけて水を飲んだ。クリサンは本物の犬になってしまったけれど、それは脳みそだけのことで、それでもかまわなかった。そうやってアイの墓を掘っていたとき、クリサンは、アイが――というのはもちろんアイの霊のことだが――きっと自分のしていることを気に入ってくれるはずだと信じていた。アイは犬が大好きだったし、そしてクリサンは犬になったのだから。少なくともクリサンは吠え、舌を垂らし、手で墓を掘り返すことならできた。

そしてそれよりも前に、クリサンはやはり犬になって、学校の便所で美女ルンガニスを犯したのだった。

クリサンがソファにすわっていたときに、美女ルンガニスがショーツとブラジャーだけの姿で階段を下りてくるのを見た出来事は、クリサンが美女ルンガニスと寝たいと思った最初の瞬間だった。美女ルンガニスに対して欲情を抱くようになり、美女ルンガニスの子どもじみた振る舞いが巻き起こすやっかいごとについては忘れてしまった。美女ルンガニスがいきなり後ろから抱きついてきて目隠しをしても、黙っていた。そんなにぴったりくっついてくる者は他にいなかったから、それが美女ルンガニスであることはわかっていた。乳房が背中に押しつけられているのをしっかり感じ取り、だれが目隠しをしたのか考えているふりをして、その胸のぬくもりを味わい、やわらかな手の肌が頬に触れる感触を楽しんだ。

三人で歩くとき、美女ルンガニスはほとんどいつでも真ん中を歩いた。アイは決まって美女ルンガニスの手を取っていた。このごろではクリサンも美女ルンガニスと手をつなぎ、その手の柔らかさを味わった。

アイとクリサンは、いつもまず美女ルンガニスを家まで送って行った。アイとクリサンの家は近所どうしだったからである。別れの挨拶として、美女ルンガニスはいつもアイの頬に接吻し、アイも接吻を返した。美女ルンガニスはクリサンに対してもそうした。最初のうちは、いかにも子どもっぽく見えるから、クリサンはそんな場面がなによりもおっくうだったけれど、あのソファと階段事件以後は、じっくりとそれを楽しむようになった。少女の唇のぬくもりが頬に押しつけられるのを感じ、それからその温かな頬に自分の唇をつけた。

そうして夜になると、もう将来アイと結婚する空想に耽ったりはせず、美女ルンガニスとすごい性交をするありさまを思い描くようになった。

それを実行するには、ある方法と、ある機会とが必要なだけだった。

あるとき、アイがたまたまその場をはずしていて、クリサンと美女ルンガニスがふたりきりで小団長の家の前庭にすわっていたところ、クリサンは美女ルンガニスを抱きしめ、美女ルンガニスもクリサンを抱き返した。だれもがそんな光景を見ても変には思わなかったはずだし、たとえアイがそれを目撃しても、なんとも思わなかったはずだった。三人は血がつながっていたし、従姉弟どうしというよりも三つ子に近かった。おまけに美女ルンガニスは抱くのも抱かれるのも好きだった。そのとき、クリサンは美女ルンガニスを口説いた。

「いつか、ほんとうにぼくと結婚したい?」とクリサンは尋ねた。その問いかけを、クリサンは冗談めかした口調で言った。

それでも美女ルンガニスは真剣に答えた。「うん」と美女ルンガニスは言った。「あたしの人生には、クリサンの他に男はいないの。だから、あんたはあたしと結婚しなくちゃだめよ」

「結婚したら、やらなくちゃならない」

「だから、あたしたちもやるのよ」

「いつかやろう」

「うん、いつかね」

クリサンが抱いていた腕をほどき、美女ルンガニスだけがまだクリサンの肩に腕をまわしたかっこうになったとき、アイがジャンブーの実を入れた小さな籠と、ナイフと、椰子糖入り唐辛子味噌《サンバル》の入った石皿を持って現れた。三人は庭で小宴を開いて、唐辛子で舌を燃やし、クリサンは性交の機会がいつか訪れることを思って心まで熱くなった。

その機会が到来したのは、美女ルンガニスがアイの知らないうちにレモネードを五本飲む賭けに勝った日のことだった。クリサンが、便所の列の端で煙草を吸っていると、美女ルンガニスの姿が目に入った。美女ルンガニスが魑魅魍魎の巣となっていた一番端の便所に入って行ったとき、ふいにクリサンは今がそのチャンスだと悟った。クリサンはすぐに仲間から離れ、校庭のひっそりとした一角で高さ二メートルの塀を越えてカカオ農園に飛び下りた。例の便所の屋根に穴が開いているのは知っていたので、ルンガニスがそこから出る前に、クリサンはこっそりと素早くその便所に近づき、カカオの木の枝に足をかけて塀にもう一度登り、屋根の穴からのぞくと、美女ルンガニスがしゃがんで小便をしているのが目に入った。

「おい」とクリサンは小声で呼んだ。

美女ルンガニスは顔を上げて、クリサンが上にいるのを見て驚いた。「なにしてるの?」と美女ルンガニスは尋ねた。「気をつけないと、落っこちて死んじゃうわよ」

「待ってたんだ」

「あたしが上るのを?」

「違うよ。ぼくたち、やるんじゃなかったっけ?」

「下りられないの?」と美女ルンガニスがまた尋ねた。

「もちろん下りるさ」

今にも折れそうな木の梁をつかんでクリサンはぶら下がり、便所の中へ下りた。いまやふたりは便所の中に閉じこもり、美女ルンガニスはまだ下着を膝まで下ろしたままだった。便所はひどい臭いがしたし、いうまでもなく汚くて、ひどく居心地が悪かった。それでもクリサンは気にしなかった。性欲が頂点に達していたのである。

「さあ、やろう」とクリサンはささやいた。

「どうやってやるのかわかんない」と美女ルンガニスがささやき返した。

「教えてやるよ」

クリサンはまだ膝のところに引っかかっていた少女の下着をそろそろと下ろし、それを壁から出ている錆びた釘に掛けた。それから同じように落ち着き払って、美女ルンガニスの制服のボタンをひとつひとつはずしていき、少しずつ少女の体があらわになっていく興奮を味わった。シャツもやはり錆びた釘に掛けた。続いてスカートを脱がせ、少女の股間の黒い翳りを見て恍惚となった。そのせいで手が少し震え、あたふたと少女のブラジャーを取った。それでも、ずっと恋焦がれてきた乳房を目の当たりにすると、また落ち着きが戻ってきた。今度は自分の服を脱ぐ番だった。シャツを脱ぎ、ズボンを脱ぎ、それから下着を脱いだ。陰茎が上へ向かって屹立し、クリサンはそれをつかんで美女ルンガニスに見せた。少女はその形を見てくすくす笑った。

その後はもう落ち着いてなどいられなかった。クリサンは少女の胸をつかみ、なでさすり、狂おしげに揉みしだき、少女は身をよじって息をはずませた。美女ルンガニスは少年の体をしっかりと抱きしめた。クリサンは少女を便所の壁に押しつけ、自分の体で少女の体を抑えつけた。少女の唇に口づけをし始めたが、それは、もう結婚式ごっこをしなくなってからというもの、ずっと夢見てきた唇だった。手はなおもふたりの胸の間にあり、指は愛撫を続け、一方少女の手はクリサンの背に優しく爪を立てた。陰茎が突進して、少女の股間を貫こうとした。けれども少女の腿の柔らかな肌に当たって曲がってしまい、少女の両腿の間をこするところまでしかいけなかった。「片足を、そこの小さい水貯めに載せて」とクリサンはささやいた。美女ルンガニスが言われたとおりにしたので、ヴァギナのある場所が大きく開かれた。クリサンはやすやすと挿入した。そこはもうぐっしょりと濡れていて、温かく、石ころだらけの道を通って行くように揺れ動くふたりの動作に合わせて、さかんに音を立てた。ふたりは快感に浸ったけれど、初心者の例にもれず、性交はあっという間に終わった。

それが実際に起きたことだったのである。

「でも、もしも妊娠したら?」短い性交が終わった後で美女ルンガニスが尋ねた。

性交すれば妊娠するかもしれないことを少女が知っていたので、クリサンは少しばかり驚いた。急にそれが気がかりになり、しまいに正気とは思えない考えが頭に浮かんだ。

「ぼくは犬じゃないか?」とクリサンは尋ねた。「ぼくが吠えたり舌を出してるのを、よく見るだろう」

「あたし、犬に犯されたんじゃない」

「犬に犯されたって言うんだ」

「そうだけど」

「だから、犬に犯されたって言うんだ。茶色で鼻先が黒い犬に」

「茶色で鼻先が黒い犬に」

「このことで、絶対にぼくの名前を出すなよ」

「どうして?」

「だって、ぼくは犬だからさ」

「でも、あたしと結婚してくれるんでしょう?」

「うん。もしもほんとうに妊娠したら、計画を立てよう」

クリサンはすぐに服を着て、来たときに通った屋根の穴へ上ると、ふと思いついて美女ルンガニスの服を持ち去り、永久にだれにも見つからない場所に捨てた。一方、美女ルンガニスは、素裸で、靴と靴下さえはかず、便所から出て教室へ戻った。そんな姿で現れたせいで起こった騒ぎをクリサンは見ることはできなかった。美女ルンガニスとアイとは別のクラスだったからである。

やがて美女ルンガニスがほんとうに妊娠したとわかると、家出の計画を立てた。ふたりはゲリラ小屋に隠れて本物の結婚式を挙げるはずだった。けれども実際そうはならなかった。九ヶ月の間、クリサンは人に、とりわけママン・ゲンデンとマヤ・デウィに、そして母に、自分が美女ルンガニスを犯したのを知られるのではないかという恐怖に脅かされていた。ゲリラ小屋で少女を殺して、この話をすべて葬り去るつもりだったのだが、結局舟の上で殺すことになり、その遺体を海へ捨てたのだった。

17

ママン・ゲンデンは寂滅後三日目によみがえった。もちろん、別れを告げに来たのである。いうまでもなく、マヤ・デウィに。

三日前にマヤ・デウィはママン・ゲンデンの遺骸を埋葬したばかりだったけれど、その死体は山犬に荒らされ、蛆に食われ、蠅にたかられて、だれであるのかほとんど見分けもつかず、発見された場所から死体を運んで来たときも、蠅どもは箒星の尾のように死体について来たのだった。「あれは俺じゃない」とママン・ゲンデンはきっぱりと言った。すでに三日間マヤ・デウィは喪に服していた。深く深く喪に服していた。娘の美女ルンガニスを亡くした後で、ママン・ゲンデンまでも亡くしてしまったからだった。そんな災難がそれほど突然襲ってこようとは思ってもいなかったので、この三日間というもの、マヤ・デウィはこれは現実ではないのだと自分に言い聞かせ続け、ふたりともまだ生きているのだと思い込んでいた。喪の印の黒づくめの服装をしてはいたけれど。

ふたりの姉を見舞った運命も似たようなものだったと思い出してみたところで、慰めにはならなかった。アラマンダはヌルール・アイニを亡くし、小団長は墓から盗まれた娘の遺体を探しにどこへともなく姿を消した。アディンダにはまだクリサンがいたけれど、前にクリウォン同志を自殺で亡くしていた。

毎朝ママン・ゲンデンと娘の美女ルンガニスといっしょに朝食をとっていたとおりに、今でも毎朝マヤ・デウィは三人分の食事を用意した。ふたりのために皿を出し、飯と野菜とおかずも用意した。食べるのはもちろんマヤ・デウィだけで、そういった毎日のならわしが終わるたびに、だれも手をつけなかったふたり分の食事を捨てなければならなかった。夕食のときも同じで、それを三日間続けていた。

以前、ママン・ゲンデンが生きていたころには、夫婦ふたりでそうやって自分たちを偽り、美女ルンガニスはまだ生きていると自分たちに言い聞かせてきたのだった。ママン・ゲンデンが逝ってしまう前のことである。ふたりは食卓で顔を合わせ、いつもどおりに美女ルンガニスの分も食事を用意して、食事が終わるとそれを捨てたのだった。今ではマヤ・デウィはひとりでそれをしなければならなかった。

たったひとりで。

ところがママン・ゲンデンの死後三日目には、ひとりではなかった。ふたりでいっしょに夕食をとった。前の二晩と同じく、そして三度朝食を用意したときと同じく、マヤ・デウィは夫と娘の分も食事を用意して食卓についた。今も黒っぽい服装をして、それでもなお夫と娘がそれぞれの椅子にすわって、自分と同じように食べていると信じていた。自分の分の飯を口に入れもしないうちに、部屋の扉が開いてあの男が現れ、いつもどおりに自分の椅子に腰掛けた。マヤ・デウィは飯を口に入れ、男はスープをかき混ぜ始めた。ふたりはかつてのようにむしゃむしゃと食べ、互いに言葉は交わさなかった。ただ一皿だけが手をつけられず、ひとつの椅子だけが空いたままだった。それでもマヤ・デウィは、ママン・ゲンデンが椅子にすわって自分の分の食べ物を食べているのが見えるように、美女ルンガニスもそこにいるのだと信じていた。夕食がすんではじめて、男がほんとうにそこにいることに気づいた。夫の皿が空になっているのに、美女ルンガニスの皿はさっき用意したまま飯が残っていたのである。それはいつもどおりではなかったので、マヤ・デウィは信じられずにママン・ゲンデンを見つめた。長い間ふたりは見つめ合っていたが、やがてマヤ・デウィはほとんど聞き取れないささやき声で尋ねた。

「あなたなの？」

「別れを言いに来た」

マヤ・デウィは夫のそばへ行って、まるでそれが蠟人形で今にも溶けてしまわないかというように、細心の注意を込めて夫に触れた。指がはっていき、男の額に触れ、それから鼻へ、唇へ、顎へと下り、好奇心でいっぱいの子どものような眼差しで見つめた。男のぬくもりを感じ、ほんとうに生きているのを感じ取ると、マヤ・デウィはいっそう近づいて夫を抱きしめた。ママン・ゲンデンも抱き返し、喪服姿の妻を自分の肩で泣かせてやり、髪をなで、頭のてっぺんに接吻した。

「お別れを言いに来たって?」ふいに妻はそう言って、顔を上げてママン・ゲンデンを見つめた。

「別れを言いに来たんだ」

「また行ってしまうの?」

「だって俺はもう死んだんだから。もう寂滅したんだ」

「あの子は?」

「あの子を守りに行く。あちらで」

妻の片頰に触れ、もう片方の頰に接吻した後、ママン・ゲンデンはさっき出て来た部屋へ入って行き、扉を閉めた。マヤ・デウィはとまどいの中でその扉を見つめ、それからママン・ゲンデンの使った空の皿を見つめ、美女ルンガニスが食べるはずだった食べ物が残ったままの皿を見つめ、やがてまた閉じられた部屋の扉を見つめた。その一瞬のとまどいが消えると、マヤ・デウィはその部屋の扉に駆け寄り、扉を開けたが、そこにはだれもいなかった。

それでもマヤ・デウィは、なおも夫の姿を探した。夕方から部屋の窓には鍵がかかっていたのはたしかだった。寝台の下をのぞいて見たけれど、そこにあったのは蚊取り線香の残りの灰と、マヤ・デウィがいつも祈禱の前に使う部屋履きだけだった。部屋には、あの男が隠れられそうな場所は他になかった。大きな鏡のついた洋服ダンスはいくつもに仕切られていたし、夫婦の服でいっぱいだったので、隠れることなどできるはずもなかったけれど、それでもマヤ・デウィはタンスの戸を開けてみて、それからすぐにまた閉じた。寝台の表面を調べ、鏡台の上を調べ、なにか痕跡らしきものが見つからないかと思ったけれど、いくら探してもまったく無駄だった。マヤ・デウィは部屋から出て、立ちつくしたままもう一度食卓を見つめた。

それからいつもの仕事に戻った。食卓を片づけ、残りの飯と野菜とおかずを戸棚に入れた。一家が食事をすませた後、山から菓子作りを手伝いに来ているふたりの娘がそこから自分たちの食べる分を取ることになっていた。マヤ・デウィは食べ終わった皿を流しへ運び、美女ルンガニスの手つかずの飯をごみ箱に捨てた。手を洗っただけで、いつものように汚れた皿を洗う気にはなれず、また部屋に戻って、空っぽの部屋を眺め、ママン・ゲンデンがそこにいるかのように問いかけた。

「あなたがもう寂滅したのなら」とマヤ・デウィは言った。「それなら、三日前にわたしが埋葬したのはだれだったの？」

それはひとつの裏切りの物語であり、始まりはずっと昔にさかのぼり、ふたりが結婚したばかりのころ、五年遅れの初夜を経て美女ルンガニスが生まれるよりも前のことだった。

大柄で坊主頭で片耳がずたずたに裂けている男が、日曜の強い日差しの照りつける昼間にバス・ターミナルへやって来て、週末をこの町で過ごしたばかりの観光客が大半を占める乗客が先を争ってバスに乗り込もうとするのを押し分けた。だれであれ行く手をさえぎる者を突き飛ばし、ひとりの煙草売りにぶつかって、売り物をすんでのところで引っくり返しそうにさせ、男はママン・ゲンデンのところへやって来た。男は、かつてママン・ゲンデンがエディ・イディオットを殺して奪ったマホガニーの古びた揺り椅子を手に入れようと思ったのである。

権力を握って以来、ママン・ゲンデンは、権力の象徴であるその古ぼけた椅子を手に入れようとするたくさんの男たちと対決し、殺すまでもなく打ち負かしてきたが、それでも必ずその椅子を奪おうとする新たなる男がまた現れるのだった。今もまた、ひとりの男が目の前にやって来た。仲間の何人かは、その見なれぬ男がターミナルへ入って来たときからその姿を見とめ、尋ねるまでもなく男がなにを望んでいるかを理解した。ママン・ゲンデンもそうだった。けれどもママン・ゲンデンは黙って脚を組んですわったまま、椅子を揺すりながら煙草を吸っていた。そのときは、男の名前も、どこから来たのかも、ここで権力を握っているのがママン・ゲンデンであることをどうやって知ったのかも、だれひとり知らなかった。この町の人間でないのはたしかだった。というのも、もしもよそ者でないのなら、その椅子を手に入れたいと思えば、もうとっくにママン・ゲンデンに挑戦していたはずだったからである。

当時ママン・ゲンデンは、袋に入れた金をモヤンという名の醜い女に預けていた。その女は、ママン・ゲンデンが妻の次に信用している人物だった。ママン・ゲンデンは金を貯めてなにかを買おうと思っていた。まだわからないけれど、いつか、なにかを買って妻を驚かせてやりたかった(後になって、結局なにも買わず、その金は妻が菓子作りの商売を始める元手となった)。モヤンは、ママン・ゲンデンと同じく毎日いつもバス・ターミナルにいた。昼間は飲み物と煙草を売り、夜になると、顔が醜くても気にせず(暗い藪陰では、顔がきれいだろうが醜かろうが、どこに違いがあろうか)、また売春宿で金を使うつもりもない男たち数人と寝た。モヤンが寝る代わりに金を要求したことは一度もなかった。ママン・ゲンデンはモヤンと寝たことはなかったし、そうしたいとも思わなかったけれど、その女を信用して、金の入った袋をその手に託していたのだった。それはモヤンの住んでいる小屋の寝台の下にあった。ママン・ゲンデンの仲間はみなそれを知っていたけれど、だれひとりあえて盗もうとする者はなく、それを見ようとする者さえなかった。

バス・ターミナルで喧嘩が起こるのはごくありふれたことだった。学校の生徒たちがよくそこを喧嘩の場として使ったからである。けれども喧嘩をするのがママン・ゲンデンとなると、話は別だった。坊主頭の男がやくざ者に近づいて来たとき、その男がママン・ゲンデンに挑戦するつもりであるのはだれの目にも明らかで、なにが起こるのか、あるいは、どういうことになるのかと、いまや全員が固唾を呑んで待った。そのよそ者の男が望むものを手に入れられるだろうと断言する者は、ひとりもなかった。何年もたつうちに、バス・ターミナルの面々は、だれひとりママン・ゲンデンにかなう者はいないと確信を抱くようになっていた。共和国政府の軍隊がこぞって襲ってでも来ない限り無理だと思えたし、たとえそうなったとしても、ママン・ゲンデンにはどんな武器も通用しないという噂がほんとうだとすれば、結果は疑わしいと多くの者が思っていた。ともあれ、喧嘩はいつでもみなの待ち望んでいるものだった。

朝早く、学校へ出かける前に夫の着替えを寝台の上に置くと、マヤ・デウィは、服をどろどろに汚して帰ってきたりしないでね、と言った。つまり、以前は、マヤ・デウィの用意した清潔できちんとアイロンまで当たった服を着て出ても、少しばかり汚れた状態で帰宅することが珍しくなかったのである。ときにはバスの車掌が故障した車を直すのを手伝ってオイルや油脂がついてしまうこともあったし、別のときには、バスの車体についた煤や排気管から吐き出される煤煙のせいで服を汚してしまうこともあった。汚れた服を洗うのがたいへんだというだけでなく、マヤ・デウィに言わせれば、汚れた服を着ていれば夫の見てくれが悪くなるのだった。その日ママン・ゲンデンが着ていたのはクリーム色のシャツで、汚れが目立ちやすい色だったが、ママン・ゲンデンは今日は絶対に服を汚さないと約束していた。たとえ今日喧嘩をしなければならなくなったとしても。

その強い日差しの照りつける昼間、ママン・ゲンデンが椅子でくつろぎ、ゆったりと煙草を吸って、やはりゆったりと煙を吐き出していると、その男がターミナルの入口から入って来るのが見えたのだった。それを見たみなと同じく、ママン・ゲンデンにもその男が自分のところへ来るつもりなのがわかった。いまや坊主頭の男は目の前に立ったが、とにかくママン・ゲンデンは服を汚したくなかったので、目の前の男が口をきく前に、腰を上げながら言った。「もしもこの椅子が欲しいなら、すわるなり、持って行くなりしてくれ」。だれもが耳を疑い、坊主頭の男までもわが耳を疑い、ただ黙ってその空の椅子を見つめていた。

「そうかんたんにはいかない」と坊主頭は言った。「俺はその椅子を、それにまつわるもの全部といっしょに手に入れたいんだ」

「わかってるとも。だからそこにすわって、全部手に入れればいい」。ママン・ゲンデンはうなずいて、煙草の吸殻を捨てた。

「どんな喧嘩にも負けたことのないごろつきが、いきなりなにもせずに権力を譲り渡すとは」と坊主頭は言った。「だれにもわけがわからんだろうな。引退していい夫になろうってんなら別だが」

ママン・ゲンデンは笑みを浮かべてうなずき、手振りでその男にマホガニーの揺り椅子にすわるように合図した。坊主頭の男はすぐさまその椅子に、権力と、勇敢さと、そして勝利の象徴である椅子に歩み寄った。ところが男がそこにほんとうに腰を下ろすよりも早く、ママン・ゲンデンが拳の側面で正確に男の首筋を殴りつけ、あまりにも強く殴ったので、骨と皮が砕ける音が聞こえたような気がしたほどで、坊主頭の男は椅子のそばにぶっ倒れた。なにはともあれ、ママン・ゲンデンは服を汚さずにすんだ。だれかが坊主頭をターミナルの端の歩道へ引きずって行き、一方ママン・ゲンデンはまた椅子に腰を下ろして、煙草を吸った。

その日から坊主頭はターミナルでうろつくようになり、やくざ者の忠実な手下となった。男はロメオと名乗った。シェークスピアを読んだことがあったのかもしれないし、なかったかもしれない。とにかく男は自分の名はロメオだと言い、だれもが男をロメオと呼ぶようになったけれど、坊主頭で大柄で片耳がずたずたに裂けている男がロメオというのは妙なものだと、だれもが思っていた。ロメオは仲間のひとりとなり、仲間たちといっしょに暮らすようになり、ママン・ゲンデンの支配権を認めたけれど、仲間の多くがはっきりした出自がわからなかったのと同様に、ロメオも依然としてどこの出なのかわからなかった。そして他の仲間と同様に、ロメオも一度か二度モヤンと寝たが、とうとうあるときママン・ゲンデンに向かってこう言った。「あいつと結婚したいんだが」

「自分であいつに聞けよ」とやくざ者は言った。「おまえの連れ合いになりたいかどうか」

モヤンは結婚したいと言い、ふたりが結婚することはたちまちみなに知れ渡った。そこで一ヶ月後にふたりは結婚し、費用はママン・ゲンデンが出してやって、連中流のささやかな祝宴も開いた。ふたりは、それまでモヤンが住んでいた小屋で暮らすことになった。

「神にかけて言うが」とママン・ゲンデンは言った。「ロメオが結婚したのは、夜になるとあいかわらずたくさんの男と寝る女だ」

ふたりは多くの人々が羨む蜜月を過ごした。一晩中愛し合った後で遅れてターミナルへやって来たし、昼間にはよくモヤンの売店からふたりして姿を消し、ターミナルからほど近いカカオ農園のそばの藪陰で愛し合った。けれども一ヶ月後には、ママン・ゲンデンの言ったとおりだったことが明らかとなった。夜になって、もしも夫が出かけていれば、店を閉めるとすぐにモヤンは他の男たちと寝た。ときには輪タク《ベチャ》の運転手と、別のときにはバスの車掌と、また別のときにはふたりの男と同時に寝た。

「女の楽しみをやめさせるわけにはいかない」とロメオは言った。「たとえそれが俺の妻でも」

「おまえは哲学者にでもなるべきだな」とママン・ゲンデンは言った。「もしも頭がおかしいんでなければ」

「だって、あいつが俺に金をくれるからさ」。かつて手に入れたいと望んだマホガニーの椅子のそばに腰を下ろしながら、ロメオはさらに言った。「売春宿の女を試してみればってさ」

エディ・イディオットが町を支配していたころから、ママン・ゲンデンがそれに取って代わった時代まで、もう何年もの間、ならず者仲間にとってそのバス・ターミナルは栄光の場所だった。ターミナルはさほど大きくなかった。町には東と北の二方向へ続く道しかなかったからである。西へ向かう小さな道は、小さな町をふたつ通ってそこで行き止まりになっていた。町のやくざ者全員がターミナルにたむろしていたわけではなく、むしろそれは少数派だったけれど、それでもママン・ゲンデンは人の行き来を見るのが好きで、とりわけマホガニーの揺り椅子が気に入っていたので、いつもターミナルにいて、そのせいでバス・ターミナルはやくざ者連中にとって重要な場所となっていた。やくざ者仲間のだれもが幸福そうだった。金を払わずに寝ることのできるモヤンはロメオと結婚したとはいえ、依然として望むときに、特にモヤンがその気になれば、いつでも寝られたからだった。

ところが、穏やかで本来ならなんの問題もなく過ぎるはずだったある日、その幸福が乱された。モヤンは売店を開いたけれど、なにを売る気にもなれず、おそらくまだ家で寝ているママン・ゲンデンがターミナルに現れるのを待っていた。ママン・ゲンデンが、町のならず者らしからぬ、きちんとした、ほとんどまっとうな服装で、結婚以来仲間の間では馴染みになったその姿で現れると、モヤンはすぐに駆け寄って、ママン・ゲンデンの前で声を放って泣いた。その泣き方はまるで夫に去られた妻の泣き方のようだったので、ママン・ゲンデンはロメオがモヤンを捨てたのかと思った。けれどもこの女に泣くほどの理由はない、というのもママン・ゲンデンの見たところでは、この女のロメオに対する愛と誠実さはそれほどたしかなものではなかったからで、ママン・ゲンデンは尋ねて言った。

「どうした?」

「ロメオが行っちまった」

思ったとおりだったが、かえってママン・ゲンデンはわけがわからなくなった。

「おまえがそんなにあいつのことを好きだとは思っていなかったが」とママン・ゲンデンは言った。

シャツの裾で涙をぬぐったせいで、何段にもしわの寄った腹を見せて、モヤンは言った。「問題なのは、あいつがあんたの袋を持って行っちまったことで」

ロメオがバス・ターミナルを通って逃げ出すはずはなかったし、朝のそんなに早い時間にはまだ町から出る汽車はなかった。だからおそらく森へ逃げ込んだか、それとも運悪く、だれかが手を貸して逃走用の乗り物を提供してやったかだった。なにがあったにしろ、ママン・ゲンデンは激怒して、生き死ににかかわらず、なんとしてもロメオを捕まえてやると誓った。そこで手下を全員に集合をかけ、ひとり残らず呼んで来させた。ひとり残らずである。そして考え得る限りの場所に散らばり、近隣の町々へも行って、そこのならず者どもに連絡を取るよう手下どもに命じた。ロメオを捕まえるまでは、ひとりとして戻ってくることは許されず、もしも手ぶらで戻ろうものなら、ママン・ゲンデンにぶちのめされるはずだった。そうして町のやくざ者全員が出払って、町にとっては唯一の平和な一時期となり、怒りを抑えてじっとしてなどいられないママン・ゲンデンひとりが残された。ママン・ゲンデンはずっと前から平和な家庭生活を、まっとうな手段で稼いだ金で食っていくことを夢見ていた。自分の家庭を他の家庭のようにしたかった。その美しい夢のためにあの金を貯めてきたのである。あれでなにかを買うつもりだった。たぶん漁船でも買って、漁師になってもいい。それともトラックでも買って、野菜運びになってもいい。あるいは土地を何へクタールか買って、百姓になってもよかった。なにを買うかはまだ決めていなかったけれど、その金が今、持ち去られてしまったのである。ママン・ゲンデンは心底怒っていた。三日間じりじりしながら待ち、どうしてそんなにいらついているのかと驚いた妻の問いかけにも答えず、バス・ターミナルでは常軌を逸したほど怒りっぽくなって、どのバスの車掌も運転手も、できるだけママン・ゲンデンを避けて通った。

やがて四日目に、ふたりの手下がロメオを捕まえて戻って来た。ロメオが発見されたのは、ハリムンダの西側、町でもっとも激しいゲリラ戦が行われた深い森の縁にある一番はずれの小さな町だった。ママン・ゲンデンにとって運のよかったことに、金は無事で、ただ椰子酒一杯と、冷えたレモネードと煙草一箱分減っていただけで、それ以上使う前にふたりの手下がロメオを捕まえたのだった。とはいっても、ママン・ゲンデンの怒りは別問題だった。

連れて来られたときすでにロメオはママン・ゲンデンの手下ふたりに殴られて傷だらけになっていたが、怒り狂ったママン・ゲンデンにさらに殴られ、ほとんど死にそうになったけれど、人々は周りを取り囲んで闘鶏でも見るようにそれを見物した。ロメオは実に哀れげなうめき声をあげ、許しを請うて、もうこんな悪いことは二度としないと言ったが、ママン・ゲンデンは経験上、裏切り者は信じるべきでないことを知っていた。そこでさらに殴り続け、ロメオはうめいて許しを請い続けた。ますます大勢の野次馬が詰めかけて、最前列はすわり、後列は立ったまま、手を束ねてただその暴力沙汰を見物していた。ママン・ゲンデンをだましたりすべきではないことを町中に教えるための見世物のようなものだった。バス・ターミナルの前を行き来する警官でさえ、見て見ぬふりをして、自分たちの持ち場を離れなかった。

男の死の臭いが立ち込め、海風に運ばれて四方へ漂い出すと、死肉を食らう鷹どもがやって来始めた。だが、ロメオはまだ死んでいなかった。ロメオがとても屈強だったからではなく、ママン・ゲンデンがわざと死を長引かせ、ひどい苦しみを味わわせ、貴重な教訓として、裏切り者のたどる運命をみなに見せつけたのだった。そうして死肉を食らう鷹どもをひどく失望させることになった。犠牲者の死を延々と長引かせたからだけではない。じわじわと時間をかけて歯を引き抜き、手の指を二本か三本折り、足指の爪を剝ぎ、裸にして陰毛をむしり取り始めた。おまけに傷だらけになったロメオの体全体を、まだ火のついている煙草の吸殻で飾った。それだけではない。死肉を食らう鷹どもを失望させたのは、ママン・ゲンデンには喜びを鷹どもと分かち合うつもりがないらしいことだった。男の死骸をだれにも与えようとはせず、生きたまま焼いて、怒りの最後の表現とするつもりだったのである。

ところがガソリンとマッチを用意している最中に、すごい勢いであの醜い女が人ごみをかき分けて来て、ママン・ゲンデンの前に立った。モヤンは夫のために許しを請い、ママン・ゲンデンが夫を生かしておいてくれるなら、夫の面倒をみて信頼に値する男にすると約束した。

「チャンスをおくれ」とモヤンは言った。「なんといっても、あいつはあたしの夫なんだから」

ママン・ゲンデンは深く感動し、たちまち心が溶けてしまった。ガソリンの缶をごみ捨て場に捨て、ママン・ゲンデンはみなに向かって言った。この男に二度目のチャンスを与えるが、他の男が裏切りを働こうとしても、そんなチャンスは決して与えない、と。こうしてモヤンと結婚したロメオは火の餌食にも死肉を食らう鷹の餌食にもならず、それどころか生き延びてママン・ゲンデンのもっとも忠実な親友となり手下となった。

一方ママン・ゲンデンは、自分の金を全部取り戻してマヤ・デウィに与え、それからしばらくたって、マヤ・デウィは孤児の少女をふたり山から連れて来て、その金を元手に菓子作りの商売を始めた。

「あの男だ」とママン・ゲンデンは言った。「おまえが埋葬したのは。ロメオだ」

もちろんマヤ・デウィには聞こえなかった。マヤ・デウィは知らずじまいだった。

そもそもの始まりは、美女ルンガニスが生まれたばかりの赤ん坊を連れて「犬と結婚するために」家出をしたときのことだった。

それは天候の不安定な十二月のはじめで、町は年末をそこで過ごそうという観光客でいっぱいで、そういった人ごみの中で行方不明になるのは実にたやすいことだった。町はたいへんなにぎわいで、そういうときには商売もいっそう繁盛しているので、だれも他人になどかまってはいられなかった。あちこちにある土産物の売店は、クリウォン同志が取り壊しに対して立ち上がった時代から、まだそこで持ちこたえていた。そういうにぎわいの中では、いつも子どもがたくさん迷子になり、親までも行方知れずとなり、娘たちも姿を消し、警察は尋ね人の広告をあちこちに張り出し、浜辺一帯に響き渡るスピーカーで呼びかけたりもした。

けれども、美女ルンガニスはそんなふうに姿を消したのではなかった。行方不明になった旅行者は決まってただ迷っただけで、少し人に尋ねれば、またもとの仲間のところへたどり着ける。美女ルンガニスは道に迷った旅行者ではなく、家出をしたのであり、一族は総出でその行方を追った。ママン・ゲンデンとマヤ・デウィはあちこち尋ねて回り、ママン・ゲンデンの手下どもは以前ロメオを捜索したときのように方々に散って探したけれど、美女ルンガニスは見つからなかった。小団長は、娘のヌルール・アイニが美女ルンガニスの失踪以来どうにもならない熱に冒されてしまったのをなによりも気にかけながらも、捜索隊を出して美女ルンガニスを探させたが、ゲリラ小屋のことは思いつかなかった。子どもたちがゲリラ小屋を知っているとは思ってもみなかったのである。

何日もの間、昼夜を問わず捜索が続けられ、用意のすんでいた結婚披露宴の支度はまた取り壊され、借りた物は全部それぞれの会社に返された。この事件でキンキン少年は少し頭がおかしくなり、ひとりで猟銃をかついで隅から隅へと探し回り、行き会う犬を一匹残らず殺した。交霊術を使って死者の霊に尋ねてみたが、知っているものはなかった。

「邪霊の力が隠しているんだ」とキンキンはひとり言のように言った。

「あの子は幾日もたたないうちに死んでしまうわ」とマヤ・デウィは泣きながら言った。「あんなふうに逃げ出して、なにを食べていいかもわからないはずよ。小銭ひとつ持って行かなかったのに」

「あの子が死なきゃならん理由などない」。ママン・ゲンデンは妻をなだめようとして言った。「もしも腹が空けば、少なくとも赤ん坊を連れているから、そいつを食うことができる」

捜索隊は徐々に戻って来たが、なんの成果も得られず、足跡を見かけた者さえひとりもなかった。「寂滅してしまったはずはない」とママン・ゲンデンは言った。「瞑想だって一度もしたことがないのに」。そこで捜索隊は再び出発し、藪から藪へ、横町から横町へ、薄汚い下町から下町へと行方を追ったが、やはり見つけられなかった。マヤ・デウィは娘の学校の友だちをひとりひとり訪ねてみたけれど、これまで遊び友だちだったのはアイとクリサンだけだったから、そんなことをしても明らかに無駄だった。マヤ・デウィはだれにもまして気を揉み、あの夜美女ルンガニスにつき添っていなかったことを悔いた。

新年も過ぎ、町はますます大勢の観光客でにぎわっていた。警察の発表によると幾人かが溺死しており、ママン・ゲンデンとマヤ・デウィはそれらの遺体をひとつひとつ調べた。たいていは遊泳禁止区域で泳いでいた観光客だったけれど、ついにふたりは娘を発見したのだった。一目でそれとわかった。海水もその美貌を損ないはしなかったからである。溺死してからいったいどれぐらいになるのか、波に運ばれて海岸へ流れつき、それを人々が見つけたのだった。ただちに遺体発見を知らされて駆けつけたママン・ゲンデンとマヤ・デウィはもちろん、それがだれの遺体なのかは、だれの目にも明らかだった。娘は仰向けに横たわり、着ている物はほとんどぼろと化していた。顔はまだあの美しい顔のままで、髪が広がって水にもてあそばれていた。たいていの溺死者のようには腹が膨らんでいなかった。そのわけはすぐにわかった。首に黒ずんだ痕が残っていたのである。だれかが先に殺してから海に投げ込んだのだった。マヤ・デウィは大声をあげて泣き崩れた。

「なにがあったにしろ、埋葬してやらねばならん」とママン・ゲンデンは怒りを抑えて言った。「それからこの人殺し犬を見つけるんだ」

「犬が首を絞めるわけがないわ」。マヤ・デウィは夫の肩にもたれかかり、ほとんど気を失いかけながら言った。

失踪からほぼ一ヶ月後にハリムンダの海岸の西の端で発見された美女ルンガニスの遺体を、ママン・ゲンデンは自ら抱きかかえて運んだ。マヤ・デウィが目を腫らして止めどなく涙を流しながらその後に続き、同情した人々が尻尾のようにふたりの後に従った。

その夕方、なにはともあれ、葬式がひととおり執り行われた後、美女ルンガニスの遺体を載せた輿が町を横切り、ブディ・ダルマ共同墓地へ向かった。キンキンはその日に埋葬されるのが自分の心から愛していた娘であることを知ったとたんに、あわや気を失いかけたが、父といっしょに、何者にも想像もつかないほどの悲し

み の中で墓穴を掘った。さらにママン・ゲンデンとカミノを手伝って遺体を穴へ下ろしもした。そしてママン・ゲンデンが最初に土を木綿布の上にかけた後、キンキンはやはり手伝って憧れの人の墓を埋め、それからありたけの愛を込めて木の墓標を立てた。

「犯人を捜し出してやる」とキンキンは恨みを込めて言った。「そして仇を討ってやる」

「そうしてくれ」とママン・ゲンデンは言った。「もしもおまえにできるんなら、そいつを殺すチャンスをおまえにやる」

夜にふたりは美女ルンガニスの墓で落ち合い、霊を呼び出した。キンキンがそれをしている間、ママン・ゲンデンはただ待っていた。人形を使って霊を呼び出そうとしたが、美女ルンガニスの霊はまるで現れようとしなかった。キンキンは他の霊を呼び出し、美女ルンガニスを殺したのはだれか聞き出そうとしたけれど、前に美女ルンガニスがどこにいるのかだれも知らなかったのと同じで、答えを知るものはなかった。

「できない」。キンキンは交霊術を終わらせ、失望して言った。「すごく強い邪霊が、最初っからおれのすることを全部邪魔してるんだ」

「もしも必要なら、俺が寂滅してそいつと対決する」とママン・ゲンデンは言った。「だが、その前に犯人がだれかを知りたい」

そのときからママン・ゲンデンと妻は、美女ルンガニスがまだ生きていると自分たちに嘘をつくようになったのだった。朝食と夕食のときには娘の分も席を用意し、後でマヤ・デウィが捨てなければならないにしても、食事まで用意した。一方、警察は美女ルンガニスの墓を掘り返し、遺体を調べてからまた埋め直した。ママン・ゲンデンはそれには反対せず、警察が殺人犯を見つけてくれると信じようと努めた。いったいなにをしているのやら、一週間がたち、まもなく一ヶ月が過ぎても、なにひとつ明らかにはならず、手がかりはまったく見つからなかった。ただ大勢に対して聞き込みが行われただけで、みな警察署に呼ばれて尋問され、ママン・

ゲンデンとマヤ・デウィは五回、他の人々も同じ回数尋問を受けたけれど、なにをやっても、ますます美女ルンガニス殺しの犯人から遠ざかっていくだけだった。なにもかもが徒労に思われたとき、ママン・ゲンデンは警察をあてにするのをやめた。最後に調査のために家へ来た警官を、ママン・ゲンデンは怒鳴りつけた。

「この家で犯人が見つかるわけがない」。ママン・ゲンデンは腹を立てて言った。「おまえら、頭の中から腐っとる」

そのとき、まるで天からまぎれもない真実の啓示を受けたかのように、やくざ者はなにをなすべきかをはっきりと悟った。

「もしもだれひとりあの子を殺したのでないなら」とママン・ゲンデンは確信を込めて言った。「それなら、つまりこの町全体が人殺しなのだ」

次の月曜日、およそ三十人の手下を従え、ママン・ゲンデンは、町の住民にもっとも恐怖に満ちた時として記憶されることになる前代未聞の暴力沙汰を巻き起こした。手始めに警察署に押しかけ、そこで目に入ったものはなんでもぶち壊し、やくざ者どもの乱暴を止めようとした警官全員と闘った。警官の幾人かは、とうてい互角とはいえない闘いのあげくに病院送りとなり、警察署への訪問の締めくくりとして、ママン・ゲンデンは火を放って、娘を殺した犯人を発見できなかった警察の無能に対する怒りをぶつけた。

中央警察署がママン・ゲンデンの率いるやくざ者どもに焼き討ちされたと聞いて、町はたちまち激しく動揺した。煙が空高く立ち上り、消防隊でさえ火を消し止めることはできなかった。火事が起これば野次馬が詰めかけるものだが、警察署が燃えているのを見に行く勇気のある者はいなかった。ママン・ゲンデンと仲間のならず者どもが、どうにもならないほど怒り狂っていると聞いたからだった。人々はただじっとして、口から口へとその話を伝え、だれよりも怖れられているあの男がなにをするつもりなのか想像して、がたがたと震えた。美女ルンガニスの死は町の人間全員の責任だとママン・ゲンデンが言っていたと聞いてからは、なおさらだった。

そのママン・ゲンデンは、今ではすでに半世紀を越える年月を生きてきた老人だったけれど、はじめて町へやって来て騒ぎを起こし、エディ・イディオットを殺したときからその力が少しも衰えていないことは、だれもの知るところだった。ママン・ゲンデンは長い間夢見ていたものをすでに手に入れていた。家族である。美しい妻がいて、その妻は人々がよく噂して言うには、姉妹の中でも一番の美人で、そしてふたりの間には、町の美女を全部集めた中でも一番美しい娘が生まれた。小団長の軍支部が主催した本年度ミス・ビーチ・コンテストに娘を連れて行って参加させたときのことをママン・ゲンデンは今も憶えていたし、娘が栄冠を勝ち取ったのをとても誇りに思っていた。

ところが、いまやその娘をもっとも受け入れがたい仕方で失ってしまったのである。何者かが殺し、死体を海に捨て、そしてママン・ゲンデンはそれがだれなのかを知らないのだった。娘が学校の便所で犬に犯されたと言ったときになにも手を打たなかったことを、ママン・ゲンデンは悔いていた。なにかをすべきだったのだ。少なくとも学校へ行って、その便所を見るべきだったのに、実際にはなにもしなかったのである。学校の男子生徒全員に聞くべきだった。美女ルンガニスがそのうちのひとりを犬と言いまちがえたのかもしれなかったのだから。それともなぜ最初から、もしもほんとうに犬が犯したのなら、その犬を探さなかったのか、そしてもしも見つからなければ、なぜあのキンキン少年がいかにも素人臭いやり方でやったように、この町に生きている犬を一匹残らず殺さなかったのか。

「オレノイヌメニゲヤガッタ」。どういうつもりか、ママン・ゲンデンはそう言った。

警察署を燃やした直後に、ママン・ゲンデンは最初の犬を見つけた。野良犬で、ごみを引っかき回しているところだったが、ママン・ゲンデンはそれを捕まえて殺した。その殺し方に、だれもが肝を抜かれた。犬の首をねじ切り、犬は頭と胴体に分かれて転がったのだった。

「力があってもなんになる、もしも自分の娘を犬から守ることすらできないのなら」とママン・ゲンデンは言った。「さあ、この町の犬どもを皆殺しにしよう」

手下のならず者どもは何人もの集団に分かれて散って行ったが、みな身の毛のよだつような殺害用の武器を手にしていた。空気銃を持っている者もあり、鉈や抜き身の刀を振り回している者もあった。

「やるんだ、それでこの魂が鎮まるわけではなくても」。ママン・ゲンデンはうめいた。

「もうひとり子どもを作るわけにはいかないのか？」ロメオが愚かにも尋ねた。

ママン・ゲンデンは少しも慰められなかった。「たとえ他に十人子どもがいたとしても、だれかがそのうちのひとりを殺せば、俺は黙ってはおらん」。路地から路地へ目をこらし、他に犬がいないかと待ち構えていたが、それから悲しげにつけ加えた。「あの子はたった十七歳だったんだ」

「小団長の子どもも死んだ」とロメオは言った。

「だからといって慰めにはならん」とやくざ者は言った。

そこでこの町でもっとも恐ろしい犬の虐殺が開始され、それは十八年前の共産主義者の虐殺にも匹敵するほどだった。もしも小団長がそれを知ったら、いったいどうなっていたことだろう。小団長は犬が大好きで、この町の犬の多くは何年も昔に猪狩りをしたときに訓練した山犬どもの子孫だったのだから。小団長は娘の墓が何者かに掘り起こされて以来、姿を見せなくなり、ママン・ゲンデンと同じように、町の隅々から村々へ、そして集落から集落へ、娘の遺骸の行方を追っていたのだった。ならず者どもは道をうろついている犬をやすやすと切り殺し、串焼き用の肉にでもするかのように切り刻んだ。犬の頭は、この町で生きる恐怖を犬どもすべてに思い知らせるかのように、道の角々に掛けられ、その首からはまだ血がしたたっていた。ごみ捨て場にいたものも、浜辺でうろついていたものも、野良犬が残らず殺されてしまうと、ならず者どもは飼い犬に狙いをつけた。飼い主たちは抵抗したけれど、ならず者たちを打ち負かすことなどできるはずもなかった。ならず者どもは家の柵を壊して、犬小屋にいた犬を殺し、とりわけ鎖につながれて殺害者に面と向かってもどうすることもできない犬を殺した。家の中へも押し入って、窓を壊し、寝台の上にいた犬を殺し、さらにはそこで殺した犬を台所の揚げ物鍋に投げ込んだ。

やくざ者どもが家の中まで押しかけて犬狩りをする乱暴なやり方に、難色を示す人々も出てきたけれど、ママン・ゲンデンは気にかけなかった。「もしもほんとうに犬が俺の娘を犯したのなら」とママン・ゲンデンは言った。「それなら、そいつは、もとはといえば人間から邪悪な考えを受け継いだことになる」。さらにママン・ゲンデンは手下に命じて、犬の飼い主たちの持ち物を手当たり次第に破壊させた。

「ここまでひどいことをしたら、軍隊と対決しなくちゃならなくなるぜ」。隠しきれない恐怖をにじませた声でロメオが言った。

「俺たちは、もうあの軍隊とは対決したことがある」とママン・ゲンデンは言った。

ロメオはママン・ゲンデンを見つめた。信じられないというふうに。

「娘を殺されて怒った男に、他になにができるというんだ?」とママン・ゲンデンは尋ねた。「あの連中になんの罪もないことはわかっている。だが、俺は今怒っているのだ」

それは口実に過ぎず、実はママン・ゲンデンは仲間のならず者どもを除いた町の人間すべてに対して真実怒っていたのだった。ずっと昔から恨みを呑んできたのだ。喧嘩とビールを飲むことで時間をつぶしているだけのならず者だといって、だれもかもが自分を蔑み、自分の仲間たちを蔑んでいるのは、知り過ぎるぐらい知っていた。町の連中が美女ルンガニスを頭がおかしくて知恵の足りない娘だと思い、ただ欲情に満ちた目つきでその美貌を見ているだけであることに対しても恨みを抱いていた。ママン・ゲンデンには怒るだけの理由があったのである。

「あいつらは、俺たちのことを役立たずの社会のくずだと思い込んでいるのだ」とママン・ゲンデンは決めつけた。「そのとおりだ。だが、俺たちの中の多くは、なにになるにも教育が足りないからで、それなのに、やつらは扉を閉めやがったのだ。俺たちにできるのは、結局盗賊になり、スリになり、ただ羨ましがらせられた連中に対して恨みを晴らす時を待つことだけなのだ。俺は幸せな家庭を持っているやつが羨ましかった。俺もそういうのが欲しかった。最後にはなにもかも手に入れたけれど、俺の仲間たちはたぶんそうじゃなかった。そして今、やっとそれを手に入れたと思ったら、だれかが俺からその幸せを奪いやがったのだ。長年の恨みがまた口を開けた。傷が口を開けるように」

まさにロメオの言ったとおりになった。暴動がたちまち町を覆った。犬の飼い主の幾人かは抵抗しようとしたが、ならず者どもはますます獰猛になって、犬以外までなんでも破壊した。車は道で引っくり返り、道路標識は根っこから引き抜かれ、並木も同じ運命をたどった。店のガラスは粉々に割れ、ショーケースのガラスも粉々になった。いくつかの交番は火をかけられ、かなうわけもない喧嘩で怪我人が出た。町の住民ははなはだしい恐怖に襲われ、軍の中央司令部から町の軍の責任者にただちに命令が下った。町の軍の責任者は小団長にその任務に就くように言った。悪党どもをなんとかし、もしもなんとかできなければ抹殺するようにというのである。

「ずっと前から、あの悪党どもは共産主義者と同じように抹殺せねばならんと思っていた」。無駄に終わった娘の遺体探しから戻った後、小団長は妻に向かって言った。

「クリウォン同志を島流しにした後で、ママン・ゲンデンも殺すつもりなの？」妻は尋ねた（妻は、クリウォン同志の自殺が発覚した前日に同志と交わした情事のことは、一度も話したことがなかった）。「あたしの妹をみんな未亡人にするつもり？」

小団長は驚いて妻を見つめた。

「もしもあいつを殺さなければ、町の人間が皆殺しにされるだろう。他にどうしろというのだ？」と小団長は尋ねた。「それに考えてもみろ。あいつがちゃんと監視していなかったせいで、娘は妊娠し、その妊娠した娘を、娘のいやがる相手と無理やり結婚させようとしたせいで、娘は赤ん坊を産んだ夜に逃げ出した。その娘が逃げだしたせいで、その子とずっと仲良しだったうちの娘は病気になり、そうして病気になったせいで死んでしまった。おまけに死んだ後に、だれかが墓から遺体を盗んだ。あのならず者の親玉が、われわれの娘、三人目のヌルール・アイニを殺した張本人だということがわからないのか？」

「ついでにイヴのせいだとでも言ったら。イヴがアダムを誘惑してあのりんごの実を食べさせたせいで、あたしたちがこの呪われた地上で生きなければならなくなったんだからって」。妻は腹を立てて言った。

実のところ、小団長にとっては、妻のことなどこの際どうでもよかった。ならず者を退治するのが軍の中央司令部からの命令だっただけでなく、小団長自身の理屈によってヌルール・アイニの死に対する恨みもあり、そしてなによりも、小団長がデウィ・アユと寝てからまもないある日、ママン・ゲンデンが軍支部の基地へ来て小団長を脅したことに対する積年の恨みの傷がまだくすぶっていたからでもあった。だれひとり面と向かって小団長を脅した者はなかった。日本人もオランダ人も。それなのにあのならず者が、それをしたのである。あの男には武器が通用しないという事実があろうと、それを目の前で見せつけられたことすらあろうと、かまいはしなかった。ひとつかふたつはあの男を殺す方法があるはずで、あの男の命を奪うためなら、どんな方法もいとわなかった。かつてあの男と、特にトルフのテーブルを囲んでいた間は、親友となったこともあったけれど、いずれにしろいつかは殺してやると思っていたのである。今がその時だった。だからアラマンダがなにを言おうと耳をふさいだ。

「やればいいわ。もう戻って来なくていいから」と、しまいにアラマンダは言った。「あたしたち三人とも未亡人になるわ。そうすればなにもかもおあいこってわけよ」

「アディンダにはまだクリサンがいる」

「あの子も殺せば。もし妬ましいなら」

小団長は自ら悪党鎮圧の指揮を執った。兵士を全員集め、最寄りの軍の駐屯所から援軍を得た。緊急会議を開いて、現在どこで悪党どもが暴動を起こしているか地図を作成し、殲滅作戦を立てた。小団長本人は今では実戦に出るには老い過ぎており、退役決定の通知を待っているところだったが、やる気にみなぎっており、とはいってもいくぶん思慮深くもあった。「共産主義者を抹殺したときのようなまねはしない」と小団長は言った。「殺した者はすべて袋に入れねばならない」

そこでトラックが一台、空の麻袋を満載して到着した。

町の住人が集団恐慌を起こさないよう、作戦は夜間に行われた。平服に武器を携えた兵士たちが散開し、狙撃隊とともにならず者どもの溜まり場へ向かった。入れ墨をしている者や、飲んだくれている者を目当てにやくざ者を見つけ出し、特に乱暴を働いている現場や犬を殺している現場を押さえて、その場で残らず撃ち殺し、袋に突っ込んで、溝に投げ込んだり、道端に投げ捨てたりした。それを見つけた住人たちが袋ごと埋めるだろう。木綿布で包むよりもはるかに手っ取り早かった。

「あいつらはあまりにも呪われた存在だから、木綿布などもったいない」と小団長は言った。「ましてや墓地の土など」

一日目の夜が明けるころには、町のやくざ者の半数はすでに消え去り、袋に呑まれて口をビニールの紐で縛られていた。袋は道のそこここに転がり、川に浮かび、海岸の波にもてあそばれ、藪の中に積み重なり、溝に横たわっていた。いくつかは犬に荒らされ始め、別のいくつかには蠅がたかり始めていた。住民はだれひとり夕方になるまでそれらに手を触れようとせず、いったい何者なのかは知らないが、救いがやって来て、やがては狼藉者をひとり残らず退治してくれるだろうと思って狂喜した。もちろんだれもがまだ共産主義者の虐殺事件を憶えていて、何年もの間どれほどその亡霊の恐怖にさらされたかも忘れていなかった。だが、かまわない。

あのならず者どもは、生きてたくさんの人々を苦しめるよりも、死んで亡霊になってくれる方がましだった。そこで人々は袋の中の死体を放置して、蛆と死肉を食らう鷹が骨の髄まで食い尽くしてくれることを望んだ。けれども腐臭が充満し始め、がまんできなくなると、とうとう自分たちの住まいのそばにある袋に入った死体を埋めた。

遺体を埋葬するようにではなく、バナナ畑でひった糞を埋めるようなやり方だった。

殲滅作戦は二晩目も続き、それから三晩目、四晩目、五晩目、六晩目、そして七晩目を迎えた。作戦は迅速に行われ、ハリムンダに巣食うならず者のほぼ全員を抹殺した。小団長は少しも満足できなかった。それらの死体の中にママン・ゲンデンのものがなかったからである。

その一週間、ママン・ゲンデンは一度も家に帰らなかった。マヤ・デウィはたいへん心配し、とりわけ、その七晩の間に町のならず者どもがひとりまたひとりと殺され始めたと聞いてからは、なおさら気を揉んだ。だれが悪党どもを殺しているのか知る者はなく、わかっているのは、どの悪党も頭か胸を撃たれて死んだということだけだった。それでも、だれもがそれが何者なのか言い当てることができた。だれもが武器を持っているわけではなかったからである。そこでマヤ・デウィは小団長に会いに行った。

「もうわたしの夫を殺してしまったのですか?」とマヤ・デウィは尋ねた。

「まだです」と小団長は悲しげに答えた。「あの兵士たちに聞いてください」

マヤ・デウィは兵士にひとりひとり、ほぼ全員に尋ねたけれど、兵士たちの答えは小団長と同じだった。

「まだです」

それでもマヤ・デウィは信じる気にはなれなかった。小団長はかつてクリウォン同志をブル島へ流刑にしたのだから、夫のママン・ゲンデンを殺すのもあり得る話だった。ほんとうにどんな武器も夫には通用しないようにと願うばかりだったけれど、道に転がっているたくさんの死体を見るに及んで、そのうちのどれかが夫の死体ではないかと探してみずにはいられなくなった。

そこで美しいマヤ・デウィは日除けのために赤いベールをかぶり、死体から死体へと見て回り始めた。袋の口を縛っている紐をひとつひとつほどき、鋭く鼻をつく腐臭にもかまわず、中へ入り込もうとする蝿と争うのもいとわず、中の死体を調べ、頭に思い浮かぶ夫の顔とつき合わせた。ママン・ゲンデンの死体はなかったけれど、たくさんの死体を見て、その大半がよく知っている夫の親友であることがわかるにつれ、夫もほんとうに死んでしまったのだとしか思えなくなった。おそらくどんな武器も通用しない術というのはただの噂だったであり、兵士のだれかが撃ち殺してしまったのだ。夫を見つけ出さねばならない。そしてもしもほんとうに死んだのなら、尊厳を込めて埋葬しなければならない。

人々が臭いに耐えられなくなって埋めた死体については、それを埋めた人に会って尋ねた。あなたがお埋めになったのは、うちの夫だったでしょうか？　「見ませんでしたよ」と人々は答えた。「でも、臭いからして、違うと思いますけど」。うちの夫はどんな臭いがするとお思いになるんですか？　マヤ・デウィはさらに尋ねた。「あの死体のどれよりも、もっと臭いに決まっていますよ。だってならず者の中のならず者なんだから」。マヤ・デウィはそんな言葉を聞かされてもまったく傷つかず、まったくそのとおりだと思って、夫探しを続けた。いくつかの死体は川に浮かんで流されていたので追いかけねばならず、くたくたになるまで追いかけてようやく捕まえてみても、夫ではないのがわかっただけだった。海岸一帯に散らばっている死体も調べたが、このときばかりはハリムンダには観光客もなく、浜辺はひっそりとしていた。そうして一日探し続けても無駄に終わり、夜になると家へ帰って、その夜は虐殺が行われないことを願い、突然夫が帰って来ないかと願った。願いは叶わず、朝になるとまた夫探しを始め、まだ見ていなかった袋を調べて回った。

とうとう幾人かの人々が、虐殺の七日目にママン・ゲンデンがロメオとともに半島の森へ逃げ込むのを見かけたと知らせてくれた。けれども、軍隊もすでにそれを聞きつけていた。そこで時との争いとなり、軍隊がまだ夫を発見していないようにとマヤ・デウィは願った。ひとりで森へ入り、ただゴムぞうりをはいただけで、前の日に着けていた赤いベールをかぶって、つまずきながら藪だらけの小道をたどった。その森は植民地時代から保護森となっていて、猿やおとなしい鹿だけでなく、野牛や豹までも棲んでいたが、マヤ・デウィは何ものをも恐れず、生きてであれ死んでであれ、ただ夫と会いたいとだけ願っていた。

マヤ・デウィは四人からなる兵士の一隊と行き会い、兵士たちを呼び止めた。

「もう、うちの夫を殺してしまったのですか?」マヤ・デウィは再びそう尋ねた。

「今回は、ええ、もう殺しましたよ、奥さん」と四人の中のリーダー格が言った。「お悔やみ申し上げます」

「死体はどこに置いてきたんですか?」

「この道をまっすぐ百メートルほど行ったところですが、死体にはもう蠅がたかっています。マンゴーの木に磔にしようとしたんですが、あっという間に蠅が来てしまって」

「袋に入っているの?」

「袋に入っています」と兵士は答えた。「赤ん坊のように丸まって」

「では、後ほど」

「では、後ほど」

マヤ・デウィは、さっきの兵士に言われたとおり、その道を百メートルほどまっすぐ行って、そこでたしかに蠅のたかっている袋を見つけた。死肉を食らう鴉までがすでに袋をつついており、二匹の山犬が袋を引き裂き始めていた。マヤ・デウィはそれらを全部追い払い、袋の紐をほどいて、袋の中で「赤ん坊のように丸まって」いるのがあの男であることを、自分の夫であることを確かめた。顔はほとんど見分けもつかないほどになっていたけれど、たしかにそれは夫だった。ともあれ、そのときマヤ・デウィは泣かなかった。感嘆すべき冷静さで、袋の口をビニール紐で縛り直した。とてもではないが袋をかついでいく力はなかったので、見つけた場所からブディ・ダルマ共同墓地まで、遥々引きずって行き、そこで尊厳をもって夫を埋葬してほしいと頼んだ。道中ずっと蠅は袋にたかり続け、箒星のように長い尾を引いてついて来た。

蠅がようやく行ってしまったのは、カミノが遺体を清め、香水をかけてからだった。いまや遺体は硬直して横たわり、額と胸に弾痕が見とめられた。二発だけだったけれど、即死したに違いなかった。胸の弾痕は心臓の真上だった。それを目にして、ようやくマヤ・デウィは泣き出し、その悲しみを長引かせまいとカミノはすぐに遺体を木綿布で包んだ。埋葬のための祈りをあげ、本来なら義父となるはずだった男の死に同情したキンキンもそれに従った。ママン・ゲンデンの遺体は娘の墓のすぐそばに埋葬され、その場で一時間近くも、マヤ・デウィはふたつの墓の間にひざまずいていた。悲しみにうちひしがれ、ひとり残された孤独をかみしめていた。それから喪に服し、その三日目にママン・ゲンデンが寂滅からよみがえったのだった。

かつて証明してみせたように、ママン・ゲンデンはたしかに武器に対して不死身だった。虐殺を恐れてはいなかった。けれども仲間たちが死んで道に倒れていくのを見るに及んで、それらすべてを見るに耐えかね、ずっとつき従ってきていたロメオに言った。

「森へ逃げよう」

ひとつの場所から別の場所へとうまく隠れおおせていたのだが、殲滅作戦の七日目にふたりは森へ逃げ込んだ。そうなのだ。町はもうやくざ者にとって居心地のいい場所ではなかった。仲間たちが目の前で死んでいくのを見ながら、おのれの力と不死身の体を誇って立ち続けることなどできなかった。

「まもなくあいつらは幽霊になるだろう」。逃げながらママン・ゲンデンは言った。「もしも生き延びたとしても、あいつらの苦しみを見て苦しむことになる」

クリウォン同志の最後の日々をママン・ゲンデンは思い出していた。あの男は、ひどい苦しみを受けている仲間たちの亡霊を見て、深い悲しみにとらわれていた。あんなふうに生きるのははるかにつらいことだったたから、ママン・ゲンデンはそれを望んではいなかった。

「幽霊から逃げることなんか、できっこない」とロメオが言った。

「そのとおりだ」とママン・ゲンデンは言った。「自分たちが仲間入りするしかない。クリウォン同志が最後には自殺を選んだように」

「自殺する勇気なんかない」とロメオは言った。

「俺もしたくない」とやくざ者は言った。「だが、別の方法を考えている」

半島の森へ逃げることにしたのは、そこがほとんど人間の踏み込まない場所だったからである。保護森だったので、土地を耕す農夫もなく、いるのは森林警備員だけだったが、たいていは怠け者だった。そこへ逃げ込めば、兵士たちに見つかるまでの時間を引き延ばせるだろうと思ったのである。ママン・ゲンデンを殺すことはできないとしても、いずれにしろ兵士たちがひどく邪魔な存在であるのはたしかだった。ママン・ゲンデンはある決意を固めつつあったのである。

「仲間全員が虐殺で死んだのを知りながら、生きていくことなどできるはずがない」。実に悲しげな口調で、ママン・ゲンデンは言った。

「たくさんの人間があんなにすばらしく人生を楽しんでいるのを知りながら、死ぬことなどできるはずがない」。皮肉を込めてロメオが言った。

「だが、俺にはまだ妻のことが気にかかる」とママン・ゲンデンは言った。「あいつはひどく悲しむだろう。特に美女ルンガニスを亡くしたばかりとあっては」

「おれは妻のことはどうでもいい。あんなに醜い面をしていても、寝てくれる男ならいくらでも見つかるだろうから」とロメオは言った。「だけど、どっちにしろ、おれは生きている方がいい」

ふたりは小さな丘にたどり着いた。その片側の斜面には日本洞窟と呼ばれる、戦時中に日本軍が防衛のために掘った洞窟があった。丘の頂上でひと休みし、その間にママン・ゲンデンは生を捨てて去ることを考え、マヤ・デウィをひとりこの世に置き去りにする勇気があるかどうかを考え続けた。ママン・ゲンデンは日本洞窟を見つめた。暗くじめじめとしていて、壁が箱状に回りを囲み、防塞というよりは牢屋のようだった。けれどもそういう場所は瞑想にはうってつけだった。ママン・ゲンデンは瞑想して寂滅に至りたいと思いながらも、まだ妻のことが頭から離れなかったが、やがて、とうとうこう言った。

「いずれにしろ、遅かれ早かれ死はやって来る」。さらにママン・ゲンデンは言葉を継いだ。「俺の知る限り、あいつは強い女だ」

とうとうママン・ゲンデンは、その日本洞窟で瞑想しようと決心した。自分が洞窟で瞑想している間、丘の頂上で待っているようにロメオに告げ、よく見張っていろと命じた。あの兵士どもがふたりの逃走の跡を嗅ぎつけて、ここまで追って来るかもしれなかった。「兵隊どもが来たら、起こしてくれ」とママン・ゲンデンは言った。

「ここへ来る前に、おれが殺してやるさ」とロメオは言った。

「自信なさそうな声だな」とママン・ゲンデンは言った。「だが、頼んだぜ」

ママン・ゲンデンは日本洞窟まで下りて行き、中へ入った。予想したとおり、防塞というよりは牢屋に似ていた。壁はでたらめに削っただけらしく、奥へ入っても、同じような四角い空間があるだけだった。奥にもあまり部屋はなく、中央の部屋の他に部屋が四つあるだけだった。ママン・ゲンデンはじめじめした中央の部屋の床にすわり、瞑想を始めた。ほどなくママン・ゲンデンは寂滅に至った。消え去って光の粒と化した。自殺したのではなく、肉体のすべてを、魂を封じ込めていた物質的なものすべてを捨てることによって、この世から去り、いまやあらゆる光とひとつとなって、水晶のように輝きながら天へと駆け昇って行った。ところが、天へ至る前に、四人の兵士が丘の上のロメオに銃をつきつけているのが目に入った。兵士たちの視界をかすませてロメオを助けてやろうと思ったとき、ロメオがこう言うのが聞こえた。

「殺さないでくれ」。ロメオは兵士たちに言った。「ママン・ゲンデンがどこにいるか教えるから」

「じゃあ、言え」と兵士のひとりが言った。

「あの日本洞窟で瞑想をしている」

四人の兵士は丘を下りて日本洞窟を調べた。当然ママン・ゲンデンは見つからなかった。その隙にロメオは逃げ出したが、ママン・ゲンデンはそうはさせず、その場にロメオを押さえつけたので、結局ロメオは、駆けているのに、気づいてみるとさっきの場所から一歩も動いていなかったのである。

「裏切り者はしょせん裏切り者だ」とママン・ゲンデンの言う声がロメオにも聞こえたが、姿は見えなかった。ロメオは、かつてママン・ゲンデンの金を盗んで裏切りを働いたことを思い出した。

ママン・ゲンデンはそれからロメオの顔を自分の顔に変えると、ちょうどそこへ四人の兵士がママン・ゲンデンを発見できなかったことに腹を立てて戻って来た。ところが今、四人はその男を見たのである。ママン・ゲンデンを、丘の頂上で。

「とうとう見つけたぞ、ママン・ゲンデン」。銃を構えながら兵士たちが言った。

「おれはロメオだ」と男は言った。「ママン・ゲンデンじゃない」

けれども二発の銃弾が炸裂し、男の生を奪った。一発は額に、一発は胸に。マヤ・デウィが見つけたのはその死体で、一方ママン・ゲンデンは天へ昇り、寂滅後三日目にマヤ・デウィを訪れたのだった。

18

とてつもなく強いその邪霊は、いまや幸福に酔いしれていた。勝利の数々を目にし、すべての恨みが晴らされたのを目の当たりにしたのである。たとえこれほど長く待たねばならなかったとしても。

「ついにあいつらを、愛する人間から引き離してやった」。邪霊はデウィ・アユに向かって言った。「あいつがわしを、愛する人間から引き離したように」

ついにあいつらを、愛する人間から引き離してやった。あいつがわしを、愛する人間から引き離したように。

「でも、私はあなたを愛していたのよ」とデウィ・アユは言った。「腸《はらわた》の奥から出てきた愛だったのに」

「だからこそ、わしはおまえから逃げたのだ、スタームラーの孫め！」

だからこそ、わしはおまえから逃げたのだ、スタームラーの孫め！

声がこだました。

邪霊の恨みがそこまで激しく、そこまで根が深いとは、デウィ・アユはにわかには信じられなかった。それは予想を超えたことだった。これまで、それはさして手のかからないいたずら者の亡霊でしかなかったのだから。その亡霊に邪悪な計略があって、いつかそれを実行に移すつもりでいることは知っていたけれど、そこまで邪悪なまねをしようとは、そしてそこまで深く亡霊の心に恨みが植えつけられていようとは、思いもよらなかったのだった。

「おまえの子どもらを見ろ」と邪霊は言った。「あいつらは今では惨めな後家となり、四番目のは未婚の後家となった」

おまえの子どもらを見ろ、あいつらは今では惨めな後家となり、四番目のは未婚の後家となった。

それは邪霊が身の毛のよだつようなやり方で、ゲリラ小屋、つまり小団長本人の縄張りで、小団長を殺した後のことだった。夜明けに小団長がふいに現れて竃の前にしゃがんだとき、デウィ・アユは死んでからもう何年もたっていたし、生きていたときでさえ長年係わりを持っていなかったせいで、小団長が娘婿であることもすっかり忘れ果てていた。その小団長が言うには、町のならず者どもを抹殺してから何年もの間、町から町へ、森から森へと歩き回って、何者かに盗まれた娘の遺骸を捜したのだった。疲れ果て、なんの成果も得られず町に帰って来たけれど、妻であるアラマンダのところへ戻る勇気はなく、だから義母デウィ・アユの家へ来たのだった。

「小団長殺しを演ずるいい役者が見つからなかったのだ」と邪霊が言った。「だからわしが自分でやった」

小団長殺しを演ずるいい役者が見つからなかったのだ。だからわしが自分でやった。

「最初からわかっていたわ」とデウィ・アユは言った。「あなたは素人くさい喜劇作家よ」

いいや、実際に邪霊が自ら手を下して殺したのではなかった。だが小団長を殺したのは、たしかに人間ではなかった。悲惨な老境の孤独の中で、妻の妹たちを未亡人にしてしまったために妻に追われ、会いに行く勇気もなく、だれよりも愛していた娘を失った小団長は、ときおり半島の森のただ中にあるゲリラ小屋へ行って、おのれを慰めるようになっていた。小屋は変わらずそこにあり、以前ほど頑丈ではなくなっていたとはいえ、郷愁に浸るにはじゅうぶんで、そういった思い出で心を慰めようとしたのだった。

また、ゲリラ小屋の周辺にいた野生の山犬を再び飼いならして気を紛らわせようともした。その能力もはるかに衰えていて、とにかくすっかり老いてしまっていたので、野生の山犬どもを手なずけるのに小団長はひどく手を焼いた。それでも山犬のうちの何匹かを飼おうとし、特に山犬の巣から取ってきた子犬を飼育して、小さいうちから馴らそうとした。ところがある日、その親犬が子犬を探しに来たのだった。

かつて小団長が部下と食事をするのに使っていた石の上、かつて美女ルンガニスが赤ん坊の死体を山犬に投げ与える前に横たえた石の上に、小団長は寝転んでいるところだったが、そこへその雌犬が群れとともにやって来たのである。雌犬は敵がそうやって油断しているのを見て、迷わず襲いかかり、小団長の腿の筋肉をずたずたに引き裂いた。小団長は、あらためて言うが、すでにすっかり年老いて、反射神経もすっかり怪しくなっていたので、抵抗したにしても屈強な男のやり方ではなかった。あらがう間もないうちに他の山犬どもが飛びかかってきて、一匹は手に食らいつき、もう一匹は脛を引っ張った。体のいたるところで傷が大きく口を開け、老いた血が石を浸した。小団長はまだ体のどの部分も動かすことができたので、痙攣しながらそこここを蹴りつけ、山犬どもを追い払えないかと思ったけれど、傷は深く、体力は限界に達していた。動きが弱まり、空を見つめて、死の訪れが近いのを悟った。ずっと大好きだった山犬の手にかかって死ぬのだ。小団長は山犬に体をずたずたに引き裂かれ、生きたまま食われて死んだ。実のところ、本来山犬は怠惰な動物で、ふつうは死肉を食うのである。生きたまま食われたのは、ただ小団長と、おそらくその他にはわずかな例しかなかっただろう。その死は、まさに悲惨なものとなるべく運命づけられていたのだった。

デウィ・アユは、一週間たっても小団長が帰らないとわかると、いつもそれほど長い間ゲリラ小屋へ行っていることはなかったので、気を揉み始めた。かつて小団長の部下だった退役軍人ふたりの助けを借りて、デウィ・アユは半島の森へ踏み入って小団長を探し、やがて見つけたときには死体はすでに目も当てられない状態となっていた。死肉を食らう鷹が山犬の残した肉をついばんでいるところだった。顔はほとんど崩れてしまい、ただ着ている物だけはすぐに見分けがついて、それ以外は骨格が整然と体の形に並んで石の上に横たわっているだけで、抵抗らしい抵抗もしなかったように見えた。山犬どもは小団長の体を引きずって行くことさえせず、その場でぬくぬくのものを食ったのである。ただわずかな筋肉が骨をつないでいるだけだったけれど、それでもデウィ・アユは死体が腐ってしまう前にうまく来合わせたのだった。

一行は、消防隊が溺死体を病院へ運ぶときに使うのと同じ類の黒いビニール袋に入れて、死体を運んだ。デウィ・アユはそのままアラマンダの家に運び込み、アラマンダの足元に黒いビニール袋を置いてから、アラマンダに向かって言った。

「ほら、あなたの男の骨を持って来たわよ」とデウィ・アユは言った。「山犬に食べられて死んだの」

「そうなると思っていたわ、ママ。あの人が九十六匹の山犬を連れて猪狩りに来たときから」とアラマンダは言ったが、少しも悲しそうには見えなかった。

「少しは悲しんだら」とデウィ・アユは言った。「少なくとも、あの人はあなたになにも残さなかったんだから」

スープ用に売られている牛の骨のぶつ切りにも似て、裂けた肉のついた骨を、アラマンダは埋葬した。軍隊式の葬式が執り行われ、小団長は英雄墓地に埋められた。少なくとも、それでアラマンダはほっとした。もしも小団長が共同墓地に葬られたら、その亡霊がクリウォン同志の亡霊といさかいを起こすのではないかと気がかりだったからである。そこでなら安らかに眠るだろう。英雄墓地で、柩の中で、国旗に覆われて。最後の表敬のために大砲が発射されたが、アラマンダにしてみれば、それはまるで夫の亡霊を徹底的に死に絶えさせるための射撃のように思われ、それで少し嬉しくもあったのだった。

いまやアラマンダも、ふたりの妹と同じく正真正銘の未亡人となった。

「あなたの恨みに気づいたのは、共産主義者が虐殺されて、あの同志が銃殺隊の前で処刑されることになったときからだったわ」。デウィ・アユは再び邪霊に向かって言った。

「あいつはほんとうなら、あのときにひどく苦しいやり方で死ぬべきだったのだ」

あいつはほんとうなら、あのときにひどく苦しいやり方で死ぬべきだったのだ。

「でも愛が力を発揮したわけね」とデウィ・アユは言った。「アラマンダが、ほんとうなら死ぬはずだったそのときに、それを止めたんだもの」

邪霊はあざ笑った。「そして……」と邪霊は言った。「そして、その後で、十年以上もたってから、そいつと寝て、その直後に自殺した。自殺した。自殺した。死んだのだ。は、は、は」

そして……そして、その後で、十年以上もたってから、そいつと寝て、その直後に自殺した。自殺した。死んだのだ。は、は、は。

「でも、私はそれで気づいたのよ」

そのとおりだった。デウィ・アユは、邪霊が恨みを晴らそうとしていることに気づいたのだった。当時は、それほど陰惨な成り行きになろうとは思っていなかったけれど、邪霊が一家の愛を破壊し、テッド・スタームラーの残された末裔を破滅させようとしているのを悟ったのだった。テッド・スタームラーがマ・イヤンに対する邪霊の愛を破滅させたのと同じように。その邪霊となった男がまだ生きていたころから、心の奥底で、デウィ・アユはあまりにも深いその悲しみを感じ取っていた。その男と会ったこともなかったとはいえ。それによって盲目の愛へと押しやられ、デウィ・アユは無理やりその男と結婚したのだった。その男に愛を、祖父テッド・スタームラーに祖母マ・イヤンを奪われたがために手に入れられなかった愛を与えたかったのに、男はかえってその愛を受け入れるのを拒絶した。あまりにも真摯な、わが身の腸《はらわた》の奥底からの愛を。そのときにこそ、デウィ・アユは悟ったのだった。男のマ・イヤンに対する愛はかけがえのないものだということに。そして、たったひとつ手にしていた愛を根こそぎ引き抜かれた後、男がいかに苦しんだかを、いよいよ身に沁みて感じたのだった。だから男が死んだとき、デウィ・アユはそのときから男がきっと怨恨に憑かれた哀れな亡霊となり、決して死者の世界で安らかに過ごすことはできないだろうと、うっすら感づいていたのだった。そのとおりだった。亡霊はどこへ行くにもついて来た。デウィ・アユはブルーデンカンプにいたときからそれを感じ、娼館でも、そして二軒の家でもそれを感じ取った。それでも、アラマンダと同時にアディンダにも愛されていた男、クリウォン同志が処刑されると聞いたあの朝までは、亡霊が邪悪な復讐を温めていたとは知らなかった。

「それに、あのときあいつはまだ結婚していなかった。おまえの娘のだれかと結婚する前に死んではならなかったのだ。は、は、は」

それに、あのときあいつはまだ結婚していなかった。おまえの娘のだれかと結婚する前に死んではならなかったのだ。は、は、は。

小団長の死からまもなく、確信がもはや揺らがぬものとなったので、デウィ・アユは交霊術使いのキンキンの助けを借りて、ついにその邪霊を呼び出した。今、その邪霊が目の前に立ち、ときおり笑い、抑えられない喜びをあらわにしているのだった。

「こいつが、おれが美女ルンガニスを殺した犯人を知ろうとしたときに、何度も邪魔した邪霊なんだ」とキンキンが言った。

「おまえをも、愛する人間から引き離してやった。は、は、は」

おまえをも、愛する人間から引き離してやった。は、は、は。

森のさなかの山犬の吠え声に混じってささかやれた風の便りで、クリウォン同志がアラマンダの懇願によって処刑を免れたと知ったとき、デウィ・アユは、愛はまだ夫の亡霊の怨念に打ち勝つことができると信じたけれど、それでもまだ確信は持てなかった。生きている間ずっとそのことを考え続け、子どもたちをどうやって救い、幸せにしてやり、生涯の友となった邪霊の呪いと恨みから解放してやれるかと思い巡らしてきた。だから娘たちがそれぞれの夫と結婚したとき、どの夫婦も追い出して、二度とこの家に戻って来るなと言ったのだった。ただママン・ゲンデンとマヤ・デウィだけは追い出さず、逆に自分が新しい家に移った。亡霊から娘たちの一家を遠ざけたかった。当時は、亡霊の晴らそうとしている恨みがそれほど邪悪なものだとは、まだ気づいていなかったにしても。

再び気がかりに思うようになったのは、最後まで残っていた娘が結婚してからおよそ十年後、デウィ・アユがまたもや身ごもったときだった。子宮の中で、邪霊の新たなる餌食が育まれつつあった。どうあっても、その子を救ってやらねばならなかったけれど、どうすればいいのかわからなかった。さまざまな方法で堕胎しようとした。その子どもが決してこの世に生まれることがなく、どんな呪いからも、どんな怨念からも自由でいられるように。ところがその子は並外れて強く、殺すこともできず、子宮の中で育ち続けた。もしも女の子なら、姉たちのようにきれいになるだろうし、もしも男だったら、地上で一番の美男子になるに違いなかった。そういう生き物はあふれるほどの愛を受ける存在となるだろうが、邪霊がそういった愛に狙いをつけるのはわかっていた。邪霊はどんなやり方をもってしても、その愛を破壊するだろう。テッド・スタームラーがマ・イヤンに対する愛を破壊したように。

だからデウィ・アユはロシナーに言ったのだった。「きれいな子を持つのはもう飽き飽きだわ」

「赤ちゃんが醜い子であるように、祈ればいいです」

デウィ・アユはこの口のきけない娘に感謝しなければならなかった。祈りが叶えられて、はじめて醜い女の子を持つことができたのだから。考えられる限りのどの女よりも醜く、それなのに皮肉にもデウィ・アユはチャンティックと名づけたのだった。そんな顔と体をしていれば、男であれ女であれ、だれにも愛されるはずがなかった。あの邪霊の呪いから解放されるのだ。ロシナーに感謝しなければならなかった。

「だが、そいつまで、いまや子を孕んでいる！」と邪霊がわめいた。「だれかに愛されたという証拠ではないか？」

だが、そいつまで、いまや子を孕んでいる！　だれかに愛されたという証拠ではないか？

邪霊の言うとおりだった。

「でも、まだ殺していないのね」

「まだ殺していない」

まだ殺していない。

ある夜、また騒がしい物音が聞こえ、荒い息遣いと性交のうめき声を聞きつけたとき、デウィ・アユはついに斧で力まかせに部屋の扉を破った。とにかく、だれかがあの醜いチャンティックと寝たと知って失望したのである。だれかがチャンティックを愛しているのだろうが、それはチャンティックが生まれる以前でさえ、デウィ・アユの望まないことだった。デウィ・アユは深く失望し、どこの愚か者があんな娘を愛したのか知りたいと思った。ところが部屋にはだれの姿もなく、ただチャンティックだけが素裸で、驚いて部屋の隅で縮こまっているだけだった。

「だれと寝ていたの?」怒りと失望と混乱の中で、デウィ・アユは尋ねた。

「絶対に言わないわ。あたしの王子様なんだもの」

けれどもなにかが動くのが見え、姿のないまま、寝台から下りたようだった。それからテーブルを回って歩き、汗でわずかに湿った足跡だけを、部屋の電灯の灯りの下で床の上に残していった。その見えないものはひどく慌しく窓を開け、カーテンを開け、そしてもちろん窓から飛び出したようだった。そのときデウィ・アユは思った。あの亡霊がチャンティックと寝るためにやって来たのだ。どういうつもりなのかはわからないけれど。

「いや、あれはわしじゃない」と、邪霊は不服そうに言った。

いや、あれはわしじゃない。

「あなたが見えないようにしたのね」

「そのとおり。は、は、は」

そのとおり。は、は、は。

復讐は完璧に進行しているらしく、ほぼ手落ちなく、呪いはなおも一族をひとり残らず破壊していった。アラマンダもすでに小団長を失った。たとえかつてはそれほど愛していたわけではなくて、どちらかというと憎んでいたけれど、それでもようやく心から愛するようになったときもあったのだった。そして最初のふたりの子を産むことのできなかった後、三人目のヌルール・アイニまで、あんなに年若いうちに亡くさねばならなかった。そしてマヤ・デウィは美女ルンガニスをもっと悲劇的なやり方で亡くさねばならなかった。だれかが殺して死体を海に捨て、そしてだれひとり何者の仕業なのか知らないのだった。一方マヤ・デウィの夫は、仲間のほぼ全員を失った後、寂滅した。デウィ・アユの次女アディンダは、夫だったあのクリウォン同志が部屋で首を吊って死んでいるのを目にしなければならなかった。アディンダにはまだクリサンがいる。そしてチャンティックにまで、実は恋人がいるらしい。残されたものをあの邪霊の呪いから守らねばならない。クリサンまでアディンダから奪われることや、それがだれであれ、チャンティックが恋人を亡くすようなことにはさせない。デウィ・アユは、すべてを賭けても目の前の邪霊と闘うつもりだった。

「そうはさせないわ」。やがてデウィ・アユは言った。

「なにを?」と邪霊が尋ねた。

なにを?

「私の一族を破滅させるのを」

「は、は、は。おまえの一族の破滅はすでに運命づけられているのだ。わしの恨みは何者によっても抑えられない」

は、は、は。おまえの一族の破滅はすでに運命づけられているのだ。わしの恨みは何者によっても抑えられ

ない。

「ヘンリとアネウ・スタームラーを引き離すことはできなかったじゃない」とデウィ・アユは言った。

「そのうちのひとりはわしの恋人の血肉を継いだ者だからだ」

そのうちのひとりはわしの恋人の血肉を継いだ者だからだ。

「そして私はマ・イヤンの孫なのよ」

「そいつはもう遠過ぎる」

そいつはもう遠過ぎる。

デウィ・アユは着ていた服のポケットから短剣を取り出した。兵士の使うものと同じ型の短剣で、みごとな光を放ち、頑丈そうだった。「小団長の部屋で見つけたの」と、だれにともなくデウィ・アユは言った。キンキンはぞっとしながら見つめているだけだった（怒った女が短剣をつかんでいる！）が、邪霊はただあざけるような笑みを浮かべた。「この短剣であなたを殺すわ」

「は、は、は。わしを殺せる人間などいない」と邪霊は言った。

は、は、は。わしを殺せる人間などいない。

「やってみてもいいかしら？」とデウィ・アユが尋ねた。

「やるがいい」

やるがいい。

デウィ・アユが邪霊に近寄ると、邪霊の方はいかにも不気味に、無駄なことをする愚か者めと言いたげに、ただにやにやしているだけだった。キンキンは顔を背け、その短剣がほんとうに邪霊を殺せるのではないかと怯え、目の前で行われようとしている殺害を直視することができなかった。何秒間かにらみ合った後、ありたけの力をこめて、あまりにも深い怒りを呑んだ女の力で、おそらく最終的にはその邪霊の恨みにも劣らぬものとなった力で、デウィ・アユはもとの夫を突き刺した。血がほとばしり、デウィ・アユはもう一度突き刺すと血がまた噴き出して、さらに突き刺し、一回突き刺すごとにいっそう力を込めながら、五回突いた。

邪霊は床に倒れ、うめき声をあげて胸をつかんだ。

「まさか、どうして」と邪霊は言った。「おまえにわしが殺せるのだ?」

まさか、どうして、おまえにわしが殺せるのだ?

「私は五十二歳で死んだのよ。自ら望んでね。あなたの邪霊の力を抑えられたらと思って」とデウィ・アユは言った。「そうして今日、私は来たの。死後二十一年にしてよみがえったものを人間だとでも思うの? 私は人間じゃない、だからあなたを殺せるのよ」

「おまえはわしを殺した。だが、わしの呪いは続く」

おまえはわしを殺した。だが、わしの呪いは続く。

やがて邪霊は死に、おそろしく濃密な煙となって空中に呑まれて消えた。デウィ・アユはキンキン少年を見つめた。

「わたしの役目は終わった。死者の世界に戻るわ」とデウィ・アユは言った。「さようなら、あなた、手伝ってくれてありがとう」

そうしてデウィ・アユは消え、実に美しい蝶となって、窓を越えて飛び立ち、庭に消えた。

その男はいつもふいに現れたけれど、あまりに頻繁に現れたので、チャンティックはその姿を見てももう驚かなかった。男はチャンティックがまだほんの小さな子だったころから現れて、おしゃべりをしたのだった。ロシナーがそばにいることが多かったけれど、ロシナーには男の姿は見えず、一方チャンティックにはそれが見えたのだった。ロシナーには男の声が聞こえなかったけれど、チャンティックには聞こえたのだった。チャンティックはその男から話すことを学んだ。年老いた男だった。ひどく老いて、眉はすでに真っ白になり、日に焼けて肌は黒く、長年にわたる労働で鍛えられた筋肉をしていた。チャンティックはあらゆることをその男から学んだ。ロシナーがチャンティックを学校へ入れようとしたが、学校は受け入れたがらず、それにチャンティックも学校へ行きたくはなかったあのとき、男はこう言ったのだった。

「わしが書き方を教えてやろう。一度も書き方を習ったことはないけれど」

わしが書き方を教えてやろう。一度も書き方を習ったことはないけれど。

さらに続けて言った。

「それから読み方も教えてやろう。一度も読み方を習ったことはないけれど」

それから読み方も教えてやろう。一度も読み方を習ったことはないけれど。

一見したところ、チャンティックには他になにも必要なものはなさそうだった。その男と友だちになれただけで、とても幸せだったからである。醜いせいで、人々はチャンティックとつき合いたがらなかった。けれどもその男は、醜さにもかまわず、友だちになってくれた。人々はチャンティックに会いたがらなかったけれど、その男は会ってくれた。ふたりは始終いっしょに遊び、チャンティックが突然わけもなく喜ぶので、ロシナーはよく驚かされた。

幼いチャンティックは読み書きができてとても幸せだった。母の残した本をたくさん見つけ出し、あふれかえる喜びの中でそのほとんどを読み尽くし、そのうちの一部を書き写してみて、同じ喜びを味わった。ただロシナーだけが困惑してそれを眺めていた。

「まるで天使が教えてくれたみたい」とロシナーは書いて、チャンティックに見せた。

「うん、天使が教えてくれたの」

天使は毎日決まってやって来るわけではなかったけれど、気が向けばきっと来てくれて、なんでも教えてくれることをチャンティックは知っていた。醜いせいでチャンティックを必要とはしない友だちなど、いなくてもよかった。家で遊べたから、外へ遊びに行く必要もなかった。人前に気味の悪い姿をさらして人を煩わせる気はなかったし、家にいればチャンティックの方もだれにも煩わされずにすんだ。家にいると、楽しくて幸せだった。親切な天使がそこに棲んでいて、仲良しになってくれたからだった。

「料理だって教えてやれる。料理を習ったことなど一度もないが」

料理だって教えてやれる。料理を習ったことなど一度もないが。

そこでチャンティックは料理を教わり、たちまちどんな料理もうまく味つけできるようになった。それだけでなく、編み物も、縫い物も、刺繍もできるようになり、機会さえ与えられれば、おそらく車の修理も田を耕すこともできるようになっただろう。どれもその親切な天使から教わったのであり、天使は実に辛抱強く教えてくれたのだった。

「もしもあなたがどれも習ったことがないのなら、どうしてそれを知っていて、どうやってあたしに教えられるの？」とチャンティックが尋ねた。

「できる人間から盗んだのだ」

できる人間から盗んだのだ。

「他の人から盗まないで、あなたができることはなあに？」

「荷車を引くこと」

荷車を引くこと。

そうやってチャンティックはその家で成長し、チャンティックの奇妙さも不思議さももう気にかけなくなったロシナーとともに暮らしてきた。チャンティックは母から相当な財産を相続していたので、ふたりがじゅうぶん暮らしていけるようにそれを運用すればいいだけだった。ロシナーは毎日市場へ台所で必要なものを買いに出かけ、その間チャンティックは家にいたけれど、なにも心配はなかった。家には、デウィ・アユがいつか言ったように幽霊がいたけれど、悪さはしなかった。それどころか、もしもほんとうにチャンティックになにもかもを教えたのがその幽霊なら、いい幽霊だといってよかった。ロシナーはまったく気を揉む必要もなく、チャンティックを家にひとり残して行くことができた。

ときどき好奇心にかられて、おそるおそる垣根の陰からのぞこうとする子どもたちもいたけれど、それも心配しなくてもよかった。チャンティックは決してその子たちの前には姿を見せなかった。そんなことをすれば子どもたちを怯えさせ、とてつもないほど怖がらせるに決まっているのを知っていたからだった。チャンティックは心優しい少女で、生まれたときから自分を見知っているロシナーを除けば、人前に姿を現して他人を怯えさせたりするはずがなかった。あまりにも心優しく、自分を犠牲にしてまで、多くの人々が楽しんでいるような暮らしをあきらめたのだった。チャンティックの暮らしはただ家の中だけで、自分の部屋と、食堂と、浴室と、台所と、そしてときおり夜に暗い庭へ下りるだけだった。あまりにも心優しかったので、我が身を犠牲にし、あるいは自分を罰して、とてつもなく退屈で単調な暮らしを続け、それなのにとても幸せそうだった。

「次はおまえに王子まで用意してやろう」と親切な天使が言った。

次はおまえに王子まで用意してやろう。

チャンティックはすでに娘に成長したから、もちろんだれか男が自分に恋をして、自分もその男に恋することを夢見ていた。そのせいで、チャンティックはときにひどくふさぎ込んだ。だれひとり自分を愛してくれる男などいないと思い込んでいたからだった。チャンティックは愛される少女ではなかった。コンセントの差し込み口にも似た鼻と、煤のように黒い肌をした醜い少女だった。奇怪な少女で、人に吐き気をもよおさせ、嘔吐させ、恐怖のあまりに失神させ、パンツに失禁させ、悪魔に憑かれたように逃げ出させ、そして人に恋されることはなかったのである。

「そんなことはない。おまえは自分だけの王子を手に入れるだろう」

そんなことはない。おまえは自分だけの王子を手に入れるだろう。

あり得ないことだった。だれひとりチャンティックを見た者すらなく、だれひとりチャンティックを知る者すらなく、だれかが突然チャンティックに恋をするなど、あり得ない話だった。

「わしがおまえに嘘をついたためしがあったかね？」

わしがおまえに嘘をついたためしがあったかね？

なかった。

「日が暮れたらポーチで待つがいい。王子がやって来る」

日が暮れたらポーチで待つがいい。王子がやって来る。

夜になると、チャンティックはよくポーチにすわって新鮮な空気を吸ったけれど、自分の怪物じみた顔をだれかに見られたり、だれかを煩わせたりするのを怖れる必要はなかった。闇の中では心から安心でき、ポーチにすわるとき、夜はだれよりも親しい友人だった。夜明けのころも、太陽がすべてを明々と照らし出す前に、よく早朝から起き出して、ポーチにすわって天使が金星《ヴィーナス》だと教えてくれた赤い星を眺めた。その星がチャンティックは好きだった。とてもきれい《チャンティック》だったからである。自分の名のように。

今、チャンティックはポーチにすわって、約束された王子を待っている。どうやって王子がやって来るのかはわからなかった。もしかすると金星《ヴィーナス》から龍に乗ってやって来るのかもしれないし、意表をついて土の中から現れるのかもしれない。わからなかったけれど、チャンティックは待った。そしてその夜は、ひとりの王子も家の前を通ることなく過ぎていった。浮浪者のひとりすらいなかった。

けれどもあの天使が嘘をつくはずがないと信じていたので、二晩目もやはり待った。葬列が通り過ぎたけれど、王子は来なかった。甘いココナツ水売りも通ったけれど、立ち寄りはせず、振り向いて見ることさえしなかった。王子は現れず、とうとうくたびれて椅子で眠り込んでしまい、ロシナーが出て来てチャンティックを抱きかかえ、部屋に寝かせた。

三日目の晩もだれひとり来なかった。ロシナーが、なぜ毎晩なにかを待っているみたいにポーチにすわっているの、と尋ねると、チャンティックはこう答えた。「王子様が来るのを待っているの」。ロシナーは少女がいまや思春期に入ったことを思い知るようになった。その前から少女に初潮があったことは知っていたけれど、今では恋人を欲しがっているのだった。ポーチにすわって、だれかが自分を見て恋に落ちないかと願っているのだ。そう考えるとロシナーは悲しくなり、部屋へ入って、醜いチャンティックの哀れさに泣いた。チャンティックはまだ気づいてもいないらしいが、おそらく一生愛してくれる人など現れるはずもないのだ。チャンティックのための王子などいないのだ。

それでもチャンティックは四日目の晩もやはり待ち続け、五日目も六日目も待った。そして七日目の晩に、ひとりの男が家の庭の隅の繁みから現れて、チャンティックを驚かせた。たいへんな美男で、チャンティックはとたんに確信した。これが王子様なのだ、と。年は三十ぐらいで、とても優しい眼差しをしていて、髪はきちんと後ろへなでつけられ、悲しみを表すような黒っぽい服装で全身を包んでいた。薔薇の花を一輪手にして、チャンティックの方へ歩いて来て、おそるおそる、まるで拒絶されるのを恐れているかのように、それをチャンティックに手渡した。

「きみに」と男は言った。「チャンティック」

チャンティックは花開くような心持ちでそれを受け取り、そうして男はまもなく姿を消した。次の夜もまた現れて、また薔薇の花を差し出し、そしてまた姿を消した。男がはじめて来た日から三日目になって、また薔薇の花をくれ、チャンティックがそれを受け取った後、ようやく男はこう言った。

「あしたの夜、きみの部屋の窓を叩くよ」

その日一日夜の訪れが待ち遠しく、王子が部屋の窓辺にやって来るのを、はじめてのデートを待ち焦がれる少女のように待った。どんな服を着ればいいのかと思いあぐね、鏡の前で服を取っ替え引っ替えした。自分の醜い顔のことも忘れ、かつて母の使っていた化粧台に残っていた物や、ロシナーの化粧台の物をありったけ使って化粧しようとした。ロシナーはそんな男が来たとはつゆ知らず、チャンティックが毎晩薔薇の花を一輪持って入って来ても、家の庭で摘んできたのだろうと思っていた。けれども、チャンティックが一日中夢中でおしゃれをしているのを見て、ロシナーは困惑し、あるいは悲しみに暮れた。

「まるで蛙がおしゃれをしてお姫様になろうとしているみたい」。涙で潤んだ目をこすりながら、ロシナーは心の中で言った。

チャンティックはあの老人、いつも突然現れる親切な天使に会いたかったのに、王子が来るようになってから、天使は一度も姿を見せなくなっていた。いろんなことを尋ねたかったのに。たとえば、はじめてのデートのときに女の子はどうすればいいのか。王子が甘い言葉をかけてきたら、なにを言い、なにをすればいいのか。王子が窓を叩いて、それを開けてから、どうすべきなのか。もしもおしゃべりをしなければならないのなら、なにを話せばいいのか。あの親切な天使に会いたかったのに、老天使は王子が来るようになってから、一度も姿を見せなかった。

結局いつもの普段着で待っていると、とうとう夜になった。ポーチではなく自分の部屋で待った。寝台の端に腰掛け、不安でいてもたってもいられないようすで、聞き耳を立て、おそらくとてもかすかにそっと叩く音を聞き逃しはしないかと、まるで求職中の人間が自分の名が呼ばれるのを待つように気を揉みながら待った。何度か立ち上がって窓のカーテンの隙間からのぞいてみたけれど、見えるのは闇の中に黒々とした木々の並ぶ庭の景色だけで、また寝台の隅に腰を下ろし、さっきと同じように気を揉んだ。

やがて窓を叩く音が聞こえたけれど、とてもかすかで、よくよく耳をすまさねばならないほどで、そのうちにまた窓を叩く音が三度聞こえた。混乱した心持ちのまま、なかば駆けるようにしてチャンティックは窓へ向かい、窓を開いた。

そこには王子が、いつもどおりに薔薇の花を手にして立っていた。

「入ってもいい?」と王子が尋ねた。

チャンティックははにかんでうなずいた。

薔薇の花をチャンティックに手渡してから、王子は窓を飛び越えて部屋に入った。しばらくそこに立ったまま部屋の中を見回していたが、そろそろと一方の隅から別の隅へと足を運び、それから振り返って、鍵はかけずに窓を閉めたばかりのチャンティックを見つめた。王子は寝台の端に腰を下ろし、手振りでチャンティックにも隣にすわるよう合図した。娘は言われたとおりにし、しばらくの間ふたりは黙りこくっていた。

「ずっときみに会いたいと思っていた」と王子が言った。

チャンティックはすっかり有頂天になってしまい、どこであたしのことを知ったのかと言うことも――正確に言うと、そう尋ねることもできなかった。

「ずっときみと知り合いになりたいと思っていた」と王子がまた言った。「そして、ずっときみに触れたいと思っていた」

そう言われてチャンティックの心臓は激しく高鳴った。男の方を見やる勇気もなく、男がチャンティックの手に触れ、その手をとても優しく握ったとき、全身が突然冷たくなった。

「きみの手の甲にキスしてもいいかな?」と王子は尋ねた。チャンティックがまだ返事もせず、あるいはますます返事もできなくなってしまったとき、王子がチャンティックの右手の甲に口づけをした。

はじめてのデートでは王子ばかりが口をきき、チャンティックは黙りがちで、恥じらい、うなずいたり首を振ったりして、そしてまた恥じらった。ふたりはそんなふうにして一時間半を過ごし、やがて王子が帰らねばならない時刻になった。王子は来たときと同じように、窓を飛び越えて出て行った。それでも出て行く前に、王子はまた会おうと約束してくれたのだった。

「さっき待っててくれたみたいに、待っててほしい。週末に」

週末にはとにかくなにか話そうと、チャンティックは心に誓った。もう黙り込んだり、ただはにかんでばかりで、うなずいたり首を振ったりするだけなのはやめよう。話をして、できる限りのことをして、王子を退屈させないようにしなければならない。あの老人はもう現れなくなったけれど、チャンティックはあまり気にかけなくなっていた。もう代わりを見つけたのだから。もっと美男子で、もっと親切で、褒めてくれて、甘い言葉をいつもかけてくれ、もしかすると愛してくれてさえいるかもしれない相手を。チャンティックは胸をときめかせながら週末を待った。

約束どおり、男は週末に、やはり薔薇の花を持ってやって来た。窓から入って来て、チャンティックと並んで寝台の端に腰掛けた。先に口を開いて、チャンティックはどうしようもないほどはにかんだ声で尋ねた。

「どこでこの薔薇を摘んでくるの？」

「きみの家の庭で」

「そう？」

「元手がないんだ」

ふたりはくすくす笑った。

やがて王子がまたチャンティックの手を握り、今回はチャンティックも握り返した。許しも求めず、王子はチャンティックの手の甲に口づけし、チャンティックはまたもや前のようになった。恥じらってしまったのである。それから男がどうやって優しく手をなでるかを感じたが、それは心を揺さぶるような感触で、まるで意識のない眠りに落ち込むときのように、チャンティックは舞い上がった。そしてふと気づくと、男が目の前にいて、男の顔がチャンティックの顔の前にあり、チャンティックの心臓の鼓動はますます激しくなった。我に返る間もなくその顔がすでに近づいてきて、チャンティックは自分の唇に王子の唇が触れるのを感じ、王子がチャンティックの唇を押しつぶし、びしょ濡れにするのを感じた。チャンティックも口づけを返そうとし、そして唇だけでなく、舌も激しく戯れているのが感じ取れるようになった。そうしてふたりは長い接吻を交わし、半時間近くも過ぎて、王子の帰る時刻になった。

「来週の週末も待ってるわ」。今回はチャンティックがそう言って、王子は魅惑的なほほ笑みを浮かべてうなずいた。

その口づけはチャンティックの心に深く残り、蠅が来たかと思うと飛んで行くのと同じくらい早く週末にならないかと待ち焦がれた。翌日になっても口づけのぬくもりは残っていて、その翌日になっても、やはりまだそれを感じることができた。ふたりが口づけを交わした瞬間までを段階を追って思い出しては、どぎまぎした。幾度思い出しても、そのたびにそうなった。

そうして、ふたりの次の逢引きでは口づけが最初の言葉となった。ふたりは窓の敷居でもう口づけを交わし始めた。チャンティックが部屋の中に立ち、王子はまだ部屋の外に立ったままで。それでも、しまいには王子は窓を越えて部屋に入り、チャンティックは窓を閉めたけれど、ふたりはどちらも唇を離そうとしなかった。口づけは部屋の中でも続き、チャンティックは壁にもたれて、王子がその体を荒々しく狂おしく抑えつけた。

ゆっくりと、それでも確実に、王子の行儀の悪い手がチャンティックの服の中に入り込み、そのせいで部屋の空気は突然燃えるように熱くなった。ふたりは一枚ずつ着ている物を脱ぎ捨て、床に落として、裸になると王子がチャンティックの体を抱きしめて抱え上げ、寝台の上に載せた。

「愛し合うやり方を教えてあげる」と王子が言った。

「愛し合うやり方を教えて」とチャンティックは言った。

そうしてふたりは愛し合った。チャンティックはまだ処女だったので、痛みと喜びの狭間でうめき声をあげ、その騒ぎを部屋の外で聞きつけたロシナーは、いったい何事かといぶかった。ロシナーが戸を開けると（鍵をかけ忘れていた）、ただチャンティックの裸体だけが寝台の上でもがいているのが見えた。ロシナーは悲しみをたたえたあきらめの態度でただ首を振り、そっと戸を閉めてその場を離れたが、その間にも王子はチャンティックの股間を貫こうと試み続け、チャンティックに血を流させ、それでいてあまりにも美しい喜びの中で悲鳴をあげさせた。

それからチャンティックはいつもポーチで王子を待つようになった。王子はいつも窓から入ってきたけれど、チャンティックは王子が姿を現すところを見たかったのである。ふたりは会うたびに愛し合い、ときには二度も愛し合い、世界で一番幸せな恋人どうしだという快感に浸った。ロシナーに決して王子の姿が見えなくても、チャンティックは別に驚きはしなかった。デウィ・アユがついに墓からよみがえって家に帰り、あるとき無理やり扉を打ち壊したときも、やはり王子の姿は見えなかった。不思議はすでに日常茶飯事になっていて、驚くほどのことではなかった。ロシナーはあの老天使も見たことがなかったけれど、チャンティックには見えたのだから。

やがてチャンティックは身ごもった。

妊娠を知ってからも、チャンティックはなおも愛し合うために王子を待ち、そしてふたりは愛し合った。妊娠したことは王子には一度も言わなかった。そのせいでふたりの喜びすべてが変わってしまうのが怖かったのである。

とうとう、デウィ・アユが再び死者の世界へ姿を消してからまもないある夜、チャンティックが王子といっしょに裸で横たわり、愛し合った後でぐったりしていると、男がひとり、部屋の扉を突き破って、空気銃を手に飛び込んできた。男の登場にふたりは仰天した。かなり背が低く、太った男で、悲しげな顔つきをしていた。

男はチャンティックの顔を見て恐怖のために一瞬おぞけをふるったが、すぐさま満身に怒りを込めて視線を王子に向けた。

「おまえ」と男は言った。「美女ルンガニスを殺した犯人め、あの子の仇を討ってやる」

王子が身をかわす間もなく、空気銃が火を吹き、弾が正確に額に食い込んだ。王子は寝台に倒れ、瀕死となった。男は銃にまた空気を送り込み、また弾をこめ、そしてもう一度王子を撃った。恨みを込めて五発撃ち、その間チャンティックは金切り声をあげ続けた。


祖母の家を訪問中に撃たれて死んだということしか、人々は知らなかった。

クリサンの葬式には一族がひとり残らず参列し、アディンダは深い悲しみに沈んでいた。これでなにもかもが完結したのである。アラマンダは小団長とヌルール・アイニを亡くし、マヤ・デウィはママン・ゲンデンと美女ルンガニスを亡くし、そして今、アディンダは先にクリウォン同志を亡くした後、クリサンをも亡くした。三人は愛する人々を失ったのだった。

三人はクリサンの死の輿につき従ってブディ・ダルマ共同墓地へ向かい、道中ずっとアラマンダとマヤ・デウィはアディンダを慰め続けた。

「あたしたちの一族は呪われているみたい」と、しゃくり上げながらアディンダが言った。

「みたい、じゃないわ」とアラマンダが言った。「そうじゃなくて、ほんとうに呪われているのよ」

老カミノはクリサンのために墓穴を掘り、アディンダの願いどおり父のすぐそばに墓所を用意していた。アディンダはその横に、いつか自分が死んだときのための場所まで予約しておいたのだった。

ふつう、女は埋葬には立ち合わない。ただ特に理由のある場合にだけ、女も墓地へやって来る。とりわけ、何年も昔にファリダがそうだったように、その女が死者とどうしても別れられないときは。けれどもクリサンの埋葬に立ち合ったのは、参列者三人ともが女で姉妹どうしであり、後は輿をかついで来た村の男六人と、死者のために祈りをあげるモスクの聖職者がひとりだった。

一行の他にはだれもおらず、三人は黒い服装をして傘をさしていたが、いったいなにから身を守ろうとしていたのか——というのも、もう夕方で太陽は照りつけておらず、雨も降っていないのだった。三人だけだったところに、やがて遠くから黒い点がふたつ現れた。だんだんと近づくにつれ、その黒い点は人間の姿となり、いっそう近づいたところを見ると、喪服に身を包んだふたりの女だった。

さらに驚いたことに、そのふたりの女はクリサンを見送りに来たのであり、ちょうど遺体が下ろされ、最初の土がかけられたときに到着したのだった。三人の姉妹は驚いた。ふたりが来たからだけでなく、そのうちのひとりの醜い顔に驚き、墓地の幽霊ではないかと思ったのだった。けれどもすぐに三人は思い出した。デウィ・アユの四人目の子の噂を。会ったことはなかったけれど、怪物のごとく醜いという娘を。その女、その醜い女は、クリサンの死をとても悲しんでいるようでさえあった。女は泣き、木綿布に包まれた体が土の下に消えていくのを、あきらめきれないようすで見つめていた。アディンダ本人よりもいっそう悲しみにうちひしがれているようにさえ見えた。

思いきってこう尋ねてみたのはアラマンダだった。「あなた、チャンティックじゃない?」

チャンティックはうなずいた。「あたしも、あなたがたがアラマンダとアディンダとマヤ・デウィだってことを知っているわ」

「あたしたちはみんなデウィ・アユの子なのよ」とアラマンダは言った。そして怪物の顔にもかまわず、チャンティックを抱きしめた。

「あなたたちの家族の残りのひとりが亡くなったことにお悔やみ申し上げます」と、またチャンティックが言った。

葬式が終わると、みなそろって、チャンティックがロシナーと暮らしているデウィ・アユの家へ行った。アディンダだけはそこに住んだことがあったけれど、他のふたりはアディンダとクリウォン同志の結婚式のときにちらりと見たことがあるだけだった。みなは家の中を巡り、幼いころの自分たちの写真を見、デウィ・アユの写真を見て、あまりにもつらかった過去を思い出して泣いた。そしていまや四人は、孤独で悲しい孤児なのだった。今四人に残されたものは自分たちだけ、そして互いに身を寄せ合おうとする気持ちだけだった。

「少し前にママが来て、クリサンが死ぬ前に行ってしまったの」とチャンティックが言った。

「死んだ人はそうなのよ」とマヤ・デウィが言った。「うちの人も死んでから三日目に戻って来たわ」

それから後、四人はそれぞれの家に住み、ひっそりとした暮らしを続けた。慰め合うために、四人は始終互いの家を行き来した。チャンティックでさえ、墓地にはじめて姿を現して以来、思いきって家を出て姉たちを訪れるようになった。もう人目も気にしなかった。長い衣服を着て、布でほぼ顔を覆い隠していた。四人はそんな暮らしを心から楽しみ、自分たちの身にふりかかった悲劇を忘れようとした。互いに愛し合い、その愛に幸福を味わった。

そのようにして年を取り、しまいに人々はからかって、四人が集まっているところを見ると、後家軍団と呼んだ。

それでも四人はとても幸せで、互いに愛し合っていた。

妊娠六ヶ月目にチャンティックは未熟児を産み、赤ん坊は泣くことも、ましてや叫ぶこともなく死んだ。姉たちは口のきけないロシナーの手を借りて、家の裏庭に赤ん坊を埋めた。

「埋葬する前に名前をつけてあげないの？」とアラマンダが尋ねた。

「名前をつけたら、つらくなるだけだから」

「よかったら教えてほしいんだけど、この赤ちゃんは、ほんとうはだれの子だったの？」とアディンダが尋ねた。

「あたしと王子様の」

アラマンダがクリウォン同志と寝たことを一言も言わず、それでもアディンダはちゃんと知っていたように、四人の間には当然さまざまな秘密があった。だから姉たちは、王子様というのがどの男のことなのか、チャンティックに強いて言わせようとはしなかった。

赤ん坊は葬られ、四人の暮らしは続いた。互いに愛し合い、それぞれの秘密を抱えて。

美女ルンガニスの遺体が発見されたとき、クリサンはいいようのないほどの恐怖に打ちのめされ、自分がその少女を殺したことが、いつかは人に知れるのではないかと怯えた。ヌルール・アイニの遺骸を寝台の下に隠していて、小団長が血眼になってそれを探しているという事実もあって、恐怖はいよいよつのった。アイの遺骸を墓へ戻そうかとも思ったけれど、だれかに見つかりはしないかと怯えた。何者かによって墓が掘り起こされたのを小団長が知ったときから、だれもがその墓に注意を向けているに違いなかったからである。ヌルール・アイニをもとの墓穴に戻すのはどう考えても賢明な策とはいえず、クリサンはだれかに見つかる前にどうやって寝台の下から遺骸を消せばいいのか考えあぐねて、気も狂わんばかりになった。

ほとんど部屋に閉じこもり続け、ほとんどいつでも鍵をかけて、母か祖母が部屋に入って死体にも気づくのではないかと気を揉んだ。かすかな香りが寝台の下から漂い出していたからである。部屋の掃除まで自分でして、母や祖母が掃除に入ろうとしないようにした。

愛する少女の体を切り刻み、小さな部分部分に分ければかんたんに捨てられるのではないかとも考えた。墓穴へ返すよりは、おそらく犬の餌になって、もう二度と発見されない方がずっと安全だろう。けれどもその美しい顔を見ると、死によっても腐らない顔を見ると、ただ眠っているだけで、いつか目を覚ましてごしごしと目をこすりそうに思えるその顔を見ると、クリサンにはそんなまねはできなかった。心からこの少女を愛していて、それを切り刻むことを考えただけでも涙が出た。切り刻むどころか、すでに用意してあった斧を振り上げる力もなく、木綿布に包まれたヌルール・アイニを寝台の下へ戻したのだった。

絶望の縁で、すんでのところであらゆる罪を告白してしまいそうになったとき、すばらしい考えが浮かんだ。それを実行に移し、アイに別れを告げるのだ。

美女ルンガニスとアイの遺体とともに海へ出たときのように、クリサンはアイの遺体に自分の服を着せた。夜明け近くに、その遺体を背中に縛りつけ、自転車をこいで海辺へ向かった。前と同じように小舟を盗んだ。おまけにそれは前と同じ舟で、やはりすでに持ち主に捨てられたものらしかった。アイの遺体を沖へ運び、遺体だけでなく大きな石もふたつ、アイの頭の二倍近くもある石を乗せていった。

美女ルンガニスを殺害したところへ着いたのは、ちょうど夜が明けたときだった。そこはとても深かったので、鮫でさえも死体を見つけられないはずだった。クリサンは少女の遺体を、涙を流しながら、そんなことをするに忍びないけれど、他にどうしようもなく、ふたつの石に縛りつけ、ノコギリ鮫の歯にも食いちぎられないようにしっかりと縛った。かなりの重みがある石のせいで、海へ投げ込むと、アイの死んだ体はたちまち大洋の底へ沈み、跡形もなく消えた。何百年探そうと、小団長も決して見つけることはないだろう。

クリサンは悲しみに暮れ、それでもほっとして帰路についた。ひとりで舟を漕いでいる漁師と行き会い、漁師が尋ねて言った。

「ひとりで海に出てなにしてたんだ？　そっちの舟には一匹も魚が見えないが」

ひとりで海に出てなにしてたんだ？　そっちの舟には一匹も魚が見えないが。

「死体を捨てたんだ」。いったいになにに反響したものか、男の声がこだまするのを聞いてぞっとしながらクリサンは言った。

「きれいな恋人にふられたのかね？　は、は、は。いいことを教えてやろう。醜い恋人を探すんだな。そういうのは、おまえを傷つけたりしないもんだ」

きれいな恋人にふられたのかね？　は、は、は。いいことを教えてやろう。醜い恋人を探すんだな。そういうのは、おまえを傷つけたりしないもんだ。

まもなく漁師は行ってしまい、クリサンとは逆の方角に姿を消したが、クリサンはその忠告に思いを巡らせた。そして自転車を止めておいたところへ来ると、ひとりごちた。「もしかしたら、そのとおりかもしれない。醜い恋人を探さなくちゃならないのかもしれない。この世で一番醜い女を」


あの強力な邪霊がデウィ・アユに殺されてからまもなく、キンキンは美女ルンガニスの墓で交霊術を使った。今回はうまくいくはずだった。妨害していた邪悪な力はすでに打ち負かされたのだから。キンキンは墓の上に木の人形を立て、それを美女ルンガニスの霊の依り代として、呪文を唱え始めた。たちまち人形が動き――それは霊が呼び出されたしるしだった――怒りを表して激しく揺すれ、今にも倒れそうになった。キンキンはなんとかなだめようとしたけれど、美女ルンガニスの霊はかえって罵りの言葉を吐いた。

「ばか、なにしてんのよ？」

「きみの霊を呼び出してるんだ」

「そんなことわかってる」と美女ルンガニスは言った。「でも、いい、あんたはやっぱりあたしとは結婚できないわよ」

「ただ、だれがきみを殺したのか知りたいだけだよ。仇討ちをするのを許してほしい。きみのために、それからおれの愛のために」。キンキンはそう言って、ほんとうに木の人形に向かって懇願するように体を折り曲げて頭を下げた。

木の人形、つまり美女ルンガニスは言った。「あんたが千年生きようとも、だれがあたしを殺したか言うもんですか」

「どうして? 仇討ちをしてほしくないのか?」

「だって、あたしはその人が大好きなんだもの」

「そいつを殺せば、きみらは死者の世界で出会えるぜ」

「見え透いた手ね」。そうして美女ルンガニスは消えた。

けれども、しまいにはキンキンはそれをつき止めた。美女ルンガニスの霊からではなく、だれだか知らない他の霊からだった。適当にひとりを選び出したのである。もう霊どもが話すのを阻む者はだれもいないと確信し、そして霊どもなら人間の知らないことでも知っているはずだと信じていた。霊をひとつ呼び出すと、それはどうやら老いてよぼよぼになった霊だったけれど、声は実にしっかりしていた。

「は、は、は。わしはもう前ほど強くはないが、また来てやったぞ、小僧」

は、は、は。わしはもう前ほど強くはないが、また来てやったぞ。小僧。

「だれが美女ルンガニスを殺したか知ってるのか?」とキンキンは尋ねた。

「ああ。クリサンが美女ルンガニスを殺したのだ。あいつを殺せ。もしもおまえがあの娘をほんとうに愛していて、肝っ玉があるのなら。は、は、は」

ああ。クリサンが美女ルンガニスを殺したのだ。あいつを殺せ。もしもおまえがあの娘をほんとうに愛していて、肝っ玉があるのなら。は、は、は。

そうしてキンキンはクリサンを殺したのだった。チャンティックの部屋で、手だれの空気銃による射撃五発で。

それから七年間キンキンは牢獄で過ごし、そこにいたたくさんの悪人どもの標的にされた。ほぼ一週間に一度性的虐待を受け、ほとんど毎日殴られ、食事のたびに食べ物の半分を横取りされ、入獄中にカミノが差し入れてくれた物を全部奪われた。それでも、牢獄でのそんな苦しみにもかかわらず、キンキンはいたって幸福だった。愛の崇高な使命を果たし、一目見たときから愛していた娘の死に対する仇を討ったがために牢につながれたのだから。

服役中の行いがよかったため、一年減刑され、キンキンは釈放された。キンキンは自由な世界へ舞い戻ったが、あばら骨が浮き出るほど痩せ細り、髪は伸び放題で、顔は尖り、額と顎の骨格がはっきり見えるほどだった。まるで生きた骸骨のようだったけれど、自由の空気を吸って解放感に満たされた。

着替えの服と乗り物代と食事代を与えられていたけれど、キンキンは町の監獄から歩いて去った。服も着替えず、町の浮浪者のようなぼろを着たままだった。刑務所を出るときにもらった服は腕の下に挟み、金はポケットの中にしっかりと収まっていた。どこかへ立ち寄って時間を無駄にしたくはなかった。家に帰って、あの男がほんとうに埋められたのか確かめたかった。

ついにキンキンはクリサンの墓を、クリウォン同志の墓のそばに見つけた。墓標にくっきりと名前が記されていたから、まちがいなかった。キンキンは新しい墓標を作り、クリサンの名の書かれた墓標を捨てて、作ったばかりの墓標に変えた。そこにはこう書かれていた。犬(1966–1997)。

何年もの間、クリサンはその考えを温めてきたのだった。醜い恋人を持つという考えである。「醜い女のどこが悪い?」とクリサンはひとりごちた。「醜い女だって、きれいな女と同じように交尾できるじゃないか」。やがてクリサンは、デウィ・アユの醜い娘の噂を思い出した。おそらく地上でもっとも恐るべき醜さだという。そしてデウィ・アユが祖母であるのはわかっていたし、つまりチャンティックという名らしいその醜い娘は自分のおばに当たるわけだったけれど、クリサンは気にかけなかった。かつて自分の従姉と寝たことがあるのだから、おばと寝たところでなにが悪い？

そこである夜クリサンは祖母の家へ行き、その娘が人待ち顔でポーチにすわっているのを見た。どうやって知り合うきっかけを作ったものかとあれこれ迷ったので、数日間は暗がりからようすをうかがうだけにして、くたびれると家に帰った。七日目に、ようやく思いきって庭の隅の生垣を越え、そこに生えていた薔薇の花を摘んで、チャンティックに近づき、その薔薇を差し出した。

「きみに」とクリサンは言った。「チャンティック」

その後はなにもかもがうまくいき、ついにふたりは性交した。性交した。性交した。そしてさらに性交した。今となってはどこに違いがあろう。なにもかもが同じに思えた。美女ルンガニスと寝るのも醜いチャンティックと寝るのも、それほど違いはしなかった。どれも同じだ、どれもクリサンの陰茎に嘔吐させるのだ。クリサンはその女と繰り返し寝た。クリサンに言わせれば「交尾した」のだ。そしてまもなく、娘が身ごもったことを知ったが、気にもかけず、「交尾し続けた」。

とうとうあるとき、チャンティックが尋ねた。「どうしてあたしを欲しがったの？」

クリサンは答えたけれど、自分が正直に言っているのかどうか、よくわからなかった。「きみが好きだからさ」

「醜い女を好きになったの？」

「ああ」

「どうして？」

「どうして」と問われるといつも答えに困るので、クリサンは答えなかった。答えられるのは、ただ「どうやって」に対してだけで、それならかんたんだった。愛していることを示すために、クリサンは愛撫し続け、いかに醜かろうと、いかにおぞけをふるうようであろうと、いかに奇怪であろうと、気にしなかった。なにもかもが心地よく、クリサンは人生でほとんど一度も得たことがないほどの幸福感に浸った。チャンティックは執拗に迫ってきて、ふたりが会って愛を交わすたびに、こう尋ねた。「どうして?」クリサンはやはり黙ったままで、答えはわかっていたけれど、答えたくはなかった。けれども殺される前の夜に、とうとうクリサンは答えたのだった。

第四の告白。「美《チャンティック》は傷《ルカ》だから」

美《チャンティック》は傷《ルカ》だから。

訳者あとがき

インドネシアのある地方都市の書店で本書の原作 *Cantik Itu Luka* と出会ったのは、初版が出てまもなくのころだった。書棚で偶然この本を見つけ、表紙絵と本の厚さに魅力を感じて買って帰り、読み始めたとたんに冒頭の一文から惹きこまれた。それまでに読んできたインドネシアの小説のどれとも違う世界が展開していくはずだという期待でいっぱいになって、最後まで一気に読んだ。

複雑に絡み合う色とりどりの物語、たくさんの登場人物が入り乱れ、現実と幻想とおとぎ話が混在する猥雑なごった煮のような、坩堝《るつぼ》のような世界がそこにあった。それでいて登場人物たちが妙に醒めたように見えるところにも、不思議な魅力があった。読み終わった後には、複雑怪奇な密林を通り抜けてその果てにたどり着いたような充足感が残った。

これはどうしても訳さなければならないと思い、どうにかこうにか全訳したものの、それをどうやって日本での出版という形にもっていけばいいのか皆目わからない。しまいには、インドネシアの代表的作家プラムディヤ・アナンタ・トゥールの一連の著作などの翻訳をなさっておられる押川典昭先生に訳稿を送りつけるという暴挙に出た。今思うと、ほんとうに冷や汗もので恐縮の至りである。それでも先生は丁寧に目を通してくださり、アドバイスをくださった。だが、以前インドネシア文学の翻訳出版支援をしてくれていた財団からの助成金が打ち切りとなったため、出版は難しいだろうとのことだった。

結局、共同出版という、いわば半自費出版の形態で、費用の関係上文庫本上下二巻で出版とすることになった。インドネシアでの初版発行から四年後の二〇〇六年のことである。ところが、それから二年足らずで日本の版元が倒産、日本語版『美は傷』は絶版となった。

その後、二〇一五年には同作の英訳版が出版され、翌年には著者の二作目の長編 *Lelaki Harimau*（『虎男』）の英訳版がインドネシア人作家の作品としてははじめてブッカー国際賞にノミネートされた。また同年、*Cantik Itu Luka* がワールド・リーダーズ賞を受賞。二〇一八年には、上記二作を含む著作活動に対してオランダのプリンス・クラウス賞が授与された。そうして日本語版が休眠している間に、エカ・クルニアワンはインドネシアを代表する作家のひとりとなっていった。

二〇一四年に発表した小説 *Seperti Dendam, Rindu Harus Dibayar Tuntas*（『怨恨のごとく、恋慕も完済すべし』）は、エドウィン監督、エカ・クルニアワン脚本、芹澤明子撮影監督で映画化され、スイスのロカルノ国際映画祭でグランプリに当たる金豹賞を受賞。日本でも『復讐は私にまかせて』の邦題で劇場公開されている。

日本語版絶版から十年近く経って、著者のエージェントから連絡があり、日本語版を復刊してくれる出版社を探すとのことだったので、その機会に改訳して訳稿をエージェントに送ったものの、それからも復刊元はなかなか見つからなかった。それがようやくこうして〈アジア文芸ライブラリー〉の一冊として、再び日の目を見ることができるようになった。この作品を見つけ出してくださった編集者の荒木駿さんには、どれほど感謝してもしきれない。またこの作品の旧訳や、私がこれまであちこちでこの作品について書いてきたものに目を通してくださり、なにかと応援してくださり、紹介の労をとってくださった方々にも、心から感謝を申し述べたい。

二〇二一年、国際交流基金アジアセンター（当時）主催のオンラインイベント「アジア文芸プロジェクト〝YOMU〟」（末尾のURLを参照）で、エカ・クルニアワン氏と、*Cantik Itu Luka* とインドネシア文学の日本語訳をめぐって語り合う機会を得た。このプログラムのなかで、エカ氏は *Cantik Itu Luka* を書いた動機について、「サルマン・ラシュディが『真夜中の子供たち』でインドを語り、ギュンター・グラスが『ブリキの太鼓』でドイツを語ったように、インドネシアについて広く語りたいと思った」と話している。若い野望に燃えて、プラムディヤ・アナンタ・トゥールが「ブル島四部作」でインドネシアが国家として独立を果たす直前で筆を置いたのなら、その後「インドネシアがどうやって子宮に宿り、生まれ、育っていったか」を書こうと思ったという。

十六世紀末、オランダ人が主に香辛料貿易を目的に、東インドすなわち現在のインドネシア共和国にほぼ相当する東南アジア島嶼部に到来するようになり、徐々に植民地支配を広げていった。その後第二次世界大戦が勃発、一九四二年には日本軍がオランダ領東インドに侵攻し、東インドは日本軍政下に置かれた。一九四五年、日本敗戦直後にインドネシア共和国が独立を宣言、だが再植民地化のためにオランダが戻ってきて、インドネシアは四年以上にわたる独立戦争に突入する。そうして一九五〇年にようやく単一のインドネシア共和国が樹立された。

単一国家として歩み始めてからも、インドネシアは各地でさまざまな動乱を経験する。とりわけこの小説の舞台となったジャワ島に暮らす人々にとって大きな傷を残すことになった事件のひとつは、一九六五年に起きた9・30事件と呼ばれる軍事クーデターと、それに続く共産党員およびその支持者と目された人々の大がかりな虐殺だった。

9・30事件をきっかけに初代大統領スカルノが失脚し、第二代大統領スハルトの独裁政権が始まった。開発の名のもとに経済成長に力が注がれる一方、汚職・癒着・縁故主義が蔓延して政権は腐敗し、各地で反政府勢力を厳しく弾圧するなどの人権侵害が横行した。その人権侵害事件の多くは情報統制によって庶民の目からは隠されてきたものの、人々の不満は徐々に積もり、一九九八年にスハルトが大統領として七選されると、その不満は頂点に達して、首都ジャカルタで学生を中心とする大規模な反政府デモが発生。デモは一般市民も巻き込んで各地に波及し、一部は暴徒化して、経済的に豊かだと目されてきた華人市民を主な標的とした暴動が発生した。スハルトはついに大統領を辞任し、「うっかり政府の悪口を言うと消される」という恐怖を人々の心に植えつけ続けた独裁政権は終焉した。

一九七五年生まれのエカ・クルニアワンは、学生時代に一九九八年のスハルト退陣とその前後の暴動を体験し、その後の民主化運動の波の中で二十代を過ごした。そんな世代のひとりとしての一番の疑問は、「いったいなぜわれわれはスハルトのような人物を生み出してしまったのだろう」ということだった。*Cantik Itu Luka* の中にスハルトの名前は出していないけれど、書いている間ずっとその疑問に突き動かされていたという。そしてエカ氏は、こう語る。「僕が言いたかったのは、この国は暴力に満ちているということです。誕生して以来、この国は確かにひとつの暴力から別の暴力へと引きずられてきた」

そうして出来上がった渾然とした密林のような、坩堝のような物語世界を、出し物や見世物であふれる「カーニバルやお祭りみたいなものとして想像すればいいと思う」と、エカ氏は言う。ジャワ島南部沿岸の架空の町ハリムンダでのオランダ植民地時代末期から始まる物語の中に、史実だけでなく、伝説や夢幻や妄想も含めたあらゆるインドネシアが詰め込まれている。そういう渾沌の物語世界こそが、まさにインドネシアを体現していると言ってもいいかもしれない。

あちこちで指摘され、著者自身も折に触れて語っていることだが、この小説では、コロンビアの作家ガブリエル・ガルシア＝マルケス風のマジックリアリズムの手法が意識的に使われている。ガルシア＝マルケスの代表作『百年の孤独』のように、この小説で展開するのは、オランダ植民地時代末期から百年近くにわたる、娼婦デウィ・アユの一家三世代とハリムンダという架空の町の物語だ。植民地支配、戦争、日本軍による占領、独立闘争、インドネシアという国家となってからのその後と一九六五年の政変。オランダ人農園主と現地人の妾との間に生まれたデウィ・アユは、日本軍の捕虜になり、日本兵たちのための慰安婦となることを強いられ、戦後は町一番の娼婦として名を馳せて、そんな激動の時代を生き抜いていく。デウィ・アユの娘たちと孫たちも奇怪な運命の波に呑み込まれていく。

だが、この小説では、苦悩や闘争といった重い出来事を重く暗く生々しく語るというより、一歩引いた視点からむしろ淡々と語っていて、そこにかえって物語としての凄みがある。物語の力、物語る力を感じさせてくれる。

エカ・クルニアワンの語り口は、重苦しい出来事を語っていても、ときにどこかコミカルになる。日本軍がジャワに侵攻し、他の逃げ遅れたオランダ人たちとともにデウィ・アユは捕虜収容所に入れられるが、やがて他の若い娘の捕虜とともに立派な屋敷に連れて行かれ、突然の好待遇を受ける。傷病兵の世話をするために連れて来られたのだと無理やり信じ込もうとする娘たちの中で、デウィ・アユだけは冷厳と現実を見つめる。嘆き悲しむ人には神に祈るように勧めても、自分では一度も祈ったことのなかったデウィ・アユが、このときだけはこういう言葉でひとり祈るのである。「ばっかみたい。戦争なんてこんなもんよ」。コミカルであるがゆえに、かえって鋭く胸に迫るリアルな言葉だ。

一九六五年の政変に続く共産党員虐殺事件の描写にしてもそうだ。ジャカルタで起きた流血事件がきっかけとなって各地で共産党員虐殺が始まり、やがて騒動がハリムンダにも波及して、町の共産党員たちと反共集団、そこに正規軍も加わって激しい殺し合いに発展する。その間も、ハリムンダの共産党首席として数々の反乱を指揮してきたクリウォンは、党本部前のポーチに座ったまま、届くはずのない新聞をただ待ち続ける。千人を超す共産党員が殺されてハリムンダの共産党が壊滅したときになって、ようやく何日も党本部前のポーチで新聞を待ち続けているクリウォンが発見され、逮捕される。逮捕しに来た小団長に、クリウォンは「なんの罪で?」と尋ねる。すると小団長は、「来るはずのない新聞を待っていた罪だ」と答え、さらに「そいつはこの町ではもっとも重い犯罪である」と付け加える。

この小説を読んだ年輩の某作家から、自分たちの世代にとっては神聖と言っていいほど深刻な一九六五年の事件を、これほど冷淡に諧謔的に語るなどもってのほかだと苦言を呈されたと、エカ氏は前述の「プロジェクト〝YOMU〟」で述懐している。さらにエカ氏は、こう続ける。「僕からすれば、この国の国民は傷だらけです。でも、僕もその傷ついた国民の一部です。そしてその傷をガリガリ引っ掻いて、むしろあの時代の自分たちの愚かさを笑い飛ばしてみたいと思っている。例の先輩作家から見れば、僕のやり方には共感のかけらもないと思ったんでしょう。僕はそうは思わない。われわれには、自分たちのことをさまざまな方法で見る権利があるはずです」

エカ・クルニアワンも含めて、一九六五年の政変後のスハルト政権時代に生まれ、十代後半から二十代前半で一九九八年のスハルト退陣のきっかけとなった政変を経験した世代、もしくはそれ以降の世代のインドネシアの作家たちの作品を読んでいると、オランダ植民地時代、日本軍政期、そしてとりわけその後インドネシア共和国という国家となってからのまだ短い歴史の中で、インドネシアの人々の心に大きな傷を残してきた出来事が、今、新たな視点から語られ始めているのを感じる。体験談や目撃談のような生々しい視点ではなく、一歩引いた視点から、一旦消化され再構成された物語として、インドネシアが語られ始めている。

国際交流基金アジアセンター「アジア文芸プロジェクト〝YOMU〟」

https://asiawa.jpf.go.jp/culture/projects/p-yomu/

◈ 著者略歴

エカ・クルニアワン

Eka Kurniawan

1975年、インドネシア西ジャワ州タシクマラヤ生まれ。2000年に初の短編集 *Corat-coret di Toilet*（『トイレの落書き』)、2002年に長編小説 *Cantik Itu Luka*（『美は傷』）を発表。二作目の長編 *Lelaki Harimau*（『虎男』）の英訳版は、ブッカー国際賞にノミネートされた。ワールド・リーダーズ賞、プリンス・クラウス賞などを受賞。2019年には、インドネシア教育文化省からの「文化伝統芸術匠賞」受賞者として選出されるが、同国の現政権には言論の自由や著作権や出版・書籍販売活動を守る意志がなく、出版や文筆に携わる人々の支援も行なっていないことなどを理由に、受賞を拒否した。

小説や映画脚本の執筆のほか、翻訳小説出版を中心とする出版社 Moooi Pustaka を主宰。英語圏以外の文学をインドネシアに紹介するためにも尽力している。

著者ホームページ：https://ekakurniawan.com/

◈ 訳者略歴

太田りべか（おおた りべか）

Ota Ribeka

1964年、兵庫県宝塚市生まれ。1995年よりインドネシア在住。主に日本の文芸作品のインドネシア語訳を手がけている。訳書に森鷗外『雁』、谷崎潤一郎『痴人の愛』、村上春樹『1Q84』『女のいない男たち』、よしもとばなな『キッチン』、川上未映子『ヘヴン』（いずれもインドネシア語版）など。

アジア
文芸ライブラリー

美は傷

二〇二四年一二月二五日　初版第一刷発行

著　者　エカ・クルニアワン
訳　者　太田りべか
発行者　小林公二
発行所　株式会社　春秋社
〒一〇一―〇〇二一
東京都千代田区外神田二―一八―六
電話　〇三―三二五五―九六一一
振替　〇〇一八〇―六―二四八六一
https://www.shunjusha.co.jp/

印刷・製本　萩原印刷　株式会社

装　幀　佐野裕哉
装　画　菅野まり子

定価はカバー等に表示してあります

Printed in Japan, Shunjusha. ISBN 978-4-393-45511-1

アジア
文芸ライブラリー

刊行の辞

わたしたちの暮らすアジアのいままでとこれからを考えるために、春秋社では新たなシリーズ〈アジア文芸ライブラリー〉を立ち上げます。アジアの歴史・文化・社会をテーマとして、文学的に優れた作品を邦訳して刊行します。

これまでも多くの海外文学が日本語に訳され、出版されてきましたが、それらの多くが欧米の作品か、欧米で高く評価された作品です。アジア各地でそれぞれに培われてきた文学は、一部の人気ある地域のものを除けば、いまだ多くの優れた作品が日本の読者には知られていません。アジア文学という未知の沃野を切り拓き、地理的に近いだけでなく、文化的、あるいは歴史的にも深いつながり——侵略や対立の歴史も含めて——を持つ国々の人びとが、何を思い、どのような言葉で思考し、暮らしてきたのか、その轍をたどりたいと思います。

現代では遠く離れた国のことでも、分かりやすく手短にまとめられた知識が簡単に手に入るようになりました。氾濫する情報の波に手を伸ばせば、深い思考や慎重な吟味を経ずとも、簡単に他者や他国のことを理解したつもりになれます。世の中を白か黒かに分けて見るような、紋切り型で不寛容な言葉の羅列も、昨今では目に余ります。しかし、他者を理解することは、文化も歴史も異なる地域の人びとであればなお、容易なことではないはずです。

単純化された言葉や、誰かがすでに噛み砕いてくれた言葉では、複雑で御しがたい現実に向き合うことはできません。出来合いの言葉を使い捨てにするのではなく、自らの無知を自覚し、立ち止まって考えるために、今まさに文学の力が必要です。文学を通して他者への想像力を持ちつづけることで、平和の橋をつないでゆきたいと思います。